文学理論の名著50

大橋洋一・三原芳秋編

50 Great Books in Literary Theory

文学理論
名著50

平凡社

はじめに——文学理論は死んだ、文学理論せよ(1)

大橋洋一

わがはじめに、わが終わりあり

二〇世紀末に文学理論について語られていたのは、理論のあとに何が来るのか、理論は何を残したのか、理論に未来はあるのかであって、そうした言説においては「理論の時代は終わった」ということが前提として共有されていた。

いま「理論」と語ったのは、もちろん、「文学理論」のことだが、「理論あるいは理論の時代が終わった」などという言明は、文学研究以外の分野においては驚天動地の物言いであろう。どんな分野でも、特定の理論の有効性が疑われ否定されるとか、新旧理論の交代ということはあろう。だが、理論全体に無効性が宣告されることは、文学研究以外の分野では考えられない。しかも文学研究において、「理論」に対する批判の矛先が向いているのは、文学理論そのものでも文学理論研究でもない……。

この事態を説明するには二〇世紀のはじまりに遡る必要がある。

文学理論小史

（なおここで戯画的に語られる小史は英米圏におけるものであって、日本の事情を考慮していないが、それでも記述が、日本の現状に切り込むようなものであれば――ドイツの作家ハインリヒ・ベルがある映画(2)における断り書きで述べた言葉を借りれば――それは偶然ではなく必然である。）

かつて文学の研究といえば、文学の遺産の保管、本文の校訂、作者研究、文学史研究が中心で、これだけでも研究機関を設立するのに十分な条件といえたが、実際には文学研究は、関連分野において非主流的あるいは傍流的研究という地位に甘んじ、学問分野としては独立していなかった。

だが内的願望と外的要請とが一致するかたちで、多様な学問分野に間借りをしていた文学研究に独立への願望あるいは独立させることへの機運が生まれる。そのためには他分野からの支援なくして文学を読解し研究できることの証明が必要であった。文学作品を時代や社会や思潮や哲学から（さらには作者自身や読者からも）遮断する読解なり研究が推奨され実践される。「精　読《クロース・リーディング》（close reading）」――ただ作品とだけ向き合うことに専念する読解方法――が、にわかに文学研究の中心となる。文学研究が自立し、独自の文学研究機関が誕生し、文学研究が制度化される。ただ忘れてはならない、文学研究の独立宣言は、外部からの浸潤を遮断する排他宣言でもあった。「精　読《クロース・リーディング》」は「閉じられた読解《クローズド・リーディング》」だった。

新興の文学研究にとって、他分野に間借りしていた時代の記憶は、癒しがたいトラウマとして残っていて、他分野との共同作業や方法論の共有などは忌避された――社会学的方法の導入？　ならば文学研究の独立はどうなるのだ。歴史学の成果を取り入れる？　ならば文学研究の独立はどうなるのだ。哲学的知見や思想動向を参照する？　ならば文学研究の独立はどうなるのだ。文学研究の閉鎖性と排他性はとどまるところを知らなかった。

学問の自律性の維持のために、過度に閉鎖的になった文学研究（正確にいえば、その最右翼）は、やがて二〇世紀後半に強力な抵抗勢力と遭遇する。外部からの侵略者ではない。文学研究がかつて断ち切った他分野とのつながりを復活させるべく文学研究の内破を試みる世代が誕生したのだ。

他分野との失われた回路を復活させる試みは、「学際的」といった修飾語を無意味なものにする熾烈な戦いの様相を呈することになる（事実、それは文化戦争《カルチャー・ウォー》の一翼を担っていた）。この時、「理論」が重要な役割を帯びて登場する。

他分野との交流・接続・共同を求めるのなら、特殊個別性を捨象し抽象性と一般性をもった「理論」を媒介とするのが最善である。理論を学ぶことは、他分野の研究の根底にある原理を、あるいは他分野の方法論を知り、それを共有する可能性を模索し実践することでもある。「理論」は、引きこもりの文学研究を太陽光のもとにさらし、文学研究を取り巻く外部の存在を喚起することになった。

かくして文学研究における新しい批評研究には、続々と「理論」の名が冠されることになる――たとえ理論的考察をメインとしなくとも。受容美学は受容理論とも呼ばれ、ポストコロニアル批評とポストコロニアル理論は同じであり、クィア批評とクィア理論も同じとなった。文学研究の閉域を維持せんとする守旧派と、文学研究を開こうとする「理論」派（守旧派にとっては不倶戴天の敵《モータル・エネミー》）との対立がはじまる。

「理論」の名称は、受容美学、読者反応論、構造分析、記号論、脱構築、マルクス主義、フェミニズム、ジェンダー研究、精神分析、ポストコロニアリズム、ポストモダニズムなどを含む集合体の名称となる。文学の本質を研究する文学理論プロパー、あるいは文学哲学プロパーは、旧来の文学研究においては、一部の哲学者による道楽としてみなされ、文学研究の埒外に置かれてきた。むしろ文学理論の研究は、今述べた「理論」の側で活発化する。「理論派」の研究は必然的に新たな文学観の提示につながったのだから。

守旧派と理論派の対立は、理論的なものではなく、政治的なものでもあった（理論全否定派と理論派の間に理論的対話は成立しない）。守旧派にとって理論派の研究とは、多種多様で個別特殊的な文学作品を特定の理論や思潮に還元する単純化・図式化に終始する暴挙であって、その挙措は権威主義的統制的社会主義国の政策そのものだった。しかし理論派にとっては守旧派こそ文学センスとか文学タイプといった護符で文学研究を神秘化することに専念してきた権威主義的エリート主義者であった（守旧派の権威主義に猛反発したのがカルチュラル・スタディーズだが、その批判は文学研究全般に及ぶこともあった）。この対立は現在も続いている。ただし戦いの主戦場は限定できず、戦いの盛期は過ぎ去っている。対立軸も、別次元に移行した。

理論派は、純理論派と応用理論派に分化する。応用理論の代表を、ポストコロニアリズム、エスニック・スタディーズ、ジェンダー・セクシュアリティ、そしてカルチュラル・スタディーズとみる立場がある。ただし、環境批評（エコロジー理論）、情動理論、認知理論、アニマル・スタディーズを加えるべきという意見もあろう。純理論《ハイ・セオリー》と応用理論《アプライド・セオリー》の分化は旧理論派《オールド・スクール》と新理論派《ニュー・スクール》の分化と一部重なる。

ニュー・スクールたる応用理論派は、守旧派も、守旧派と対立した旧理論派も眼中にない。ニュー・スクールは、守旧派とは対話も交流も論争もせず、独自路線を邁進している。いっぽうオールド・スクールは、すべてではないがその多くが守旧派と同列視されるようになった。たとえば脱構築は、先鋭的・前衛的批評の代表のようなところがあり、いまなおさまざまな分野において重要な方法として影響をあたえているのだが、しかしかつてはラディカルだったこの批評は、政治性を嫌う保守派の避難場所となった。ニュー・スクールの独自路線、オールド・スクールの無毒化と保守化。二一世紀に入る前に理論の時代は終わっていたともいえる。

だが二一世紀も二〇年以上経過した現在、新たな胎動がみえる。それを語る前に、理論とはそもそも何であったのか。

理論の貧困？

理論的読解という、この得体の知れない営為に対する誤解に満ちた批判というのは、それが文学テクストを特定の理論（主義主張のことか）に準拠する解釈によって単純化し貧しくするというものである。還元的・一元的・図式的読解こそ理論の無効性の証左である、と。

問題はどこにあるのか。同様な主張として「イズム」に囚われた発想をすべきではなく、「イズム」

では文学を理解できないという言明がある。「イズム」は文学を、その特定のイズムの型にはめるか、イズムの実例として宣伝するだけだ。「〜イズム」は文学の可能性を抑圧する……。もしあなたがこうした発言に初めて出会ったなら、この「反イズム」の主張をひとつの貴重な叡智として受け止めるべきである。だがもう少したつと、あなたはこの「反イズム」主張がいたるところで反復されていることに気づく。ここまで蔓延している「反イズム」主張もまたひとつの「イズム」ではないかとあなたは疑うにちがいない（実際、この「反イズム」は先入観・偏見でものをみるなという主張の変形ヴァージョンにすぎないのだし）。

たしかにイズム的思考なり読解は、文学作品の解釈を狭めたり歪めたりすることもあるが、同時に旧来の読解では発見できなかった新たな可能性を喚起し開拓することもある。イズム的思考すべてに誤謬の烙印を押すのは端的にいってまちがっている。にもかかわらずイズム的思考なり読解への批判を、批判そのものの陳腐さを無視して、無批判に受容する者こそ、「反イズム」というイズムに囚われているとしかいいようがない。「反イズム」は叡智ではあるが、それをお題目のように唱え「イズム」を悪に還元する一元的思考こそ、まさにイズムに呪縛されているとしかいいようがない。

守旧派が偏見や先入主からの自由を主張するときあえて「反イズム」という表現を使用するのは、彼らが念頭に置いている仮想敵が「フェミニズム」や「マルクシズム／ソーシャリズム」であるからだ（もちろん「ポストストラクチュラリズム」「ポストコロニアリズム」「ポストモダニズム」の三大ポスト・イズムも関係するとはいえ）。一見中立的でリベラルな「反イズム」主張者は、イズムを主張する者たちよりも、はるかに悪辣で危険である。この「反イズム」信徒たちは、「反イズム」に完全に支配された狂信者に近い。彼らは、みずからが批判的に描く「〜イズム」信奉者たちの愚かな姿こそ、彼ら自身の鏡像であることに全く気づいてはいない。

また誤解のないように確認すれば、たとえばフェミニズムは女性尊重主義といったイズムで社会を支配しようとしているのではなく、男性中心主義や性差別主義というイズムに反対し、フェミサイドの時代を生き抜こうとしているのである。そしてこの愚かな抑圧的なイズムがなくなれば、フェミニズムというイズムも消滅すべきだと考えている。社会主義もまた同じ。

またさらに守旧派が鬼の首をとったかのように「イズム」はだめだ、そこから「理論」はだめだと唱えたところで（「理論の貧困」論）、現代の文学理論や批評理論は、どれも基本的に「反イズム」であるから意味がない。「イズム」的思考の呪縛からいかに逃れるか、一般論や抽象論・普遍論に収束するのではなく、個別多様性をいかに救出するかについての議論に注力していない「文学理論」はないといってよいだろう。

そして急いで付け加えるなら、「文学理論」を少しでもかじった者なら、先入主なくして認識はありえないことも知っている。先入主に呪縛されていては話にならないが、先入主が認識と洞察へのはじまりであることも確かなのだ。

このことを守旧派は知らない。彼らは理論派と同じ主張をしていることに気づいていない。さながらトラック競技の走者のように、先頭走者と周回遅れの走者とが並走してどちらが先頭なのかわからなくなっている。このなかで反イズムや個別特殊性をお題目として唱えれば勝利したかのように守旧派は誤解し、いっぽう理論派は、周回遅れの守旧派など相手にせずに、理論とアクティヴィズムとの連携を模索する……。

読むための理論

だが、ここまで話題に上ってきている「文学理論」とは、そもそも何か。いや、もっと端的に言って、本書で解説される「文学理論」の名著はいかなる基準で集められたのか。文学という集合が、境界が定かでないファジーな集合であるのと同様、文学理論もまた境界が定かでない変幻自在のプロティノス的存在である。ならば本書で触れられる「名著」(著名論文も含む)の共通公分母はないのか。すべては恣意的な基準で選ばれたのか。

まずお断りせねばならないのは本書において「文学理論」の範疇から、書くための理論は最初から排除されている。読者が本書から多くを学んでも、作家や詩人、劇作家や随筆家にはなれるとはかぎらない。本書がレヴューの対象としている著書や論文は、作家志望者に小説を書けるよう指南するものではない。むしろ名著五〇冊は読むための理論を提供する。読者を作家にしないが、文学研究者や批評家にする——それも優れた研究者や批評家に、それも守旧派から嫌われ怖れられる研究者や批評家に。

なお守旧派の支配が強いところでは、あなたが本書を読んだことが判明すると、研究職や教育職のポストを得られなくなるかもしれない。守旧派の異端審問を、圧迫面接を乗り切るために、読者は、本書を少なくとも二冊購入していただきたい。一冊は、身の潔白を証明すべく面接官の目の前で踏みにじるか燃やすために（悪魔主義者・反イズム主義者の代表たる大審問官を前にしてはすべてが許される）。もう一冊は座右の書として永久保存用に——冗談なのでまじめにとらないように。

ただし、文学研究以外の分野に属する人たちにとってみれば、これは冗談にしても困惑せざるをえない冗談にちがいない。なにしろ名著五〇の五〇人はいずれも古典的著書（数年前に出版されたものも含む）の著者であって、彼らを知り、その著作を読むことは褒められることこそあれ、よもや弾圧されたり異端視されることなどないのだから（正確にいえば異端審問は文学分野全体ではなくごく限られた一部でしか行われていないとしても）。また、なぜそんな危険な本をと問うなかれ。実のところ狂信的守旧派以外の人間に、本書は危険なものでもなんでもない。本書は読者の人生を破滅へと導くどころか限りなく豊かなものにするだろう。守旧派が君臨するカビの生えたローカルな共同体に所属などしてない読者にとって、またそんな共同体など歯牙にもかけず、むしろインターナショナルな共同体での活動を念頭に置いている読者たちにとって、本書は限りなく有益な情報を提供することになろう。であるのなら、何を基準にして有益な情報を提供すると判定したのかという疑問は残る。

答えはひとつ。本書で語られる五〇の著書や論文は、そのどれもが、私たちの文学の読み方を根底から変えたのである。『文学理論の名著50』は、別名『文学の読み方を変えた50人』である。

ポスト理論の渚にて

二一世紀も二〇年代《ダブル・ディケイド》半ばにさしかかろうとする今、本書で扱われる五〇の文献は、それが属する専門分野において今も高く評価され読まれ論じられているのだが、それらが今、「文学理論」の範疇に分類されることはない。なぜなら今、「文学理論」という項目なり分類は消え去ったか、消え去ろうとしているからである。守旧派の勝利？　いや守旧派も存続が許されぬほどのカタストロフが私たちを襲っている。文学理論どころか文学そのものが消滅しかねない。本を手に取って読む者すらいなくなるようなこの時代、ＡＩが文学を創造するこの時代以降、詩は不可能である……。

だがこのポストカタストロフの岸辺に集って私たちにできるのは自らの消滅を求めての船出だろうか。二〇世紀前半〈自分は哲学も言語学も歴史学も学ばなかったがゆえに優れた文学研究者・批評家になれた〉という妄言が先端的発言と受け止められていたこともあった。それが守旧派の妄言として正しく退けられたとき、二〇世紀後半は「理論の時代」を迎えることになった。だが、その時代を終わらせる闇がいま私たちに追いついてきている。文学研究の新旧論争あるいは理論・反理論闘争さらには文化戦争などに対して無関心であった世代に対しても闇が訪れようとしている。

しかし真正の闇の訪れを数多の年月を待った今、もちろん少なくとも今から一〇年後くらいからの回顧を待たずして語るのは早計であることは承知しているが、文学研究の分野では、埋葬されたかにみえる「理論」が、正確にいえば「文学理論」という範疇が、発掘される兆しがそこかしこに認められるような気がする。ＡＩ文学の時代への反動がそうさせるのか、あるいは理論に無知であることの危機意識がそうさせるのか、いずれにせよ「理論の時代」は復活あるいは復調の兆しをみせている。

いま、あなたの自己イメージとはなんだろう。ポストカタストロフの岸辺から自滅へと船出するのではなく、ポストカタストロフの岸辺で、そこに長く埋もれていた超古代文明の本を掘り出して珍しそうにページをめくろうとする、ポストカタストロフ世代の人間――もしかしたら死滅した人類の後を継ぐ類人猿たち――なのだろうか。そんなメロドラマティックなSFの主人公ではなくて、むしろ、あなたは、これから初めて読む小説を前にした読者としてご自身を想像すればいい。

小説一般が読者に付与するポジションというのは、記憶喪失者としてのあなたである。例外はあるにせよ、ほとんどの小説は過去形（過去時制）で書かれている。つまりあなたがこれから読もうとする未読の作品、あなたにとって未来でしかない作品が、読みはじめると、一度通った道をもう一度通っているかのように（過去時制で）語られる。小説を読むことは、未来への旅程であると同時に過去への遡行あるいは過去の反復でもある。

小説は読者であるあなたを記憶喪失者に仕立て上げるのだが、小説とは異なり、本書は、読者であるあなたを、未知の「文学理論」へといざないつつ、その未知なる「文学理論」に既成の知が含まれていることをあなたに気づかせるだろう。そう、本書には、あなたの読み方をすでに変えてきた文献が多く含まれている――たとえあなたがそれと気づかなくとも。「文学理論」の忘却は、あなた自身への内省を遮断したのかもしれない。本書を読むあなたにとって、未来における新発見（新たな自己の形成）は、過去の発掘（自己の再発見）と並行している。冒険と内省は、切り離されることはない。

わが終わりに、はじまりあり

かつての文学理論華やかなりし頃には想像だにできなかった事態が進行していることはまちがいな

い。現代における「文学理論」への無関心もしくは無自覚は、結局、知る者と知らざる者との分断を大きくするだけであり、知らざる者たちが、その無知につけこまれ、利用される危険性は大きくなるいっぽうである。さすがにこの危険性を看過することの危険性は自覚されはじめていると思う。事態は、一周回ってもとにもどりつつあるというのが私の印象であり、埋葬されたか余生を送っていた理論が召喚される日は近い。その時、あなたが驚かないためにも、また新潮流にのみこまれてしまわないためにも、本書は編まれた。

本書は、共編者の三原芳秋氏の尽力なくしてはありえなかったことはどれほど強調してもしたりない。ここまで新進気鋭の執筆者の方々に集まっていただけたのは、私の力ではなく、三原氏の力である。本書は、三原氏に編集協力者として加わっていただいたのではなく、私の方が三原氏の編集作業に微力ながら協力したにすぎない。そのため三原氏に、この序章を執筆していただけなかったことが唯一の心残りとなった。私のように終わりかかっているか終わっている人間は、あとがきのほうにまわったほうがバランスもとれ読者も安心できると思ったのだが、事情により、私が、この「終わり」が、本書の「はじまり」を書くことになった（「はじめに終わりあり」）。この点、読者のご寛恕を請う次第である。

またこの序に見え隠れしているT・S・エリオットの亡霊[3]を、優れたエリオット研究者でもある三原氏は、すぐに気づくにちがいない。専門家でもない私がエリオットと戯れていることについては、三原氏のご寛恕を請うしかない。

本書は、文学理論が終わった時代に、読者とともに海に沈む泥船として、あるいは自沈をめざす潜水艦として意図されたのではない。私にとって終わりの時代は、べつの時代のはじまりである。[4] 終わりに、はじまりあり。この序の終わり、私にとっても読者にとっても言説の終わりは、開かれでもある。私にとっての終わりは、はじまりでもある。

註

（1）　「文学理論は死んだ、文学理論せよ」は、サミュエル・ベケットの短編 "Imagination morte imaginez"（1965）からインスピレーションを得た多くのフレーズに連なるものである。フランス語の短編のタイトルは日本語に翻訳すると「死んだ想像力よ、想像せよ」となるが、この語順のまま英語にすると "Imagination Dead Imagine" ——日本語に翻訳すると「想像力は死んだ、想像せよ」となり、この英語のタイトルが、短編の内容とは無関係に幅広く引用されることになる。それはまたベケットのもうひとつの有名なスローガン "I Can't Go On, I'll Go On"（ベケット・リーダーのタイトルにもなった）にも通ずるものであろう。そしてそれは大江健三郎氏の最後の詩の末尾の二行（詩の途中でも一回登場するが）、「私は生き直すことができない。しかし／私らは生き直すことができる」（『晩年様式集』二〇一三年）にも通ずることになる。意味が異なることは承知しているが、ニュアンスは、その意味圏は同じである。

（2）　ハインリヒ・ベルの映画とは『カタリーナ・ブルームの失われた名誉』（フォルカー・シュテンドルフ監督、一九七五年。ベルの小説〔一九七四年〕の映画化作品）である。

（3）　T・S・エリオットの亡霊とは、以下の詩群である。「イースト・コーカー」「リトル・ギディング」（『四つの四重奏』より）、そして「空ろな人間たち」である。「空ろな人間たち」の詩句はネヴィル・シュートの『渚にて』の表題に使われ、また小説の本文でも引用されている。そしてネヴィル・シュートのこのSF小説（第三次世界大戦と世界の終末を扱う）とその映画化作品は、私のこの文章のなかで、通奏低音を構成している。

（4）　ちなみに、終わりとはじまり、はじまりと終わりの循環あるいは共存については、『始まりの現象』と『晩年のスタイル』の著書があるエドワード・W・サイードこそ参照すべきであると、サイードを研究されてもいる三原芳秋氏からお叱りの言葉をもらうことを覚悟している。

目次

一九四五年—一九六〇年代

一九七〇年代

一九八〇年代

一九九〇年代

二〇〇〇年代以降

＊　本書で取り上げられる名著50冊をテーマないしジャンルごとに分類すると、以下のようになる。なお、同じ文献が複数のテーマに属することがある。

文学とは何か

サルトル『文学とは何か』
アドルノ『文学ノート』
フーコー『フーコー文学講義』
リオタール『インファンス読解』
ブルデュー『芸術の規則』
カルヴィーノ『アメリカ講義』
ランシエール『文学の政治』
イーグルトン『文学という出来事』

英国批評

ジェイムズ「小説の技法」
エリオット『聖林』
リチャーズ『文芸批評の原理』
ウルフ『ベネット氏とブラウン夫人』
エンプソン『曖昧の七つの型』
ロレンス『黙示録論』

構造主義へ

シクロフスキー『散文の理論』
プロップ『昔話の形態学』
バフチン『小説の言葉』
フライ『批評の解剖』

構造主義・ポスト構造主義・ポストモダン

ラカン「「盗まれた手紙」のセミネール」
ヤコブソンとレヴィ＝ストロース「シャルル・ボードレールの「猫たち」」
フーコー『フーコー文学講義』
マシュレ『文学生産の理論のために』
クリステヴァ『セメイオチケ』
バルト『S／Z』
デリダ『散種』
ジュネット『物語のディスクール』
ドゥルーズ＝ガタリ『カフカ』
ド・マン『読むことのアレゴリー』
ミラー『小説と反復』
リクール『時間と物語』
リオタール『インファンス読解』

ランシエール『文学の政治』

社会・政治・歴史

ベンヤミン『ドイツ悲劇の根源』
サルトル『文学とは何か』
マシュレ『文学生産の理論のために』
グリーンブラット『シェイクスピアにおける交渉』
ウィリアムズ『文化とは』
ジジェク『イデオロギーの崇高な対象』
ジェイムソン『政治的無意識』
ブルデュー『芸術の規則』
ローズ『ピーター・パンの場合』
モリスン『暗闇に戯れて』
ランシエール『文学の政治』

精神分析

フロイト『『グラディーヴァ』に見られる妄想と夢』
ラカン「「盗まれた手紙」のセミネール」
ジジェク『イデオロギーの崇高な対象』
ジェイムソン『政治的無意識』

ジェンダー批評

ウルフ『ベネット氏とブラウン夫人』
セジウィック『クローゼットの認識論』
ハラウェイ『猿と女とサイボーグ』
ローズ『ピーター・パンの場合』
バトラー『問題《マター》＝物質となる身体』
モリスン『暗闇に戯れて』

物語の理論・小説の理論

ジェイムズ「小説の技法」
ルカーチ『小説の理論』
シクロフスキー『散文の理論』
プロップ『昔話の形態学』
ウルフ『ベネット氏とブラウン夫人』
バフチン『小説の言葉』
ジュネット『物語のディスクール』
ミラー『小説と反復』
リクール『時間と物語』
ジェイムソン『政治的無意識』

詩の読解

エンプソン『曖昧の七つの型』

ヤーコブソンとレヴィ＝ストロース「シャルル・ボードレールの「猫たち」」

エコロジー・環境批評・動物論

ハラウェイ『猿と女とサイボーグ』
エイブラム『感応の呪文』
モートン『自然なきエコロジー』
アガンベン『開かれ』

ポストコロニアル批評

サイード『オリエンタリズム』
スピヴァク『サバルタンは語ることができるか』
グリッサン『〈関係〉の詩学』

世界文学の地平へ

ダムロッシュ『世界文学とは何か？』
モレッティ『遠読』

一九四五年まで

ヘンリー・ジェイムズ「小説の技法」

"The Art of Fiction," *Partial Portraits*, London: Macmillan, 1888. 高村勝治訳注『小説の技法』研究社、一九七〇年。岩元巌訳「小説の技法」工藤好美監修、青木次生編『ヘンリー・ジェイムズ作品集8評論・随筆』所収、国書刊行会、一九八四年。

畑江里美

一九世紀後半から二〇世紀初頭にかけての英語文学においてきわめて重要な作家であるヘンリー・ジェイムズは、また多数の作家論・作品論を著した批評家でもあった。一八九一年の「批評」という文章では、「もしも批評が深い知識の源から発するものであれば、つまり経験と認識のみごとな結びつきから生まれるものならば」、批評家は「芸術家にとって正真正銘の助力者、松明をかざす先導者」となると述べている。小説の発展のためには、批評にも質が求められると考えていたのである。ジェイムズの批評は、その後の英語圏における小説批評の理論的発展の先駆となったが、中でももっとも重視されているのが、自著の決定版として編纂されたニューヨーク版選集（一九〇七―一九一〇年）に付された一八編の序文、そして、ここで取り上げる「小説の技法」（一八八四年）である。

小説をめぐる論争——芸術としての発展のために

ジェイムズの「小説の技法」は、小説家・歴史家であったウォルター・ベザントの同名の出版物（ロイヤル・インスティテューションで行った講演に基づく）に対する批判的応答として書かれた。人気作家だったベザントの論には、小説について議論する機運を高めたという面があり、ジェイムズもまた、この機にみずからの小説観を表明したのである。

ベザントは、小説の芸術作品としての地位を力説している。当時、小説という文学形式は、詩とくらべて一段劣るものとみなされており、「教訓的であるか、娯楽に資するかのいずれかであるべき」というのが一般認識だった。それに対しベザントは、小説は「芸術の一部門」であり「音楽や詩歌、絵画、建築」に伍すものであると主張した。この点にはジェイムズも賛意を示し、「小説はほかの文学形式のいずれよりも自由で真剣な一形式である」と「声を上げて時どき言わなければならない」と述べている。その一方でジェイムズが批判するのは、ベザントが「良い小説」のありようを明確に「定義」し、「小説がどのように書かれるべきか」を「一般法則」として提唱しようとしたことであった。ジェイムズは、小説の成否は作品ができあがって初めて判断できるものだと指摘する。優れた小説は主題・内容と形式の調和を要求するのであり、技法を、「優れた作品を研究する」ことによって学ぶことはできても、「一般的なものとして明らかにすること」はできない。優れた作品を生み出す方法は無数にあるはずだからだ。小説の発展は小説家の自由な「実験」があってこそ可能である、というのがジェイムズの基本的主張であった。

小説における「人生の再現」と「真実の探求」

ではジェイムズは、優れた作品の特質をどのようなものと考えていたのだろうか。ジェイムズの小説観の根底にあるのは、「小説の唯一の存在理由はまさしく人生《ライフ》の再現を企てることにある」という、リアリズムの考え方である。優れた小説の必須の要件として、「現実感《エア・オヴ・リアリティ》」を生み出すこと、「人生の幻影《イリュージョン・オヴ・ライフ》」を作り上げることの重要性をジェイムズは繰り返し強調する。「歴史家の口調で小説は語られなければならない」とジェイムズは言う。小説は歴史と同じように、「真実」を探求し、「人間の行動を再現し、具体的に示す」ものだというのである。

では、「現実感《エア・オヴ・リアリティ》」はどのようにして生み出されるのだろうか。ジェイムズは、小説家は「体験から書かねばならない」という一般論を受け入れるが、その上で、「体験はどこで始まり、どこで終わるのか」と問いなおし、「印象こそ体験である」と結論する。ジェイムズにとって、体験は、実生活に制約される狭いものではない。

体験とは計り知れない感性である。いわば意識という部屋に張られた細い絹糸のような巨大なクモの巣のようなものであり、空中に浮かぶ全てのものをその網の目に捕える。それはまさしく精神を囲む空気である。精神が想像力に富んでいれば――たまたまそれが天才の精神であればなおのこと——人生のどのように微妙なものでも自らのものとできるし、空気の息づかいさえ具体化し啓示的なものにすることができる。

「意識」や「想像力」はジェイムズの創作において重要な概念である。「小説の技法」では、あるイギリス人女性作家がパリで目にした一瞬の光景をもとに、フランスの新教徒の青年を現実感ある存在としてみごとに造形したというエピソードが紹介されるし、のちの「序文」では、自作のきっかけとなった印象的な体験について記しもする。「小説とは、最も広義な定義を与えるなら、人生についての個人的で、直截的な印象である」とも述べている。

ただし、「正確さ」、つまり具体的な「細部《ディテール》の真実」は当然のこととして要求される。具体的であることが「芸術作品の成功を生む普遍的かつ唯一の根源」であるからだ。ジェイムズは、社会を克明に再現することを意図し、具体的細部に満ちたバルザックの作品に学んだ作家である。「バルザックの教訓」(一九〇五年)では、その「外面的および内面的なあらゆる目印や特徴」を備えた鮮明な人物描写は、「想像力による経験の豊富さ」に支えられてこそ可能だったのだと考察している。ジェイムズが重視する「率直に印象を受けとることのできる能力」とは、「目にふれたものから見えざるものを推測し、物事の含意を見抜き、図柄から全体を判断する能力」のことであった。

小説という「有機的な全体」

ジェイムズは、「作者がいかに人生の幻影を巧みに作り出すかということ、この精妙な制作のプロセスを研究すること、これが小説家の技法のすべてを形成する」と述べる。小説の技法とは「現実感」の達成のためのあらゆる工夫の総合だということになる。それゆえ、実作者の立場からみれば、「小説《ノヴェル》」と「ロマンス」、「性格《キャラクター》〔人物〕小説」と「事件《インシデント》小説」といった批評のための区別は無益であり、また、「描写」対「会話」、「事件」対「描写」といった単純な技法の対比は無意味なものとして斥けられる。小説にそうした要素がないわけではない——ジェイムズは〈語ること《テリング》〉と〈示すこと《ショウイング》〉の技法をきわめて綿密に用いた作家だ——としても、それらは独立したものではなく、表現の中で緊密に混じりあってひとつの「総合的な作用を生む」ものだからである。「事件を語る意図のない描写」、「描写の意図のない会話」、「事件を決定していく要因を持たない性格〔人物〕」、「性格〔人物〕の具体的描写を除いた事件」などありはしない。このことを示すためにジェイムズは、「一人の女性が食卓に手をかけて立ち上がり、あなたの方をある意味をこめて見る」とすれば、それは一つの事件であるが、同時に性格〔人物〕の表現でもあると説明する。

　具体的な作品としての芸術は、表現のあらゆる要素が融合して作り出される。小説のこの総体としてのありようをジェイムズは、「小説は生き物である」、「すべて一体となり、一貫した存在である」、「有機的な全体」である、とさまざまな表現を用いて強調する。かくてベザントの、小説において重要なことは「物語《ストーリー》」である、「物語が全てである」、という主張は否定される。「物語である部分」と「物語でない部分」などという区別を作品中に設けることはできないからだ。ジェイムズは、もし小説全体とは別に「物語」というものを考えうるとすれば、それは主題《サブジェクト》／構想《アイディア》／着想《ドネ》のことであろうと断ったうえで、「作品が成功していれば、それだけ構想は作品の中に浸透し、深く入りこみ、作品に魂を吹きこみ、生命を与え、その結果一字一句が、そして句読点までが直接に表現に貢献する」と述べている。

芸術としての小説の領域

なにを主題とするかは小説家の自由であるとジェイムズは論じる。どのような主題の作品を好むかは人それぞれである。しかし批評家は、主題に対する好みと作品の評価とは切り離して考えなければならない。作品の主題が何なのかが作品の質を決定するわけではないからだ。ベザントは物語は「冒険談」から構成されなくてはならないという。だが、冒険談なら必ず良い作品となり、冒険談でなければ必ず良くない作品になるなどということはありえない。ジェイムズは、「芸術が為しうる最も興味深い実験のうち幾つかは平凡な物事の中に深く秘められている」と論じる。重要なのは主題の扱い方であり、作品の評価は「作品の狙い」が成功するかどうかに基づくべきである。そもそも、日常の中の出来事も、何かをしないという決断も、人物の「心理的領域」で起こることも、冒険でないなどということはない、というのがジェイムズの考えである。ジェイムズは、近代心理主義リアリズムの生みの親といわれる作家であった。

主題の自由に関するもうひとつの論点は、小説を「因襲的で伝統的な型」の中に抑えこんではならないということだ。ここではエミール・ゾラが言及され、自然主義文学が念頭にあることが示される。ジェイムズは、読者には必然的に「好み」があり、創作においても「選択」は不可欠であることを認める。しかしジェイムズにとって芸術の「選択」とは、「典型的《ティピカル》」であり「総括的《インクルーシヴ》」であろうとすることだ。それに反し「伝統的な型」に抑えこむための選択は「並べかえ《リアレンジメント》」である。それは、「不快なもの」、「醜悪なもの」、「人生の悲しい面」を芸術の領域から排除することだ。「並べかえ」は小説を真実ならぬ、その「代行物、妥協物」を提供するものにおとしめ、小説の発展を妨げるとジェイムズは考える。

「芸術の領域とは人生そのものであり、感じとること、観察すること、想像することそのものである」という見解は、道徳性の議論に結びつく。ベザントはイギリス小説には「意識的な道徳的目的」が具現化されていると称賛したが、それに対しジェイムズは、イギリスおよびアメリカの小説はむしろ道徳的に小心なのだと言い、「道徳的エネルギーの本質はすべてを見ることである」と宣言する。ここで問題とされているのは、英米小説の「ある種の主題には用心深く沈黙を守る」という特徴、つまりフランス小説とは違って性的欲望・行為・快楽を扱わないことだ。「現実に見るもの」、「人生の一部であると感じているもの」を排除するのは、小説の発展にとってマイナスであるとジェイムズは考えている。

社会的文化的状況と「小説の未来」

以上からわかるように、ジェイムズのベザントに対する反論は、じつは小説をめぐる一般的了解に向けられた批判でもあった。その背景にあったのが、社会的文化的状況の変化である。一九世紀の後半、特に七〇年代以降は、印刷技術の進歩や流通の整備によるコスト低下と識字率の向上とがあいまって、読者層の拡大、いわゆる大衆化が進行していた。新しい読者の需要はとりわけフィクションに向かい、小説市場は活況を呈したが、これは同時に小説作品の商品化や、作家業の職業化（収入を目的とする活動となること）をも意味していた。「小説の技法」が書かれた一八八四年は、イギリスで作家協会が正式に発足した年なのだが、これは版権の管理を通じて作家活動の経済的基盤を確保することを目的とした団体で、その中心人物となったのがベザントであった。

ベザントの論は、小説は芸術であると謳いながらも、技法に関する内容は、多分に、読者のニーズに応える小説の書き方を新しい作家に向かって説くものとなっている。ジェイムズは論の終わりに若い小説家に向けた言葉を置き、小説の「自由」、可能性の「探求」、小説を「真摯なもの」とする努力の重要性をあらためて説く。ジェイムズの主張は、ベザントの商業主義的保守性への抵抗であったといえよう。ベザント以降、小説創作マニュアルの類はつぎつぎと出版され、小説の商品化、大衆化は着実に進んでいく。冒頭で引用した「批評」（一八九一年）は、新聞・雑誌にあふれる文芸批評がそれに加担していることを批判したものだし、「小説の未来」（一八九九年）では小説が氾濫する中での質的停滞への危惧が、さらに強い調子で論じられることとなる。

とはいえ、「小説の未来」に込められた新しい小説の発展への期待は、実現しなかったわけではない。ほどなくアメリカでは自然主義、イギリスではモダニズムが興隆し、心理を扱うという点でより深化した「意識の流れ」の手法が生まれた。性を明白に扱うこともやがてタブーではなくなった。小説の扱う領域は確実に広がったといえる。しかし、「小説の未来」の時点での、小説に何の必要性も感じない人々が目立って増え、おびただしい数の書物が印刷されてはまたたく間に消えていくというジェイムズの観察もまた、いっそう進行した状態で現代に当てはまるように思われる。

批評の理論への貢献

「有機的な全体」を達成するための方法としての小説の技法ということになれば、ジェイムズはまさにその開拓者であった。「小説の技法」では主旨からいってあまり論じられないが、「現実感」に亀裂を入れるような〈作者の声の語りへの介入〉が否定されたり、自著に絡めた「イギリスの公爵」と「ボストン娘」についてのくだりには〈視点〉の考え方がかいま見えたりする。

ジェイムズが創作を分析の実践と結びつけて論じたのがニューヨーク版選集のために書いた序文である。これは作品の構想（ジェイムズは「萌芽」という言葉を好んで使った）の段階から創作過程を振り返るとともに、いわば批評家の立場で作品の構成や技法を論じるもので、「［小説を］志す人たちにとって一種の包括的な手引書」となることが意図されてもいた。ジェイムズは序文で、主題と構成、意識と想像力について、技法面では〈語り手〉や〈視点〉はもちろん、〈場面〉、〈絵画的処理〉、〈劇的処理〉などについて語っている。また、「小説の技法」にもあった「現実は無数の形態を持つ」という認識を表す、無数の窓を持つ「フィクションの家」の比喩はよく知られている。

やがて、小説が本格的に研究対象となる時代が訪れた。ジェイムズの考え方にならってパーシー・ラボックの『小説の技術』（一九二一年）が、ジェイムズの序文を一巻にまとめるとともに項目別にテーマを分類したR・P・ブラックマーの『小説の技巧』（一九三四年）が出版された。作品の精密な読解を要求する実践批評や、新批評《ニュー・クリティシズム》、作品の構造を研究する物語論《ナラトロジー》が生まれた。ジェイムズの考察は小説の理論の発展の基礎となり、その作品は新しい理論による新しい読みを呼び続けている。

ヘンリー・ジェイムズ（Henry James）

一八四三年、ニューヨークで生まれる。父は宗教哲学家、兄は心理学者として著名なウィリアム・ジェイムズ。父親の教育方針により一〇代までの多くの時期をヨーロッパ各地で過ごす。幼少期からの異文化体験は文化や芸術への造詣を深めるとともに、一つの価値観を絶対視せず物事を相対的にとらえる感覚を培った。二一歳の頃から、書評や短編で文筆活動に踏み出す。二〇代もたびたびヨーロッパに滞在したが、一八七五年にはパリに移住、翌年ロンドンに移住し、文壇や社交界に多くの知己を得た。その後はあまりアメリカには戻らず、第一次世界大戦中の一九一五年、イギリスに帰化。翌年、七二歳で死去した。

ジェイムズの小説は心理主義リアリズムを特徴とする。登場人物の意識がとらえたものごとのみを提示する「視点」の手法では、読者は「視点人物」の心理というフィルターを通してしか物語世界を知ることができない。「見られるもの」と「見る者」との関係は交錯し、解釈の不確かさや意味の重層性を生み出す。

発表された小説だけでも長編二一、中短編一一〇余りというその活動は通常三期に分けられる。初期には、若く無垢《イノセント》なアメリカ女性がヨーロッパで経験する波紋や苦難を描いた『デイジー・ミラー』（一八七九年。小川高義訳、新潮文庫、二〇二一年他）や『ある婦人の肖像』（一八八一年。行方昭夫訳、岩波文庫、上中下、一九九六年他）といった国際テーマの小説で名声を得る。

中期は模索の時期となった。『ボストンの人々』（一八八六年。谷口陸男訳、中央公論社、一九六六年）、『カサマシマ公爵夫人』（一八八六年）といった政治や社会問題を扱う作品は売れ行きに恵まれず、劇作に挑むが不首尾となり、肉親や親しい友人の死が相次ぐ。この時期には幽霊物語や芸術家の葛藤をテーマとする中短編が多数書かれた。ゴシック小説の設定に技法のひねりを加えた幽霊物語の傑作『ねじの回転』（一八九八年。土屋政雄訳、光文社古典新訳文庫、二〇一二年他）などがある。

後期には、高い象徴性と審美性を備えた三大作品『鳩の翼』（一九〇二年。青木次生訳、講談社文芸文庫、上下、一九九七年他）、『使者たち』（一九〇三年。『大使たち』青木次生訳、岩波文庫、上下、二〇〇七年他）、『黄金の盃』（一九〇四年。『金色の盃』青木次生訳、講談社文芸文庫、上下、二〇〇一年他）が生まれた。これらは国際テーマのもと、心理の領域が、洗練された技法と緻密かつ精妙な文体で綴られている。

折々に発表された批評をまとめた批評集や、旅行記、自叙伝も出版している。遺された創作ノートや書簡も編集され出版された。ニューヨーク版選集序文の邦訳には『ヘンリー・ジェイムズ「ニューヨーク版」序文集』（多田敏夫訳、関西大学出版部、一九九〇年）他がある。

ジークムント・フロイト『『グラディーヴァ』に見られる妄想と夢』

森田和磨

Der Wahn und die Traüme in W. Jensen's Gradiva. Wien: Verlag Hugo Heller & Co., 1907.

安田徳太郎・安田洋治訳『妄想と夢』角川文庫、一九六〇年。種村季弘訳『グラディーヴァ／妄想と夢』作品社、一九九六年（平凡社ライブラリー、二〇一四年）など。

本書（以下、『妄想と夢』）は、精神分析の開祖ジークムント・フロイトによる最初の本格的な文学評論である。『夢解釈』（一九〇〇年）において『エディプス王』や『ハムレット』への言及を行い、それ以前にも友人への手紙の中で文学作品の短い分析を実践していたフロイトであったが、そのような文学への関心は、格好の分析対象を得たことにより、本格的な批評論文へと結実する。カール・グスタフ・ユングからW・イェンゼン『グラディーヴァ――あるポンペイの幻想小説』（一九〇三年）を薦められて読み、大いに感銘を受けたフロイトは、一九〇六年の夏季休暇を利用して作品分析を執筆し、翌年に出版した。これを嚆矢として、以降、精神分析を介した文学や芸術の分析が、彼自身やその他の人々によって盛んになされることになる。

イェンゼンの小説に対するフロイトの関心は、その中に現れる夢や妄想の描写が自身の理論と驚くほど一致しているところにあった。『夢解釈』、『日常生活の病理学』（一九〇一年）、『機知――その無意識との関係』（一九〇五年）といったそれまでの著作において、夢や機知や言い間違えの中に無意識の働きを解明する鍵を追い求めていたフロイトであったが、本論文においては、『グラディーヴァ』を「完璧に正確な精神医学的研究」と呼び、作中の夢や妄想の意味を、『夢解釈』に依拠して読み解いていく。いわば、本論文は、小説読解を通して、いまだに新奇な学であった精神分析理論を解説するという趣を帯びていたといえる。

精神分析の祖によって一〇〇年以上前に行われた、ささやかな小説読解の試みである本書が、今日の「文学理論」にとって何らかの重要性を帯びているとしたら、それはどのような形においてだろうか。

『グラディーヴァ』あらすじ

若き考古学者ハーノルトは、ローマの美術館で見かけた歩行する古代の若い女性の浮彫像を大いに気に入り、その石膏複製を買って部屋に飾っていた。自分でも理由のわからないままにその像に魅了されていた彼は、彼女を「グラディーヴァ」（あゆみ行く女）と命名し、その境遇を想像したり、歩き方を研究したりして日々を過ごしていた。そんなある夜、彼は戦慄的な夢を見る。その夢の中で古代ポンペイが火山の噴火によって滅亡するのに立ち会っており、滅亡する街のなかにグラディーヴァの姿を見たのだ。興奮とともに目を覚ました彼は、窓の外を眺めたが、ちょうどその時、街路をグラディーヴァと似た歩き姿の女性が通り過ぎるのを見かけたような気がした。慌てて外に飛び出したが、その時には、女性はすでに見えなくなっていた。それからほどなくして、ある衝動に駆られて思い立ち、ローマへ、それからポンペイへと、旅に出る。

ある日、ポンペイで遺跡めぐりをしていると、グラディーヴァとよく似た顔立ちの女性と出会う。妄想にすっかり没入していたハーノルトは、現代に蘇ったグラディーヴァであると思い込み話しかけるが、その女性も、興味を惹かれた様子で調子をあわせる。彼女が生身の女性であるのか、それともハーノルトが作り上げた幻影であるのか定かにはならないまま、二人の邂逅と会話は日をまたいで続けられるのだが、彼自身には全く思い至らないことに、実は、その正体は、幼馴染のツォーエであった。幼いころに愛情を寄せた相手で、今も彼の家の向かいに住んでいたが、学問への没頭のなかで、いつしかその存在はすっかり忘れ去られていたのだ。ツォーエは一向に自分の正体に気づかないハーノルトに対して、辛抱強く調子をあわせたり、ほのめかしたりして、記憶を呼び覚まそうとする。最終的に、彼は妄想から覚めて、ツォーエを成長した幼馴染として認識するが、その際に、重要な事実に思い至る。すなわち、自分に対するグラディーヴァの異常なまでの牽引力は、彼女とツォーエの間の身体的特徴の共通性によって生じていたのだ、という事実に。そうして、ツォーエに対する過去の愛情の蘇りを感じるのである。

登場人物に対する精神分析

フロイトは、『夢解釈』の方法を用いて、ハーノルトやツォーエの心の動きを、実在の人物に対するかのように細やかに分析する。その際に問題になるのが、欲望の抑圧とその表出の実態である。『夢解釈』では、「夢は抑圧された欲望の成就である」というテーゼとともに、夢の分析を通して、無意識的な欲望を読み解く方法が提示されていた。フロイトによると、意識と無意識の間に存在する検閲の働きによって、容認されがたい欲望は、意識には上らないまま抑圧されているが、睡眠中は、検閲の緩和にともなって、そのような欲望は夢という形で表出される。ただその際も、欲望はそのまま表現されるのではなく、検閲を回避するために、置き換えや圧縮を受けて、加工された形で表現されなければならない。夢の分析は、夢の「顕在内容」から「潜在内容」を読み解き、その源泉に秘されている欲望を明らかにすることが課題になる。『グラディーヴァ』を分析する際にも、ハーノルトの心の中の、受け入れがたい性的欲望をめぐる攻防に焦点があてられる。

フロイトは、ハーノルトのグラディーヴァをめぐる妄想を、二つの異なる心的流れの間の妥協として理解する。一つは、古代ポンペイに対する考古学的関心であり、もう一つは、抑圧されて意識には上ってこない、ツォーエに対する幼少期の性愛的感情である。この二つの心的流れがせめぎあった末の妥協として、古代ポンペイの女性グラディーヴァについての妄想が心の中で形成される。

欲望と検閲の間の葛藤は、ハーノルトが見る夢の中でも繰り広げられる。ある夜、彼は自分がグラディーヴァと一緒に古代ポンペイの滅亡を迎えているという夢を見るが、この夢には、グラディーヴァが実は自分と同じ町に生活しているツォーエにほかならない、という洞察が隠されている。そのような性愛的な願望を含む感情は検閲を受け、古代ポンペイを舞台にした夢という形に偽装されて、表出したのである。また、ポンペイでの滞在中にも、重要な夢を見る。その夢の中では、グラディーヴァは罠を用いて蜥蜴を捕まえようとしている。その前日に彼は、初老の紳士（実はツォーエの父親）がこれと同様の作業をしているところに遭遇しており、夢の中では、この日中の印象が、父がその娘に置き換えられつつ利用されていた。この印象を核として、その他の日中の小さな諸印象が合成される形で、この夢は成り立つ。その潜在的思考とは、ツォーエが父親と一緒にポンペイに滞在している、というものに他ならない。

このようにハーノルトの妄想および夢の原理を解き明かした後、フロイトは、彼の妄想の解消に寄与する治療者としてのツォーエに注目する。彼女のハーノルトに対する接し方は、相手の発言の裏に抑圧された性的な感情を読み取り、相手がそれを認識できるように誘導するという、まさにフロイトが実践していた精神分析療法を体現するものであった。ツォーエは、ハーノルトの妄想に調子を合わせつつも同時にその奥に隠された真実を暗に示すという態度で、彼を真理へと導くのであるが、その際に、常にハーノルトの妄想世界と現実世界の両方を指示する両義的な言葉を用いて、注意深く語りかける。このようにフロイトが明らかにした、精神分析家としてのツォーエの技法は、患者に対する受容的な態度での語りかけのモデルとして、現代においても臨床的な見地からの関心を呼ぶものである（ジャン＝ミシェル・キノドス『フロイトを読む――年代順に紐解くフロイト著作』福本修監訳、岩崎学術出版社、二〇一三年、を参照）。

作家の創作の源泉

以上において登場人物に対する精神分析は完結するが、なお問題として残されるのが、作者イェンゼンの創作の源泉をめぐる謎である。フロイトは『グラディーヴァ』を「完璧に正確な精神医学的研究」と呼び、自身の理論と小説の間の一致度や作者の洞察力に対して驚嘆の念を示す。イェンゼンが精神分析理論を全く知らずに小説を書いていたという事実を考えるなら、彼が自分と同じ源泉、すなわち無意識から洞察をくみ上げていると考えるしかない。つまり、フロイトが無意識の働きを注視しながら精神分析理論を作り上げているのに対して、作家は無意識に潜むものを無自覚に作品という形で表現している、というのである。

これは、抑圧された欲望の昇華としての芸術という、フロイトの主要なアイディアを含んでおり、翌年に発表される「詩人と空想」（一九〇八年）という論文においてさらに詳細に展開される。そこでは、詩人の創作は常人にとっての空想ないし白昼夢と等価であると主張される。つまり、常人が満たされない欲望を空想という形で表出するのに対し、詩人はそれを作品という形で表現する。そのような起源ゆえに、詩は、読者を緊張から解き放ち、彼らに空想にふける自由を与える。それが、詩を読んだ時の快感の正体であるという。このような作家の創作の源泉に対する洞察は、彼が作者の人生と作品の関係を論じる際の基盤になっていく。

フロイトの文学批評のその後の展開

『妄想と夢』以後も、フロイトは、いくつかの文学分析を出版する。彼が行っているのは一貫して、「無意識」「抑圧」「エディプス・コンプレックス」などの精神分析の概念を用いて、作家や作品についての隠された真実を開示するという作業であるが、それには次のような数種のパターンが存在する。「精神分析の作業で確認された二、三の性格類型」（一九一六年）では、再び、小説の登場人物に対する精神分析が行われる。『マクベス』のマクベス夫人、さらにイプセンの『ロスメルスホルム』のレベッカが俎上にのせられ、成功の絶頂で破滅する人物の心の謎が読み解かれる。「レオナルド・ダ・ヴィンチの幼年期のある思い出」（一九一〇年）、「『詩と真実』における幼年時代の記憶について」（一九一七年）、「ドストエフスキーと父親殺し」（一九二八年）において分析されるのは、作家の人生と作品の関係性である。例えば、ドストエフスキー論においては、癲癇や仮死状態の発作などの伝記的事実の中から、父親殺しの欲望とそれに対する罪悪感を読み取り、それをもとに彼の小説の父親殺しのモチーフを解析している。

フロイトの分析対象は、作中人物や作家だけにはとどまらない。「小箱選びのモチーフ」（一九一三年）においては、複数の作品や神話において反復されるモチーフの間テクスト的解釈が行われ、「不気味なもの」（一九一九年）においては、小説の与える不気味な印象が「抑圧されたものの回帰」という観点から分析されている。

これらの方法は、オットー・ランク、アーネスト・ジョーンズ、マリー・ボナパルトらによる初期の精神分析批評によって踏襲されており、フロイト派精神分析批評の方法論はここにほぼ集約できるといえる。のちに、フロイトの理論をフェルディナン・ド・ソシュールの構造主義言語理論を介して再解釈したジャック・ラカンによって、精神分析は読解理論としてさらに洗練させられることになるが、そのほか、ノーマン・N・ホランドに代表される精神分析を基盤とした読者反応論、「無意識」という概念をテクストの深層分析に活用する、ピエール・マシュレ『文学生産の理論のために』（一九六六年）やフレドリック・ジェイムソン『政治的無意識』（一九八一年）、偉大な先人からの影響に対する詩人たちのエディプス的闘争の蓄積として詩の歴史を解釈した、ハロルド・ブルーム『影響の不安』（一九七三年）など、フロイトの解釈モデルの応用は幅広い。

フロイト流の精神分析の適用は有益なのか

フロイトの文学や芸術の批評をどのように評価するべきなのか。意見が分かれるのが、精神分析の適用が作品のより良い理解に役立つのか、という点である。

批判としては、次のようなものが多い。すなわち、フロイトの批評は作品の諸要素のうちで精神分析理論をなぞっているように見える面のみに関心を向けるため、その技巧、様式、形式を軽視することになり、作品の価値を判断する助けにはならない、という批判である。フロイトの美学理論の再評価を試みるジャック・J・スペクターが、精神分析の芸術作品への機械的適用と見えるものを、「グラディーヴァ主義」と揶揄していたように、『妄想と夢』が悪しき精神分析批評の例として扱われることもあった（『フロイトの美学——精神分析と芸術』秋山信道・小山睦・西川好男訳、法政大学出版局、一九七八年）。

他方で、サラ・コフマンは、上記の批判を裏返して、むしろそのような批判において前提とされている芸術やその美を特別視するイデオロギーを脱構築する術を示しているとして、フロイトの批評を肯定的に評価する。コフマンは、『芸術の幼年期——フロイト美学の一解釈』（一九八五年。赤羽研三訳、水声社、一九九四年）において、ジャック・デリダの「フロイトとエクリチュールの舞台」（一九六六年）におけるフロイト観を引き継ぎつつ、芸術家を作品の父＝意識的主体としてみなす、神学的なイデオロギーの解体者としてフロイトを高く評価する。作品を芸術家の無意識の産物としてみなすフロイトの手にかかると、芸術家は作品を統御する主体の座から引きずり降ろされ、創作は生理現象と同列の分析対象となる。『妄想と夢』は、特に、「作者の殺害」へと大きく踏み出している点で、フロイトの批評における重要な転換点である。『夢解釈』においては芸術を精神分析的知見の範例として仰ぎ見ていたが、『妄想と夢』では、作品は精神分析の論理に従って分析されるべき対象としてあつかわれる。その中で、作者から切り離されて読まれるべきものとしての「テクスト」の読み方が示される。作者の心的生は、テクストのなかで歪曲や遅延を通して、痕跡としてしか存在することがないため、読み手は、所与の真実としての作者の意図をテクストの中に読み込むことではなく、「作者なしのシニフィアン」としてのテクストに向き合い、夢を扱う際のように、その細部に至るまで注視して解釈を行うことが求められるのだ。

フロイトの読解をポスト構造主義のテクスト理論の先駆として位置付けるコフマンの議論は、一見、精神分析の素朴な適用に見える『妄想と夢』の今日的な意義を浮き彫りにする。確かに、作家や登場人物の心理に関心を集中させるフロイトの文学読解は、文学理論の様々な方法論が開拓された今日においては、古色蒼然たるものに見えてしまうかもしれない。しかし、フロイトが、ラカン以降読解理論としての重要性が増す精神分析の不可欠な原点であるならば、『妄想と夢』を、「テクストとは何か」や「解釈とは何か」という根源的な問いを内包する論考として、立ち戻って精読する意義は大きいといわなければならないだろう。

ジークムント・フロイト（Sigmund Freud）

一八五六年五月六日、モラヴィア（現チェコ共和国東部）のフライベルクにおいて、ユダヤ人商人の一家の長男として生まれた。一八六〇年にウィーンに移住し、人生の大半をそこで過ごすことになる。一八七三年にウィーン大学の医学部に進学後、エルンスト・ブリュッケの生理学研究室で学び、一八八一年に一般医学の学位を取得する。その後、苦しい経済状況を打開するために、ウィーン総合病院で医局員として働きながら研究を続けるが、一八八五年からのパリ留学中にジャン＝マルタン・シャルコーのヒステリー治療の講義を受けたことを大きな転機として、ウィーンに帰国後、神経症の治療に携わる。

フロイトの精神分析創立に向けて大きなステップとなったのが、『ヒステリー研究』（一八九五年）に結実することとなる、ヨーゼフ・ブロイアーとの共同研究であった。そこでは、催眠術を用いてヒステリー症状の原因を除去する「カタルシス法」が採用されていたが、その後の研究でフロイトは、催眠術を用いずに、患者に頭に浮かんだことを自由に話させることによっても同様の効果が得られることを発見する。そのことが、彼を精神分析へと移行させることになる。主著『夢解釈』（一九〇〇年）において、それまで単なる生理現象として扱われていた夢を、無意識に抑圧された欲望の成就として分析し、続いて『日常生活の病理学』（一九〇一年）、『機知──その無意識との関係』（一九〇五年）、「性欲論三篇」（一九〇五年）などによって、無意識についての理論やリビドー理論を確立する。フロイトの理論が、個人の心理のみならず人類の文化全般を射程に収めるものであったことは、原始社会の分析である『トーテムとタブー』（一九一三年）に明らかだろう。

第一次世界大戦の勃発後、フロイトの関心の中心は、思弁的な性格の強いメタ心理学に移行する。死と喪についての論文「喪とメランコリー」（一九一七年）、現代思想に強い影響を与え続ける「死の欲動」という概念を提起した『快感原則の彼岸』（一九二〇年）、新しい局所論を展開した『自我とエス』（一九二三年）が代表的な論文である。また、西洋の宗教、文化、社会についての批判的考察『幻想の未来』（一九二七年）、『文化への不満』（一九三〇年）も発表する。

フロイトの死の数カ月前に出版された『人間モーセと一神教』（一九三九年）は、暗いヨーロッパ情勢を背景とした、ユダヤ人である自身のアイデンティティに関する、苦い省察である。一九三八年にウィーンはナチスに占領され、フロイト一家は苦心の末、間一髪のところでロンドンへと脱出した。この本では、西洋の宗教の起源を問い、「ユダヤ人はなぜここまで迫害の対象となるのか」という疑問に切迫感をもって向き合っている。一九三九年九月二三日、癌のために死去。

人間や文明の謎に取り組み続けたフロイトの理論は、ジェンダー、セクシュアリティ、人種、階級などに関する議論において繰り返し、参照あるいは批判・再考の対象とされてきており、文化・文学理論に受け継がれたその遺産は膨大なものである。

T・S・エリオット『聖林』

三原芳秋

The Sacred Wood: Essays on Poetry and Criticism. London: Methuen, 1920. 本書収録の諸論考は邦訳著作集に分散して訳出されている（詳細は章末）。吉田健一・平井正穂監修『エリオット選集』弥生書房、第一—二巻、一九五九年。『エリオット全集』中央公論社、第三—五巻、一九六〇年。

「とても不完全な代物」

「客観的相関物」概念や「詩作における個性没却」理論——詩人を化学反応における「触媒」に喩えたことで（悪）名高い——など後に多く議論されることとなるキャッチフレーズを打ち出し、「二五才を過ぎてもなお詩人であろうと思うなら歴史的感覚を身につけなければならぬ」「未熟な詩人は真似る、成熟した詩人は盗む」といった印象的な格言を残した本書『聖林』であるが、著者自身はこの文芸評論家としてのデビュー作（当時三二歳）をあまり好ましく思っていなかったようだ——「これは、とても不完全な代物です。将来決定版のようなものを出すとして、それに収録したいと思う文章はせいぜいこの中には四・五本しかないでしょう」（ジョン・クィン宛、一九二一年五月九日付）。これは必ずしも謙遜というわけではなく、実際エリオットが『聖林』を不本意と思うには十分理由があった。「私は、エッセイを再収録するかわりに（これは私の嫌っている出版形式です）、講演やエッセイをいっしょに煮詰めて、小さいけれども構成の整った本に仕上げたいと思っています」（シドニー・シフ宛、一九二〇年一月一二日付）。結局実現しなかったこの本は、『詩の技法（*The Art of Poetry*）』というタイトルで出版を予定していたもので、そこにおいては、「（一）現代の大衆（二）詩の技法（三）詩の社会的用途の可能性」について体系的に論ずる心積もりであった（この後もしばしば、エリオットは体系的な批評書を画策するが、いずれも断念している。これはエリオット批評の非‐体系性を考える上でも重要な事実である）。かわりに出版されたのがこの『聖林』で、それは本人が晩年に述懐しているように「すべて金銭的な必要にかられて書いていた」書評・エッセイの寄せ集め以外の何物でもない。である以上、このエッセイ集を体系的に読もうとするのは無理であるのみならず、おそらく有害であろう。これらエッセイは、それぞれある特定の対象を見定めて書かれた個別的な〈読み〉の産物であり、あくまでそのようなものとして読まれるべきなのであろう。とはいえ、それではこの紹介文が成立しなくなってしまうので、ここでは、以上のことを念頭におきつつ、収録エッセイ群の類縁性から見えてくる〈思考のスタイル〉のようなものを抽出してみたい。

「感情」をめぐる理論として

『聖林』におけるエリオットの詩学を一言で要約するならば、「感情」――しばしば「情緒」とも訳される――をめぐる理論であるということになるだろう。それは、創作及び批評という行為において、

「知性」によっていかにして「感情の有害な効果」（「完全な批評家」）を排除・克服するか、という点に尽きる。「テクスト性」や「言語の戯れ」といった次元ではなく、あくまで「感情」をその基盤にもってくるわけで、その意味ではロマン派的文学理論の延長であると言って差し支えない。そこにあるのは、本人が意図していたようなロマン派からの「切断」ではなく、むしろその「転倒」とこそ呼ばれうるものだと言える。であるからこそ、詩とはワーズワースの言うような「静寂のうちに想起された感情」ではなく「感情や個性からの逃避である」というかの有名な文句にすぐ続けて、「むろん、ただ感情や個性を有する者のみが、これらのものからの逃避を欲するということの意味を知るのである」（「伝統と個人の才能」）というつけたしがなされるのである。

では、その「転倒」の性格はというと、それは、「感情」を主観《サブジェクト》＝主体の位置から対象《オブジェクト》＝客体の位置へと移行させたことにあると言える。詩人という主体の「感情」が詩における綜合を獲得するのではなく、「感情」はあくまで分析の対象ということになる。これを公式化したのが、「客観的相関物(objective correlative)」と呼ばれるものである（ちなみに、これはなんら独創的な概念ではなく、ジョージ・サンタヤーナの「相関的対象物（correlative objects)」やエズラ・パウンドの「客観的想像力（objective imagination)」など先行概念にこと欠かない「盗作」である。とはいえ、おそらくエリオットに言わせれば、「未熟な詩人は真似る、成熟した詩人は盗む」〔「フィリップ・マッシンジャー」〕ということになるのであろうが）。「芸術という形式において感情を表現する唯一の方法は、「客観的相関物」を見いだすことにある。換言すれば、ある特殊な感情〔を喚起するため〕の公式（formula）となるようなモノ・情況・出来事の連鎖を見いだすということである」（「ハムレットと彼の諸問題」）。

すなわち、詩作とは数学における関数のようなもので、たとえば $f(x) = x + 1/x$ の x に「特殊な感情」を代入すれば、「芸術の感情」という値がきちんと返ってくるものと想定される。かの有名な「触媒」の比喩も、この延長線上にあると言える。触媒作用とは、複数の異なる物質（それ自体ではなんら化学反応を起こさない）が触媒の混入によりまったく違った化学組成を生じる現象を指すわけだが、その際に定式化される化学反応式《フォーミュラ》に触媒の存在が表示されないのと同様に、諸々の「感情」に化学反応を起こさせて新たな「芸術の感情」を生産する詩の創作において、詩人という「触媒」はその痕跡を残さない。これが、「個性没却理論（Impersonal theory）」の骨子である（「伝統と個人の才能」）。

『聖林』の目的とは、畢竟、個々の事例においてこの方程式の解を求めることにある。ただ、そこにおいてまったく正当な用法と呼びうるのは「ダンテ」のみで、残りは誤用例の羅列であるというのが実情である――出版直後の書評で「これは批評家の仕事ではなく葬儀屋の仕事である」と揶揄されたのも無理はない。では、その「誤用」の例を見ていこう。第一の誤答は、スウィンバーンの詩における〈対象との乖離〉。それ自体「自己充足」しているという意味では「非個性的」とさえ言えるスウィンバーンの詩は、しかし、適切な対象が欠如しているために、現実世界に「根を下ろしていない（uprooted）」「病理的」なものと診断される（「詩人としてのスウィンバーン」）。いわば、関数はあるのだが代入すべき x が存在しないという誤用。第二の誤用は、ヘーゲル及びその追随者たちによる〈対象の取り違え〉。個人的な感情を「明確な（definite）感情」と取り違え「感情的組織化」に訴えるこのような一九世紀哲学の病理におかされた詩や批評は、「混乱」「混同」「混交」といった誤りを犯す（「完全な批評家」）。これには、ハムレットに自らの芸術理解の「代理的存在」を見てしまう「もっとも危険なタイプ」の批評家による、〈対象への自己移入〉もふくまれるだろう（「ハムレットと彼の諸問題」）。すなわち、xに数以外のものを勝手に代入して自己満足するという誤用。第三の誤用は、作品『ハムレット』に見られる〈表現不可能な対象の選択〉。この作品において主人公ハムレットを突き動かす感情（母親への生理的嫌悪）は「作品内に現れる諸事実を超過してしまうために表現不可能」であり、作者がいかに工夫を凝らそうとも「芸術的失敗」を運命づけられる（「ハムレットと彼の諸問題」）。関数$f(x) = x + 1/x$の式に0を代入してしまうといった（必ずしも誤用とは言えない）行為。第四の誤用は、ウィリアム・ブレイクのような〈自分勝手な哲学を基盤にした詩世界の構築〉。この誤用は、対になる「ダンテ」の正当な用法に極めて近いものだが、その唯一の相違は、ブレイクが「自分自身の哲学に耽ることを防いだであろう一般に是認された伝統的思想の枠組み」をもたなかった、ということにある（「ブレイク」）。つまり、これは、誤用とは少々異なり、いわば自分勝手に特異な関数を捏造したうえで、そこに明確な感情を代入することで確かな値を返すような用法である。ここには、正当に成立しているはずの関数自体に正邪（正統／異端）を裁断するための「一般に是認された伝統的思想の枠組み」というメタな基準がひそかにもちこまれている。

かくして「科学的」と呼ばれるエリオット批評の公理系も、実は、しばしば危険な特異点や論理的根拠の曖昧さをともなうものであることがわかる。この点で極めて興味深いのは、あまり顧みられることのない「ベン・ジョンソン」における、「表面の詩学」を救出する評価である。「自身の論理」に基づいて作品世界の「全体（whole）」を構築するという議論は、第四の誤用（ブレイク）と同型であり、「自身で創造した世界を表面的に扱っているとして非難することはできない」という物言いは言い訳じみて聞こえなくもない。続けて、エリオットは徴候的な比喩をもってくる――「これは、ロバチェフスキー的な世界である。ジョンソンのような芸術家の創造する世界とは、非ユークリッド幾何学のシステムに似たものなのである」（「ベン・ジョンソン」）。特異な関数を用いることにかんして、ブレイクの場合は「無形式」と切り捨て、ベン・ジョンソンの場合は革新的＝現代的な「システム」に喩える仕草の背後には、やはりエリオット自身の党派性――のちに英国国教会に入信しドグマ的な傾向を示す思考／嗜好の傾向性――が見え隠れする。

　以上をまとめると、『聖林』において展開されるエリオットの詩学は、まず、あくまで対象＝客体《オブジェクト》である「感情」からはじめること、次に、たんなる「人間（個人／主観）的感情」と「芸術の感情」を知性によって明確に分離すること、このふたつの柱を基本にしていると言える。この節の最後に、これをもっともよく要約していると思われる箇所を「完全な批評家」から引用しておく――「我々が仮定する無知な読者には、詩と、その詩が彼の内に沸き起こす感情の状態、すなわち自身の感情への耽溺にすぎないかもしれない状態とを、区別することができない。詩は偶然的な刺激かもしれない。〔しかし〕詩を享受する目的＝終着点《エンド》は、すべての個人的感情が取り除かれた純粋な観想である。このようにして、我々は、対象をあるがまま見つめ、このアーノルドの言葉の〔真の〕意味を見出すことをめざすことになる」。なお、エリオットにとってはエディプス的父とも言えるマシュー・アーノルドの「対象をあるがままに見つめる」という批評の第一原理が、ウォルター・ペイター及びオスカー・ワイルドによる倒錯・転倒を経たのちにここで再読されていることは、英国批評の観点からしても興味深いことである。

「伝統」をめぐる理論として

一般によく理解されていないことだが、「触媒」としての詩人という観点と、この節で論ずることになる「伝統」論とは、「個性没却理論」という一つの理論のふたつの「側面」である――そのことは、エリオット自身が「伝統と個人の才能」第二部の冒頭で明確に述べている。実際、このふたつの側面を構成する議論は、構造上同型だと言える。共通するのは、主体がある外部的な客体に直面した際、その外部を取り込みつつ自らも変容し、新たな「秩序」を（再）創出するというプロセスである（このため、エリオットの「伝統」論は「弁証法的」と評されることがある）。議論の主体《サブジェクト》＝主題が、前者では「詩人の精神」であったのに対し、後者では「ヨーロッパの精神」となる。「伝統」は、つねに - すでに一定の秩序を構成しているのだが、「真に新しい芸術作品」の出現とともに、その秩序の「全体（whole）」が再編成され、あらたな秩序を構築する。すなわち、これは、「伝統」＝「全体」と「新しい作品」＝「個」とのあいだに生じる相互的な形象化であり、一方的な包摂（伝統至上主義）や一方的な破壊（アナキズム）とは一線を画するオルタナティヴである。「全体」の側から見れば、一種のオートポイエーシスとも言える。

この構図を詩人の側から眺めると、「全体」との関係性なしには「個」の意義が成立しないという認識になる。「伝統」とは「相続」できるものではなく、「多大な労働（labour＝陣痛）によって獲得」

するもので、その労働の結果得られるのが「歴史的感覚（historical sense）」であり、その感覚をもってはじめて詩人は「伝統的」となることができる。すなわち、過去の知識を蓄積するのはたんなる前段階に過ぎず、そこにある「全体の秩序」を把握し、その「全体」と自身との関係性を意識するような「感覚／分別／方向（sense）」の獲得がなければ意義をもたない――そして、その「全体の秩序」の側も、「個」の参入によって「ほんの少しばかりであるかもしれないが、変化しなければならない」――という点が、この「伝統」論の核心であり、多くの創作家に少なからぬインスピレーションを与えてきた理念でもある。

「時間的なるものの感覚だけでなく無時間的なるものの感覚をもつこと、そして、無時間的なるものの感覚と時間的なるものの感覚とをいっしょにもつこと」と定義されるこの「歴史的感覚」は、ニーチェが「超歴史的」と言いスピノザが「永遠の相の下に」と言ったような視点にむしろ近いものなのだが、それが具体的な歴史分析に適用されると、エリオット自身の疎外論的な歴史観を介入させてしまう結果となる。『聖林』発表の直後に書かれた「形而上派詩人たち」（一九二一年）において展開される「感性の分裂」史観（一七世紀に感性の分裂〔知性と感情の分裂〕が起き、我々はまだそこから回復していない）は、その好例であろう。根源的統一⇓「分裂」後の全面的疎外（⇓再統一の必要）という歴史＝物語は、『聖林』においてもすでに「フィリップ・マッシンジャー」などに顔をのぞかせているもので、また、現代作家を批判するためにエリザベス朝文学やダンテといった「分裂」以前の根源的統一の神話をもち出す際にも適用されている。そのため、たとえば、「詩劇の可能性」というエッセイは、つまるところ、「分裂」以降の現代において詩劇は不可能であるという死亡宣告にほかならない——とはいえエリオット自身、のちにその復活（再統一）を希求してキリスト教的な詩劇に手を染めることになるのだが。

『聖林』のアクチュアリティ／ポテンシャリティ

『聖林』再読のパターンは、おおまかに言って以下の三種類に要約できるだろう。まずは、エリオット自身の詩作の副産物・準備ノートとしての意義。次に、「モダニズム」批評の典型としての歴史的意義。そして、時折みられることだが、部分を拾い上げて「ポストモダニズム批評の先駆」といった新たなレッテルを貼る再評価。これらに共通して言えることは、『聖林』はもはや、それ自体としては再読されていないということだろう。つまり、そこに今日的なアクチュアリティは存在しないし、今後もおそらく存在しないであろう。

しかしながら、『聖林』が圧倒的なアクチュアリティをもった瞬間《モメント》が、文学史のみならず思想史にも数多く、しかもグローバルに見いだされるという事実にかわりはない。それは、およそ予期できぬほどに多種多様でローカルな契機《モメント》によって現働化しうる潜勢力《ポテンシャリティ》が、『聖林』に孕まれていることを意味するのだろう。なぜ、末期の帝国日本において『日本文化の問題』を執筆した西田幾多郎は、その最終章においてエリオットの「伝統」と対話したのか——なぜ、カリブの詩人エドワード・カマウ・ブラスウェイトはエリオットに傾倒し、失われた〈アフリカ〉の「全体性」とカリブの「個人の才能」との弁証法に新しい詩学を賭けたのか——なぜ、エドワード・W・サイードは「アフィリエーシヨン」概念を練り上げるための参照枠としてエリオットを援用したのか――こういった〈問い〉を潜勢力《ポテンシャリティ》の次元に戻して問い直してみることには（さらに、それらが力のある《パワフル》男性知識人による／のための語りになりがちな事実を批判的な再審にかけてみることには）、いまでも、いつでも、「多大な労働＝陣痛」の価値が十分にあるだろう。

T・S・エリオット（Thomas Stearns Eliot）

一八八八年、米合衆国ミズーリ州の大都市セントルイスに生をうける。一家はボストンきっての旧家《ブラーミン》「エリオット一族《クラン》」の流れだが、祖父の代にユニテリアン派宣教のために中西部に移住してきた。一族のならわしに従ってハーヴァード大学に進学し哲学を専攻するが、そこでの約束されたアカデミックな将来を捨て、さまざまな前衛が割拠する第一次世界大戦前後のロンドン文壇に身を投じる。評論集『聖林』（一九二〇年）、長編詩『荒地』（一九二二年）は、「モダニズム文学」運動の理論・実践両面における金字塔。その後、汎欧州志向の批評誌『クライテリオン』（一九二二―三九年）の主宰を通して時局を見据えた文化批評に傾斜し、ファシズムかコミュニズムかの二者択一を迫られていた時代に『キリスト教社会の理念』（一九三九年）を発表。また、ロンドンに亡命していたカール・マンハイムらとの知的交流を通して『文化の定義のための覚書』（一九四八年）を書き上げる。その有機的共同体論が孕む反ユダヤ主義などの問題は等閑視されてはならないとはいえ、瓦解する西欧文明の擁護者として時代にコミットした一知識人であったことに間違いはない。

一九二七年、英国に帰化し国教会に入信したエリオットは名実ともに英国保守派を代表する知識人として、第二次大戦後にはノーベル賞・メリット勲章ほか多くの栄誉に浴する文壇の大立者となり、活動の拠点であったフェイバー社の所在地にちなんで「ラッセル・スクエアの教皇」とあだ名される。そこで編集者としてのもち前の鑑識眼を活かし、後進の発掘・育成に大いに貢献したことは、特筆に値する。

『聖林』所収論文の邦訳は以下の通り――『エリオット選集』（弥生書房、一九五九年）第一巻（「伝統と個人的な才能」「完全な批評家」）、第二巻（「ハムレット」「ベン・ジョンソン」）。『エリオット全集』（中央公論社、一九六〇年）第三巻〈詩劇論〉（「「レトリック」と詩劇」「ハムレット」）、第四巻〈詩人論〉（「クリストファー・マーロウ」「ベン・ジョンソン」「詩人としてのスウィンバーン」「ウィリアム・ブレイク」「エウリピデスとマリ教授」「フィリップ・マシンジャー」）、第五巻〈文化論〉（「伝統と個人の才能」）。以上にふくまれていないものとして、「不完全な批評家」「詩劇の可能性」「ダンテ」（有名な一九二九年の同名論文とは別物）がある。

ジェルジ・ルカーチ『小説の理論』

岩本剛

Die Theorie des Romans, Berlin: Paul Cassirer 1920. 大久保健治訳『小説の理論』、『ルカーチ著作集2』所収、白水社、一九八六年。原田義人・佐々木基一訳『小説の理論』筑摩書房、一九九四年。

一九世紀ヨーロッパの近代市民社会において最も成功を収めた文学ジャンルといえる小説。『小説の理論』は、従来の文芸学的な小説論とは異なり、小説という形式を可能にし、また必然ともした近代に固有の「精神の先験的地誌学」を記述しようとする画期的な歴史哲学的小説論である。エルンスト・ブロッホ、ヴァルター・ベンヤミン、テーオドア・アドルノらに批判的に受容された同書の問題設定・語彙・修辞は、一九二〇—一九三〇年代の批評の基本的枠組みを規定するものとなった。

過渡期のスナップショット

ルカーチの思想の評価には深い亀裂が走っている。鮮烈な批評的エッセイのアンソロジー『魂と形式』を著したマルクス主義転向以前の〈良きルカーチ〉と、『歴史と階級意識』以後、マルクス主義の代表的イデオローグとして――ただし、いわゆる正統マルクス主義からは絶えず異端視されながら――旺盛な著作活動を継続した〈悪しきルカーチ〉とのあいだの亀裂がそれである。マルクス主義の退潮を受け、〈悪しきルカーチ〉の評価はつとに芳しくない。マルクス主義者ルカーチの思想は、その主要な参照先であるカント、ヘーゲル、マルクスの思想を「次から次へと曲解する、その首尾一貫性」（ヴィンフリート・メニングハウス）によってこそ特徴づけられるとする、はなはだ辛辣な評価も存在する。ところで、〈良きルカーチ〉と〈悪しきルカーチ〉を対置するルカーチ評価の常套を「過度に単純化された見方」とするポール・ド・マンは述べている。「後期ルカーチにおける諸悪の根源はマルクス主義への転向にあるのだといった気休めの想定に固執するのは正しいことではない」、なぜなら、いわゆる〈良きルカーチ〉と〈悪しきルカーチ〉とのあいだには「かなりの程度の連続性」がみとめられるからである。

第一次世界大戦のさなかに執筆され、一九一六年、ルカーチの将来を嘱望していたマックス・ヴェーバーの仲介により『美学・一般芸術学』誌に発表された『小説の理論』（一九二〇年、刊行）は、〈良きルカーチ〉から〈悪しきルカーチ〉への過渡期に位置する作品である。「生の哲学」から新カント学派を経てヘーゲル主義に至り、体系的美学の構築を企図する〈良きルカーチ〉から、祖国ハンガリーでの革命勃発を機に共産党に入党、以後マルクス主義の理論構築とその実践に邁進する〈悪しきルカーチ〉へ――ルカーチの個人史は、世紀転換期の西欧思想史との批判的対決の軌跡ともいうべきものだが、その決定的な過渡期の記録である『小説の理論』には、ド・マンの指摘する「連続性」、ルカーチの思想に通底する諸要素がたしかにみとめられる。それがすなわち、近代における世界と人間のあいだの「根本的な不協和」の認識、この「不協和」を解消するものとしての「形式（Form）」の理念、そして生の全体性への志向である。

「神の去った時代の叙事詩」としての小説

「大叙事文学の諸形式についての歴史哲学的エッセイ」と副題された『小説の理論』、その第一部においてルカーチはまず、「大叙事文学の二つの客観的なあらわれ」である叙事詩と小説とを歴史哲学的に峻別する。叙事詩と小説は、ともに生の全体性の形象化を志向する文学形式であるが、両者を分けるのは、その志向が形象化のために見いだす「歴史哲学的な所与」である。「叙事詩はおのずから完結した生の全体性を形象化し、小説は形象化しながら生の隠れた全体性を見いだし、組み立てようと探究する」。叙事詩がおのずからなる有機的な生の全体性を模写的に形象化するのに対し、小説は、そのような生の全体性が失われたにもかかわらず、生の全体性への志向をいまだ断念することのできない近代という時代にあって、生の全体性の文学的形象化――文学の次元における生の全体性の回復――の可能性を探究する。かくして小説は、近代の「先験的な無宿状態の表現」、「理念の先験的な故郷喪失状態の形式」となる。近代的個人は、生の全体性が失われ、生の意味／本質がもはや自明なかたちでは与えられていない世界を「故郷」と感じることはできず、この異邦の地を孤独な「無宿」者として生きるほかない。小説の主人公とは、まさにそうした近代的個人を形象化したものである。叙事詩の「英雄（Held）」に与えられていた形而上的＝超越的な教導をもはや期待することのできない小説の「主人公（Held）」は、生の意味／本質を求め、「故郷」ならざる世界を彷徨する。小説の「ストーリー（Handlung）」とは畢竟、生の全体性の回復をひとり孤独に探究する主人公たちの、その探究の「行為（Handlung）」の道程にほかならない。小説を構成するこの探究はしかし、生の全体性がいまやことさら探究されるべき対象へと問題化してしまったことを意味している。「哲学とは本来、郷愁であり、あらゆる場所において我が家のごとくあろうとする衝動である」というノヴァーリスの箴言は、叙事詩的な生の全体性の喪失を裏書きするものといえるだろう。

「進むことのできる道にせよ、進まなければならない道にせよ、星空がその道の地図となり、その道を星の光が照らす時代は幸福である」――叙事詩に形象化された生の全体性、世界と人間の「幸福」な関係は、永遠に失われたのだとルカーチはいう。生の全体性が「メタ主観的で超越的なものであり、啓示であり恩寵である」とするならば、「摂理から見放され、先験的な方向づけを欠く世界」としての近代とは「罪業の完成された時代」（フィヒテ）であり、小説とは「神の去った時代の叙事詩」なのである。

小説の類型学

『小説の理論』第二部では、小説の主人公たちの「魂」（内面の世界）がその外部にある現実の世界よりも狭いか広いかという二分法に基づいて「小説形式の類型学」――それは近代的個人の行動様式の類型とも読みうる――が試みられている。

「魂」が外部世界よりも狭いのが「抽象的理想主義」の小説であり、その主人公たちは外部世界に積極的にはたらきかける行動的人物となる。ときに狂気と境を接したデモーニシュなものとなる主人公たちの行動は、滑稽ともグロテスクともいえる混乱を生みだし、世界と人間の「根本的な不協和」をいやましに昂進させる。セルバンテス『ドン・キホーテ』からバルザック『人間喜劇』を経てポントビダン『仕合わせなハンス』に至る系譜がこれに当たる。これとは対照的に、「魂」が外部世界よりも広いとき、主人公たちは外部の現実から逃避し、自己の内面性のうちへ引きこもる。これが「フローベール『感情教育』を典型とする「幻滅のロマン主義」の小説である。「幻滅のロマン主義」の受動的な主人公たちは、自己の内面性のうちに主観的な価値意識を創出する。しかしその過度の受動性ゆえに、彼らの生は、外部の現実からあまりに隔絶した「瞑想」に行き着かざるをえない。

「抽象的理想主義」の過剰な能動性と、瞑想と化した「幻滅のロマン主義」の純粋な内面性とのあいだの均衡を探究したのが、ゲーテの教養小説『ヴィルヘルム・マイスターの修業時代』であるとされる。「教養小説（Bildungsroman）」とは、さまざまな経験を糧に人間的に成長していく主人公の「陶冶（Bildung）」の過程を描く「小説（Roman）」のことだが、ゲーテの教養小説における十全に陶冶された主人公たちは、「一方で社会の生活形式を受け入れ、他方で魂のなかでのみ実現される内面性を温存する」という、世界に対する能動性と受動性の均衡を獲得する。それがすなわち、世界と人間の「根本的な不協和」の文学的克服としての「諦念を知る孤独の境地」である。小説は「成熟した男らしさの形式」であるとルカーチはいう（ちなみに、このテーゼは『小説の理論』後半部で何度も繰り返し述べられている）。ルカーチにとって、「成熟した男らしさ」を体現する教養小説的「諦念」は、世界と人間の「根本的な不協和」の克服と、生の全体性の回復をめざす小説的探究が到達した最高の成果であったといえるだろう。

ところで、生の全体性の小説的探究に対して、実はルカーチは相当に懐疑的である。換言すれば、ルカーチは、近代における叙事詩的な生の全体性の再生を素朴に希求しているわけではない。「ギリシア人が形而上的に生きている圏域は、私たちのそれに比べて小さい。それゆえ、かの圏域のうちに身を移しても、私たちは決して生き生きとすることはできない」。叙事詩的な生の全体性が失われたのと引き換えに、近代には個人の自由が与えられた。そして、「近代的個人の自由が人間の感情生活において健康として反映することはけっして必要ではない」(ゲオルク・ジンメル)。「小説形式の類型学」の末尾、いわば余録としてトルストイに触れた箇所には、生の全体性の小説的探究に対するルカーチの懐疑が透けて見える。トルストイの小説における自然回帰の傾向は、「小説による叙事詩への超越」の徴候であり、そこには「新しい世界」の到来が予感されている。ただし、近代文明のなかでいたずらに自然回帰を追求するならば、それは現実的には「最も低劣で、最も精神に乏しく、最も理念から遠い」慣習的世界への埋没に帰着することになる。小説的探究の最高の成果とされた教養小説とて、これとさして大差はない。小説がその形象化によって到達せんとする生の全体性は、抽象的に体系化された生の全体性の仮象でしかなく、「客観的に見れば不完全であり、主観的に体験すれば諦念となる」。教養小説的「諦念」が形象化する世界と人間の和解もまた、生の全体性のひとつの仮象にすぎず、既成の社会体制とのたんなる妥協を美的にカムフラージュしたものにすぎないのである。

ドストエフスキーと「新しい世界」

第一次大戦勃発後、ルカーチは本格的なドストエフスキー論の執筆を計画する。同論はついに執筆には至らなかったのだが、その構想の過程で『小説の理論』が生まれることとなった。成立事情から推して、『小説の理論』はドストエフスキー論の序論に相当するものとも考えられる。その傍証となるのが、同書の末尾近く、いささか唐突にあらわれるドストエフスキーについての言及である——「ドストエフスキーはいかなる小説も書かなかった」、そして「ドストエフスキーの作品のなかではじめて、新しい世界は、既存のものに対するいかなる闘争からも退き、単純に直観された現実として写しとられる」。構想メモが残されているものの、ドストエフスキー論の全容を窺い知るのは難しい。たしかなのは、同論が「新しい世界」の到来と、それを迎えるべき新しい「英雄精神」を主題としていたことである。ここにいわれる「新しい世界」とは、近代のたんなる更新とは異なるものであり、したがってもはや近代的な小説的探究の対象とはなりえない。また、この「新しい世界」は、叙事詩の世界の「英雄（Held）」とも小説の世界の「主人公（Held）」とも異なる、新しい「英雄精神（Heldentum）」を必要とする。ルカーチがドストエフスキーの作品のなかにみとめた新しい「英雄精神」、それが「古き秩序の克服者——マルクスの言葉を借りれば、古き秩序の「墓掘り人」——としての英雄のタイプ、すなわち革命家とテロリスト」（ヴェルナー・ユング）である。

のちにルカーチが述懐するところによれば、『小説の理論』は当時の「世界情勢に対する不断の絶望」のなかで書かれたものであり、そこで期待されていたのは「新しい文学形式ではなく、新しい世界であった」。戦争を拒絶するのみならず、戦争を招来した近代市民社会をも拒絶したルカーチにとって『小説の理論』を書くことは、小説／近代の限界をしかと見定めるための作業であったのかもしれない。以後ルカーチは、「新しい世界」における生の全体性の実現可能性を、文学ではなく、マルクス主義の理論と実践のうちに追求することになる。ルカーチをマルクス主義に向かわせた、小説的「男らしさ」に飽き足りぬ革命家／テロリストの「英雄精神」、それはしかし、滑稽とグロテスクを孕んだ、かの「抽象的理想主義」にどこか似てはいないだろうか。いずれにせよ、生の全体性の理念が政治的全体主義へと矮小化／歪曲化され現実化することになった二〇世紀の歴史を、『小説の理論』執筆時のルカーチはいまだ知る由もなかった。

『小説の理論』を読み直す――〈彼自身によるルカーチ〉に抗して

一九六三年に刊行された『小説の理論』新版には、〈彼自身によるルカーチ〉ともいうべき興味深い序文が添えられている。さしずめ〈悪しきルカーチ〉による〈良きルカーチ〉に対する自己批判といったこの序文のなかで、ルカーチは同書をはっきり「失敗作」と断じている。曰く、急進的な革命を志向する「左翼的倫理」と伝統的・慣習的な現実解釈を旨とする「右翼的認識理論」との融合をめざす世界観のもとに書かれた『小説の理論』は、一九二〇―一九三〇年代の「重要なさまざまなイデオロギーの前史」をなす著作であり、それが「失敗作」に終わったことは、ヴァイマール共和国期の知識人たちが共有していた上記の世界観の破綻を予告している。さて、著者自身による否定的評価とは裏腹に、近年、『小説の理論』再読の気運はひそかに高まっているようだ。奇しくもルカーチの共産党入党からちょうど百年後にあたる二〇一八年には、気鋭の研究者たちが同書について論じたアンソロジー『百年の「先験的な故郷喪失状態」(*Hundert Jahre »transzendentale Obdachlosigkei«*)』(未邦訳)も刊行されている。マルクス主義者でない〈良きルカーチ〉とマルクス主義者である〈悪しきルカーチ〉という過度に単純化されたルカーチ評価のステレオタイプから離れ、「統一体として研究されるべき十分に重要な精神」(ド・マン)であるルカーチの思想をあらためて批判的に解釈すること──『小説の理論』の再読がその契機となるのはまちがいない。

ジェルジ・ルカーチ(György Lukács)

一八八五年、オーストリア＝ハンガリー二重帝国(ハプスブルク帝国)の一方の首都ブダペストに、ユダヤ系大銀行家の長男として生まれる。ブダペスト大学では法律と国民経済学を専攻、同時期、劇評を開始する。学位取得後、ドイツに遊学、ベルリン大学ではゲオルク・ジンメル、ヴィルヘルム・ディルタイの講義を聴講する。一九一〇年、エッセイ集『魂と形式』(ハンガリー語版、翌一九一一年にドイツ語版)を出版。ベルリン時代に知り合った親友エルンスト・ブロッホの勧めに応じ、一九一二年からハイデルベルクに滞在、マックス・ヴェーバー主宰の知的サークルにブロッホとともに参加、また、ドイツでの教授資格取得を念頭に体系的美学の構築に専心する。一九一四─一九一五年、『小説の理論』執筆(一九一六年、雑誌『美学・一般芸術学』に発表、一九二〇年、単行本として刊行)。一九一七年末、兵役を経てブダペストに戻る。第一次大戦の敗戦によりハプスブルク帝国は崩壊、一九一八年ハンガリーでブルジョワ民主革命が起こると、同年一二月ハンガリー共産党に入党、革命政権下では党第二中央委員会委員として文教政策に従事する。一九一九年、革命政権崩壊後、地下活動を経てウィーンに亡命。一九二一年、コミンテルン第三回大会に出席、はじめてソ連（当時）を訪れ、レーニンとも会う。一九二三年、『歴史と階級意識』を刊行、「マルクス主義の最も完結した哲学的作品」（ヴァルター・ベンヤミン）として西欧の左翼系知識人に大きな影響を与える。一九二八年、ハンガリー共産党の綱領「ブルム・テーゼ」を起草、しかしこれが激しい批判を浴び、以後、政治活動の一線から退く。一九三〇年、ウィーンを退去してモスクワに移住、『マルクス・エンゲルス全集（ＭＥＧＡ）』編集に加わる。一九三三―一九三八年、モスクワ科学アカデミー哲学研究所所員。一九三九―一九四〇年、ルカーチのリアリズム論をめぐって論争が起こる。一九四五年、ブダペストに帰郷、翌年、ブダペスト大学美学・文化哲学教授に就任、以後、『ゲーテとその時代』（一九四七年）、『若きヘーゲル』（一九四八年）、『理性の破壊』（一九五四年）等、数々の著作を刊行する。一九五六年、ハンガリー動乱が起こると、ルカーチは党中央委員に選出され、文化相に任ぜられる。一九六二年、西ドイツ（当時）のルフターハント社より『ルカーチ著作集』の刊行が始まる。一九六三年、妻ゲルトルートが急逝、ルカーチは絶望のあまり数カ月にわたって自殺衝動に苛まれる。一九六八年、「プラハの春」に対するソ連・ワルシャワ条約機構軍による弾圧に失望、その際ルカーチは「すべてが失敗に終わったのかもしれない」と語ったと伝えられる。一九七〇年、西ドイツのフランクフルト・アム・マイン市よりゲーテ賞を授与される。一九七一年、ブダペストにて死去。

I・A・リチャーズ『文芸批評の原理』

秦邦生

Principles of Literary Criticism, London: Kegan Paul, Trench, Trubner, 1924. 岩崎宗治訳『文藝批評の原理』垂水書店、一九六六年。岩崎宗治訳『文芸批評の原理』八潮出版社、一九七〇年。

しばしば「批評の時代」とも称される二〇世紀前半のイギリス・アメリカにおいて、『文芸批評の原理』はそれに続く『科学と詩』（一九二六年）や『実践批評』（一九二九年）とならんで絶大な影響力を誇った。ウィリアム・エンプソンやF・R・リーヴィスを含むケンブリッジ学派やアメリカ新批評などは、この時期のリチャーズの一連の著作にその源泉を持つと述べても過言ではないだろう。

しかしながら、そのような前評判に惹かれてこの本を手に取った現代の読者は、華麗な文彩とは無縁な乾いた文体や、例えば「衝動」の「体制化（systematization）」といった心理学的用語に当惑して、読みとおすことに困難を覚えるかもしれない。文体や語彙にあらわれたリチャーズの科学主義は、振り返ると否応なく古臭いものに思えてしまう。それでもなお本書が批評史において持つ重要性を正しく認識するためには、科学的手法を駆使した文芸批評の再定義という企図にリチャーズが込めた希望と、その背景となった彼の時代認識を理解する必要がある。

〈美〉は実在しない

本書の論点として第一に重要なのは、リチャーズによる伝統的な「美学」への異論である。イマニュエル・カント以来の観念論的美学は、美的な感情や感覚を独立した実体として措定する傾向にあった。リチャーズの同時代でも、ブルームズベリー・グループのクライヴ・ベルが唱えた「審美的感情」のように、そのほかのあらゆる人間活動からは切り離された独自性と自律性を〈美〉に認める傾向が支配的だった。

しかしながら、本書第二章によればそのような自律的な〈美〉は幻影のようなものでしかない。「審美的」と呼ばれる経験は、ごく普通の経験と切り離されたものではない。絵を眺めたり、詩を読んだり、音楽を聴いたりするとき、私たちは「美術館への途中とか、朝、服を着るときにしていることとまったく別のことをしているわけではない」。文学や芸術に触れる経験と、日常的な経験とは連続的なものなのだ。

「審美的感情」の独自性を否定することは、いっけんその価値を毀損する行為に思えるかもしれない。ところが、文学や芸術を「経験」の連続性に差し戻すことをつうじて、リチャーズはそこにより大きな価値を付与しようとしている。むしろ、あたりまえの社会生活を送る現代人の日常経験のなかに置きなおすことで、はじめて文学・芸術が触媒となる経験の真の「価値」が見出せると彼は考えていた。

心理学的「価値」の理論

その「価値」の理論こそが、本書の第二の重要な論点である。リチャーズは第七章「心理学的価値理論」において、当時の心理学の展開に大きく依拠している。とりわけ第一次世界大戦後に影響力を増しつつあった精神分析などの知見を受けつつ、リチャーズは幼児のような人間心理の原点に相矛盾するさまざまな「衝動」の混沌状態を見ていた。成長とはなんらかの道徳律の遵守や、優先順序を設定することによって、衝動群を秩序づけることにほかならない（いわゆる「体制化」）。

ところが、未熟な人間はさまざまな衝動をたんに抑圧したり、妥協したりすることで低次の体制化しか成し遂げることができない。このような人々は、いわば自分自身を縛りあげることによって潜在的混乱にかりそめの安定状態を与えているにすぎない。表面的には安定しているようでいて、衝動群の葛藤や挫折を内面にかかえているケースもあるだろう。後半で説明するように、そのような精神の混乱状態は近代社会においては危険なほど増加傾向にある、とリチャーズは見ていたようだ。

これに対して、もしも抑圧や妥協といった手段に頼らずに、さまざまな衝動のあいだに均衡状態を構築するような、より包括的で高度な体制化を成し遂げることができるとしたらどうだろうか。そのような人は人間としての可能性をほとんど無駄にせずに、より自由かつ十全に生きていることになるだろう。そうした精神状態に至ってはじめて人間は、真に「価値」ある経験をわがものとすることが可能になる。

端的に述べるなら、そのような高度な体制化を達成した存在こそ芸術家／詩人である。そして、リチャーズの定義による芸術／詩とは、そのような高度な体制化が人々に経験として伝達され、習得される媒体にほかならない。真に価値ある心理的経験を触発し、より高度な体制化へと人々を導くこと——これこそが彼のいう「文学や芸術の社会的機能」である。さらに、そのような文学・芸術への感受性を磨き上げ、人々の「心の健康」を高めることに、批評の社会的使命が存することになる。

「想像力」と「悲劇」の至上性

このように文学・芸術の機能と、人間の社会生活とを密接に関連づけるリチャーズの論点は、「詩は人生の批評である」と述べたヴィクトリア朝の文化思想家マシュー・アーノルドの考えに大きな影響を受けている。そのアーノルドとならんでリチャーズがひんぱんに参照した思想家はロマン主義の詩人サミュエル・テイラー・コールリッジだった。リチャーズはコールリッジの神秘主義的傾向からは距離を置きつつも、その想像力論をきわめて高く評価している。ここから本書第三の論点として、その独自の想像力観・文学観を説明できるだろう。

本書後半の第三二章「想像力」では、コールリッジの『文学的自叙伝』から「相反する性質や不調和な性質のバランスあるいは和解」という表現が引用されており、そこにリチャーズは想像力の本質的機能を見出している。習慣が支配する日常生活においては私たちは九割がたの衝動を抑圧している。それに対して、習慣の力にとらわれない詩人の想像力は、抑圧された衝動群を解放する。さらに解放・増幅された衝動群は、通常のような葛藤や混乱状態におちいることなく、相互作用とバランスによって「ひとつの秩序」を与えられる。詩人の技巧は、さまざまな形式的要素をもちいてこのような衝動群の高度な秩序づけを表現し、人々に伝達するために駆使される。

そして優れた詩や芸術に触れる人々は、本来ならばなんらかの事故や死別など大きなショックの瞬間にしか起こらないような、抑圧的習慣からの一時的解放を（擬似的に）味わうのである。この見解に照らせば、リチャーズが至上の芸術を「悲劇」に見出していることも理解できる。アリストテレスが定式化した悲劇とは〈恐怖〉と〈憐れみ〉という正反対の衝動を喚起しつつ調和させる形式である。悲劇を鑑賞する人々は、衝動を抑圧することも昇華することもなく、より包括的な精神状態に至ることができる。この「価値」を帯びた経験が、前節で説明した高度な「体制化」の訓練のような性格を付与されていることは言うまでもないだろう。

相反する衝動の均衡と和解という価値基準は「アイロニー」の重視というリチャーズからアメリカの新批評へと継承される特徴にも結びついている。リチャーズによれば〈喜び〉、〈悲しみ〉、〈愛〉などといった明確な感情を表現した詩は、そもそも調和的な衝動群のみを駆使する点で比較的単純である。それに対してもっとも価値のある詩は、アイロニーを内在することによって「反対の衝動つまり相互補足的な衝動」をひとつの詩のなかで統合している。またそれゆえに、アイロニカルな読みに耐えられない詩は、最高の詩とはいえない。ここでアイロニーは高級文学と低級文化とを識別するリトマス紙のような役割を果たすことになる。

リチャーズの時代認識

ここまで『文芸批評の原理』という著作の特徴を、その美学論、価値論、想像力観・文学観という三つの論点に絞って説明してきた。ここからは、この文学理論の背景となった彼の時代認識も視野に入れてその影響力を解き明かしてゆこう。

すでに述べたように、心理的混乱に苦しむ人々に衝動群の解放と均衡の経験を与え、より高度な体制化へと導くことに、リチャーズは文学・芸術の社会的機能、そして文芸批評の使命を見出していた。なぜ現代の人々はそのような心理的混乱に陥っているのか。第三一章「芸術・遊戯・文明」において彼は、ベストセラー小説やハリウッド映画など、戦間期に台頭した大衆文化の悪影響に言及していた。このような「粗雑」な表現形式は、凡庸で二番煎じの経験を蔓延させることで人々の精神に「解体現象」を起こしてしまう。批評による感受性の洗練は、このような危機的状況への意識ゆえにこそ「使命」として要請されるのである。

第二の主著『実践批評』においてリチャーズは、感傷性や既得反応など読者の詩への反応を鈍らせる障害を特定するとともに、より充実した作品鑑賞のための精読の必要性を説いた。言葉そのものを重視する彼の教えを最良のかたちで発展させたのがウィリアム・エンプソンであった一方で、大衆文化を危険視するリチャーズの側面は、やや誇張されたかたちでF・R・リーヴィスら『スクルーティニー』派に受け継がれている。Q・D・リーヴィスの『小説と読者大衆』（一九三二年）は『文芸批評の原理』の数行から派生したとすら言われている。前田愛が指摘するように、リチャーズ理論の読者論的な側面は戦後の日本においても受容され、「思想の科学」グループで桑原武夫などが主導した大衆文学研究にも一定の影響をおよぼした。

ただしリチャーズの危機意識は、高級文学vs大衆文化というやや硬直的な図式のみにとどまるものではなかった。一九二六年の小著『科学と詩』において彼は、近代文明の危機の根源に〈自然の中性化〉という現象を見ている。かつて人間たちは、〈霊魂〉や〈神々〉など自分たちの願望や情緒を投影した〈魔術的世界観〉のなかに生きていた。それは、人間精神を秩序づける役割を果たしてきたのである。ところが、近代における科学的認識の発達とともに〈魔術的世界観〉はますます力を失い、伝統の支えを失った人間はいわば裸のまま世界に放り出される。リチャーズによれば、科学探究が解明する〈いかに〉という問いは、人間精神が答えを求める〈なに〉や〈なぜ〉という問いとは本質的にことなるのである。

このような〈魔術的世界観〉の崩壊が惹起した心理的混乱——「生物学的な危機」とすら呼ばれる状況——にたいする解決を与えるものこそが、リチャーズにとっての「詩」なのである。この意味で彼の理論は衰退した宗教の代用物としての詩というアーノルド的な議論に近似するものの、リチャーズにとっての詩は次の一点において宗教とは根本的にことなっている。伝統的な宗教が〈真実〉や〈信念〉といった一定の認識的価値を帯びていたとすれば、虚構としての詩は近代において科学言説の専有物となった〈真実〉や〈信念〉の地位を主張することは決してできない。あくまでも虚構としての地位を自覚することによってこそ、文学も芸術も、情緒的欲求の充足と衝動の体制化というその本来の使命をまっとうできるとリチャーズは考えた。

「擬似陳述」という問題

前節で説明したように、リチャーズの文学理論は、大きな危機をはらむものとしての時代認識を前提として、その解決や救済に文学や批評の使命を見出すものだった。振り返ってみればこの使命感はドン・キホーテ的な誇大妄想のようにも思えるかもしれない。しかしながら、エンプソン、リーヴィス、アメリカの新批評家たちのような研究者たちのみならず、W・H・オーデン、クリストファー・イシャウッド、スティーヴン・スペンダーといった一九三〇年代の若い詩人・作家たちをも魅了したリチャーズの著作の力の源泉がこの認識の構図だったことはたしかだろう。

ただし〈真実〉や〈信念〉とは隔絶した虚構というリチャーズの文学観は、問題含みのものでもあった。『文芸批評の原理』の最後の二章で彼は言語の「科学的」用法と「喚情的（emotive）」用法とを区別し、詩において優勢なのは「喚情的」言語であると説いていた。さらに一歩進んで『科学と詩』におけるリチャーズは、文学を（真偽が問題となる）実証的陳述とはことなる「擬似陳述（pseudo-statement）」として定義した。そこで問題となるのは、あくまでも感情や願望に影響をおよぼし、人間精神を秩序づけるうえでの心理的「効果」でしかない。

逆説的なことに、リチャーズの科学主義的な批評は、根本的に科学的価値が欠落したものとして文学を擁護したのである。リチャーズは、W・B・イェイツやD・H・ロレンスらは幻想的な恍惚感や原始的心性を詩に表現するだけに飽き足らず、それらを〈信念〉として信奉しようとしたとして批判した。対照的に彼は、T・S・エリオットの『荒地』を「詩とあらゆる信念とを完全に分離する」ものとして評価した。伝統的信念の解体という「破壊的要素に身を沈めること、それしか道はあるまい」(コンラッド『ロード・ジム』からの一節)――彼の眼には、エリオットのモダニズムはこのような境地の実践として映っていたのである。

だが〈真実〉や〈信念〉への希求を放棄することによって感情的充足のみを追求するリチャーズのこのような立場は、あまりにも苛烈なものであったようだ。一九二七年に英国国教会に改宗したエリオットにとって「擬似陳述」の模範としての『荒地』という解釈は受け入れがたいものだった。オーデン、スペンダー、C・D・ルイスといった三〇年代の詩人・作家たちもまた、リチャーズの立場に反発しつつ――最終的には挫折に終わったとはいえ――文学をつうじて左翼的信念を探究していた(例えば一九三五年のスペンダー『破壊的要素』を参照)。

さらに大西洋を渡ったアメリカでは、とりわけ第二次世界大戦後、一群の新批評家たちがリチャーズが剝奪した認識的価値を文学に回復する作業にいそしむことになる。例えば一九四七年の『精巧な壺』のなかで、代表的な新批評家クリアンス・ブルックスは、詩のなかに「神話的」な真実を見出している。それは、ほかのあらゆる人間活動からは切り離された「文学」の自律的価値をあらためて称揚する身振りだった。自律的な〈美〉の否定から始まったリチャーズ理論の挑戦的性格は、文学の自律性を声高に主張する新批評への同化吸収によって一時的にかき消されるに至った。

しかしながら、一種異様な切迫感を帯びたリチャーズの原理的探究が提起したさまざまな課題は、その科学的語彙が古びてしまった現代においてもなお残存している。文学や芸術の社会的機能とはなにか、批評の使命とはなにか、そして「擬似陳述」がいわば裏口から招き入れた疑問として、文学と信念＝イデオロギーとはどのように切り結ぶのか——「批評の時代」の出発点において、『文芸批評の原理』はこうした根源的な問いを、いまだに私たちに投げかけ続けているのである。

I・A・リチャーズ（Ivor Armstrong Richards）

アイヴァー・A・リチャーズは一八九三年にチェシャー州に生まれた。ウェールズの中流階級出身のリチャーズ一家は比較的裕福であり、父はエジンバラ大学に学んだ工業技術者だった。一九一一年ケンブリッジ大学モードリン・カレッジに進学したリチャーズは当初歴史学を専攻するも、哲学へと専攻を変えた。一九一五年に卒業した彼は結核のため大戦には参加せず、一時的に精神分析家を志すも一九一九年にケンブリッジ大学の草創期の現代英文学コースで非常勤講師となる。一九二六年にフェローとなった彼は、一九二七年のアジア旅行を契機に海外への関心を深め、三〇年代には断続的に中国に滞在した。一九三九年にはアメリカに移住してハーヴァード大学教育学部の講師に。一九四四年に教授となり、一九六三年に引退するまで務めた。一九七四年にイギリスに戻るも、一九七九年の中国訪問中に病に倒れ、帰国後に病没した。

英文学の専門教育を受けなかったリチャーズの関心領域は、文学批評に加えて、哲学、心理学、修辞学、英語教育とはばひろく、初期の著作の多くは言語学者・哲学者C・K・オグデンとの共著として書かれた。文学理論の分野における重要な著作は一九二〇年代に集中して発表されている。三〇年代以降の彼は修辞学や論理学の業績のほかに、特に中国での経験を生かしてベーシック・イングリッシュの普及に力を注いだ。

一九二七年に関西大学を訪れて講演をおこなったこともあるリチャーズの著作には日本でもはやくから関心が集まっており、戦前から論文の翻訳のほか、李歇河による『科学と詩』の日本語訳が一九三六年に刊行されていた。邦訳のあるほかの著作に、『意味の意味』（オグデンとの共著、石橋幸太郎訳、新泉社）、『科学と詩』（岩崎宗治訳、八潮出版社）、『実践批評』（坂本公延編訳、みすず書房）、『レトリックの哲学』（村山淳彦訳、未來社）などがある。

なお日本語では片桐ユズル編『リチャーズ・ナウ』（青磁書房）という研究論集があり、英語では浩瀚な評伝としてJohn Paul Russo, *I. A. Richards: His Lite and Work*（the Johns Hopkins UP, 1989）がある。近年ではJoseph North, *Literary Criticism: A Concise Political History*（Harvard UP, 2017）においてリチャーズ批評の再評価がなされている。

ヴァージニア・ウルフ『ベネット氏とブラウン夫人』

片山亜紀

Mr. Bennett and Mrs. Brown, London: The Hogarth Press, 1924. 朱牟田房子訳『ベネット氏とブラウン夫人』、『ヴァージニア・ウルフ著作集7評論』所収、みすず書房、一九七六年。

イギリスの小説家・批評家・フェミニストであったヴァージニア・ウルフは五〇〇篇ちかい書評・評論を残した。本評論はその中でもよく知られている一篇である。ウルフのキャリアの比較的初期に書かれ、その後の長編小説『ダロウェイ夫人』（一九二五年）、『灯台へ』（一九二七年）、『波』（一九三一年）や、先駆的フェミニズム論『自分ひとりの部屋』（一九二九年）などを方向づけるものになった。さらに本評論でのウルフの主張は二〇世紀前半のモダニズム文学全体の特徴を示すものと捉えられ、英文学研究において頻繁に参照され、モダニズム文学のアンソロジーにも繰り返し収められてきた。

本評論の魅力は、まずは何と言っても読みやすさにあるだろう。目の前の聴衆に語りかけるという講演録の形式を取りながら、物語の部分もある――講演録であり物語仕立てでもあるという構成は、のちの『自分ひとりの部屋』に引き継がれるものだ。同時に、ウルフの論敵だったアーノルド・ベネットへの応答として書かれ、論点もわかりやすい。
しかし一見明快そうな論旨の中には、よく検討すべき課題も含まれている。以下、本評論の書かれた経緯を説明したあと、その主張を大まかに紹介し、意義と課題をまとめたい。

ベネット氏からの挑戦状

ウルフがまだ駆け出しの小説家として書評を数多く書いていた一九一〇年代に、先輩小説家アーノルド・ベネットはすでに五〇冊あまりの作品を発表し、イギリスの文壇に一定の地位を築いていた。ウルフは複数の書評でベネットに言及し、やや辛口のコメントを重ねていた。その傾向がより鮮明になるのが評論「現代小説」（一九一九年）で、ウルフはベネットを他のもう二人の小説家――H・G・ウェルズとジョン・ゴールズワージー――とともに「物質主義者」と呼び、ベネットの小説には政府の公的文書にでも任せておけばよいはずの理念や事実がたくさん詰め込まれ、生命が息づいていないと批判した。

ウルフの三作目の長編小説『ジェイコブの部屋』（一九二二年）をベネットが酷評したのは、ウルフのこうした批判への反撃だったのかもしれない。ベネットは評論「小説は衰退しつつあるのか？」（『カセルズ・ウィークリー』誌、一九二三年三月二八日号、所収）において、「中年になった重要な小説家たちに取って代わるような、第一級の重要性を予見させる若手小説家は出てきていない」という見解を披露する。ベネットいわく、よい小説には「説得力のある登場人物《キャラクター》」が欠かせないのに、若手小説家たちは社会情勢とか、はたまた自分の才気を見せつけることにかまけている。ベネットはその代表格としてウルフを名指し、ウルフの『ジェイコブの部屋』ほど「才気走った本」はなかなか見当たらない、「作者が独創性と才気にこだわりすぎているせいで、登場人物《キャラクター》が心にしっかり残らない」と、嫌味たっぷりに評した。

ベネットの評論への応答を、ウルフは数回にわたって練り上げ、さまざまな媒体で拡散した。最初は「ベネット氏とブラウン夫人」というタイトルの短い評論を、アメリカの『ニューヨーク・イヴニング・ポスト』紙で一九二三年一一月に、イギリスの『ネイション・アンド・アサニウム』誌で一二月に、アメリカの『リヴィング・エイジ』誌に翌一九二四年二月に発表している。同年五月には、この評論を三倍ほどの長さに発展させた原稿に「小説における登場人物《キャラクター》」というタイトルを付し、ケンブリッジ大学の学生クラブにおいて読み上げた。発表原稿には修正が加えられ、七月にはT・S・エリオットが編集主幹を務める『クライテリオン』誌に掲載された。その後、ウルフはタイトルをもとに戻して『ベネット氏とブラウン夫人』として、夫のレナードとともに経営していたホガース・プレス社から、一〇月に一冊のパンフレットとして出版した。さらに一九二五年八月には、アメリカの『ニューヨーク・ヘラルド・トリビューン』紙上で、前半と後半に分けられ二回にわたり掲載された。

ウルフの問い

それではホガース・プレス版『ベネット氏とブラウン夫人』の中身を追ってみよう。冒頭で、ウル

フは先の「第一級の重要性を予見させる若手小説家は出てきていない」という見解を引く。ベネット
によれば、若手小説家は「説得力のある登場人物《キャラクター》」を創造できていないという。ウルフは問う。小説の登場人物《キャラクター》について語るとき、私たちはどんなことを意味しているのだろう？　若手作家は本当に登場人物《キャラクター》を創造できていないのだろうか？　できていないとしたらなぜだろう？

議論の下準備として、ウルフは二つの概念整理をする。

第一に、作家たちを世代によって二つのグループに分ける。二〇世紀前半のイギリスでは、国王がエドワード七世からジョージ五世に交代している（在位期間はそれぞれ一九〇一―一九一〇年、一九一〇―一九三六年）。ウルフは旧世代を「エドワード朝作家」、新世代を「ジョージ朝作家」と呼び、ベネット、ウェルズ、ゴールズワージーを前者に、E・M・フォースター、D・H・ロレンス、リットン・ストレイチー、ジェイムズ・ジョイス、T・S・エリオットを後者に含める。

第二に、ウルフは「登場人物《キャラクター》」という言葉のニュアンスを解きほぐす。小説の登場人物を意味するcharacterという語は、現実世界に生きる人間の性質、性格、特性などを意味する言葉でもある。ウルフはcharacterの語義の広さを強調しつつ、登場人物《キャラクター》を創造するという小説家のスキルと、相手の人間の性質《キャラクター》を判断するという一般的な行為に大きな違いはないと示唆する。その上で、現実世界の人間には最近大きな変化が訪れたと言い、やや大げさな調子で言明してみせる。「一九一〇年一二月前後に、人間の性質《キャラクター》は変わったのです」。本評論のとりわけ有名な一節である。この変化は社会全体に及ぶものだとウルフは言う。「すべての人間関係が変化したのです――雇用主と使用人、夫と妻、親と子の関係のすべてが。すべての人間関係が変わるときには、宗教も、礼儀作法も、政治も、文学

も変化します」。

ブラウン夫人、スミス氏、そして「私」の物語

こうして下準備を終えたウルフは、数週間前の夕べ、ロンドン郊外のリッチモンド駅から都心のウォータールー駅まで、彼女が列車に乗ったときの体験を物語として語る。「私」が列車に乗ると、その車両には二人の先客がいた——六〇代の女性と四〇代の男性、「私」が仮に呼ぶところのブラウン夫人とスミス氏である。会話の端々から、スミス氏がブラウン夫人に「何らかの権力を持ち、それを不快なやり方で行使している」のを「私」は察する。ブラウン夫人は平静を装いながらも涙を流し始め、スミス氏は何事かを念押しして途中下車していく。

車中に残ったブラウン夫人を前に、「私」は圧倒的な印象が押し寄せるのを感じる。目の前には、夫に先立たれたブラウン夫人の生活にスミス氏が突然押し入ってきた場面や、ブラウン夫人が思い立って駅に向かった場面などが思い浮かぶが、印象をまとめる間もなく、列車は終点に着き、物語は中断される。

ベネット氏への回答

ウルフはこの物語を使いながら、当初の問いに答えていく。

小説の登場人物《キャラクター》について語るとき、私たちはどんなことを意味しているのか。ブラウン夫人を例にウルフが言いたいのは、それが小説家の関心を惹きつけてやまない存在ということだ。「ここにブラウン夫人がいて、ほとんど自動的に、彼女についての小説を他人に書かせようとしています。あらゆる小説は向かいの隅に座る老婦人によって始まると、私は信じています」。

若手作家、ないしジョージ朝作家は登場人物《キャラクター》を創造できないのだろうか？　ウルフによれば確かに彼らは登場人物《キャラクター》の創造に苦労しているが、そこには三つの理由がある。

第一の理由は、先行世代であるエドワード朝作家が登場人物《キャラクター》の創造を疎かにしてきたからである。たとえばブラウン夫人を前にしても、H・G・ウェルズならユートピア社会の、ゴールズワージーなら格差社会の、ベネットならブラウン夫人を取り巻く事物の細かな描写に力を注ぎ、ブラウン夫人その人を描こうとしない。

また、エドワード朝作家の小説を読みなれてきた一般の人々は、社会描写に努めるのが小説作法だと思い込み、登場人物《キャラクター》を焦点化する書き方を受け付けようとしない。それが第二の理由である。だからこそジョージ朝作家は、エドワード朝作家の作り上げてきた小説作法の破壊から始め、あえて文法や構文を壊したり、わざと下品になったり難解になったりしている。これが第三の理由である。

最後にウルフは聴衆に向かい、日常生活において人間についてあれこれ感じている点では皆さんも同じなのだから、真に迫るブラウン夫人を表現するよう作家たちに要求してほしいと呼びかけ、次のように結ぶ。「完璧で満足のいく表現がいますぐにも実現するとは思わないでください。突飛な思いつき、難解さ、断片的な試み、失敗を大目に見てください。皆さんに助けていただきたいと申し上げるのには正当な理由があります。最後にかなり大胆な予測をさせていただくなら、英文学の偉大な一時代がいままさに始まろうとしています。でも、そのためにはブラウン夫人を絶対に、絶対に見捨てないと、私たちが決意しなくてはなりません」。

「英文学の偉大な一時代」

以上見てきた『ベネット氏とブラウン夫人』は、新しい時代と新しい文学の到来を告げている点に文化史上・文学史上の意義がある。ウルフが「人間の性質《キャラクター》」が変わったとする「一九一〇年一二月前後」には、美術批評家ロジャー・フライによりロンドンで第一回ポスト印象派展が開催され、マネ、ゴッホ、セザンヌ、マティスらの絵画が紹介され、イギリスに一大センセーションを巻き起こしていた。他にも一九一〇年にはエドワード七世の死去や、女性参政権運動やアイルランド独立運動の高まりなどの大きな社会的事件があった。その後、第一次世界大戦（一九一四―一九一八年）が続くことも視野に入れると、一九一〇年はイギリス社会が大きく変貌していく始まりの年と捉えられる。

文学においてもこれらの変貌を受け止める作品が現れ、従来のリアリズム小説とは異なり、人間の深層心理に分け入るような書き方が編み出された。ドロシー・リチャードソンは連作の第一作『急勾配の屋根』を一九一八年に発表し、いわゆる「意識の流れ」技法を最初に実践している。一九二二年にはウルフの小説『ジェイコブの部屋』、ジョイスの小説『ユリシーズ』、エリオットの長詩『荒地』など、のちにモダニズム文学の代表作とされる作品が出版された。

文学理論上の意義はキャラクター論となっている点にある。イギリスにおいて小説は一七世紀後半に生まれた文学ジャンルだが、二〇世紀初頭、小説を構成する諸要素の研究は始まったばかりだった。初期の研究にパーシー・ラボックの『小説の技術』（一九二一年）、E・M・フォースターの『小説の諸相』（一九二七年）があり、本評論は両書の橋渡しと位置づけることが可能である。『小説の諸相』のよく知られている分類にしたがえば、登場人物《キャラクター》は一つの類型でしかない「平面的人物《フラット・キャラクター》」と、より高度な有機体である「立体的人物《ラウンド・キャラクター》」に分けられる。この分類によるとウルフは立体的人物《ラウンド・キャラクター》の重要性を訴えていたと言えそうだ。

ただし、ラボックやフォースターが小説の諸要素について抽象モデルを提示しようとしていたのと異なり、本評論でのウルフは読者にも批評眼を働かせるように呼びかけ、小説の創作および受容における読者の役割を強調している。これはウルフの他の評論にも見られる傾向で、のちの読者反応批評に通じるものである。

ベネット批判の妥当性

本評論でのベネット批判の妥当性に疑問を投げかける論者もいる。ウルフは本評論でベネットの小説『ヒルダ・レスウェイズ』（一九一一年）前半からパッセージを引用し、ベネットが主人公ヒルダをおざなりにして不動産情報などの外的事実にばかり拘泥していると批判する。しかし『ヒルダ・レスウェイズ』のその後の展開では、制約の多い暮らしからヒルダが抜け出そうともがく過程がたどられている。ブラウン夫人同様に、ヒルダも自由を求めて葛藤する新時代の女性として提示されている。

ジェイン・エルドリッジ・ミラーは『反逆する女たち――フェミニズム、モダニズム、エドワード朝小説』（一九九七年）において、ウルフのベネット批判に修正を加える。たとえばヒルダのように自由を求める女性を描くことでベネットも新時代にふさわしい登場人物《キャラクター》を創造しているが、小説の結末では従来通りの筋書きしか示せず、ヒルダを窮状に陥らせる。ベネットらエドワード朝作家も「内容としてのモダニズム」を実践していたが、「形式としてのモダニズム」は追求できなかったというのがミラーの見解である。

なお、ミラーは一八九〇―一九一〇年代にイギリスで作品を発表していた小説家として、ウェルズ、ゴールズワージー、ベネット以外の一五人の男性小説家と、五〇人の女性小説家の名前を挙げている。こうした後世の研究に照らせば、ウルフが具体的な作家名として男性しか挙げていないことは気になる。実は一九二四年にケンブリッジで講演を行った際の草稿では、ジョージ朝作家として二人の女性作家、すなわちエディス・シットウェルと前述のリチャードソンの名前も挙げているが、最終的な評論では二人の名前を残していない。ウルフがなぜ彼女たちの名前を削除したのかは憶測の域を出ないが、批評家・書評家・出版者のいずれも男性が数多く占めていた当時の文壇にあって、男性たちの世代闘争として図式を提示した方が受け入れられやすいという戦略的判断が働いたのかもしれない。

しかしその一方で、ブラウン夫人という老婦人はきわめてウルフ的な登場人物《キャラクター》であり、本評論におけるブラウン夫人の物語にウルフのフェミニズムを見出し、積極的に継承しようとする動きもある。レイチェル・ボウルビーは『ヴァージニア・ウルフ――フェミニズムの数々の目的地』（一九八八年）

において本評論の細部に注目し、ウルフはスミス氏およびベネット氏による暴力的な権力行使からブラウン夫人を救出しようとしていると読み解く。また、アメリカの小説家マイケル・カニンガムの小説『めぐりあう時間たち』（一九九八年）は、『ダロウェイ夫人』へのオマージュ作品であり、ウルフ本人を含む三人の女性が登場する物語だが、異なる三つの時代をつなげる役割を果たす既婚女性はローラ・ブラウンと名づけられ、意図的に本評論のブラウン夫人と重ね合わされている。

ヴァージニア・ウルフ（Virginia Woolf）

一八八二年、ロンドン生まれ。父は文芸批評家レズリー・スティーヴン、母はラファエル前派の画家たちや、写真家マーガレット・キャメロンのモデルを務めたジュリア・スティーヴン。異母姉、異父兄姉を含め八人きょうだいだった。三歳年上の姉はのちに画家になったヴァネッサ・ベル。

一八九五年、ヴァージニアが一三歳のときに母が急逝、長期にわたり心身の不調に苦しめられるが、その後一五歳から一九歳にかけてロンドン大学キングス・カレッジ婦人部に通い、古典語、ドイツ語、ヨーロッパ史などを学ぶ。一九〇四年、彼女が二二歳のときに父が病死。ヴァージニアはヴァネッサらとともにロンドンのブルームズベリー地区に転居し、兄トービーのケンブリッジ大学時代の友人たちを招いて芸術サークル、ブルームズベリー・グループを形成する。このグループには作家のリットン・ストレイチーやE・M・フォースター、美術批評家のロジャー・フライ、経済学者のメイナード・ケインズなどがいた。一九一二年、ヴァージニアはメンバーの一人で社会活動家のレナード・ウルフと結婚する。

ヴァージニア（以降、ウルフと呼ぶ）が新聞などに書評や評論を寄稿し始めたのは二二歳、父が亡くなった直後である。ジャーナリズムの仕事は作家としてのキャリア全体を通して続けられた。生前に編まれた評論集に

『一般読者』（一九二五年）と『一般読者――第二集』（一九三五年）がある。現在これらの書評・評論は全六巻からなる *The Essays of Virginia Woolf* (1987-2017) に収められており、日本語で読める評論集には本稿の冒頭に示した『ヴァージニア・ウルフ著作集7評論』の他に、『女性にとっての職業』（出淵敬子・川本静子監訳、みすず書房、二〇一九年）、『病むことについて』（川本静子訳、みすず書房、二〇二一年）などがある。また、比較的長い評論に『自分ひとりの部屋』（一九二九年。拙訳、平凡社ライブラリー、二〇一五年）と『三ギニー――戦争を阻止するために』（一九三八年。拙訳、平凡社ライブラリー、二〇一八年、他）がある。

最初の長編小説『船出』（一九一五年。川西進訳、岩波文庫、上下、二〇一七年）と第二作『夜と昼』（一九一九年。亀井規子訳、みすず書房、一九七七年）は伝統的な作風で、エドワード朝作家との共通点も指摘されている。しかし一九一〇――一九二〇年代初頭のウルフは、短編小説においてさまざまな実験を試みてもいた。ベネットとの応酬では登場人物《キャラクター》の重要性を強調していく彼女だが、この時期の短編小説ではかならずしも登場人物《キャラクター》は重要ではない。視点、プロット、主題の提示方法などに特色があり、メタフィクション的でもある――その成果は短編集『月曜か火曜』（一九二一年。拙訳、エトセトラブックス、二〇二四年）にまとめられている。長編第三作『ジェイコブの部屋』（一九二二年。出渕敬子訳、文遊社、二〇二一年）はこの延長線上にある。

『ベネット氏とブラウン夫人』以降、ウルフは自説をなぞるように登場人物《キャラクター》たちを中心に据えた長編小説を書き、人物たちの意識や記憶に分け入る文体を編み出していく。その代表例が『ダロウェイ夫人』（一九二五年。丹治愛訳、集英社文庫、二〇〇三年、他）、『灯台へ』（一九二七年。鴻巣友季子訳、新潮文庫、二〇二四年、他）、『波』（一九三一年。森山恵訳、早川書房、二〇二一年、他）である。とはいえほとんどの作品にはメタフィクション的要素もあり、とくに『オーランドー』（一九二八年。杉山洋子訳、ちくま文庫、一九九八年、他）、『フラッシュ――ある犬の伝記』（一九三三年。岩崎雅之訳、幻戯書房、二〇二一年、他）、『幕間《まくあい》』（一九四一年。拙訳、平凡社ライブラリー、二〇二〇年、他）ではその傾向が強い。パージター一族の年代記『歳月』（一九三七年。大澤實訳、文遊社、二〇一三年）は、リアリズム風の異色の作品である。第二次世界大戦中の一九四一年、サセックス州ロドメルにて自死、五九年の生涯を閉じた。

ヴィクトル・シクロフスキー『散文の理論』

О теории прозы, М.-Л.: Круг, 1925. 水野忠夫訳『散文の理論』せりか書房、一九七一年。

八木君人

『散文の理論』は、ヴィクトル・シクロフスキーが一九一七年から二二年にかけて刊行した論考を集めた論集である。邦訳が底本とする初版は一九二五年に出版されたものだが、二九年には第二版が刊行され、初版への加筆・修正が施された上、初版には含まれていない二本の論考（「装飾的散文」、「オーチェルクとアネクドート」）が加えられた。また、八三年にも同題の論集が出版されており、往年の『散文の理論』から序文と二本の論文が再録されている「一九二九年の『散文の理論』」と、その当時の回想を含めた「一九八二年の『散文の理論』」という二つのセクションで構成されている。

「手法としての芸術」と異化

文芸理論史においてシクロフスキーが世界的にその名を刻むのは、『散文の理論』に所収の「手法としての芸術」（一九一七年）によるといえよう。また、仮に『散文の理論』が世界的な知名度を得ているとするならば、そこに「手法としての芸術」が収められているからに他ならない。彼はそこで、「芸術の目的」を定義し、「異化（ostranenie）」というアイディアを提起するのだが、あまりにも有名なその一節をやはりここでも引いておきたい。

そこで生の感覚を戻し、事物を感じ取るために、石を石らしくせんがために、芸術と呼ばれるものが存在しているのだ。芸術の目的は、わかることとしてではなく見ることとして、事物の感覚を与えることである。だから、芸術の手法とは、事物の「異化」の手法や、知覚の困難と長さを増大するための難解にされた形式の手法であるが、それは、芸術においては知覚のプロセスが価値をもち、長引かされねばならないからである。だから芸術は、事物《も》＝作品《の》の制作を体験するための手段であり、芸術において、できあがっているものは重要でないのだ。

シクロフスキーによれば芸術の目的は、日常生活において知覚されなくなってしまった（＝「自動化」された）事物を「異化」することで、その感覚＝知覚を戻すことにある。「異化」によって引き起こされるのが知覚＝感覚のプロセスの増大・遅延であるが、注意したいのは、シクロフスキーが力点をおいているのはあくまで知覚＝感覚のプロセスであって、その結果ではないことだ。たとえば、「ちょっとそこの板挟みにされている黒鉛をとって！」と「異化」した表現で誰かにいわれたとき、それが「鉛筆」を意味していると「わかること」よりも、その「鉛筆」に思い至るまでのプロセスが芸術においては重要だということである。

もっとも「異化」のこうした性質は、もしかしたらあまり理解されていないかもしれない。その原因のひとつは、よく知られているように、「手法としての芸術」のなかで「異化」の例としてレフ・トルストイから多くが引かれていることにある。たとえばトルストイが「笞刑」を描写する際に、直接的にその名称（＝笞刑）を用いず、「法を犯した人々を身ぐるみはいで、床に這いつくばらせ、樹皮の鞭で尻を打つ」といったかたちで、わざわざ冗長に描写していることをシクロフスキーは挙げているが、トルストイの意図を汲み取れば、そこにあるのは「笞刑」という愚かしい刑罰に対する道徳的批判であろう。

だが一方で、シクロフスキーが「異化」の具体例を、エロティックな民話や謎々からも多く引いていることにも注意を払うべきである。知覚＝感覚のプロセスこそが重要であるという点では、そうした例のほうが誤解は少ないかもしれないからだ。同時代の心理学者レフ・ヴィゴツキーが一九二五年に書いた『芸術心理学』のなかでこの「異化」を批判的に検証し、ロシアの俚諺を引きながら的確に述べるには、「謎々と謎解きの間には、正解にせよ不正解にせよ、七露里の距離がある。この七露里をなくしてしまったら、謎々の効果すべては消えさってしまうだろう」。つまり、謎々の妙味は、シクロフスキーの考える「芸術」に似て、答えを得ることではなくそこに至るプロセスにあるということだ。

また、「異化」が孕む「わかること／見ること」の対立に響く、古式ゆかしい「理性／感性」の対置を聞き逃してはならない。ロシア・フォルマリズムは、のちの構造主義的な性質はもちろん、受容美学などとも親近性をもつ部分があるとはいえ、何よりもまず文芸学を文学の感性学《エステティーク》として確立することを目指した運動なのであり、文芸学史上の意義のひとつもそこにある。

『散文の理論』の発想と道具立て──「モチーフ」を例に

「手法としての芸術」で「異化」を芸術のクレドとして示したシクロフスキーは、本書に収められたその後の諸論考において、『ドン・キホーテ』や『トリストラム・シャンディ』、ヴァシリー・ローザノフの新しい（＝「主題をはなれた」）散文をはじめ、『デカメロン』や『千夜一夜物語』といった西欧近代文学以前のジャンルである物語集、さらにチャールズ・ディケンズや『シャーロック・ホームズ』シリーズ、トルストイやフョードル・ドストエフスキー等、古今東西のあらゆる散文作品を分析しながら、さまざまな「手法」や「形式」を剔出していく。個々の作品に対する気の利いた指摘については実際に本書を紐といてもらうとして、ここでは主に、「手法としての芸術」に続いて配されている「主題構成の方法と文体の一般的方法との関係」の冒頭を参照しながら、文芸作品の分析にあたって基本単位となるだろう「モチーフ」について採り上げ、散文分析のベースとなるシクロフスキーの発想を確認していこう。

もっとも、彼のスタイルは学者というよりはエッセイストといってよく、自分が提起するアイディアの数々に厳密な「定義」を施すわけではない。有名な「ファーブラ（ストーリー）／シュジェート（プロット）」を含め、いわゆるロシア・フォルマリズムの提起する用語系全般が教科書的に定式化されるのはボリス・トマシェフスキー『文学の理論』（国立出版所、一九二五年）においてであるが、そこで「モチーフ」は、「〔それ以上〕部分に分割できないテーマ」とされる。シクロフスキーも概ねこの定義に準じるかたちで「モチーフ」を用いていると考えていい。だが、シクロフスキーが「モチーフ」を検討する段で強調するのは、それが実生活と切断されているという構えである。

シクロフスキーが「モチーフ」を考えるにあたって批判的に参照するのは、著名な文芸学者ヴェセロフスキーであった。「民俗学派」といわれるヴェセロフスキーが研究していたのは、主として民話や神話だ。シクロフスキーが参照する著作のなかで、ヴェセロフスキーもまた「モチーフ」を「叙述の最小の単位」としているが、比較神話学・民話学の立場から考察する彼の問題は、たとえば、さまざまな地域で同一ないし類似の「モチーフ」が見られることであり、それに対して彼は、シクロフスキーの見立てによれば「人類の発展の初期段階における日常生活や心理の諸条件の類似あるいは同一のもとで、そうしたモチーフは独立して生まれ、同時に似たような特徴を提示し得た」と考える。民話や神話のモチーフに当時の「生活」が反映しているということだ。

それに対してシクロフスキーは、ヴェセロフスキーの立場を全面的には否定しないものの、それら「モチーフ」は当時からすでに過去の遺物だったのであり、民話はむしろそうした古い素材を利用しているにすぎないという。そのとき文芸研究の立場から重要なのは、「モチーフ」と当時の「生活」との関係を考えることではなく、それら「モチーフ」が素材としていかに構成＝形式化されているか、その法則を明らかにすることであり、さまざまな地域や時代の民話や神話に見られる共通性や類似性を考えるにしても、「モチーフ」の「内容」ではなく、その「構成＝形式」の観点から探るべきだとシクロフスキーは考えているのだ。

構成、手法、形式

かくしてシクロフスキーは「構成」の問題へと足を踏み入れていく。彼が七色に繰り出す鍵語のようなものとしては、「引き延ばし」、「遅延」、「段階的構成」、「数珠つなぎ」、「枠組みをもった物語」、「パラレリズム」、「反復」、「逸脱」、「結合」、「転位《シフト》」等が挙げられるが、これらは「構成」面での特徴であり、「形式」とも、また「手法」ともいうことができる。これらを総じて、「知覚の困難と長さを増大するための難解にされた形式」と捉えれば、「異化」と結びついているとも考えられなくもない。それに加えてシクロフスキーは、そうした構成＝形式をもたらす説話論上の「動機づけ」に着目したが、重要なのは、その「動機づけ」を、ある意味では構成＝形式＝手法を正当化するに過ぎないものと捉えたこと、さらには、しばしばその「動機づけ」の暴露をともなう「手法の裸出」を提起したことである。

たとえば、「枠組みをもった物語」である『千夜一夜物語』を見てみよう。シェヘラザードは自分の処刑の時を先延ばしにするため、物語内で物語を語る。ここで、「処刑を先延ばしにする」という「動機づけ」によって、「枠組みをもった物語」という構成＝形式が正当化される。またそれによって、さまざまな「物語」をひとつの作品のなかに結合することが可能となる。このときシクロフスキーが問題とするのは、そのなかで語られる個々の物語の面白さではなく、そうした構成＝形式それ自体である。

ただし、このとき看過すべきでないのは、もともとは「異化」の理念との結びつきがあって考察されてきたかにみえたこうした構成／形式／手法は、それらが抽出された時点で、「生の感覚を戻す」という「異化」の理念とは関係なしに、あたかも文学作品のもつある種の「構造」のように映ずることである。

たとえば、ホームズ・シリーズの「パターン」を抽出する「秘密をもった短篇小説」や、主にディケンズを論じている「秘密をもった長篇小説」などを考えてみると、なるほど、「秘密＝謎」がその複雑な筋・構成と相俟って物語の推進力となり、その解明が「遅延」される（あるいは解明されない）手法＝形式を特徴とするという点で、「異化」に結びつけることは可能かもしれない（し、シクロフスキーもそう述べている）。ただ、そのときの「異化」と、「手法としての芸術」のなかで「芸術の目的」として掲げられた「生の感覚を戻す」とはどのように結びつくというのか？

その疑問は、「通常の長篇小説」に対する「形式の革命家」としてロレンス・スターンを捉え、『トリストラム・シャンディ』における「手法の裸出」、「動機づけの欠如」、「逸脱」といった特徴を論じ、それを「世界文学のなかでもっとも典型的な長篇小説」と位置づけた「パロディの長篇小説」にせよ、『トリストラム・シャンディ』と同じような特徴を剔出しながら、ロシア文学（の形式）史的な観点を加えつつ、多様な素材を結合するローザノフの著作を論じる「『主題』をはなれた文学」にせよ、同様に向けられ得る。

無論、関連づけられなくはない（たとえば「異化を及ぼすレベルがスライドしている」等）。しかし、『散文の理論』の「序文」で、「文学理論において文学の内的な諸法則を検証し」、「それ故、本書全体が余さず文学形式の変化に関する問題に捧げられている」と述べられているように、『散文の理論』が刊行されるこの時点でのシクロフスキーは、「手法としての芸術」で謳われたような「生の感覚を戻す」という芸術の理念には拘ってないかのようであり、「形式」こそを問題として掲げているといえよう。

また、これら構成＝手法＝形式が前景化する大きな要因として忘れてならないのは、シクロフスキーも含めたロシア・フォルマリズムが、詩の分析を出発点としていることである。自分たちが展開した「詩的言語論」に基づいてシクロフスキーは「散文の理論」を構築しようとしているのであり、雑駁にいえば、『散文の理論』は、詩の理論の枠組みを散文の理論へと変換する一連の試みであったのだ。

その後の『散文の理論』

二九年に第二版が刊行された『散文の理論』だが、周知の通り、「ロシア・フォルマリズム」は、二〇年代半ばから批判に曝されるようになり、三〇年以降、彼ら自身のみならず、後の世代も含めて、形式《フォルマリスティック》的な方向をもつ文学論をさらに展開していく可能性は失われる（もっとも、シクロフスキーも含め、この運動を支えた面々はその後もさまざまに活躍してはいる）。その後、『散文の理論』を含めたロシア・フォルマリズムの成果がソ連内で再び陽の目を見るには、六〇年代に活動が本格化するモスクワ＝タルトゥ学派の構造主義・記号論を待たねばならなかった。

一方、ソ連外の「西側」におけるロシア・フォルマリズムの「発見」は、周知の通り、構造主義の潮流のなかでなされ、ロマン・ヤコブソンが序言を寄せてもいるツヴェタン・トドロフ編の撰文集『文学の理論』（一九六五年）が大きな役割を果たした（なお、この撰文集で『散文の理論』から採られているのは「手法としての芸術」と「短篇小説と長篇小説の構造」のみ）。ロシア・フォルマリズムが提起する問題は、ジェラール・ジュネットらによる精緻なナラトロジーへと昇華されていく部分はあるとはいえ、「プロット構造主義」という位置づけを与えられたロシア・フォルマリズムはしかし、当時すでに理論的アクチュアリティという点では時機を逸したものとなっていた。

『散文の理論』も同様であるといえる。もちろん、ベルトルト・ブレヒトの「異化効果」や、本邦でいえば山口昌男の「中心と周縁」、あるいは大江健三郎の創作法への影響を挙げるまでもなく、「異化」が提起される「手法としての芸術」がむしろ例外的に、文学理論に限定されることなく、さまざまな分野に世界規模で大きなインパクトを与えたのは間違いない。また、『散文の理論』に含まれる各論——たとえばスターン研究における『トリストラム・シャンディ』論——や、随所にみられる機知に富んだ個々の指摘等、有意義なものはあるだろう。だが、当時の構造主義——とりわけ言語学をモデルとしたそれ——のなかで「理論」という水準でみた場合、シクロフスキーの議論はあまりに野蛮でナイーブに映ったに違いない。『文学の理論』によせた「序文」のなかで「異化」への過大評価を諫め、シクロフスキーについてはその名にすら言及しなかったヤコブソンもそうしたひとりであったといえよう。

だが、構造主義という枠組みを外し、誕生から一世紀以上を経た彼（ら）の理論をとりわけ歴史的視座から再検討する作業は必要であるし、現になされてもいる。現代の文学理論という観点からいえば、たとえば、「遠読」を提唱するフランコ・モレッティは、『散文の理論』やシクロフスキーの着想を高く評価しており、枯渇したかにみえたそれらの理論的アクチュアリティを活性化するひとつの方途を示してくれる。そして、そのモレッティの試みがパフォーマティヴに示しているのは、われわれはまだ『散文の理論』の可能性を汲み尽くしてはいないということなのである。

ヴィクトル・ボリソヴィチ・シクロフスキー（Виктор Борисович Шкловский）

一八九三年、サンクト・ペテルブルク生まれ。弱冠二〇歳のペテルブルク大学生であったシクロフスキーは、一九一三年一二月、キャバレー《野良犬》で「言語史における未来派の位置」と題する報告をおこない大きな反響を呼んだ。この報告に基づいて翌年に刊行された小冊子『言葉の復活』（一九一四年。坂倉千鶴訳、桑野隆・大石雅彦編『ロシア・アヴァンギャルド6　フォルマリズム——詩的言語論』国書刊行会、一九八八年）が、「ロシア・フォルマリズム」の端緒のひとつとなる。そこから一〇・二〇年代を通じて精力的に展開していったロシア・フォルマリズムであったが、その理論的探究の終焉を徴づけるひとつの出来事もまたシクロフスキーその人の手による、三〇年一月二六日付『文学新聞』に掲載された、人を食ったような自己《フォルマリズム》批判文「科学的誤謬の記念碑」（一九三〇年。桑野隆訳、前掲、桑野隆・大石雅彦編『ロシア・アヴァンギャルド6』）であった。

二五年に出版された『散文の理論』はそれまでのシクロフスキーの論考を集めたものだが、この時期の彼の生は波乱に満ちている（詳述できないのが残念だ）。第一次大戦勃発にともない志願兵として戦地に赴いたのを皮切りに、戦地とペトログラード（ペテルブルク）を行き来しながら、彼は、一七年の二月革命を熱狂的に迎えるも、十月革命については認めず、社会革命党《エスエル》の反ボリシェヴィキ地下活動に加わることになる。二二年、右派エスエル党員に対する公開裁判の準備が進められるなか、三月、自らに迫る逮捕の危機を察知したシクロフスキーは、凍ったフィンランド湾を歩いてフィンランドへと逃亡し、その後、六月にはベルリンへ亡命する。だが、ベルリンでの生活に馴染めず、祖国へ戻ることを希求する彼は「帰国請願書」を提出し、二三年九月にはソヴィエト・ロシアへの帰国を果たすことになった。

『散文の理論』に含まれている多くの論考がこうした状況下で著されたことは心に留めておいてよい。二月革命以降、フィンランドへ逃亡するまでを綴った自伝的散文『センチメンタル・ジャーニー』(一九二三年)によれば、たとえば、「「主題」をはなれた文学」の元となる論考は十月革命後の地下活動のさなかに書かれ、「引用に必要な書物は、ほどいてばらして個々の束にして運んできた」という。このエピソードはまるで、シクロフスキーのおかれた状況が、彼の論考の内容やその文体に強く影響していることを示しているかのようではないか。いずれにせよ、比喩的にも字義通りにも、『散文の理論』は安穏とした書斎や研究室で著されたものではない。

三〇年以降、少なくとも「雪どけ」期の訪れまではフォルマリスティックな傾向の仕事に関しては沈黙せざるを得ない状況ではあったものの、シクロフスキーは、文学や映画に関するエッセイ、歴史小説、回想録、伝記等さまざまな著作を「膨大」に物し、また、数多くの映画シナリオを執筆するなど、八四年に没するまで精力的に活動を続けた。彼のロシア・フォルマリズム期の著作はそうした綿々と続く営為の、重要ではあるがごく一部に過ぎない。

ウラジーミル・プロップ『昔話の形態学』

亀田真澄

Morfologiia skazki, Moskva: Nauka, 1928. 北岡誠司・福田美智代訳『昔話の形態学』水声社、一九八七年。

一九二八年、スターリンが権力を掌握しつつあったソ連で、三三歳のドイツ語教師ウラジーミル・プロップは『昔話の形態学』を出版した。ペテルブルク大学の学生時代に着手し、一〇年のあいだ独自に行った地道な研究成果をまとめたものだ。プロップはロシアの「魔法昔話」と呼ばれる民話に着目し、その限りなく多いように思われるすべての類話は、抽象的な要素に分解すると、構造的にはたったひとつのタイプであるという驚くべきテーゼを発表した。ロシア口承文芸の一ジャンルを扱ったごく専門的な研究書として書かれたもので、当時は知られていなかったものの、五〇年代後半の構造主義の高まりのなかで再発見され、国際的な注目を集めた。その後、プロップの想定していた射程をはるかに超え、物語論、物語の記号論の基盤となり、その影響は現代のメディア文化理論にも受け継がれている。

亡霊か、先駆か

『昔話の形態学』は、一九二八年に出版された当時、反体制的な書と見なされて黙殺された。物語のプロット構成に法則性を見出そうとする手法は、ソ連当局によって批判されていた「フォルマリズム」と似ていたからだ。ただしプロップは昔話を形態によって分類し直すことを提唱していただけで、ロシア・フォルマリズムが掲げていたような、芸術を「意味」から解放するといった理念を持っていたわけではなかった。これは続編として書かれた『魔法昔話の起源』(一九四六年)において、プロップが魔法昔話にあらわれるモチーフの意味や歴史に焦点を当てていることにもあらわれている。ただしこの第二作を出版した際には、プロップはロシア科学アカデミー兼任講師を解任されている。プロップが強い政治的圧力を受けていた理由は、一部にはプロップのヴォルガ・ドイツ人としての出自にもあったとも言われる。

三〇年後の一九五八年、アメリカで英訳が出版されたことで、この状況は一転する。プロップは突如として構造主義の知られざる先駆者と見なされるようになる。ただし『昔話の形態学』がフォルマリズム的であるという批判はプロップについてまわった。人類学者クロード・レヴィ=ストロースは『昔話の形態学』には自身の研究と重なる部分があることを認めつつ、プロップがモチーフの意味や歴史的背景を捨象しているところはフォルマリズムの亡霊にいまだ取り憑かれていると批判した。これは『魔法昔話の起源』の英訳がなかったことにもよるだろう。またレヴィ=ストロースは、プロップの図式に当てはまらない例を挙げていて反証したが、それらは民話以外の事象ばかりだった。『昔話の形態学』はあくまでも限定的な資料に基づいた専門書であるにもかかわらず、普遍的な理論を提唱しているかのように誤解されたために、レヴィ＝ストロースの書評のような批判が起こってきた。このことについては、プロップの提示したモデルが、そのあまりの明快さのために、一方では戸惑いを抱かせるほどに、あらゆる物語に当てはまりそうだと感じさせるものだったからだと言えるだろう。事実、六〇年代以降はプロップの図式を精緻化したモデルが次々と考案され、プロップは物語論の始祖と位置付けられることとなる。

昔話の核は、登場人物の「機能」である

一九二〇年代前後、物語の構造を理論的に解明しようという動きがあったが、なかでもプロップが異質だったのは、物語全般を分析対象とする代わりに、ロシアの魔法昔話という限られた素材のみを分析対象としたことだった。プロップはロシアのフォークロア収集家アレクサンドル・アファナーシエフによる民話集を読んでいた際、あることに気がついた。それはテーマ別に分類されている多くの民話において、登場人物たちは多種多様でお互いに全く異なる姿かたちをしていても、しばしば同一の行為を行っているということだった。これまでの民話研究では、熊の話、森の精霊の話、マロース（冬の擬人化された形象）の話というように、中心となる登場人物ごとに索引が作られてきた。しかし異なる人物や形象が登場していても、物語が同じパターンで進むのならば、それらは同じ話と見な

することができるのではないか。特に、魔術や呪具を与えられた主人公が敵と戦って勝利するというジャンルの魔法民話（「幻想民話」とも言う）では繰り返しが多い。熊も森の精霊もマロースも、主人公に試練を与え、それをやりおえると褒美を贈与するという役割だ。

プロップは魔法昔話の要素を、類話ごとに変わる「可変項」と、話が変わっても変わらない「不変項」に分けた。すると、登場人物の外見、名前、属性や、行為のやり方といったものは物語によって変わる「可変項」だが、登場人物たちの行動はお決まりのパターンとなっており、どの物語でも変わらない「不変項」だとわかった。そこでプロップは登場人物が誰かということではなく、物語の展開のためにどんな役割を果たすのかということに着目する。登場人物のふるまいのうち、物語の展開の上で果たす意義を「機能」と呼び、膨大な数の類話から登場人物の「機能」を抽象化した。その結果、魔法昔話の機能として数えられるのは、三一種類しかないことが明らかとなる。

魔法昔話の機能は、三一個である

魔法昔話の導入部分ではまず、両親が仕事に出かける、両親が死ぬというように誰かが家を「留守」にする（以下では鉤括弧内に、プロップによって機能として挙げられた登場人物の行為を記した）。取り残された主人公は、外へ出てはならない、何も言ってはいけないといった「禁止」を言い渡される。そしてその禁は、必ず「違反」される。そこへ主人公たちに害を加える敵がこっそり忍び寄ったり、飛んできたりして、子どもたちの居場所や貴重なものの在り処について「探り出し」をする。敵対者は答えを得、「情報が漏洩」する。敵対者は、主人公を騙そうと「謀略」を図り、主人公は欺かれ、それによって敵対者を「幇助」してしまう。敵対者は、主人公やその家族の成員に「加害」行為を行う。そのために誰かが誘拐される、何かが盗まれるなどして「欠如」する。ここまでが物語の下準備だ。

主人公は欠如を取り戻すために、誰かの「仲介」を経て、「出立」する。主人公が贈与者に出会い、試されたり攻撃されたりしたのち（「贈与者の第一機能」）、主人公は試練に耐えるなどの反応をすると（「主人公の反応」）、呪具あるいは助手が主人公の手に入り（「呪具の贈与・獲得」）、主人公は探すもののある場所へ移動する（「二つの国の間の空間移動」）。主人公は敵対者と「闘い」、主人公は傷を負うなどして「標づけ」をされるものの、敵対者に「勝利」する。誘拐された人物を取り返すなど「不幸・欠如が解消」され、主人公が「帰還」しようとすると、何者かに「追跡」されるが、馬がやってきて飛び去るなどして「救助」される。どこかの国に「気づかれずに到着」すると、主人公の偽者としてふるまう者がおり、主人公に「不当な要求」をしてくる。「難題」が投げかけられるが、主人公は「解決」し、戦いの際に付けられた標によって本人であると「発見・認知」される。偽者の「正体が露見」し、主人公は新しい衣装を身につけるなどして一種の「変身」を遂げ、敵対者は「処罰」される。最終的には主人公は王女と「結婚」する。

類話によっては一定の機能が省略されるということはあるものの、機能として数えられるものは最大で三一しかない。これは、多種多様に見える類話が実際のところは、三一の機能を線状的につなぎ合わせたものであることを示していた。

これは口承文芸のなかでも反復性の高いジャンルである魔法昔話に限ったことで、近代小説や映画など、他のジャンルにも横断して言えることではないように思われる。しかし一九六〇年代、フランスの記号学者クロード・ブレモンは、プロップの提唱した「機能」をこの三段階に分岐するモデルへと改変することで、より普遍的な物語理論へと再編した。ブレモンによると、物語上の出来事は（1）それが起こりそうになる、（2）出来事が起こる、あるいは起こらない、（3）結果を伴って出来事が終わるという三段階に分けることができ、（2）の段階の二者択一が連続することによって物語が進んでいく。ブレモンはプロップの単線的な図式を、分岐する経路へと置き換えることで、より複雑な物語にも適用可能なモデルを提唱した。

登場人物のタイプは、七種類である

プロップは三一の機能がどのように登場人物たちに割り振られているのかを検討した結果、登場人物のタイプは七種類しかないというテーゼを打ち出した。「敵対者（加害者）」は、加害行為を行ったり、主人公と闘ったり、主人公を追跡する。「贈与者」は、呪具を与えるための試練を主人公に課し、呪具を贈与する。「助手」は主人公の空間移動を助け、追跡から救出する。「王女（探し求められる人物）およびその父親」は、難題を課したり、偽主人公を罰したり、また王女は主人公と結婚する。「派遣者」は主人公を探索の旅へと派遣する、つなぎの役割を持つ。そして「主人公」は探索に出立し、贈与者の求めに応じ、敵対者と戦って勝利し、最終的には結婚をする。「偽主人公」は主人公と同じような行動を行うが、不当な要求をする点で異なっている。

一つのタイプがひとりの登場人物に割り振られているか、ひとりの登場人物が複数の役割を兼ねているかということは、類話によって大きく異なる。例えばロシアのフォークロアに登場する妖婆バーバ・ヤガーが登場する民話では、バーバ・ヤガーは主人公を試し、呪具を贈与するという「贈与者」であるが、その後に主人公に道案内をすることもあり、「助手」の役割も兼ねていることもある。

パリ記号論学派の中心人物として知られるA・J・グレマスも、ブレモンと同時期にプロップから強い影響を受けた人物だ。グレマスはプロップによる登場人物のタイプ分けを基盤に、物語全般を対象として、登場人物の行為者としての役割を三つの関係（欲望の関係、伝達の関係、闘争の関係）と、それらの組み合わせからなる六種類と規定した。ここに登場人物たちの心理的、性格的、社会的属性を組み合わせることによって、心理描写を中心とするような近代小説にも適用可能なモデルへと改変し、物語の記号論の潮流を形成することとなる。

ただしプロップ本人は、自身の研究が構造主義の文脈で理解されることには懸念を持ち続けていた。プロップは、本書で提起されたモデルは「反復性が大規模に存在する」ジャンルには適用可能であっても、「世界に二人といない天才が創作する作品の領域」に安易に応用すべきではないと考えていた。

すべての魔法昔話は、ひとつのタイプである

プロップが次に着目したのは、民衆はいかにこれらの機能を配列しているかということだった。魔

法昔話に分類される膨大な数の類話を対象に、三一の機能を抽出し並べるという作業を行なった結果、どの魔法昔話においても機能の起こる順番が全く同じであることが分かった。このことにはプロップ本人も驚いたという。なぜなら、このことが意味するのは、すべての魔法昔話が構造上、ひとつの類型であるということだからだ。すべての魔法昔話はひとつの話に由来するというプロップの説を、真正面から否定したのはレヴィ＝ストロースだ。レヴィ＝ストロースは、すべての民話の祖型のようなものが古代に存在したとは考えられないとしてプロップの結論を批判した。しかしプロップにとって、このひとつの類型は「魔法昔話の基盤にある、共有の構成図」であり、現実にその祖型が存在したというよりは、すべての構成上の要素を再現する、物語を多種多様な形で実現するための骨格だった。

そして「すべての魔法昔話は、ひとつのタイプである」というテーゼは、ジョーゼフ・キャンベル『千の顔をもつ英雄』（一九四九年）が英雄譚の地域横断的な研究によって明らかにしたことと符合をなしている。『千の顔をもつ英雄』は研究書でありながら、ハリウッド映画の脚本家たちに多大なる影響を与え続け、「スター・ウォーズ」シリーズなど数多くのヒット映画にインスピレーションを与えてきたことで知られる本だ。『昔話の形態学』の英訳が出版される九年前の本であり、方法論や分析対象も異なっているし、そもそもキャンベルがプロップの理論を知っていたとは考えにくい。ただし『千の顔をもつ英雄』は、世界中の神話や英雄伝説を比較した結果、主人公が冒険へと出立し、試練を経て帰還するという筋立てに普遍的なパターンがあると指摘するもので、本書と重なる部分が多い。

このことが示すのは、『昔話の形態学』はすべての物語に適用可能な文芸理論の形成を刺激する理論書でもある一方で、プロップが抽出した「ひとつのタイプ」は、近代以前の口承文芸という遺物ではなく、現代の私たちの物語への没入という経験を支えるものでもあるということではないだろうか。かつてのロシアでは夜になると、村の人々が民話の語り手の声に耳を澄ませた。今日の私たちも、仕事の後にスクリーン上で展開される物語に心を奪われるとき、その物語は魔法昔話と共通する、「ひとつの類型」から生まれたものかもしれない。

ウラジーミル・プロップ（Vladimir Propp）

一八九五年、ドイツ人居住区出身の両親のもとに、ペテルブルクで生まれる。一九一三年、ペテルブルク大学でドイツ文学を専攻するものの、第一次大戦の開始とともにスラヴ・ロシア科へ移る。卒業後は主にドイツ語教師として教鞭を執りながら、ロシアの民衆の間に伝わってきた口承文芸の資料を読み込み、ほとんど独学で研究を続けた。第二次大戦中はサラートフに疎開していたプロップは、戦争終結後にレニングラード大学に戻ることになるが、ドイツ系の出自のために逮捕されそうになるという事態も起こっている。第二作『魔法昔話の起源』（一九四六年。齋藤君子訳、せりか書房、一九八三年）のために誹謗中傷にもあったが、プロップは自説を曲げなかった。その後もレニングラード大学で教鞭を執るかたわら、出版の見込みがなくとも、独自に研究を続けた。長いあいだ引き出しにしまい込まれていたという原稿は、プロップが六〇歳を迎える年に、『ロシア英雄叙事詩』（一九五五年）として出版された。

『昔話の形態学』の英訳出版ののち、世界的な文芸理論家の一人と目されるようになったプロップであるが、ソ連国内ではアカデミーの準会員の審査すら落ちるという具合で、学術界で重んじられる存在には一度もならなかった。ただし、プロップはそんなことを意に介する性格ではなく、弟子たちに慕われて過ごしたとされている。他に邦訳されている著作として、プロップの第四作『ロシアの農耕儀礼』（一九六三年。大木伸一訳、『ロシアの祭り』、岩崎美術社、一九六六年）と、論集『口承文芸と現実』から七篇の論文を収めた、『魔法昔話の研究——口承文芸学とは何か』（齋藤君子訳、講談社、二〇〇九年）がある。

ヴァルター・ベンヤミン『ドイツ悲劇の根源』

岩本剛

Ursprung des deutschen Trauerspiels, Berlin: Rowohlt, 1928. 浅井健二郎訳『ドイツ悲劇の根源』筑摩書房、上下、一九九九年。岡部仁訳『ドイツ悲哀劇の根源』講談社、二〇〇一年。

文学史のなかでほとんど黙殺されてきたドイツ・バロック悲劇に注目し、そのアレゴリーという表現形式を、たんなる修辞の一技法としてではなく、意味喪失の時代の表現として歴史哲学的に考察したベンヤミンの主著である。ベンヤミンの歴史哲学の神髄ともいえる、自然を歴史の相のもとに眺め、歴史を自然の相のもとに眺める「自然史」の理念は、ベンヤミンの思想的後継者であるテーオドア・アドルノに引き継がれ、その思想に決定的な影響を与えることとなった。

アカデミズムから遠く離れて

一九二八年一月、度重なる印刷延期の末、ベルリンの新興出版社ローヴォルトから『ドイツ悲劇の根源』(以下、『根源』)が漸く刊行されたとき、当時のとある書評は同書を次のように評した――

「知的アウトサイダーを好まれる向きにはぜひお薦めである」。教授資格申請論文（一九二五年四月、フランクフルト大学に提出）として書かれた『根源』は、「これなら六人が教授資格を取得できるだろう」（ゲルショム・ショーレム宛書簡）との観測に反し、ベンヤミンのアカデミシャンとしてのキャリアに終止符を打った作品として知られる。教授資格取得失敗の経緯については、その理由をめぐってさまざまな憶測が囁かれ（反ユダヤ主義、学内政治の余波に巻き込まれた、ベンヤミンの天才を凡庸な教授陣は理解できなかった、等々）なかば伝説化しているが、事の実際は案外単純なものであったのかもしれない。「美学の時代はあらゆる意味で過ぎ去った」と考える者の手になる「純粋に美学的な考察」の価値に疑念を表明する論文は、あろうことか美学科に提出された。これではなかなか論文は通らない。やはり最初からどこか歯車が狂っていたのだろう。

ところで、「知的アウトサイダー」を衒う気など毛頭なかったベンヤミンは、『根源』によってむしろ「真のアカデミックな研究方法」を実践する真正な学術論文を書いたつもりでいたらしい。ドイツ・バロック悲劇におけるアレゴリーという主題を専門領域的に限定された特殊主題としてではなく、より広範な射程を孕んだ歴史哲学的問題として扱うこと、そのために必要とあらば、図像解釈学・体液病理学・星辰影響論・ユダヤ思想・ヘレニズム思想・政治神学等々、各専門領域で別個に蓄積されてきた知を縦横無尽に引用／動員し、そのようにして寄せ集められた知のあいだに予期せぬ連関を発見すること――ベンヤミンが理解する意味での「真のアカデミックな研究方法」はしかし、学問の専門化と分業体制が進む時代にあって反時代的で非学術的なものとみなされた。『根源』は文学史科から美学科へと厄介払いされた挙句（『根源』は当初、文学史科への提出を予定されていた）、美学科正教授ハンス・コーネリウスは、美学の範疇からの逸脱を主な理由に挙げ、この論文に否定的評価を下した（この所見が論文撤回勧告の決め手となる）。大学が求めていたのは「純粋に美学的な考察」に従事する一人の専門家であって、「六人」分の知性を合わせもったようなラディカルな精神ではなかった。「精神に教授資格を与えることはできない」（エーリヒ・ロータカー）といわれる所以である。『根源』の著者は、本人の自覚に反し、すでに既成のアカデミズムからはるか遠く離れたアウトサイダーの領野に立っていた。教授資格取得失敗を機に文芸市場を活動の場とする一批評家へと転身したベンヤミンは、のちに当時を振り返ってこう述懐している――「真のアカデミックな研究方法を厳格に遵守することがブルジョワ的に観念論的な学問経営をなす当世風の態度からどれほど懸け離れているかを、私の『根源』は実地検証してみたというわけです」（マックス・リューヒナー宛書簡）。

バロック／ヴァイマールの観相学

『根源』は、バロックを「独自の表題」をもった一時代として切りだし、バロック悲劇という芸術形式をバロック期の「宗教的・形而上学的・政治的・経済的な諸傾向についての統合的な表現」として考察することを課題としている。この考察の出発点となるのが、ギリシア悲劇からバロック悲劇を歴史哲学的に峻別する作業である。ギリシア悲劇の対象が「神話」であるのに対し、バロック悲劇の対象は「歴史」、すなわち宗教戦争と反宗教改革の時代であるバロック期の「歴史的生」であるとベンヤミンはいう。宗教政治的な問題に苛まれ、救済への展望を欠いたまま、恩寵なき被造物の植物的な平穏状態に埋没することのうちにかろうじて慰めを得ようとするバロックの「歴史的生」。それは、歴史を「とどまるところを知らぬ凋落の過程」とみなす「バロックの現世的な歴史解釈」の所産であり、そのようないわば「歴史の死相」と対峙するなか、中世聖史劇の世俗版たる「悲しみの遊戯（Trauer-Spiel）」として「バロック悲劇（Trauerspiel）」は発明された。ある事柄をアクチュアルなものにする方法は、「その事柄をわれわれの空間において──われわれをその事柄の空間においてではなく──思い浮かべることである」と述べるベンヤミンは、ここでバロックを読みつつ、そこに自分自身の同時代を重ね読みしている。「ベンヤミンは、一七世紀について書きながらも一九二〇年代の文化状態と政治的苦境を明確に示唆している。『根源』は、ヴァイマールのレンズを通してバロックを読むとともにバロックという鏡にヴァイマールを映しだすもの、バロックをして二〇世紀の芸術と政治の状況を読むように仕向けるもの」（ルッツ・P・ケプニック）なのである。

献辞には「一九一六年に構想」と記されているものの、『根源』が具体的に構想・執筆されたのは一九二三年から一九二五年のあいだである。ドイツ史を少しく繙けばわかるように、この時期はヴァイマール共和国の危機が極端に高まったことで知られる。史上空前のハイパー・インフレーションから起死回生のデノミ政策を経て、社会は相対的な安定化へ向かうも、国法問題に揺れ、対立する左右両勢力が各々の思惑から共和国の倒壊を画策するなか、この混乱を養分にナチズムが孵化を迎えるという政治的にきわめて不安定な情勢がヴァイマール共和国の基調となっていた。これがいわゆる「黄金の一九二〇年代」の裏面である。「研究がみずからの時代の状況に対する洞察を明示するところにのみ悲劇論を期待しうる」といわれるように、『根源』にはベンヤミン自身の歴史的経験が深く刻み込まれている。そのひとつのあらわれとして注目されるのは、バロック悲劇の主人公である専制君主／殉教者の歴史哲学的意味を問うベンヤミンが、敗戦によるヴィルヘルム帝国崩壊後のドイツ知識人の危機意識を色濃く反映したカール・シュミットの政治思想を大々的に援用していることである（ベンヤミンと後世から「ナチ御用学者」の烙印を押された国法学者シュミットとの思想的接近をめぐっては、のちに活発な議論が起こった）。並外れた難解さにもかかわらず、『根源』が出版後まもなく多方面から反響を引きだした理由は、バロック悲劇のアレゴリー形式の「哲学的認識、とりわけその極限形式についての弁証法的認識」をめざす同書が、同時に「認識する者の歴史哲学的な自己認識」（リューヒナー宛書簡）を喚起するものであった点に求められるだろう。

アレゴリー、その失墜と救出

「ベンヤミンは『根源』のなかで、バロックのアレゴリーが社会的荒廃と引き続く戦争の時代に特徴的な知覚様式であると論じていた。そういう時代にあっては、人間の苦しみと物質的な廃墟が歴史的経験の素材かつ実質をなすからである――だからこそ、第一次世界大戦の恐るべき破壊に対する応答として、彼自身の時代にアレゴリーが回帰するのだ」（スーザン・バック＝モース）。『根源』で論じられる「アレゴリー」とは、知覚と思考の方法、世界了解の一形式、「人間の行為からあらゆる価値が剝奪された空虚な世界」への知的な対抗策としてひとまず理解される。社会における一切の規範的価値が失効した意味喪失の時代、いわば物質的・道徳的「廃墟」には「死せる瓦礫」の堆積が「さまざまなアレゴリー的指示の奇妙な細目」となって散乱している。方向感覚も定まらず、全体を俯瞰することもできないこの「空虚な世界」では、細部から局地的に突破口を開きつつ、個別的に具体的な知をそのつど奪取していくほかない。アレゴリカーのまなざしに映る断片的な「瓦礫」はそのとき、「意味／指示作用をもつ文字像」として「隠された知の領域への鍵」となる。有機的な全体性が失われたいま、それにもかかわらず全体的なものを一挙に把握しようとする知性は、無益で惰性的な概括能力へと転落せずにはいない。これに対してアレゴリカーは、さながら「サディスト」の手つきで有機的全体性の仮象をみずから積極的に破砕しつつ、「知の力のドラスティックなあらわれである恣意」を駆使して「瓦礫」のひとつひとつのなかに意味を読み込んでいく。

基本的には反象徴美学に立脚する『根源』だが、とはいえベンヤミンは、一概にアレゴリー的な知のありようを称揚しているわけではない。というのも、「アレゴリーの志向は真理をめざす志向に真っ向から対立する」ものだからである。一見取るに足らない細部にあえて偏執的に拘泥し、そこに発見された例外的なもの・異質なもの・極端なものについての粘り強い考察に沈潜するアレゴリー的な知は、それが「直接的な沈思黙考によって無条件的・強制的に絶対的な知をめざすとき、事物はその素朴なありように従ってまさにこの沈思黙考から逃げ去る」のだとベンヤミンはいう。「瓦礫」を対象とした恣意的な操作と構成の産物であるアレゴリー的な知は、本質的にあやふやで不確実なものである。換言すれば、アレゴリー的な知は、「いかなる罰も蒙ることなく物質の深遠を究めることができると信じる」アレゴリカーを「嘲笑する」ものなのである。自己の恣意性を忘却し、絶対性の境地に到達しようとするまさにそのとき、アレゴリー的な知は自己転倒を起こす。アレゴリカーが事物のはかなさと被造物の慰めのなさを象徴的に集約するものと信じた究極の対象（「髑髏」）でさえ、それ自体またひとつのアレゴリーとして、「復活のアレゴリー」（「天使の顔貌」）へ反転してしまう。「極端なものの急転回」のうちに起こるアレゴリカーの「失墜」は、しかし同時に「救出」へのチャンスでもある――「神の世界でアレゴリカーは目覚める」。

七つの封印

『根源』は、全編を通じて読者に極度の集中力を要求するきわめて難解な作品である。わけてもその冒頭に置かれた「認識批判的序章」（以下、「序章」）は、同時代の書評から「七つの封印によって閉ざされている」と揶揄されたとおり、難解さにおいて群を抜いている（ちなみに「序章」は、一九二五年に大学に提出された原稿のなかには含まれていなかった）。バロック悲劇の「アレゴリー形式の理念を叙述すること」を課題に掲げる『根源』の方法論的註解であり、またそれ自体独立した理念論・真理論としても読める「序章」に関連して、ここでとりわけ興味深いのは、多くの読者がそうするように「序章」を最初に読むのは読む順序が逆であって、むしろそれは「あとがき」として読まれるべきだとベンヤミンが語っていたことである（リューヒナーの回想による）。この言葉に従うならば、「序章」は「叙述された諸理念の輪舞としての真理」の世界を、失墜したアレゴリカーが目覚め、救出された先の「神の世界」として叙述したものだと考えることもできるだろう。いずれにせよ、『根源』における「序章」の位置づけは困難で同書の構成上の謎をなしている。

理念／真理について語る「序章」を予断なく読む者は、さしあたり「理念／真理とはなにか？」という問いに関心を集中するはずだが、この問いに対する直接的な答えを「序章」のうちに探し求めてもそれは徒労に終わる——理念／真理は「尋ねて得ることはできない」。要するにベンヤミンは、「理念／真理とはなにか？」と問い、「理念／真理とは……である」と答える記述的定義の可能性を否定しているのだ。記述的定義に代わって採用されるのは、中世の神学論文「トラクタート」——「権威をもった引用のモザイク」として構成される「秘儀的エッセイ」——の方法である。「序章」には「理念／真理とは……である」式の一見定義めいた文章の数々を見つけることができる。とはいえ、それらを要約的に繋ぎ合わせたところで、ベンヤミンが考える意味での理念／真理の定義に読者がたどり着くことはないだろう。なにしろ、一見定義めいたそうした文章の多くは、ベンヤミンのオリジナルではなく、西欧哲学史にあらわれた理念／真理をめぐる言説——たとえばプラトン、ライプニッツ、ヘーゲル——から蒐集された引用（そのなかには出典の明示されていない変形引用も含まれる）、つまり「権威をもった引用」にすぎないのだから。記述的定義が不可能な理念／真理を「引用のモザイク」のなかに、あるいはベンヤミンが好んで用いた言葉を使うならば、引用の「布置／星座（Konstellation）」のなかに浮かび上がらせること、それが「迂回路としての叙述」といわれる「トラクタート」の方法である。この方法はまた、理念が歴史を媒質として経験的現象の「布置／星座」のなかにみずからを展開する、その様相を指すものとされる「根源（Ursprung）」の概念、そして「根源の学としての哲学史」の構想にも繋がっている。

書籍狂のマニエリスム

後世から「〔初期ロマン主義的な意味での〕批評の名に値する唯一の書物」(ジョルジョ・アガンベン)とも評価され、いまや二〇世紀批評文学の古典といってよい『根源』は、ベンヤミンの書籍狂としてのマニエリスムが存分に発揮された作品でもある。「バロック期のとんでもない古書」からの選りすぐりのモットーの蒐集と、六〇〇あまりの引用のモザイク的配置に、本文の記述以上に心血を注いだといっても過言でない『根源』は、さながら「アレゴリーのアレゴリー」(ベルント・ヴィッテ)の観を呈した「秘教的エッセイ」であり、こうしたいわば「まじめな遊び」(ゲーテ)の要素が同書の内容と相俟って、今日なお読者の知性を挑発し、魅了しつづけている。

ヴァルター・ベンヤミン(Walter Benjamin)

一八九二年、ベルリンの裕福なユダヤ系家庭に生まれる。ギムナジウム卒業後、フライブルク、ベルリン、ミュンヘンで哲学を学ぶ。大学時代、学制改革論者グスタフ・ヴィネケンに師事し「青年運動」に参加、一九一四年、自由学生連合の議長に就任するも、第一次大戦への対応をめぐって師ヴィネケンと訣別、加えて、戦争勃発に絶望した親友フリッツ・ハインレの自殺を契機に「青年運動」から離脱する。一九一七年、兵役免除を受け、妻ドーラとともにスイスに移住、一九一九年、ベルン大学にて『ドイツ・ロマン主義における芸術批評の概念』で博士号を取得する。終戦を経てドイツ帰国後に書かれたエッセイ「ゲーテの『親和力』」(一九二一/一九二二年）は、当時の文壇の重鎮であった詩人・劇作家フーゴ・フォン・ホーフマンスタールから激賞される。敗戦国ドイツの未曾有の経済的苦境のなか、教授資格取得を計画するも、一九二三―一九二四年のカプリ島滞在を経て書き継がれ、一九二五年、フランクフルト大学に提出された教授資格申請論文『ドイツ悲劇の根源』は、同年七月に撤回勧告を受ける。以後、アカデミズムから離れ、フリーの批評家として、『フランクフルト新聞』、『文学世界』等の新聞・雑誌に書評・エッセイを寄稿する。同時期、ジェルジ・ルカーチ『歴史と階級意識』を介してマルクス主義／コミュニズムに接近する一方、フランツ・ヘッセルと共同でプルースト『失われた時を求めて』の翻訳に携わり、一九二九年からはラジオ放送の仕事にもかかわる。一九三〇年、ベルトルト・ブレヒトらと雑誌『危機と批評』の発刊を企画するも頓挫。一九三二年、自殺衝動が高まるなか『ベルリン年代記』（その改稿版が『一九〇〇年頃のベルリンの幼年時代』）を書く。一九三三年三月、ナチスの政権掌握を受けドイツを脱出、イビサ島滞在を経てパリでの亡命生活に入る。パリでは、フランクフルト社会学研究所からの経済的援助を支えに、長らく中断していた「パサージュ」論の仕事を再開。「パサージュ」論はついに執筆には至らず、引用とメモの集積からなる予備研究の段階にとどまったが、同論の梗概・関連論文として、一九三五年から一九三九年にかけて「パリ――一九世紀の首都」、ボードレール論諸篇、「複製技術時代の芸術作品」が生まれる。この間、デートレフ・ホルツの偽名で『ドイツの人びと』（一九三六年）が刊行される。一九四〇年、マックス・ホルクハイマーの仲介でアメリカへの渡航ビザを入手、遺稿「歴史の概念について（歴史哲学テーゼ）」を携え、マルセイユからリスボンへ向け、亡命者グループとともにピレネー山脈を越えるも、スペイン国境の町ポルボウで国境警備隊から通過を拒否される。同年九月二六日夜、一時滞在先とした同地のホテルにてモルヒネによる服毒自殺を遂げる。

ウィリアム・エンプソン『曖昧の七つの型』

三原芳秋

Seven Types of Ambiguity. London: Chatto & Windus, 1930. 星野徹・武子和幸訳『曖昧の七つの型』思潮社、一九七二年。岩崎宗治訳『曖昧の七つの型』岩波文庫、上下、二〇〇六年（水声社、二〇二二年）。

タイトルを一瞥すると、「曖昧」という鍵概念を押しだし体系的に整理した理論書のように思われるだろうが、じつは「七つの型」そのものがきわめて曖昧であることは、本人がそこかしこで認めているとおり。念のため、本人のメモ書きを掲載しておくと――

（一）たんなる〔意味の〕豊富さ（多くの観点が有効な比喩）
（二）ふたつの異なる意味が同一の論点をさす
（三）〔一語に潜在する〕結びつきのないふたつの意味――両方とも必要だが互いの説明にはなっていない
（四）アイロニー――一見正反対の意味が一緒になってひとつの判断をうむ
（五）意味の移動（比喩が二種の連想のあいだに適用される）
（六）類語反復や矛盾――その意味についてさまざまな推測をゆるす

(七) 正反対の意味が文脈によってうまれるもの

本書を手にとればすぐにわかるとおり、中身は「型」の解説どころか「型やぶり」の連続であり、読者はまるで脈絡のない、しかしとびきり愉快な手品を見せられているような感じをうけることだろう。(ところで、たったいま、「まるで」をどう読みましたか?) さらに、そのつど舞台に呼び出されて手品をさせられるのが、引用された諸断片の作者であったり読者であったり、はたまたセリフをよむ役者のこともあり、とにかく「行き当たりばったり」の感が否めない。「理論」と呼ぶには、その主体=主題《サブジェクト》も対象=目的《オブジェクト》も、あまりに曖昧なのである。そんな手品のような本書であるから、タネ明かしとなる要約は避け、全体をひいた目で眺めた際に見えてくる性格や、この理論ならざる書物が「文学理論」の殿堂入りをはたすいきさつなどを紹介することにする。この紹介文が、みなさんが自分で——読者として、作者として、あるいは役者や訳者として——実際に手品を愉しむきっかけとなれば幸いである。

手品師の軽業

「手品師が帽子を手に取るようにそのソネット[シェイクスピアのソネット一二九番]を取り上げたエンプソンは、そこから元気いっぱいなウサギの群れをこれでもかこれでもかと呼び出してみせ、しまいには「どんな詩でもおなじことができるんじゃないでしょうかね?」と言った」——これは、ケンブリッジ大学でのエンプソンの指導教官I・A・リチャーズが回想する『曖昧の七つの型』誕生秘話である。そこで、数学科から転科してきたばかりのその神童をそそのかしてみたところ、二週間後に分厚い束のタイプ原稿を腕に抱えてやってきたのだそうである。それが、本書の中心となる三万語ほどの原稿だった。

「曖昧」とは、すなわち、詩句の意味解釈における非決定性のことで、わたしたちが解釈の際しばしば行うような意味決定を括弧に入れ、かえってその非決定性に重要な意義を見いだすというのが本書の基本的な志向である。これはまさに、「ゲーム」であり「手品」であって、あらゆる意味の可能性を求めて些細なことに延々とこだわるその手法――エンプソンが好んで使う表現で言えば「あらさがし（niggling）」――は、当初「分析的手法」と呼ばれて多くの批評家に違和感をあたえたのであった。しかし、見方によれば、これはわたしたちが外国語の文学作品を〈読む〉姿勢にじつによく似ている（ただし、エンプソン自身は、日本や中国での自分の学生たちにこの本を読まないよう警告していたそうであるが）。エンプソンは、本書の中でしばしば、ある単語の意味をNED（OED〔オクスフォード英語辞典〕の前身）で徹底的に引き、そのあらゆる可能性を羅列してみせる。いわば「英文学」の「古典」を俎上に載せ、外国語に向かうような新鮮さでもってそれに臨むのである。それは、「ゲーム」特有の異化作用であり、またこう言ってよければ、「翻訳者」の手つきである。現実の翻訳がしばしば「正確さ」を金科玉条とした意味の単一化の試みであるのとはまったく正反対の意味で、つまり、ベンヤミンが「翻訳は、原作の意味にみずからを似せるのではなくて、むしろ愛をもって細部に至るまで、原作のもっている志向する仕方を己の言語のなかに形成しなければならない」（「翻訳者の使命」）と言うときの、そのアナーキックかつ弁証法的な情熱としての「翻訳」のことである。

「英文学史」（へ）の欲望

本書がケンブリッジ大学英文科でのいわば卒業論文のようなものであるという事実には、かなり重要な意味がある。指導教官I・A・リチャーズの心理学主義の影響およびそれとの格闘が、エンプソン自身のフロイト深層心理学への関心と相まって本書に深く刻印されていることもさることながら、英文学卒業優等試験《イングリッシュ・トライパス》の制度化、すなわち、当時黎明期にあったケンブリッジ大学英文科がいち早く構築したこの新しい学問《ディシプリン》＝訓練の存在なしには、この稀有な批評書が生まれなかったことはまちがいない。ここで注目したいのは、本書の「英文学史への欲望」とでも呼びうる性格である。チョーサーから「去年か一昨年かに『パンチ』誌で見かけたイチゴにかんする詩」まで、ありとあらゆる「イギリス詩／劇」の断片を一見無造作にならべたてる仕草は、個々の作家・作品の有機的価値を無視する生体解剖であるとして当初から多くの批判を集めたものであるが、そのような異端的行為を裏づけているのはより高次の論理、すなわち、「英文学史」という「大きな物語」であるように思える。その「物語」とは「曖昧の詩的効用」をめぐるもので、チョーサー以来「土着」の特質であった「曖昧」という英語固有のおおらかさが、一八世紀のシェイクスピア校訂に代表される「正確さ」への要求によって縮減する様を描いている。この文脈で、たとえば、ドライデンがボッカチオを翻訳する際に翻訳者の意図に反して生じさせてしまった統語上の曖昧さは、「英語の真髄または弱みによって強制された」ものである、といった議論も生まれてくる。ここに見られるのは、英文学《イングリッシュ》という新興の制度自体が抱える欲望の転移とも言えるもので、独占資本主義のグローバル化が暴力的な形態で発現した第一次世界大戦後の、「本国」における「本来性《オーセンティシティ》」の（再）創造という帝国主義的ナショナリズムのアジェンダに無意識のうちに沿うものだと言っても過言ではないだろう。ただ、すぐにつけたしておきたいのは、その「欲望」がいまだ十分固定されていないために生じるある種の無方向性は、「英文学《イングリッシュ》の誕生」の原風景《ハイマート》に位置する本書に、どこか不気味《ウンハイムリッヒ》な印象をあたえている、ということである。

正典化

『曖昧の七つの型』の手品のごとき手法は、そもそも規範的な理論構築とはまったく縁の無いものである。にもかかわらず、この作品が「文学理論」の古典としてあつかわれるのは、幸か不幸か、ひとえに「新批評《ニュークリティシズム》」という北米を中心とする文学批評運動の中で本書の正典化《キャノン》がなされたからに他ならない。運動の代名詞ともなるジョン・クロウ・ランサム著『新批評』（一九四一年）は、「新批評の創始者」としてI・A・リチャーズをあつかう第一章の結論部をその弟子エンプソンにあて、「リチャーズ—エンプソン—新批評」という直線的系譜をすでに不動のものとしたと言える。そして、当然のことながら、その「正典化」には暴力的な読み替えの痕跡を認めることができる。エンプソンの読みの技術を手放しで絶賛しているかのようにみえる部分においてもすでに、「曖昧」という鍵概念の「アイロニー」や「パラドクス」へのすり替えや、「善」「悪」と言ったおよそエンプソン的ではない形容詞の挿入が散見されるが、いよいよその章の結末にいたっては、エンプソンの細部への過度の関心を修正するかたちで、「詩の全体としての論理的構造に対する〔批評家の〕責任」というモチーフがあらわれる。すなわち、曖昧なる「曖昧」の無責任な蒐集家ではなく、「アイロニー」や「パラドクス」によって構造的に隠された「真の意味」を高みから正確に読み取ることのできる「責任ある」批評家という像が立ち上げられるわけで、そこから、批評家という新たなる司祭がさまざまな〈読み〉の「異端《ヘレシー》」宣告をはじめるまでには、もうあと一歩と言ったところである――「正典」であるはずの『曖昧の七つの型』が、じつは、パラフレーズという「異端」であふれかえっているということ自体、この「正典化」のアイロニーなのだが。

自分のデビュー作がこのような運命をたどっていることを、当の本人は知る由もなかった。出版の翌年には東京へと旅立っていたエンプソンは、その後、抗日戦争中の中国を転々としながら教鞭をとり、第二次世界大戦中は帰国してBBCの宣伝工作にかかわったものの、戦後ふたたび中国へと渡り共産党革命をはさみつつ北京大学で教鞭をとり続けていた。このようにして「二〇年代の文学的嗜好がまだカプセルに包まれたまま保存されていた」エンプソンは、五〇年代の英米批評界に浦島太郎として舞い戻り、そこで日常化している「文学理論」という正統主義《オーソドクシー》の専制に驚愕し、憤慨する。その後のエンプソンの批評家としてのキャリアは、かれの言うところの「新‐キリスト教的」なありとあらゆる批評にたいする全面的なゲリラ戦の様相を呈しており、「新批評」はなやかなりし時分は自作の正典化に抗する天邪鬼として煙たがられ、「新批評」が没落するとその郎党として忘却の淵へと突き落とされるという皮肉な結果となる。

再評価

かくしてシェフィールドの片田舎でエンプソン本人が心ならずも生んでしまった過去の亡霊にさいなまれているあいだに、『曖昧の七つの型』の「死後の生」は、国際的な舞台ですでにはじまっていた。構造主義の足音が聴こえはじめていたフランスにおいて英米の批評動向紹介を依頼されたポール・ド・マンは、その初期の代表作である「形式主義批評の袋小路」（一九五六年）においてエンプソンに決定的に重要な位置をあたえることになる。ド・マンによれば、「曖昧」の中間的な五つの型はすべて「擬似‐曖昧」であってそこにあるのは程度の差に過ぎないが、七番目のそれは質的に異なるもので、「〈存在〉そのものの根源的分裂」から発出するものとされる。リチャーズならばその調停を芸術の機能と位置づけるところだが、エンプソンの「〔恩師ほど〕穏やかではない精神」はその葛藤を解消しようとはせず、むしろそれを「名指す」ことにテクストの本義を見いだしている。ここにおいて、エンプソンの「曖昧の七番目の型」は、「〈存在〉そのものの根源的分裂」の「名指し」というハイデガーの影響色濃い初期ド・マン詩学の根本へと接続されるのである。ここから、エンプソンとド・マンの親縁性を引き出す議論がいくつか生まれ、その中にはエンプソンを「原‐脱構築主義者」に祭り上げるといった向きもあるが、ここでは、ただ、テリー・イーグルトンの指摘する両者の決定的な差異についてだけ記しておく——すなわち、ファシズムを通過したド・マンの苦々しい「ポスト・イデオロギー」的な懐疑主義と、ファシズム以前に登場しているエンプソンの快活な啓蒙主義的理性とは、本質的に相容れないものである、という見立てである。

この両者の差異をふまえつつ、「エンプソンの方が〔ド・マン〕より深刻な挑戦を投げかけている」とマルクス主義の立場から論じるのは、イーグルトンの「道化としての批評家」（『批評の政治学』〔一九八六年〕所収）である。この、まさに「道化」的な異色のエンプソン再評価は、一九八〇年代にイーグルトンが精力的に行っていた非マルクス主義的文化批評家を潜在性の相においてマルクス主義に接続する試みの一環で、ここにおいてエンプソンの「道化」的仕草は、バフチン的カーニヴァル、すなわち、ラディカルな大衆主義的聖像破壊《イコノクラスム》へと接続される。この論文が、ポスト・マルクス主義的文化批評の大々的な宣言書であるネルソン＆グロスバーグ編『マルクス主義と文化解釈』（一九八八年）に収録されているという事実も、その「ポスト・イデオロギー」を揶揄する身ぶりもふくめて、きわめて「道化」的で、エンプソンの「死後の生」には似つかわしい。

　文学理論のメインストリームにおける本格的なエンプソン再評価は、大西洋をはさんだ二人の批評家、ジョナサン・カラーとクリストファー・ノリスの両者によるところが大きい。また、ジョン・ハッフェンデンによるエンプソンの著作の精力的な編集・出版も、その動向に大いに貢献している。「宗教は、イギリスではもうおとなしくなっているかもしれないが、アメリカ合衆国での事情はその正反対で、ぞっとするほどの社会的な勢力を獲得している」と危機感をあらわにするジョナサン・カラーは、その宗教的言説の支配に対する解毒剤としてエンプソンを召喚する（「政治的批評——宗教との対峙」）。いわば、「新批評《ニュークリティシズム》」の正統主義《オーソドクシー》に横領されたエンプソンを、異端教説《ヘテロドクシー》の側から奪還しようという大西洋のこちら側での代理戦争であり、「宗教国家」アメリカという文脈において「世俗批評」の旗手としてエンプソンが再生したとも言える。

　エンプソンが「世俗批評」の旗手であるならば、その守護神はスピノザであろう。批評家としてのキャリアの最初からつねにエンプソンによりそって活動してきたクリストファー・ノリスは、『スピノザ――現代文学理論の根源』（一九九一年）で新境地を拓いた直後にふたたびエンプソンに立ち返り、エンプソンを「スピノザ主義的批評の伝統」に位置づけようと試みる。すなわち、スピノザが伐り拓いた「批判的解釈学」の地平において、エンプソンがピエール・マシュレらと肩を並べて立ち上がるのである。ここに至って、エンプソンは、ノリスの思い描く「もうひとつの文学批評史」における正典《キャノン》入りをはたすこととなる。まさにエンプソン再評価の極北であろう。

　最後にひとつの逸話を紹介して、この紹介文のむすびとしたい。第一次大戦従軍といったさまざまな紆余曲折を経たすえ一九二九年にケンブリッジに舞い戻ってきたヴィトゲンシュタインが、ある日英文科の若手教員F・R・リーヴィスの前に姿をあらわすなり、こう尋ねたという――「エンプソンという男を知っていますか?」当時のエンプソンは、文字通りの「花形学生」で、なにをしでかすかわからないその道化的仕草が、いつも注目の的であった。実際、本書出版の直前にスキャンダルを起こして大学から追放され、極東に流浪していったような人物である。その人物が、司祭的学者批評家連中によって正典に祭り上げられたのは、まったくもって皮肉な話である。とはいえ、エンプソンの道化的仕草は、かれの死後も文学批評史のなかで、ときおりその軽業を見せてくれている。あらゆる〈読み〉は、「理論」の名のもとに制度化されていくと、どうしても正統主義《オーソドクシー》に傾いていくきらいがあるようだ。そんなとき、ふと、この問いをくりかえしてみようではないか――

あなたは、エンプソンという男を知っていますか？

ウィリアム・エンプソン（William Empson）

一九〇六年、英国ヨークシャーの紳士階級に生まれ、名門パブリックスクールからケンブリッジ大学へと典型的なエリートコースを進む。大学での当初の専攻は数学であったが、すでに学生詩人・批評家として名をなしており、三年次には新興の英文学科に転科しI・A・リチャーズの門を叩く。一九二九年に優秀な成績で英文科を卒業し、そのまま準フェローに採用が決まり順風満帆のキャリアを歩むかに思われた矢先、不品行のかど（学寮の掃除夫がエンプソンの居室でコンドームを発見）でケンブリッジを追われ、ロンドンに出てフリーランスの著述家となる。この間、リチャーズに提出したレポートを核とした『曖昧の七つの型』（一九三〇年）を上梓し新進気鋭の批評家として注目されるが、翌三一年には渡日し、東京文理科大学（現・筑波大学）や東京帝国大学（現・東京大学）で英文学を講じる。一九三四年に一時帰国するが、三七年には国立北京大学の招聘で中国に渡り、その後抗日政府・学府の国内亡命に付き添うかたちで中国大陸を転々とする。一九三九年に帰国するとBBCラジオの戦時宣伝工作にかかわるが、戦後すぐに中国にもどり四七―五二年のあいだ北京で教鞭をとり、その際には共産党革命を直に目撃することとなる。戦中戦後の劣悪な環境下で『牧歌の諸変奏』（一九三五年）および『複合語の構造』（一九五一年）を書き上げるが、いずれも西洋の〈外〉でこそ生まれたと言える異色の批評である。一九五二年に帰国し、翌年シェフィールド大学に腰を落ちつけることになる（七一年退職）が、英米批評界にはびこる正統主義《オーソドクシー》を目の当たりにしたエンプソンは、生来の異端的・無神論的傾向に拍車がかかり、『ミルトンの神』（一九六一年）においてはキリスト教の神をスターリンになぞらえるほどに。一九八四年、ロンドンにて七七歳で歿。生前出版された四冊の批評書が今日でも版を重ねているのにくわえ、全詩集・書簡選集なども今世紀に入ってから続々と刊行されているが、（本人もふくめ）喪失したと思われていた『仏陀の顔』の草稿が近年になって発見され、出版（二〇一六年）されるという驚くべき出来事もあった。

D・H・ロレンス『黙示録論』

Apocalypse, London: Penguin Books, 1931. 福田恆存訳『黙示録論』ちくま学芸文庫、二〇〇四年。

吉岡範武

『黙示録論』は、D・H・ロレンスの、新約聖書最後の書黙示録《アポカリプス》に対するラディカルな批判的読解の書である。後に『黙示録の竜』として出版されるフレデリック・カーターの著書への序文として書き始められた本書は、ロレンス的主題である、ピューリタン主義との対決、ヨーロッパ近代のブルジョア産業社会、科学主義などへの文明論的な批判・考察が展開され、同時にそのオルタナティヴとしての、コスモロジー的世界観、生命主義が盛り込まれた、彼の総決算的な遺作《スワンソング》となっている。しかしながら、各種ジャーナリズムにより賛否の評価を伴いながら迎えられた出版当時の状況以来、多くの批評家たちの断片的な言及はあるものの、本格的な研究は意外と少ない。しかし、最近ではディープエコロジー的な観点からの研究も著されており、なにより、近代が抱え込んだ問題をユダヤ・キリスト教の三〇〇〇年の歴史を背景に俯瞰し、さらに古代エーゲ文明、カルデア文明などキリスト教以前の古代文明をも視野に収めたその内容は、混迷を続けるポスト近代の世界にあってもそこから有効な視座を引き出すことのできる書物でもある。

ロレンスの黙示録《アポカリプス》体験

わたしたちがアポカリプスやハルマゲドン、という一種禍々しい響きをもつことばを耳にするとき、それは一般的にどのようなイメージと結びついているだろうか。ハリウッドが飽くことなく量産し、消費され続ける、地球滅亡に関する一連の物語だろうか。一部のカルト集団が、信者を集団自殺の道連れにするために用いるあやしげで自己成就的な教説だろうか。いずれにせよ、そこには恐怖を伴う世界の破壊のイメージが、それを語る欲望とも切り離しがたく結びつきながら存在している。

ロレンスが論じる黙示録とは、まさにこの世界の終末に関するキリスト教の言説である。ローマ皇帝ネロ、ドミティアヌス治世の、皇帝礼拝の強要とキリスト教徒受難の時代に書かれたものであり、キリストの再臨が間近であることを告げ、善と悪の最終戦争《ハルマゲドン》と新世界の出現、そして最後の審判を経たあとの、新しきエルサレムの到来を説く内容で、一般的には『ヨハネによる福音書』と同じ著者、使徒ヨハネが晩年にパトモス島で書いたとされてきた。同時に、そのなかには古代の宇宙観から借りた異教的表象、ローマの検閲を逃れるための比喩・暗号表現が多く見られ、さらには時を経るなかで加えられたテキストの改ざんなど複数の要因がそこに重なり、さまざまな解釈の余地を残す難解な書として知られる。

ロレンスは、日曜学校に通う幼少期より、黙示録に生理的な嫌悪感を抱いていたという。そして

『黙示録論』において、その嫌悪感の正体が明らかにされるなかで、福音書の作者ヨハネと、パトモスのヨハネは全く別人物だと主張する。その理由は、ロレンスが、「大仰」であり、「詩情に乏しく」、ス」、「まったく醜悪でさえある」と指摘するその文体や表現形式の背後に、福音書とは全く異質な、権力への渇望を読み取るからだ。そこに浮かび上がるのは、イエスが説いた地上的な欲望の放棄と相互愛の教えとは異なる、富める者、権威ある者への呪詛と羨望そして復讐心である。ロレンスによれば、福音書に表現されたイエスの諦念と愛と自己省察の教えと、黙示録が示す弱者の自尊の宗教は、それぞれ普遍的にみられる「人間精神の二つの型」を表している。

ユダヤ教の伝統とイエスの新しい教え

ロレンスの主張を理解するために確認しておきたいのは、黙示録には、それに先行する、ダニエル書をはじめとする旧約以来の黙示録文学の伝統があり、また、イエスの教えが、ユダヤ教の歴史伝統の中から新しい教えとして生まれ、表現されたものであった事実である。

ユダヤ教を生んだ古代イスラエルの歴史とは、しばしば周囲の大国により捕囚、亡国に陥ったイスラエル民族が、救済をもたらしてくれるメシアを待望する歴史でもあった。メシアのイメージは、ある時には抑圧からの解放をもたらし、ダビデ王国の復興を実現してくれる政治的解放者・王として、さらには、徐々に現れるようになった黙示録文学の伝統のなかで、「雲に乗って現れ（中略）人間の姿を採り、世界を審き、黄金時代を治むべき超自然的存在」（ルナン）である「人の子」など、そのイメージを変えながら待ち望まれることとなる。

イエスが登場した第二神殿時代は、バビロン捕囚からの解放後も、未だローマ帝国の支配下にあるイスラエルの民たちが、その独特な歴史意識と救済史観の中で、屈辱と選民としての強固な自尊感情、そしてダビデ王国復興の期待を胸に生きていた時代であった。

そのような背景の中、奇跡と癒しで評判を高め、神との関係の回復によりもたらされる罪からの解放と愛の交流の世界に「神の国」の到来を告げるイエスの新しい教えは、宗教指導者や、弟子たちにすら理解されず、政治的メシアへの期待に応えようとしないイエスの姿に業を煮やしたユダの裏切りにより、イエスは十字架上で刑死した。そして、その後の予告されていた復活と聖霊降臨を経て、弟子たちはそこではじめて、メシアの意味、神の国の意味を理解し、自分たちの体験の証人としてイエスの教えを世界に広め始め、異邦人すべてに及ぶ世界宗教としてのキリスト教が誕生した。以上が福音書の語り伝える内容である。

この背景を念頭におくとよりよく理解できるように、ロレンスは、克服されているはずの、地上権力への執着と羨望、そして権力奪取の壮大な夢を黙示録に読み取っているのである。「そこには真のクリストも存さず、真の福音のささやきもなければ、またクリスト教精神の創造的いぶきをも感じられぬ」、「第二流の精神の所産」であり、イエスの弟子の中にユダがいたように、「新約のうちにクリスト教の大敵たる権力意識が忍び込んだ。」というわけである。ロレンスのこの批判的視点は、ジル・ドゥルーズなども指摘するように、ニーチェがキリスト教について糾弾した、虐げられた弱者の強者への復讐心理《ルサンチマン》などと共通するテーマを読み取ることができるだろう。

個人的自我と集団的自我

しかし、黙示録の中に弱者の権力羨望を暴き出し、イエスの精神への回帰を唱えるのがロレンスの意図ではない。彼はこの問題を人間につきまとう「集団的自我」と「個人的自我」の対立という視点で捉え直す。ロレンスによれば人間は、権力やその威光を拝し、それにより強き者から弱き者へ力が流入し自尊感情や魂の満足をえる。「集団的自我」とは、大多数の人間に根深く備わったこの本性のことである。

そしてイエスは、「神のものは神に、シーザーのものはシーザーに」と語ることで、「没我の精神、強さからくる優しさと温和の精神」というキリスト教徒にとっての「個人的自我」としての理想は与えたが、この集団的自我の問題を放棄し「国家になんらかの理想を与えることは故意に避けた」と指摘する。

ロレンスによれば、この世で支配する望みを一切放棄した隣人愛の思想は、精神の貴族主義的強者にのみに可能なものである。それについていけない多くの弱者にとって、この「個人的自我」の理想に抑圧された「集団的自我」の欲求は、地下に潜り、それを引き受けたヨハネにより黙示録という歪められた「夢」に現れ出たというわけだ。

有機体としての共同体

改めて確認しておくがロレンスは黙示録を現代の書として読んでいるのである。つまり、ロシア革命と第一次世界大戦を経て、ヨーロッパが荒廃、混乱する二〇世紀初頭の時代を通して、その黙示録に顔を覗かせる「ヨーロッパ二〇〇〇年のキリスト教の裏面史」との対決を試みたのが『黙示録論』なのである。

そこでは、ヨーロッパ文明凋落の危機意識の背後に、本質的な問題として、この「個人的自我」の問題が取り上げられるのだ。そして、キリスト教の「個人的自我」とは、ロレンスにとっては彼が対決を迫られた、ピューリタン主義、またその世俗版であるブルジョア産業資本社会や民主主義における個人主義イデオロギーへと読み替えられる。

彼は民主主義について「虚偽の全体性、虚偽の個人性を仮装した」、「無数の断片」が、「各自がそれぞれの全体性を主張してやまぬ無限の摩擦しあう部分からなっている」として、一方で、国家の本質について、それは「個人的自我から発せられはしない（中略）それは集団的自我からなされ、まったく別の、非個人的な心理的背景を担っている」と断じる。そこには、失われた、そして求められるべき有機的位階秩序にささえられた共同体の回復が課題として浮上する。

そして、テリー・イーグルトンも指摘するように、時代の文脈の中で、ロレンスはファシズムに魅せられる部分をもっていたが、同時に「ファシズムのイデオロギーを無条件に認めていたわけではなかった」ロレンスは、「ムッソリーニを徹底的に批判して」、「ファシズムとは資本主義の危機に対するみせかけの「過激な」反応であるということも的確に見抜いていた」。

ロレンスの思想において、社会主義や民主主義に対する考え、また英雄や指導者などの男性原理への捉え方と評価は、時代により表現が変化しており、一筋縄では捉えきれない部分をもつが、彼の否定する「個」とは、ヨーロッパの啓蒙的近代主義が与え、ブルジョア自由主義やヨーロッパの帝国植民地主義を背後で支える抽象化、平均化された個人の「観念」であり、彼が「虚偽の個人性の仮装」と呼ぶものだった。それは産業資本社会に伴う、経済優先主義と共同体の解体、機械文明の発達という時代の流れの中で、人間を、生命との結びつきから疎外するものに他ならなかった。

ブルジョア自由主義を糾弾し、大衆社会を嫌悪するロレンスのことばは慎重に読まなければ、単なる反動主義者に読めてしまう部分があるが、少なくとも、ロレンスが「集合的自我」を引き受けるものとして想定する有機的共同体とは、集団心理の熱狂に支えられ、大衆を動員していく全体主義の世界を示しているのではない。それは、その成員が、個別性を完成させて自足し、互いにつながり合う世界である。

ロレンスが考える有機的社会のイメージを考える上で、一つ参考になるのが、彼がカトリックの持つ自然のリズムとの融合したありかたを高く評価している点である。それは「たねまきとかりいれ」「冬至と夏至とに歩調を合わせた完全な存在として」「同胞愛と、自然人としての主権・威光との巧みな均衡を持していた」社会だった。

このような自然・コスモスと人間とのつながりの回復はロレンスの思想の中心にあるものと言って

よいが、彼の有機的社会を考える上でも鍵となる。かれはそれを、イギリスの産業社会化以前のイギリスに、またイタリアやアメリカに求めて生涯にわたり故郷喪失者《エグザイル》として旅をつづけた作家でもあった。このテーマに関して、次に黙示録における宇宙の表象についての論述をみてみよう。

コスモロジー

ロレンスは黙示録、そしてパトモス島のヨハネに対して、嫌悪感だけではなく魅惑をも感じているがそれが顕著なのは宇宙の表象についてである。ロレンスは、黙示録の前半と後半で調子が異なることに着眼し、特に後半はユダヤ教的色調が強いのに対して、前半では、星辰の織り成す宇宙の姿が、古代異教世界の力強く魅力的な象徴の力を借りて表現されているとして高く評価しているのだ。

つまり、「獣」(=ローマ)が立ち現れ「七つのラッパ」とともに、世界と宇宙の三分の一が破滅し、「現生的権力や(中略)メシアに随わざるものすべてに対する(中略)燃えるがごとき憎悪と、終末への単純な欲情」が示される後半の宇宙は、ピューリタン的な道徳主義や弱者の復讐破壊衝動と権力奪還の羨望が拡大し投影されるスクリーンなのだ。

それに対して、ロレンスは前半部分について、エーゲ文明やカルデア文明に触れながら異教の「龍」や「太母」のシンボリズムの時代的変容について、またアナクシマンドロスの宇宙観の解説に多くの紙面を割いているが、それ自体が非常に興味深く魅力的な内容となっている。ロレンスは黙示録そのものに対して両価的な見方をしているといえよう。

ロレンスはこの違いを、さらに寓意的思考／象徴的思考の対立として敷衍する。寓意とは、対象を解読し、知的に説明、操作する精神のはたらきである。その中で、「龍はあれやこれやを《意味する》だけのもの」となる。この思考タイプでは、たとえば、打倒すべき地上権力の獣の寓意は、ローマ帝国か、プロテスタントにとってのローマカトリック、あるいは、ウォール・ストリートのグローバリストなどに読み替えられうるわけだ。

それに対して「真の象徴はあらゆる説明を拒否し」、「深く情感の中枢に迫ってくる」。それは「人間の深みに達する手段」なのである。ロレンスの「ロマン主義的個人主義」（イーグルトン）とは、ロレンスの用語を借りれば「非個人的な」「暗黒の神」との関わりを媒介としてより深い自己に出会い、真の個別性を発揮することを指し、全体主義へと埋没、融合するような類のものではなかったことはすでに述べたとおりだ。

ドゥルーズもこの点に触れ、寓意的思考が、時間を空間化し、そこに先延ばしにされた未来における「裁きの『権力』」の逆転劇が待望されるのに対して、彼が〈情動的方法〉と呼ぶ象徴的思考は「謎の点のまわりを周り」「感覚的経験を拡大深化させる（中略）力動的な運び」であり「強度的な方法」と述べ、ロレンスに強いシンパシーを示している。力と権力は似て非なるものである。

ロレンスの生きた時代は〈ヨーロッパの没落〉という文明の終末が意識された時代でもあった。啓蒙主義、理性と科学というヨーロッパの光がいかに闇へと転化し、文明が野蛮へと堕すか、〈啓蒙の弁証法〉を身をもって体験したといえるだろう。その後、米ソ冷戦時代に〈世界の終末〉は、核の脅威という新たな現実を背景に、よりリアルなテーマとして日常に影を落とすこととなった。

ソ連崩壊以後のポスト冷戦期においては、自由主義世界の勝利を寿ぐ〝歴史の終わり〟とグローバル資本主義の広まりとともに、格差、移民問題が深刻化し、頻発するイスラムテロ、民族紛争、大国主義の復活など「熱い戦争」が、いまだ世界中に存在する核の使用に飛び火しないかという恐怖を潜在させるなか、さまざまな陰謀論の火種もくすぶっている。そこでは古くて新しい、富の再分配というパンの問題、またプライドと自己肯定感の回復という権力の問題をも内包しながら、「個」と「全体」あるいは、それを媒介するコミュニティーの構想が争われている。片や年々スケールアップするかのような気候変動があり、〝歴史の終わり〟が、アイロニー以外の何物でもないような状況だ。その中で『黙示録論』には個と全体の結びつきの回復、自然とのかかわり方について、二一世紀からの回答を求める呼びかけとしても読めるのではないだろうか。

ロレンスは自らの生を賭すことでこの呼びかけを行った。〈世界〉の死の様相は、糾弾の対象として外にあるだけでなく自己の内部を冒しているものでもあったからだ。ちょうど、文学理論がブルジョア産業社会の疑似宗教としての文学テキストの伝統と渡り合い、テキストの〈世界〉に隠蔽された権力構造を暴き、抑圧された人々の尊厳を復権させる試みであったように、かれはその権力と死の様相と格闘し、一歩でも生命へ、人々との生きた関係へと近づこうとした。その生涯の中心を旋回しているのは、不死鳥の〈象徴〉である。

D・H・ロレンス（D.H. Lawrence）

イギリスの小説家、詩人。一八八五年ノッティンガムシャーのイーストウッドに炭鉱夫の父と学校教員の母の第四子として生まれる。両親の夫婦仲はあまりよくなく、夫に失望した母親の期待と愛情は病弱のロレンスに注がれることとなる。『息子と恋人』（一九一三年。小野寺健・武藤浩史訳、ちくま文庫、二〇一六年）は、その体験を反映し、母親の支配からの脱却がテーマとなっている。

そのテーマは、さらに、恩師ウィークリー教授の妻であり、ロレンスの駆け落ちの相手となったフリーダとの関係の中で、男女間の自我の闘争というテーマに引き継がれ、彼の生涯にわたり追究されることとなる。

ノッティンガム大学に学び、小学校教員として勤めるかたわら創作に専念し、一九一五年九月に『虹』（中野好夫訳、新潮文庫、一九七五年）を出版。三世代にわたるイギリス家族の年代史ともいえるこの作品において、産業革命以前のイギリスの伝統社会から、機械化産業化される時代への変化が描かれている。同書は一一月に猥褻だとして発禁処分を受けている。のちに『チャタレイ夫人の恋人』（一九二四年。伊藤整訳、新潮文庫、一九六四年）で物議をかもすこととなる大胆な性描写は、ピューリタン的道徳主義の抑圧を糾弾し、男女の自我の闘争と結びつきを様々に変奏し追究するロレンス文学において、その倫理性を特徴づける要素でもある。

一九二〇年、『虹』の続編として書かれた、代表作『恋する女たち』（一九二〇年。福田恆存訳、新潮文庫、一九五二年）では、その男女の理想的な関係について、支配欲の絡む「愛」の融合ではなく、互いに独立を保った「星の均衡」という考えが示され、また、同書には男同士の結びつきの主題も現れ、その後の指導者小説と呼ばれる一連の小説に引き継がれていく。

『黙示録論』にも見られる、個人を断片化させる社会への糾弾と、それを超えた有機的共同体の探求というテーマは、ロレンスの小説諸作品のなかで、男同士の、また男女間の関係を通して探求されるが、それはコスモスとの関係の回復と個別性の完成というテーマと表裏の関係にあり、「性」もまた、男女を媒介する他者的な力と捉えられていたといえよう。

フリーダと正式に結婚したあと、コーンウォールに移り住むが、妻フリーダがドイツ人であったため、スパイ容疑で告発され、その後はイギリスを離れオーストラリア、アメリカ、メキシコと海外で放浪生活をおくった。

一九二五年に病気療養のためヨーロッパに戻る。イタリアのフィレンツェで『チャタレイ夫人の恋人』に着手、この作品がロレンス最後の長編小説となる。一九二九年『黙示録論』を完成。一九三〇年逝去。享年四四歳。『黙示録論』において、ヨーロッパの危機、近代的主体の危機が、キリスト教の個人主義に短絡されている印象があるかもしれないが、彼がそれとの対決を宿命付けられたキリスト教が、幼少期に刷り込まれたピューリタン的キリスト教であり、生命と力を失ったとロレンスの感じた俗流キリスト教だったことを考えれば納得のいくものである。

やさしさと慈愛の宗教としてのキリスト教をロレンスは認めていたし、指導者小説の時期を経て、『チャタレイ夫人の恋人』では最終的にはやさしさや思いやりの価値へと回帰している。それをロレンス流のキリスト教の表現と捉えることも可能だろう。

ミハイル・バフチン「小説の言葉」

“Slovo v romane,” *Voprosy literatury i estetiki*, Moskva: Khudozhestvennaia literatura, 1975. 伊東一郎訳『小説の言葉』平凡社、一九九六年。

亀田真澄

「小説の言葉」は、一九二八年に逮捕されたバフチンが、流刑地コスタナイ（カザフスタン北部）で経理の仕事をしながら、一九三四年から一九三五年にかけて執筆した小説論、言語論だ。ただしバフチンは一九六〇年代にソ連国内で「再発見」されるまではほとんど無名の人物で、「小説の言葉」もまとまった形で出版されたのは執筆から四〇年後の一九七五年、バフチンが七九歳で死去した直後のことだった。「小説の言葉」の理論は一九七〇年代後半から八〇年代にかけて構造主義、記号論、言語哲学の分野に影響を与えたのみでなく、近年は異文化コミュニケーション、語学教育、セラピーなどの実践や臨床にも応用されている。「小説の言葉」ではいくつかの概念が対立構造で示されているが、以下ではそのうち主要なものを三つ取り上げながら、本書の全体像を紹介したい。

「単一言語」対「言語混淆」

バフチンは冒頭部分で「小説とは言葉遣いの社会的多様性や、ある場合には多言語の併用や、また個々の声たちの多様性が芸術的に組織されたものである」と定義している。一見してわかるのは、ここに挙げられている三つの要素すべてが、言語の多様性あるいは複数性に関するものだ。そもそも言語が多様であるというのは、どういう状態なのだろうか?

バフチンは、ひとつの言語の内部にはつねに数えきれない「諸言語」が含まれていると考えた。ここでバフチンのいう「諸言語」とは、日本語や英語というような個別言語のことではなく、むしろ幼児語、仲間内言語などと言うときの「言語」に近い。バフチンによると、ひとつの言語というものは本来、「社会的諸方言、集団の言葉遣い、職業的な隠語、ジャンルの言語、世代や年齢に固有の諸言語、諸潮流の言語、権威者の言語、サークルの言語や短命な流行語、社会・政治的に一定の日やさらには一定の時刻にさえ用いられる諸言語」の寄せ集めにほかならない。バフチンはこれら「諸言語」のひとつひとつを、世界に対する固有の視点を含んでいて、世界をそれぞれに意味づける形式だと見なしていた。

バフチンは、多種多様な背景を持つ諸言語が混ざり合っている状態のことを「言語混淆」と呼んだ。これを抑圧するのが、公認された標準語という「単一言語」だ。言語は異質なものが混淆しているのが自然な状態であるのに、国家はあるコンテクストを持つ言語だけを取り出して標準語化し、言語を単一化してきた。そのために、言語というものは抽象的な文法体系を持つ単一な存在であるかのように見える。しかし実のところ、言語は具体的な環境に生きるものであり、単一なものではありえない。誰かの発する言葉をよく聞いてみれば、どんな声にも話し手に固有な話し方、語彙、アクセントがあり、それを聞き分けることによって話し手のコンテクストがわかるはずだ。

さらに言葉が発されるとき、話し手は聞き手からの応答を予期したり挑発したりするので、生きた言葉は聞き手に向かって構成される。したがって発せられる言葉のなかには、話し手のコンテクストに加えて、聞き手のコンテクストも含まれている。「言葉はいわば、自己のコンテクストと他者のそれとの境界に生きているのである」。そして異なるコンテクストの言葉を聞くことによって、聞き手は自分のコンテクストの領域の外へと踏み出すこととなる。そこに共鳴が生じようと、不協和音が生じようと、重要なのはコンテクストを超えた対話が生まれるということだ。

言葉のなかに埋め込まれている「コンテクスト」に文化的差異を見るという考え方は、エドワード・ホールが提唱した異文化コミュニケーション理論の「高コンテクスト文化」と「低コンテクスト文化」の考え方に通じるところがある。ただしバフチンはコンテクストの高低ということを、文化間の差異という観点ではなく、コンテクストを奪われた「単一言語」と、コンテクストの混じり合う「言語混淆」の差異という観点からアプローチしている。また、バフチンにとって、「単一言語」対「言語混淆」という二項対立は、そのまま詩と小説というジャンルの違いに重ねることのできるものだった。

「詩」対「小説」

バフチンは詩的ジャンルと小説を対比させ、小説の方に大きく肩入れしている。バフチンによると、詩的ジャンルは矛盾のない単一の言語意識によって書かれるという特性のために、作者のコンテクストあるいは非人格的なコンテクストしか感じさせない。詩のリズムは、言葉に備わっているはずの多様なアクセントを消し、それらを単一のアクセント体系に服従させる。詩的ジャンルの言語にあるのは作者の言語的特徴のみであって、そこに他者の声は響いていない。このことはバフチンにとって、標準語の制定による国民文化の創出、単一イデオロギーによる他のイデオロギーへの抑圧といったことと密接に結びついていた。詩というジャンルは、言語の中心をどこかに定め、その他の「諸言語」を抑圧し、消滅させ、言語を単一なものにしていくという行為に寄与してきたと考えられるからだ。

その反対に小説の言葉は、日常生活の言葉を反映するものだ。日常生活の言葉は、他者の言葉で溢れている。私たちは自分でも気づかないほどしばしば、他の人が言っていたことを引用し、それについての考えや評価を語り合っている。私たちはときに、誰かの巧妙な物真似を披露しながら、その人の発言を再現することもある。散文の作者は、私たちが日常的に行うのと似て、他者の言葉を、その背景にあるそれぞれの世界観を破壊しないように提示する。小説の主人公やその他の登場人物は、その言葉によって読者を挑発し、ときに論争を呼ぶ。それだけでなく、客観的な説明であるかのように装っている語りにも、登場人物の誰かの評価が入り込んでいたり、誰かの言葉が入り込んでいたりするものだ。バフチンはユーモア小説にその傾向が最も顕著であるとして、ユーモア小説から具体例を引きながら、客観的な「地の文」に見える文章に、様々な他者の声が響いていることを例証している。他者の声は直接話法で引用されていることもあれば、間接話法で引かれていることも、また、括弧内には入っていないが、他者の言葉を直接的に引用するかたちで取り込まれていることも、客観的な説明の中に主観的な視点を混ぜ込むこともある。小説は他者の言葉を様々な形で引用することによって、社会に存在する言語的な個性の差異を際立たせ、浮かび上がらせてきた。

登場人物の発語だけでなく地の文にも、他者のアクセント、他者のコンテクスト、他者の視点が侵入しているという考え方は、ジュリア・クリステヴァを中心に、フランス記号論によって受け継がれた。クリステヴァはバフチンの著作を一九六〇年代にロシア語で読み感銘を受け、バフチンをフランス、そして世界に紹介した人物だ。クリステヴァは小説における言語混淆の考え方を、すべてのテクストは引用のモザイクであるという「間テクスト性」の概念に発展させた。

「権威的な言葉」対「内的説得力のある言葉」

バフチンはなぜここまで、他者の言葉にこだわったのだろうか? このことはバフチンが、人は他者の言葉を選択的に獲得することによって思想的に形成されるものだと考えていたことと結びつく。本書によると、私たちが他者の言葉を取捨選択するときには、大きく二つの傾向に分けられる。それは、ある言葉が権威的だから摂取するという傾向と、ある言葉に説得力があるから摂取するという傾向だ。

「権威的な言葉」とは、教会の言葉、政治権力の言葉、学校の言葉、また家庭などの場では大人から子どもに向けて発せられる言葉であり、無条件の受容を強制する言葉だ。後ろ盾となる権威があるから意味をなしている言葉であって、権威がなくなれば言葉の意味もなくなる。言葉の意味は完結しており、自分の考えが入りこむ余地はないし、コンテクストの違いによって意味が変化するようなこともない。そのため「権威的な言葉」を聞いたときの反応は、その言葉を受容するか、あるいは拒否するかの二択しかあり得ない。「権威的な言葉」はしたがって、重層的な響きを創出することには向いておらず、その言葉を小説で用いても空疎な引用にしかならない。

それに対して「内的説得力のある言葉」とは、自分にとっては真新しい考えを呼び起こすような、これまでとは異なる価値観や視点について考えさせるような言葉だ。バフチンによると、思考とは「自己をとりまく他者の言葉の世界で目覚めるもの」だ。他者の言葉を摂取し、自分のコンテクストの中へと移動させ、応答しようとすることを通して、これまでの考えを見直すことができる。他者の言葉との対話的な思考を通して、いわば自分自身との対話が刺激される。そんな「内的説得力のある言葉」の摂取こそが、私たちの精神的形成の基盤になっていると、バフチンは考えた。

「小説の言葉」の射程の広さは、バフチンの対話論を応用するかたちで精神疾患治療「オープン・ダイアローグ」が形成されたことにも現れている。オープン・ダイアローグは精神科医が患者を客体として見るようなセラピーではなく、治療にあたるスタッフが患者の言葉に対して自分なりに応答するということを主眼に置く談話療法で、二〇〇〇年代以降は世界的な広がりを見せている。

「内的説得力のある言葉」とは複数の考え、複数の評価、複数の言語の間での闘争を生む言葉だ。特に試練との対峙をテーマにする小説は、この内的説得力を持った他者の言葉が、これまでの自分の持ってきた考えに対して繰り広げる闘争、それらの緊張感のある相互作用、そしてそこからの解放を物語の軸にしている。他者の言葉との闘争と葛藤はドストエフスキーの作品にも顕著に現れているし、ひいては小説というジャンル全体を特徴付けるものでもある。だからこそある時代に支配的だったジャンルを読めば、その時代の多様な世界観を知ることができる。小説の歴史は、人類の意識の歴史だと言えるだろう。

スターリン主義に抗して

ここまでに見てきた「単一言語」対「言語混淆」、「詩」対「小説」、「権威的な言葉」対「内的説得力のある言葉」という三つの対立に対して、バフチンはいずれも後者に軍配を上げ、後者を抑圧するものとして前者を位置付けていた。それではバフチンは「言語混淆」、「小説」、「内的説得力のある言葉」を抑圧するものとして、具体的になにを思い浮かべていたのだろうか?

本書が書かれた一九三四年とは、ソ連では社会主義リアリズムが唯一公認の芸術形式として発表された年であり、文学を含む芸術の中央集権化と方法論の画一化がこれまでなかったほどに強力に押し進められた時代だった。時代背景をふまえると、本書の理念は、スターリン主義的な文化政策や言語政策を批判的に考えることによって形成されたのではないかとも思われる。逮捕歴のためにモスクワから一〇〇キロ圏内に居住することが許されなかったバフチンは、「小説の言葉」執筆時はカザフスタンの地方都市に、その後も郊外に住み続けており、モスクワ居住の許可を得たのは最晩年の七六歳のことだった。文化的中心から遠く離れた地で、出版のあてもなく書き続けたからこそ、バフチンは文化を一元的に統制しようとする権力に対して、それに巻き込まれない距離から向きあうことができたと言える。バフチンによると「小説が前提とするのは、言葉と意味におけるイデオロギー的世界の脱中心化であり、言語的側面における文学意識の一定のよるべなさである」。言語とは相互に矛盾するものをはらんだ、様々な現実から生まれる世界観の集合体であるはずなのに、私たちはしばしば、一つの標準語によって語られる一つの価値観を信じ込まされている。そこからの解放を望む人に、バフチンは、小説のなかに撒き散らされた他者の言葉に注意を向けるよう勧める。小説のなかの他者の言葉には、論争的、批判的、皮肉的、注釈的など、様々なイントネーションが付与されている。それらが作者の言語意識とは別のコンテクストから生まれた言語意識である限り、すなわち表面的な多様性ではないとき、そこには対話が生まれ、思考を押しつけ固定しようとする力への抵抗が生まれる。

ミハイル・バフチン（Mikhail Bakhtin）
一八九五年、ロシア中部の地方都市オリョールに生まれたバフチンは、ノヴォロシア大学文学部やペトログラード大学に在籍していたとされるが、卒業はしていなかったとされる。十月革命後にはロシア西部のネーヴェリに移住し、市ソヴィエトでロシア語などを教えながら哲学サークルを形成、地域の人々に向けて講義を行っていた。一九二四年にレニングラードに戻り、出版社の手伝いなどをしながら生活し、サークルの仲間たちと講義や執筆活動を行った（この頃のバフチンの仕事については、サークルの仲間の名義での著作の多くが実際にはバフチン作であるとの説もあるものの、詳しいことはわかっていない）。

バフチンは三三歳のとき、最初の著作『ドストエフスキイの創作の問題』（一九二九年。桑野隆訳、平凡社、二〇一三年）の出版目前にして、おそらく宗教的活動との関係のために逮捕された。当初の判決では悪名高いソロヴェツキー収容所での一〇年間の強制労働を宣告されるものの、骨髄炎を病んでいたために労働不能者として扱われ、コスタナイへの流刑に軽減される。

一九三六年、モルドヴィア教育学校で教職に就き、バフチンは一人で世界文学科を運営することとなったが、大粛清の波がモルドヴィアに波及し解雇されたため、モスクワ近郊のキムルイ市に移り住む。生活費を友人から工面する生活ではあったが、定職がなかったために多産な時期でもあり、「小説における時間と空間の諸形式」（伊東一郎ほか訳、『ミハイル・バフチン全著作　第五巻』所収、水声社、二〇〇一年）、「リアリズム史上におけるフランソワ・ラブレー」（一九四〇年完成）、「叙情詩と長篇小説――小説研究の方法論について」（一九四一年完成。『ミハイル・バフチン著作集　第七巻』所収、川端香男里訳、新時代社、一九八二年）などを執筆している。このころ右足の状態が悪化し、切断している。地元のいくつかの学校でドイツ語を教えていたバフチンは、迫りくるドイツ軍がばら撒いた宣伝ビラを教材にしたこともあったという。

一九四五年、モルドヴィア教育学校に復帰する。世界文学研究所にラブレー論を学位請求論文として提出したものの、結局博士号の審査に受からず、一九五二年、学位請求は却下される。しかし一九六〇年、当研究所に保存されていたバフチンのラブレー論を発見した若い文学研究者たちが奔走し、『ドストエフスキイの詩学の問題』（一九二九年版を改稿し、一九六三年に再版。新谷敬三郎訳『ドストエフスキイ論――創作方法の諸問題』冬樹社、一九六八年。望月哲男、鈴木淳一訳『ドストエフスキーの詩学』ちくま学芸文庫、一九九五年）と『フランソワ・ラブレーの作品と中世・ルネサンスの民衆文化』（一九六五年。川端香男里訳、せりか書房、一九七三年。杉里直人訳、水声社『ミハイル・バフチン全著作　第七巻』所収、二〇〇七年）が相次いで出版されたことで、さらにバフチンのこれらの著作をジュリア・クリステヴァが一九六七年に雑誌『クリティック』で紹介したことによって、これまでほとんど知られていなかったバフチンが、突如として世界的に有名になった。この頃にはバフチンの病状は悪化していたものの、一九七五年に死去する直前まで、これまでの著作を改稿し、出版する準備を続けた。

一九四五年—一九六〇年代

ジャン＝ポール・サルトル『文学とは何か』

小林成彬

Situations, II, Paris : Gallimard, 1948. 加藤周一・白井健三郎・海老坂武訳『文学とは何か』人文書院、一九九八年。

一九四五年、ジャン＝ポール・サルトルは雑誌『レ・タン・モデルヌ』を創刊した。その「創刊の辞」で「アンガジュマン文学」をマニフェストとして打ち出したのだが、それには少なからざる批判があった。そこで、サルトルは「アンガジュマン文学」の必要性を再び語る必要が出てきた。そのようにして生まれたのが『文学とは何か』(一九四八年)である。従って本書は第一には「アンガジュマン文学」の長大なマニフェストである。しかし、それにとどまらない文学の基本的諸問題を広範囲にわたってスケッチしたものとして世界的に影響力を持った書物であり、現代においても未だに光彩を失っていない。

『文学とは何か』は四つの章に分かれている。第一章「書くとはどういうことか」、第二章「何故書くか」、第三章「誰のために書くか」、第四章「一九四七年における作家の状況」である。第一章は散文と韻文における言語の役割に着目し、「アンガジュマン文学」の範囲を限定するいわば全体の序論に相当する。第二章は、読書経験の現象学的考察とでも呼べるものである。第三章で主要な記述となっているのは、一七世紀から一九世紀にいたるサルトル流のフランス文学史の整理である。本書の約半分を占める長大な第四章では、一九四七年にまで至る二〇世紀フランス文学の状況の叙述ならびに、この時点におけるサルトルの目指すべき具体的文学像が描かれている。

文学理論の観点から最も言及されることが多いのは第一章と第二章であろう。以下、この二つの章を軸として、『文学とは何か』において中心となる問題点を素描していこう。

アンガジュマン文学

一九世紀の芸術至上主義からシュルレアリスムの運動に至るまで、文学は社会や時代とどのような関係を有していただろうか。作家はどのような責任を自覚していただろうか。サルトルはいう。「一世紀このかた、文学界では無責任が伝統となっていた」。作家はひたすら自己の文体に磨きをかけたり、あるいは実験室でフラスコを見るように社会を観察する。そこには責任主体となる「私」が欠けていた。シュルレアリスムは意図的にそうした「主体」を破壊しようとした。「無私性」こそがむしろ芸術なのではないかというわけだ。

しかし、芸術作品は社会の中に存在するのだから、否応なく意味づけられてしまうのではなかろうか。作家もそうである。作家は自分の時代によって状況づけられている。このことを自覚してみれば、無責任の立場に安穏として胡座をかくことはできなくなるはずだ。サルトルは、このように自分が時代に状況づけられていることを自覚化し、その自覚の上で時代に働きかける文学のことを「アンガジュマン文学（littérature engagée）」と名付ける。「アンガジュマン」という言葉は語源的にはもともと「抵当に入れる（mise en gage）」という意味をもち、そこから「契約」や「雇用関係」などを主に意味する語となり、その幅広い語義はサッカーのキックオフまでを包含している。サルトルの用いる「アンガジュマン」はフランス語のもっているその豊かな振幅を活かした翻訳不可能な言葉であって、ジャック・デリダがいみじくも述べたように、「いまなお新しく美しい語」である。しかし、ここではさしあたり〈時代に拘束されている自分を自覚化し、その自分を今度は自覚的に時代に拘束させる〉といった意味に解しておく。このような考え方の根底には、現象学的人間観、とりわけマルティン・ハイデガーが『存在と時間』（一九二七年）で展開した「被投性」という人間存在の把握からの影響が認められる。

ところで、芸術家全般が「アンガジュマン」をしなければならないのか。そうではない、と『文学とは何か』では主張されている。音楽家も画家も必ずしも「アンガジュマン」しなければならないわけではない。詩人もそうである。だが、散文家は「アンガジュマン」しなければならない。

音楽家や画家が音や色そのものに留まるように、詩人は言葉を伝達手段としてではなく、言葉そのものとして愛玩する。そのような詩的態度をサルトルは、イタリアの都市フィレンツェを例に出して次のように生き生きと描いている。「フィレンツェ（Florence）は、町であり、花（fleur）であり、女（femme）である。それは、同時に花なる町で、女なる町、花なる娘である。このような姿をした奇妙な対象は、川（fleuve）の流動性や黄金（or）のやさしい鹿子色の熱さをもち、最後には礼節（décence）に熱中し、絶えず弱まっていく無声のeにより、その含みある開花をどこまでも延長する」。後年のロラン・バルトなどを代表とするテクスト論を先取りするかのような、言葉の表層を戯れてみせる鮮やかな分析ではないだろうか。だが、言葉をオブジェのように扱うこのような態度にサルトルはさしあたり「アンガジュマン」を認めない。なぜなら、彼は世界に一つのオブジェを作り出しはするが、自身の世界へのあり方を提示することはないからである。それを行なうのが散文家の仕事である。詩人が言葉をオブジェとして扱うのだとしたら、散文家は道具として言葉を用いる。散文家は語り、名付ける。サルトルはそれを説明するのに、「もし愛の一語が二人の間にあらわれたら、私はおしまいだ」というスタンダールの小説の一節を挙げている。二人はまだ自分たちの関係をどのように名付ければいいのか分からない。だが、もしその関係を「愛」と名付けてしまえば、二人の関係は変化してしまうだろう。このように散文とは語り、名付けることによって世界に働きかけ変容させるものなのであって、一言で言えばそれは行動なのである。そうであるのだとすれば、散文とは責任をもたざるをえない表現様式である。以上のべたように、散文は状況のなかに巻き込まれているのであるから、そこから目をそらすことなく自覚化しなければならないというのがサルトルの議論である。散文には「アンガジュマン」が課せられているのである。

以上のような散文と詩を区別する議論は『文学とは何か』のうちで最も有名なものであるが、じつは同時に最も評判の悪いものでもある。サルトル研究者でさえ、粗雑な議論だと批判する者が少なくない。実際、「オブジェとしての言葉／道具としての言葉」という言語理解は、なんとも単純素朴に見えるものだ。散文言語がいかに記号としての側面をもっているのだとしても同時にオブジェとしての側面も有しているのは当然のことで、文学理論家ジェラール・ジュネットは「サルトルが詩的言語だけに当てはめていたことはどんな言説にも当てはまる」と批判しているが、『文学とは何か』の議論のみから見れば妥当なものだろう。モーリス・ブランショもまたサルトルの文学理解を批判する。サルトルの議論においては散文家（作者）の契機が欠かせないが、書くことによって己を世界から消し去ろうとする「文学空間」においてそもそも作者は消滅しているのではないかというわけだ（とはいえ、本稿では触れられないが、両者は対立するというよりは表裏の関係にある）。以上のように多くの問題点や批判があるにもかかわらずこの議論に紙幅を割いたのは歴史的に有名であるからだけではなくて、その議論を起爆剤として多くの生産的な議論が生まれているからである。それは第一にサルトル自身のもので、ネグリチュードの詩人たちを評価した評論「黒いオルフェ」（一九四八年）は、彼らがフランス語をそのまま「散文」として用いることの不可能性から「詩」にいたらざるをえなかった点を指摘しているが、このようにポストコロニアリズム批評を用意していたことは忘れてはならないだろう。第二に、他の論者による批判的受容である。とくにロラン・バルト『零度のエクリチュール』（一九五三年）は全面的に『文学とは何か』の影響下に書かれている本として逸することができない。「散文」のみにアンガジュマンを認めるサルトルに対して、バルトは文学形式そのものの歴史性に着目し、文学形式を「アンガジュマン」させようとした。現代美学理論を賑わせているジャック・ランシエールの『感性的なもののパルタージュ』（二〇〇〇年）にもその影響の痕跡が見られる。

「読者」の発見とその展開

『文学とは何か』の章立てを見てみると「書く」という行為が強調されているように思われるが、じつのところ、これほど全面的に「読む」という行為の重要性を強調した文学論はサルトル以前にはあまり存在しなかった。『文学とは何か』の第二の特色は、文学経験における「読者」の発見にある。

文学的対象とは「奇妙な独楽」のようなものだとサルトルは言う。読まれることによってようやく文学はそこに現れる。「読む」ことは、文学的創造にとって必要不可欠な契機なのである。従って、「書く」という行為はそれ自体で自己完結的ではありえず、読者に作品を完成させるべく「呼びかけ」を行なうものでしかありえない。他方、「読む」行為についていえば、作者の「呼びかけ」に応えて創造を行なっていくものであり、実際、文学作品は、読者が自由な想像力をもって、登場人物に感情移入をしなければ成立しないだろう。読書経験とは「作者と読者とを往復する弁証法」なのであって、ここで「文学」は成立する。

こうしたサルトルの分析は、ドイツにおける現象学的解釈学の影響圏（マルティン・ハイデガーやハンス＝ゲオルク・ガダマー）にあると同時に、アルベール・チボーデからジャン＝ピエール・リシャールにいたるフランスの創造的批評の伝統を総合していくものである。後世への影響としては、ヴォルフガング・イーザー『行為としての読書』（一九七六年）を代表とする「受容理論」を挙げてもいい。しかし、サルトルの魅力は厳密な理論体系の構築にあるというよりは、理論領域を横断していく軽快な知的アクロバティックにあるように思われる。

　例えば読書経験をめぐる現象学的記述は「贈与論」に横滑りしていく。作者は書くことで作品を与え、読者は自分の全人格を与えることで作品を読む。「読む」ことによる贈与はキリスト教的な意味での「受難《パッション》」であり、「書く」ことは「救済」と結び付けられる。宗教的文脈のみならず、人類学的文脈にも接続され、「芸術とは贈与の儀式であり、贈与するだけで、変貌が果たされる。それは母姓継承における称号と権力との移譲に似た何ものかだ」と言われる。さらに、デカルトが『情念論』で展開した最高の徳である「高邁さ《ジェネロジテ》」にも結び付けられる。サルトルによれば、「自由から生まれ自由を目的とする感情」である「高邁さ」は、まさしく読書のうちにあるものであるのだ。サルトルは読書共同体のうちに「高邁さ」による交流を夢見て、この読書共同体がイマヌエル・カントの言うところの「目的の都市」を形成するという。しかし、読書の間つづく「目的の都市」だけで満足してはならない。今度は、その「目的の都市」を現実の生活に落とし込んでいかなければならない。このように倫理学的かつ政治的な文脈をも担っているのである。

　文学における「読者」の重要性の強調だけであれば、サルトル後にも数多くの理論家がいる。サルトルが異彩を放っているのは、「読者」の導入によって広がるパースペクティブを脱領域的に横断していく点にあり、さらに、往々にして「理論」が陥ってしまう時代との緊張関係をもたない無責任な態度を拒否して時代とともにあろうとする態度にある。「作者のあらゆる技術は、私［読者のこと］を強制して、彼の開示するものを創造させる、すなわち強制的に私を共犯者にすることにある。二人して、私たちは世界の責任を担うのだ」。アンガジュマンは読者のものでもあるのだ。

『文学とは何か』の魅力

高度に洗練されていく文学理論の競争を前にして、エドワード・サイードは警鐘を発している。そもそもそれらはサルトルが「アンガジュマン文学」の考えを練り上げたのと同じところから発しているのであって、つまり「文学は世界についてのものであり、読者は世界の中にいるものである。問題は生きるべきかどうかではなくて、いかにして生きるかということである」、と。また、加藤周一は、サルトルの偉大さとして、文学を細分化した現実に見合った専門的な概念ではなく、現実全体を問題とするものへと拡張した点を挙げている。この二人の知識人はともに、専門化していく文学研究を前にして、文学における最も基本的な問題を論じた『文学とは何か』の重要性を説いている。硬直化してしまいがちな「文学理論」をときほぐしてくれる点に、今なお『文学とは何か』を読むことの意義はある。

とはいえ、『文学とは何か』に古さを感じさせるものもなくはない。例えば、「文学のチャンスは社会主義的ヨーロッパの到来にむすばれている」という『文学とは何か』の結論めいた言葉にどれ程の人がリアリティを覚えるだろうか。しかし、『文学とは何か』はその題名に反して、決して体系だった書物ではなく、むしろ文学をめぐって、現象学や人類学、歴史学などの様々な観点から考察したエッセイといったほうがよい。堅固な建築物ではなく、余白の多い水彩画のような書物である。長編小説『自由への道』をはじめとしてサルトルの作品には未完成のものが多い。『文学とは何か』も未完成作品のもつ余白をもっている。まさしくエッセイの醍醐味であろう。
最後に『文学とは何か』をサルトルの全キャリアのなかで位置づけるとすれば、それは『存在と無』(一九四三年)に続くものとして企てられた倫理学のためのエスキスであり、戦後の「時代と同伴する知識人」のマニフェストであり、さらに彼が戦後旺盛に執筆した戯曲群や伝記作品の原論であるだろう。しかし、同時にそれはサルトルの文学的キャリアから見てみれば、例外的な特異点であった。『文学とは何か』で手厳しく批判されるフローベール、プルースト、シュルレアリスムは、そもそも彼の文学的源泉であったのだ。例えば英米圏のモダニズム作家たちの文学手法を分析し称揚している「ル・アーヴル講演」(一九三二—一九三三年)や『シチュアシオンI』(一九四七年)と比べると、その論調の違いには驚かされる。後年サルトルはモダニズムの始祖と評されることのあるフローベールの伝記に熱中する。ここでは再びモダニズム美学の探究に回帰したようにも見受けられる。フレドリック・ジェイムソンはかつてサルトルをすぐれてモダニズムの作家であると断言したが、反モダニズム的であるように思われる『文学とは何か』はモダニズムとの緊張関係においても示唆の多い書物であろう。

ジャン＝ポール・サルトル(Jean-Paul Sartre)
一九〇五年、パリに生まれる。幼くして父を失い、祖父母と母のもとで育つ。書物に囲まれた環境で、幼少期より文学に親しんでいた。この時代のことは自伝『言葉』(一九六四年)に詳しい。
高等師範学校に入学。学友にはレイモン・アロン、ポール・ニザン、ジャン・イポリット、モーリス・メルロ

＝ポンティなどがいた。一九二九年、教授資格試験を首席で通過する。次席がシモーヌ・ド・ボーヴォワールで、やがて伴侶となる二人はこの頃より互いに親しくする。

一九三三年にアロンより現象学を教えてもらい衝撃を受け、ベルリンに留学。一九三七年には『自我の超越』を出版し、独自の現象学理解に到達していた。翌年、『嘔吐』を出版する一方、ウィリアム・フォークナーやジョン・ドス・パソスなど英米圏の作家を中心に多くの文芸評論を書き始め、のちに文芸評論集『シチュアシオンI』に収められることになる。これはジャック・デリダやポール・ド・マンなどポストモダン思想家たちに多くの影響を与えた。

一九三九年、第二次世界大戦のため兵役につく。社会への関心が希薄で個人主義的傾向のあったサルトルは戦争を通じて、歴史を前にしたときの個人主義の無力さを噛みしめることになった。「私の人生は戦争で真っ二つに引き裂かれてしまった」とサルトルは後年に述べているが、アンガジュマン思想の源泉のひとつに戦争体験があったことを忘れてはならないだろう。この時の精神的格闘は戦中日記『奇妙な戦争』（没後出版、一九八三年）や『存在と無』（一九四三年）に生々しい痕跡を残している。

戦後のサルトルの活動は多岐にわたる。彼は『存在と無』を代表とする哲学者であり、『自由への道』（一九四五―一九四九年）を書く小説家であり、さらに文芸評論家、劇作家、政治評論家であり、さらに雑誌『レ・タン・モデルヌ』を主宰する編集者でもあった。しかし、そのどの活動もその専門領域に閉ざしたものではなく、互いに連関しあい、全体としての現実と対峙しようとしたものであって、サルトルの「アンガジュマン文学」の真髄はここにあるといえるだろう。ジャン・ジュネ全集の序文として書かれた『聖ジュネ』（一九五二年）は泥棒作家ジュネがいかにして現代文学に欠かせない作家となったのかを説いた伝記作品であるが、文学批評と哲学的思索が渾然一体となり、『文学とは何か』以降の、より深化した「アンガジュマン文学」像を知るのに好適である。

一九六四年、ノーベル文学賞受賞を拒否。構造主義やポスト構造主義といった新思潮の勃興のうちで存在感を失っていく中、サルトルはおよそ三〇〇〇頁になろうとする膨大な量のフローベール伝『家の馬鹿息子』（一九七一―一九七二年）を執筆する。
なお、サルトルの伝記は、アニー・コーエン＝ソラル『サルトル伝』（一九九一年）が詳しい。

ジャック・ラカン「「盗まれた手紙」のセミネール」

上尾真道

« Le séminaire sur « La Lettre volée » », *Écrits*, Paris : Seuil, 1966. 宮本忠雄・竹内迪也・高橋徹・佐々木孝次訳『エクリ』I、弘文堂、一九七二年。

反復されるテクスト

導入に、まずはテクストが辿った運命を追うことから始めるのがいいだろう。というのも「反復」というテーマを擁するに相応しく、「「盗まれた手紙」のセミネール」は、複数の時間において反復されて公に現れたからだ。

第一の時は、それが書かれ最初に発表された時である。一九五六年のことで、発表媒体はフランスの精神分析家団体のひとつフランス精神分析協会（SFP）の機関誌『精神分析』第二号であった。SFPは、フランスの最初の組織パリ精神分析協会（SPP）から五三年に分離独立したばかりの組織で、テクストのためにラカンが選んだエドガー・アラン・ポーという主題は、彼が反目したSPP初代会長マリー・ボナパルトによる同じ作家論を思い出させる。ボナパルトは、精神分析学説の文学への応用にかんする第一世代に属し、ポーについても、その家族関係や人生の逸話を掘り起こして倒錯的性欲動の主題群が文学的に表出されるさまを解明しようと試みた。他方、ラカンのテクストは、そうした古典的応用とは異なる目的によって特徴付けられる。すなわち精神分析理論を当てはめて作品を批評しようというのではなく、むしろ彼自身が「研究するフロイト思想の局面から引き出される真理」を、ポーの物語のうちから学びとろうというのである。じっさいこのテクストはそもそも、タイトルに名残が見られるとおり、フロイト理論のうち、特に「反復強迫」の問題について注釈するセミネールの一部である（『フロイト理論における自我』一九五五年四月二六日講義）。ラカンはポーの文学から、精神分析家のための教えを引き出そうとしたのだった。

第二の時は、一九六六年。執筆から一〇年が経ち、SFPともさらに袂をわかって独立の道を歩み始めていたラカンが、それまで書いた論文をひとつに集めて出版することを決めたとき、『盗まれた手紙』のセミネール」は極めて特権的な身分を与えられることになる。論集は、学位論文を除けば生前に刊行されたラカンの唯一の著書で、無造作にも『書かれたもの《エクリ》』と名付けられた。また諸論文はただ時系列的にのみ並べられたが、そうした構成の唯一の例外として、この論文は論集の冒頭に置かれたのだ。そして論文の末尾には、初出時に付された「導入」が、さらなる補足テクスト（「続きの提示」、「括弧の括弧」）と共に置かれた。出版された『エクリ』は、バロック的と呼ばれた文体と、八〇〇頁を超える厚みにもかかわらず、六〇年代に巷間に広まった「構造主義」の潮流を代表する正典のひとつとして、広い読者公衆にも読まれ知られることになった。

ラカンの「盗まれた手紙」読解——三つの視線

ラカンはポーをいかに読んだか。すでに述べたとおり、ポーの小説「盗まれた手紙」からラカンはフロイトの概念「反復強迫」の理解を取り出そうとしているが、それはまずなにより、この小説が反復によって構成されているからである。すなわち小説では、ひとつの事件と、その複製であるようなもうひとつの事件とが、それぞれ小説の前半と後半をなす二つの対話を通じて記述される。

第一の対話は警視総監と探偵デュパンの対話であり、そこではある高貴な女性（王妃）の抱える厄介ごとが伝言の形式で伝えられる。王妃が一通の手紙を受け取った。差出人も内容も明かされないが、公にできない手紙であることは確かである。そこにもう一人の高貴な人物（王）が部屋を訪れる。慌てた王妃は、あえて手紙を隠さず、机の上に開けっぴろげに置く。王は気づかず、それを見て王妃は安堵する。しかしそこに大臣が現れる。大臣は目ざとくこの手紙がただならぬものであることを見抜き、王妃がその場で口出しできないのをいいことに、別の手紙にすり替えてこの手紙を持ち去ってしまった。

ラカンはここに、三種類の視線によって規定された「間主観性」の図式を見てとる。第一に、王の、見ているのに見えていない視線がある。第二に、この王の盲目の視線に目を奪われ、そこに囚われてしまった王妃の視線がある。最後、第三に、この状況の全体を一瞥で見てとる大臣の山猫のような視線がある。そしてもちろん、こうした三つ組の中心には、手紙が、隠されないことによって隠されて存在している。

こうした三つ組の関係が、小説の後半には、もうひとつの事件として再登場する。第二の対話はデュパンとその友人（＝物語の語り手）とによるもので、そこではデュパンが大臣から首尾よく手紙を取り戻した経緯が語られる。警察は大臣の不在時に綿密な家宅捜索を行うが、それでも手紙は発見できない。あの王の盲目の視線を引き継ぐ警察は、まさしく、王妃のように手紙を隠さないことで隠している大臣によって出し抜かれている。というのも手紙は、ただ裏返しに折りたたまれて新たな表書と封印を施されただけで、他の手紙と一緒に無造作に置かれていたに過ぎないのだ。しかし盲目の視線を見て安心する大臣は、第三の視線の担い手、デュパンによってさらに出し抜かれる。探偵は大臣の部屋を訪れるとすぐさま手紙を見破り、一計を案じてまんまと手紙を別の手紙とすり替えて持ち去るのである。

この整理によって、ポーの小説の骨組み、構造が取り出される。どのような担い手、どのような衣装を纏うかによらず、そこには常に同じ視線の組み立てが反復されているということである。

人間的言語とその二つの側面

ここで、小説を構成する二つの対話は、探偵小説というジャンルの創設に欠かせない二種の語りの対照によって特徴付けられている。すなわち、事件を探偵に伝える警察的な語りと、推理すなわち理性の力によって神秘《ミステリー》の中心に到達する探偵の語りとの対照である。ラカンはこれを人間の言語の二つの次元に対応させている。すなわち語の正確性の次元と、発話の真理の次元である。

ラカンによれば、第一の対話は、一種の伝言ゲームのようである。遠くの高貴な誰かに生じた事件が、王妃から、警視総監、デュパン、友人（語り手）、そして読者へと語り伝えられる。それはすでにポーの文学が、事件の文字的再現であるどころか、人間言語の虚構の力の上に立脚することの示唆である。というのも、たとえば動物ならば記号は外の指示対象と直接に（刺激‐反応的・本能的に）関係するのに対し、人間の言語とは、事件現場から遠く離れてもなお、直接的対象の不在の周囲で記号を意味的了解のために共同して使用できる力のことだからだ。こうした言語理解は、ラカンがソシュール以来の記号言語学から受け継いだものだ。特に、対象から分離した記号が何らかの意味を示すようになるとき、そこに働く能動的な意味喚起作用の側面は、ソシュールの用語にならって、シニフィアンと呼ばれる。第一の対話は、シニフィアンがひとつの語として使用され、共同的に、かつ正確に意味了解が生じるような、言語規約の安定的な作動について確認させてくれる。

他方で第二の対話では、こうした規約の信頼性それ自体と戯れるような、別の側面が強調される。というのもそこでデュパンが繰り広げる大言壮語と衒学的煌めきは、正確な情報伝達というよりは、手品師のように真理を言うと見せてはぐらかすようでありつつ、同時に、胡乱な身ぶりのなかでこそ真理を示すようでもあるからだ。そこで問題とされているのは、発話者が、まさしくその発話行為を通じて、普段は背景化している言語の一貫性、信頼性そのものを主題化するような次元である。これにかんしラカンは、フロイトの『機知』で紹介されたひとつのジョークを引いている――男が友人に「僕はクラコフへ行く」と告げると友人は怒りだす。「君は嘘つきだ、君は自分が「僕はクラコフへ行く」と言えば、俺が「君はレンベルクへ行く」と思うと考えて、その実、本当にクラコフへ行くつもりなのだろう」。このとき「嘘つき」であるかどうかは、事実との一致によらない。発話の真理は、発話内容からどこまでも撤退しうる発話者の意図（本当は何を言わんとしたのか）と、発言が意味として受け取られ固定される相手方の理解（何を言ったということになるのか）とのあいだの隔たりそのものに関わっている。この隔たりこそ、ラカンが別のところで主体と〈他者〉のあいだの象徴的関係とみなすものである。

このように発話の真理は、いわば理解された時にこそ誤解のうちに宿り、もっとも暗くなるところにこそ啓示の光を得る。ドイツの哲学者M・ハイデガーは、真理をギリシャ語アレーテースの「隠れなさ」という原義に遡って考察したが、ラカンもまたそれを踏襲し、「隠れること」との関係に真理を置くのである。

手紙と構造

このような真理論は、ただちにポーの小説における手紙の身分を思い起こさせる。三つの視線の相互関係の中心にいつも、隠れないことで隠れるべく置かれていたあの手紙である。

ラカンが強調するように、この手紙の重要性は、その内容にも、差出人にも、ましてや受取人にもない。いずれも物語の中でほとんど明かされる必要すらないのだ。手紙を重要たらしめているのは、誰しもがそれを目にしてはいるが、しかし同時に見つからないということである。「手紙はどこへ行こうとも、それが在るところに、在り、かつ、ない」とラカンは言う。ちょうど図書館で本を探すときのように。たとえ求める本自体が目の前にあったとしても、もしそれが所定の整理番号に即して与えられた書架の位置から外れているならば、この本はその場になく、不注意なひとにはついぞ見つけられない。このように、「場」によって事物が把握される次元をラカンは象徴界と呼ぶ。他方、現実界と呼ばれるものは、常にそれがあるところにあり続ける。手紙は、そのような記号と存在の分離そのものとして、小説に登場している。またその分離こそは、先に見たようにシニフィアンの特徴であり、それを体現するかぎりにおいて手紙は特異的なものである。

この常に在り、かつ場を動き回る手紙が、それゆえラカン曰く、物語の真の主役である。誰も所有者になれず、ただいっとき保持者となることしかできない手紙は、「不達の手紙」でありながら、同時に常に宛先へ向けた過程のなかにあり続けている。小説のタイトルに使用された「盗む」を意味する英語動詞「purloin」の語源に遡って強調されるとおり、「盗まれた手紙」とは「先延ばしされた手紙」なのだ。たとえその到着が無際限の未来に先送りされているにせよ、同じ軌跡をたどるよう定める合目的性が現在の状態に内在しているかぎりで「手紙は常に宛先に届く」。

ここでラカンのこうした読解が、数学やサイバネティクスへの関心と同居していることにも触れておこう。すでに五五年四月二六日の講義の枠組みで言及されていたこのテーマは、『エクリ』で後ろに置かれた三つのテクストで詳細に取り扱われている。そこでは丁半ゲームの結果を並べた独立試行の連続（マルコフ連鎖）が、まったくの偶然的事象の羅列から出発しながらも、象徴記号の導入によって、一貫した法則へと整序されることが注目される（数学的オートマトン）。

ラカンによる物語の読解に戻れば、手紙の保持者となって、王の権威と権力への挑発者となった大臣は、一八カ月のあいだ、そうした賽子の一擲で日々、己の生の意義を試し続ける賭博者として理解されている。ただこのとき大臣が知らないのは、このゲームに勝ち逃げは許されず、支払うべき代償はすでに準備されていることである。構造に向かって自らの意義を問い、構造を試す発話主体（大臣）は、やがてこの構造から自らの宿命を突きつけられる。そうしたものとしてラカンは、物語の最後、すり替えた手紙にデュパンが残した大臣へのメッセージ、クレビヨン『アトレー』から引用された一節を、おそらく故意の改変を加えながら解釈している（「……かくも痛ましい運命《デスタン》――ここでラカンは「企み《デッサン》」を「運命」に書き換えている――は、アトレーにふさわしからずともティエストにはふさわしい」）。主体がその試行の果てに己の宿命的欲望と邂逅するという、ラカンの精神分析実践にとっても重要なテーゼがこうして導かれる。言い換えるなら「送信者は、受信者から、みずからのメッセージを裏返しのかたちで受け取る」のである。

第三の反復――批評の時

六六年『エクリ』の刊行に際し、冒頭を飾った「『盗まれた手紙』のセミネール」は、学際的な傾向を持つ構造主義の思想パラダイムの代表として注目された。精神分析、人類学、文学批評、そしてもちろん哲学に政治思想。哲学者ジル・ドゥルーズの論文「構造主義を何に認めるか」（一九七二年）は、彼なりの哲学に即して読まれているとは言え、この時期における当該テクストへの注目の代表的事例と言えよう。そこでは文学との関係では、特にPh・ソレルスら、『テル・ケル』誌の作家たちとの同時代性も強調されている。

他方、テクストにはまだ重要な論点が残されている。すなわち大臣の宿命と女性性の関係という問題である。ラカンは、手紙を保持した大臣が、第一の事件における王妃の位置を占めたことを強調し、手紙を保持することで陥る非行動の「呪い」が、女性性と関連することをほのめかしていた。ラカン曰く、法の外で存在を基礎付けながら法の中ではシニフィアン（ないしフェティッシュ）の位置を占めるものとしての女の記号に大臣は取り憑かれており、そのような彼が最後に受け取るメッセージは、そうした女性性からのある種の復讐、手紙の「メデューサ的な面」の発現である。ラカンは六六年『エクリ』「巻頭言」では、これを対象aという新たな概念――主体の分裂の片割れ――と結びつけた。さらに六九年、『エクリ』文庫版が刊行される際の新たな序文では、この「女性性」の問題が改めて強調されている。

構造という論点がこのように性差と絡むことについては、その後、哲学者J・デリダが、それを「ファルス＝ロゴス中心主義」と呼びながら批判的読解を行っている。『絵葉書』所収「真理の配達人」で、彼は、ラカンのこの論文の理論的地平を、『エクリ』の他の諸論文から、先述の文庫版序文まで取り上げて再構成した上で、構造を統べる超越的位置に手紙（＝ファルス）の分割不可能性が置かれることに、ラカンの読解の特徴を指摘した。他方で彼自身は、分身の主題に焦点を当てながらポー文学を読み直し、手紙は分割され、それゆえに「必ずしも常に宛先に届くわけではない」との主張を展開している。

こうしたデリダのいわゆる脱構築的アプローチは、二〇世紀後半、アメリカの文学批評に受容され、とりわけポール・ド・マンのいたイェール大学を中心に強い影響力を及ぼしている。そうしたなか『盗まれた手紙』のセミネール」は、ラカン的読解とデリダ的読解とに引き裂かれた論争的主題として、バーバラ・ジョンソンやショシャナ・フェルマン、スラヴォイ・ジジェク、日本でも東浩紀など、文学者・哲学者らによって論じられている。

ジャック・ラカン（Jacques Lacan）

一九〇一年パリ生まれ。パリ大学医学部を卒業し精神科勤務の医師となる。一九三二年に提出した医学学位論文『人格との関係からみたパラノイア精神病』（宮本忠雄・関忠盛訳、朝日出版社、一九八七年）は、ひとりの女性患者の妄想を、当時フランスで参照されることの少なかったドイツ精神病理学・精神分析を参照して論じ、医学界で注目を浴びたのみならず、シュルレアリストを中心としたパリの詩人・芸術家サークルの関心をも集めた。

一九三〇年代には、学位論文で理論的参照のみにとどめた精神分析に、治療実践としても取り組み始める。ドイツ人分析家R・レーヴェンシュタインに分析を受け、パリ精神分析協会SPPの会員ともなり、以降、自身も精神分析家としての活動を開始する。またこの頃には、ヘーゲル研究で知られた亡命ロシア人A・コジェーヴのヘーゲル講義にG・バタイユやR・クノーらとともに出席し、その哲学に大きな影響を受けた。

一九五三年のパリ精神分析協会SPPの内部分裂に際しては、分離派と行動をともにし、新組織フランス精神分析協会SFPに参加する。その頃にはすでにラカンの名は異端の理論と実践で知られていた。特に変動時間セッションと呼ばれる技法は、正統派がセッション時間をたとえば五〇分と固定するのに対し、患者（分析主体）

の自由連想の要点に応じてセッションを唐突に打ち切ることを主眼としたもので学界内の賛否を招いた。背景には、フロイトの「無意識」概念を、人間の言語活動の能力に注目しつつ再解釈する試みがあり、ラカンはこれに、F・ソシュール、R・ヤコブソンの記号論的言語学、さらにはN・ウィーナーのサイバネティクス理論などを参照して取り組んでいる。このような作業は、一九五二年以来、週に一度の「セミネール」として聴衆を集めて開始され、その後も、古今の哲学・文学を参照し、理論的強調点を大きく移動させながら、彼の死の前年の一九八〇年まで、計二八年度にわたって続くことになった（公式版は彼の知的後継者J＝A・ミレールの編集により続々と出版されており、そのうち多くには邦訳がある）。

一九六三年に上述のSFPとも決別したラカンは、翌年、彼自身の手で独立した学派組織を設立する。すでに特異な思想家として広く注目されていたラカンは、六六年に論集『エクリ』（邦訳は全三巻。『I』、宮本忠雄・竹内迪也・高橋徹・佐々木孝次訳、弘文堂、一九七二年。『II』、佐々木孝次・三好暁光・早水洋太郎訳、弘文堂、一九七七年。『III』、佐々木孝次・海老原英彦・芦原眷訳、弘文堂、一九八一年）を刊行、構造主義の代表的著者として公衆に迎えられた。以来、ラカンの影響を受けた精神分析の系譜は、組織の分裂・解散、そして新たな組織の設立などを経ながら、彼の死後にもフランスや南米を中心に多様化しつつ現在まで続いている。

臨床家である彼が提示した様々な概念――想像界・象徴界・現実界、対象a、享楽、サントームなど――は、なにより精神分析実践で生じる事柄を記述しようと吟味・研鑽されたものであるが、しばしばラカンは、そうした着想が文学者や芸術家によって先取りされていることを認め敬意を表明していた。A・ジッド、M・デュラス、P・クローデル、J・ジョイスなどの作家論を、『エクリ』、『セミネール』、そして死後出版となる論集『他のエクリ』（*Autres écrits*, Seuil, 2001）で読むことができる。

ノースロップ・フライ『批評の解剖』

武田将明

Anatomy of Criticism: Four Essays, Princeton: Princeton UP, 1957. 海老根宏・中村健二・出淵博・山内久明訳『批評の解剖』法政大学出版局、一九八〇年。

恐竜あらわる？

『批評の解剖』は恐竜を思わせる。一九五七年に刊行されたこの大著は英語圏を超えて話題となり、一躍フライは世界的な文学理論家と見られるようになったが、一九六〇年代以降に構造主義・ポスト構造主義がもたらした批評の環境変化に適応できず、今では現役の理論というより批評史の博物館で仰ぎ見られる対象に甘んじている。

もっとも、博物館でも分類に困っているらしく（古今の文学を見事に分類した本書への処遇としては皮肉だが）、テリー・イーグルトン『文学とは何か』（一九八三年。大橋洋一訳、岩波書店、上下、二〇一四年）は「構造主義と記号論」と題された章の冒頭で本書を取り上げ、「文学を社会実践ではなく執拗に美的対象としてみる」〈新批評《ニュー・クリティシズム》〉の立場を維持しながらも、個々の作品解釈に没入する〈新批評〉の限界を超え、「システム的で「科学的」なものを生み出」す批評として、『批評の解剖』のような著作が待ち望まれていたと述べている。しかし、フライの一見システマティックな記述に垣間見えるロマン主義的な要素に警戒を促した上で、フライは単なる「冷笑的「反ヒューマニスト」」ではなく、「熱烈なクリスチャン・ヒューマニスト」でもあると指摘する。結局、彼は文学を宗教の代替物と見做していて、そのシステム観も構造主義と比較して中途半端だという。また、フランク・レントリッキア『ニュー・クリティシズム以後の批評理論』（一九八〇年。村山淳彦・福士久夫訳、未來社、上下、一九九三年）は、『批評の解剖』によって「華々しいスターの座に登りつめながら、（中略）その後舞台の隅に追いやられてしまった批評家」とフライを位置づける。いずれもフライの登場に歴史的な意義を認めつつも、その後の批評理論の「主流」からは外れているとの認識を示している。さらに最近になると、ピーター・バリー『文学理論講義——新しいスタンダード』（原著第三版二〇〇九年。高橋和久監訳、ミネルヴァ書房、二〇一四年）も、ジョウゼフ・ノース『文学批評』（Joseph North, *Literary Criticism: A Concise Political History*, Harvard UP, 2017）も、三原芳秋・渡邊英理・鵜戸聡編『クリティカル・ワード　文学理論——読み方を学び、文学と出会い直す』（フィルムアート社、二〇二〇年）もフライに言及していない（ただし、この三冊はいずれも優れた現代批評理論に関する著作である）。いわば、「批評理論」以前と以後の境界上にあるがゆえに、『批評の解剖』は、批評の進化における例外として存在を忘却されつつある。

とはいえ、本書をはじめフライの著作には、英語でも日本語でも入手可能なものが多く、その意味でフライは決して忘れられていない。『批評の解剖』原書の二〇二〇年版に付されたディヴィッド・

ダムロッシュの「前書き」によると、本書はこれまで一五万部以上を売り上げた、「北米の批評家が書いた最も影響力のある一冊」だという。批評理論の時代がひとまわりし、世界文学研究に注目が集まるなか、この分野の先導者であるダムロッシュが『批評の解剖』の再発見に一役買っているのは興味深い。以下、一般的な批評史に囚われることなく、現代に続く『批評の解剖』の魅力を解き明かしてみたい。

その骨組み

本書の劈頭に掲げられた「挑戦的序論」は、「たまたま自分の好みに合ったものを真の芸術と定義するような、主観的な批評を「救いがたいほどに時代遅れ」であると断じ（ここを含め、『批評の解剖』からの引用はすべて日本語訳に依拠する）、批評において「生物学における進化論のよう」な「統合原理」が必要だと訴えている。これは第二次世界大戦後の批評で重きをなしていたT・S・エリオットやF・R・リーヴィス、そして北米の〈新批評〉家たちへの「挑戦」であり、文学に対する当時としては斬新な見方を提起したものだ。すなわち、「ちょうど自然科学の背後に自然の秩序があるように」、文学には個々の作品を超越した「ことばの秩序」があるはずで、文学批評の原理はこの秩序を明らかにすることで得られるという考え方である。こうした秩序を無視した「随想的論評」や「イデオロギー批評」などは、「真の詩学」の発展を阻害する「無意味な批評」である。

本論は四つの「エッセイ」で構成される。第一エッセイは、主人公の行動能力の大小によって文学作品を五種に分類し、（1）神話、（2）ロマンス、（3）叙事詩と悲劇、（4）喜劇と近代小説、（5）現代小説に至る「過去十五世紀の西欧叙事文学」の歴史を概観するが、いかにもフライらしいのは、ほぼ同じパターンが古典古代の文学史にも見られることを指摘した点である。フライにとって、文学の様式は特定の文明や社会に従属するものではなく、ある程度自立したパターンの反復である（もっとも、本書でフライが言及するのはほぼ西洋の文学作品に限られているが）。

第二エッセイは、文学作品の意味を解釈する手法を次の四つに分類する。（1）逐字相と記述相（言葉そのものと記述内容との区別）、（2）形式相（作中のイメージがいかに自然を描出するかの分析）、（3）神話相（個々の作品を超えた文学的原型の探究）、（4）神秘相（人生と現実を包摂した小宇宙として文学を捉える態度）。

第三エッセイは筋《ミュトス》の典型を喜劇、ロマンス、悲劇、アイロニー（諷刺）の四つに分ける。喜劇と悲劇、ロマンスとアイロニーが対立する一方、喜劇は「一方の端で諷刺とまじり合い、他方の端でロマンスとまじり合う」。この四種の筋《ミュトス》の典型をフライは春夏秋冬の季節の巡りに擬《なぞら》え、さらにそれぞれを六つの位相に分類する。ここまで詳細な分類は実用的でないかもしれないが、むしろ実用性を犠牲にするのを厭わずに、あらゆる文学を包含する一体系を構築する点にこそ『批評の解剖』の本領がある。

第四エッセイは、それまでのエッセイでも頻出する文学ジャンルの問題をさらに掘り下げたもので、とりわけフィクションをロマンス、小説、告白、解剖《アナトミー》に分類した点が独創的である。解剖《アナトミー》とは、あらゆる特徴的な事物や性格を俎上に上げる諷刺文学を指す。従来「メニッポス的諷刺」と呼ばれてきたが、このジャンルの典型例であるロバート・バートンの奇書『憂鬱の解剖』（一六二一年）を参考に、フライが命名し直した。

序論に劣らず挑発的な「結論の試み」で印象的なのは、「文学と数学とのアナロジー」への言及である。おそらく二〇世紀前半における数学基礎論の発展を念頭に置いたフライは、数学が「物を数え測ること」に始まり、現実から独立した「自律した言語」へと発展するように、文学も現実や人生の反映から出発して「自律的言語」あるいは「純粋数学」ならぬ「純粋文学」へと進まねばならないと言う。そして、ジェイムズ・ジョイスの『フィネガンズ・ウェイク』（一九三九年）を引き合いに出しながら、「想像と知識、芸術と科学、神話と概念、これらの間の失われた連鎖を回復しようとする仕事こそ、私が心に描く批評の姿である」と宣言する。

恐竜よ目覚めよ！

以上の概略からも、『批評の解剖』の異様さは感じ取れよう。批評理論の時代を経験した感性にとって、本書は理論書の枠組みを逸脱している。各エッセイが独自の体系を構築している上に、四つのエッセイが相互に対応・補完しているため、一部の概念を安易に切り取ることは難しい。必殺技のように「鏡像《ミラー》段階《ステージ》」や「ホモソーシャル」を繰り出して、任意の文学作品に当てはめるような、しばしば批評理論の弊害として指摘される読解への応用がしづらい仕様になっている。本書は理論書である前にひとつの文学作品であり、パラノイア的な情熱で文学批評に関するすべてを詰めに詰めこんだ小宇宙である。フライ式に言い換えるならば、本書は第四エッセイでいう解剖《アナトミー》に属し、第二エッセイにある神秘相の特徴を示している。なかでも、全文学を四つの筋の典型《ミュトス》に分類し、その四つのそれぞれを六つの位相に分け、さらにその二四の位相が巡る季節のように円環をなすさまを描き切った第三エッセイは、（良くも悪くも）フライの文学観を凝縮するだけでなく、同様に冒頭と結末とが循環する神秘相的解剖《アナトミー》である『フィネガンズ・ウェイク』に対するフライの深い敬意を感じさせる。実際、『神話とメタファー』（一九九〇年）という論文集の掉尾を飾る「『フィネガンズ・ウェイク』における周期と黙示」において、フライは次の事実を明かしている。

『フィネガンズ・ウェイク』は私が教えはじめた年に刊行された。（中略）私はその魅力にすぐ取り憑かれたが、当時はブレイクの預言にかかりきりで、その周りの軌跡に入るような余裕がなかった。ブレイクの本の問題が片づき、『批評の解剖』を書きはじめた時、私は言うなれば『フィネガンズ・ウェイク』の存在を説明しなければならなかった。

「ブレイクの本」とは『恐ろしい均衡』（一九四七年）を指す。ゆえに、この最初の著作から一〇年間、「『フィネガンズ・ウェイク』の存在を説明」するために払った努力の結晶が一九五七年出版の『批評の解剖』だったことになる。ならば『批評の解剖』の著者は、〈新批評《ニュー・クリティシズム》〉と構造主義との橋渡しをした境界的批評家というよりも、『フィネガンズ・ウェイク』の著者の後継者なのではないか。一般にジョイスの後継者といえばサミュエル・ベケットを指すが、そのベケットは『フィネガンズ・

ウェイク』について「これは何かについての本ではなく、何かそのものだ」と述べた。『批評の解剖』にも類似したことが言える。本書は何かを読むためのマニュアルではなく、文学の見え方を根本から変えてしまう光学装置なのだから。

惜しむらくは、この精妙な装置を使いこなせる批評家がフライ以外にいないように見えることだ。しかしそれは、『批評の解剖』の威容に怯んだ読者の過度な畏敬の念のせいかもしれない。本書以降にフライの遺した膨大な著作から、たとえば『神話とメタファー』を読むと、アーサー・C・クラークの『二〇〇一年宇宙の旅』(一九六八年)に登場する人工知能HALが呼び起こす恐怖と哀感の分析があるかと思えば、「ジャック・デリダと彼の「脱構築」の手法」が『フィネガンズ・ウェイク』の理論的読解を可能にしたことへの評価も記されている。フライの批評体系は特殊で過剰なものだが、決して硬直した感性の産物ではない。むしろ硬直し、閉じているのは、彼の著作にふさわしい場所をあたえて来なかった批評史の方ではないか。そう疑わせるだけの寛容さが、彼の著作に清新な空気を吹き込んでいる。柔軟な発想から生じるユーモアは、『批評の解剖』でも随所に現れて読者を和ませる。たとえばこんな一節――「われわれは三重の外部的強制の世界に住んでいる。行為への強制すなわち法律、思考への強制すなわち事実、感情への強制すなわち[ダンテ『神曲』の]『天国篇』によって生み出されるものであれ、アイスクリームソーダによって生み出されるのであれ、あらゆる快楽の特徴となるもの」。

もちろん、この寛容さを支えるのは時代遅れのヒューマニズムであり、政治と切り離して文学を論じるフライは、社会の現状を黙認する保守的な批評家なのだ、という見方もあるだろう。しかし、フライがイデオロギーを超越する文学の価値を信じた背景の一部に、かつてナチスのプロパガンダが収めた成功への警戒心があったことは、前述のダムロッシュによる「前書き」の指摘するとおりである。二度の世界大戦がもたらした西洋文明の惨状を前に、人間的価値観の象徴たる文学の再生を願うことには、切迫した理由があった。もちろん、構造主義以降の思想がこうした人間的価値観の限界を指摘したことは理論的に正しく、そこから文明やアイデンティティーに関する多様な見方が生じてきたものの、二〇〇一年のアメリカ同時多発テロを機に顕在化した、剝き出しの原理主義とグローバル資本主義との底なしで非人間的《インヒューマン》な闘争に対し、批評理論はいまだ有効な対抗軸を打ち出せずにいるのも否定しがたい。人文諸科学の世界的な退潮が続き、権力者たちが平気で虚言を弄する「ポスト真実」的なプロパガンダの時代が再来した現代は、『批評の解剖』を読み直す好機ではないか。事実、文学批評の世界において、イゾベル・アームストロングの新美学主義や、ダムロッシュの世界文学研究が文学の自立性を新しい視点から主張しているのを見ると、長年にわたり批評史がフライを無視したツケが回っているようでもある。『文学とは何か』でフライのヒューマニズムを批判したイーグルトンが、二〇〇三年に『アフター・セオリー——ポスト・モダニズムを超えて』（小林章夫訳、筑摩書房、二〇〇五年）で批評理論の限界を指摘したのちに、『宗教とは何か』（原著は *Reason, Faith, and Revolution*, Yale UP, 2009。大橋洋一・小林久美子訳、青土社、二〇一〇年）や『希望とは何か——オプティミズムぬきで語る』（二〇一五年。大橋洋一訳、岩波書店、二〇二二年）を刊行しているのも象徴的といえる。政治経済も地球環境も黙示録的《アポカリプティック》な気配を強めるなか、天使ならぬ恐竜がついに目覚めるのか。その成否は読者であるわたしたちに懸かっている。

最後に、危機の時代にあって文学再生の夢を壮大な理論的著作に託したフライと相似する軌跡をたどった文学者として、夏目金之助（漱石）の名をあげておきたい。漱石はイギリス留学中（一九〇〇—一九〇二年）、下宿に籠って文学の根本原理を探究し、その成果は帰国後に東大英文科講師としておこなった講義録である『文学論』（一九〇七年）に示されている。同書と『批評の解剖』には、基礎となる文学観に共通点が多い。また、ダイアン・デュボイスによれば、フライは学生時代から、オスヴァルト・シュペングラーの『西洋の没落』（一九一八、一九二二年）に深い影響を受けていた（Diane Dubois, *Northrop Frye in Context*, Cambridge Scholars, 2012）。一九一六年に没した漱石がこの本を読むことはなかったが、彼が留学中に影響を受けた書物のひとつとして、マックス・ノルダウの『退化論』（一八九二—一八九三年）がしばしばあげられる。フライも漱石も文明の黄昏を意識しつつ、体系的な文学論の構築に再生への希望を託していたように思える。漱石はやがて理論から創作へと軸足を移すが、実はフライも創作を試みていた（全集の第二五巻に収録）。時代も地理も異なるが、この二人の人生は奇妙な対をなし、もしも漱石が理論家の道をさらに進んでいたら、あるいはもしもフライが本格的な作家活動をしていたら、といった想像に誘われる。

ノースロップ・フライ（Northrop Frye）
ノースロップ・フライは一九一二年にカナダに生まれ、トロント大学で哲学と英文学を学んだのち、同大学で神学を修めて牧師の資格を得る。しかし文学研究を志した彼はイギリスのオックスフォード大学に留学し、一九三九年に帰国するとトロント大学の英文学講師となり、一九九一年に没するまで母校の教授職に留まった。研究者としての最初の著作は『恐ろしい均衡——ウィリアム・ブレイク研究』（*Fearful Symmetry: A Study of William Blake*, Princeton UP, 1947）であり、この研究でブレイクの詩に現れる象徴の体系性に注目したフライは、文学批評の基礎となる体系を構想するに至り、その成果は『批評の解剖』（一九五七年）へと結実した。当時の批評が個々の作品に囚われるあまり文学全体を見ようとしないことに不満を抱いたフライは、この主著において、聖書からジェイムズ・ジョイスに至る文学テクストを驚くべき博識と緻密さで分類し、体系的に批評する手法を編み出した。

同書は英語圏を超えて注目を浴び、世界的な文学理論家・批評家としてのフライの地位を確固たるものとする。その後も旺盛な著作活動を続け、三〇冊を超える著書が刊行されている（その多くは世界中の大学に招聘されて行った講義を元にしたもの）。没後、トロント大学出版局から三〇巻の全集が出版された（一九九六—二〇一二年）。

他方で、一九六〇年代以降、フランス発祥の構造主義とポスト構造主義が英語圏の批評理論を席捲すると、フライの理論が以前ほど顧みられなくなったという指摘もある。しかし、『批評の解剖』に横溢する体系化の意志と博識はいまだに圧倒的であり、その内容も依然として十分な応用可能性を備えている。さらに、前述のとおりフライは『批評の解剖』の後も多くの著作を刊行し、そこには『大いなる体系——聖書と文学』（*The Great Code: The Bible and Literature*, Hartcourt Brace Jovanovich, 1928. 伊藤誓訳、法政大学出版局、一九九五年）のような大部の聖書研究もあれば、才気縦横の論文集『神話とメタファー——エッセイ 1974-1988』（*Myth and Metaphor: Selected Essays, 1974-1988*, Charlottesville: U of Virginia P, 1991. 高柳俊一訳、法政大学出版局、二〇〇四年）もあり、特に後者は現代の文学研究者の多くに示唆を与えてくれるだろう。

日本語で読めるフライの著作は『批評の解剖』以外にも数多い。興味深いのは、『批評の解剖』の日本語訳の刊行が一九八〇年とやや遅れたせいもあり（ただし同書の訳文の正確さと、注と解説の充実ぶりは特筆すべきである）、上述の構造主義・ポスト構造主義の著作と同時期にフライの理論が輸入され、高橋源一郎の『文学がこんなにわかっていいかしら』（福武書店、一九八九年）や筒井康隆の『文学部唯野教授』（岩波書店、一九九〇年）で言及されるなど、ポストモダン文学の文脈で受容されたことである。しかし、フライとの関係で最も重要な現代日本文学者は大江健三郎であろう。大江作品における英詩人ウィリアム・ブレイクの解釈にフライの影響が見られるとの指摘があり、また『憂い顔の童子』（二〇〇二年）にはフライの指導を受けた設定の文学研究者が重要人物として登場する。

テーオドア・アドルノ『文学ノート』

岩本剛

Noten zur Literatur, 4 Bde., Frankfurt a. M.: Suhrkamp, 1958-1974. 三光長治・恒川隆男・前田良三・池田信雄・杉橋陽一・高木昌史・圓子修平・竹峰義和訳『文学ノート1・2』みすず書房、二〇〇九年。

十余年にわたる亡命生活を経て戦後ドイツに帰還したアドルノは、きわめて多忙な学究生活を送るなか、畏友ヴァルター・ベンヤミンの「文学ジャンルとしての批評の再建」の志操を受け継ぎつつ、文学をめぐる諸々の批評的エッセイを書いた。「認識批判的モティーフ」に主導されたアドルノの文学批評は、批評のありかたを自己省察するメタ・クリティークというべきものであり、この上なく繊細な考察を積み重ねることによって、文学作品における自律的なもの＝非同一的なものの所在を明らかにするとともに、文学に固有の価値と可能性を見いだそうとする。『文学ノート』は、ジェルジ・ルカーチ、エルンスト・ブロッホ、ジークフリート・クラカウアー、ベンヤミンらによって切り開かれた二〇世紀の文学批評による最高の達成を証言するものといって過言ではない。

アドルノのもうひとつの顔

『文学ノート』は、一九五八年――同年、アドルノはフランクフルト社会研究所所長に就任する――から一九七四年にかけて、ズーアカンプ社の叢書シリーズから計四冊にわたって刊行された批評的エッセイ集である（ただし、『文学ノート』第四巻は、一九六九年アドルノの急逝により、残された計画に基づいて没後に編集刊行された）。アドルノにはとかく堅苦しいイメージがつきまとう。「否定弁証法」・「非同一性」・「ミメーシス」等のキーワードで知られる難解な哲学者、フランクフルト学派の重鎮にして批判理論の権威、資本主義体制下の文化産業に対する仮借なき批判者、前衛芸術を擁護する教養エリートのモダニスト、戦後ドイツの代表的知識人にして言論界のオピニオンリーダー――他の追随を許さぬその圧倒的な知的業績を顧みるならば、それもまた無理からぬことかもしれない。ところで、『文学ノート』に収められた大小三五篇の批評的エッセイには、そうした広く定着したアドルノのイメージと異なる、いわばアドルノのもうひとつの顔を見ることができる。すなわち、文学者としてのアドルノである。

きわめて多面的な著作活動のなかで数多くの作品を著したアドルノであるが、そこで思考の対象とされていたのは、主として哲学（社会哲学）、社会学、音楽を中心とする芸術美学であり、アドルノの思考圏において文学は――少なくとも分量的には――周縁的な位置に置かれている。実際、『文学ノート』は、一般にアドルノの主要著作とみなされてはいない。このことはしかし、エッセイの本性のしからしめるところでもあるのだ。エッセイは「創造と全体性という観念を反映する主著という観念に逆らう」。主著ならざるエッセイは「破片」において思考するのだとアドルノはいう。「破片において思考するのは、現実そのものが破れているからであり、エッセイは、その破れ目を取り繕うことによってではなく、それを突き抜けることによってみずからの統一を見いだす」。『文学ノート』に収められたエッセイはしたがって、「エッセイの敵がエッセイと混同している文芸欄」にお誂え向きの、雑感めいた文章の類いではけっしてない。同書の読者が目撃するのは、個別性と歴史的一回性を刻印されているがゆえに「愛着と憎悪の対象」ともなりうる個々の文学作品――これもまた破れた現実の「破片」にほかならない――と真摯に対峙する文学者アドルノの、相も変わらず徹底的に非体系的／非同一的な哲学的思考の強度である。

エッセイ、あるいは異端の思考

『文学ノート』巻頭に置かれた「形式としてのエッセイ」は、アドルノの哲学的思考と文体についてのマニフェストと称すべき文章である。表題からも推察されるように、ここでアドルノは、若き日のルカーチが著した珠玉のエッセイ集『魂と形式』、その巻頭に置かれた「エッセイの本質と形式についての」を強く意識している。ルカーチは、エッセイを「芸術形式」と規定する。「芸術形式」としてのエッセイは、来たるべき体系的美学を預言し、また体系的美学への憧憬を形象化するものであるが、またそれゆえに、「偉大な美学が到来したその日には、エッセイのどれほど純粋な成就、どれほど力強い達成といえども活力を失わずにはいない」。換言すれば、エッセイは「究極の目標に到達するための欠くべからざる手段として、最後のひとつ手前の段階として是認される」にすぎない。これに対しアドルノは、エッセイを徹頭徹尾、哲学的思考の形式と規定する――「エッセイを芸術から分かつのは、エッセイの媒質、すなわち概念であり、美的仮象を抜きにした真理への要求である」。

アドルノの哲学の出発点は、世界をその総体において把握し、体系的な知を構築しようとするヘーゲル的な哲学の希望はもはや不可能なものになったという認識である。この認識に従うならば、哲学的思考は、いまやすべからくエッセイ的な思考となるべきであろう。なぜなら、エッセイはまさに「体系に対する批判から徹底的な結論を引きだす」ものだからである。体系的な知を暗黙裡に前提しつつ、第一原理から首尾一貫した推論を展開する論証的思考の形式主義的自動性に対し、アドルノは、エッセイ的思考の認識批判的な自己反省性を対置する。アドルノによれば、思考とは本来、概念を用いて対象を同定する行為である（「思考するとは同一化することである」）。エッセイ的思考はしかし、「概念を用いながら、普通の概念では捉えられないものを切り開く」ことを本領とする。エッセイがその表現の眼目とするのは、「事柄からはみだして残る志向、ひいては常なるものと無常なるものとに区分された世界から閉めだされたユートピア」としての非同一性である。あらかじめ概念を厳密に定義するのではなく、むしろ概念相互の関係――ベンヤミンの言葉を借りれば、諸概念の「布置／星座（Konstellation）」――のなかで、「普通の概念では捉えられない」認識対象における非同一的なものを把握し、表現へともたらすこと。「試み」を原義とする「エッセイ」は、本来的に同一化する作用をもつ思考を、いわば脱構築的に乗り越えようとする「試み」において「エッセイ」と呼ばれるのだといってよい。組織化され企業体と化した学術に与さず、他方また、学術から閉めだされ、空疎で抽象的な言説と化した通俗哲学とも一線を画すエッセイ的思考は、おのれの「異端」的性格こそを矜恃とする——「エッセイの最も奥深いところに潜む形式としての掟、それはすなわち異端ということである」。

文学作品の自律性

アドルノの文学批評は、内在批評と外在批評をともに組み込もうとするものであるといわれる。文学作品をそれが成立した社会的文脈から切り離し、もっぱら形式・技巧・主題に即して評価する内在批評(「作品内在解釈(Werkimmanente Interpretation)」)と、客観的現実の反映としてのリアリズムに規範的価値をみとめつつ、社会との関連において文学作品を意味づける外在批評(マルクス主義的な「文学社会学(Literatursoziologie)」)——アドルノの文学批評はしかし、内在批評と外在批評のたんなる折衷をめざすものではない。それはむしろ、内在批評と外在批評の双方を、それらが拠って立つ前提もろとも徹底的に批判するものである。一切の直接的なものは媒介されたものであるとするヘーゲルの哲学的命題を継承し、社会的な媒介の位相に着目するアドルノにとって、文学作品は社会的現実を離れて自己完結するものでもなければ、社会的現実を直接的に反映するものでもない。アドルノの文学批評は、作品の内部と外部の境界に作用する幾重もの媒介の軌跡、テクストを織りなす弁証法的運動を追跡するミクロロギー的な「エッセイのまなざし」に特徴づけられるものである——

「エッセイのまなざしは、精神的な形成物をことごとく力の場に変える」。『文学ノート』に収められたエッセイのなかでも白眉といえる「抒情詩と社会」には、アドルノにおける「エッセイのまなざし」のありようが如実に示されている。社会的現実から遠く懸け離れたところで自己完結したものと見える抒情詩は、アドルノによれば、社会と文学作品のあいだの「弁証法的哲学の問題が美的に検証される試金石」である。抒情詩のうちに苛酷な社会的現実を知らぬ「乙女のように純潔な言葉」を聞き、「対象の重荷を逃れ、支配的な実際社会、有用性の強制から、頑固な自己保存の圧迫から解放された生の像」を見たいと願う要求は、それ自体が社会的に媒介されたものなのだとアドルノはいう。そうした要求には「あらゆる個人が自分に敵対し、疎遠にして冷酷であり、圧迫してくるものとして感じている社会状況」に対する抗議が含まれており、抒情詩の形象のうちに「陰画として刻印される」のは、まさに抒情的主観性の要求／抗議を招来せしめた「社会状況」である。ただし、アドルノの文学批評は、作品の見せかけの自己完結性を破砕し、作品に刻み込まれた社会の同一化原理の痕跡を確認するにはとどまらない。それがめざすところは、同一性に抗い、同一性の覆いのもとで密かに息づく非同一的なもの、すなわち作品における真に自律的なものを見いだすことなのである。

アンガジュマンの陥穽

アドルノの思想は、その影響力の大きさゆえに多くの批判にも晒されることとなった。そうした批判のひとつがアドルノの思想の非実践的性格をめぐる批判である。一九六〇年代ドイツの学生運動に対するアドルノの態度は、その思想の非実践的性格を示すエピソードとされている。官僚主義的な大学改革に抗議する学生へのシンパシーを表明する一方、学生による直接的な抗議行動に対し、アドルノは終始一貫して冷淡な態度を示した。言行不一致とも見えるアドルノの態度は、直接行動主義をこそ金科玉条として過激に逸る学生たちの恰好の攻撃対象となり、度重なる授業妨害を受け、一九六九年夏学期の講義がついに中断に追い込まれるに至ったことはつとに知られている。理論と実践のあいだの弁証法的に逆説的な関係についての透徹した認識に基づき、知識人の非実践性という世間一般の誹りを恐れることなくアドルノはいう――「世界に対するアンガジュマンはすべて破棄されなければならない」。

悪しき世界に対する反抗は、逆説的にも、悪しき世界を反抗の対象として措定／肯定し、ひいては悪しき世界の温存に寄与してしまう。悪しき世界に対する直接的な反抗は、それもまた媒介されたものであり、反抗の対象によって条件づけられ、規格化された他律的な行動にすぎない。社会的現実を捨象した「芸術のための芸術」という虚構を断固として拒絶する一方、ブレヒト、サルトルらに代表されるいわゆるアンガジュマン文学の限界を批判するエッセイ「アンガジュマン」のアドルノが見据えていたのは、直接行動主義的な実践が期せずしてコンフォーミズムへと転化する逆説的な現実である。アンガジュマンの定型を拒絶するアドルノは、まさにここにおいて、悪しき世界に対する反抗、その最後の希望として〈芸術〉を呼びだす。〈芸術〉としての文学作品は、客観的現実の直接的な反映――それがどれほど批判的なものであったとしても――によってでも、現実に対するオルタナティヴを提示することによってでもなく、「ほかならぬ己の形姿によって、人びとの胸元にたえず拳銃を突きつけてくるような世の流れに抵抗する」。敷衍すれば、〈芸術〉が悪しき世界に対する反抗となりうるのは、「市場に迎合したり、摩滅したりすることから逃れるような作品がもつ容赦のない自律性」においてである。『文学ノート』のエッセイに通底するのは、〈芸術〉における自律的＝非同一的なもの――その所在を証言する範例であるがゆえに、シェーンベルクの前衛音楽、あるいはカフカ、ベケットの前衛的な文学作品をアドルノは称揚する――を、「ありうべき別のものとしてのユートピア的なものの〈仮象ならざる出現（Vor-Schein）〉のための最後の場所」（シュテファン・ミュラー＝ドーム）とするアドルノの〈芸術〉の理念にほかならない。

精神の自由のために

「芸術を非合理なものの特別保護区として区切る一方、認識を組織的な学問と同一視しながら、対立する双方のいずれにも属さないものを不純とみなして斥ける、旧態依然たる考え方」は、批評的エッセイを得体の知れぬ「雑種の産物」とする、おそらくは今日なお支配的な風潮を醸成してきた。このような事情を指して、アドルノは端的に述べている――批評的エッセイは「精神の自由を督促する」がゆえに社会から白眼視される。とある遺稿によれば、アドルノは自身の哲学を「世俗化されたメランコリー」と理解していた。「世俗化されたメランコリー」、それは「絶望の繊細なかたちであり、認識のために要求された、自己自身と世の物事に対するエキセントリックな態度」（ブリッタ・ショルツェ）である。「一般的な合意の枠に収まらない」認識を飽くことなく追求する、非体系的／非同一的なエッセイの思考は、そうした「エキセントリックな態度」のひとつのあらわれであるといえるだろう。「精神の自由」とは畢竟、ついに「異端」たらざるをえないものであるのかもしれない。困難な時代にあって精神の自由がなおも可能であることをその身をもって示そうとするかのように、アドルノは『文学ノート』のエッセイを書き継いだ。もっとも、怜悧にして洒脱なエッセイを書き継ぐアドルノは、あえて「異端」的に思考する者のみが享受しうる「精神の自由」を、社会からの白眼視には我関せず、むしろおおいに楽しんでいたにちがいない。『文学ノート』に書きつけられた忘れがたい一文がそれを物語っている——「幸福と遊びがエッセイにとって本質的である」。

テーオドア・アドルノ（Theodor Adorno）

一九〇三年、フランクフルト・アム・マインに生まれる。裕福なユダヤ系家庭に育ち、母と叔母の影響から、幼少期より音楽（特にピアノ）に親しむ。ギムナジウム時代、家族ぐるみの知人であったジークフリート・クラカウアーの手ほどきを受け、カント『純粋理性批判』を精読する。一九二一年、フランクフルト大学に入学、哲学・社会学・音楽学・心理学を精力的に学び、音楽批評の執筆にも携わる。一九二三年、クラカウアーの仲介で、のちのアドルノの思想に決定的な影響を及ぼすことになるヴァルター・ベンヤミンと知り合う。一九二四年、フッサール論で博士号取得、翌年、アルバン・ベルクの音楽理論と作曲を学ぶためにウィーンに移住。一九二七年、フランクフルトに戻り、カントの超越論哲学をテーマとする教授資格申請論文を執筆するも、指導教授ハンス・コーネリウスの批判を受け、論文を撤回する。一九三一年、パウル・ティリッヒを指導教授とし、新たに教授資格申請論文『キルケゴール——美的なものの構成』（一九三三年刊行）を執筆、これが受理され、同年五月、フランクフルト大学私講師に就任する。一九三三年、ナチスが政権を掌握、ユダヤ系教員の解任政策により教授資格を剥奪される。一九三四年、英国オックスフォードに移住、マートン・カレッジに在籍し、本格的なヘーゲル研究を開始、それと並行して『認識論のメタクリティーク』(一九五六年刊行)の草稿を書き継ぐ。一九三七年、グレーテル・カルプスと結婚、翌年、ニューヨークに移住、当地に移転していたフランクフルト社会研究所の正式な研究員に迎えられ、以後、同研究所の機関誌『社会研究』に多くの論文・エッセイを発表する。一九四一年、南カリフォルニア、サンタ・モニカに移住。同地でのマックス・ホルクハイマーとの共同作業は、やがて『啓蒙の弁証法』(一九四七年)に結実することとなる。この時期、作曲家ハンス・アイスラー、作家トーマス・マンら亡命知識人と交流をもつ。一九四九年、『新音楽の哲学』刊行、同年暮れ、ドイツに帰還、フランクフルト大学哲学・音楽社会学教授に就任する。一九五一年、亡命中に書き継がれた断章・アフォリズム集『ミニマ・モラリア』刊行。一九五五年、二巻本の『ベンヤミン著作集』(妻グレーテルとの共編)が出版される。一九五八年、フランクフルト社会研究所所長に就任。一九六一年、カール・ポパーとのあいだで「実証主義論争」が起こる。また、この年から遺著『美の理論』(一九七〇年、没後刊)の元になる原稿の口述を開始する。一九六六年、『否定弁証法』刊行。一九六九年、学生運動が高揚するなか、アドルノと学生の関係は次第に険悪化、アドルノが社会研究所からの学生の排除を警察に要請したことを機に両者は完全に決裂する。同年八月、休暇先のスイスで心臓発作により急逝。

ヤコブソンとレヴィ＝ストロース「シャルル・ボードレールの「猫たち」」

小倉康寛

« Les Chats » de Baudelaire. Une confrontation de méthodes, éd. par Maurice Delcroix et Walter Greets, Namur : Presses Universitaires de Namur, 1980. 花輪光編『詩の記号学のために――シャルル・ボードレールの詩篇「猫たち」を巡って』水声社、一九八六年。

ロマン・ヤコブソンとクロード・レヴィ＝ストロースは共同で、構造主義が最盛期を迎える一九六二年、文化人類学の専門誌『人間』に異例とも言える論文を発表する。二人が扱う対象は、一九世紀フランスの詩人シャルル・ボードレール（一八二一―一八六七）の詩「猫たち（« Les Chats »）」である。文化人類学の媒体に文学をテーマとした論考を投稿することが例外的であるならば、その分析手法が音韻論（phonologie）を応用した「構造言語学」であることも特殊である。さらに二人は、それまでの文学研究が重要視してきた手法を採用しなかった。二人の論考は、詩人を文学史的に位置付けることにも、作家の伝記研究にも紙幅を割かない。詩人の精神性とキリスト教との距離は問題にもならない。二人が関心を持つのは、わずかに一四行の作品の中で、単語の品詞がどのように分類されるか、音が並べられたか、ということに絞られる。

レヴィ＝ストロースの前書きが説明する通り、二人は、詩の複雑な構造に関心を向ける。神話では、同じ意味内容が複数の方法で語られる。しかし詩には意味の他に、音韻論、音声学、統辞論、韻律学の構造がある。詩の構造は多層的であり、一つの構造が壊れ、別の構造へと再編され、その動きから「美的な深い感情」が生まれていると二人は考える。これを実地で示すべく、論考は、単語をグルーピングし、法則の重なりを指摘してみせる。

もっとも論文は一六ページと決して長いものではなかったし、発表媒体の『人間』はレヴィ＝ストロースが創刊したものであった。また「猫たち」という題材の取り方も、ボードレール研究に照らせば要所でもなかった。金字塔とされた彼の作品は、ポール・ヴァレリーのエッセイ「ボードレールの位置」にしたがうのであれば「バルコン」や「沈思黙考」であり、イヴ・ボヌフォワの「マラルメに語りかけるボードレール」によれば「白鳥」や「仮面」であった。そうしたことを考えてみると、ヤコブソンらの論考が、あくまで実験的であった可能性はある。だが論文は二〇年以上の論争を引き起こし、関連する論集が編まれることになった。

ボードレール研究の第一人者、クロード・ピショワはガリマール社から出された『ボードレール全集』の大部な註釈において、ヤコブソンらが引き起こした論争によって「猫たち」が過剰に有名になり、作家研究のバランスを壊してしまったことを嘆いてみせる。

こうした学術における争乱の背景には、レイモン・ピカールとロラン・バルトとの新旧批評論争で知られるように、新しい潮流に対する警戒があった。しかしヤコブソンらに対する批判は、ミカエル・リファテールをはじめとする構造主義者たちからも提出された。二人の論考は、音の分析を支えに構造を析出し、これに意味と対照化し、伝統的な解釈と言外のうちに対峙した。このことがあまりに前衛的と見えたのである。『悪の花』第二版（*Les Fleurs du mal*, 2ème édition, 1861）より詩を示す。

猫たち

1. 熱烈な恋人たちと　厳格な学者たちは
2. 等しく愛する、その成熟の季節に、
3. 力強くやさしい猫たちを、［猫らは］家の誇りであり、
4. 彼らと同じく寒がりで　彼らと同じく家にこもっている。

5. 学問と逸楽との友である、
6. 彼らは　深淵の沈黙と恐怖とを求める。
7. エレボスは彼らを　葬送の駿馬にと召したかもしれない、
8. もしも彼らが　従者へと　矜持を曲げることができたのなら。

9. 彼らは　夢を見つつも　高貴な態度を取る
10. ［それは］寝そべった　偉大なるスフィンクスが　孤独の奥底で、
11. 眠り込んでいると見える［態度である。］おわりのない夢の中で。

彼らの　生殖力のある腰は　魔法の火花で満ち、
そして　黄金の欠片が、細かい砂のように、
ほのかに　星を鏤ばめたように飾る　彼らの神秘の瞳を。

Les Chats

Les amoureux fervents et les savants austères
Aiment également, dans leur mûre saison,
Les chats puissants et doux, orgueil de la maison,
Qui comme eux sont frileux et comme eux sédentaires.

Amis de la science et de la volupté,
Ils cherchent le silence et l'horreur des ténèbres ;
L'Érèbe les eût pris pour ses coursiers funèbres,
S'ils pouvaient au servage incliner leur fierté.

Ils prennent en songeant les nobles attitudes

10. Des grands sphinx allongés au fond des solitudes,
11. Qui semblent s'endormir dans un rêve sans fin ;
12. Leurs reins féconds sont pleins d'étincelles magiques,
13. Et des parcelles d'or, ainsi qu'un sable fin,
14. Étoilent vaguement leurs prunelles mystiques.

揺れ動く構造

論考の主となる前半を担当したのはヤコブソンである。ここでは五つの構造が示されるが、彼はそれぞれを観察するのみで、構造を立証する論じ方をしていない。ニコラ・リュウェは方法論が確立しておらず「恣意的」だと批判するが、他方で、ヤコブソンは着目する点によって、詩の構造が揺り動かされている動的な一面を示そうとしているとも読める。

(1)脚韻　議論の起点は、脚韻が作る構造である。男性韻を大文字、女性韻（無音のeでおわる単語）を小文字で表記すれば順に、四行詩節がaBBa／CddCと抱擁韻になっている。最後の六行は二つに分かれているが、第一一行目と第一三行目が韻を踏み、これによって連結されてeeFgFgとなる。かくして詩は四行／四行／六行の三つに分割される。

しかしこのグループは断絶しているわけではない。最初の六行のルールが詩の全体を支配している。

すなわち女性韻のほとんどは形容詞の複数形であり、男性韻のほとんどは実詞の単数形である。

(2)並行関係　観察は詩節の単位で、類似点を見つけ、それを構造化することへと進む。一般に詩は冒頭から順に読んでいく。しかし論文が注目するのは、主語と目的語が生物か無生物かという点である。この時、第一節と第三節との対応関係が浮かび上がる。

3. Les chats puissants et doux, orgueil de la maison,
4. **Qui** comme eux sont frileux et comme eux sédentaires.

10. Des grands sphinx allongés au fond des solitudes,
11. **Qui** semblent s'endormir dans un rêve sans fin ;

下線を施した主語は共に、男性名詞・複数形・実詞である。また太文字にした関係詞《Qui》が、シンメトリーを作っている。論文は第一一行目末尾のポワン・ヴィルギュール（セミコロン）が、『海賊・魔王』紙掲載の版ではポワン（ピリオド）であり、対応関係はより強かったと指摘する。確かに詩の句読点は、最終原稿となる一八六一年の『悪の花』第二版と、一八四七年の版とでは大きく異なるのである。

その上で論文は、第二節と第四節とを対照させ、第二のグループだと考える。これらは太文字にするように条件法《S'ils》と比較級《ainsi qu'un》とで複文になっている。

7. L'Érèbe les eût pris pour ses coursiers funèbres,
8. **S'ils** pouvaient au servage incliner leur fierté.

13. Et des parcelles d'or, **ainsi qu'**un sable fin,
14. Étoilent vaguement leurs prunelles mystiques.

二つのグループについて、下線を施した主語に注目すると、最初のグループの«Les chats»と«sphinx»が生物で、次のグループの«L'Érèbe»«des parcelles»«un sable»が無生物となっている。こうした生物と無生物の対立が横の対照である。

だが詩全体の直接目的語という枠で見ると違った一面が浮かび上がる。文章のつながりを追っていくと、«Les chats»は第二行目の動詞«Aiment»を受ける目的語であり、生物である。これに対して、次の四行と後半の六行の目的語はすべて無生物となっている。こうした縦の規則は、横の規則と交叉しているのである。

(3)外側と内側　主語と目的語に関する注目は、諸構造の検討に応用される。第一節と第四節を外側のグループとし、第二節と第三節とを内側のグループとすれば、外側のグループでは綺麗な対立が見られる。つまり主語と目的語が、第一節ではすべて生物であるのに対して、第四節ではすべて無生物となっているのである。この対比は、第四節の動詞«Étoilent»に注目すると際立ってくる。これとよく似た音が、《étincelles》《Et des parcelles》と反復されているのである。これらは第四節が無生物的なイメージを持っていることを強調する。

ところが内側のグループでは、第二節では複文の最初の主語が生物／目的語が無生物であるのに対して、複文のもう一つでは逆に、主語が無生物／目的語が生物となっている。第三節では主語が生物であるのに対して、目的語が無生物である。

(4)対称　内側のグループへの関心は、第七行目の特殊性へと論点を導いていく。詩全体を見渡すと、その主語の多くは、複数形で生物である。ところが《L'Érèbe》だけが、単数形で無生物である。また詩全体では鼻母音が多いのに対して、第七行目のみ鼻母音がない。〔r〕と〔l〕の流音は、第一節から第二節に移るときに数が増える。ところが第七行目では〔l〕が二音しかなく、〔r〕が五音もある。第七行目は「楽曲でいう転調」であり、詩の構造を前後でわけている。さらに最初の六行は、行の途中で韻を踏むことでまとまりがあると論文は指摘する。各単語に三種類の下線を施す。

1. Les amoureux fervents et les savants austères
2. Aiment également, dans leur mûre saison,
3. Les chats puissants et doux, orgueil de la maison,
4. Qui comme eux sont frileux et comme eux sédentaires.
5. Amis de la science et de la volupté,

6. Ils cherchent le silence et l'horreur des ténèbres ;

下線部のうち《doux》は《frileux》と同じ母音で押韻されていない。とはいえ、六行は「擬似詩節（similistrophe）」と言えるほどに、緊密に連関しているのである。

(5) 猫の同化

名詞が生物か、無生物かという関心は、《Les chats》を軸とした分析へと向かう。猫をめぐっては同化→同化の拒否→同化という流れがある。猫は最初の四行で、《Les amoureux fervents》と《les savants austères》の愛する対象である。両者はそれぞれ官能的な「逸楽（volupté）」と「知（science）」を象徴しており、交わらない人種であるが、猫が媒介となって合一する。次の第七行目で《L'Érèbe》が猫を従者と看做そうとするものの、猫はその矜持の高さによって、これを拒む。しかしその次の三行詩節で猫は《sphinx》と同化する。

この三段階の図式はさらに、場所と時間の区分をも導く。猫は当初、家の中にいたが、闇の化身《L'Érèbe》のいる領域を拒み、《sphinx》のいる砂漠を棲家と選んだのである。家と砂漠とは時間の流れとも対応している。

2. Aiment également, dans leur mûre saison,
11. Qui semblent s'endormir dans un rêve sans fin ;

前置詞《dans》は詩全体を通じて、この二箇所のみである。ヤコブソンは《saison》は限られた時間であるとしつつも、砂漠に流れる時間は「無限（sans fin）」であるとする。

⑹意味論との交叉

論考の後半は、ジュルジュ・ムーナンによれば、レヴィ＝ストロースによるものであった。これは必ずしも論文のまとめではない。前半が構造を自由に観察するものであったとすれば、後半では視角を変え、そこまでの分析と意味論との交叉が構想されている。

⑴の分割は、猫を観察する目線に注目することで、外在的・内在的分割と呼び変えられる。つまり第一節が恋人や学者、第二節がエレボスの目線で猫を描く。しかし第三節・第四節は、観察者の目線を排除し、猫の性質を内在的に描いているのである。

⑵の分割は、第一節と第三節との並行関係を示したものの、第一節が「家」や「季節」を焦点にしたのに対し、第三節は舞台を砂漠に移している。さらに第二節は猫と闇との関係を描くが、第四節は猫を輝くものとし、光との関係で描いている。

またレヴィ＝ストロースは⑶の分割法の意義を認めつつも、⑸を掘り下げ、隣接関係から類縁性への発展を指摘する。すなわち最初に恋人や学者は猫の隣人であった。しかしエレボスの駿馬やスフィンクスは、猫との類縁性が問題とされているのである。第一行から第六行までが経験的な段階であるとすれば、以降が神話的な段階への推移である。

⑷の分割法は、現実的・非現実的・超現実的という三つの段階に読み替えられる。①六行：家が舞台となる「現実」の世界、②二行：エレボスの「非現実」の世界、③六行：「雄大な隠喩」によって猫との身体と砂漠や星が同化した「超現実」の世界である。

最後に論考は、名詞の複数形と単数形、脚韻における性と名詞の文法的な性を交叉させる遊戯は、ボードレール自身が熟慮したことであったのではないか、と示唆を与える。

受容

ヤコブソンらが音にこだわった核心を理解するならば、一九四二年に彼がアメリカで行った講義録『音と意味についての六章』を繙くのが適切かもしれない。フランスの伝統的な音声学は、音を意味と関連させずに、運動や現象としてのみ研究した。それに対して、ヤコブソンらは意味と音とを関連づけ、象徴的な暗示を弁別しうる「音素」や、音韻論を構想した。

二人が好んで取り上げるのは、ステファヌ・マラルメの疑問である。「昼（jour）」と「夜（nuit）」の二語は音が全く異なるが、意味は関連している。フランス語において音と意味とは結びつきがないのだろうか、それとも二語を結びつけるニュアンスが潜んでいるのだが、隠れているだけなのだろうか。二人の見解は、音が景色を彷彿とさせる、というものだった。

一九七二年、ヤコブソンはコレージュ・ド・フランスの講演で、意味と音との交叉がエドガー・アラン・ポーの「大鴉」論に始まり、これを翻訳したボードレールへと継承されていった流れを取り上げる。ポーはその後、マラルメ、ヴァレリーへとそれぞれ異なった形で受容されていった。ムーナンがまとめるように、「詩において、内容とは形式のこと」というヴァレリーの定式は、ヤコブソンの方向性と重なるものであった。

もっとも二人に対する批判は相次いだ。言語学に関心を持つ者たちは、前半の記述が「恣意的」であり、分析の枠組みが定まっていないことが「構造言語学」の限界を示すと考察した。またミカエル・リファテールは、二人が文法や音の構造を過度に重要視し、これに意味論の構造と同じか、それ以上の価値を見出したことに警戒心を強めた。

研究者たちを悩ませたのは、論文の最後の記述である。猫はボードレールの化身である。これに加え、猫は恋人たちの熱烈さからも、学者たちの謹厳さからも解放され、宇宙へと放たれたという解釈が示される。猫は尊厳によって、闇の化身の寵愛をも退け、宇宙と同化するのであって、いわば、普遍的な愛を導く。二人の論文はエロスからの解放を立証するために書かれたのだろうか。そして雄猫は「生殖力のある」という形容がされる時、メス化しているのだろうか。しかし論の主眼は、構造を動的に示す前半部にあり、結論はそこから導かれる一解釈にすぎない可能性もある。

恋人らと学者らという二つの集団の対立は、彼らの論文以前に指摘されていなかった。ボードレールが「猫たち」を書いた一八四〇年前後は、二月革命以降の無法状態によって、社会の断絶があらわになる前であった。初期のボードレールは時代を「冥府（Limbes）」という、神学的な鍵言葉で理解しようとしていた。これに照らせば、闇の神エレボスは時代を具象化した表現とも読める。また動物がボードレールの化身であるとするなら猫が異なる階層を繋ぐことも詩人の抱負と受け取れる。

しかし希望を残したことは初期作品の主張とも言える。中期以降の彼の作品は、むしろ階層の断絶に対する透徹した諦めを描く。ヴァレリーが音の巧みさを評価した「バルコン」では、官能こそ主題となるものの、「夜」は仕切りでもある。「白鳥」では「敗残者たち」が列挙され、人々は「私は思う」という言葉で結び合わされるものの、断層は乗り越えられない。理不尽な現実を美的に受け止めようとする精神性にこそ、詩人の特徴がある。

しかし初期作品にも社会の断絶が取り上げられていたことに、ヤコブソンらは気がつかせてくれたのであり、二人のこの解釈は言外のうちに批判者らを含めた研究者らの間に広く定着したのである。

ロマン・ヤコブソン (Roman Jakobson)

一八九六年、ロシアのモスクワに生まれる。チェコスロヴァキア、デンマーク、スウェーデン、アメリカへと亡命した。プラハ学派の一員として、彼がソシュールの言語論を基盤に議論を展開としたことはよく知られているが、意味と音の関係への注目は、彼がロシア未来派に属し、詩作を実践した頃から見られるものである。これは原初の言葉、あるいは「生きた言語過程」に注目する前衛的なもので、キュビスムの影響下にあった(山中桂一『詩とことば』)。

「猫」論争と並行して、彼は一九六七年、当時の文壇を牽引した『テル・ケル』誌に、『悪の花』における最後の「憂鬱」の顕微鏡的観察」と題した別のボードレール論を発表した。論文はジョナサン・カラーと論争になった。アンリ・メショニックは『詩学批判』で、ヤコブソンを自身の起点に据えた。「文化人類学的詩学」という点で、ヤコブソンらの論点と後年のメショニックの論点は通底する。しかし後者は「人類学」の射程を広く取り、象徴の扱いをめぐって慎重であった(森田俊吾氏の教示に感謝する)。

このようにヤコブソンの音韻論は文学の分野では批判が相次いだものの、「音素 (phonème)」の概念は言語学の範囲で発展していった。特に「弁別的素性理論」は、音素を構成する基本的な特徴を定義することで、音の体系的な対立を解明した。この概念は、ノーム・チョムスキーとモーリス・ハレによって「深層構造」と「表層構造」を媒介する音韻規則の定式化に用いられ、異なる言語間の音韻変化を予測可能な形で説明する生成音韻論として発展した。

クロード・レヴィ＝ストロース（Claude Lévi-Strauss）

第二次世界大戦の徴兵の後、アメリカへ亡命し、ヤコブソンが一九四二年から「高等学術自由学院」で行なった音韻論の講義に出席する。この頃のレヴィ＝ストロースは博士号取得前で、民族の言語を記録する方法を模索するべく、言語学の授業を受けたが、これに想定外の影響を受けた（『音と意味についての六章』序）。彼はヤコブソンの旧来の文法学派への批判を通じて、民族学もまた現象を記述できず、現象が起きた理由を示すことで満足していることに目を向けた。

またレヴィ＝ストロースは、音韻論でいう「対立項（opposition binaire）」が、社会規範や神話構造にも存在することに気づき、これを普遍的な構造として抽出した。たとえば、近親相姦の禁止を「禁止／許容」という対立項として捉え、これが文化的な意味を形作ると考えた。

もっともヤコブソンが音韻の動的対立に焦点を当てて音素間の関係を探究したのに対して、レヴィ＝ストロースは文化や神話に見られる普遍的な秩序が、社会構造の理解に必要不可欠であると考え、動的対立ではなく、恒久的な枠組みを強調した。こうした着眼点の差は、「猫たち」に関する論文でも、動きに力点を置く前半と、秩序化を目指す後半の差として表れている。

ミシェル・フーコー『フーコー文学講義』

柴田秀樹

La Grande étrangère, Paris : Édition de l'École des hautes études en sciences sociales, 2013.
柵瀬宏平訳『フーコー文学講義——大いなる異邦のもの』ちくま学芸文庫、二〇二一年。

フランスの思想家ミシェル・フーコーは、一九六〇年代に文学と濃密な関係を結んでいた。彼が『クリティック』や『テル・ケル』などの文芸誌に発表した文学論のなかで取り上げた作家は、一八世紀のルソーやサドから、バタイユ、クロソウスキー、ブランショ、ロブ゠グリエといったフーコーの同時代人に至るまで多岐にわたっている。なかでも異形の作家レーモン・ルーセルにフーコーは深い敬愛の情を抱き、『レーモン・ルーセル』の一書を捧げるほどであった。それだけではなく、『狂気の歴史』や『言葉と物』といった六〇年代フーコーを代表する大著においても、文学には重要な地位が与えられている。

ところが、フーコーと文学との蜜月は、一九六〇年代から七〇年代初頭にかけて終わりを迎える。彼はこの時期、対談やインタヴューの機会をとらえて、幾度となく文学への関心を喪失したことを明言するようになる。それに伴い、没年である一九八四年に至るまで、フーコーのテクストに文学という対象が明示的な形で姿を現すのは稀になってゆくのである。ジル・ドゥルーズやジャック・デリダ、ジャック・ランシエールなど、二〇世紀フランスを代表する思想家が、いずれも生涯を通じてそれぞれの立場から文学との関係を保ち続けていることに比した場合、フーコーの文学に対する姿勢の変化は特異なものであるといえる。それゆえ、彼の文学論をその思想的道程のなかでいかに位置づけるかという問題が、ひとつの謎として読者には残されることになった。

文学と「狂気」――「狂人たちの沈黙」「狂える言語」

フーコーの生前は未刊行であった文学に関する講演を収録した本書は、こうした問題に一条の光を投じるものである。本書の冒頭を飾る二つのラジオ講演「狂人たちの沈黙」「狂える言語」において、フーコーは文学と「狂気」との類縁性という、『狂気の歴史』以来フーコーの文学論の通奏低音をなす主題について語っている。

本書収録の「文学と言語」第二回講演での議論を借りるならば、文学は「構造的な秘教主義」に陥るリスクを負ったものである。というのも、文学は日常的な言語と同様、ラング（「フランス語」や「日本語」といった諸記号の体系・制度）の課すコード（規則）に従うことによってある意味を表すパロール（発話）として定義できるが、文学の言語はコードに完全に従属するのではなく、コードの拘束力を宙づりにする力を秘めている点で日常言語と性質を異にしているからである。

そのため文学の言語は、日常言語と同じ意味を語っているように見えても、そうした意味から逃れる可能性をつねに帯びている。この可能性はまた、危険性と隣り合っている。なぜなら極端な場合、文学の言語は日常的意味から完全に乖離して、誰にも理解されないパロールとなってしまいかねないのだから。「構造的な秘教主義」とはこのような事態を表している。ところで、誰にも理解されないパロール、それは狂人の言語である。こうして、フーコーは文学と狂気とを近接関係に置くことになるのである。

「狂人たちの沈黙」「狂える言語」は、いずれも文学と狂気との関係について、シェイクスピア、セルバンテス、ディドロ、アルトー、ブリッセ、レリス、タルデューなど豊富な例をあげながら説き明かしたものである。一九六三年、フーコーはフランス国営放送フランス3のラジオ番組として、「言葉の用法」と題された五回にわたる放送を企画した。「狂人たちの沈黙」はその第二回、「狂える言語」は第五回にあたる。『狂気の歴史』などとは異なり、ラジオ放送という形式上つとめて平易な語り口で展開されたこれらの講演は、フーコーの文学論に入門するうえで格好のテクストといえるだろう。

「言語」「作品」「文学」の三角形――「文学と言語」第一回

講演「文学と言語」は、一九六四年、ブリュッセルのサン＝ルイ大学にて、二回にわたって行われた。第一回の講演でフーコーは、ひとつの前提から出発する。すなわち、「われわれ」にとって文学とは「文学とは何か？」なる問いに結びついた営みなのであり、この問いは文学の内側から発せられているのだ、という前提である。

こうした前提は、講演の聴衆として想定されている六四年当時の「われわれ」のみならず、今日の「われわれ」にとっても自明なものだと思われるかもしれない。実際、いわゆる「現代文学」が「文学とは何か?」の問いと内在的に結びついたものであり、この問いに主導されるかたちで現在に至るまで数多の文学運動——二〇世紀フランスに限定すれば、シュルレアリスム（超現実主義）やヌーヴォー・ロマン（新しい小説）、ウリポ（潜在的文学工房）など——が立ち上げられてきたことは、文学史上疑う余地がないからである。

ところがフーコーは、ここにはひとつの「逆説」「困難」が存在すると指摘する。なぜなら「文学とは何か?」の問いが文学に内在的なものとして立てられるようになったのは、ごく最近のことであり、「マラルメの作品という出来事以後」のことにすぎないからである。それでは、マラルメに先立つ作品、「文学とは何か?」の問いに導かれることのない作品は、「われわれ」がそれを「文学」と呼称するのが常であるとしても、果たして「われわれ」にとっての文学と同一のものとみなすことができるのだろうか?

フーコーはこの「逆説」に対して、次のように解答する。ダンテやエウリピデスの作品はたしかに「文学」に属する。ただしそれは「われわれの文学」に属するのであり、「彼らの文学」に属するのではない。「彼ら」と「われわれ」との間には、「文学」をめぐってひとつの断絶が存在するのであり、それは「言語」「作品」「文学」の三者の関係が、マラルメ以降変容したことによっているのだ、と。こうして、「言語」「作品」「文学」の形作る三角形という図式が提示されるに至る。

フーコーによれば、「言語」とは「諸々の言葉」であり「ラングのシステム」である。この言語が堆積し、ひとつの布置をなしたとき、固有の厚みをもった空間としての「作品」が生まれる。そして「文学」とは、「作品」と「言語」との関係がそこを経由するような三角形の頂点である。こうして各項の定義を行ったのち、フーコーは三角形が成立した契機を一八世紀あるいは一九世紀初頭に見出す。「文学とは何か?」の問いは、こうして歴史的に成立した三角形によって発せられるようになったのである。

以降でフーコーは、サドやシャトーブリアン、ドストエフスキー、プルースト、マラルメなどの作家に言及しながら、自身が他の文学論で開陳した主題の大半——「侵犯」「死」「シミュラークル」「図書館」「書物」など——を、こうした三角形の図式の内側に位置づけてゆく。自らの文学論を体系的に説明しようと試みているこの点において、本講演第一回をフーコー六〇年代文学論のひとつの「集大成」であると捉えることができよう。

フーコーと文学批評——「文学と言語」第二回

「言語」「作品」「文学」の三角形に立脚したうえで、第二回講演においてフーコーは「文学批評」に議論の対象を絞る。フーコーによれば、文学という「二次的な言語」と批評という「二次的な言語」との関係には今日、ひとつの変化が生じている。

伝統的な意味での「批評」とは、サント゠ブーヴがそうであるように、ある文学作品に対して「趣味」に基づいて判断を下し、よい作品と悪い作品を階層化し、作者と読者との間を媒介する営みを指していた。ところが、今日の「批評」は「言語全般の一般的機能」として、小説や詩、哲学など、「批評家」のテクストに限定されない広範な領域に拡散しているとフーコーは考える。そこにおいて批評は「趣味」ではなく、精神分析や言語学などの助けを借りた、明示的で科学的な方法に基づくものに変容を遂げたのである。

こうした変容と並行して、批評が「エクリチュール（書くこと）」に興味を示し、批評自ら「エクリチュール」の行為になろうとする傾向があるとフーコーは指摘する。批評は「二次的な言語」でありながらも、文学という「一次的な言語」と同じ「エクリチュール」の水準に身を置こうとする、逆説的なものとなっているのである。「一次的」であると同時に「二次的」な言語であるようなこうした批評はいかにして可能となるのかを解明することが、第二回講演でのフーコーの目的となる。

フーコーは言語学者ロマン・ヤコブソンの「メタ言語」の概念に触れつつ、「メタ言語」として批評を定義するのでは不充分だとする。それに対して、フーコーは言語が「全面的に反復可能な唯一の存在」であるという事実に注意を喚起し、「言語における反復可能なものの反復」こそが批評であるとみなす。そのうえで、フーコーはホメロスの「オデュッセイア」を例に引きながら、作品の「自己言及の解読」を批評の新たな形式として示す。こうした形式を体現しているのが、ロラン・バルトやジャン・スタロバンスキーなど、「ヌーヴェル・クリティック（新しい批評）」に分類される批評家たちの仕事なのである。

彼らの試みを伝統的な批評と区別する意味で「文学分析」と呼んだうえで、フーコーは「文学分析」の方向性を二つに分類する。ひとつが「記号学的」なものであり、文学が自己言及する際に用いる諸記号を分析するものである。いまひとつは文学の「空間性」に関するものである。フーコーによれば、文学は長らく影響や系統関係といった「時間性」に基づく概念によって認識されてきたが、言語が語のあいだのネットワークにおいてしか意味をもたない以上、文学もまた言語が織りなす「空間」として分析されるべきなのである。

フーコーはこうした二つの方向性を概観するなかで、バルトやスタロバンスキーなどに加えて、ジョルジュ・プーレやジャン・ルーセ、ジャン゠ピエール・リシャールなど同じくヌーヴェル・クリティックの批評家たちを参照する。結論として、フーコーは目下のところ別々の形で行われているこうした二通りの文学分析がひとつに収斂する可能性を指摘する。文学分析は、「時間」ではなく「空間」と言語が関係をもっていることを、言語という「記号」の分析を通じて思考可能にするものなのである。

フーコーが生前に刊行した文学論のなかで、同時代の文学批評が言及されることは、リシャールのマラルメ論に触れた書評を別とすれば稀であった。「文学と言語」第二回講演は、同じく没後刊行のテクスト「文学分析」「文学分析の新しい方法」「構造主義と文学分析」(いずれも『狂気・言語・文学』二〇一九年。阿部崇・福田美雪訳、法政大学出版局、二〇二二年所収)と並んで、「文学批評」という方向性からの文学に対するフーコーのアプローチを垣間見ることができる点で意義深いものだといえる。

サドにおける欲望と真理——「サドに関する講演」

本書の掉尾を飾る講演「サドに関する講演」は、一九七〇年にニューヨーク州立大学バッファロー校にて行われた二回の講演原稿から成るものである。第一回講演冒頭で、フーコーはサドの作品「新ジュスティーヌ」を取り上げ、この作品が「全面的に真理という徴の下に置かれている」と指摘する。フーコーによれば、ここで問題となっている「真理」は、サドと同時代の一八世紀の作家たちにおいて問題となっていたような修辞学的な手法、すなわち語られた物語の「本当らしさ」を意味するのではない。サドにおける真理、それは「語っている事柄の真理」ではなく、「欲望の実践」と結びついた「推論の真理」なのであるとフーコーはいう。自らの欲望に基づいて残虐な行為に及んだのち、その行為を正当化するために登場人物が繰り広げる喋々しい論証のなかにこそ、フーコーはサドにおける真理の所在を看取するのである。

そのうえで、フーコーは「エクリチュール」についてのサドの思索に注目し、その機能について考察する。そしてまさにサドのエクリチュールこそが、欲望と真理との関係を取り結んでいるのだとする。それは三つの理由による。第一に、欲望を増幅させ、想像力を際限ないものとするサドのエクリチュールは、「現実原理」に依拠することなく想像力が自分自身で自らの真理を検証することを余儀なくさせるからである。第二に、エクリチュールは「反復」されることによって、欲望を束の間のものではなく永続する真理に変化させるからである。第三に、エクリチュールが欲望に制限を課すあらゆる限界を乗り越えることによって、欲望を「真理の世界」のうちに参入させるからである。こうしたサドのエクリチュールを、フーコーは「欲望に対する外部性」が消失した「絶対的に孤独なエクリチュール」と定義して、第一回の講演は閉じられる。

第二回の講演では、サドにおける「欲望」と「言説」との関係が論じられる。フーコーによれば、サドにおいて欲望は言説の外的な対象ではなく、言説と同一の水準で内的に連関したものである。つづけてフーコーはサドの言説を「神は存在しない」「魂は存在しない」「犯罪は存在しない」「自然は存在しない」という四つのテーゼに還元し、これらのテーゼを実践するリベルタン（放蕩者）を「不規則な実存」と定義する。そのうえでフーコーはサドにおいてこれらの言説が果たす機能を、「脱去勢」「差異化」「破壊」「競合」「自己消去」の五通りに分類する。これらの機能が、互いに矛盾しあいながらも絡みあっている点にこそフーコーは「完全な構成体」が存するとし、サドの思考の特異性をこの点に見出すのである。最後にフーコーは、こうしたサドにおける真理と欲望との関係を思考するうえで、フロイトやマルクーゼなどの解釈では充分ではないと強調して、講演を締めくくる。

翻訳者の柵瀬宏平が指摘するとおり、「サドに関する講演」での肯定的なサド評価は、のちの著作『知への意志』では反転することになる。『知への意志』においてサドは、性的欲望についての真理を語ることを強制する「生権力」のシステムの内部に位置づけられ、その「絶対的に孤独」な性質を喪失するからである。七〇年代以降のフーコーの思想的変遷において、サド像がこのように肯定から否定へと反転するという事実は、フーコーがサドに代表される「文学」から離反していく過程と照らし合わせて読むことが可能であろう。

このように、本書は六〇年代フーコーの文学についての思索を多面的に辿ることを可能にするだけではなく、七〇年代以降のフーコーにおいて文学が消失していく過程を陰画として示唆している点でも、フーコーと文学との関係について興味を抱く者にとっては興味深いテクストとなっているのである。

ミシェル・フーコー（Michel Foucault）

一九二六年、ポワチエで外科医師の家系に生まれる。幼少時より文学書や哲学書に親しむ。一九四六年、高等師範学校に合格。ピエール・ブルデューやポール・ヴェーヌなど、後に名を成すことになる学友を得るとともに、メルロ＝ポンティやルイ・アルチュセール、ジャン・イポリット、ジョルジュ・カンギレムらの薫陶を受ける。ソルボンヌ大学にて哲学と心理学の学士を取得したのち、一九五一年には大学教員資格試験に合格。一九五四年には『精神疾患とパーソナリティ』（中山元訳、ちくま学芸文庫、一九九七年）を刊行する。

一九五五年から一九五八年にかけて、ウプサラのフランス会館に赴任し、フランス文学を講じる。そのさなかで準備を進めていた博士論文「狂気と非理性」は、一九六一年に『狂気の歴史』（田村俶訳、新潮社、一九七五年、新装版二〇二〇年）として公刊される。以降、フーコーは文学、哲学、心理学、医学、歴史学などの諸分野を横断して旺盛な執筆活動を繰り広げる。一九六〇年代の主著としては、一九六三年の『臨床医学の誕生』（神谷美恵子訳、みすず書房、一九六九年、新装版二〇二〇年）、一九六六年の『言葉と物』（渡辺一民、佐々木明訳、新潮社、一九七四年、新装版二〇二〇年）および『レーモン・ルーセル』（豊崎光一訳、法政大学出版局、一九七五年）、一九六九年の『知の考古学』（慎改康之訳、河出文庫、二〇一二年他）がある。この時期にフーコーが残した文学論は、『フーコー・コレクション2　文学・侵犯』（小林康夫・石田英敬・松浦寿輝編、ちくま学芸文庫、二〇〇六年）でその多くを読むことができる。

一九七〇年、コレージュ・ド・フランス教授に就任。開講講義は翌一九七一年、『言説の領界』（慎改康之訳、河出文庫、二〇一四年他）として出版される。これ以降、フーコーは「政治」への接近姿勢を見せ、「権力」と「知」との関係について考察を深めてゆく。同一九七一年には「監獄情報グループ（GIP）」を結成し、監獄の状況について調査を進める。こうした経験は、一九七五年に『監視と処罰』（邦題『監獄の誕生』田村俶訳、新潮社、一九七七年、新装版二〇二〇年）として結実する。一九七六年には「性の歴史」シリーズの第一巻として『知への意志』（渡辺守章訳、新潮社、一九八六年）を刊行する。

その後、フーコーの著作の刊行は途絶する。この間のフーコーが辿った思想的軌跡は、一連のコレージュ・ド・フランス講義の記録によって追跡することができる（全一三巻。邦訳は二〇〇二年以降『ミシェル・フーコー講義集成』として筑摩書房より刊行）。一九八四年、死去。同年刊行された「性の歴史」の続刊『快楽の活用』（田村俶訳、新潮社、一九八六年）および『自己への配慮』（田村俶訳、新潮社、一九八七年）、そして二〇一八年の『肉の告白』（慎改康之訳、新潮社、二〇二〇年）をはじめ、多くの著作が没後出版されている。

ピエール・マシュレ『文学生産の理論のために』

藤田尚志

Pour une théorie de la production littéraire, Paris : François Maspero, 1966. 第Ⅰ部と第Ⅱ部第二章のみ邦訳が存在する。前者は、内藤陽哉訳『文学生産の理論』合同出版、一九六九年。後者は、松崎芳隆訳「文学の分析あるいは構造の墓所」、ジャン・プイヨン編『構造主義とは何か』所収、みすず書房、一九六八年。

「文学の科学」の創設——理論の全体像

構造主義全盛の時代に「徴候的読解」によってマルクス主義の理論的再構築を唱えたルイ・アルチュセールは、高等師範学校《エコール・ノルマル・シュペリウール》（ENS）で三〇年以上にわたって教え続けた。「ENSの歴史の中でもおそらく十中八九、前例がない」（バリバール）アルチュセールとこのフランス最高峰の高等教育機関の緊密なつながりは、その後の「フランス現代思想」の形成に大きな影響を及ぼした。そこで彼と出会い、バリバールやランシエールら他の弟子たちとともに刊行した『資本論を読む』で一躍世に知られたのが、本章の主役ピエール・マシュレであり、その処女作にして代表作が『文学生産の理論のために』である。本書を出版したとき、マシュレは弱冠二八歳であった。

本書は三部からなる。第Ⅰ部「いくつかの基礎概念」では、マシュレによる「文学の科学」の全体的な構想と「文学批評」との違いが示され、第Ⅱ部「いくつかの批評」は、レーニンによるトルストイ批評に関する考察と構造主義的文学批評に対する批判の二編を収める。個別の作品論である第Ⅲ部「いくつかの作品」では、ヴェルヌの幾つかの作品（および補遺としてロビンソン・クルーソー論）、ボルヘスの『伝奇集』、およびバルザックの『農民たち』の作品分析が展開される。各部・各章の終わりには、アルチュセールに倣ってその執筆時期が明記されている。例えば、第Ⅰ部は一九六六年六月、第Ⅱ部の二編は、それぞれ一九六四年一二月、一九六五年一一月という具合である。これはマシュレの偏執狂的な几帳面さを意味するのではなく、これらの書き物がその都度理論的かつ実践的な「介入（interventions）」を意図した歴史的産物である、ということを意味している。理論はいささかも超歴史的（transhistorique）なものではなく、むしろ自らの歴史性に徹底的に意識的であるべきだという信念がここにはある。

科学とイデオロギー　今から見ると、ジャンルの区別（詩・小説・戯曲・エッセイ・評論……）やヒエラルキー（例えば高尚な純文学vs通俗的な大衆文学）を超越し、ある意味では侵犯しさえするものとして文学を捉え、哲学者として「文学の科学」を設立しようとするマシュレの歩みが「非典型的で危うい」ものであったという状況を正確に思い描くのは至難の業かもしれない。だが、「文学研究とは何を「対象」とするのか」という、おそらく多くの文学研究者があまりに自明なものとして問うたことすらない問いを考えてみれば、マシュレの大胆さが分かる。『資本論』の対象とは何かと問うたアルチュセールは、いわば「対象」に執り憑かれた哲学者であった。彼は、青年マルクスのヒューマニスト的著作と、成熟したマルクスの科学的著作のあいだに断絶を見出し、マルクス自身の沈黙のうちに新たな問題構成の胎動、歴史上先例のない科学的発見を見てとった。「社会構成体」の歴史科学の創設であるが、ここで「歴史」概念の見かけの自明性に騙されてはならない。「砂糖の認識が甘くないのと同様に、歴史の認識は歴史的ではない」(『資本論を読む』)からだ。アルチュセールが注目するのは、「科学」を「イデオロギー」から区別する対立、より正確には「形成途上にある新しい科学」と、科学が生い立つ地盤を占拠する前科学的な理論的イデオロギーの対立であり、そしてその二つを分かつのが、フランス科学認識論の祖バシュラールの提唱した「認識論的切断」だ。イデオロギー的言説から科学的言説を区別するうえで重要なのは、この対象性である。

マシュレの著作もまた、この「認識論的切断」によって「文学の科学」が「対象」とするものを見出そうとする。文学批評は往々にして対象となる文学テクストを要約・敷衍し、心理学的・社会学的あるいは記号論的考察を施し、そして趣味的・規範的な評価に終わることが多い。文学批評は作品の文学的言説を対象とし、それと同質的な言説を駆使して、作品の隠された意味に迫ろうとする。だが、隠されうるのはすでに存在している対象だけである。落下する物体をいくら分解しても、重力の法則は導き出されない。重力の法則を探し求めるなら、落下する物体の物質性の中にではなく、物体の落下現象の法則性の中に探し求めねばならない。科学はそれ固有の対象をもつ。文学の科学は認識論的切断によって対象を切り出すが、そこで析出される分析対象は、文学的言説それ自体とは本質的に異なるものだ。この意味での科学的言説は自律的であり、固有の〝現実〟の次元を規定している。

「文学の科学」の研究対象　文学の科学が対象とするもの、それが本書のタイトルに現れている「文学生産」である。ただし、ここでの力点は、流通する「生産物＝商品」として文学を捉えるということよりはむしろ、それ自体ある歴史的文脈・状況を背負った社会的実践、すなわち「労働」という現実の生産過程として捉えるという点にある。つまり、「文学とは何か？」をより厳密に問おうとすれば、「文学作品はどのように生み出されるのか？」という文学生産の問いとして問われねばならないということだ。文学生産ないし文学的生産過程という言葉には、「文学を生産するもの」と「文学が生産するもの」という二重の意味が込められている。そのそれぞれが当時の文学批評の潮流への対抗を意図して錬成されたものである。

マシュレが「文学が生産される過程」を強調するとき、標的としていたのはロラン・バルトを代表とする「構造主義的」な文学理解であった。例えば、バルトのラシーヌ論は、つまるところ言語の次元において大悲劇作家の作品と一つになりたいという欲望を滲ませたエッセイにすぎない、とマシュレは言う。彼の目には、文脈や状況から切り離された天才的な個性とその称揚、「作者」の創造性という神話への陶酔と映ったのだ（バルトが「作者の死」と題するエッセイを発表するのは、本書刊行の翌年である）。文学作品を〈創造〉の観点から眺める文学批評は、作品を一見崇敬しているかのようであるが、その実、商品として〈消費〉しているにすぎない。マシュレにとってみれば、非科学的な文学批評とは要するに趣味の問題と変わるところがなく、自らが理想と考える美的ないし道徳的な規範を具現化してくれるものとしてしか作品を見ていない。これに対して、文学の科学は、作品を

〈生産〉の観点から眺め、その生産過程を研究対象とする。すなわち、作品を、それが生産された歴史的・社会的諸条件と結びつける必要性を強調する。

他方で、マシュレは「文学が生産するもの」にも注目する。文学作品をある時代の文化的産物、つまりその時代の社会構造を多少なりとも忠実に「反映」したものにすぎないという見方を超えて、その「生産的」な次元、さらには「変容的」な次元を明らかにすることを目指していた。このときマシュレが念頭に置いていた標的は、レーニン、ルカーチ、ゴルドマンに代表されるマルクス主義的な「反映理論」である。

マルクス主義的文学論　本書は、まずはマルクス主義的文学論の著作である。マルクス主義的文学理論は一般的に、文学作品を社会的現実や歴史的文脈から読み解こうとする。ただし、一口にマルクス主義的文学論といっても、その内部では熾烈な闘争が繰り広げられていた。本書出版当時、最も勢いのあったマルクス主義美学の代表者はリュシアン・ゴルドマンである。ゴルドマンの読解は明らかに、マルクス主義的な文学社会学の実質的な創始者とも言うべきジェルジ・ルカーチが『小説の理論』（一九二〇年）において展開した、「文学は何らかの形で階級社会の現実を反映している」という反映理論とリアリズムに依拠している。だが、さらに遡るならば、「鏡」のイメージや「表出」という概念に依拠する反映理論は、「ロシア革命の鏡としてのレフ・トルストイ」（一九〇八年）をはじめとする数篇のトルストイ論を発表したレーニンに行き着く。科学的社会主義を標榜したレーニンはまたマルクス主義美学の始祖の一人でもあったが、マシュレが本書で大きな理論的標的とした二つの潮流のうちの一つは、このレーニン＝ルカーチ＝ゴルドマン的な反映理論の総体であった。

マシュレは、文学に対して左翼的・マルクス主義的なリアリズムの美学をもちながらも、同時にある種の「構造主義的」視点を併せ持っている。ただし、バルト的な構造主義が文学研究における歴史的実証主義に反発し、「開かれた意味作用」の地平にテクストを解き放とうとする限りで超歴史的(transhistorique)な傾向を示すのに対し、アルチュセール的・マシュレ的構造主義は歴史的である。むろん、ここで言う「歴史性」は経験的なものではない。先にも引いたが、「砂糖の認識が甘くないのと同様に、歴史の認識は歴史的ではない」のである。では、構造主義的な歴史性とはいかなるものか。

文学の自律性

本書はマルクス主義的文学論であるのと同じくらい、あるいはそれ以上に、アルチュセール的構造主義の文学理論でもある。アルチュセールは、下部構造(経済・物質)が上部構造(文化・意識)を単純に規定するという従来の唯物論的決定論に代えて、「重層決定(surdétermination)」の考えを打ち出した。マシュレはこの「重層決定」概念を文学に応用し、文学の自律性を強調する。自律性(autonomie)は独立性(indépendence)とは異なる。文学作品が何か得体の知れない天啓によって神話的に生み出されたものではなく、先行して存在する言語やイデオロギー、作家自身を形成した伝記的事実を通して、ある具体的な文学の歴史的状況の中に生み出されたものであることは言うまでもない。その意味で、文学はそれが置かれた状況・歴史性から独立的ではない。だが、文学作品はそれらの要素に単に還元されるのではなく、むしろそれらを変容させるものだ。文学は事物の次元をそのまま反映するのではなく、既成の諸表象を攪乱し諸事物を異なる仕方で観るよう準備しつつ、それらの変形プロセス自体を始動することに寄与する。その意味で、文学はそれ固有の自律性をもつ。

文学を単に上部構造（特異な個人の才能と努力の称揚）に還元するのでも、下部構造（社会集団の現実を反映した世界観の解読）に還元するのでもない、単独性（作者）と集団性（社会構造）への還元という対称的な落とし穴を避けようとするマシュレの読解は、文学の自律性を強調しつつも独立性を認めない点で、「反映理論」の否定というより、その批判である。書物という鏡は、イデオロギーを単純にそのまま投影・反射しているわけではない。「書物という鏡によってイデオロギーは粉々に砕かれ、ひっくり返され、裏返しにされる。もともと素朴な世界観を嫌う芸術、少なくとも文学は、神話と幻想を、目に見える対象の役割のうちに設置する」。「鏡」のメタファーと完全に決別するのは難しいとしても、その受動的な反射性を強調する従来の反映理論から身を引き離すことで、少なくともその用法を「精錬」することは可能ではないか。マシュレは本書で「割れた鏡」の比喩を用い、イデオロギーとの隔たりや距離、遊びを強調することで、文学の批判的・脱神秘化的な機能を取り出してみせる。

文学の（脱）イデオロギー化装置　労働は働きかける素材がなければ成り立たない。マシュレによれば、文学が労働する対象とは、イデオロギーである。アルチュセールは、イデオロギーを「個人が自らの物質的存在条件に対してもつ想像上の関係を表す」（『マルクスのために』）ものとし、さらに有名な概念である「国家のイデオロギー装置（AIE：appareils idéologiques d'État）」は、「諸個人に呼びかけるあらゆるイデオロギーの構造は、鏡の状態にあって二重に反射的［鏡像的］であり、この反射的な像の二重化がイデオロギーを構成し、イデオロギーの機能の働きを保証する」ものとしていた（『再生産について』）。マシュレはこれらの定義を大胆に発展させ、文学とは割れた鏡や歪んだ曲面鏡《ファンハウス・ミラー》のように、イデオロギーの別の顔を顕わにすることで、「現実的なもの」の次元を再活性化するものだと考えた。さまざまな表象の集合は常に社会的摩擦の動きに曝されており、結果的にであれ何らかの仕方で個別の利害関係に奉仕している以上、文学が見せてくれるのは、直接的に与えられた現実としての世界や社会的生そのものではない。そもそも、ここであたかも自明なものであるかのように語られている「現実」自体、その具体的描写抜きには抽象的な存在にすぎない。「世界が現実である」と言うのは、要するに内容空疎な同語反復なのである。文学とは、それらの「現実」が絶えず部分的に、バイアスのかかった状態で、歪んだ形で把握されるその仕方を可視化するものにほかならない。私たちはこれを「文学の（脱）イデオロギー化装置」と呼んでもよいかもしれない。

こう言えばいいだろうか。文学とは表象的なものであるが、より正確に言えば、すでに先行する歴史のうちで形成されてきた諸表象を〝上演〟するある種の演出として機能するものなのであり、まさにそこにこそ文学がリアルに介入するモーメントがあるのだ、と。あるいは、「プロデュースする」という行為を考えてみてもいい。「生産する」（フランス語でproduire、ラテン語でproducere）という言葉には、「眼前に（pro）もたらす（ducere）」すなわち可視化するという意味が含まれている。例えば、「アーティストや映画をプロデュースする」とは、その見せ方まで含めてコーディネートするということであろう。むろん、常に必ずプロデューサーの思惑通りに事が運ぶとは限らない。だが、そもそもプロデュースとは、思いがけない大ヒットも思わぬ炎上も一切合切清濁併せ呑んだものではないのか。

マシュレ自身は語っていないが、「文学生産」という概念の理解にあたって、「文学を生産するもの」「文学が生産するもの」だけでなく、このように「文学がプロデュースするもの」という第三の視点を加えることで、本書に対する非難にある程度答えることができるように思われる。イーグルトンをはじめ、多くの論者は、本書が切り拓いた新たな理論的地平の豊穣さを惜しみなく賞賛しつつも、その最大の問題点として、マシュレがイデオロギーの処理に関して、文学という形式を過大評価しているのではないかという点を挙げている。文学という形式には本当にイデオロギーにかけられていた魔法を解いて脱神秘化する力が具わっているのか。だが、この問いを検証するためにも、イデオロギーや科学的理論が文学作品に取り込まれ、その中で機能するように転換される、その転換過程の具体相を研究する必要がある。

具体的読解——イデオロギーの複数性の上演としてのバルザック

「文学生産の理論」を検証するにあたって、具体的な作品分析のための主要な読解対象として、時代の変化に敏感に反応し巧みに世相を取り込みつつ別の世界を幻視させたバルザックとジュール・ヴェルヌを両極に置き——一方は一見リアリズムの極に位置し、他方は一見「空想科学小説」の極に位置する——、現実と虚構の間に存在しうる驚くべき重層的な文学世界を紡いだボルヘスをその間に据えたマシュレの選択《チョイス》は誠に見事というほかない。ここでは紙幅の関係で、バルザック論だけを取り上げることにしよう。

明示的には言われていないものの、マシュレのバルザック論は、同じ『農民たち』を読解対象として取り上げていることから見ても、ルカーチの『バルザックとフランス・リアリズム』（一九五二年）を念頭に置いていると思われる。ルカーチにとって、「人間の総体性を求めるイデオロギー闘争における道標」であるバルザックのリアリズムとはどのようなものか。『農民たち』には、老百姓フールションが地方における階級闘争の現状に対する所感を述べる場面がある。田舎の方言を用いてはいるものの、自らの置かれた社会状況に関するこれ以上ないほど明晰な、ということはこれ以上ないほど非現実的な考察である。だが、ルカーチは、この「深みのあるリアリズム」を、「現実の真の本質を仮借なく描き出す」ために「日常的なものの限界を常に乗り越えた、社会的・内容的には常に真実な表現」と捉える。群小作家たちが自らの「歪められ捻じ曲げられた世界像」をひたすら押し付けるのに対し、「偉大なリアリストたちは、彼らの考えだした諸状況や諸人物の内面的・芸術的発展が、彼らの甘やかされた偏見、それどころか神聖な確信とも矛盾するとき、彼らは一瞬の躊躇もなく偏見や確信を退け、現実に彼らの見るとおりを記述する」。バルザック文学は「世界に対して鏡を突きつけ、この映像の力によって人類の発展を促進せよという指図」である。その鏡は限りなく平面的で、どこまでも曇りがない。

これに対して、マシュレのバルザック論は、「バルザックの『農民たち』――disparateなテクスト」と題されている。disparateとは「不調和な、ちぐはぐな、雑多な、統一を欠いた」といった意味である。『農民たち』が不均質なテクストであるのは、それが複数の相反するプロジェクトを結びつけているからだ。一方でバルザックは、この小説が「民衆と民主主義に対抗する」ものであると一八四四年一〇月、執筆依頼者にして愛人のハンスカ夫人宛ての書簡で明かしているが、他方で、そのためには民衆に発言させなければならない。「労働者がどのように立ち上がるか、人々はそれをどのように阻止するかを描き出す中で、彼自身が彼らを立ち上がらせる呼びかけを拒否していたとしても、バルザックは、例えばヴィクトル・ユゴーがそうであったよりもマルクスにより近い存在である」。

つまり、マシュレにとってリアリズム作家としてのバルザックが特に称賛に値するのは、現実をできるかぎり忠実に写し取っているからではない。そうではなく、むしろそのような効果を与える現実からの距離の取り方ゆえである。フールションが口にした言葉のリアリティを生み出しているのは、ルカーチの言うようにその内容の真実性ではない。「このキャラクターの描き分けは心理的観察の巧妙さによるものではないし、作品を構築するのにもっぱら現実に対してただ機械的に忠実であればいいというものでもない。それでは現実を受身で受容することができるだけで、作品を生産するという営みにはならない」。文学生産が円滑に機能するには、文学の脱イデオロギー化装置が作動している必要がある。老農夫の発言のリアリティは、それがブロセット司祭による反農民的な発言と対立する形で置かれているというその演出法に由来する。「優れた小説家にイデオロギーがないことはあり得ない」が、その作家が優れているのは彼・彼女が主張するイデオロギーによるのではなく、イデオロギー的な言説と小説的な言説の結びつけ方、その出合わせ方によるのだ。

同じ場所や登場人物、テーマを複数の小説に繰り返し登場させ、その効果でいわば「変奏曲」を構築するバルザックの有名なスターシステムも、この「プロデュース」の延長線上で理解されねばならない。彼の作品に登場するさまざまな社会的・心理的タイプは、事実の忠実な観察の産物ではないし、そのリアリティは、これらのヴァリエーションが博物誌のモデルに基づいているところから来るのでもない。バルザックは、さまざまな類型を作り上げ、それらを人間の普遍的な本性のようなものとして、ある種イデオロギー的な意味に還元する（例えば、野心的なある人物は、リュベンプレ＋ラスティニャックといったように）。類型は小説を推進するエンジンのようなものである。したがってバルザックの小説世界は現実世界の単なる再現・反映ではない。彼は、小説内に一つの世界を作り上げているのだ。マシュレは決してバルザックの小説内にあるイデオロギーの力を否定しているわけではない。より正確に言えば、彼の力点は、小説が当初意図していた枠組みを超えてイデオロギーが暴走し、小説より存在感を持ってしまった結果、いわば小説を〝食ってしまう〟といった「イデオロギーの非文学化」にはない。先に見たイーグルトンらの批判（文学にイデオロギーを御しおおせるという過大な力を認めすぎているのではないか）に対するマシュレの回答は、したがって「ごもっとも。ただし、文学内のイデオロギーが作品を超えて機能し始めるというとき、私たちはもはや文学そのものを論じてはいない」というものになるだろう。繰り返しになるが、マシュレが注視しているのは、複数の異質なイデオロギーの衝突がいかに演出されているかという「文学の脱イデオロギー化」のほうなのである。

文学的哲学——その後のマシュレ

マシュレの提唱する「文学の科学」は、文学に知（認識）の次元を取り戻そうとする。ただし、文学が提供しうるきわめて特殊な形態の知は、学問的なタイプのものではない。もし文学が知であるとすれば、それは壊乱的な機能を行使することによって現実を異なる見方で見るように誘い、その変容のプロセスを始動することに貢献するような知である。世界に対して働きかけ、また世界の中で行動する具体特殊的な方法・実践でもあるような知だ。つまり、文学は行為遂行的《パフォーマティヴ》なのである。

いかなる文学作品においても、何事かが生じている。冒険物語は文学作品のイメージそのものだ。どの作品も何らかの出来事やサプライズといった幾つかの主要な主題に基づいて構成されているからだ。どの作品にも、このような内部の決裂、偏差の指標を見つけることができ、この指標こそ、可能性の明確な諸条件に対して、作品の独立性を表明しているのである。

『文学生産の理論のために』から二五年後の一九九〇年、マシュレは文学に関する二冊目の著書『文学は何について思考するのか』（邦題『文学生産の哲学』）を出版する。そこでは、文学と哲学の関係を問い、「文学の哲学（philosophie de la littérature）」とは根本的に異なる「文学的哲学（philosophie littéraire）」という概念を提唱するに至る。前者は、文学には既成の哲学があり、それを文学に知らしめるだけでよいという前提に立っている。既成のカテゴリーを文学に押し付け、既知の秩序によっては未だ掘削されていない文学の部分を抽象化によって削り取ろうとするのである。他方、後者は、文学が独自の手段で、哲学の領分に絶えず干渉する形で、思考を生み出していることを示すものだ。文学を外側から哲学的に考察する「文学についての哲学」ではなく、文学自身が自らの哲学を生産する「文学の哲学」を読み取るマシュレのこの試みは、その後も『プルースト――文学と哲学のあいだで』(二〇一三年)、『ジュール・ヴェルヌを読みながら』(二〇一八年)などで継続されている。ここで確認しておくべきことは、文学を出来事と見るこの視点がすでに第一作『文学生産の理論のために』のうちに現れていたということである。

マシュレが文学の現実壊乱的性格を強調する際、そこに政治的・社会的変革の可能性を模索する姿勢だけを見て取るのでは片手落ちであろう。イーグルトンが鋭く指摘するように、「ヴィトゲンシュタインが生活様式と呼んでいるものを、マシュレはイデオロギーと呼んでいる」(『文学という出来事』)のだからである。『文学生産の理論のために』を表面的に読めば、文学作品内部で生じるイデオロギー的コンテクストとのずれ、亀裂によってもたらされる革新的逸脱にのみ価値が認められ、「イデオロギーの中にも資源となり生産的なものがあるという事実が見過ごされている」(『文学という出来事』)ようにも見える。だが、マシュレにおける文学的〈知〉の眼差しは、伝統的に確立されてきた偉大な文学と卑小な文学との間のヒエラルキー自体を打ち崩すものであった。それが意味するのは、偉大な文学作品に固有の特徴と言えるものが、マイナーな諸作品にも見られるというだけではない。マイナーな諸作品には、これまで見えなかった文学性を見えるようにしてくれる「可視性の増大

(surcroît de visibilité)」という独自の寄与があるのだ。そのことを、ジュール・ヴェルヌを例に教えてくれたのは、まさに『文学生産の理論のために』ではなかったか。そしてまさにそれゆえにこそ、「文学もまた娯楽の一種であり、純粋にエンターテインメントとして楽しめばよいのであって、小難しい理論など必要ないのだ」という宣言そのものも無用となり、文学も文学理論もかつての力を失いつつあるように見える現代において、それでもなお文学を語り、文学理論を語ろうとするとき、マシュレの本書は幾度も読みなおされるべき道標の一つであり続ける。

ピエール・マシュレ(Pierre Macherey)

一九三八年、フランス東部ベルフォールに生まれる。彼自身の総括によれば、マシュレは三つの問いに導かれてきた。第一の軸は、本稿で取り上げた文学と哲学の関係に関する諸研究である。第二の軸はスピノザ研究である。スピノザへの「過剰な愛」(ジジェク)を揶揄されることもあるマシュレだが、『ヘーゲルかスピノザか』(一九七九年)は、「良い」スピノザと「悪い」ヘーゲルを対立させる」著作ではなく、二つの絶対的に異なる思想の分岐点を探そうとする試みであった。マシュレがスピノザにおいてとりわけ注目するのは、「特異な諸本質に関する認識」としての「直観的学」(scientia intuitiva)、いわゆる「第三種の認識」である。これは、特異な実現の諸様態を一般的な諸特性へと還元する代わりに、それらの核心へと可能な限り向かうことで実体に達するという態度である。特にそこで問題となるのは、スピノザ固有の真理概念である。それは、もはやある対象への観念の外的な合致(convenientia)によってではなく、観念とそれ自身およびそれが算出しうるすべての効果への一致(adaequatio)によって測られる。また、一九六〇年代以降にとりわけ顕著となったスピノザ・ルネサンスの功労者たち(マトゥロン、ドゥルーズ、ネグリ)の中にあって、煩瑣を厭わず奇を衒わず、誰にでも理解可能な平明な言語で『エチカ』への丁寧かつ浩瀚な入門書を記した功績は特筆されてよい。

第三に、フランスにおける哲学の歴史的地位に関する研究が挙げられる。特にフランス革命以後、ある領土への帰属や国民・人種の系譜によって規定される自然的与件としての「フランス哲学（la philosophie française）」というイデオロギーが形成されていく過程を分析し、経済的・政治的・イデオロギー的諸構造の総体において制度的に考察されうる社会的・文化的構築物としての「フランス的哲学（la philosophie à la française）」に着目する姿勢で、クザンやバルニなどに関する一九世紀フランス哲学研究を、すでに一九七〇年代末から開始していたことは瞠目すべき哲学史的寄与であり、『「フランス哲学」研究――シエイエスからバルニまで』（二〇一三年）は彼の情熱的な研究の成果である。歴史性のみならず、マイナー性――文学者として（シャトーブリアンやルナン）、独学者として（プルードン）、あまりに政治に関与しすぎ理論の純粋性を汚した者として（シエイエス、クザン）、哲学から排除された異端者たちに注目する彼の眼差しは、第一の軸・第二の軸と自然に合流して、地味だが職人気質の執拗さで唯物性に固執するマシュレ哲学を形成する。この第三の軸の延長線上で、彼が《複数の哲学》（Philosophies）という哲学の初学者向けながら内容の濃い叢書や、ひたすら「読む」ことにこだわった叢書《哲学の偉大な書物》（Les grands livres de la philosophie）をスタートさせた人物であったことも付記しておこう。哲学は決して自らの唯物論的基盤（書物！）から目を背けてはならないというのがマシュレの教えである以上は。

ジュリア・クリステヴァ『セメイオチケ』

栗脇永翔

Σημειωτική. *Recherches pour une sémanalyse*, Paris : Seuil, 1969. 原田邦夫訳『記号の解体学　セメイオチケ1』せりか書房、一九八三年。中沢新一・原田邦夫・松浦寿夫・松枝到訳『記号の生成論　セメイオチケ2』せりか書房、一九八七年。

クリステヴァの『セメイオチケ　記号分析のための探究』(一九六九年)は、デリダの『グラマトロジーについて』(一九六七年)やリオタールの『言説、形象』(一九七一年)などと並ぶ、フランスの「ポスト構造主義」を代表する理論書のひとつである。論じられる作家はソレルス、アルトー、(フーコーも拘った)ルーセル、マラルメ、ロートレアモンなどである。

クリステヴァについては、すでに、枝川昌雄『クリステヴァ　テクスト理論と精神分析』(洋泉社、一九八七年)と西川直子『クリステヴァ　ポリロゴス』(講談社、一九九九年)という二冊の優れた概説書がある。『セメイオチケ』で提唱される新概念「フェノテクスト/ジェノテクスト」や「パラグラマチスム」などもそれらで懇切に解説されているので、詳細はそちらを当たっていただくことにし、本稿では、最初の主著『セメイオチケ』が成立するためのいくつかの「条件」を、これから同書を手に取る世代に向けて簡単にまとめておくことにしたい。

テクストの「科学」

まず注意を促したいのは、第一論文のタイトル「テクストとその科学」である。蓮實重彥の「テクスト的な現実（réalité textuelle）」などにもみられる通り、この世代のフランスの文学理論において「テクスト」が鍵語であることは言うまでもないが、ここで着目したいのは、むしろ、二番目の「科学（science）」の方である。本書は「文学理論」の名著を扱うものであり、クリステヴァ自身もパリ第七大学の文学科の教授であったが、とりわけ初期においては、ともすれば「文学」と対立する「科学」が彼女の理論の「条件」であったことは強調しなければならない（例えば、デリダの『グラマトロジー』などでも、少し似た仕方で「科学」という表現が用いられる）。六〇年代フランスの構造主義／ポスト構造主義の文学理論における、こうした「科学主義」は無視することのできないものであろう。

それでは、「テクストの科学」はいかに構築されるのか？　いくつかの先行する「学」との対話によって、である。順にみていこう。

言語学

まず重要なのは、クリステヴァにおける「言語学」の参照である。構造主義の祖としてはソシュールのそれが無視できないが、クリステヴァはより広く、同時代に入手可能であった言語学のテクストを網羅的に読み込んでいる――ヤコブソン、チョムスキー、パースらの名前がみられるほか、フッサールや分析哲学の言語論、マルセル・ジュースらの「身振り」のコミュニケーション論も参照されている。

その中でも関係が深いのは「記号論(sémiologie/sémiotique)」であろう――ちなみに「セメイオチケ」はこれのギリシア語表記である。これに対し、クリステヴァは「記号分析(sémanalyse)」を提唱する。ここで現れる「分析」は、もちろん、もうひとつの「学」にかかわっている。(なお、『セメイオチケ』の数年後に、デリダが『散種』を刊行することも忘れてはならない。「セマナリーズ」と「ディセミナシオン」。この時期のデリダとクリステヴァの並走は無視できないものである。また、『セメイオチケ』ではしばしばソシュールの「アナグラム」研究が触れられるが、これについてはスタロバンスキーの研究も参照されたい。)

精神分析

クリステヴァが依拠する第二の「学」は精神分析である。基本的には、フロイト=ラカンの系譜を継ぐものと言える(ちなみに、クリステヴァは、その後、自身分析家になる。彼女の著作は、今日、書店などでは「精神分析」のコーナーに分類されている)。具体的に精神分析の比重が増すのは八〇年代以降であるが(『恐怖の権力』や『黒い太陽』など)、『セメイオチケ』においても、すでに、フロイトの「否定」の議論やラカンの言語論などが引かれている。「記号学」および「精神分析」を「綜合」するものとして、自身の「記号分析」の確立を目指していたと言えるかもしれない。（なお、クリステヴァの功績のひとつは文学研究に精神分析を持ち込んだことと言われる。例えば、クセジュ文庫『精神分析と文学』の著者ジャン＝ベルマン・ノエルの仕事などと比較することもできよう。）

数学

しかし、『セメイオチケ』の読者がまず圧倒されるのは、或いは、もうひとつの「学」の援用かもしれない。すなわち「数学」である。冒頭で書いた「科学主義」の最も純粋な事例と言えようが、『文学理論の名著50』の中では、おそらく、最も数学の援用が多いもののひとつであろう。具体的には、ゲーデルやヒルベルトらの名前がみられるほか、「論理学」の数学主義にも注意が促される。また、ライプニッツの微積分などが持ち出されるのも興味深い（この点では、ドゥルーズの『差異と反復』などとも近接する）。『セメイオチケ』で参照される特権的な文学作品のひとつがソレルスによる『数』であることも示唆的であろう。

それゆえ、「言語学－精神分析－数学」の三つ巴をもって「テクスト」を「科学」することが『セメイオチケ』の目論見であったと言えそうだが、これらは現在の文学研究において、必ずしも主役を演ずる方法論ではないだろう。それでは、クリステヴァらの科学主義的な文学理論は失敗したのだろうか？　時間が経ったいまだからこそ、距離をもって見返す意義があるように思われないでもない。（なお、日本人研究者の仕事としては、現代哲学〔デリダ、リオタールなど〕をアントワーヌ・キュリオリの言語学と比較した小林康夫『テクスト理論素描　時間、主体、出来事』〔パリ第一〇大学、一九八一年提出〕がある。言語論関係のコーパスはクリステヴァのそれと重複するものが多く、何より、「テクストの科学」という試みにおいて接近している。）

ロシア・フォルマリズムと中国学

ところで、しかし、『セメイオチケ』には文化的多様性もある。東欧ブルガリアの出身のクリステヴァにとって、東側の知は決定的なものである――すなわち、ロシアと中国である。留学生としてパリにやってきたクリステヴァは、当初、バルトのセミネールでロシアの文学理論・言語論を紹介することで注目される（同時代のトドロフの仕事とも通底している）。『セメイオチケ』でも、バフチンのドストエフスキー論に割かれた章がある。クリステヴァがバフチンの「対話」論をヒントに「間テクスト性（intertextualité）」という概念を提唱することは教科書レベルの知識であろう（この概念については、その後、ジュネットなどが展開することになる。Cf. Tiphaine Samoyault, *L'intertextualité. Mémoire de la littérature*, Armand Colin, 2005）。

また、『セメイオチケ』においてはまだ萌芽的であるが、ときおり漢字が印刷されていたり、中国哲学の古典が引用されていたりもする（クリステヴァはその後、七〇年代に中国旅行を経験し、『中国の女たち』を著す。自身、中国語を習得してもいる）。クリステヴァにおける中国への関心はマルセル・グラネの著作の影響があるほか、六〇年代—七〇年代のフランスにおける毛沢東主義の流行なども無縁ではなかろう（関連文献としては、例えば、リチャード・ウォーリン『1968パリに吹いた「東風」フランス知識人と文化大革命』〔福岡愛子訳、岩波書店、二〇一四年〕がある）。

デリダとクリステヴァ

ここからは、少し、思想史上におけるクリステヴァの位置づけを問題にすることにしたい。まずはデリダとの関係について。すでに述べた通り、とりわけ六〇年代において、両者の並走は明白である。デリダの対談集『ポジシオン』では実際に対談がみられるし、両者はアルトーやマラルメ、ソレルスといったコーパスを共有している。とりわけ『エクリチュールと差異』や『散種』の時期のデリダが、哲学者でありながら、当時の文芸批評に強い関心を抱いていたことは忘れてはならない（蓮實重彥のいう「リシャール殺人事件」はデリダのマラルメ論におけるものであり、ほとんど同時期に、クリステヴァは『詩的言語の革命』でマラルメに取り組むことになる）。

実際、両者はソレルスによる『テル・ケル』誌を舞台に共闘していたことがある。デリダが同誌を離れたのは、毛沢東主義への違和感や個人的な事情によるものだったようだが、以降、クリステヴァとデリダの並走は見られなくなってしまう（両者の伝記的な関係についてはブノワ・ペータース『デリダ伝』等を参照されたい）。

「ニューアカ」

日本での受容にも目を向けておこう。すでに述べた通り、訳者らによる研究も進んではいるが、同じくらいかそれ以上に刺激的だったのは「ニューアカ」の批評家らによる紹介だったのではないか。具体的には、中沢新一『チベットのモーツァルト』（一九八三年）や浅田彰『構造と力』（一九八三年）、松浦寿輝『口唇論』（一九八五年）などにクリステヴァへの参照がみられる。とりわけ、中沢の著作においてクリステヴァの位置づけは重要であり、これについては佐々木敦『ニッポンの思想』（講談社現代新書、二〇〇九年）で丁寧に再読されている。浅田の『構造と力』にはクリステヴァとデリダの比較がみられ、二元論的構造に留まる前者に対し、その構造を脱構築するデリダの優位が指摘されている。松浦は丸山圭三郎の研究などを参照しつつソシュールの記号論を再読する文脈でクリステヴァにも目配せを送っている。日本の「ポストモダン」においては「フーコー・ドゥルーズ・デリダ」（蓮實重彥）の三つ巴の重要性が指摘されることが少なくないが、より大衆的には、存外クリステヴァのプレザンスも大きかったのではないだろうか（なお、蓮實によれば、クリステヴァはあくまでもバルトとともに読まれるべき理論家にすぎない）？

「サイエンス・ウォーズ」

フランスにおける「構造主義革命」、日本における「ニューアカ」に続き問題にしなければならないのは、英語圏における「サイエンス・ウォーズ」であろう。物理学者ソーカルとブリクモンによる『ファッショナブルなナンセンス　ポストモダン思想における科学の濫用』（仏版一九九七年／英版一九九八年）が「ポストモダン」の思想家らにおける不用意な数学の援用を痛烈に批判したのである。このなかに、クリステヴァの『セメイオチケ』も含まれていた。この事件については、ポストモダン思想の「行き過ぎ」を認める立場もあろうし、そこに固有の「メタファー」や「アナロジー」の意義を擁護する立場もあろう。例えばデリダには、「ソーカルとブリクモンは真面目じゃない」と題される論考がある（『パピエ・マシン』に再録）。この件の是非を判断することは本稿の役割を超えようが、少なくともクリステヴァに関していえば、以後、数学の援用がなくなっていくことは事実である。思想史の流れとしてもそのような傾向が窺えないこともない。『セメイオチケ』の「科学主義」のひとつの帰結として、本件に触れた次第である（「サイエンス・ウォーズ」については、例えば、下記を挙げておく。金森修『サイエンス・ウォーズ』東京大学出版会、二〇一四年）。

最後に二点、現代的な観点からクリステヴァを読み返す可能性を書き留めておきたい。

「新実存主義」

今日、かつて一世を風靡した構造主義やポスト構造主義の「フランス現代思想」が下火にあることは否定しがたい。千葉雅也『現代思想入門』(講談社現代新書、二〇二二年)のようにその今日的な可能性を提示するものもある一方、マルクス・ガブリエルらの著作のタイトルにもあるように、「新実存主義」を掲げる動きもある(『新実存主義』廣瀬覚訳、岩波新書、二〇二〇年)。「実存主義」は、もちろん、「ポストモダン」に先立つサルトルらの思想であるが、これを再考する動きがあるということになろう。

実を言えば、こうした観点からクリステヴァを読み返すことも不可能ではない。九〇年代には「反逆(révolte)」を鍵語にサルトルをアラゴンやバルトとともに読み返すセミネールがあり、二〇〇〇年代以降は、今度は、ボーヴォワールへの関心も示し始める(本稿の筆者が共訳した『ボーヴォワール』などを参照されたい)。こうした文脈のなかで、クリステヴァは『セメイオチケ』を含む彼女の思想は、常に、「反逆」に関するものであったとさえ述べている(Cf. *L'avenir d'une révolte*, Flammarion, 2012)。

初期の「科学主義」と最近の「新実存主義」が容易く通底してしまうことには少し戸惑いもあるが、『詩的言語の革命』にせよ「反逆」にせよ、クリステヴァの理論が常に、広くマルクス主義の影響下にあることを考慮すればそれも必然かもしれない。『セメイオチケ』の冒頭にもアルチュセールへの言及がある。

（なお、ブルガリアの比較文学者ダリン・テネフによれば、ブルガリア時代のクリステヴァはマルクス主義や実存主義のグループに属していたらしい。パリ留学は一種の「転向」であった可能性もある。数年前にクリステヴァの「スパイ疑惑」が出たが、これも単なるゴシップとしてのみ消費すべきものではないはずだ。）

数学の哲学

最後に、この間に紹介が進んだふたりの哲学者についても触れておこう。アラン・バディウとカンタン・メイヤスーである。同世代で毛沢東主義者でもあったバディウは、無論、クリステヴァと多くを共有すると思われるが（Alain Badiou, *On a raison de se révolter*, Fayard, 2018）、ここで注目したいのは特に、主著『存在と出来事』などにみられるバディウの数学の援用である。すでに見た通り、クリステヴァを含む「ポストモダン」の思想家らのそれは科学者らによる痛烈な批判の対象となったが、数学者の父を持つバディウはもう少し周到な仕方で「数学の哲学」を展開しているようにもみえる。また、バディウの影響下にあるメイヤスーも、『有限性の後で』では最終的に「無限集合論」に依拠しているし、未刊の博士論文『神の非実在』（パリ第一大学提出、一九九七年）でも、「確率論」をはじめとする数学の理論書（入門書も含む）が複数引かれている。

例えばバディウの紹介が遅れたことの一因でもあろうが、一般的に、哲学者や文学者は数学が苦手である。クリステヴァにおける「知の欺瞞」も、実際には、専門家の指摘を介してでなければ判断が下せない者も少なくないに違いない。しかし、それで十分なのだろうか?『セメイオチケ』の「科学主義」は、確かに、一度挫折したかもしれない。が、言語学や精神分析のみならず、数学までも総動員して「テクストの科学」に臨んだ六〇年代フランスの知の「挑戦」には、いま一度立ち返る意義もあるのではないか?

新しい世代による『セメイオチケ』読解を楽しみに俟ちたい。なお最後に、クリステヴァ、バディウ、メイヤスーが共有するコーパスとして、マラルメの詩の重要性は強調しておきたい。

ジュリア・クリステヴァ(Julia Kristeva)

一九四一年、ブルガリアに生まれる。幼少期から大学時代までをソフィアで過ごす。また、幼い頃よりフランス語による教育を受けていた(なお、日本語文献では「ユダヤ系」と紹介されることが少なくないが、これは端的に誤解である。少なくとも、クリステヴァ自身はそのように自己表象していない。テクスト理解にも関わる可能性があるので注意を促したい)。

一九六五年、パリに留学。リュシアン・ゴルドマンやロラン・バルトのセミネールに参加。ロシア・フォルマリズムを紹介する「異邦の女」(バルトによる表現)として頭角を現す。当時の様子は『彼方をめざして』所収の「回想」や小説『サムライたち』に詳しい。その後、『テル・ケル』誌のフィリップ・ソレルスと出逢い、結婚。気鋭の批評家として、当初はジャック・デリダと競っていたような面も少なくない(ソレルスの『数』やアルトー、マラルメなどのコーパスを共有)。

一九六九年に最初の主著『セメイオチケ』を刊行。その後も『詩的言語の革命』(一九七四年)、『恐怖の権力』

（一九八〇年）、『黒い太陽』（一九八七年）、『斬首の光景』（一九九八年）など、文学や言語学、精神分析、芸術論などを横断する重要著作を矢継ぎ早に刊行し、ポスト構造主義の代表的論客のひとりとみなされるにいたる。制度的には長年パリ第七大学の文学部で教鞭をとり、数多いる指導学生にはアントワーヌ・コンパニョンや大浦康介、クリストフ・ビダン、エヴリーヌ・グロスマンらがいる。

一九七四年にはソレルスやバルトらとともに中国を訪問。帰国後『中国の女たち』を著すなど、中国文化への興味を示すほか、精神分析にも接近。また、七五年に神経疾患を抱える息子ダヴィッドが生まれた後はひろく障害者に関する政治参加にも従事している（Cf. *Leur regard perce nos ombres*, Fayard, 2011）。八一年には初来日し、セリーヌ論などを披露した。

なお、ベルリンの壁崩壊以後は幾分か実存主義へ回帰する動きもみられる。九〇年代にはサルトルらをめぐる「反逆」に関するセミネールを行い、その後もボーヴォワールのコロックを主催するなど、ポスト構造主義の枠組みを超える活動を展開している。これと相関し、九〇年代以降、「女性の天才」三部作（アーレント、クライン、コレット）や小説作品（アヴィラのテレサに関する *Thérèse mon amour* など）の発表を行っていることも注目に値しよう。

近年はインタビュー集『わたしを旅する』（*Je me voyage*, Fayard, 2016）など、自身の仕事を振り返る活動も少なくない。二〇一四年には祖国ブルガリアで大規模な学術交流があり（翌年刊行のオンラインジャーナル『ピュロン』クリステヴァ特集を参照。http://piron.culturecenter-su.org/category/broi-10-julia-kristeva-forma-i-smisul-na-bunta/）、二〇二一年にはフランスでスリジー・ラ・サルのコロックが開催され、比較文学者のティフェーヌ・サモワイヨやマルタン・リュエフらが登壇した。英語圏で進んでいたクリステヴァ研究であるが、ようやく、祖国やフランスでも動き始めたことになろうか。

一九七〇年代

ロラン・バルト『S／Z』

S/Z, Paris : Seuil, 1970. 沢崎浩平訳『S／Z バルザック『サラジーヌ』の構造分析』みすず書房、一九七三年。

桑田光平

本書は、カストラート（去勢された歌手）をテーマとしたバルザックの中編小説『サラジーヌ』の解釈の形をとっている。解釈といっても、二重の意味で、過剰な解釈だと言えるだろう。まず、物理的な意味での過剰さ。対象となっているバルザックの作品よりも、解釈のほうが遥かに長い。もう一つの過剰さは、解釈の方法に由来している。バルトは冒頭で、解釈という行為を次のように説明している。「一つのテクストを解釈するということは、それに一つの意味（多かれ少なかれ根拠のある、多かれ少なかれ大胆な）を与えることではなく、反対に、それがいかなる複数から成り立っているかを評価することである」。つまり、解釈とは、テクストが持ちうる複数の意味を、それらの整合性や論理性などあらかじめ考えることなく、可能なかぎり列挙し、けっしてひとつに総括しないことを意味しているのだ。

バルザック『サラジーヌ』

『サラジーヌ』のあらすじを振り返っておこう。

お金持ちのランティ伯爵家でのパーティの翌日、語り手である「私」は、パーティで知り合ったロシュフィド夫人に、ランティ家の謎、すなわち、同家にいる「幽霊のような」老人の存在と同家の資産について語りはじめる。

その話は、サラジーヌという名前の若い彫刻家の生い立ちから始まる。落ち着きも、協調性もない問題児だった田舎育ちのサラジーヌは、パリに出て、著名なブーシャルドンのアトリエで彫刻家としての天才を開花させた。その後、激しい芸術への愛からイタリアへ旅立ったサラジーヌは、ある晩入った劇場で、プリマドンナとして現れたザンビネッラの姿に完全な理想美を見出し、その歌声に魅了されてしまう。そして、名誉も知識も未来も、すべてが意味を持たなくなり、その一度の出会いで、「彼女に愛されるか、それとも死ぬかだ」とすら思ったのだった。激しい情熱から、ザンビネッラそっくりの彫像を作りあげたサラジーヌは、ある日、通い詰めていた桟敷にやってきた一人の老女に連れられ、劇場の歌手たちのパーティに参加することがかなった。そこにはザンビネッラも当然おり、なんとか深い関係になろうと努力したが、パーティ後に、ザンビネッラのパトロンであるチコニャーラ枢機卿の別荘に移動する馬車の中で、ザンビネッラから自分は「女ではない」と告げられてしまう。この告白をにわかには信じることはなかったが、ローマでの夜会で、ザンビネッラがカストラートであることが分かったため絶望したサラジーヌは、ザンビネッラを連れさり殺そうとする。そこに、チコニャーラ枢機卿の三人の密使がやってきてサラジーヌに短刀を突き立て、彼は絶命する。

この話を聞いたロシュフィド夫人は、ランティ家の謎との関係がすぐには理解できなかったが、「私」は、ランティ家のパーティで見た老人こそザンビネッラなのだと告げ、夫人は大きなショックを受けて、人生や恋愛が嫌になったと幻滅し、物語は終わる。

構造分析から複数的テクストの読書へ

『S／Z』の刊行から四年前の一九六六年、バルトは「物語の構造分析序説」と題する論文を、『コミュニカシオン』誌第八号に発表している。バルトの論文は、ヤコブソン、レヴィ＝ストロース、プロップらの成果を綜合し、あらゆる物語に当てはまるような、物語の構造分析の普遍的モデルを提供しようとするものだった。だが『S／Z』は、そのようなモデルの存在とそれに依拠した意味の同定を明確に否定している——「結局、複数的テクストにとっては、物語の物語的構造も文法も論理も存在し得ないということになる」。

この自己反省は、ひとつには、デリダ、ソレルス、クリステヴァといった同時代の思想家からの影響に由来している。彼（女）らは、あらゆる差異を単一の原理や起源に還元することに抵抗した思想家だといえる。また、六八年五月の学生運動からの影響も考えられるだろう。あちこちで集会がおこなわれ、活発な討論がなされた当時のコミュニケーション状況は、学生や労働者による「パロール

（話し言葉）の奪取」（ミシェル・ド・セルトー）として評価されたが、バルトは、威圧的な権利要求であるパロールよりもむしろエクリチュール（書かれた言葉）のほうを積極的に評価した。つねに一つの声（主体、起源）を想定するモローノーグ性の強いパロールとは異なり、エクリチュールはあらゆる声、起源、自己同一性を破壊するものだとバルトは考えた。現実の学生運動とは異なり、エクリチュールがもつ複数性を解放することこそが、バルトにとっての六八年五月だったとも言えるだろう。

バルトは『S／Z』の冒頭で、テクストを「書き得るもの」と「読み得るもの」の二種類に分類し、前者を、進行形で書かれつつあるもの、後者を、すでに書かれた生産物として定義した。つまり、すでに完成していて読むことしかできないものが「読み得るもの」ということになる。言うまでもなく、それは作者／読者の固定的な二項対立を前提とした発想であり、バルトはこの二項のヒエラルキーを、いわば脱構築しようと試みているのである。読者は一方的に「読み得るもの」を受け取るのではなく、慣習的な読書の仕方を根本的に変更し、『S／Z』のような暴力的な分割と解釈をほどこすことで、自ら「作者」として「書き得るもの」を産出できるようになる。読書がそのままテクストを書くことになり、読者が作者になるというこの発想は、一九六七年に発表された「作者の死」において提起されていたことでもあり、『S／Z』はその実践篇ということになるだろう。

「切り分け」、「スローモーション」――不自然な読書

バルトはまず、『サラジーヌ』の全体を五六一の「レクシ」と呼ばれる単位に分割する。「レクシ」

とは通常、ある語彙の中の有意な機能的まとまりを指し、単一の単語であることもあれば、複数の単語からなる表現や言い回しであることもあるが、バルトはこの「レクシ」をかなり恣意的にとらえている。「レクシは意味を観察するのにできるだけ都合のよい長さを持てば十分であろう」。このような恣意的な「切り分け」を行った上で、バルトは、五六一のレクシを「一歩一歩」、まるで「スローモーション」のように再生しながら、どれひとつ漏らすことなく解釈していく。そして、その解釈の合間に適宜、やや自由に自分の考察を挿入していく。ただ、「スローモーション」といっても、何も知らないひとりの読者が最初からゆっくり読んでいくというわけではない。バルトは一九六八年から六九年の二年間にわたって、高等研究実習院で『サラジーヌ』に関するセミナーを開いていた。二年間にわたってじっくりと繰り返しおこなわれた読書の成果が『S／Z』なのである。熟読玩味した読者であるバルトが、各レクシの意味を存分に汲み尽くし、列挙していくため、『S／Z』を読む人は、最初に『サラジーヌ』を読んでいなければ、ちんぷんかんぷんということになる。

テクストに亀裂をいれ、テクストをズタズタにし、そのひとつひとつの破片がさらに複数の意味を持つことを明らかにするという暴力的で不自然な読書をなぜバルトが行ったのか。それは、物語、とりわけバルザックのような古典的な作家の物語がもつ「自然らしさ」を破壊するためだ。前衛的な現代作品とは異なり、きちんと構築された古典的なテクストには矛盾や脱線や穴は見つけにくく、必然的にその読み方も画一的なものとなる。決まりきった読み方から逸脱し、これまでと違う仕方で読むためには、こうした不自然で暴力的な読書が必要とされる——「注釈の作業は、それが全体性というイデオロギーから脱するや否や、まさにテクストを虐待し、テクストの発言を遮ることになるのだ。

しかし、否定されているのは、テクストの質（本書では、比類のない）ではなく、その《自然らしさ》なのである」。

五つのコード

「レクシ」は、以下の五つのコード（意味を伝達するメッセージを成立させる規則）によって分析されることになる。

①解釈学的コード：謎を提起し、その真相を明かす機能を持つ単位の全体。
（例）「サラジーヌ」は一体何を指しているのか。

②意味素のコード：性格や雰囲気や容貌など共示的《コノテーション》な意味を形成する。
（例）「サラジーヌ」という語は女性形特有の形態素である語尾のeをもつので、「女性的なもの」を意味しうる。「屋敷」や「サントノレ街」という語は「富」を意味する、など。

③象徴のコード：象徴を示す。
（例）亡霊のような老人と若い女（ロシュフィド夫人）の並びは「対照」を表している。ランティ家の謎を聞きたいロシュフィド夫人と彼女に魅力を感じその謎を話そうとする「私」との関係は、「女王のような女と臣下のような話者」の関係を表している。

④行動のコード、プロアイレティック（行為の選択）のコード：人物の行動の選択を示す。

（例）サラジーヌがザンビネッラに「近寄る」。「私」がロシュフィド夫人に「物語る」。
⑤文化的コードあるいは参照のコード：テクストが参照する知識を示す。
（例）「騒々しい宴会にも深い夢想がある」という表現は、格言・ことわざとしてよく知られた一つの言い回しである。

このうち①と④は物語の進行、つまり時系列の論理に関わるものだが、それ以外の三つはテクストのあちこちに分布され、むしろ物語の進行に逆らって、互いに関連性をもつような性質のものである。繰り返しになるが、『S／Z』は、物語の流れを明らかにすると同時に、その流れを敢えて断ち切るような読解を示しているのだ。

このような切断は、『サラジーヌ』そのものの一つのテーマでもある。幼い頃より、椅子を細かく切り刻む習慣があったサラジーヌは、彫刻家になっても、分割した身体の理想的なパーツを寄せ集めることで人間像を作っていた。そのため、理想的な美を体現しているザンビネッラの姿を復元しようとしても、その完全性にはたどり着けず、何度も頭のなかでザンビネッラの服を剝ぎ取り、その美の秘密が何なのかを探ろうとする。しかし、天才的な観察眼をもつサラジーヌでも、その秘密にはたどり着くことはできなかった。それは、ザンビネッラがカストラートであり、服の下に隠されているのが「去勢作用の虚無」でしかないことと関係している。つまり、『サラジーヌ』という物語は、芸術において全体性や真理といったものが虚無ないし虚構でしかないことを示しているわけで、それは『S／Z』の解釈の手法とアナロジーの関係にあるのだ。

声の複数性

バルトが提示した複数の解釈のうち、興味深いものを二つ紹介しよう。一つ目は「声」に関する考察である。小説の語り手である「私」はすべてを知っている主体として登場する。ランティ家にいる奇妙な老人が、ランティ夫人の叔父にあたるカストラートのザンビネッラであることは、当然最初から知っているはずである。しかし、最初のランティ家のパーティの場面で、語り手は「それは一人の男であった」と述べている。もちろん、ここで最初からネタばらしをしてしまえば、物語を続けることはできないわけで、読者を欺くことがどうしても必要になるのは仕方がないとして、バルトが問題にしたのは、誰が「それは一人の男であった」と語っているのか、それは誰の声なのか、ということだ。「男」という意味のhommeが、性別ではなく「人間一般」を示していると考えるなら、それは科学の声（「それは一人の人間です」）ということになるし、老人が身につけている男服を指すならば「現象論的な声」になる。最終的にバルトは、「この発話に一つの起源や一つの視点を与えることは不可能だ」と断言する。

同じようなことは、物語後半で、パーティにやってきたサラジーヌを見たザンビネッラが「恐怖におびえたかのように考え込んでいた」という描写でも問題になる。バルトによれば、この「かのように」という表現が誰の視点によるものかは、物語世界の中では決して同定できない。サラジーヌはそれがザンビネッラの羞恥心だと思い込んでいるが、語り手の「私」はザンビネッラが本当に恐怖していることを知っているはずだ。そこでバルトは、この「かのように」が読者の関心に従って発せられた言葉、つまり「読者の声」だと考え、それを発しているのはエクリチュールそのものだというふうに結論づける。

現代のとくに前衛作品においては、誰が発したのかわからない言葉は、当たり前のように登場する。それは、マラルメが言うように、作者が作品を書くのではなく、主導権は言語にあり、言語そのものが語るということがすでに前提とされているからだと言えるだろう。しかし、バルトは古典的な作品においても、身元を同定することのできない声が複数鳴り響いていることを明らかにしたのである。

S／Z、あるいは感染する去勢作用

もうひとつの興味深い解釈は、先ほど述べた「去勢作用」に関するもので、この「去勢作用」が作品のいたるところに感染しているとバルトは言う。例えば、語り手の「私」は、ランティ家の物語を聞きたいというロシュフィド夫人の欲望を満たす代わりに、夫人と肉体関係をもつことを欲している。ここからバルトは「物語」の源には欲望があり、「物語」は欲望の交換貨幣としての役割を担っていると考える。しかし、「私」が提供したのはサラジーヌにまつわる「去勢作用」の物語であったため、物語に感染したロシュフィド夫人は、失望して、「私」の欲望を満たすという契約を破棄することになる。また、このような「去勢作用」の感染は、男性／女性という二項対立を攪乱する、暴力的とも言える「中性的なもの」として、作品全体にあらゆるレベルで作用しているとバルトは考える。

タイトルの『S／Z』もまた、端的にこの感染を示している。バルザックの小説はSarraSineという綴りだが、フランス語の固有名詞の習慣に従えば、本来SarraZineというふうに、Zが用いられることが予測される。実際、『S／Z』の冒頭に引用されているジョルジュ・バタイユはSarraZineと間違って綴っていた。バルトはこのSとZの関係に去勢作用の働きを見る。Zの文字はその形からして肢体を切断する鋭利な刃物の文字であり、カストラートであるザンビネッラの頭文字、すなわち去勢作用の頭文字である。サラジーヌは自分の名前の真ん中に本来あるべきZが欠如しているため、ザンビネッラを受け入れることができるのである。また、SとZは図形的にも左右反転した鏡像であり、サラジーヌはザンビネッラのなかに自分自身の去勢作用を見ている、というのがバルトの解釈である。つまり、『サラジーヌ』とは、SとZの二つの文字が、スラッシュ（／）を通して持つ複数の関係の戯れだと要約できるだろう。

ロラン・バルト（Roland Barthes）

一九一五年、フランスのシェルブールに生まれる。生後まもなく軍人であった父親を戦争で失い、生涯、母と強い関係を持ち続け、とりわけ後期の作品にその関係性が色濃く反映されている。

三四年に喀血し、以後、一〇年以上にわたって断続的に肺結核に苦しめられ、サナトリウムで四年余りの隔離生活を送る。バルトはそこで多くの時間を読書に割いた。サルトルとミシュレを熱心に読み、とりわけミシュレに関しては、小さなカードにメモをとりながらその膨大な著作をすべて読破した。カードにメモをとり、そのカードから本を組み立てるというスタイルはサナトリウム時代に確立したものである。

サルトルとブレヒトの影響のもとマルクス主義的な文芸批評から出発し（『零度のエクリチュール』、『現代社会の神話』など）、ソシュール言語学、構造主義人類学、精神分析など同時代の知見を摂取しながら、文学作品を作者の意図から自律した記号のシステムとしてとらえ、その構造を科学的に分析することを目指す「文学の科学」を提唱した。ソシュールは言語学を記号一般についての学の一部をなすものと考えたが、バルトは反対に記号学を言語学の一部と考えた。つまり言語こそがあらゆる記号の働きの基盤にあると考えたのである。この発想のもと、文学のみならず、あらゆる人間活動を言語記号による意味作用の産出として分析する立場をとった。対象としたのは絵画、建築、写真、音楽、都市、モード、食物、広告、スポーツなど幅広い（『エッフェル塔』、『モードの体系』など）。

作品が生まれた時代背景、作者の伝記的事実や制作の意図などを十分に勘案することなく、作品そのものがもつ運動や構造を、同時代の理論を参照しながら描き出そうとする彼の文学批評のスタイルは、同様の傾向をもつ批評家たちとともに「新批評（ヌーヴェル・クリティック）」と呼ばれ、伝統的な実証研究の手法と対立することとなる。

『サラジーヌ』の構造分析に関するセミナーに着手した六七年あたりから、方法論としての構造分析や記号学から少しずつ離れ、むしろ、分析から逃れるような構造の裂け目や記号の揺らぎ、さらには、意味が産出されようとする現場を、断章形式によるエッセイのスタイルで描きだすようになる。七七年、ミシェル・フーコーの推薦でコレージュ・ド・フランスの「文学の記号学」講座の教授に着任した際には、その開講講義で「私が生みだしたのは、エクリチュールが分析と覇を競いあう曖昧なジャンルとしての、エッセイに過ぎなかった」と語っている。七〇年代後半の「ロマネスク」と呼ばれる作品群（『ロラン・バルトによるロラン・バルト』、『恋愛のディスクール・断章』、『明るい部屋』）は、まさに理論と創作の混淆した「曖昧なジャンル」だと言えるだろう。交通事故で入院中の一九八〇年三月、若い頃に患っていた肺結核の症状が再発し、治療中の院内感染によって亡くなった。

ジャック・デリダ『散種』

立花史

Dissémination, Paris : Seuil, 1972. 藤本一勇・立花史・郷原佳以訳『散種』法政大学出版局、二〇一三年。

ジャック・デリダの哲学が影響を受けているのは、（1）二〇世紀のドイツの哲学者であるフッサールやハイデガーの思想、（2）言語学や記号学や人類学における構造主義の潮流、（3）人間の内面を、フロイトの提唱した「無意識」という特殊な概念に基づいて捉える精神分析、（4）一九世紀から二〇世紀の前衛的な文学作品やそれを扱った文学批評である。

本稿では、文学理論に関わるものとして一九七二年刊行の『散種』を取り上げ、そのなかでも「二重の会」を紹介することにしたい。「二重の会」は、存在者の存在を、現前性として、ありありと立ち現れている実体的なものと捉える考え方を批判するという点で（1）に関わり、そうした実体論批判を言葉の意味に関する議論として展開している点で（2）に関わり、またそれを書く側の主体と書かれたものとの関係で問題にする点で（3）に関わり、それを作者と作品の関係として具体的に分析している点で（4）に関わる。

「二重の会」というテクストは、初期デリダの代表的な文学論としてよく知られている。それは主にマラルメ論として、〝現前の形而上学〟への批判というハイデガーの系譜に属する思考の見地からなされた、当時の高名な文学批評家ジャン＝ピエール・リシャールのテーマ批評への批判として、意味の決定不可能性にまつわる「散種」という用語に集約される独自の意味論として、要するに〝文学テクストの脱構築〟の範例的な試みとして扱われてきた。さらに、もう少し広い文脈で考えるなら、本テクストに代表されるデリダの思想は、それ以降長らく、日本で言うところの〝テクスト論〟の一種、つまりテクストを、〝作者の死〟が刻まれたものとして、つまり作者の意図とはいったん切り離して分析すべきものとして読もうとする理論的立場の一種のように受け止められてきた節がある。しかしその後、理論的にさまざまな議論が積み重ねられ、文学研究もそれぞれに細分化が進み、さらに当のデリダのテクスト自体が研究対象となりつつある今日、今一度「二重の会」というテクストに立ち戻ってみるならば、これまでとは少々異なった相貌も垣間見えてくる。

文脈

そもそも「二重の会」は、何について論じたものなのかが、少しわかりにくいかもしれない。たしかに、二部構成のマラルメ論の体裁をとっていて、第I部は、パントマイムについて記したマラルメの短い論考「黙劇」の読解が中心を占めている。しかし同時に、「文学とは何か」という問いが提起され、ミメーシス（単なる模倣ではなく、世界の物事を写し取りながら、クリエイティブな表現に昇華すること）をめぐる議論が長々と論じられているし、また、第Ⅱ部になると、マラルメからの引用がますます増えてゆくものの、特定のテクストの解釈をめぐる議論に帰着しない。全体としては、単純な作品論と言えるものではない。デリダは、「二重の会」のなかでいったいどういう対象を論じているのか。

初期のデリダの活動から言えることが二つある。一つは、フッサールの現象学という哲学的立場を研究していた当初から、彼は、国家博士号取得のために選んだ論文の題目が「文学的対象の理念性」であって、哲学的に規定された文学の抽象的モデルの探究にあったことからわかるとおり、デリダのなかでは文学をめぐる問いが念頭にあったということ。もう一つは、彼の哲学研究が、単に書物を読みふけるようなものではなく、未刊の草稿や断片も含めたフッサールのコーパスを相手におこなわれていたということ。のちの『グラマトロジーについて』のなかに「書物の終わりとエクリチュールの始まり」という章がある。ここに、書物という完結した書き物から、エクリチュールという未完成の断片草稿も含めた書かれたもの一般というさらに広いものを射程に入れて思索を深めていった、若きデリダの研究実践そのものを読みとることができる。

デリダとジャン＝ピエール・リシャールの関係についてだが、デリダのリシャール批判は、「二重の会」が初めてではない。言葉の音声部分をシニフィアン、意味部分をシニフィエと呼んだソシュールを踏まえて、六三年発表の「力と意味作用」のなかでデリダは、「シニフィアンのシニフィアンへの限りない送り返し」と呼ぶ現象を、リシャールが考慮できていないとして批判している。しかし同時に「力と意味作用」のなかではリシャールへの肯定的な評価もなされている点を見逃してはならない。ジャン・ルーセの『形式と意味作用』の序論と、ジャン＝ピエール・リシャールの『マラルメの想像的宇宙』の序論が、「文学批評における方法序説の重要な一節」と位置付けられている。先回りして言えば、「二重の会」のなかでデリダが批判しているリシャールの文章も、ほとんどがこの序論の部分である。フランスのヌーヴェル・クリティック（新批評）として位置づけられるルーセとリシャールの二人は、ともに、特定の作家のコーパス（全資料体）を捉えようとする野心的な著作を書いており、その方法論を序論でつづっているわけだが、デリダはそれらを、記念碑的な偉業として評価しつつも、その両者が「全体的読解もしくは全体的記述という神話」に陥っている点を批判している。ちなみに、翌六四年にはフーコーが、デリダとはちがってリシャールを高く評価しているが、そのときフーコーが注目するのも、リシャールの読解が対象としているこの全体、つまり「資料的集塊」である。こうした言説を見るなら、この当時の文学批評の問題意識の一端が、〝作者の死〟以降、それでも作者の名のもとに集められるコーパス（テクスト、書簡、草稿、雑務書類……）を、どのような方法で取り扱えばよいのか、という点にあったことがうかがえる。

さて、六〇年代後半になってデリダは、フィリップ・ソレルスを中心とするフランスの実験的な文学集団テル・ケル派と親交を深めてゆく。そのときデリダは、クリステヴァと、テル・ケル派における理論家の座をめぐってライヴァル関係にあった。そして文学の問いを思考していたデリダがとりわけマラルメに強い関心を示すのもこの時期のようである。六六年にはソレルス宛ての書簡で、「文学と全体性」のマラルメ論が大いに勉強になった旨を書き送っており、六八年には、マラルメについて集中的なセミネールをおこなっている。その成果として発表されたのが、「二重の会」であり、最初の発表の場は、テル・ケルの研究会であった。以上から、「二重の会」というテクストは、テル・ケルというグループのなかでデリダが、文学の新しい読み方を、つまりリシャールのヌーヴェル・クリティックや構造主義に取って代わりうる読み方を提示する機会であったこと、そしてその読み方は、作家のコーパス全体をどう取り扱うかという関心と結びついていたことがわかる。

骨子

デリダにとって、単語の意味が、単語のなかに不動の核のように潜んでいるかのように考える実体論的な意味論は、それが言語活動の実態に即しておらず、〝現前の形而上学〟の一環として批判されなければならないものである。デリダの定式化によれば、単語の意味は、文という形式の発話によってそのつど単語が使用されたときに生じる効果である。そのとき単語は、意味を持った元素というより、文の一角を占める統語法的な単位であり、意味効果を受け取る受け皿や場所である。この場所を、デリダは「意味論的空虚」と呼んでいる。

なお、エクリチュール（＝書かれたもの）一般がこの作用をこうむっているが、なかでも文学テクストは、統語法の代補によって、いっそう強い決定不可能性を帯びている。そしてフランス文学史上、テクストのそうした性格をとりわけ体現しているのが、デリダにとってマラルメのテクストなのである。というのも、この詩人のテクストは、何かを仄めかしながら、判然とした意味をなさないような、どこか深遠な哲学を秘めていそうでそれがうかがい知れないような、きわだった読み取りづらさをそなえているからである。それゆえにマラルメは〝難解〟と呼ばれる。しかしこの評価は、読み取りづらい表現は手段であってその向こうに読み取るべきはっきりとした意味が存在するかのように思わせる。それに対してデリダは、マラルメの表現の読み取りづらさそれ自体、決定不可能性それ自体を読もうとする。

さて、リシャールのテーマ批評は、テーマの「諸形式の溶解とその絶えざる敗走」をたどってゆく。つまり、最初に中心的なテーマを設定して、そのあとに派生や変奏を記述したり、派生や変奏は際限ないものと言いつつもそれを一つの見通しのもとにまとめ上げられると考えたりしている点で、上述の実体論的な意味論と同型である。リシャールは、そうした意味論に立脚して、決定不可能であるはずの文学テクストを〝決定〟してしまっている。

デリダのリシャール批判はこの点に存する。デリダは、リシャールにつきまとっている現前の形而上学(諸テーマの総計や見通しの立ち現れ)を批判して「諸形式の溶解とその絶えざる敗走」を活かすための別の手続きを見出している。彼は、リシャールがテーマ間に見出した敗走を、意味の豊かさではなく意味の欠如から説明しうるような別の意味論的な見地を打ち立て、その見地から、リシャールの分析が取り逃す、テーマならぬテーマを拾い出してゆく。それは、テーマのようでテーマでない何か、疑似的なテーマ、亡霊的な〝準テーマ〟である。このようにして初めて、通常の意味作用をいったん宙吊りにし、確固たるテーマとは別の水準に位置するテクストの過渡的かつ推移的な性格を吟味することが可能となる。

デリダによれば、リシャールのテーマ批評は、意味の実体的な現前に基づいている。そのかぎりにおいて、リシャールは、テーマを意味の単位、つまり〃語〃(もしくは形態素)という単位で捉えてしまっている。しかしマラルメのコーパスにおいてテーマとして回帰するのは意味の単位だけでない。語未満の単位もまた考慮する必要がある。この観点が重要なのは、そもそもマラルメが、韻文詩を書く詩人であり、各行の末尾の音をそろえる脚韻、近い位置にある単語の語頭の子音に似た音を配置した頭韻、近い位置にある単語の語中の母音に似た音を配置した半階音など、音の類縁を駆使する作家だったからだ。いみじくも同時代の高名な文学理論家ジェラール・ジュネットが、リシャールのマラルメ論のなかには〃詩作〃が欠けていると批判したように、語未満の単位をめぐるマラルメの文学的な作業が取り逃されている。これが、リシャール批判の主要なポイントである。ただし注意すべきは、デリダが、問題点を指摘して終わるだけではなく、リシャールに代わってマラルメのコーパスのなかで、こうした語未満の単位に見られる準テーマを精査している点だろう。その有名な事例が、散文詩「金(Or)」の分析だ。デリダは、散文詩「金」のなかのさまざまな語のなかにORやROの文字と音を、準テーマとして読みこんでゆく。するとORという音と文字が、散文詩全体にちりばめられている事態が浮かび上がってくる。

なお、従来はっきりと指摘されてこなかったが、「二重の会」が、作家論としての側面を持つことも強調しておくに値する。デリダの戦略が機能するためには、マラルメが、他の作家以上に意味論的空虚をテクストに刻印しており、他の作家以上に、語未満の単位の相互関係を重視した特異な作家であることが前提となっているからである。実際、「二重の会」の第II部では、「マラルメは「何か」を描写するふりをしていたのだ」と指摘されている。また第I部では、「黙劇」の三つのヴァリアントを、完成稿に向から道筋として研究する生成批評に近い形で分析することを通じて、マラルメのテクストの読み取りづらさが作為的なものであることが説得的に提示されている。しかしまた、この作為を、作者のものとしながらも、作者が頭の中で明確に抱いた意図だけに還元しないよう主体に関する新しい繊細なモデルを模索する中、同時期にマラルメを紹介した短いテクストの中で「マラルメを経由し、マラルメを横切るもの」と位置づけるにとどめている。

位置づけ

後年、デリダは、言語の恣意性と交差する新たな主体概念について思考しながら、精神分析との対話を深めてゆくことになる。また「二重の会」は「文学とは何か」という問いに対するデリダなりの応答であることはすでに触れたが、ここで描写の偽装という形で作者マラルメの〝証言〟の様態が論じられていることも重要である。この延長線上で八〇年代以降、主体の繊細なメカニズムに由来する〝証言〟の困難さを見据えて、文学は、「すべてを言う」権利と同時に「すべては言わなくてよい」権利を保証する「奇妙な制度」(彼の考える「民主主義」と通底する制度)として規定されてゆくだろう。

ちなみに「二重の会」で論じられた空虚や空白と語未満の単位は、狭義の文学論にとどまるものではない。本テクストは、プラトンの『ピレボス』を引用したページの右下の一角に、マラルメの「黙劇」の引用をはめ込んでいることで有名だが、さらに彼は、マラルメの『賽の一振り』の大胆なタイポグラフィ（ページ上での活字の大胆な配置）、白紙の上に語句が切れ切れにちりばめられたマラルメの「書物」と題された断片や「イジチュール」の草稿のファクシミリも引用・援用しており、この当時、デリダが初めて、活字と余白と描線によるグラフィックに意匠を凝らして編んだテクストの一つだった。その延長線上で、中期の著作として、ページの見開きの左右で別の議論を展開した『弔鐘』（一九七四年）を出版するほか、一九七八年にデリダが書くヴァレリオ・アダミ論（絵画論というよりグラフィック論）の「＋R」は、アダミ自身の作品と相まって、時にマラルメ的と評されることになる。

ジャック・デリダ（Jacques Derrida）

ジャック・デリダは、一九三〇年七月一五日に、フランス植民地下のアルジェリアの首都アルジェ近郊で生まれた。本名はジャッキー・エリー・デリダ。土着のセファルディ系ユダヤ人の家系に属する。父親は商人で、敬虔なユダヤ教徒というより世俗的な中産階級だった。兄と妹がいる。

第二次大戦中にナチスの傀儡であったヴィシー政権の下で、一九四二年、アルジェリアのユダヤ人はフランス市民権を奪われ、迫害される中、当時一〇代前半のデリダも中学を放校されるなど、差別的な扱いを受ける。一九四三年にフランス市民権は回復されるも、当時の迫害経験がデリダのその後の思想に影を落としている。

若き日のデリダはサッカーに熱中する一方で、ジッド、ルソー、ニーチェを読みふけり、文学や哲学を志すようになる。一九四九年にパリに上京するが、劣悪な寄宿舎生活で心を病み、何度か受験に失敗した末、一九五二年にようやく人文系のエリート養成学校である高等師範学校に合格。すでに教員だったルイ・アルチュセールやミシェル・フーコーと出会う。在学中、ベルギーのルーヴェン大学でフッサール文庫の手稿研究に従事しつつ、修士論文を書き上げる。一九五九年にアグレガシオン（教授資格試験）を受験したが、ストレスで心身の調子がすぐれず不合格となり、翌年にようやく合格。こうした挫折経験から、フランスの大学制度に対する拒否反応を抱くようになる。

一九五六年、高等師範学校を卒業して、ハーヴァード大学に短期留学したのち、兵役の代わりとして二年間アルジェリアの教員を務め、六〇年にソルボンヌ大学の助手、六四年に高等師範学校の専任教員となる。六七年に前期の代表的な著作を立て続けに出版した後、北米の大学でも教鞭を執ったことから、脱構築の思想家として、英語圏に大きな影響をもたらす。八三年に国家博士号を取得し、設立に貢献した国際哲学コレージュの初代議長を務めたのち、八四年に、市民講座をおこなうフランスの学術機関として知られる社会科学高等研究院の教授に就任し、最晩年まで、講義のかたわら、多彩な言論活動をおこなう（フランス国内で大学の教授職に就くことはなかった）。二〇〇四年、七四歳ですい臓がんにより死去。

＊

デリダの活動は、大まかに前期・中期・後期に分けられ、フッサールやハイデガーの研究を元にみずからの思想的立場を打ち立て、『声と現象』『グラマトロジーについて』『エクリチュールと差異』（ともに一九六七年）を通じて、当時の構造主義や精神分析、さらに文学批評に対して独自の議論を展開したのが「前期」、七〇代半ば以降、『弔鐘』（一九七四年）、『絵葉書』（一九八〇年）など、理論を元に、ページ上の表現にも実験的パフォーマンスを試みると同時に、哲学教育削減政策に反対して抵抗運動に与したのが「中期」、一九九一年辺りから、いわゆる〝倫理‐政治的〟転回をとげて『法の力』（一九九四年）や『ならず者たち』（二〇〇三年）を刊行して正義や民主主義を論ずるようになったのが「後期」とされる（近年ではさらに細かく、前期の以前に初期を、後期の以後に晩期を設ける分類も見られる）。

文学に関する著作は、この記事で扱った『散種』の「二重の会」のように前期に多いが、中期にも、「詩とは何か」（一九八八年）と題した短いエッセイが、作品論としても、パウル・ツェラン論の『シボレート』（一九八六年）、フランシス・ポンジュ論の『シニェポンジュ』（一九八八年）があるほか、フランツ・カフカの非常に短い短編「掟の門前」を読み解いた『カフカ論──「掟の門前」をめぐって』（初出一九八二年）は、コンパクトにまとまったデリダの作品論の白眉と言ってよいかもしれない。また中後期には、『たった一つの、私のものではない言葉』（一九九六年）などの対話篇を含め、文学的な表現手法を用いた思想書も多い。

ジェラール・ジュネット『物語のディスクール』

川本玲子

Le Discours du récit, Paris : Seuil, 1972. 花輪光・和泉涼一訳『物語のディスクール——方法論の試み』水声社、一九八五年。

フランスの構造主義的物語論研究は、一九六六年、『コミュニカシオン』誌で組まれた特集号「物語の構造的分析」によって本格的に始動したと言われる。バルトやトドロフ、グレマスを含む名だたる寄稿者陣のなかでも、とりわけ小説研究に最大の貢献をしたのは、間違いなくジュネットだろう。本書とその一〇年後に出版された『物語の詩学　続・物語のディスクール』は、時代に限定されない物語分析の手法のみならず、今日の物語論が取り組み続けるいくつかの重要な課題を提示している。ジュネットは自らの物語論を詩学《ポエティック》の一領域として位置づけ、これを特定の小説家の全体的な作風や個々のテクストに固有のテーマなどを扱う批評《クリティック》と区別する。七巻から成るマルセル・プルーストの長大な小説『失われた時を求めて』（一九一三—二七年）を中心として、ホメロスからロブ＝グリエまで、またフィールディングからボルヘスまでを縦横無尽に引用しながら、物語がとりうる多様な形を分析する本書は、「あらゆる種類の物語に適用できる普遍的メソッド、というよりメソッドの普遍的な提示」を目指すものである。

本書はもともとジュネットの論集『フィギュールⅢ』(一九七二年)に収録された大論文であったが、邦訳では独立した一冊の本として出版された(一九八〇年出版の英訳*Narrative Discourse: An Essay in Method*も同様である)。『物語の詩学』では、本書に寄せられた反論の検証と、理論の部分的な修正と拡充が試みられている。以下ではまず本書の理論的枠組みを紹介したうえで、『物語の詩学』にも触れつつ、その問題点について考察していきたい。本稿では両書で提示される用語を網羅する紙幅はないが、和泉涼一・青柳悦子訳『物語の詩学』(水声社、一九九七年)の巻末に訳者による用語集が収録されている。

物語の三つの相

まずジュネットは、物語(narrative)を形作る三つの相として物語内容(histoire)、物語言説(récit)、物語行為または語り(narration)を挙げる。このうち、テクストそのものである物語言説のみが分析の直接的対象となりうる。また物語内容とは、物語言説から読みとられる出来事の経緯、つまり語り手による加工を経る前の、想定上のもともとの物語を指し、物語行為は語り手による語りの行為とその生産が行われる状況(物語そのものがどんな次元や立場から語られるか)を意味する。個々の小説はこれらの相互関係によって形成される。

物語言説は、時間または時制(temps)、叙法(mode)、態(voix)という三つの項の組み合わせのパターンによって特徴づけられる。

時間

ここでは特に『失われた時』に見られるさまざまな時間の操作を例に、物語言説の時間と物語内容の時間との関係が順序・持続・頻度の三項からそれぞれ考察される。この小説は、作者プルーストの分身とおぼしき語り手兼主人公の、幼い頃のある夜の就寝時をめぐる回想から始まり、彼が天啓を得て作家となる決意をするまでの数十年を包括するが、語りは年月を時系列順に追うのではなく、語り手の記憶を芋づる式にたどる形で時間移動を繰り返しながら展開される。

まず順序の項では、出来事の順序に関わる物語内容と物語言説のあいだの「さまざまな形式の不整合」であるところの錯時法が分析される。錯時法には、物語内容の現時点よりも前に起こった出来事に事後的に言及する後説法、反対にあとから生じる出来事に予め触れる先説法、時間的位置の特定ができない出来事を語る空時法、そして時間的順序とは関係なく、「空間的・テーマ論的その他の親近性」によって複数の出来事をとりまとめる共説法がある。

次に持続(『詩学』では速度となっている)の項では、物語内容における出来事の時間的持続と、それに対応する物語言説の長さ(つまりは紙幅)との比較から、四種の語りのテンポが導き出される。風景の描写や語り手の「省察的余談」によって筋の進行が一時停止する休止法、いわばカメラを回すように場面を描き、出来事の長さと言説の長さがほぼ一致する情景法、長きにわたる出来事を圧縮して語る要約法、語りのなかに時間的空白が生じる省略法がある。

頻度の項では、物語内容においてある出来事が起こる回数と、物語言説でそれが叙述される回数とが比較される。一回の出来事が一回語られる場合を単起法、一回の出来事が複数回語られる場合を反復法、そして反復される出来事が一回だけ物語られる、つまり「私は毎週〇〇したものだった」といった形で習慣として括られる場合を括復法と呼ぶ。

叙法

叙法とは「物語情報の制御の様態」であり、距離とパースペクティヴの設定によって、物語内容について何をどの程度語るかを決定する。距離とは、物語言説による物語内容の再現の鮮明さや詳細さの程度である。プラトンは、叙事詩における物語叙法のうち、詩人が「物語っているのが自分自身ではないという錯覚」を与えようとする場合をミメーシス（模倣／再現）、対して詩人が「自分自身の名において」物語る場合をディエゲーシスと呼んでいる。ジュネットはこの区分を継承しながらも、ヘンリー・ジェイムズやパーシー・ラボックが小説の語り方の分類に用いた提示（showing）と解説（telling）という二項対立の源泉を見てとり、（ディエゲーシスこそが「純粋の物語」だとするプラトンの考えに逆行して）showingが無条件に高い文学的評価を享受している現状を疑問視する。結局のところ小説におけるミメーシスは単なる錯覚であり、たとえ語り手の気配が一切感じられず、まるで「物語が自分自身を語っている」かのような物語言説であっても、ディエゲーシスがディエゲーシスである以上、出来事をそのまま再現できるはずもないとジュネットは強調する。

ただし小説において例外的に可能なミメーシスの形態として、人物の発する言葉の報告または引用が挙げられる。会話においては、人物が発した言葉をそのまま転記することで、(もちろん発話者の声音や抑揚といった情報は捨象されるものの)「再現」の形をとれるからだ。作中人物が声に出して、あるいは心中で発する言葉を伝える方法には、発話とその内容が語り手自身の言葉で語り直される物語化された言説と、発話が語り手の叙述の中に多少とも形を変えて組み込まれる転記された言説(間接話法による発話の引用)、そして発話がそのままダイアログやモノローグとして語りの中に挿入される再現された言説(直接話法による発話の引用)がある。そして読者が感じとる対象への距離は、この順番でだんだん短くなっていく。

一方パースペクティブが決定するのは、物語言説で与えられる情報の範囲である。ここでジュネットは、小説分析で一般的に使われてきた「視点」に代えて焦点化の概念を導入する。焦点化は大きく三つに分類される。古典的なリアリズム小説にあるような、いわゆる全知の語り的な物語言説は焦点化ゼロ、物語内の一人または複数の人物の視点に寄り添うものは内的焦点化、そして人物の行動や発話だけを報告し、その内面には踏み込まないものは外的焦点化(ヘミングウェイの短編など)と呼ばれる。このうち内的焦点化には、一人の作中人物の内面だけを対象とする固定焦点化、複数の人物の視点を行き来しながら筋が展開する不定焦点化、複数の人物による同一の出来事への反応を個別に示す多元焦点化(芥川龍之介の「藪の中」など)がある。

ただし一つの小説において、全体にわたる焦点化の約束がときに破られることがある。これを変調と呼び、そのうち（一人称の、いわゆる信頼できない語り手に見られるように）語り手が知っているはずの情報が語られない場合を黙説法、逆に知らないはずの情報が語られる場合を冗説法という。

態

物語の態は、物語内容に対する語り手の立場や役割、その時間的・空間的位置づけを含めた「語りの生産」に関わる。時間の項で扱われた物語言説の時間と物語内容の時間との関わりとは異なり、ここでは物語内容の時間と語り行為の時間の関係によって、四種の語りの形式が特定される。従来の小説にもっとも多い過去時制の語りは後置的、未来予報の形をとる場合は前置的、物語られる出来事と物語行為が平行する現在時制の語りは同時的、そして物語られる出来事の諸時点に語りがはさみこまれる場合は挿入的と分類される。

語りの水準とは、物語を生産する語り行為と、生産された物語言説との相互関係を空間的イメージで説明するための概念である。一つの物語言説の内側で別の物語が語られることはしばしば入れ子という構造的比喩で表されるが、ジュネットはこれを基盤から上に積み上がっていく建築物として捉え直している。たとえば『千夜一夜物語』のシェハラザードが登場するのは第一次（最下層）の物語であり、彼女が毎夜命を懸けて物語を語るという行為は、この水準の物語世界内の一つの出来事である。次に、シェハラザードが語る数々の物語は、一つ上のメタ物語世界の水準に位置するが、彼女はその水準にはいないため、物語世界外の語り手となる。

物語言説は、語り手が自らの語る物語に登場する場合は等質物語世界的、登場しない場合は異質物語世界的と分類される（つまりシェハラザードが語る物語において、彼女は異質物語世界的な語り手でもある）。さらに前者のタイプのうち、語り手自身が単なる傍観者や証人ではなく物語の主人公である場合は、自己物語世界的と呼ばれる。なお、ポストモダン小説によく見られるような、作者や語り手、作中人物による語りの水準の越境、つまりはある物語世界の内側と外側とが不自然な形で接合する場合を転説法という。

本書への批判と「機械論的物語論」の可能性

ジュネット以後の物語論研究が本書から多大な影響を受けていることは明らかであり、ここで紹介した用語や概念には、小説分析の定石として定着したものもあれば、他の研究者によって引き継がれ、再解釈や改訂を経てそれぞれの理論のなかに組み込まれたものもある。一方、特に『物語の詩学』でも大きな争点となった焦点化をめぐる議論は、今日でも解決されてはいない。ジュネットは、従来の小説論における誰が見ているかという問題と誰が語っているかの問題の混同を解消したいと考えていた。そこでまず前者を何がどれくらい見えているかという問いに再設定して切り離し、「物語情報の制禦」あるいは「視野の制限」に関わる手法として焦点化の分類を行った。しかしこの点をよく理解せず、焦点化に見る／見られるという関係性を再導入する研究者が後を絶たないという事実は、語りの分析とは切っても切れない視点という概念の厄介さを示している。

また従来は、誰が語っているかの検証はまず語り手の人称から始まるのが常だったが、ジュネットに言わせれば、すべての物語言説には語り手がいて、いずれも（たとえ一度も「私」と自称しなくても）必ず「潜在的には一人称」である。ゆえに問題は語り手の文法的人称それ自体ではなく、「自分の作中人物の一人を指し示すために、一人称を使用する機会が語り手にあるのかどうか」、つまり語り手が自らの語る物語内の登場人物でもあるかどうかである。こうして誰が語っているかは、語り手はどこから、どのような権限で語っているかという形で問い直され、物語水準と物語世界の概念から構造的に説明される。

しかし、特に三人称の語り手による内的焦点化の場合など、語り手がどの物語水準でどのような立場に置かれているにせよ、焦点化された内容を見て（知覚して）いるのは結局のところ誰なのかという問題を回避することは難しい。小説の読者が物語世界を想像するとき、そこには視覚的イメージが必ず入り込むのであって、想像的に共有されているのが誰の目線なのかという問いは、いずれ必ず浮上するだろう。

ジュネットは、そもそも自分が詩学《ポエティック》に向かったのは、批評《クリティック》一般を特徴づける「個人的心理」への関心や、作家という「人格上の独自性」へのこだわりが欠けていたからだと後に述懐している。つまり、誰がという問いを問わずに物語言説を分析する方法（彼の言う「機械論的」方法）こそ、彼が模索していたものではないか。誰が書き、誰が語り、誰が行動するのか。重要なのはこれらの問い自体ではなく、その相互的関係性のみであり、視点に代わって焦点化、また予想や回顧に代わって先説法、後説法という造語を使用するのも、「主観的で心理的なもの」という不純物を取り除くためだ。

ゆえに、ジュネットが「物語情報」などの概念にばかり集中し、作中人物に対して読者が抱く共感や反感への関心が欠けているというウェイン・ブースの批判は、本人にはただ的外れとしか思えなかったに違いない。

しかし、機械論的な分析が単純で画一的な読みを導くのかといえば、決してそうではない。『失われた時』の錯時法のパターンを数列のように表記したり、それぞれ単起法や括復法で書かれたページの総数を小説のセクションごとに数え上げたりといった地道な作業は、最終的にある独創的な洞察を生む。すなわち、平穏な日々のなかでいつしか訪れている決定的な節目、ある習慣から別の習慣への「取り返しのつかない移行」、永遠に続くと思われた熱烈な感情の、別の感情によるひそかな置換、これらこそがこの小説における出来事の基本単位であり、そのゆるやかな継起が物語の筋なのだという発見である。人物造形やテーマの考察ではなく、あくまで語りと構造と形式の分析を通じて『失われた時』という作品の本質を浮き彫りにするジュネットの手際は、まさに見事だというほかはない。

それでもジュネットは、小説の読者は「超人的な知性の持ち主」である必要はなく、「最低限の平凡な洞察力を持ち、そして作動している諸コード——もちろんその一つは言語である——を完全に掌握して」さえいれば足りると断言している。これは決して皮肉でも謙遜でもなく、読みの行為に持ち込まれる個人の博識や経験、知性や感性などは、不確定要素としていったん保留にすべきだということだろう。誰が読むのかは考慮しないというこの姿勢は、今日の文学研究では受け入れ難いと感じられるかもしれない。しかし、読者は小説に感動したり共感したりする以前にまず物語世界の時空間を想像的に（またほぼ無意識的に）構築するのであって、テクストがいわばその不完全な組み立て説明書であるなら、既存のあるいは可能な構造形態とその組み立て手順、そして構築の過程そのものを体系的に検証することは、多様な個々の読者による読書体験に通底する部分を洗い出すための第一歩となるはずだ。小説の読書における認知の過程やそれに伴う共感の現象を探ることは今日の物語論のひとつの課題であり、そうした研究にとっても、本書は常に立ち戻るべき基本的かつ有益な手続きを示してくれるだろう。

ジェラール・ジュネット（Gérard Genette）

パリ高等師範学校（エコール・ノルマル）に学び、パリ大学や社会科学高等研究院で教鞭を執った。一九六〇年代にはロラン・バルトやジュリア・クリステヴァとともに前衛的な文学雑誌『テル・ケル』誌に関わったが、政治的な対立から離脱し、後にツヴェタン・トドロフ、エレーヌ・シクスーと詩学専門の研究誌『ポエティック』を創刊した。構造主義的物語論の構築と普及に貢献し、フランスの大学に文学理論を導入することにも一役買った。一九八〇年にはフランス政府派遣文化使節として来日している。

ジュネットは、最初の論集『フィギュール』（一九六六年）においてマラルメやフローベール、プルーストやボルヘスについてのテーマ批評的な小説論から出発しながら、続く『フィギュールII』（一九六九年）と『フィギュールIII』（一九七二年）では次第に体系的な物語論の試みにシフトし、これが「物語のディスクール」として結実した。その後、言語記号の有契性または有縁性（語の音と意味とのつながり）の問題を歴史的な視点で捉え直す『ミモロジック』（一九七六年）、テクストとジャンルの関係を再考する『アルシテクスト序説』（一九七九年）、一つの作品内における複数テクストの重なり合いとその相互作用を明らかにする『パランプセスト』（一九八二年）、虚構的テクストと事実的テクストの境界を探る『フィクションとディクション』（一九八七年）、序文や書店の広告など、テクストの内側と外側をつなぐ「パラテクスト」をめぐる『スイユ』(一九八七年)などを著わした。『芸術の作品』と題された二作(一九九一、一九九四年)と『フィギュールIV』、『フィギュールV』(一九九九、二〇〇二年)では、考察の対象を芸術一般に広げ、作品と見る人との関係から芸術性の定義を問い、さらに『メタレプス』(二〇〇四年)では再び物語論、文彩と文学性、虚構性の問題に立ち戻っている(二〇二二年に人文書院から『メタレプシス』として出版されたこの最後の論集を除き、いずれも水声社から邦訳が出ている)。

よく言われることだが、ジュネットにおいてはどの時期の小論考にもそれに続くプロジェクトの萌芽が見られ、彼が常に立ち止まることなく、互いにからみあった諸テーマを次々に整理・統合していった様子がうかがわれる(たとえば『物語のディスクール』は、『フィギュールⅡ』の「プルースト、パランプセスト」や第二巻の「物語の境界」の思索を押し進めたものである)。最終的に彼が目指していたのは、人が一つのテクストあるいは芸術作品に出会い、それに没入していく体験のすべてを解体し、互いに共有可能なものにしていくことではなかっただろうか。

今世紀に入って『バルダドラック』(二〇〇六年)、『コディシール』(二〇〇九年)、そして『アポスティーユ』(二〇一二年)という三冊の辞書形式の自伝を書いたが、現時点では英語、日本語のいずれでも未訳である。

ドゥルーズ＝ガタリ『カフカ』

黒木秀房

Kafka : pour une littérature mineure, Paris : Minuit, 1975. 宇野邦一訳『カフカ——マイナー文学のために〈新訳〉』法政大学出版局、二〇一七年。

フランスの哲学者ジル・ドゥルーズと精神分析家フェリックス・ガタリは、六八年五月の熱狂冷めやらぬ一九七〇年代を中心に、ポスト構造主義と呼ばれる思想を展開した。従来の哲学書とはまったく異なるスタイルで二人の共著として書かれた浩瀚な著作『アンチ・オイディプス』（一九七二年。市倉宏祐訳、河出書房新社、一九八六年、宇野邦一訳、河出文庫、二〇〇六年）と『千のプラトー』（一九八〇年。宇野邦一・小沢秋広・田中敏彦・豊崎光一・宮林寛・守中高明訳、河出書房新社、一九九四年、宇野邦一訳、河出文庫、二〇一〇年）は、二〇世紀後半を代表する思想書として世界的に知られている。この二つの著作の間に刊行された本書は、両書の傍系として読まれることもあったが、一九八〇年代以降、ポストコロニアル理論の隆盛とともに、第三世界の文学論、文化論の文脈においても関心を集めるようになると、その独自の意義が取り沙汰されるようになった。グローバル社会が加速する現在、越境文学論や世界文学論の領域で数多く言及されるようになり、本書は二一世紀においてますます注目を集めている。

超メジャー作家カフカ——マイナーとは何か

題名からも分かるように、本書は文学史上屈指の有名作家フランツ・カフカを主な分析対象としている。しかし、その副題には「マイナー文学のために」とある。この題名を目にしたとき、思わず笑ってしまったり、当惑した人は多いのではないだろうか。いったい、超メジャー作家カフカのどこが「マイナー」なのか、と。フランスの文脈に絞ってみても、カフカは、戦後フランス文学を代表する思想家、小説家であるジョルジュ・バタイユ、ジャン＝ポール・サルトル、アルベール・カミュらが言及し、ヌーヴォー・ロマンの作家たちをはじめ前衛的なスタイルをもつ作家たちに強い影響を与え、さらにはモーリス・ブランショ、マルト・ロベール、ロラン・バルトら著名な批評家たちがこぞって論じた対象でもあった。それにもかかわらず、ドゥルーズ＝ガタリはあえて「マイナー文学」という概念を提示しているのだ。そこには彼らなりのユーモアを読み取ることができるかもしれないし、既成の枠組みを破る転覆的な意図が含まれているようにも思われる。では、いったい「マイナー」とは何か。読者はつねにこの問いを携えながら読むことになるのだが、題名についてはひとまず置いておき、最初の頁を開いてみよう。

迷宮の入り口

ドゥルーズ＝ガタリは、対象となるテクストへと一挙に飛び込む。彼らは理論の例示としてテクストを提示するのでも、テクストから理論を導き出すのでもなく、自らの哲学と対象となるテクストとが共振する点を探し出し、そこから深く潜り込もうとする。本書は次の一節で幕を開ける。「カフカの作品のなかには、どのように入っていけばいいのだろうか。それはリゾームであり、巣穴なのである」。

読者は、題名だけでなく、この書き出しにも戸惑うに違いない。というのも、カフカのめくるめく迷宮のような文学作品を前にして、著者自身が戸惑いを隠すことなく「どのように入っていけばいいのだろうか」と問うているからだ。複雑で難解な作品を少しでも解きほぐしてほしいと期待する読者にとって、その望みはただちに裏切られる。だが、ドゥルーズ＝ガタリの文学論を読むということは、彼らの解釈を学ぶことではなく、彼らとともに作品を読むという経験に他ならない。そのように捉えて読み進めると、スリリングな思想的ドラマが展開されていて、その動的な過程こそが最大の魅力であることに気づくはずだ。

冒頭の一節には、どのように読めば良いかという実践的な問題のみならず、「開始」という哲学的問題と作品の構成に関する文学的問題とが一度に提示され、「リゾーム」（しばしば「根茎」と訳されるように、樹木状のものと対になるイメージであり、ヒエラルキー的構造に対抗するネットワーク状の組織を示す）というドゥルーズ＝ガタリの概念と、「巣穴」（カフカの短編の題名）というカフカ的イメージが重ね合わされている。ドゥルーズ＝ガタリは、問いに対して詳細な説明をくわえるのではなく、概念とイメージを提示することで、読者を彼ら独自の問題圏へと引き込む。この重層的アプローチを通じて、カフカ作品の多孔性、つまり開かれた可能性が示されていると言えるだろう。

実験としての文学作品

しかし、それはけっして、作品の解釈は読者の自由に委ねられる、ということではない。むしろ、ドゥルーズ＝ガタリは、「私たちは解釈を行って、これこれはしかじかのことを意味すると言いたいわけでもない」と述べるように、小説作品の中に意味を探ること自体を否定している。たとえば、カフカ作品には、奇妙な形象が頻繁に登場することはよく知られている。一般的には、こうした形象には何らかの象徴的な意味が込められており、それを解読することで作品の中に埋め込まれた作者のメッセージを理解することができると考えがちだ。しかし、本書では、このような象徴的な読み方は繰り返し批判されることになる。

それに対しドゥルーズ＝ガタリは、カフカの文学作品を一種の実験の場と捉え、「私たちが信じるのは、カフカの試みたひとつの実験だけで、それには解釈も有意性もなく、実験の実施要領があるだけだ」と述べる。ここで言う「実験」とは、理論的な認識が生まれる前に行われた試行錯誤のことであり、その結果としてテクストが生産されたのだとひとまず理解することができよう。「実験」という概念によって示されるのは、既存の結果や確立された形態ではなく、過程そのものの重要性である。したがって、文学作品を実験として捉える場合、読者がそこに何らかの象徴性を見出し、既存の意味に還元しようとするならば、その意義を損なうことになる。カフカ作品に見られる奇妙な形象も、何かを象徴させるために用意されたものではなく、カフカの実験によって生成されたものとして捉えることができる。そして、その形象がどのようなプロセスを経てテクストに現れているのかという点にこそ分析の主眼が置かれることになる。

こうしてドゥルーズ＝ガタリは、この実験によって生み出されたものがどのように構成されているか、また、物語の意味や作者の意図に還元されない限りにおいて、この実験の意義がどのようなものであるかを解明しようとするのである。

動的編成としての「機械」

このように開かれた作品を指す際、ドゥルーズ＝ガタリは機械という概念も用いている。この概念はカフカ論以前にガタリが「構造と機械」と題された論考で提示したものであり、その後ドゥルーズ＝ガタリの著作に繰り返し登場する。彼らは異なる対象に取り組みつつも、同じ主題や概念を反復し、らせん状に思考を深化させていく独自のスタイルを持っている。機械という概念もまた、そうしたプロセスの中で展開された生成途上にあるものだと言える。たしかに文学と機械という組み合わせは一見すると唐突に思えるが、存在を静的なものとしてではなく動的なものとして捉えるドゥルーズ＝ガタリ哲学の基盤と深く結びついている。つまり、機械はその動的な編成をつうじて、存在の流動的なプロセスを表現しているのである。そして、彼らが文学作品を機械として読解するというとき、それは機械がさまざまな部品からなり、力の作用を変化させるように、機械の内と外で何が結びつき、切り離され、どのように機能しているかを明らかにしようとする試みが行われるのである。

たとえば、彼らは本書の冒頭で、カフカ作品に「うなだれた頭の肖像」が頻出することに注目し、これをイェルムスレウの「内容」と「表現」という対概念を参照しながら、「うなだれた頭」を内容、「肖像」を表現として分類している。そして、彼らは「もたげた頭と音」という別の形象を発見し、これと比較、検討を行う。このように、まずはカフカ作品内の形象を多様な方法で分類し、その編成の分析を進めていく。だが、次第にその焦点はカフカという人物そのものへと移っていく。カフカの手紙、短編、長編(日記も重要であろう)が表現の構成要素として分析される一方、家族や独身者、法と欲望、さらには官僚制、資本主義、ファシズムといったテーマが論じられ、カフカ自身がまさに「書く機械」として描かれていく。

このように、「機械」という概念に凝縮されたドゥルーズ゠ガタリの文学観および読者としての態度は、エクリチュールと読書をめぐる議論が活発に交わされた七〇年代においても、きわめて独創的であった(当時の文学理論をめぐる背景については、宇野邦一による「訳者あとがき」を参照されたい)。彼らの読解は、内的読解や外的読解のいずれにも還元できないものであり、両者が複雑に絡み合っている。それは、作品そのものを、内と外の関係を結びつけたり切り離したりする力の動的な編成として捉えているからである。この視点をミクロとマクロの両面から描くことで、文学の総体的なイメージとして浮かび上がらせる概念として提示されるのが、「マイナー文学」なのである。

マイナー文学

「マイナー文学」は、たんに小国の文学や少数言語で書かれた作品、あるいは知る人ぞ知るマニアックな作家を指すものではない。たしかに、ドゥルーズ＝ガタリは時折、これまであまり注目されず、あまり知られていない作家、地域、時代に光を当てることの重要性を強調している。しかし、「マイナー文学」という概念が語られる際にまず引き合いに出されるのは、二〇世紀を代表する作家カフカなのである。ここで、最初の問いに戻ろう。つまり、「マイナー」とは何か。

ドゥルーズ＝ガタリがカフカの特異性について言及する際、彼らが注目するのは作家が置かれた地政学的、言語的状況である。カフカはチェコのプラハ出身のユダヤ人でありながら、チェコ語やヘブライ語ではなくドイツ語で執筆した。彼が選んだのは土着の言語や神話的言語ではなく、共通語としてのドイツ語であるが、これはドイツの標準的なドイツ語とは異なる。ドゥルーズ＝ガタリは、こうしたカフカが置かれた特殊な言語状況こそが、彼の文学言語を創造したと考える。つまり、彼は自らの言語を豊かにするのではなく、自分とは距離のある言語を用い、その貧しさの中で試行錯誤し、新たな用法を生み出した。このメジャーな言語のマイナーな使用こそが、ドゥルーズ＝ガタリが提唱する「マイナー文学」の第一の条件である。

そこから「マイナー文学」の二番目と三番目の条件も派生してくる。マイナー文学の第二の条件は政治性、第三の条件は集団性である。これは、作者が個人的な内容を語った場合でも、言語のマイナーな使用であるがゆえに、その言説や身振りは必然的に政治性を帯びること、そして、そうした言説や身振りは単一の主体に私的なものとして帰属するものというよりアイデンティティとは結びつかないものであるため、潜在的な共同性を示しうることを意味する。この二つの条件についてここで詳しく論じる余裕はないが、文学表現における言語の問題が政治性や集団性の問題と結びつく理由は、第一の条件をさらに検討することで明らかにしておきたい。

異邦の言葉

ところで、ドゥルーズ＝ガタリのこのような文学観、言語観に強い影響を与えたのは、二〇世紀を代表する文学者としてカフカと双璧をなすマルセル・プルーストである（本書にも、ときおりプルーストへの言及が見られる）。彼らはプルーストの有名な「美しい書物はどれも一種の外国語で書かれている」という言葉を繰り返し引用している。彼らは、この「外国語」を作者のものとして捉え、自らの言語の内部に外国語を生み出すこと、あるいは自分自身がその言語の中で外国人のようになることを意味していると解釈することで、この「外国語」こそが文学の創造性を担う要素であると指摘している。

ここでは「外国語」という訳語を用いたが、日本語の「外国語」という言葉からは理解が難しい部分があるかもしれない。その理由は、母国語と外国語という概念の区分自体が日本語特有のものであるためだ。一方、「外国語」を表すフランス語のlangue étrangèreに含まれる、「外国の」という意味をもつ形容詞étrangerは、「よそ者の」や「未知の」といった意味も含み、自己との距離を示していると言える。フランス語のétrangerが持つこの意味を積極的に読み込むならば、「外国語」とは、自国語に翻訳可能なもう一つの言語というよりも、「母」や「国」から切り離された（逃れた）言語のあり様を表していると捉えることができる。ドゥルーズ＝ガタリが注目するのは、この「異邦の言葉」とでも言うべきカフカの文学言語であり、家族や国家装置に抗し、言語の初原的な次元へと向かう逸脱の力である。

ドゥルーズ＝ガタリは、こうした言語の様態に意識的であり、現実的な問題と関連づけて考察してもいる。「今日、自分のものではない言語圏に暮らす人々がどれほどたくさんいることか。あるいはもはや自国語を知らず、いまだ知らず、みずからが使用することを強いられたメジャー言語をよく知らない人々もいるのではないか。移民たちと、とりわけその子供たちの問題である。それこそマイナー文学の問題であるが、実は私たちみんなの問題でもある」。これを踏まえると、ドゥルーズ＝ガタリがカフカに見出したエクリチュールは、カフカ個人の美学的問題にとどまらず、私たちの政治的な問題とも深く関わっていることは明らかである。

したがって、カフカを通じて練り上げられたドゥルーズ＝ガタリの文学論は、もはや狭義の読解理論に収まらない広大な射程を持つ。また、当時彼ら自身が指摘した以上に、今日ではこうした言語の特殊状況はますます拡大しており、従来の各国文学論の枠組みでは見えにくい文学的状況が存在している。このような状況の中で、本書の重要性はますます高まっていると言えるだろう。「マイナー文学」という概念は、その意義を正確に捉えることで、これまであまり注目されることのなかった作家を発見したり、古典とされてきた作品に対しても別の角度から新たな光を照らすことができる視座を提供するものとなるだろう。

ジル・ドゥルーズ（Gilles Deleuze）

ジル・ドゥルーズは、ソルボンヌ大学で哲学を学んだ後、哲学者のモノグラフィーを次々と発表した。それらの研究の成果は、国家博士論文である『差異と反復』（一九六八年。財津理訳、河出書房新社、一九九二年、河出文庫、二〇〇七年）や『意味の論理学』（一九六九年。岡田弘・宇波彰訳、法政大学出版局、一九九一年、小泉義之訳、河出文庫、二〇〇七年）に結実する。また同時期に、『プルーストとシーニュ』（一九六四年。宇波彰訳、法政大学出版局、一九七四年、宇野邦一訳、法政大学出版局、二〇二一年）や『ザッヘル・マゾッホ紹介』（一九六七年。『マゾッホとサド』蓮實重彥訳、晶文社、一九七三年、堀千晶訳、河出文庫、二〇一八年）といった文学論も発表されている。

フェリックス・ガタリ（Félix Guattari）

フェリックス・ガタリは、ジャック・ラカンのもとで学び、ジャン・ウリが設立したラ・ボルド病院を拠点に精神分析の改革運動を推進した。さらには、ＣＥＲＦＩ（制度論的教育・研究・養成センター）を設立するなど、活動家としても活躍した。ドゥルーズとの共著以前の論考は『精神分析と横断性』（一九七二年。杉村昌昭・毬藻充訳、法政大学出版局、一九九四年）にまとめられている。

＊

二人は一九六九年に出会い、「欲望機械」、「器官なき身体」、「リゾーム」といった独自の概念を展開しつつ、『アンチ・オイディプス』（一九七二年。邦訳、一九八六、二〇〇六年）、『カフカ』（一九七五年。邦訳、一九七八、二〇一七年）、『千のプラトー』（一九八〇年。邦訳、一九九四、二〇一〇年）を二人で執筆した。ガタリのアイディアをもとにドゥルーズが整備しながら執筆するスタイルが取られていたようである。八〇年代以降は個別に活動したが、『哲学とは何か』（一九九一年。財津理訳、河出書房新社、一九九七年、河出文庫、二〇一二年）は再び共著として発表された。

共著の時代の後、ドゥルーズはイメージの問題に取り組み、『フランシス・ベーコン　感覚の論理学』（一九八一年。『感覚の論理――画家フランシス・ベーコン論』山縣熙訳、法政大学出版局、二〇〇四年、宇野邦一訳、河出書房新社、二〇一六年）や、映画についての大部の二巻本『シネマ1　運動イメージ』（一九八三年。財津理・齋藤範訳、法政大学出版局、二〇〇八年）、『シネマ2　時間イメージ』（一九八五年。宇野邦一・江澤健一郎・岡村民夫・石原陽一郎・大原理志訳、法政大学出版局、二〇〇六年）を著した。文学に関する論考をまとめた『批評と臨床』（一九九三年。守中高明・谷昌親・鈴木雅大訳、河出書房新社、一九九二年、河出文庫、二〇〇七年）もある。

ガタリにはプルースト論でもある『機械状無意識』（一九七九年。高岡幸一訳、法政大学出版局、一九九〇年）から晩年の著作『三つのエコロジー』（一九八九年。杉村昌昭訳、大村書店、一九九一年、平凡社ライブラリー、二〇〇八年）に至るまで単著も多数ある。

エドワード・W・サイード『オリエンタリズム』

中井亜佐子

Orientalism: Western Conceptions of the Orient. New York: Pantheon Books, 1978. 板垣雄三・杉田英明監修、今沢紀子訳『オリエンタリズム』平凡社、一九八六年（平凡社ライブラリー、一九九三年）。

エドワード・サイードの三冊目の単著『オリエンタリズム』は、文学研究の射程と方法論に一大転換点をもたらすとともに、人文学の学問領域の再編をうながす画期的な著作だった。本書をつうじてサイードは、東洋《オリエント》をめぐって西洋が築きあげてきた知の殿堂を徹底的に批判し、テクスト批評を社会や政治の領域へと開くための新しい理論の先駆者となった。本書の理論的枠組みはさまざまな地域の植民地研究に応用され、一九九〇年代以降は「ポストコロニアル批評」の理論、ないし「ポストコロニアル研究」の方法論として確立している。

オリエンタリズムとは何か

本書序論の冒頭でサイードは、あるフランス人ジャーナリストが一九七五―一九七六年の内戦で破壊されたベイルートを訪れたときの発言を引用している——「かつてはここも、シャトーブリアンやネルヴァル描くところのオリエントさながらであったのに」（『オリエンタリズム』）。このジャーナリストは一九世紀フランス文学のなかで描かれてきた〈美しきオリエント〉が戦争によって失われてしまったことを嘆いているが、戦争で傷ついた人びとの苦しみには目を向けていない。この逸話は本書の要点として、次の二つのことを示している。まず、西洋のオリエンタリストはオリエントの現実には無関心で、その関心はもっぱら西洋によるオリエント表象の持続可能性にしかないこと。そして、シャトーブリアンやネルヴァルのオリエンタリズムは過去の遺物ではなく、まさに一九七〇年代、著者サイードにとっての「いま・ここ」の問題であったこと。

サイードがオリエンタリズムをどのようなものとして説明しているか、簡単にまとめておこう。伝統的に「オリエンタリズム」といえば、中世ヨーロッパの大学制度に起源をもち、近代以降は文献学の一部門として確立していった学術研究の一領野を指してきた。しかしサイードは、西洋人が東洋を研究したり、東洋や東洋人を文化的に表象したりすることによってつくりあげた「知識の相互引用システム」として、オリエンタリズムを定義しなおした。それはすなわち、巨大な図書館や博物館のようなものだという。権威ある学者や著名な作家が東洋について書いたものは、他の人びとによって繰りかえし参照され反復されることによって、オリエントの現実そのものであるかのごとく定着していく。

オリエンタリズムを批判的に分析するための方法論を模索する過程で、サイードはミシェル・フーコーが提唱した「言説《ディスクール》」という概念を援用する。言説としてのオリエンタリズムとは、西洋がオリエントを支配し表象するための諸制度や語彙、学識のネットワークの総体である。文学作品におけるオリエント表象は、植民地官僚の書いた行政文書や学問的知識などとともに、オリエンタリズム言説として分析の対象となる。

サイードによれば、オリエントは実在する東洋人とはほぼ無関係に構築されているが、たんなる空想やファンタジーなのではない。それは西洋文化の内なる構成部分であり、西洋がそれを他者として抑圧することによってみずからのアイデンティティを確立するための装置である。オリエントはしばしば西洋の対立項として、異様なもの、劣ったもの、女性的なもの、非人間的なものなどとして創造される。

しかし、オリエンタリズムの最大の問題点は、東洋を誤って表象していることではない。むしろサイードが注目するのは、テクストの形式、歴史的文脈や社会環境がいかにオリエントをつくりあげていくかというプロセスであるとともに、オリエンタリズムを駆動し維持する権力のありようそのものである。オリエンタリズムを持続させているのは文化的なヘゲモニー（覇権的権力）であるとサイードは主張している。「ヘゲモニー」はアントニオ・グラムシの用語であり、たんに強制的、抑圧的であるだけではなく、強制と社会的合意の双方に基づいてうちたてられる権力のことを指している。

地理的、歴史的射程

ヨーロッパでは伝統的に、オリエントは近接する中近東地域を指し、中世においてはキリスト教文明にたいする脅威としてのイスラーム世界、近代以降は植民地支配の対象としてのアラブ社会を意味していた。本書でサイードが注目するのはエジプトおよびパレスチナを中心とする中東地域だが、オリエンタリストによる東洋人表象が実在する東洋人ではないのと同様に、西洋の心象地理としてのオリエントもけっして世界地図上の特定の地域に還元することはできないとされている。

オリエンタリズムの歴史的射程も一見して広大である。中世のオリエンタリストによるイスラーム表象から近代的オリエンタリズムを経て一九七〇年代にいたるまでの期間が、本書の視野におさめられている。しかしサイードがもっとも重視するのは、一九世紀のフランスとイギリスにおける近代的オリエンタリズムの形成過程である。ナポレオンのエジプト遠征（一七九八―一八〇一年）以降、西洋にとってのオリエントは、理解不能な他者から支配の対象として統御可能なものへと変容していった。一九世紀に文献学の一分野として確立する学問的オリエンタリズムは、疑似科学的な研究手法によってオリエントを完全に掌握しようとした。文献学によって蓄積されたオリエントにかんする知は二〇世紀後半の合衆国における地域研究に引き継がれ、同国の軍事的、政治的な中東政策を支えている。

サイード自身、オリエンタリズム研究にはパレスチナ人としての個人的な動機があったと告白している。西洋的な教育を受けた東洋人として、彼は自身がオリエンタリズムに巻きこまれていることを自覚していた。本書が構想されたのは、第三次中東戦争（一九六七年）以降、イスラエルが軍事行動と領土拡張を繰りかえしていた時期である。当時の合衆国の大学での中東研究は、親イスラエル的な政策とイデオロギーを補強する役割を担っていた。サイードにとって、近代的オリエンタリズムを研究することは「今日のオリエンタリズム」の問題を考察するうえでの重要な基礎研究でもあった。

「テクスチュアルな姿勢」

従来の植民地主義批判と比べたときの『オリエンタリズム』の独創性は、直接的な軍事行動や政治的支配と切り離すことのできないものとして、「テクスチュアルな姿勢」に焦点を当てたところにある。なかでも学問制度としてのオリエンタリズムは、近代的オリエンタリズムの成立に不可欠だった。ナポレオンはエジプト侵略にあたってオリエンタリスト学者たちによるテクストを参照し、その知の集大成を最大限に活用することによって、オリエントを未知なる他者ではなく既知の対象として支配しようとしたのである。

オリエンタリズムを近代的な学問として確立した功績者として、サイードはフランスの文献学者、エルネスト・ルナンにとくに注目している。ルナンは文献学《フィロロジー》こそは近代精神を体現する学問だと信じ、オリエンタリスト文献学に自然科学の研究手法をとりいれようとした。サイードによれば、ルナンはまさに「文献学の実験室」のなかで、東洋諸語の仮説上の祖語としての原《ウル》セム語を再構築したのである。しかし、ルナンの実験室はけっして価値中立的な科学ではなかった。セム語は典型的なオリエンタリズムの産物として、インド＝ヨーロッパ語より劣位にあるとされ、それゆえに東洋人（「セム語族」）は劣った民族集団として再定義されることになった。

学問的オリエンタリズムは、サイードのいう「潜在的オリエンタリズム」の主要な部分を構成する。

国家政策や個人の見解、すなわち「顕在的オリエンタリズム」は時代によって変遷するが、時代を超えて蓄積されてきたテクストと学識によってかたちづくられた「潜在的オリエンタリズム」は無意識のレベルでほぼ恒久的に維持されるという。サイードにとっての「今日のオリエンタリズム」、すなわち二〇世紀後半の合衆国の中東地域研究は、一見したところ文献学の伝統とは決別して科学的で専門的な手法を洗練させているが、実際には露骨に政治的であり、国家政策に直接加担しさえする。現代のオリエンタリズムは、その基本的な内容においては一九世紀のオリエンタリズムと変わるところがないと、サイードは主張する。

潜在的オリエンタリズムはほんとうに、未来永劫変わることがないのだろうか。本書には著者の表向きの主張を揺さぶるような曖昧さがないわけではない。そうした曖昧さは、とくに文学的なテクストを論じる際にみられる。サイードはオリエンタリズムに加担した個々の作家を批判する一方で、作家の文学的想像力、文体や語りが硬直化した学識を逸脱する力を秘めているとも示唆している。一九世紀フランスの文豪、ギュスターヴ・フローベールをめぐるサイードの批評はきわめて両価的《アンビヴァレント》である。たしかにフローベールは、彼自身がエジプトで出会った女性ダンサーの描写をつうじて、オリエントが性的かつ女性的な存在であるという紋切り型を反復し、強化しさえした。しかしサイードによれば、フローベールは自身がオリエントの全体性をけっして把握できないことを自覚しつつ、個人の情熱と文学の力によって独自の世界を構築するか、あるいは学問的なオリエント表象を複製し続けるかという選択のあいだで葛藤を抱えていた。

同じような両価性《アンビヴァレンス》は、「アラビアのロレンス」の名で知られる二〇世紀イギリスの考古学者、T・

E・ロレンスについても当てはまるとされる。ロレンスの著作はオリエントを永遠不変の存在とするヴィジョンの形成と維持に貢献したが、同時に彼の作品の物語性はそうしたヴィジョンに抵抗する歴史叙述を可能としている。ここでサイードは、文学がオリエンタリズムの変容をうながす可能性に賭けようとしている。このことは、彼が同時代のポスト構造主義を受容しつつも、人文主義《ヒューマニズム》への揺るぎない信頼を維持していたことの現われでもあるだろう。

『オリエンタリズム』以後

『オリエンタリズム』は刊行直後から大きな反響を呼び、分野横断的な「植民地言説分析」の方法論として受けいれられた。英領インドにおける「英文学」言説を分析したゴウリ・ヴィシュワナータンの『征服の仮面』(Gauri Viswanathan, *Masks of Conquest*, Columbia UP, 1989)は、『オリエンタリズム』の理論枠を中東以外の地域の植民地研究に応用した成功例の一つである。日本においても『オリエンタリズム』は、西洋文学研究や中東研究で受容される以上に、日本の植民地支配の歴史的言説の分析手法として、あるいはアメリカ合衆国の忠実な同盟国としての現代日本で持続してきた帝国主義言説を批判するための理論として、積極的にとりいれられた。姜尚中は日本では比較的早い時期に、学問言説としてのオリエンタリズム批判を帝国日本の東洋史研究批判に応用している(『オリエンタリズムの彼方へ』岩波書店、一九九六年)。姜によれば、東洋史における「東洋」というカテゴリーは、近代日本が世界のなかでその曖昧なポジションと折りあいをつけるために創出された「想像の時空間」であり、東洋史とは東洋を起源にもちつつも近代化されていて西洋と対話可能な「日本国民」のイメージを構築する学問だった。

このように広く世界的に受容された一方で、『オリエンタリズム』は刊行当初からさまざまな批判や論争も引きおこしてきた。サイードが批判の矛先を向けた同時代のオリエンタリストや中東研究者が反論を試みただけではない。一九八〇年代にはポスト構造主義の影響を強く受けた理論家によって、サイードの矛盾や誤謬がたびたび指摘された。ホミ・バーバによれば、サイードは「潜在的オリエンタリズム」という概念によって言説に無意識の領域をもちこんだが、同時にオリエンタリストの権力が一枚岩であることを強調するあまりに植民者と被植民者を単純な二項対立関係にあると捉えてしまい、無意識の可能性を生かして言説のなかに他者性をとりこむことができなかった（Homi K. Bhabha, "Difference, Discrimination and the Discourse of Colonialism," Francis Barker et al. eds., *The Politics of Theory*, U of Essex P, 1983）。ロバート・ヤングは、サイードがシステムや歴史決定性といった理論的枠組を保持しつつ、フーコーがいったん放逐した「作者」をとりもどそうとしたために、オリエンタリズムに対抗する個人がオリエンタリズムという全体性の外部に位置づけられてしまうという方法論的苦境に陥っていると指摘した（Robert J. C. Young, *White Mythologies*, Routledge, 1990）。

一方、一九八〇年代のサイードは、パレスチナ解放にいっそう積極的に関わるとともに、ポスト構造主義にはますます懐疑的になり、フーコーにもしばしば批判的に言及するようになっていた。「旅する理論」と題された論考では、「権力は遍在する」というフーコーの権力理論が闘争や抵抗の可能性をあらかじめ封じてしまうと批判している（*The World, the Text, and the Critic*, Harvard UP, 1983.

山形和美訳『世界・テキスト・批評家』法政大学出版局、一九九五年)。『文化と帝国主義』(*Culture and Imperialism*, Chatto & Windus, 1993. 大橋洋一訳、みすず書房、一九九八年、二〇〇一年)では、サイードは言説分析の手法に代わるものとして音楽用語を援用した「対位法的読解」という方法論を採用し、文学テクストと植民地支配との緩やかな共犯関係を洗いだすという、新しい歴史主義批評のスタイルを生みだしている。サイードは一九九一年に白血病の診断を受け、以後闘病生活を続けることになったが、最晩年には「文献学への回帰」を訴え、文献学《フィロロジー》の原義である「言葉への愛」に立ちかえってテクストを精読することが人文学の実践には不可欠であると主張している(*Humanism and Democratic Criticism*, Columbia UP, 2004. 村山敏勝・三宅敦子訳『人文学の批評の使命』岩波書店、二〇〇六年)。みずからの死期を自覚していただけでなく、オスロ合意が破綻して故国パレスチナの状況が悪化の一途をたどりつつあったとしても、サイードが人文主義《ヒューマニズム》への信頼を失うことはけっしてなかったのである。

　サイード没後も、本書の理論と方法論は批判的に検討され続けている。『ポスト・オリエンタリズム』(Hamid Dabashi, *Post-Orientalism*, Transaction Publishers, 2009. 早尾貴紀・洪貴義・本橋哲也・本山謙二訳、作品社、二〇一八年)の著者ハミッド・ダバシは、「西洋」を対話者に設定するという『オリエンタリズム』の戦略は、グローバリゼーションが加速した二一世紀にはそぐわないと指摘している。現代の批評家は支配者としての「西洋人」を説得するためではなく、反帝国主義のグローバルな連帯を実現するために書くことこそが必要なのだと、ダバシは主張する。しかしながらこうした批判は、本書がいまなお読み継がれ、時代に応じてアップデートされるに値するテクストとみなされていることを証明している。

サイードは二〇〇三年、第二次インティファーダ(パレスチナ人によるイスラエルへの抵抗運動)のさなかに亡くなった。その後、イスラエルによるパレスチナの弾圧はますますエスカレートし、とくにガザ地区は過酷な経済封鎖政策に加えて断続的にイスラエルによる軍事攻撃を受けてきた。二〇二三年一〇月、ハマースによる奇襲攻撃をきっかけに始まったイスラエルによるガザ攻撃は、数万人の死者を出し、あきらかにジェノサイドと呼ぶべき事態となった。

このような現実にたいして、本書がただちに具体的な解決法を示してくれるわけではない。だが、サイードの広い歴史的射程とその批評の根底にある「言葉への愛」は、過酷な現実がいかにしてかたちづくられてきたのかを教えてくれるとともに、ありうべき未来を構想するために有効な視座と言葉を提供し続けてくれている。

エドワード・ワディ・サイード(Edward Wadie Said)

一九三五年、イギリス委任統治領パレスチナのエルサレムに生まれる。英語とアラビア語のバイリンガルとして育ち、エルサレムとカイロで教育を受ける。一九四八年のナクバ(大災厄の意味、イスラエル建国を指す)によって、サイード一家は西エルサレムに所有していた自宅を失う。一九五一年にサイードは寄宿学校入学のため単身渡米し、一九五三年にプリンストン大学に入学する。卒業後はハーヴァード大学博士課程に進学し、ジョゼフ・コンラッドの研究で博士論文(のちに単著として刊行)を執筆する。

一九六三年、サイードはコロンビア大学に着任し、以後、生涯にわたって同大学に在籍し、比較文学を教える。

二冊目の単著『はじまり』(*Beginnings*, Columbia UP, 1975. 山形和美・小林昌夫訳『始まりの現象』法政大学出版局、一九九二年)は、人文主義とポスト構造主義のあいだの葛藤から生まれたサイードの批評の原点として、近年再評価されている。

一九六七年、イスラエルがガザ地区、ヨルダン川西岸地区を軍事占領した第三次中東戦争をきっかけに、サイードはパレスチナ解放に積極的に関わりはじめ、一九七七年にはパレスチナ民族評議会(PNC)の議員となる。この時期はパレスチナ問題を直接扱った著作も多く、代表的なものに『パレスチナ問題』(*The Question of Palestine*, Times Books, 1979. 杉田英明訳、みすず書房、二〇〇四年)、『アフター・ザ・ラスト・スカイ』(*After the Last Sky*, Columbia UP, 1986. 島弘之訳『パレスチナとは何か』岩波書店、一九九五年)がある。

一九九一年にサイードは白血病の診断を受け、PNCを辞任する。一九九三年のオスロ合意をめぐっては、ヤーセル・アラファートPLO議長(当時)と決別することにもなるが、闘病のかたわら執筆と講演活動を続け、オスロ合意を批判する論考も英語、アラビア語で多数発表している。一九九〇年代に刊行された単著には『文化と帝国主義』のほか、『知識人の表象』(*Representations of the Intellectual*, Vintage, 1994. 大橋洋一訳『知識人とは何か』平凡社、一九九八年)や、回想録(*Out of Place*, Alfred Knopf, 1999. 中野真紀子訳『遠い場所の記憶』みすず書房、二〇〇一年)などがある。二〇〇一年九月の合衆国同時多発テロ以降の反イスラーム感情の高まりのなかにあっても、アフガニスタン空爆(二〇〇一年一〇月)とイラク戦争開戦(二〇〇三年三月)に際して合衆国政府にたいする批判を公言していた。二〇〇三年九月にニューヨークで死去、享年六七歳だった。

すぐれたピアノ奏者として知られるサイードは、音楽批評も数多く発表している。八〇年代から二〇〇〇年代の音楽論は『限界の音楽』(*Music at the Limits*, Columbia UP, 2008. 二木麻里訳『サイード音楽評論1・2』みすず書房、二〇一二年)にまとめられているほか、アドルノのベートーヴェン論に影響を受けた論考を含む『晩年のスタイル』(*On Late Style*, Pantheon, 2006. 大橋洋一訳、岩波書店、二〇〇七年)も死後刊行された。ティモシー・ブレナンによる評伝(Timothy Brennan, *Places of Mind: A Life of Edward Said*, Bloomsbury, 2021)では、サイードが生涯に二度小説を書こうと試みたことがあきらかにされ、反響を呼んでいる。

ポール・ド・マン『読むことのアレゴリー』

落合一樹

Allegories of Reading: Figural Language in Rousseau, Nietzsche, Rilke, and Proust. New Haven: Yale UP, 1979. 土田知則訳『読むことのアレゴリー――ルソー、ニーチェ、リルケ、プルーストにおける比喩的言語』講談社学術文庫、二〇二二年。

一九七九年に刊行された『読むことのアレゴリー』は、ポール・ド・マンの二冊目の、そして生前に出版された最後の単著である。ド・マンの方法論の綱領となっている第一章「記号学と修辞学」と、リルケ、プルースト、ニーチェ、そしてルソーの修辞を分析する一一章の全一二章からなる。きわめて晦渋な内容ながら、「イェール学派」そして「脱構築批評」の代表作として広く読まれ、大きな影響力をもった。

文法と修辞

後の各章で行われるド・マンによる具体的なテクスト読解は、あまりにも密度の高い議論のためにほぼ要約不可能だが、第一章「記号学と修辞学」は彼にしては平易な言語で書かれ、また既存の批評・文学研究のなかに自分の仕事を位置づけるというごく普通の学者のようなこともしているため、彼の問題意識を比較的わかりやすく見てとることができる。まずド・マンは（一九七〇年代後半時点での）「昨今の」文芸批評が、作品への内在的・形式的な関心をないがしろにして外在的・歴史的な、つまり作品の外部にある諸問題を論じることに明け暮れていることを嘆く。こうした「文学的言語の内的・形式的・私的な諸構造を外的・指示的・公的な諸効果と和解＝一致させようとする」方法論は「はなはだご立派な道徳的命令」として一笑にふされ、内在的・形式的な批評のさらなる刷新と深化が求められているとする。そのために彼が参照するのは三つの学派である。第一に、フランスを中心に発達した、バルトやジュネットらによる記号学的な批評。彼らは、作者の意図よりも意味を生産する構造に焦点を当てたという点で重要な貢献をはたしたが、ド・マンにとって問題なのは、彼らがその構造を言語の文法（統語論）的構造に還元してしまったことだ。すぐ後に見るように、比喩や修辞の機能は文法によっては説明しえないので、文法的な構造のみによって文学作品を分析しようとする彼らの試みは不十分である。第二に、オースティンの言語行為論。これも言語行為という対象指示とは異なる言語の機能を理論化した点で貴重な貢献ではあるが、言語行為と文法とを難なく連続化しており、修辞を独立した問題として扱うことができていない。こうした文法と修辞を一緒くたにしてしまう既存の方法論に対して、修辞に文法規則とは異なる、それどころか対立さえする独自の作用を見出した先達として、ケネス・バークとパースが挙げられる。この二人のアメリカ人学者への言及はごくわずかなものにとどまり、またここでそうすることが有意義であったに違いないのにデリダに触れることも避けられているので、ド・マンがみずからの方法論をどのように先達から受け継ぎつつも差異化しているのかははっきりしないのだが、とにかく文法と修辞を峻別すること、それが本書におけるド・マン最大の賭け金であるようだ。

文法と修辞を区別するとはどういうことだろうか。ド・マンは三つの具体例を分析してみせる。まずは、とあるテレビドラマのワンシーンがとりあげられる。ボウリングシューズの紐を上から通したいのか下から通したいのかと妻に尋ねられ、"What's the difference?"と返答する夫。このセリフは、文法的＝字義通りには「どう違うのか？」と紐の通し方のもたらす違いについての質問を意味するが（妻はそうとってしまう）、修辞的には「どう違おうとかまうものか」という修辞疑問、つまり質問をしているのではなく自分の意志を強調している文となる。このシーンで夫が意味したのが後者であることは明らかなのでそれほど深刻な事態ではないようにも思えるが、この文それ自体には字義的なのか修辞的なのかを示す要素は一切ないため、ド・マンにとってこれは二つの意味がお互いを否定しあい決定不可能性に至る脱構築的な瞬間なのである。

次にとりあげられるのはイェイツの詩「学童に交りて」の最後の一行「踊り子《ダンサー》と踊り《ダンス》をどうして切り離しえようか」である。従来、この一行は修辞疑問として、つまり詩人は踊りがあまりに完璧なのでもはや踊りと踊り子を区別することは不可能だと言っているのだと解釈されてきた。しかし、ド・マンは同等の権利で文法・字義通り解釈し、「いったいどうすれば両者を切り離すことはできるのか？」と本気で尋ねているととることもできるとする。これだけなら、先のテレビドラマの例と同じく、ある文が修辞疑問としても解釈できるというだけの話だが、この第二の例とともに事態はさらに深刻かつ興味深いものとなってくる。なぜなら、この一行は何気ない会話のなかでの多義的な一言などではなく、形式と経験、存在と行為、そして記号と指示対象の有機的な一体化を謳うイェイツの詩のクライマックスに位置づけられているからだ。つまり、踊り子と踊りの一体化または分離という問題は、ここで記号と指示対象の一体化または分離というメタ言語的な問題と重ね合わされている。ド・マンの著作を、彼のテクスト分析の技巧という観点から鑑賞するなら、おそらくこのメタ言語的な主題をテクスト中に見出す技の巧みさこそが評価されるべきなのだろう。ド・マンはたんに文法的意味と修辞的意味が対立してどちらともとれるような表現を見つけてまわるのではない。明示的に言語について論じている論証的なテクストだけでなく、一見言語学や記号学とは無縁そうな詩や小説のなかにもメタ言語的な主題を見つけ出し、そしてそのメタ言語的な主張が文法と修辞の齟齬によって主張不可能になってしまうことを示すのだ。踊り子と踊りの同一化を語るイェイツの詩は、かくして、記号形式と内容の一致を美しく謳う詩でありながら、最後の一行を字義通りに、つまり「どうすれば内容と形式を分離できるのか教えてくれ」という正反対の要求として読めてしまうために、記号と指示対象の関係についてのメタ言語的な言述としては何を主張しているのかがわからない、つまり読解不可能になってしまう。

第三の例はプルーストの小説『失われた時を求めて』の一節である。プルーストを要約するという野暮を犯して一言でいうと、そこで主人公マルセルはかつて偶然聴いた人間が歌う音楽よりも蠅の羽音のほうが夏の記憶をより鮮明に思い出させると述べている。ド・マンはこの一節を、隣接性（たまたま近くにあった）という偶然的な関係に基づく換喩《メトニミー》よりも、類似性という必然的な関係に基づく隠喩《メタファー》のほうが優れている、という比喩についてのメタ言語的な言述として読み、そしてこの言述は失敗しているとする。なぜなら、この隠喩の優位を説く一節は換喩の使用によって論じられているからだ（そもそも、たとえ夏に蝿が湧くのが必然的だとしても、夏と蝿は似ていないので両者の関係は換喩的である）。しかし、今回のド・マンの脱構築的読解はこれで終わらない。ここで終われば、この隠喩の優位を語る一節の失敗に基づいて、たとえばプルーストのテクストは実は換喩を原理として駆動している、といった何らかの新しい確実性を主張することが可能になってしまう。ド・マンはこうした確実な主張がなされてしまうことを決して許さない。開始された脱構築は貫徹され、すべてを決定不可能にしなくてはいけない。ここからのド・マンの議論はわかりづらいのだがまとめてしまえば、換喩を駆使して隠喩の不可能性を示す語り手マルセルは著者プルーストの隠喩だし、また文法的にもこの言述を可能にしている態＝声（voice）というのはひとつの隠喩である。結果、修辞に着目して読むと、けっきょくこの一節は隠喩と換喩どちらが優れているると述べているのかわからなくなってしまう。以下の各章では、はるかに複雑で密度の高い修辞的読解を通して、あらゆる言述はその文法と修辞の齟齬によって決定不可能・読解不可能となってしまうことが論じられていく。

全体化とロマン主義

それにしても、もしド・マンの示すようにあるテクストが脱構築的である、つまり文法と修辞が反目しあうために最終的な意味を決定することができないとして、だから何なのだろうか。その事実を異様なまでに複雑な読解によって証明して、けっきょく何になるというのか。というのも、すべてを読解不可能にしてしまうド・マンは、積極的なテクスト解釈を生産することはないし、それゆえ彼以降のルソー研究などの個別の文学・哲学研究で彼の読解が参照されることも稀だろう。この点でド・マンの脱構築はデリダのそれと大きく異なる。デリダはルソーやプラトン等々のテクストの読解を通して新たな解釈・意味を次々に提案し、他の学者の応答を引き起こして各テクスト・著者の研究を活性化させた。そして、脱構築の過程を通して多くの新たな哲学的概念や理論的問題を生み出した（デリダや、ド・マンに影響を受けた後の脱構築批評家たちにとって、脱構築は概念の二項対立をめぐるものなので、哲学や政治に関する諸概念を批判的に検討したり新たな議論を生み出しうるが、ド・マンの脱構築はあるテクスト内での文法と修辞の対立をめぐるものなので、そのテクストを超えた議論にはならない）。また、脱構築が行き着く決定不可能性はデリダにとって、決定不可能だからこその決定を下すための倫理的瞬間となった。しかし、ド・マンの脱構築はどこにも行き着かない。その読解の途中でつい言ってみたくなる主張（言語は外的な対象を指示することはできずただ内的な自己を表現するだけだ、とか、すべての言語は比喩にすぎない、とか、あらゆる事実確認文《コンスタティヴ》は失敗してその行為遂行文《パフォーマティヴ》となるよりほかない、等々）は、どんな否定的なものであれ、厳格に禁止されているわけではなく、「対象指示的な制約を完全に免れた言語などという概念は、当然ながら想像することができない」という点は譲らない。言語は字義的な指示対象に成功しないが、だからといってまったく別の言語学モデルを構想することができない」という点は譲らない。言語は指示対象をめざして失敗することが運命づけられている。しかしながら、失敗によってコミュニケーションや意味の生産はなされてきたとして、誤解や誤読の習慣を共有する解釈共同体を想定する、といったプラグマティックな解決も許されない。ただひたすら、ド・マンは修辞的な読解を施すとテクストは読解不可能になってしまうこと、そしてそれがもたらす無知・宙吊り状態を耐え忍ぶことを説く――この宙吊り状態を「テクストの快楽」などと称して愉しんでしまう倒錯などもってのほかである。

よく論じられるド・マンの修辞的読解の一般的意義とは、彼の「全体化」批判がもつイデオロギー批判としての効能である。ド・マンは多様なテクストをあの手この手で論じたが、つねに批判の対象となるのは「全体化」「有機的全体」「和解」「一致」「象徴《シンボル》」「美学イデオロギー」「クラテュロス主義」などと名指される事態である。先のイェイツの詩の読解からもわかるように、彼にとって、記号と指示対象、形式と内容、言語と意味が一致し合体してしまうことはとんでもなく危険な事態である。しかし、そもそも記号と指示対象が一致するとはどういうことなのか。たとえば"apple"というアルファベットの文字列を見てそれをりんごと混同してしまうような事態は、心配しなくてもおこらないように思える。とはいえ、たしかに、優れた芸術表現（言語に限らず、音楽であれ造形美術であれ）を鑑賞したとき、内容と形式の見事な一致に感嘆――この歌詞の内容にはこのメロディ、このサウンドしかないだろう、と感動――することはよくある。この感動こそが、ド・マンにとっては最大の危険であり、記号の恣意性にくり返し訴えかけることで、こうした感動がもたらす幻惑を解消しなくはいけない。"apple"という文字列とりんごとのあいだにはまったく恣意的な関係しかないように、あらゆる形式と内容には恣意的で非本質的な関係しかない。有機的な類似に基づいて何か本質的な関係があるかのような幻想を生みがちな「象徴《シンボル》」に対して、ド・マンはまったく恣意的で習慣的にそういうことになっているというだけの関係（狐＝狡猾、のような関係）を「アレゴリー」として重視する。ただし、ベンヤミンが『ドイツ悲劇の根源』でしたように、忘れ去られていたアレゴリー的な文学作品を再評価するわけではない。むしろ、もっとも象徴的とされるロマン主義や象徴主義の作品のうちに、つまり一番ありえなさそうなところにアレゴリー性を見出すということに専念する。

ド・マンについては、修辞的読解や脱構築というその独特な方法論ばかりが注目され、扱うテクストの選定が問題になることはあまりないが、ここで彼が形式と内容の一致をめざすような類の作品ばかりをとりあげている、ということに気づかされる。形式と内容が見事に一致しているように感じられる音楽が素晴らしいのは確かだろうが、それだけが唯一の正解というわけではなく、むしろ音と歌詞の内容の齟齬が楽しい音楽だってある。同じように、あらゆる言語テクストが形式と内容の有機的一体化をめざしているわけではない。むしろ両者のズレを強調するような実験的・異化的な作品も多くあるが（おそらく、ド・マンにとってそれらは中途半端な脱構築によってすぐに別の確実性・全体性に達してしまうのだろう）、ド・マンがこだわるのは、あくまでルソーにはじまりニーチェを経てプルーストに終わるような西欧の伝統である（他の著作でもこの時期より前後の作家がとりあげられることはごく稀である）。大雑把なまとめが許されるなら、彼ら一八世紀後半から二〇世紀初頭の仏独英の作家・哲学者たちがとりくんだのは、カント哲学のもたらした苦境を文学によって乗り越える、というロマン主義的なプロジェクトだ。カント批判哲学の二元論は、主体と客体そして形式と内容を修復不可能なまでに切断してしまったが、これを理論・哲学によってではなく文学的・芸術的な達成によって——主・客や形式・内容が完璧に一致しているかのような陶酔感によって——修復してしまおう、という目論見である。ロドルフ・ガシェが指摘するように、このロマン主義の試みを「美学イデオロギー」と名づけて批判することは有効だろうが、あらゆるテクストが内容と形式の完全なる一致を志向していると信じる理由はとくにないのだから、はたして古今東西のあらゆる文学作品や哲学書にも通用する手法なのかは明らかではない。どんな文学理論についても言えることだが、ある対象についてなしえたことが普遍的な方法や理論であるとは限らないのだから、今一度ド・マンが好んでとりあげたテクストの特性を見極めてみることが、彼の方法論を理論的に精査することとともに——あるいはそれ以上に——必要だろう。なぜ今ロマン主義（批判）なのか？　この問いとともに、今日ド・マンを読んでみることは有意義だろう。

ポール・ド・マン（Paul de Man）

一九一九年、ベルギーのアントワープ生まれ。ブリュッセル大学での学生時代、ベルギーはナチスドイツの侵攻を受ける。戦後一九四八年にアメリカ合衆国に移住し、ニューヨークで仕事を転々とした後、一九五二年にハーヴァード大学大学院の比較文学科に入学し、六〇年に博士号を取得。その後、いくつかの大学での教職を経て七〇年にイェール大学に落ち着く。ベルギーで身につけた西欧哲学・文学の伝統の深い知識と、ハーヴァードで学んだアメリカのニュークリティシズム・精読の技法を融合させた彼の批評スタイルは、いわゆる「脱構築批評」「イェール学派」と称される学派を形成することになるだけでなく、ヨーロッパ大陸とりわけフランスの哲学・理論をアメリカの文学研究に導入する大きな流れの中心となった。

とはいえ、ド・マンははじめから今日知られているような「脱構築」「修辞的読解」スタイルを確立していたわけではなく、キャリア初期は現象学や実存主義の色合いの強い文芸批評を書いていた。一九六九年の「時間性の修辞学」が彼の脱構築的批評の皮切りだったのだから、齢五〇にして天命を知った遅咲きの批評家であった。

その後、『盲目と洞察』(一九七一年。宮﨑裕助・木内久美子訳、月曜社、二〇一二年)と『読むことのアレゴリー』を出版し、一九八三年に癌のため亡くなる。死後、ド・マンの論文を集めた著書が数冊刊行され、その大半が邦訳されている(『ロマン主義のレトリック』一九八四年。山形和美・岩坪友子訳、法政大学出版局、一九九八年/『理論への抵抗』一九八六年。大河内昌・富山太佳夫訳、国文社、一九九二年/『美学イデオロギー』一九九六年。上野成利訳、平凡社ライブラリー、二〇一三年)。

一九八七年、ベルギー時代の若きド・マンが対独協力的だった『ル・ソワール』紙に反ユダヤ的な内容も含む文章を寄稿していたことが明らかとなり、大きなスキャンダルとなった。この事件の影響、またアメリカの大学での知的・政治的風向きの変化もあり、一九九〇年代以降の合衆国でド・マンの影響力が弱まっていることは否めない。しかし、直接の教え子にガヤトリ・スピヴァクやバーバラ・ジョンソンやキャシー・カルース、イェールでの同僚にブルーム、ミラー、ハートマン、そしてショシャナ・フェルマン、また日本には交流のあった柄谷行人や教え子であった水村美苗がおり、教育そして著作を通して後の文芸批評に与えた影響ははかりしれない。

一九八〇年代

レイモンド・ウィリアムズ『文化とは』

Culture, London: Fontana, 1981; *The Sociology of Culture*, Chicago: U of Chicago P, 1995.
小池民男訳『文化とは』晶文社、一九八五年。

大貫隆史

文化や思想の研究の古典となっている『文化と社会』(一九五八年)、ポストコロニアル研究や空間論的転回の先駆と解せる『田舎と都会』(一九七三年) などと比べると、レイモンド・ウィリアムズの『文化とは』(一九八一年) は、存在感が今のところ希薄な著述と言えそうである。しかし、丁寧にひもといてみると、文学・文化研究への示唆に富む著述であることが分かってくるのだが、最初に、読みにくさで知られるウィリアムズの著述についてその特徴をごく簡潔にまとめておきたい。

レイモンド・ウィリアムズの著述の特色

「感情の構造」は、マイケル・オーロムとの共著『映画への序説』(一九五四年) で、はじめてまとまった言及が見られるフレーズである。「感情の構造」とはなにか? 「構造」というからにはそう簡単には変化しがたいのだけれど、「感情（feeling）」といういかにも不安定で移ろいやすいものの「構造」であるからには、変化の予兆をどうしても含んでしまうものとしてひとまず説明できるだろう。

例えば、（インタヴュー集『政治と文学』によれば）テリー・イーグルトンや（H・G・ウェルズ研究で著名な）パトリック・パリンダーが受講していた講義がその原型になったとされる『ディケンズからロレンスまでのイングランド小説』（一九七〇年）は、それ自体が「感情の構造」をあらたに形成しようとしている著述であり、次のような問いが出てきてしまう。「感情の構造」を分析する言語それ自体が、ひるがえって、どのような「感情の構造」を体現しているのか？　じつに応答のむずかしい自己言及的な問いがつねに生じてしまうとも言え、その読解はごく困難なものになりやすい。

ところが、一九七〇年代以降、「感情の構造」の所在は決して否定されず依然として重視される一方で、「感情の構造」それ自体は暗示されるに留まり、分析的でいわばごく「乾燥」した記述が目立つようになる。『文化とは』は、そうしたソシオロジカルな実践を代表する著述であり、『文化と社会』や『イングランド小説』での読者をいわば「揺さぶる」記述を回避しており、その点に限っては、比較して読みやすい著述なのである。

文化的作品をめぐるプロセスの「全体」を記述する

『文化とは／文化のソシオロジー』とはどういう書物か？　ひとまず、文化的作品をめぐるプロセスの「全体」をどうやって記述しうるのか、という問いとそれへの暫定的な回答が記された本だと言えるだろう。

　本書は全八章からなるが、それぞれの章の狙いについて箇条書き的に紹介するよりも、ひとつの具体例を紹介した方が分かりやすいかもしれない。そこで、同書では直接の言及はないのだが、『イングランド小説』では長めの言及がある、シャーロット・ブロンテ『ヴィレット』（一八五三年）をサンプルにして考えてみよう。『ヴィレット』は作者自身の経験を素材にした自伝的小説と言われるもので、ある孤独な女性ルーシー・スノウが、ブリュッセルをモデルにした大陸の都市ヴィレットに単身渡り、苦心しながら女子寄宿学校で英語教師の職を得て、学校医や文学教授とのあいだに、その孤独の果てを見つけようとする作品である。

『文化とは／文化のソシオロジー』の第一章は「文化のソシオロジーに向けて」と題されており、定冠詞ではなく不定冠詞のついた「文化のソシオロジー（a Sociology of Culture）」、つまり、未完成で模索に満ちた文化のソシオロジーを探求しようとする。一般的な「制度」や「効果」の客観的記述を重視する「観察的ソシオロジー」の重要性が言及されたのち、個別の文化的作品の分析を行う「オルタナティヴな伝統」が紹介される。カウツキーなどの「社会的条件」を記述する方法、プレハーノフら「社会的マテリアル」を記述する「反映論的」方法、そして、ベンヤミンやゴルドマンらの「社会的関係」を記述する方法があるとウィリアムズは言う。

C・ブロンテ『ヴィレット』のソシオロジカルな分析

ポイントは、どの方法が最善かという論じ方が回避されている部分にあるのだが、これは、最後の「社会的関係」を記述するやり方を詳しく見ると分かってくる。「社会的関係」は、文化的作品をめぐるコミュニケーションのなかで、「媒介《ミディエーション》」される。つまり、そうしたコミュニケーションが、社会的関係を「反映」するというより、そこにアクティヴに介入、介在、調停してくる、というイメージである。そうした「媒介」には三種類ある。（a）社会システムの「本質」が「投影」されるかたち。（b）心理が「客観的相関物」を使って「媒介」されるかたち。（c）「意識」が社会の中で変化するプロセスの一部としての「媒介」。

『文化とは／文化のソシオロジー』第一章ではカフカ『審判』が例になっているが、ここではC・ブロンテ『ヴィレット』を使ってみよう。「媒介」は「反映」とは異なるので、（a）でも一九世紀中葉のイングランド社会が「反映」されたとは解釈されない。ルーシー・スノウという年若い女性の苦難は、ある間接的な表現として解される。それは、例えば都市生活における人間同士の縁遠い関係や、外国人や女性に対する敵対的関係という社会の「本質」を、媒介的に表現したものとして解される。（b）はあくまで心理の問題である。ルーシー・スノウの都市ヴィレットでの苦難は、「言葉にしがたい」孤独感を、間接的に描くための、つまり媒介するための「ダシ」あるいは道具立てに過ぎない。（c）は複雑だがもっとも重要なものである。『イングランド小説』でのウィリアムズは、『ヴィレット』という小説が一人称の記述からなることに注目する。そして、書き手の「わたし」がそのあまりにも深い絶望感や疎外感を共有すべく、読み手の「あなた」とのあいだに、ごく親密な関係を作り出そうとする「かたち」を指摘する。ほかの誰にも分からないけれど、「あなた」だけは、「わたし」の苦しみがわかるはず。このじつに強烈な「こいねがい」が『ヴィレット』の特徴であると、ウィリアムズは語る。

『文化とは／文化のソシオロジー』第一章では、（c）に分類しうるこの分析では、どういう「媒介」が生じているのだろうか？「わたし」と「あなた」の親密すぎる関係が、三人称で呼称される他者を背景化したり排除したりする可能性に、ウィリアムズが触れている点が重要である。

ここで間接的に描かれ（かつ発展させられ）ているのは、「意識」の動き、すなわち、疎外を克服しようとする人間が、あらたな疎外に直面してしまう、という動き、「意識」の動きなのである。ただし、決定的に重要なのは、（a）や（b）のような分析が、示唆してきたように（c）と部分的に重複していることであり、前者が再生産されるからこそ、（c）が生じうる、とウィリアムズの議論は解しうるのだ。

「再生産」するために「イノヴェーション」が生じる

『イングランド小説』が、感情の構造の変化という、文化における「生産」の側面を重視するとき、『文化とは／文化のソシオロジー』は、むしろ「再生産」の重要性を強調する著述となる。

『文化とは／文化のソシオロジー』第七章では「再生産」をめぐる問題が提起される。ウィリアムズらしく、「再生産《リプロダクション》」は二つの用法に大別しうることが言及される。全き複製を意味する「不変という意味での再生産」だけではなく、個別的な変化が含意される「発生論的な意味での再生産」もあることへの注意喚起がなされる。

この区分は重大である。文化的なフォームだけが変化をもたらすわけではない。例えば、「会議ではなるべく発言するな」という言葉に溶解している、ある種の単純な「社会的秩序」であっても、それは本書第一章の表現を借りれば「共有され、再生産され、経験され、探求され」ねばならず、つねに「発生論的な意味での再生産」の契機をはらんでいる。

その上で、文化的作品群のフォームの「刷新《イノヴェーション》」をめぐる問題提起がなされていることに注意が必要だろう。ウィリアムズの提起する逆説はおそらくこうだ。秩序の「再生産」がつねに不安定だからこそ、文化的なフォームの「イノヴェーション」が必須となる。

具体的には、「一七世紀から現代までの、ブルジョワ的な社会秩序」の再生産のために、文化的なフォームの刷新が必須となったのではないか、という疑問が提起される。そうした「状況」を本書第八章のウィリアムズは「四項目」に大別する。

（ⅰ）「勃興」すなわち「あたらしい社会階級、階級分派の勃興」。（ⅱ）「再定義」すなわち「既存の社会階級、階級分派による諸条件・諸関係や……全般的秩序の再定義」。（ⅲ）「変化」すなわち「文化的生産手段の変化」。（ⅳ）「認知《レコグニッション》」すなわち「（ⅰ）や（ⅱ）で示唆された諸状況の、特定の文化運動による認知」。

ポイントは、(ⅱ)と(ⅳ)が重複していることにある。(ⅱ)に分類される「ブルームズベリー」がブルジョワ的秩序を根本的には変化させず、(本書にはない例だが)例えば、個人と大衆という関係それ自体は温存させつつも活発な再定義を行うとしよう。また(ⅳ)の運動が「大衆などというものはじつは存在しなくて、人びとを大衆と見なすあり方のみ存在する」(ウィリアムズ『文化研究Ⅰ』)」という「認知」を行うとしよう。そのとき、(ⅱ)が再生産される保守的なプロセスのなかで提供される材料の方も使ってこそ、(ⅳ)のラディカルな刷新が生じる、とも言いうる(もちろん刷新が阻害される場合の方が多いのかもしれないのだが)。既存の社会秩序の「再定義」に留まる保守的なフォームの(再)生産もまた、その根本的な変容につながるフォームと同様に重要なのである。

フォームと社会

ところで、「フォーム」と第一章で言及された「媒介」は同じなのだろうか? 両方とも、社会的な関係性をコミュニケートするためのものであり、かつ、それを反映するというよりもそこで積極的に何かを行う、という点は共通している。

ただし、(以下は本書の議論を補うものとなるのだが)媒介の場合は、媒介の対象(社会、心理、[媒介されて変化する社会的]意識)と、媒介物(文化的作品)がくっきり区別されてしまいやすい。他方、フォームの場合、「かたち」とこれを訳すのであれば、「かたち」には原材料が必要であり、これになんらかの加工をほどこして「かたち」になっていると考えると、原材料である社会的関係と、加工後の作品における「かたち」の連続性が議論しやすくなってくる。
第五章の「シグナルなどの特定作業《アイデンティフィケーションズ》」では、儀式の最中に上演されていた古代ギリシア悲劇を例にとりながら、材料という点では儀式とドラマに大きな違いはなく、ただ、「観客の前にいる演者とコロス」という「シグナル」こそがそれがドラマであることの特定を可能にしているのだと論じられる。また、実際の社会的経験とドラマとで材料が同じだとすると、後者は何が異なるのかと言えば、ひとつにはそれが「実験的《エクスペリメンタル》」であることだとされる。

そうした文化的な「フォーム」の原材料問題が論じられた上で、第六章の「フォーム」の議論が展開される。ギリシア悲劇から一八世紀のブルジョワドラマを経て、一九世紀以降のモダンドラマに至る「かたち」の変遷が俯瞰され、文化的な「かたち」だけが、社会から切り離されて変化する、ということが決して起きないことが指摘される。ブルジョワドラマは様々な「拡張」をフォームにもたらし、王族や貴族ではない人々が登場人物となり得るようになったが、その反面、「公的」な事柄が扱いにくくなってしまう。この「制約」はブルジョワ的な秩序がその一因になっているわけだが、ドラマの書き手の努力だけでそれを突破できるものではない。ただし、第七章「再生産」の議論で見たように、そうしたブルジョワ的秩序の再生産こそが、ドラマの「かたち」の刷新につながりうる、という、じつに逆説的な全体的プロセスの方を、文化のソシオロジーは重視する。

コミュニケーションにおけるマテリアルなもの

本書のここまでの紹介は、例外なく文化的かつ社会的であるアート的作品と、同じく例外なく社会的で文化的な秩序だけが全体を構成する、という誤解を招きかねないものだった。ただしウィリアムズは、第四章「生産手段」で、社会的な関係性と、芸術的なフォームのふたつだけではなく、「マテリアルな手段」も重視する。

小説などの「書かれたもの《ライティング》」は、ダンスや歌などと異なり、「読む能力」というマテリアルな手段の（再）生産を必須とする。『ヴィレット』であれば、それがなぜコミュニケートされうるのか？「読者」という統一体を前提化してしまうタイプの議論とは異なり、「読む能力」を重視しその物質的な生産と再生産の条件と実相を問うのが文化のソシオロジーである。そこでは、一九世紀イングランドのミドルクラス読者だから読めた、ワーキングクラスの読者だからアクセス困難だったという図式化はなされない。それは、学校教養的なリテラシーの（再）生産と、「民衆文化《ポピュラーカルチャー》」的で「口語的《オーラル》なもの」の能力の（再）生産を（ひとまず）区分しようとする。そうしてみると、一人称の日記的な文体が（一九世紀の）ワーキングクラス文化と連続性を持つこと（ウィリアムズ『誰がウェールズのために語るのか？』も参照）、疎外の克服とその挫折という意識の運動がごくポピュラーな経験であることが見えてくるのであって、通説に反して『ヴィレット』は、民衆文化的な理解能力をそのコミュニケーションにおいて要求する著述であった可能性が浮上してくる。

『文化とは／文化のソシオロジー』の位置付け

第二章「制度」では、文化的作品の生産者の自律性の度合いが歴史的な段階によって相違と重複を見せることが論じられ、第三章「運動体《フォーメイション》」では、社会的秩序と個別の文化的フォームのあいだに、ギルドや文化運動のような「運動体」が存在すること、ゆえに社会的秩序の単純な反映が芸術的フォームに生じないことなどが説明されていく。第八章「組織化《オーガナイゼイション》」では、ここまで問題提起された複数の事項の「複雑な相互関係」を記述すべく、「意味作用システム」としての「文化」が、それぞれに「溶解」しているのではないかと問題提起される。

最後に、本書全体の歴史性について簡単に触れておくと、例えば、一九八〇年代のイデオロギー分析を重視しかつ新しい文化的フォームの「生産」を重視する著述群との創造的な緊張感をふまえて、また、ピエール・ブルデューの著述とのあいだの緊張感（L・C・ジャクソンとU・リヴェッティによる資料調査を参照）をふまえて、本書を位置付けることなどが、今後必要になってくるだろう。

レイモンド・ウィリアムズ（Raymond Williams）

一九二一年、イングランドとの境界沿いの小村パンディに生まれる。父は一九二六年のゼネストにも参加した鉄道信号手だった。故郷にほど近いグラマースクールを卒業後、奨学金を得てケンブリッジ大学に進学し、マルクス主義、コミュニズムに深く影響されるが、後に自己規定に用いるようになるのはソーシャリズムの方である。

第二次世界大戦の勃発を受け、休学して従軍、対戦車砲連隊の新任士官としてノルマンディ上陸作戦を戦い、言葉にしがたい衝撃を受けることとなった。アルデンヌ作戦後に大学に復学し、一九四六年から一九六一年まで成人教育に従事した。同年、ケンブリッジ大学の英文学講師、一九七四年から八三年までドラマ講座教授の任にあった（ここまでの記述は、インタヴュー集『政治と文学』〔一九七九年〕記載の年表に多くを負う）。一九八八年に他界。

　翻訳のあるものを中心に紹介すると、文化・文学研究の古典となる『文化と社会』（一九五八年。若松繁信・長谷川光昭訳、ミネルヴァ書房、一九六八年）、『長い革命』（一九六一年。若松繁信・妹尾剛光・長谷川光昭訳、ミネルヴァ書房、一九八三年）、『オーウェル』（一九七一年。秦邦生訳、月曜社、二〇二二年）、『田舎と都会』（一九七三年。山本和平・増田秀男・小川雅魚訳、晶文社、一九八五年）、メディア研究の分野開拓的著述『テレビジョン』（一九七四年。木村茂雄・山田雄三訳、ミネルヴァ書房、二〇二〇年）、重要な語彙の歴史的用例の変遷を辿った労作『改訂版 キーワード辞典』（一九八三年。椎名美智・武田ちあき・越智博美・松井優子訳、平凡社、二〇〇二年）など、数多くの著述がある。『改訂版 上演のなかのドラマ』（一九六八年）など、（少なくとも同時代的には）影響力の甚大な演劇《ドラマ》論も複数出版されている。『モダニズムの政治学』（一九八九年。加藤洋介訳、九州大学出版会、二〇一〇年）は、隆盛するモダニズム研究にいち早く為された介入とも読める。翻訳版独自の選集である『共通文化にむけて 文化研究Ⅰ』（川端康雄編訳、大貫隆史・河野真太郎・近藤康裕・田中裕介訳、みすず書房、二〇一三年）、『想像力の時制 文化研究Ⅱ』（川端康雄編訳、遠藤不比人・大貫隆史・河野真太郎・鈴木英明・山田雄三訳、みすず書房、二〇一六年）には、主要な論考などが掲載されている。

　一九四〇年代後半から改稿を重ねた小説『辺境』（一九六〇年。小野寺健訳、講談社、一九七二年）を出版した後も、小説の執筆に最も大きな精力を注いでいたとされる（ダイ・スミスによる伝記などを参照）。労働党のメンバーであった時期があることが知られる一方で、少なくとも一年間は、ウェールズのナショナリスト政党プライド・カムリのメンバーであったことも左記アーカイブ資料（前者）から分かっている。エセックスのサフラン・ウォルデンなどに住居があったが、故郷にほど近いイングランドの小村クラズウォールのコテージにも各年の一定期間住んでいたようだ。また、配偶者のジョイ・ウィリアムズが、詳細なリサーチ活動を行ってウィリアムズの助けとなり、彼女なしには、少なくともその一部の執筆活動が不可能だったことが、スウォンジー大学や国立ウェールズ図書館のアーカイヴ資料を見るとよく分かる。

付記　既訳のあるものについては、原文参照の上、変更させて頂いた場合がある。

フレドリック・ジェイムソン『政治的無意識』

大橋洋一

The Political Unconscious: Narrative as a Socially Symbolic Act, Ithaca: Cornell University Press, 1981. 大橋洋一・木村茂雄・太田耕人訳『政治的無意識——社会的象徴行為としての無意識』平凡社、一九八九年（平凡社ライブラリー、二〇一〇年）。

ジェイムソンの『政治的無意識』は、平凡社ライブラリー版で本文だけで五五〇頁、これに原注、用語解説、あとがき、索引などを加えると六五〇頁ほどの大作となり（ちなみに平凡社ライブラリーでは本書がシリーズ中最大ページ数を記録したと思ったのもつかのま、この記録は本書刊行の三カ月後に破られた——ミシェル・レリス『幻のアフリカ』（二〇一〇年）は一〇〇〇頁超え）——、その内容すべてを、限られた紙幅で要約するのは不可能に近いため、理論編にあたる第一章「解釈について」を中心に内容紹介したい。

「つねに歴史化せよ」

このスローガンで始まる本書は、しかし、歴史研究者でもない者に歴史研究を強制するものでも歴史研究者だけを読者対象に想定するものでもなく、文学研究者・批評家に〈文学＝物語〉の政治的解釈のあるべき姿を伝えるものであり、その理論編である第一章「解釈について」は、解釈とは書き換えであることを前提としたうえで、反解釈の時代にいかに〈物語〉の書き換えは可能かを探りつつ、〈物語〉を自己完結（閉止＝完結性《クロージャー》）の相のもとではなく、動的な関係性において把握するような理論化を試みる。

文学作品が時代の産物であることを、社会的・政治的・歴史的因果関係の体系的かつ整合的な理論化を通して早くから力説したのはマルクス主義（批評）をおいて他にないのだが、同時に旧来のマルクス主義の反映論あるいは歴史主義（史的唯物論）が歴史的考察に対し貢献するどころか抑圧的に働いてきたことも否めない――歴史主義の貧困。そのためマルクス主義批評の復権をめざす本書はマルクス主義のポジティヴな遺産を余すところなく継承しながら同時にマルクス主義的歴史主義に対する挑戦的読み直しを敢行することになる。

三つの因果律

本書が提唱する解釈学は、作品の社会的・政治的・歴史的原因をあぶりだすためにテクストを書き換えるものだが、著者はまず原因と結果の因果関係を弁証法的批評の実践として考察する――〈機械論的因果律〉〈表現＝表出型因果律〉〈構造論的因果律〉の順に。

〈機械論的因果律〉はビリヤードのボールの動きのように、特定の現象が媒介を経ず直接特定の文化現象なり文学作品を生むことをいう。単純だがしかしその有効性を著者は否定しない。たとえば写真の発明と発達が文化的産物に変化をもたらしたことなど。続く〈表現＝表出型因果律〉は、すべての文化現象を統御する本質なり基盤を想定するといった、本質主義的実践であり、たとえば特定の時代精神が同時代のすべての文学思潮を支配する、つまり特定の時代精神が文化的生産に表出＝表現すると考える。

弁証法的批評の冒険者たる著者は、この〈表現＝表出型因果律〉にも一定の評価をあたえているが、反理論・反歴史主義を標榜する旧来の保守的形式主義批評がここぞとばかりに批判の矛先を向けるのもこの〈表現＝表出型因果律〉にもとづく批評・研究である。これは作品の個別的特殊性を捨象して特定の思想なり理念なりに還元し作品を限りなく貧しいものする批評的営為にほかならないとして。また反歴史主義勢力にとっても、特定の時代精神がすべての文学を貫くという観点ほど文学の独自性・創造性を抑圧するものはない。

社会現象としてみると〈表現＝表出型因果律〉は、そのもっとも低俗な顕現としてはさまざまな現象に黒幕を想定する「陰謀論」を擁するのだが、マルクス主義批評における「反映論」（特定の経済体制が作品に反映されるとする）も陰謀論に劣らず悪名が高く、マルクス主義批評を貧困なものにした元凶と目され、「俗流マルクス主義」の蔑称が生まれた。

この旧来の（俗流）マルクス主義を刷新したといえるのが、フランスのルイ・アルチュセールの提唱する〈構造論的因果律〉である。マルクス主義の「反映論」の背後には、経済という基盤・下部構造が、文化・イデオロギー・法制・国家などからなる上部構造を決定するという「下部構造決定論」

がある。そのため経済という本質にして基盤を変革すれば、あとは法制度も文化もイデオロギーも、さらには国家すらも自動的に変革されると安易に想定された。だがアルチュセールによれば経済は黒幕的な基盤ではなく、特定の生産様式体制を構成する一要素であって、特権的な本質的地位を享受するものではない。生産様式は、それを構成する各要素が対等にまた相互に重層決定しつつ形成される。これが構造論的因果律であり、表現＝表出型因果律では、たとえばオーケストラを構成する各楽器パートがどれも同じ旋律を奏でることになっているが、構造論的因果律では、各楽器パートは異なる旋律を奏でながら全体としてハモるのである。

この構造（社会編成体あるいは生産様式）の原因として想定されるのは、表現＝表出型因果律で考えるような経済という黒幕的存在ではない。各構成要素の構成なり配置なり関係性から出現するパターンのようなものが構造（生産様式）である以上、目に見え特定できる原因はない。あるのはアルチュセールの用語でいう「不在の原因」である。ジェイムソンの用語では政治的無意識である。これを単純化して説明すれば、「へ」と「も」と「じ」からなる文字群を一定の配置で並べると人間の顔にみえることがある——いわゆる「へのへのもへじ」。この時、各文字が人間の顔全体もしくは顔のパーツを表現しているわけではない。文字の全体配置が文字群を顔にみせる（配置によってはまったく顔にみえないこともある）。この文字群は、「へのへのもへじ」に似た顔をモデルとして作られたわけではない。モデルはなく、ただ「へのへのもへじ」が顔に見えたのであり人間の顔は原因ではなく結果＝効果である。そしてこの効果を通して感じられるものが不在の原因ということになる。

この構造論的因果律のなかでの物語の機能は、アルチュセールによれば社会的矛盾の想像的解決を提供するものである。だが、それだけなら物語は社会を保守し維持するイデオロギー的産物にすぎないのだが、時代を超える文学は想像的解決を脱臼させ亀裂を生じさせて社会的真実を垣間見せ、そこに現在時とは断絶した可能な未来を示すことになる。文学テクストは単なる反映体ではなくイデオロギー的作物でもない。ならばこの点を踏まえたうえで、文学作品の独自性・個別性を毀損することのない社会的解釈学は可能なのか。

著者がここで依拠するのは「真実とは全体である」とするマルクス主義の全体化概念である。ポストモダンの時代には「大きな物語」(含意されているのはマルクス主義の唯物史観)ともども「全体化」は不評であって、流動と断片化、分裂的・脱構築的テクストにこそ真実が宿り「全体なるものは虚偽である」(アドルノ)とまで考えられているのだが、全体化概念は断片化の時代にも影のように寄り添う(無意識のように)と考える著者は、最初に中世の聖書釈義学へと赴く。

聖書釈義学から

中世の聖書釈義学では、四段階にわたる解釈(あるいは三回の書き換え)を通して聖書の記事が解釈された。まず旧約聖書の特定の出来事が歴史的事実として検討され、つぎに新約聖書のなかでこの出来事と照応するキリストの生涯における事件がつきあわされる。そしてそれが個人の精神史・発達史のなかでのドラマに書き換えられ、最後に、最初の旧約聖書でのローカルな事件が、人類全体の歴史のなかに位置づけられる。

第一段階・釈義的読解：旧約聖書中の特定の事件を出発点・指示対象とする。
第二段階・アレゴリー的読解：新約聖書のイエスの生涯の観点から右記の事件を考察。
第三段階・道徳的読解：個人の内面の精神史のドラマとして読み換える。
第四段階・秘儀的読解：人類全体の歴史の観点から考察する政治的読解。

まとめるとこうなるが、著者は、本書の出版当時、英米圏で唯一といってもよい包括的文学理論を展開したノースロップ・フライの神話原型批評において、作品の「逐次相」「形式相」「神話相」「秘義相」とされるものが、聖書釈義学の四段階読解に照応していることを指摘しつつ、フライにおける最終段階である「秘義相」が、中世の釈義学における第三段階である道徳的読解（個人の魂・内面における充足問題）にあたり、中世の釈義学における人類全体の歴史にかかわる秘義的読解が、フライにおいては第三段階に降格されていて、政治的次元が回避され個人の心的ドラマの読解が最終段階にされていることを批判する。最終審級には集団的運命ではなく個人的心象風景がくるところに、フライの図式の、まさにプチブルジョワ的限界とイデオロギー性がみえる（なお本書第二章「魔術的物語」は、「ロマンス」分野を中軸としたジャンル批評だが、それはフライの無時間的ジャンル論を歴史化・政治化する試みとして読むことができる）。

三段階読解へ

ではジェイムソン自身の読解方法はというと、拡大する三つの同心円を枠組みとする三段階構成となる。認識の地平の拡大という現象学的概念を援用しながら著者が試みるのは、掘り下げではなく上昇である。高く昇れば見える景色が広がる。上昇は地平の拡大と連動する。そのなかで地上では目にみえなかった関係性の網の目も見えてくる。

最初にくるのは〈政治的読解〉である。研究対象は個々の文学作品。本文を静的なテクストとして釈義の対象とするのではなく、個人の発話行為あるいはパロールとしてみる。現実の矛盾に想像的解決を与えるという行為面に着目しつつ、同時に、テクストを諸種の矛盾のせめぎあう場としてもとらえることになる。だが、この〈矛盾〉がどこからくるのか、その原因は、この段階ではわからない、まさに政治的無意識化する。そこで地平を広げる必要が生ずる。

次にくるのは〈社会的読解〉であり、研究対象となるのは個々の作品ではなく、その作品を取り巻く集団的階級的言説となる。前段階における矛盾は、社会階級の階級闘争の所産であることがこの段階で明らかになる。それはまた前段階における作品が〈パロール〉であるとすれば、この段階では階級闘争が〈ラング〉であるということだ。また階級闘争の焦点として〈イデオロギー素〉（価値観と物語とが合体して意味単位となる）を特定することも重要になる。かくしてこの第二段階では、個々の作品は、敵対する階級的立場の闘争に参加しているものとして書き換えられる。

そして最終段階の〈歴史的読解〉。人類史にかかわる最終段階であるこの読解において研究対象は集団的階級言説がその一環ともなっている〈文化革命〉（中国における恐怖政治ではなく一般的意味でいう）となる。共存する複数の生産様式の永久闘争運動が把握できるようにテクストを書き換えるのがこの段階なのだが、それには〈文化革命〉をメッセージとして伝える〈形式〉、それも個々の作品の形式ではなく、個々の作品が所属するジャンルの形式が重視される。「形式の内容」あるいは〈形式のイデオロギー〉の解明がこの段階での読解の主たる目的となる。まとめると――

第一段階「政治批評」――対象：文学作品、着眼点：矛盾・パロールとしての象徴行為

第二段階「社会批評」――対象：階級言説、着眼点：対話性・イデオロギー素・ラングとしての階級闘争

第三段階「歴史批評」――対象：文化革命、着眼点：形式のイデオロギー・生産様式の変遷と同時共存

となろうか。この第三段階はマルクス主義の唯物史観（原始共産主義社会から封建制、資本主義社会を経て、社会主義によって橋渡しされる共産主義社会への歩み）が語られてもおかしくないのだが、このユートピア的歴史観は抑圧的歴史主義に変貌して久しいがゆえに控えめにしか言及されていない。語られるのは〈必然の領域〉から〈自由の領域〉を奪い取るというマルクスの解放物語である。また人類の歴史がどのような結末を迎えるのかは、まだそのただなかにいる私たち――迷路をやみくもに走らされているネズミのような私たちには全体像がまだみえていない――には窺い知ることはできない。ユートピアを目指す運動のこれまでの、そしてこれからの悲惨な敗北は、ユートピアが実現した暁には解放物語のなかで正当に位置付けられ意義付けられるというベンヤミン的な歴史観も示されない。本書で示されるのは、いまも未完の歴史は、私たちには超越不可能であり、その効果を通して察するほかはない不在の原因であるということだ。私たちは歴史の「牢獄」（初期ジェイムソンお得意のメタファーだが）にいるとも、私たちにとって歴史は認識不可能な無意識であるともいえる。ジェ

イムソンは述べる——歴史が何であるかを物象化して示すことはできないが、歴史はその効果を通して知ることができる、と。その効果？　それは痛み（苦悩・憤怒・失意・悲嘆）である。過去の歴史における悲惨はまだ続いている。いまだ〈必然の領域〉の支配はゆるぎない。だが痛みがある以上、歴史を感じ取れる。それは希望の痛みでもある。

本書の理論編である第一章以降の残りの章は、理論の実践あるいは練習問題というような形式はとらず、バルザックの有名ではない中編小説を扱った第三章、再評価の波にあらわれたとはいえ一般読者にはなじみのないギッシングの小説を読む第四章、そして映画化され有名だが難解なコンラッドの『ロード・ジム』を読む第五章は、理論編を読まなくとも独立した作品論としても読める。とはいえ理論編と実践編をともに読むことで生まれる相互補完効果は大きいのだが。

なお本書の結語「ユートピアとイデオロギーの弁証法」は集団性の概念を保持しているイデオロギーは未来のユートピアのアレゴリーであると問題提起し悪名高いが、その挑発性は今なお有効であろう。あと第一章と第五章で語られるグレマスの記号の四角形は、ジェイムソンのダイナミックな文学分析とは一見相容れない静的で図式的な解釈装置だが、構造論的因果律と全体性ともつながる重要な解釈装置であることは付言しておきたい。グレマスの記号の四角形についてはグレッグ・イーガンのハードＳＦ『万物理論（原題*Distress*）』（一九九五年）でも人文系の科学理論として丁寧に紹介されている。

フレドリック・ジェイムソン（Fredric Jameson）

フレドリック・ジェイムソンは、アメリカの文学批評家・文化批評家・マルクス主義思想家。米国イェール大学、フランスのエクス大学、ドイツのミュンヘン大学、ベルリン大学で学び、イェール大学で博士号（フランス文学）取得。ハーヴァード大学、イェール大学、カリフォルニア大学で教えた後、一九八五年以降、デューク大学教授となり現在にいたる。一九八〇年代の英米圏における「歴史的転回」とマルクス主義批評の復権に大きく貢献した『政治的無意識』（一九八一年）とポストモダン論の今や古典的名著*Postmodernism, or, the Cultural Logic of Late Capitalism*（1991）（なお本書は未訳だが、重要な論文は以下の文献に再録されている――『カルチュラル・ターン』〔一九九八年。合庭惇・河野真太郎・秦邦生訳、二〇〇六年〕、また『時間の種子――ポストモダンと冷戦以後のユートピア』〔一九九四年。松浦俊輔・小野木明恵訳、一九九八年〕も参照）が、一九九〇年代初期までの代表作だった。そこまでのジェイムソンの歩みは以下の文献で知ることができる――『サルトル』（一九六一年。三宅芳夫・太田晋・谷岡健彦・松本徹臣・水溜真由美・近藤弘幸訳、一九九九年）、『弁証法的批評の冒険――マルクス主義と形式』（一九七一年。荒川幾男・今村仁司・飯田年穂訳、一九八〇年）、『言語の牢獄』（一九七二年。川口喬一訳、一九八八年）、『のちに生まれる者へ――ポストモダニズム批判への途1971-1986』（一九八八年、翻訳（部分訳）、鈴木聡・篠崎実・後藤和彦訳、一九九三年）、『目に見えるものの署名』（一九九〇年。椎名美智・武田ちあき・末廣幹訳、二〇一五年）、『アドルノ――後期マルクス主義と弁証法』（一九九〇年。加藤雅之・大河内昌・箭川修・齋藤靖訳、二〇一三年）。かつてイーグルトンはジェイムソンの著作をアメリカの都市の郊外にある巨大スーパーマーケットにたとえたことがあるが、ジェイムソンに扱えない文化現象はないとまで言われた著述群は、そこに一度足を踏み入れたら出口を見失うほどスケールが大きい。またジェイムソンがアドルノの英訳者について語っていたことは彼自身にもあてはまる、つまり、その難解な文章はジェイムソンを専門に担当する日本語翻訳者を生じさせなかった。二一世紀における日本語訳には以下のものがある。『近代という不思議』（二〇〇二年。久我和巳・斉藤悦子・滝沢正彦訳、二〇〇五年）、『未来の考古学 第一部』（二〇〇五年。秦邦生訳、二〇一一年）、『未来の考古学 第二部』（二〇〇五年。秦邦生・河野真太郎・大貫隆史訳、二〇一二年）、『ヘーゲル変奏』（二〇一〇年。長原豊訳、二〇一一年）、『21世紀に、資本論をいかによむべきか?』（二〇一一年。野尻英一訳、二〇一五年）。なお未訳のものには以下のものがある——*Valences of the dialectic* (2009), *The Antinomies of Realism* (2013), *The Ancients and the Postmoderns* (2015), *Raymond Chandler* (2016), *Allegory and Ideology* (2019), *The Benjamin Files* (2020), *Inventions of a Present* (2024), *The Years of Theory* (2024)。九〇歳になっても執筆活動に衰えをみせてはいない——と最初の原稿に記したが、二〇二四年九月二二日に逝去。

J・ヒリス・ミラー『小説と反復』

侘美真理

Fiction and Repetition: Seven English Novels, Cambridge, MA: Harvard UP, 1982. 玉井暲他訳『小説と反復――七つのイギリス小説』英宝社、一九九一年。

タイトルが示すように、本書は七つのイギリス小説における様々な「反復」の事例を検証した小説分析論である。「反復」とその繰り返しの連鎖がどのような意味や機能を持っているかを個々の作品ごとに論じている。さらに重要なことに、本書はそのように例証される意味や機能が、同じ「反復」の作用によって同時に否定されることも明らかにする。「反復」は「テクスト」の構造を形成するが、また一方で安易な意味決定を抑制し、さらには相反する別の読みや解釈をも生み出す。タイトルで並置された韻を踏む二つの言葉は、「小説（fiction）」の内部に見出される個々の「反復（repetition）」と、「小説」という構造物自体が「反復」と内在的な関係にあること、この二つの様相があることを暗に示している。文学テクストそのものが「決定不能（undecidability）」の性質を持つこと、それを第一章の概論と七章分に渡る作品分析を通して実践的に示した本書の出版は、当時最盛期にあった「脱構築批評」理論の有効性と可能性を強く印象づけるものであった。

反復の二つの型

ミラーは七つの小説（ジョゼフ・コンラッドの『ロード・ジム』〔一九〇〇年〕、エミリ・ブロンテの『嵐が丘』〔一八四七年〕、W・M・サッカレーの『ヘンリー・エズモンド』〔一八五二年〕、トマス・ハーディの『ダーバヴィル家のテス』〔一八九一年〕と『恋の霊』〔一八九七年〕、ヴァージニア・ウルフの『ダロウェイ夫人』〔一九二五年〕と『幕間』〔一九四一年〕）をそれぞれ一章ずつ議論し、各テクストにおける「反復」の連鎖と「小説」との関係を論じる。各章は個別に議論されているため、仮に全体を読まずに、読者が必要に応じて自分の興味ある作品論だけを読むことも可能である。とは言え、実際には第一章の概論を読まずに各章の議論を理解することはかなり難しい。というのも、「反復の二つの型」と題される第一章では、以降に論じられる「反復」と「小説」の間の様々な関係を全体として規定する（あるいは統合する）包括的な論理（ロジック）を展開しているからである。

第一章においてまずミラーは、ジル・ドゥルーズの『意味の論理学』〔一九六九年〕の一節を引用し、「類似するものだけが相違する」という公式に基づく世界と、「相違するものだけが類似する」という公式に基づく世界の、二つの見方に基づく世界があると述べる。つまり前者は、平たく言えば、互いに似ていないように見えても実際には類似性がある世界で、それは根本にある「原型的モデル（archetypal model）」を基盤とし、その類似性や同一性によって反復が継承される世界である。一方、後者は全ての事物がユニークな存在で、それぞれ異なるものから成り立つ世界、差異のみから成り立つ世界である。その世界における反復は明らかな類似性や同一性に基づかず、むしろ不同であることから立ち現れる「幻（phantasms）」のような反復のみがある。それには原型といったものがなく、またその連関性には論理的基盤や根拠もない。言ってみれば夢のような、幽霊のような「類似」があるだけで、それはただ例示するしかない。前者の反復における類似はそれに先行するある同一性の原理に依拠し、第一、第二のものへと続く連鎖に何らかの相似を見出せるかもしれないが、後者の「類似」は二つの異なるものの間にぽっかり横たわる空隙に「イメージ（image）」として生み出され、「反復」はその「イメージ」が次々に織り成すものとして生成される。この二つの型の「反復」を定義することから、本書の議論は始まるのである。

小説における実例（一）——二つの反復の共存

ミラーが提唱する二つの「反復」の対比的な概念はそれぞれ「プラトン的反復」と「ニーチェ的反復」の対比に依拠し、ギリシア哲学以来の「反復」に関する観念史を引き継ぐ。ヴァルター・ベンヤミンのイメージ論やフロイトのトラウマ論などを織り交ぜた議論にはミラー独自の展開も見られるが、「反復」の対比的な概念そのものはミラー独自の理論とは言えないだろう。彼の議論の独自性は、この二つの型の「反復」が小説の中で同時に成立し得るということを作品細部の分析から例証したことにある。第二章におけるコンラッドの『ロード・ジム』の分析において、最初にそのことが示される。『ロード・ジム』には繰り返されるモチーフや奇妙に類似したエピソードが多い。この反復に気づいた読者は、おそらく語り手マーロウが主人公ジムに抱く関心と同じ動機に基づき、この小説におけるモチーフの反復やその全体的なパターンを眺めようとするだろう。そうして得られた一つの「解釈」により、語り手以上にジムを理解し、またジムに関する真実の秘密を解き明かすことができるかもしれない。しかし、ミラーによれば、これらの類似しあうエピソードは反復として企図されているようでいて、その実、どれか一つをとっても全体の起源となるような原型的範例はない、とも言える。つまり、それらは他のエピソードやその解釈にまつわる「イメージ」をただ類比の力で繰り返す謎めいた「反復」でもあり、それらはいわば同じ平面上で同時に反響し合っているため、たとえ読者に何か根源的原因を探ろうとする意識があってもそれは保留されてしまう。従って、読者が仮にいくつか可能な説明を特定できたように思えても、そのいずれかを他より優先することはできず、また相互に関連し、矛盾し合う「反復」の体系において同時に二つ以上を共有することもできない。このような「反復」の機能による不確定性や決定不能性によって、小説の全体を見通すことも、そして小説の中心的な意味や解釈を決定することもできなくなるのである。

脱構築（deconstruction）と異種混交性（heterogeneity）

以降に続く章においても、相反するように思える二つの型の反復が、各小説において同時に成立し得ることが示される。それぞれの反復要素や形式については実に多くの例があるので、詳細は各章を読んでもらいたい。一方の反復はもう一方の反復を転覆させるが、他方の型がなければもう一方の型も存在しないという矛盾した関係性をはらむことも繰り返し説明されていく。こうした二種の反復の関係は、論理の基本法則である「Aか非Aか」という法則を否定するものだと言える。ミラーが説明するように、少なくともここで議論される七つの小説は、「Aであるか、もしくはAでないか」という無矛盾の法則を超え、論理的には相容れない二つの反復がともに真として成立することを肯定しており、小説自体がその矛盾の成立を示している。こうした不思議な状況は七つの小説固有の特徴であるが、一方でこうした無矛盾の法則の矛盾を認め、それを積極的に採用するのは、「脱構築（deconstruction）」批評からの基本的なアプローチでもある。さらに、小説は言語によって構築された「テクスト」であり、「異種混交性（heterogeneity）」を持つ構造物であること、つまり内在する何らかの矛盾や異質なものによってテクスト自身がテクストを反駁し、転覆させる性質を持つものであること、こうした命題を明らかにするのも脱構築批評の一つの典型である。

ミラーは一九七九年に出版された『脱構築と批評』の共著者、いわゆる「五人組」の一人である。八〇年代初頭はポール・ド・マンやジャック・デリダとともに、積極的に脱構築の理論をアメリカ学界に導入することに努め、中でも文学理論における脱構築批評の流行を牽引していた。小説を脱構築的に読解する試みと意図を持った本書は、この新しい批評の実践性を裏付けるものであり、ポスト構造主義の勢いに拍車をかけるものであった。現在もまずはこの歴史的な位置づけにおいて本書は評価されるだろう。脱構築批評、およびポスト構造主義の基本的なスタンスはまずもって、「脱中心化された世界」を示すことである。かつて規定された「中心」とその「周縁」との関係を土台から切り崩すことによって、既知の権威的な中心は失われる。そのスタンスを文学テクストに移行すれば、特権的な解釈というものはなくなり、テクストはより自由なものとして、破壊と生成を繰り返す媒体と捉えられるのである。

脱構築批評にはもう一つ、言語に対する根源的な不安がある。言語という「記号」はそれが指し示す対象からいつも横滑りし、すり抜けてしまうものであり、意味は流動したり、浮遊したりするので、どこか捉えどころのない実体としてある、という考えが前提にある。私たちは日常的に言葉をある程度自在に操ることができるが、実のところ、言語システムを自らコントロールすることはできない。ミラーもまた、この脱構築の基本概念である脱中心化、また言語システムやテクストの自律性を、本書の議論の中心に据えていると言える。

小説における実例（二）——不在を表す「記号」

脱構築批評には、変種、他者、逸脱、矛盾等々の異質な要素や存在を歓迎し、自由な解放と運動を期待させる革新的な一面があるが、その一方で、知的判断においては常に慎重な態度を取り、言語に対する不安や懐疑を表明し続ける。ミラーも本書において、文学テクストが持つ特殊な力を指摘しつつ、言語とテクストの関係については慎重に構える。ミラーはまず文学の特異性について次のように述べる。「文学の特異性と奇妙さ、（中略）各々の作品が読者を驚かせる力は、批評家がそれによって文学を包囲しようとしているあらゆる公式や理論を文学が絶えず超えていることを意味している」（五頁、翻訳八頁）。文学作品には何らかの異質で奇妙なものがあり、それは文学テクストに秘められた潜在的な力である。「反復」の転覆性はまさにその一例で、テクストには、有機的な統一性を求める法則や論理性に縛られない何かがある。ミラーはそうした文学特有の力をまずもって肯定するが、本書の大半を占める個別の小説論においては、言語そのものがもたらす作用の範囲を見極める姿勢にも徹している。

その言語とテクストの関係について、特に言語の遂行効果に伴う影響を追究した例として、たとえば第三章で議論されるブロンテの『嵐が丘』論が挙げられる。この章では、テクストにおける異質なものは、何か「不気味なもの」として捉えられている。『嵐が丘』はヴィクトリア朝のリアリズム小説であり、伝統的な写実主義やリアリズムの約束事に則って書かれた小説であるが、にもかかわらず死者や幽霊など超自然的なものの存在に満ちているかのような印象を多くの読者にもたらす作品である。これは、小説が入れ子構造という複雑な語りで構成されることのほか、ミラーによれば、似たような名前や人物が複数登場すること、さらには写実的描写の細部が全体の構造を表す「エンブレム(表象・象徴)」として反復されていることなど、テクスト内部で繰り返される、様々な記号や比喩の連鎖に由来している。これらの「反復」はすべてを解明する「起源」へと読者を誘うのだが、重要なことは、これらの反復する記号は同時にすべて「死」や「不在」を示している。従って、読者はどうしてもその対象や根源を直接的に経験したり、意識することはできず、ただテクストの奥に何か「不気味なもの」があることだけを確かに感じるのである。

その「不気味なもの」を仮に幽霊や死者と捉えることもできるが、ミラーはそのように対象を特定し、明示するわけではない。むしろ、その失われた根源的な対象は、実は言語が生み出している効果なのかもしれないと議論を続ける。つまり、本当に「不気味なもの」とは、その指示対象自体にあるのではなく、むしろページ上の言葉がそれを生成してしまうことにあるのかもしれない、言語はそうした明かされるべきではない秘密を暴露してしまう可能性を持つものである、と考える。ところが、最終的には、より厳密に言語の特性を捉えるならば、そのどちらが真であるのか決定できない状況を生み出すのが言語の効果であると結論づける。このように、言葉が「不在」を表す記号であることや、その比喩構造にも着目しながら、言語に対する厳密で慎重な姿勢を崩さずに議論を運ぶのである。

『小説と反復』を今どう読むか

このようにテクストの決定不能や矛盾し合う解釈の両立を提示する一方で、「ページ上の言葉」への厳密なアプローチは、本書が出版された当時、脱構築批評としても慎重すぎると批判される向きもあった。たとえば、解釈は無制限に多義的ではなく、意味はそのテクスト自体によってコントロールされると主張するミラーの態度には、テクストの権威性に基づいた、正しく有効な読み方が前提にされているとも捉えられ、保守的な態度にも映っていた。

とはいえ、多くの読者にとって、本書は文学理論における脱構築批評を学び、深く理解するために有効な本である。脱構築批評に特有の用語が多く使われているものの、内容に反して簡潔な文体と、何度も繰り返される類似した表現や比喩的な言い回しによって、議論の大枠を把握することはそう難しくはない。もっとも、すべての章において「反復」の例が綿密に示されているというわけではなく、

第一章の概論が他の七章の個別的な議論とそれぞれどのように関わっているのかは必ずしも明示的ではない。個々の「類似（resemblance）」の例と「反復」の相違も明快というわけではないだろう。しかし、本書における部分と全体の間の整合性を判断し、そのバランスをどのようにとって読み進めるかは、読者自身に委ねられていると言えるのである。

ミラーが自ら本書は「ニュークリティシズム（New Criticism）」の遺産であると述べるように、小説の中の異質なもの、変則的なものを理解するには、細部まで読み込むことが不可欠である。細部とはミラーの場合、あくまでもテクストの言葉そのものにある。人間の現実や人生をいわゆる写実的に描く「リアリズム」の小説はヴィクトリア朝に最盛期を迎えるが、ミラーはそうした小説における、一見透明性の高い言葉に内在する記号的な側面に着目し、「リアリズム」や「モダニズム」といった文学形式にとらわれることなく、各作品に共通する「反復」の機能を証明した。しかし他方で、ミラーによる作品の「精読」、小説の細部と全体を「反復」で繋げる個別の作品論は、たとえばヴィクトリア朝期の主要なテーマである個人と社会の構造的な関係を示す具体的な議論にもなっていると言え、まさに各時代の小説の特徴を捉えている。すべての章を読めば、一九世紀中期から二〇世紀初頭における小説の形式の変遷とともに、小説がある時代に描こうとした現実の表象の具体を知ることができる。この特定の時期に起きた小説の変容と不断の連続のどちらをも理解できる。その意味で、この時代の小説に関心がある読者にとって、特に有意義な発見をもたらす書物であると言えるだろう。

J・ヒリス・ミラー（J. Hillis Miller）

米国ヴァージニア州生まれ。オハイオ州のオーバリン大学在学中に専攻を物理学から文学に変更、その後ハーヴァード大学にて博士号を取得。一九五三年から七二年までの約二〇年間ジョンズ・ホプキンズ大学で教鞭をとり、七二年にイェール大学、その後八六年にカリフォルニア大学アーバイン校（UCI）に移った。

ジョンズ・ホプキンズ大学にいた時代のミラーは、まず同僚であったジョルジュ・プーレ（Georges Poulet, 一九〇二―九一）の影響を受け、「意識の批評」を実践しながらヴィクトリア朝文学を主な対象分析として研究した。たとえば『チャールズ・ディケンズ小説の世界』（一九五八年）では、主人公のアイデンティティ探求の過程やそれを構築するイメージの数々を分析し、作家自身の思索が初期から後期作品にまで表れることを示す。『神の消失――五人の一九世紀作家』（一九六三年）では一九世紀の詩人や作家を取り上げ、神の喪失や不在について議論した。これらはミラーの初期研究の代表的著作と言える。また、この時期のミラーは現象学批評を吸収しつつ、「新批評」の土壌の中で独自のテクスト分析の手法を練り上げていった。七二年、イェール大学に移ったミラーは、現象学批評から脱構築批評へと大きく舵を切る。その一つの成果として出版されたのが『小説と反復』である。

イェール大学「五人組」の一人として七〇年代よりその立場を明らかにしたミラーは、文学理論における脱構築批評の実践面を担う。『小説と反復』以降も脱構築を基盤に批評を展開し、テクストの「決定不能性」を例証し、テクストを読む行為の出発点として言語そのものに向き合うことの意義を訴えた。八六年にMLA（アメリカ近代語学協会）の会長に選出された際は、当時「理論」とは異なる形で席巻しつつあった新たな文学研究、つまり「言語」よりも文化、社会、政治、歴史などに関心の軸がある文学研究や新歴史主義の潮流に懸念を表明した。そうした背景のもと、八七年に出版された『読むことの倫理』（伊藤誓・大島由紀夫訳、法政大学出版局、二〇〇〇年）はミラーのもう一つの代表的著作となる。読む行為にはテクストに対する不可避の反応として倫理的瞬間があることを脱構築批評の立場から示し、また九〇年出版の『ピグマリオンの異型』と合わせ、物語ることと倫理の関係性、また一元的な読みを転覆させる予見不可能な読みとその行為が社会にもたらす効果の倫理性を主張した。

九〇年代以降も『アリアドネの糸——物語の線』（一九九二年。吉田幸子・室町小百合監訳、太田純・兼中裕美・杉村寛子・林千恵子訳、英宝社、二〇〇三年）、『イラストレーション』（一九九二年。尾崎彰宏・加藤雅之訳、法政大学出版局、一九九六年）、『文学の読み方』（二〇〇二年。馬場弘利訳、岩波書店、二〇〇八年）など数多の著作・エッセー・講演集が出版された。その関心は幅広く、デリダ論、言語行為論、ホロコースト研究などであるが、一貫していたのは文学テクストの「他者性」、綿密なテクスト分析と同時に読むことの「アポリア」であった。二〇〇〇年以降は、テクノロジー革命とデジタル世界における文学の位置づけにも関心が高かった。

ポール・リクール『時間と物語』

山野弘樹

Temps et récit, Tome I : L'intrigue et le récit historique, Paris : Seuil, 1983. 久米博訳『時間と物語Ⅰ——物語と時間性の循環／歴史と物語』新曜社、一九八七年。*Temps et récit, Tome II : La configuration du temps dans le récit de fiction*, Paris : Seuil, 1984. 久米博訳『時間と物語Ⅱ——フィクション物語における時間の統合形象化』新曜社、一九八八年。*Temps et récit, Tome III : Le temps raconté*, Paris : Seuil, 1985. 久米博訳『時間と物語Ⅲ——物語られる時間』新曜社、一九九〇年。

一九八三年から八五年にかけて、フランスの哲学者ポール・リクールは主著『時間と物語』（全三巻）を出版した。『時間と物語』は、現象学、歴史学、文学理論の三つの学問領域の知見を綜合することで、「時間と物語の相関関係」という主題に取り組んだ哲学書である。本稿においては、『時間と物語』における文学理論の特質について解説する。

時間性のアポリア——時間は意識なしに存在するのか、それとも意識ありきの存在か

『時間と物語』は、時間論と物語論が複層的な仕方で論じられた著作である。そのため、本書に秘め

られた文学理論の射程を明らかにするためには、リクールの時間論の要諦を示す必要がある。まずは「時間性のアポリア」と呼ばれる議論の概要について確認していこう。

古来より哲学者たちによって「時間」の本質をめぐる議論が繰り返し論じられてきた。古くはプラトンの『ティマイオス』に始まり、アリストテレスの『自然学』やアウグスティヌスの『告白』を経て、カント、フッサール、ベルクソン、さらにはハイデガーの『存在と時間』にまで至る時間論の系譜が存在する。こうした時間論の歴史を、リクールは二つの系譜に分ける。一つはアリストテレスに始まる「宇宙論的時間」の系譜であり、もう一つがアウグスティヌスに始まる「現象学的時間」の系譜である。

宇宙論的時間とは、人間の意識とは関わりを持たず、それ自体として進み続ける等質的な「瞬間」が連なる時間を指す。こうした時間は私たちにとってありふれたものである。なぜなら、人間の意志に関係なく進み続ける時間があらかじめ存在するからこそ、天体の運行や季節の移り変わりといった現象が生じるということを私たちは知っているからである。アリストテレスによる時間の定義は「数えられるものであるかぎりでの運動変化」であり、こうした意味での時間は無限に直進する線形的・連続的な時間でもって捉えられる。

それとは反対に、現象学的時間とは、まさに人間の意識と直接的に関わることを通して、過去と未来に挟まれた「現在」として生きられる時間を指す。実のところ、「今」という概念は宇宙論的時間の中には存在しない。「今」ということを言うためには、「さっきまであった」という記憶の意識と、「もうすぐあるだろう」という予期の意識の双方が必要になってくる。ところで、宇宙論的時間とは定義上人間の意識とは関係なく進行する時間であったのだから、そこに「今」はなく、あるのは単なる「瞬間」の無限の連なりだけである。現象学的時間とは、記憶と予期が相互に干渉し合う仕方で「現在」がその都度生起するという非線形的・非連続的な時間に他ならない。こうした時間論の出発点となったアウグスティヌスによる時間の定義は「精神の広がり」である。

さて、それではこうした二つの時間論のうち、どちらがより時間の本性を描き出していると言えるのだろうか？　リクールの回答は、どちらでもないというものである。なぜなら、一方の時間から他方の時間を導出することができないからである。このように、宇宙論的時間と現象学的時間の間に溝が穿たれたままであるという事態を、リクールは「時間性のアポリア」と呼び表わす。そして、このアポリアを乗り越えるために（すなわち二つの時間を媒介するために）要請されるのが「物語」であるとリクールは述べるのである。

宇宙論的時間と現象学的時間の「物語」的媒介（1）――歴史記述の場合

二つの時間を媒介するために要請されるもの、それが「物語」である。古来より人間は様々な仕方で物語を紡いできた。それでは、多種多様な在り方をする諸物語を、リクールはいかに整理するのだろうか。まず、リクールは物語を、「歴史物語」（歴史記述）と「フィクション物語」（「民話」、「叙事詩」、「小説」などを含む広い概念）という二つの種類に大別する。ここでリクールが立脚するのはアリストテレスの『詩学』である（『時間と物語』だけでなく、リクールにとって、アリストテレスの著作は常に重要な参照項であり続けた)。周知の通り、アリストテレスは『詩学』において、「起こった出来事」について語る「歴史」と「起こりうる出来事」について語る「詩」とを区別している。こうした議論に則り、リクールは、物語を「歴史物語」と「フィクション物語」の二つに分けるのだ。そして、歴史物語とフィクション物語はそれぞれの仕方で時間を媒介すると言われる。

それでは、物語はいかにして二つの時間を媒介するのか。歴史記述は、現象学的時間を宇宙論的時間に「再記入」することによって二つの時間を媒介する。表現自体は難解であるが、語られている事柄はそれほど難しいものではない。例えば私たちは「過去の記憶」を辿る際に、何らかの「暦」を頼りにしながら昔のことを想起する(例:「あれは一昨年の一月三〇日のことであった」)。予期の場合もその事情は同様である(例:「来年度も研究者として多忙な日々を送るだろう」)。言わば、私たちは宇宙論的時間の尺度(「暦」)と結びつけながら現象学的時間を記述し、そのことを通して歴史について物語るのだ。これが「再記入」の概要である。

歴史記述は、「かつて……ということがあった」という記憶を宇宙論的時間に乗せることで過去の出来事を年代順に語る。これは、二つの時間を媒介する典型的な方法の一つであろう。というのは、「あれは一昨年の一月三〇日のことであった」、「三〇年戦争は一六四八年にウェストファリア条約の締結をもって終結した」という仕方で過去の出来事を想起するのは、まさに宇宙論的時間と現象学的時間が組み合わされることによってはじめて可能となるからである。

宇宙論的時間と現象学的時間の「物語」的媒介（2）――フィクション物語の場合

それでは、フィクション物語はいかにして二つの時間を媒介するのか。この点を論じていく前に、私たちは次の問いを導きの糸としたい。すなわち、なぜリクールはアウグスティヌス由来の意識の時間を「現象学的時間」と呼ぶのか、という問いである。それは、他ならぬ「意識」の分析を通して知覚経験や時間経験の深層を探究したエトムント・フッサールの現象学の伝統に『時間と物語』が立脚しているからである。現象学の課題とは、経験が有する志向性の構造を明らかにすることである。『論理学研究』においてフッサールが「志向性」について説明するように、志向性とは、私たちの経験が常に何か「について」の経験としてある特定の仕方で方向づけられていることを示す概念である。そしてリクールは、（必ずしも作者の意図とは同一視されない）志向性を「テクスト」自身も有していると主張する。

それでは、フィクション物語が志向性を有するとは一体どういうことだろうか。それは、フィクション物語が自らの外部に「テクスト世界」（可能的な世界）を「投影（projeter）」するということである。フィクション物語の志向性が「可能的な世界を描写すること」であり、それによって構成される志向的対象こそが「テクスト世界」である。

そして、テクスト世界を読者が受容することを通して、意識において（虚構的な経験として）「現象学的時間」が構成される。改めて述べるならば、現象学的時間とは、記憶と予期の相互干渉によって意識に浮かび上がる内的な時間経験のことを指す。年代順に過去の世界を描写するという志向性を有した歴史記述とは異なり、フィクション物語は、多くの場合非線形的・非連続的な仕方でテクスト世界を展開してゆく。例えば、物語が進むことで新たな記憶（「自分が殺していたのは実の父親であった」）が与えられたなら、それによって新たな予期（「私はもうこれまでのようには生きていけないだろう」）も与えられる。それとは反対に、新たな予期（「真実を見ることができていなかった目を潰すしかない」）が与えられたなら、それによって新たな記憶（「これまで私は自分のことを何も理解できていなかった」）も与えられることになるのだ。

このように、内的時間において記憶と予期は常に相互干渉し、そのあわいに揺れ動く「現在」を生きる虚構的な「私」の経験がその都度現出することになる。堅牢な常識の枠組みの中に囚われた予期と記憶の時間意識（日常的な時間性）を生きるだけでは体験できないこうした内的かつ動的な時間経験を、フィクション物語は人間にもたらす。そうした時間経験は、作中の出来事がそれに沿って生起する（虚構化された）宇宙論的時間と絡み合うという意味で、（歴史記述とは別様の仕方で）二つの時間を媒介する。二つの時間の媒介は、それぞれ、歴史記述においては「宇宙論的時間への現象学的時間の再記入」という形でなされ、フィクション物語においては「フィクションによって展開される想像的変化」という形でなされる。このように、人間の内的な時間意識を揺り動かすフィクション物語の志向性（および意識作用の源泉となる人間の想像力）をリクールは強調するのである。

リクールと構造主義との対決――虚構の時間経験の探究に向けて

『時間と物語』における文学理論の外観を説明するために、私たちはリクールが取り組んでいる時間論の問題、およびそれと密接に関連した物語論の概要を確認しなければならなかった。足早になってしまうが、私たちは残りの分量で『時間と物語』における文学理論の概要を説明していくことにしよう。

『時間と物語』において見出される主題の一つが、「構造主義との対決」である。リクールは――構造主義的な物語分析による記号論的合理性も必要であるという姿勢は崩さないものの――時間経験の創出について焦点を当てない構造主義の「無時間性」（例えばウラジーミル・プロップによって分析された三一個の「機能」や、A・J・グレマスによって分析された「行為項モデル」）について繰り返し批判を行っている。

こうした立場が色濃く反映されているのが、リクールによるアリストテレス『詩学』の読解である。アリストテレスは悲劇を構成する六つの要素のうち、「ミュトス（筋立て）」を最も重視するが、『詩学』を仏訳したローズリーヌ・デュポン＝ロックとジャン・ラロとは異なり、リクールは「ミュトス」を静的な「構造」ではなく、動的な「働き」として捉える。リクールが重視するのは「ミュトス」を生み出す人間の想像力であり、時間経験の創出という現象を等閑に付す構造主義においては物語の本源的な力動性を捉えることができないとリクールは批判するのである。

こうしたリクールの批判は、物語の時間的特徴についての分析を行うジェラール・ジュネットの物語論に対してさえも向けられる。すなわち、ジュネットの分析だけでは読者の虚構的な時間経験を正当に評価することができないとリクールは述べるのである。記憶と予期の相互干渉によって構成される時間経験は、まさに「作品が投影する世界」（テクスト世界）と関連する形で成立するとリクールは述べる。言わば、テクストに内閉する傾向のある構造主義に対して、意識経験の記述に焦点を当てる現象学者の観点を盛り込む必要性をリクールは論じるのだ。そして、『時間と物語』第三部第四章において取り上げられる『ダロウェイ夫人』（ヴァージニア・ウルフ）、『魔の山』（トーマス・マン）、『失われた時を求めて』（マルセル・プルースト）も、こうした「虚構世界内における時間経験」という観点から分析されるのである。

リクールとポスト構造主義との対話――作者・読者・（他者としての）テクスト

さて、構造主義との対決というモチーフを考えるならば、リクールが（「ポスト構造主義」の表題のもとで論じられることの多い）ロラン・バルトやジャック・デリダの文学理論とどのような関係を結んでいるのかという問題が当然浮上してくる。リクールは両者からどのような影響を受けているのだろうか。

バルトが「作者の死」をフランス語で発表したのは一九六八年である。そこにおいてバルトは、作品の意味が権威ある「作者」によって支配されているとする旧来の文学観に対し、「読者」による解読の作業こそがテクストを創造するという文学観を主張した。作品の意味の潜在性が作者の意図に還元されてしまわないという主張、そして従来受動的な位置づけが与えられてきた読者の解釈の創造性を強調する立場は、『時間と物語』の文学理論の要(「再形象化」論)を構成するものでもあった。

しかし、リクールは作者によるテクストの創造という局面を排除することはない。バルトと異なり、リクールは一方的に「作者」に「死」を宣告することはない。むしろ人間の想像力(および筋立ての力動性)を強調するリクールにとって、別様の世界を展開しうる作者の詩的想像力は読書行為と並んで重要なものであり続けていた。

同じく一九六八年、デリダは「プラトンのパルマケイアー」と題された論文を書いた。そこにおいてデリダがプラトンの著作『パイドロス』に対して行ったのが脱構築的な読解である。デリダによれば、「テクスト」はプラトンがその中で明示している命題を裏切る形で作用してしまっている。プラトンの著作であるにもかかわらず、プラトンの意図や意識とは別様に作用してしまっているテクスト、それは紛れもなく、プラトンにとっての「他者」に他ならない。作者から切り離されたエクリチュールは、自律した一つの「他者」として、無限の解釈の過程へと差し出されていくのである。こうした「他者」としての「テクスト」観は、「他者」を経由した「自己」の特質を論じるリクール哲学において決定的な影響をもたらした。

しかし、デリダが脱構築的に読解されたテクストの「漂流」を強調する一方で、リクールはテクストが何らかの「呼びかけ」を行う作品として読者との相互関係に入ることを強調する。リクールにとってテクストとは、読者としての「私」に別様の世界の可能性を呈示する存在に他ならない。だからこそ、『時間と物語』における文学理論は、他者としてのテクストとの「対話的」な関係性を強調するのである。

私たちの時間経験は他者によって構成されている。ここで言われている「他者」とは、テクストとして自律した物語――とりわけ、既存の世界観や人間観に挑戦し、読み手に別様の生への促しを行うような物語――である。その物語を紡ぐ語り手は、私たちに「呼びかけ」を発する。そして、その声に応答することを意志したとき、私たちの生きる「今」は、「過去から続いているだけの今」から、「ある未来を実現するための今」へと転じるのだ（こうした論点はリクールの「歴史意識論」に直結するものである）。『時間と物語』は現象学の伝統に立脚しつつも、単に経験を記述するのみならず、言語によって経験が媒介的に構成される諸相を摑み取ろうとする。このように、時間論と対になる仕方で物語論を展開する『時間と物語』は、まさに現象学の著作であると同時に、（人間経験の言語性に着目するという意味で）解釈学の著作でもあるのだ。

『時間と物語』は、バルトやデリダとも決定的に異なる仕方で文学の意義を探究した著作である。こうした点は、国内外のリクール研究において未だ十分に強調されているようには思えない。確かに、『時間と物語』はこれまで「時間性のアポリア」や「歴史とフィクションの交叉」という表題を中心に解釈されることが多かった。また、晩年の大著『記憶・歴史・忘却』と結び付けられる仕方で、歴史記述論を扱う著作として論じられることも多かった。しかし今後は、文学理論の観点から『時間と物語』の独創性を見定める研究が求められていると言えるだろう。

ポール・リクール（Paul Ricœur）

一九一三年、フランス南東部のヴァランスに生まれる。ポールを産んだ数カ月後に母フロランティーヌが亡くなり、父ジュールは第一次世界大戦におけるマルヌの戦いで戦死。戦災孤児となったリクールと姉のアリスは父方の祖父母に引き取られ、フランス北西部のレンヌに移り住むことになる。リクールが一五歳の頃、アリスが結核を患い、アリスはその四年後に亡くなる。家族と共に平穏に暮らす自由と権利を世界大戦に奪われたリクールは、自身も自らの妻を残して第二次世界大戦へと徴兵される。二一歳の頃からすでにガブリエル・マルセルの金曜会に通うことでドイツ哲学への関心が高まっていたリクールは、約五年間の捕虜生活の最中にフッサールの『イデーン』の仏訳の作業を進める。

第二次世界大戦から生還したリクールは、メルロ＝ポンティの推薦によりガリマール社からリクール訳の『イデーン』の仏訳が出版されることが決まる。一九四八年からはストラスブール大学の助教授に就任。一九五〇年に主論文『意志的なものと非意志的なもの』（副論文『イデーン』仏訳）にて国家博士号取得。一九五六年からパリ・ソルボンヌ大学の教授に就任。一九五九年からはジャック・デリダがソルボンヌの助手に着任。一九六〇年には「意志の哲学」第二巻である『有限性と有罪性』を分冊（『過ちやすき人間』・『悪の象徴系』）で刊行（しかし第三巻の『意志の〈詩学〉』は未完のままに終わる）。一九六一年、エマニュエル・レヴィナスが国家博士論文として提出した『全体性と無限』の査読を担当し、その哲学的意義を助手のデリダに熱弁する。

一九六三年、『エスプリ』誌主催のコロックにてレヴィ＝ストロースと討論。一九六五年『解釈について――フロイト試論』を刊行。一九六六年、パリ大学ナンテール校に就任。一九六九年にはミシェル・フーコーとコレージュ・ド・フランスの教授ポストを争い、結果フーコーがそのポストを勝ち取る。一九七〇年、学生運動の緊張が激化し、前年からナンテール校の学長に就任していたリクールは責任を取って辞職を余儀なくされる。同年、シカゴ大学の教授に就任。ハンナ・アーレントの招きでシカゴ大学の社会思想委員会にも参加。さらにベルギーのルーヴァン・カトリック大学の教員も兼任。一九七五年、『生きた隠喩』の刊行。その二年後には『生きた隠喩』の英訳も刊行され、リクールの国際的名声が次第に高まる（この頃六四歳）。そして一九八三年から遂に『時間と物語』（全三巻）を一年に一巻ずつ刊行。哲学者としてのリクールの名声は決定的なものとなるが、一九八六年に三男オリヴィエが自死。

受難の日々に苦心しつつも、一九九〇年に『他としての自己自身』を刊行。一九九七年に妻のシモーヌが亡くなるが、二〇〇〇年に『記憶・歴史・忘却』を刊行（リクール八七歳）。同年一一月に京都賞を受賞し来日。そして二〇〇五年、老衰のため自宅にて逝去。

ジャクリーン・ローズ『ピーター・パンの場合』

芦田川祐子

The Case of Peter Pan or The Impossibility of Children's Fiction, London: Macmillan, 1984.
鈴木晶訳『ピーター・パンの場合——児童文学などありえない？』新曜社、二〇〇九年。

児童文学批評において今なお影響を与え続けている問題作が、ジャクリーン・ローズの『ピーター・パンの場合』である。それは、バリを著者とするものもしないものも含めた『ピーター・パン』関連の諸テクストを事例として分析し、「子ども」や「子どもの本」にまつわる神話を解体する試みであった。児童文学研究者とは呼ばれないであろう著者によって書かれたが、だからこそ従来の児童文学論と一線を画するもので、ローズの論のスケールと衝撃は大きかった。

大人と子ども

『ピーター・パンの場合』で児童文学研究者に最も多く引用されるのは、「はじめに（初版への序文）」の部分である。序文しか読まれないかのようだと皮肉を言われることもあるが、それらの刺激的な表現は、部分的に抜き出すと誤解を招きかねないものでもある。

ローズが「はじめに」で提示する論の目的は、「本書で問題にするのは、子どもが何を求めているかではなく、大人が何を欲しているかである」というように、通常児童文学を論じる際に前提となる、子どもにとって良い文学とは何かを探る姿勢とは、かけ離れたものである。このこと自体が型破りであり、同時にその点を児童文学の書き手や研究者が問うてこなかったことの意味に注意を向けさせた。すなわち児童文学とは子どものための文学ではなく、子どもを通して大人が何かを得ようとしているものだと示唆されている。子どもに対する大人の「欲望」とは、「大人による子どもへの投資の一形態、そしてその投資の結果として大人が子どもに要求する見返り」であり、子どもを固定して押さえつけるものだとローズは定義する。

結論として大人が何を得ようとしているかというと、自己や世界が一貫していてコントロール可能なものだという認識が脅かされるのを、子どもを利用して防ごうとしているのだとローズは指摘する。われわれは、言語や性が秩序だったもので、社会に分断や問題はないと信じたがっている。言語・性・国家との関係において、純粋な起源として無垢な「子ども」を設定することが、大人を救う働きをしているのだ。

児童文学の不可能性

日本語訳の副題は「児童文学などありえない?」と疑問形になっているが、もとは「児童文学の不可能性」と言い切った副題である。ローズといえばこのフレーズが出てくるほど有名な、もしくは悪名高い表現だが、挑発的に響くことはローズも自覚していたとみえて、「はじめに」で「児童文学は不可能だ」と述べた後に、それは児童文学を書くことができないという意味ではなく、児童文学は自分ではめったに語ろうとしないある不可能性に拠って立つもので、「その不可能性とは、大人と子どもの不可能な関係である」と説明している。

大人と子どもの関係がどのように「不可能」かというと、ローズは次のように続ける。児童文学は大人（著者、作り手、与える者）が先に来て子ども（読者、作られたもの、与えられる者）が後から来る世界を設定するが、その間の空間にはどちらも立ち入らない。言い換えれば、児童文学が本の中で子どものイメージを作り上げるのは、本の外の手が届かない子どもを確保するためなのだ。児童文学は書き手と受け手の断絶に基づいており、部外者としての子どもを前提としているのに、その後で子どもを誘い込もうとする。すなわち「児童文学」というカテゴリーの背後には、大人が自分たちのために必要としてそこに置いた子ども以外に、子どもはいない。

この「不可能性」への言及は大きな衝撃を与え、賛否両論を巻き起こした。子どもは実在するとか、大人と子どもが児童文学でコミュニケーションを取ることは可能だ、などという反論もなされた一方、ローズの論を児童文学批評に広げて考察したのがカリン・レズニック＝オーバースタインの『児童文学――批評と架空の子ども』（一九九四年）で、児童文学批評は架空の存在である「現実の子ども」を前提としており、根本的な問題を抱えていると主張している。ローズ自身は児童文学（論）の息の根を止めるというよりは、「私が、児童文学の歴史が孕む問題点を明らかにする目的は、今なお続く、子どもをめぐる性的・政治的ごまかし（と私が考えるもの）の解体に多少とも貢献するためである」というように、神話の解体を目指すと述べている。

『ピーター・パン』が体現するもの

ローズの立場はポスト構造主義の流れをくむもので、ことばが世界を描写するのではなく、世界の構築に関与しているとみなすものである。「私は児童文学が、たえず変化する子どもの価値や子どもの概念（子どものイメージ）を受動的に反映したものだとは考えない。私は児童文学を、それを通して私たちが言語やイメージとの関係を規定する中心的な手段のひとつだと考えている」とローズは述べる。『ピーター・パン』が作品を通して「子ども」のイメージを形成する点は他の児童文学と同様だが、ローズは『ピーター・パン』が隠そうとして隠しきれないものを読み解いていく。

児童文学を論ずるためになぜローズが『ピーター・パン』を選んだかというと、この「永遠の子ども」をめぐる一群の作品が、児童文学として典型的な主張をすると同時に、その主張が偽りであることも露呈しているからである。「『ピーター・パン』は、私たちの生きている文化において、それ自体が主張していることがじつは不可能だということを示す、記念碑的作品である」とローズは説く。その主張とは、『ピーター・パン』は子どもを表象し、子どもに向かって子どものために語り、知り得る、かつその本のために存在する集団としての子どもに話しかけている（そしてその本も子どものために存在する）というものだ。先述のように児童文学は子どもを表象するものではないし、知り得る集団としての子どもは存在しない。また『ピーター・パン』の作品自体にさまざまなバージョンがあるが、それらが子どもの精髄を表すとして同一性を強調されるのは、「子ども」をすべて同一だとみなす傾向と通ずるものがある、とローズは考察する。

ローズの論は児童文学批評を揺るがした一方で、『ピーター・パン』の作品論にはさほど影響を与えなかったように思われる。それは文化的概念を扱うというローズの射程の広さのほか、「失敗」がわかりやすく見える例として『ピーター・パン』が引き合いに出されたせいもあるだろう。

各章の概要

ローズの本論には五つの章があり、ゆるやかにつながりつつ焦点を変えて『ピーター・パン』と児童文学の問題を論じている。各章の題と副題が大まかに内容を示しているが、簡単にそれぞれを見ていく。

「I　ピーター・パンとフロイト——誰が誰に語っているのか」では、フロイトの精神分析と照らしたときに見えてくる、児童文学および『ピーター・パン』の問題を取り上げている。フロイトの「無意識」は、自身を完全に知ることや首尾一貫性をもたせることに疑問を呈する。子ども時代も言語の意味も流動的で、それによりわれわれのアイデンティティも変わるのだが、それらは児童文学において、知り得るもの、安全にコントロールできるものとみなされる。しかし、誰が誰になぜ語っているかを考えていくと、ローズの読み解く『ピーター・パン』のさまざまな版は、起源・性・死の問題が、書くプロセスと切り離せず、子ども時代と言語を巡る不安が解決しきれないものであることを示唆している。フロイトが言うように抑圧は成功しないことを露呈している点で、『ピーター・パン』は注目に値するのだ。

「II　ルソーとアラン・ガーナー——子どもの無垢、ことばの無垢」では、ルソーの『エミール』とガーナーの『ストーン・ブック』四部作に典型的で児童文学によく見られる、子どもと言語や文化にまつわる起源幻想を取り上げている。そこにはロックやルソーの哲学の流れをくむ、言語や書きことばへの敵意があり、人間や文化が時とともに堕落していく中、子ども自身が「原始的」つまり純粋な起源であることによって、われわれに意味の純粋さや失われた過去を取り戻してくれるという期待がある。子どもと大人、話しことばと書きことば、無垢と腐敗などは、互いの関係の中でのみ意味をもつ「構造的な対立」であり、特殊な子ども観を生み出している。『ピーター・パン』やガーナーの作品には冒険物語とおとぎ話の要素があり、冒険物語は特に植民地主義と関わりが深いが、どちらのジャンルでも子どもを通した起源の回復がなされる。児童文学全体として、教訓主義の語りから「物語化」を強めることで、見せること、同一化、写実性を重視する傾向にあるのも、言語を否定しようとする試みである。

「III　ピーター・パンと児童文学——ことばの混乱」では、バリの小説版『ピーターとウェンディ』を分析して、その語りがいかに児童文学のルールに反しているかを示している。児童文学では、語り手はしっかりと自身を保ち、語り手の大人と登場人物の子どもを区別しなければならないが、『ピーターとウェンディ』は流動的な代名詞の性質をあらわにして、語りで自己を固定することの不可能さを示しているのだ。『ピーター・パン』はまた、バリの小説や劇以外にも多様な版が存在し、バリが著者である、もしくは著者が存在するという常識を覆している。『ピーターとウェンディ』は、少年冒険小説、家庭物語、おとぎ話という児童文学の代表的ジャンルとの関連が深いが、語りの首尾一貫性やリアリズムの主張に欠ける点で逸脱するとともに、少年文学と少女文学を混ぜた点でも逸脱している。『ピーター・パン』は児童文学の決定版になるべく求められていたが、バリの書いた小説はそれになれなかったのだ。

「Ⅳ　ピーター・パンと子どもの商品化——子どもはよく売れる」では、ピーター・パンがどのように流通するようになったかを追い、子どもは無垢なものとして、汚れた金銭からは遠ざけられがちだが、児童文学を商業面から論じることも可能だと示している。ただし『ピーター・パン』の場合は、関連づけられた無垢も金銭も莫大であり、対立するものではなく同じものの両面のように見えてくる。子どもを性的でありながら無垢な存在として提示した『ピーター・パン』は、バリ個人のみの産物というより、英国演劇界によっても生み出されたものと見るべきだとローズは指摘し、パントマイムやヴィクトリア朝末期の演劇の子ども崇拝とのつながりや、大人の演劇の衰退した形を受け継いだ穴埋めとしての面を論じる。さらに、『ピーター・パン』は多様な形で存在して富を集めているが、ひとつしかないとされるものでもある。「子どもの本」とひと口に言っても、値段はいろいろであり、子どものためとは言えない商業主義のあり方や、市場としての子どもが均一ではないさまを見ることができるが、『ピーター・パン』はこうした分断を覆い隠す、文学的な価値を負っている。

「Ⅴ　ピーター・パン、言語、国家——フック船長、イートン校に通う」では、『ピーターとウェンディ』が学校教科書になったときに何が変わったかに着目して、学校教育と言語の問題を論じている。

二〇世紀初頭の英国では教育の均一化政策が進んでいた一方、子どもの階級差を保持する必要性があった。英語は大きく二つの形式として認識され、一方は一見「自然」で万人向けの小学校的な言語、他方はラテン語の影響の濃い文化的とされる言語だった。『ピーターとウェンディ』の語りの混乱はこれらの二種類の言語の混同でもあり、子どもの読者が分断されていることを示唆しているが、教科書ではラテン語と文学的なことばが排除され、語り手の存在や言語的な自意識を感じさせる部分も削除された。一九七〇年代になると、子どもに適した言語と文学のあり方は考え直されたが、あたかもそれが変わればすべてが解決するかのような扱いで、より根源的な社会的分断という制度上の問題には触れられない。子どもや児童文学はこのように、都合の悪いことを隠蔽し安全を確保するのに利用されてきたのだ。

ローズの論の衝撃

『ピーター・パンの場合』は、精神分析や脱構築の観点から児童文学と「子ども」をめぐる文化のあり方の問題点を指摘したもので、それまで児童文学関連分野で当然とされ、無批判に受け入れられていたものを再考させた。従来の児童文学研究の出発点には、教師や司書などが子どもにとって良い本を選ぶという目的があり、二〇世紀に批評理論が多様化するにつれて「文学」としても多角的に論じられるようになっていたが、「子どもの文学」が何を意味するかについて根本的に問うたものはなかった。まさにその問うてこなかったということが、学問領域や自らの姿勢を批判的に見ることの難しさを表している。

児童文学批評はローズ以前には戻れない。米国を本拠とする児童文学協会（Children's Literature Association）が二〇一〇年秋号の機関誌で、『ピーター・パンの場合』出版二五周年記念の特集を組んだ。その「序」でまとめられているように、ローズの論は誤解されたり無視されたりもしてきたが、ローズの論以降、児童文学研究は「児童文学」のあり方や理論的立場を考えずに論じることはできなくなっている。批評家がローズの論から何を得るか、どの点に同意してどこにどのように反論するか、それぞれの立場を示す試金石になっているとも言える。ただしローズ自身は『ピーター・パンの場合』以降、一九九二年に同著の再版用序文を載せたほか（右記の二五周年特集号に短いコメントを寄せているが）、特に「子ども」や児童文学を論じてはいない。『ピーター・パンの場合』はローズ自身の著作の中では異色に見えるが、「ファンタジー」に着目して見えにくいものを読もうとする姿勢は共通しており、「子ども」の政治利用の仕組みを暴いて思考や行動の変容を促す点で、ローズの他の著作の根幹をなすフェミニズム、精神分析、反シオニズムなどと、政治的関心はつながっている。

ローズの文章は、括弧やダッシュや句読点に彩られ、さまざまな可能性を提示するもので、文学作品も批評も「テクスト」であり、透明な言語が意味を媒介するのではないことを体現している。流れを意識して読まないと、他人の説の言い換えをローズの意見だと誤解しかねない部分もある。ここまでの解説は、私が現時点で理解した内容に基づいているが、読者が異なればまた別の解釈が生まれる可能性も開かれている。

ジャクリーン・ローズ（Jacqueline Rose）

ロンドン生まれのユダヤ系で、祖母の家族はホロコーストの犠牲者だった。姉は哲学者として知られるジリアン・ローズ（一九四七―一九九五）。ローズはオックスフォード大学を卒業し、パリのソルボンヌに留学後、ロンドン大学（UCL）でフランク・カーモードを指導教官として、『ピーター・パンの場合』のもととなった博士論文を執筆した。サセックス大学、ロンドン大学クイーン・メアリー校などでの教職を経て、二〇一五年よりロンドン大学バークベック校人文学教授。二〇〇六年から英国学士院フェロー、二〇二二年から王立文学協会フェローであり、二〇一八年にブッカー賞審査員を務めるなどして、しばしば「有識者」（パブリック・インテレクチュアル）と称される。

ローズの著作は、フロイトとラカンの精神分析をもとにフェミニズムの立場から文学作品や文化を論じたものが多い。その学術的キャリアは、一九七四年にポンタリスの短文「パリでのフロイト」の英訳を活字にしたころから始まる。ローズは他にもフランス語から英語への翻訳を手がけており、中でもジュリエット・ミッチェルと共編したラカン等の論文集『女性のセクシュアリティ』（一九八二年）で知られる。『ピーター・パンの場合』の次に出版されたローズの著書は、映画論にも影響を与えた論文集『視野におけるセクシュアリティ』（一九八六年）であり、続く『シルヴィア・プラスの幽霊』（一九九一年）は、プラスの詩の解釈をめぐって、プラスの夫であったテッド・ヒューズとの論争に発展した。ローズはシオニズムを批判するユダヤ人としても物議をかもし、関連作には『ファンタジーのありさま／国家』（一九九六年）や『最後の抵抗』（二〇〇七年）がある。ローズの著作の日本語訳は少ないが、ホミ・バーバ＋W・J・T・ミッチェル編『エドワード・サイード　対話は続く』（二〇〇五年。上村忠男・八木久美子・粟屋利江訳、みすず書房、二〇〇九年）に「シオニズムの問題――対話を続けること」が収められている。また、シンポジウムの記録（ハル・フォスター編『視覚論』所収、一九八八年。榑沼範久訳、平凡社、二〇〇〇年）や論文集の後書き（バシール・バシール＋アモス・ゴールドバーグ編『ホロコーストとナクバ』所収、二〇一八年。小森謙一郎訳、水声社、二〇二三年）などでもその思考の一端に触れられる。二〇〇二年には英国チャンネル4のドキュメンタリー番組『危険な連携――イスラエルと米国』を担当し、二〇〇七年には英国のユダヤ人団体「独立ユダヤ人の声」の創立者の一人となった。『アルベルチーヌ』（二〇〇一年）はプルーストの『失われた時を求めて』に着想を得て、二人の女性の声で語り直した小説だが、フェミニズムと精神分析のプロジェクトである点は他の著作に通ずる。近年は女性問題の論も多く、『母親論』（二〇一八年）、『暴力と女性に対する暴力』（二〇二一年）には世情への危機感が表れている。ローズは『ガーディアン』紙や『ロンドン・レビュー・オブ・ブックス』に寄稿しており、『ジャクリーン・ローズとの会話』（二〇一〇年）のインタヴュー記録やネット上で公開されている討論会等の映像でも、他者との交流を大切にして思考を深めようとする姿勢を見ることができる。

ガヤトリ・C・スピヴァク『サバルタンは語ることができるか』

渡邊英理

"Can the Subaltern Speak?," Cary Nelson and Lawrence Grossberg eds., *Marxism and the Interpretation of Culture*, Urbana: U of Illinois P, 1988. "Can the Subaltern Speak? Speculations on Widows-Sacrifice," *Wedge* 7/8 Winter-Spring 1985. 上村忠男訳『サバルタンは語ることができるか』みすず書房、一九九八年。*A Critique of Postcolonial Reason: Toward a History of the Vanishing Present*. Cambridge, MA: Harvard UP, 1999. 上村忠男・本橋哲也訳『ポストコロニアル理性批判――消え去りゆく現在の歴史のために』(月曜社、二〇〇三年)中に一部改変され再録。

一九八八年、インド出身の文学批評家・比較文学者ガヤトリ・C・スピヴァクは、論文「サバルタンは語ることができるか」を論集『マルクス主義と文化解釈』に寄稿した。これは、その二年前に開催された同テーマのシンポジウムにおける報告原稿を論文化したものである。また、八五年に発表された「寡婦犠牲をめぐる思索」の副題をもつ「サバルタンは語ることができるか」という主題の論文も、八八年の論文中に織り込まれている。植民地主義と家父長制に二重に疎外された女性サバルタンの声。その表象=代行/代表をめぐる本書の問いは、ポストコロニアリズムとフェミニズムの問題圏に大きな影響を与え、表象と知の権力性に対する批判的介入の重要性を提起した。

「仮設」／「仮説」的な問い、複数のテクスト

ガヤトリ・C・スピヴァクの論文「サバルタンは語ることができるか」は、ひとつ（のテクスト）ではない。スピヴァクは、「サバルタンは語ることができるか」と題した論文を一九八五年に発表した。『ウェッジ』誌に掲載の「サバルタンは語ることができるか？——寡婦犠牲をめぐる思索」が、それである。ただし、その論文の骨子は、すでにその二年前にイリノイ大学で開催された「マルクス主義と文化解釈」をテーマとしたシンポジウムにおいて発表されている。そのときの報告原稿は、「権力・欲望・関心」（"Power, Desire, Interest"）のタイトルであった。このシンポジウムをもとにした論集を、一九八八年に出版するにあたって、スピヴァクはタイトルを「サバルタンは語ることができるか」に改め、内容においても大幅な加筆修正を行ったうえで寄稿している。この八八年の論文には、八五年の『ウェッジ』誌の論考も織り込まれている。日本語版の『サバルタンは語ることができるか』（一九九八年、みすず書房）は、八八年の論文「サバルタンは語ることができるか」を翻訳し一冊の単行本として刊行したものだ。スピヴァクは八八年の論文を長く自身の論集に収めなかったが、加筆修正のうえ、『ポストコロニアル理性批判』（一九九九年）「第三章、歴史」中に再録している。

このように論文「サバルタンは語ることができるか」には、複数の異文がある。この複数性は、スピヴァクが「サバルタンは語ることができるか」という問いを、超越的な「真理」の探求としてではなく、「真理」に接近可能とされる知の主体の権威や特権を「格下げ」をも辞さずに思考してきたこ

とを物語っている。スピヴァクは脱構築的方法に大きく依拠するが、その理由もまた、「知を探求する主体の権威を、主体を麻痺させることなく疑う」方法ゆえである。八八年版の論文「サバルタンは語ることができるか」は、長く著書や論集には収められず、また、ドンナ・ランドリーとジェラルド・マクリーン編著の『スピヴァク・リーダー』(一九九六年)への収載要請にも応じていない。こうした慎重な扱いは、スピヴァク本人が『スピヴァク・リーダー』中のインタヴューでも述べるように、「迷い」と「知的危機」のもとで書かれたこのテクストの複雑な議論に対して読者の誤解を避けるためであったとも言えようが、あくまで「仮設」／「仮説」(hypothèse, デリダ／鵜飼哲)として、テクストを未決のまま開いておく企てのように見える。

サバルタン女性の表象＝代行批判

論文「サバルタンは語ることができるか」は、サバルタンの女の沈黙が問題にされていないこと、それ自体を問題化したものだ。サバルタンとは、従属的な立場にある個人や集団のことである。元は大尉の下にある将校をさす軍隊用語として、「下位の」階級を言い表す語であったサバルタンに、イタリアのマルクス主義者であるアントニオ・グラムシは、「覇権《ヘゲモニー》をもたない集団や階級」を含意させた。グラムシは、主に南イタリアの未組織貧農層を具体的指示内容としてこの語を用い、貧農集団が国家の支配的観念や文化、規範的価値に影響され、国家権力を支える役割を果たしていることを論じた。さらにインドの「サバルタン研究集団(The Subaltern Studies Group)」は、この概念を拡大し、古典的なマルクス主義の概念では説明できない被抑圧集団、大英帝国から独立後も続くインド社会の貧農や労働者、下級カーストなどの階級的な従属状況を分析することに用いたのだ。

「サバルタン研究集団」による歴史の書き換えに対し、スピヴァクは、その歴史観におおよそでは同意し、その意義を一定程度は評価している。スピヴァクは、「サバルタン研究」がインドの植民地化の歴史の語りを「生産様式」の「移行」をめぐる「大きな物語」から、「支配と搾取の歴史」という「対決的なもの」へ書き換え、その語りにおいて、反乱を起こした「サバルタン」が「変化の作動者＝主体」となったことを認めている。しかし、「サバルタン研究集団」は、「変化の作動者＝主体」をおおむねサバルタン男性に限定しており、サバルタン女性を「無視」してしまっている。スピヴァクは、そのことを取りあげフェミニズム的に介入した（「サバルタン研究――歴史記述を脱構築する」一九八五／八七年）。

植民地主義的な帝国の歴史のみならず、このように「サバルタン・スタディーズという反帝国主義的な企ての内部にあってさえサバルタンの女性が無言でありつづけているのが問われない」。かりに歴史的「証拠」のなかにサバルタンの女が登場しているように見えたとしても、その記述が男性中心主義的イデオロギーに依拠しているかぎり、サバルタン女性は語る声を抹殺され、「いっそう深く影のなかに隠されてしまっている」とスピヴァクは述べる。

同時に、この論文でスピヴァクはミシェル・フーコーとジル・ドゥルーズを、大衆を代弁しようとする「透明」な「知識人」として厳しく批判する。「知識人と権力――ミシェル・フーコーとジル・ドゥルーズとの対談」（一九七二年三月四日）において、このふたりのヨーロッパのポスト構造主義の思想家は、植民地主義の権力関係を問うことなく他者に成り代わって語ろうとしたり、他者に語らせたりしようとする。スピヴァクは、カール・マルクスの『ルイ・ボナパルトのブリュメール一八日』(一八五二年)を導きの糸とし、こうした他者の表象=代行をめぐるヨーロッパ中心主義的な姿勢を問題視し、また他者である被抑圧者やサバルタンがみずからを語ることができることを疑わない楽観主義を批判する。同様に、スピヴァクの危惧は、あらゆる「女性」に成り代わって語るという普遍的発想によって、西洋的フェミニズムが「第三世界」の女性の体験を抑圧してしまうことにも向けられている。スピヴァクは、抑圧されたサバルタン女性が現代の国際的分業体制においても安価な労働力として搾取され周縁化されていることを指摘する。スピヴァクが主張するのは、サバルタンは語っているのに、その声が聞き取られず、支配言語のうちに「他者」として「同化」されてしまいかねないということだ。言説はつねにすでに不均衡に権力化されている。知識人がサバルタン女性に「語る場をつくり出してやるというようなばかげたことが達成されたとしても」、それは、既存の知をめぐる権力構造が強化されるに過ぎず、「女性は二重に影のなかに隠されてしまっている」。認識主体によって自らを強化するための「他者」として「他者性」を損なわれたうえで立ち上げられ、その「同化」によって歴史の場から抹消されてしまうのだ。

サバルタンが沈黙化される。この発話の不均衡を生み出しているのは、語り手ではなく、聞き手という認識主体である。この論文でスピヴァクは、サバルタンの声を支配言語に回収し「同化をとおして」「他者」を「認知」すること、すなわち補完的な構成的外部として他者を領有することを退け、デリダがいう「応答責任(response-ability)」——認識主体は、その主体にとって「まったき他者」

へ「呼びかけ」、「わたしたちのなかの他者の声である内なる声にうわ言を言わせる」こと——に可能性を見ている。

「サバルタンは語ることができない」

スピヴァクは、サバルタン女性の「主体性」を思考するにあたり、サティーを題材に取り上げている。サティーとは、ヒンドゥー教徒の寡婦が死んだ夫の火葬用に積んだ薪の上で自分を犠牲にする寡婦殉死の風習である。ヒンドゥー社会において、自らの命を絶つ行為は男性だけに許された特権である。しかし、寡婦が神聖な場所で夫の死を自らの身体で繰り返す場合には、つまり先に亡くなった夫の死をのこされた妻が特定の聖域で反復する場合に限って、寡婦殉死は例外的に神聖な行為として容認される「余地が設けられている」。植民地下のインドにおいて、こうしたサティーをめぐる支配的な言説は、およそ二種類あった。

ひとつはインド人の支配階級男性による言説で、女性の貞操という理想に我が身を捧げて死を選ぶ寡婦の勇気を称賛し、彼女の行為を自らの意志による自殺と見なすものである。この言説は、貞操を守り、夫である男性へ献身を貫く意志と勇気をもった女性像を規範として産出する。そのため、殉死の決意を翻した女性は、ヒンドゥー的勇気を欠くものとして、懲罰の対象とみなされた。

もうひとつは、植民者であるイギリス人による言説である。この言説の前提は、西洋近代的な主体概念である。すなわち自由意志にもとづき自分の行動を決定する個人という主体を価値基準に、サティーをめぐる女性の行動を判断する。この言説において、彼女の死は夫のための犠牲として解釈され、封建的なインド人男性は批判の対象となる。したがって、殉死を翻した女性は、夫に従順な妻となることを自らの自由意志によって拒否したものとして、容認の対象とされる。この言説は、サティーを行うインド人女性を、夫のために犠牲になることを強制されていると捉え、イギリス白人男性によって救われるべき客体と見なしている。

本橋哲也も指摘するように、このふたつの言説は、一見対照的であるように見えながら、その実、サティーを行う女性たちの声は聞かれることがないという点で、同じ構造を共有している。このような家父長制と帝国主義の二重性、そして、その共犯関係のなかで、サバルタン女性は、インド人男性とイギリス人男性の双方から都合のよい姿を与えられ、表象されていたに過ぎない。スピヴァクは、こうした土着主義と植民地主義のはざまに消えたひとりの女性の自殺に注目する。一九六二年に首を吊り自死したベンガルの若い女性、ブヴァネシュワリ・バドゥリである。

彼女が縊死した原因には、インドの独立運動の挫折、夫以外との許されざる恋愛などが持ち出された。しかし、スピヴァクによれば、「ブヴァネシュワリは、女性の自殺が認められるのは一人の男性にたいする合法的な恋愛の場合に限られているのを自分の身体についての生理学的な書きこみのなかで（否認するだけでなく）置き換えるための途方もない労をとることによって、法が女性の自殺にかんして認可している動機がどのようなものであるかを一般化してみせた」のだ。スピヴァクは、月経がはじまるのを待ってブヴァネシュワリが自殺した事実にも注目する。「自分の死が違法な恋愛の結果だと診断される」ことへの予防線とも思われるこの行動によって、ブヴァネシュワリは、サティーという自殺行為に関する社会的常識を書き換えたのではないか、スピヴァクは、そう述べる。サティーの風習において、生理中の寡婦には殉死する権利が認められない。生理を待ってから自殺するという彼女の行為は、このサティーをめぐる「法」を「裏返し」、自らの死をもってそれをとりまく「法」を破砕し抗議しようとしたのではないか。スピヴァクはこの「途方もない労」を払ってでも語ろうとする努力のうちに、サバルタン女性の声ならざる声を感受しようとする。

ただし、スピヴァク自身も述べるように、ブヴァネシュワリは「中産階級」の女性であり、「真の」サバルタンではない（「サバルタン・トーク」『スピヴァク・リーダーズ』）。しかし、彼女が自分の死を賭してまで語ろうとしても、そのときですら聞いてもらえない。サティーに関する記録も、独立運動における男性指導者によって残されているばかりで、女たちの声を直接に聞くことも、その証言を読むこともできない。そこには、語りをめぐる強固な権力構造があり、言説は不均等に権力化されている。他者の声を代弁する、他者になり代わって自分がその位置に入り込む、表象＝代行／代表(representation)の作用は未だ衰えていない、とスピヴァクは結論づける。サバルタン女性、彼女たちの語る声は、支配的な政治表象システムのなかでは聞き取られることも認知されることもない。スピヴァクの「サバルタンは語ることができない」とは、この意味である。

「学び去る（unlearn）」

さまざまな特権をもつポストコロニアルな知識人にとって、サバルタンは語らせる対象でも、なり代わる客体でもない。必要なのは、「わたしたち自身」を「学び去る（unlearn）」ことだ。スピヴァクの言う「学び去る（unlearn）」とは、他者と出会う「新しい主体（ならざる主体）」を築くための対話の構えや言葉である。すでに述べたように、スピヴァクは、植民地主義において抑圧されたサバルタン女性が、現代の国際的分業体制においても安価な労働力として搾取されていることを指摘する。スピヴァクによれば、ポストコロニアルな知識人に求められるのは、「植民地化された者たちのいまは失われてしまった姿像を帝国主義的な歴史叙述に代置する」ことではなく、現代においてもなお差別を被るサバルタンの女たちのそばにあろうとし、現状における自分自身の位置をもふくめて「他なるものに変える」ための企てである。その企ては、文学作品を読み、そこに過去の植民地主義の痕跡を見つけて高みから指摘することで事足れりと片づけてしまうのではなく、そのテクストが、どのような社会的コンテクストにおいて流通し、今自分の手元に届いているのか、その現在をも自己言及的に問う行為として敷衍できる。コロニアリズムに対する批判は、「わたしたち自身」を取り巻くネオ・コロニアルな現代世界への批判的な視野なしには、有効な介入とはなりえない。「学び去る（unlearn）」とは、「かれらを代表（vertreten）することではなく、わたしたち自身を表象（darstellen）する方法を学ぶことである」。

『サバルタンは語ることができるか』は、ポストコロニアルとフェミニズムの交錯する問題圏に大きな影響を与えた。戦争と植民地主義の「証言」をめぐる日本語の言説において、同論文の思想に深く共振した営みのひとつは、李静和の『つぶやきの政治思想』（一九九八年）だろう。「分からないこと。分かってはならないこと。消費するのではなく受容しなければならないこと。それは語る私に、聞く我々に、居心地悪さを残す。外部からはどう解釈してもいい。だが、いったん枠に入った瞬間からは、解釈することを拒否しなくてはならない。／それが生きる場だから」。元「慰安婦」とされたハルモニたちの「生きる場」によりそうための構えや言葉を探し求めて紡ぎだされる「つぶやき」。この具体性と抽象性をともない、単独的でありかつ普遍的でもある言葉の感触に、「わたしたち自身」を「学び去る（unlearn）」、その地平を感受することができるだろう。

ガヤトリ・チャクラヴォルティ・スピヴァク（Gayatri Chakravorty Spivak）

一九四二年、西ベンガルのコルカタで上層カーストであるバラモンの家に生まれる。コルカタ大学を卒業後、一九六一年アメリカ合衆国に留学。コーネル大学大学院に籍をおき、ポール・ド・マンの指導のもと、「脱構築」の方法論を学ぶ。博士論文では、W・B・イェイツを取り上げ、同論文は、一般読者向けに書き直されて、一九七四年に*Myself Must I Remake: The Life and Poetry of W. B. Yeats*のタイトルでニューヨークのThomas Y. Crowell社から出版された。スピヴァク姓は、その間に結婚した米国籍の男性タルボット・スピヴァクの姓である。タルボットとはほどなく離婚するが、離婚後もスピヴァク姓は使用している。国籍はインドのままにしており、アメリカ合衆国での身分はいわゆるグリーン・カード携帯者、永住許可証をもつ在留外国人である。現在、コロンビア大学教授。

一九七六年、ジャック・デリダの『グラマトロジーについて』の英訳をジョンズ・ホプキンズ大学出版から刊行し、一躍注目を集める。同書のスピヴァクによる序文は、ガヤトリ・C・スピヴァク『デリダ論――『グラマトロジーについて』英訳版序文』（田尻芳樹訳、平凡社ライブラリー、二〇〇五年）として翻訳されている。スピヴァクは、ポストコロニアリズムとフェミニズムが交差する問題圏において、知のヨーロッパ中心主義を批判し、白人男性中心主義的なマルクス主義、西洋中心主義的なフェミニズムに対して異議申し立てを行った批評家であり、最も影響力のあるポストコロニアル知識人のひとりである。多数の論考を発表し、二〇一二年、「知的植民地主義に抵抗し」「独自の人文学の提唱と多面にわたる教育支援」活動により、第二八回京都賞を受賞。西ベンガルにおける教育活動にも熱心に取り組んでいる。第一論集、*In Other Worlds: Essays in Cultural Politics* (New York and London, Methuen, 1987; New York and London , Routledge, 1988) は、収録されている一四篇の論考のうち一〇篇が邦訳された(『文化としての他者』鈴木聡・大野雅子・鵜飼信光・片岡信訳、紀伊國屋書店、一九九〇年)。なお原著収録論考中でこの邦訳本で割愛された論文「サバルタン研究——歴史記述の脱構築」("Subaltern Studies: Deconstructing Historiography") は、一九八二年にラナジット・グハを編集責任者としてデリーで創刊された『サバルタン・スタディーズ——南アジアの歴史と社会にかんする論文集』に集った「サバルタン研究集団」への批判的介入を試みたもので、同グループのその後の研究方向に画期的な展開をもたらした。同論集の第四巻(一九八五年)に寄稿されたこの論文は、その後、ラナジット・グハほか著/竹中千春訳『サバルタンの歴史——インド史の脱構築』(岩波書店、一九九八年)に訳載されている。『ポストコロニアル理性批判——消え去りゆく現在の歴史のために』(一九九九年)(上村忠男・本橋哲也訳、月曜社、二〇〇三年)は、脱構築批評の集大成的な総括の書である。邦訳にはほかに、『ポスト植民地主義の思想』(一九九〇年。清水和子・崎谷若菜訳、彩流社、一九九二年)、『スピヴァクみずからを語る——家・サバルタン・知識人』(二〇〇六年。大池真知子訳、岩波書店、二〇〇八年)、『スピヴァク、日本で語る』(鵜飼哲監修、本橋哲也・新田啓子・竹村和子・中井亜佐子訳、みすず書房、二〇〇九年)、『ナショナリズムと想像力』(二〇一〇年。鈴木英明訳、青土社、二〇一一年)、『いくつもの声——ガヤトリ・C・スピヴァク日本講演集』(星野俊也編、本橋哲也・篠原雅武訳、人文書院、二〇一四年)などがある。

スティーヴン・グリーンブラット『シェイクスピアにおける交渉』

近藤弘幸

Shakespearean Negotiations: The Circulation of Social Energy in Renaissance England, Berkeley and Los Angeles: U of California P, 1988. 酒井正志訳『シェイクスピアにおける交渉――ルネサンス期イングランドにみられる社会的エネルギーの循環』法政大学出版局、一九九五年。

本書は、一九八〇年代から九〇年代にかけて、シェイクスピアをはじめとする初期近代イギリス演劇の研究を席巻した新歴史主義の旗手、スティーヴン・グリーンブラットの代表作のひとつである。言語の研究を、その歴史的変遷（通時態）をたどることから、言語というシステムがいかに機能しているのか（共時態）を解明することに転換させたソシュールの記号論や、それを受け継いで展開されてきた構造主義およびポスト構造主義においては、芸術作品を、それが生み出された歴史的文脈において考察することはなかった。新歴史主義の功績は、歴史を批評の世界に復権させたことに尽きると言ってもいいだろう。

歴史的文脈を強調する研究は、一九八〇年代以前にも存在していた。この古い歴史主義は、しばしばE・M・W・ティリヤードの『エリザベス朝の世界像』（一九四三年。磯田光一・玉泉八州男・清水徹郎訳、筑摩書房、一九九二年）という仕事によって代表される。同書においてティリヤードは、シェイクスピアの戯曲が、それが書かれた時代の支配的価値観を反映していると主張する。これに対し、グリーンブラットは、こうした主張の前提となっている、社会の価値観が一枚岩であるという考え方、芸術作品は単にそうした一枚岩の価値観を反映するものであるという考え方に異議を唱える。新歴史主義は、芸術作品が、複数の声が記録されるイデオロギー論争の場であり、社会の価値観の形成にダイナミックに関与する交渉の場であると主張するのである。

本書第一章「社会的エネルギーの循環」において、グリーンブラットは、自らのアプローチ（それを彼自身は「文化の詩学」と呼んでいる）の概略を説明する。シェイクスピアの戯曲およびそれらが上演された劇場が、どのようにして「人を動かさずにはおかぬ力」を獲得したのか。その力をグリーンブラットは「社会的エネルギー」と名づける。重要なのは、このエネルギーがあくまで「社会的」なものであって、天才的な芸術家が個人の才能で生み出すようなものではない、ということである。それはすでに社会の中に存在しているものであり、シェイクスピアが書き残したとされる戯曲は、「広範囲に及ぶ借用と集団的交換と相互魅了の産物」と見なされる。シェイクスピアの演劇は、社会的エネルギーの産物であると同時に、社会的エネルギーの交渉が行われる場でもある。「個々の劇は、歴史的な限定性の中に了解された演劇の様式と、その演劇とは差異があるとされる社会の諸要素との間を媒介する。それぞれの劇は、その表現手段を通して、社会的エネルギーを舞台にもたらし、舞台は次にそのエネルギーを修正して、観客に還元する」のである。

第一章がいわば「理論編」であるとすると、続く四つの章は「実践編」であり、まるでシェイクスピアの劇作家としてのキャリアをたどるかのように、歴史劇（『ヘンリー四世』二部作および『ヘンリー五世』)、喜劇(『十二夜』)、悲劇(『リア王』)、ロマンス劇(『テンペスト』)が論じられる。こうした配列や、各ジャンルにおける対象作品の選定は、きわめてオーソドックスなものであると言えるだろう。

歴史劇における実演・記録・説明

新歴史主義批評の特徴は、それまで文学研究者が目を向けなかったマイナーな非文学的テクストを切り口にシェイクスピアの作品を論じるところにあり、第二章「見えざる砲弾」は、「生涯を通じて無神論者という危険な評判の持ち主であった」トマス・ハリオットという人物が残した『ヴァージニアの新発見の土地に関する簡潔にして真正なる報告書』(一五八八年)について論じることから始まる。グリーンブラットは、この文書にみられる「正統と転覆の関係」が、「シェイクスピアの歴史劇によって提出されている遥かに複雑な問題」を理解するための解釈モデルとなると主張する。ではその「正統と転覆の関係」とはどのようなものなのか。

『報告書』においてハリオットは、植民者がもたらした文明の利器がいかに先住民を恐れさせたかを伝えている。自分たちの文明の力を見せつけることで、先住民にキリスト教を受け入れさせるこうしたやり方は、当時の権力者が恐れた、「旧約聖書の宗教、さらには、ユダヤ教 - キリスト教の伝統は、エジプトの魔法の訓練を受けたモーゼが「野蛮で粗野な」(したがって信じやすい)ヘブライ人に対して行った欺瞞的な幻影、つまりは、巧妙なトリックに源を発している」という考え方を想起させる。

すなわちそれは、キリスト教を否定する無神論を実演することに他ならないが、グリーンブラットによれば、こうした行為こそが、キリスト教を伝道しながら植民地を拡大するという「福音伝道の植民主義の企図」を可能ならしめているのである。

ハリオットの『報告書』はまた、植民者がもたらした病原菌によって先住民が大量死したことについて先住民が行った様々な解釈を記録しているが、その中には、植民者を悪魔化するようなものも含まれている。なぜ権力は、自らを揺るがす可能性をはらむ「他者の声」を記録するのか。それは他者を、研究し、修練し、矯正し、変容させるべき対象として同定するためである。

さらに植民者は、すべてを神の業とすることで、植民地で起こることに「驚くほど道徳的であり、論理的に一貫性がある」説明を与え、「強欲さや侵略を、あるいは、彼らがそこにいること自体に暗示されている恐ろしい責任そのものを、自分たち自身から隠蔽」してしまう。こうしてハリオットの『報告書』は、実演、記録、説明という方法を用いて転覆を包摂するのだとグリーンブラットは論じる。

それでは、実演、記録、説明というモードは、シェイクスピアの歴史劇においてどのように機能しているのか。『ヘンリー四世・第一部』においては、ハル王子の放蕩という実演が繰り返されるが、植民地事業の根幹に、無神論という転覆が包摂されていたように、それこそが、彼が理想的な統治者として描かれるための条件なのである。同作ではまた、不満分子の記録も行われている。そこにおいてシェイクスピアは、「チューダー朝の世界を結合していた、相対立し複雑に入り組んださまざまな力のシステム」を描き出す。一方、『ヘンリー四世・第二部』においては、権力が、転覆的な要素の産出と包摂を、綿密に計算して遂行するさまが描かれる。『ヘンリー五世』は、ウェールズ人、アイルランド人、スコットランド人、フランス人の訛りを記録することで、これらの国をイングランドに併合する。ハルがフランスとの戦争における自軍の勝利を神の力であると説明する台詞は、一見すると転覆的であるが、「ハリオットの『報告書』の光に当ててみると、劇が常に喚起する転覆の疑惑は逆説的に国王の権力と戦争を強化しようとする努力から起きると言える」のである。

喜劇における摩擦熱

続く第三章「虚構と摩擦」は、フランスで起こった事件のモンテーニュによる記録から始まる。その事件とは、男装して別の女性と結婚した女性が、第三者に異性装者であることを暴露され、処刑されたというものであった。グリーンブラットはさらに、自分は実は男なのだと告白した下女と結婚しようとした寡婦の事件を紹介する。当初、ふたりは同性愛で有罪判決を受けたが、上告審で設置された委員会のジャック・デュヴァル医師が下女の性器を摩擦すると彼女は射精し、有罪判決は破棄された。

これらの事件の背景には、初期近代のヨーロッパにおける性についてのふたつの考え方が作用していると、グリーンブラットは指摘する。ひとつは、そもそもひとりの人間の中には男と女の両方が存在しており、やがてそのどちらかが優勢になることで、男と女に分化する、という考え方である。もうひとつは、人間の性器は一種類しか存在しないとする考え方である。後者においては、基準となるのは男性器であり、女性器はそれを裏返した鏡像であるとみなされる。一見すると矛盾するふたつの説明（前者は性を「一から二へ」で説明するのに対して、後者は二種類の性器をひとつに集約し「二から一へ」収斂させる）が、初期近代のヨーロッパでは共存していたのである。

この共存の鍵となったのが、熱の力である。「熱を通して男性の種と女性の種の間の闘争が決定され、また熱を通して男性の性構造が隠れている場所から姿を現わし、そしてまた熱を通して射精とオルガスムが作り出される」。そしてそのために必要とされるのが摩擦であった。つまり、当時の医学的言説においては、「自然の産出力は実りと満足とをもたらす摩擦を中心に機能する」とされており、この考え方が「シェイクスピアの登場人物、とりわけ喜劇の登場人物の形成に反響している」とグリーンブラットは主張する。結婚へと至るシェイクスピア喜劇の展開は、様々な摩擦のモチーフに彩られていることが明かされる。

悲劇と演劇

第二章、第三章において参照されたテクストが、シェイクスピアが直接知っていたものとは想定されていないのに対し、第四章「シェイクスピアと悪魔祓い祈禱師」で言及されるハーズネットの『言語道断のカトリックの欺瞞の告発』は、伝統的な材源研究において『リア王』の材源のひとつとされてきたものである。本章でグリーンブラットは、「歴史を安定したアンチテーゼとしてあるいは安定した背景として文学テクストにただ単に対峙させる」従来の材源研究を「文学テクストと他のテクストの相互関係や文学テクスト領域の浸透性の問題を意識」するものへと更新することを宣言する。『告発』において告発されている欺瞞とは、悪魔祓いの儀式である。ハーズネットの目的は、「イギリス国教会という宗教的かつ世俗的権威」のために、カトリック教会の権威を維持することに貢献してきたこの儀式が演劇的ペテンに過ぎないことを明らかにすることだった。一方、『リア王』は、「ハーズネットによって脱神秘化された悪魔の原理を、演劇として再構築する」。しかしながら、『リア王』において「『告発』の議論は忠実に反復はされるが、奇妙に分裂した形で反復される」。なぜならば、偽りの儀式を演じるのは嫡男エドガーであり、彼と対立する私生児エドマンドが、正統性を代表することになるからである。『リア王』は、「イギリス国教会という宗教的かつ世俗的権威」の公式見解を取り込みつつ、そこで否定されるはずの儀式の力を再確認することとなる。

さらにそもそも演劇とは、「欺瞞的でないと偽ることのない欺瞞的制度、存在しないものを呼び起こし、不在を表現し、文字通りのものを隠喩的なものに変え、己れの表現するものをすべて空洞化してしまう制度」に他ならない。つまり『リア王』は演劇の力を語る作品でもあるのだ。

ロマンス劇における不安の管理

本書を締めくくる第五章「地上の楽園の戒厳令」において分析されるのは、「有益な不安」という戦略である。グリーンブラットは、ヒュー・ラティマーという聖職者の説教で話を始め、さらにジェイムズ一世が即位時に、自身に対する陰謀を企てた六人のうち、三人を処刑したうえで残りの三人に恩赦を与えたエピソードを紹介する。両者に共通するのは、人びとを支配するための手段として不安が用いられていたということである。

不安の後に幸福な結末をもたらすというこのやり方は、そもそも演劇的な行為であったが、このメカニズムをそのままドラマツルギーとして取り込んだのが、ロマンス劇と呼ばれる、シェイクスピアが劇作家としてのキャリアの晩年に書いた作品群である。本章において主に論じられるのは、その中でも最晩年の作とされる『テンペスト』である。主人公プロスペローは、「他の登場人物を恐怖と驚異とで苦しめ、その後で、彼らの不安を生み出すのも鎮めるのも彼なのだということを示す」存在に他ならない。

とは言え、「有益な不安という戦略はただ単に二番煎じに芸術作品によって反映されているのではない」。「美的戦略の社会的次元と社会的戦略の美的次元との間の複雑な循環」の一例として、グリーンブラットは、『テンペスト』の材源のひとつとされてきた、ウィリアム・ストレイチーによる、ジェイムズタウン植民地への途上にあったイギリス船が遭遇した嵐の記録を取り上げる。彼によれば、両者のつながりは、文化的に重要な物語の制度的循環を示すものであり、その循環の関心の中心にあるのは公による不安の管理である。そして『テンペスト』は、この問題に関して両義的である。一方において、『テンペスト』は、プロスペローが不安の管理によって他の人々を支配することを称賛しているが、同時に、プロスペローの権力の正統性に疑問符を突き付けている。また、植民地支配者は演劇という娯楽を敵視しており、そもそも演劇という形式で植民地支配が描かれていることが、そこに登場する支配者の権威を否定していると考えることもできる。

新歴史主義の遺産

以上が、『シェイクスピアにおける交渉』を構成する各章の概要である。思いもかけぬテクストの紹介から始めて、シェイクスピア作品を読み解くその手際はまさに「名人芸」と呼ぶしかないが、そのことが良くも悪くも新歴史主義という批評のありようを物語っている。新歴史主義は、個々の名人が披露する実践の集積であり、そこから何か新しい理論が生み出されるようなものにはなりえなかった。また、二一世紀に入るとテレンス・ホークスやユーアン・ファーニーらが「現在主義」を唱え、「シェイクスピアを歴史的に読むという支配的な流儀に挑戦し、テクストを現在の出来事との関連で解釈する」（ファーニー「シェイクスピアと現在主義の展望」、二〇〇五年）ことを主張するようになる。

一方で、新歴史主義の遺産は、意外なところに受け継がれていると言えるかもしれない。近年盛んになってきた受容研究・アダプテーション研究である。受容研究・アダプテーション研究においては、作品を受容・再生産する際の歴史的コンテクストを無視することはできない。グリーンブラットは、芸術作品は「継承され、伝承され、変革され、修正され、再生される」と述べている。グリーンブラットの主たる関心は、継承、伝承、変革、修正、再生のプロセスを経て生み出されたシェイクスピアの演劇にあるわけだが、こうした射程はシェイクスピアの演劇もまた継承、伝承、変革、修正、再生のプロセスに吸収されていくことを含意している。新歴史主義のイギリス版とされる文化唯物論においては、そうした問題意識が当初からより明示的であった。本書第二章「見えざる砲弾」も収録された『政治的シェイクスピア』（一九八五年）は、文化唯物論の代表的な論文集であるが、二部構成の同書の第二部では、現代のイギリスにおいてシェイクスピアがどのように再生産されてきたのかが論じられている。その意味では、先述の現在主義は、新歴史主義を否定するものであるというよりも、それに内在していたものであると考えることもできるだろう。

スティーヴン・グリーンブラット（Stephen Greenblatt）

一九四三年、ボストンで生まれる。イェール大学およびケンブリッジ大学で学び、カリフォルニア大学バークレー校教授を経て、ハーヴァード大学教授。

本書と並ぶ新歴史主義の金字塔として、『ルネサンスの自己成型――モアからシェイクスピアまで』（一九八〇年。高田茂樹訳、みすず書房、一九九二年）がある。同書は、「自己成型は権威と異質なものとの遭遇に際して起こる、この遭遇において生産されるものは権威と攻撃の的にされた異質なものとの両方の質を帯びており、それゆえ、達成されたアイデンティティは、つねに自身のうちに自らの顚倒ないしは喪失の兆候を孕んでいる」という考え方のもと、モア、ティンダル、ワイアット、スペンサー、マーロウ、シェイクスピアを論じる。

H・アラム・ヴィーザー編『ニュー・ヒストリシズム――文化とテクストの新歴史性を求めて』（一九八九年。伊藤詔子・中村裕英・稲田勝彦・要田圭治訳、英潮社、一九九二年）所収の「文化の詩学に向けて」は、本書第一章とともに、新歴史主義の理論的解説として有益である。そのほかの新歴史主義的な研究に、『驚異と占有――新世界の驚き』（一九八八年。荒木正純訳、みすず書房、一九九四年）、『悪口を習う――近代初期の文化論集』（一九九〇年。磯山甚一訳、法政大学出版局、一九九三年）がある。

二一世紀に入ると、グリーンブラットの仕事にも変化がみられる。「社会的エネルギー」に注目することを強調してきたグリーンブラットが、『シェイクスピアの脅威の成功物語』（二〇〇四年。河合祥一郎訳、白水社、二〇〇六年）においては、シェイクスピアという個人の伝記を著した。『シェイクスピアの自由』（二〇一〇年。高田茂樹訳、みすず書房、二〇一三年）では、シェイクスピア作品における規範と自由の関係を論じ、最新作『暴君――シェイクスピアの政治学』（二〇一八年。河合祥一郎訳、岩波新書、二〇二〇年）では、「なぜ国全体が暴君の手に落ちてしまうなどということがありえるのか」を考察している。そのほか、『一四一七年、その一冊がすべてを変えた』（二〇一一年。河野純治訳、柏書房、二〇一二年）では、全米図書賞およびピュリッツァー賞を受賞した。

グリーンブラットには、劇作家としての顔もある。『カルデーニオ』（チャールズ・ミーとの共作、二〇〇三年）は、失われたシェイクスピア戯曲に触発されて書かれた。この戯曲を用いてグリーンブラットは、「文化の流動性」というプロジェクトを展開している。これは、まず戯曲を翻訳するが、最終的な上演は、翻訳そのものの上演ではない、という形で、テクストが文化を超えるときにどのように変容するのかを検証するものである。日本では、宮沢章夫作・演出『モーターサイクル・ドン・キホーテ』（二〇〇六年）という上演に結実した。

イタロ・カルヴィーノ『アメリカ講義』

柱本元彦

Lezioni americane: sei proposte per il prossimo millennio, Milano: Garzanti, 1988. 米川良夫訳『カルヴィーノの文学講義——新たな千年紀のための六つのメモ』朝日新聞社、一九九九年。米川良夫・和田忠彦訳『アメリカ講義——新たな千年紀のための六つのメモ』岩波書店、二〇一一年。

一九八四年六月、イタロ・カルヴィーノは、ハーヴァード大学の八五—八六年度ノートン詩学講義に招聘される。イタリア人作家としては初めてのことだった。妻エステルによると、カルヴィーノは講義を非常に楽しみにし、何をいかに語るか最期の日まで考えつづけたそうだ。翌年六月の彼のノートを見ると、六回の連続講義について、「一軽さ」「二速さ」「五多様性」は完成、「三正確さ」は未着手、「四視覚性」は作業中、さらに「六開かれ」と書かれている。第六講義は後に「一貫性」に変更され、学生の反応を確かめながらハーヴァードで執筆する予定だった。しかし五回分の草稿をまとめ終えてアメリカへわたる直前の九月六日、カルヴィーノは脳溢血で倒れ、その月の一九日、六二年の生涯を閉じたのである。本書は、推敲に推敲を重ねた作家カルヴィーノとしては、未完の文章と言わざるをえない。とはいえ、第六講義が完全に欠落しているとしても、その他は完成稿に限りなく近いと言うエステルを疑う必要はないだろう。「新たな千年紀のための六つのメモ」とは、彼が考えていた連続講義のタイトルそのものだが、イタリアでの出版の際に、それを副題とした「アメリカ講義」がタイトルとなった。カルヴィーノが自らの詩学と世界観をこのように広い視野のなかで捉えなおした「論述」は他になく、まさに彼が残そうとした遺言のように見える。

背景

カルヴィーノの一九七二年の小説『見えない都市』（米川良夫訳、河出書房新社、一九七七年、新装版二〇〇〇年、河出文庫、二〇〇三年）の最後の頁は、マルコ・ポーロの次のような言葉で締めくくられていた。地獄とはわれわれが日々を暮らすこの世界のことだが、「苦しまずにいる方法は二つございます。第一のものは（中略）地獄を受け容れその一部となってそれが目に入らなくなるようになることでございます。第二は（中略）地獄のただ中にあってなおだれが、また何が地獄でないか努めて見分けられるようになり、それを永続させ、それに拡がりを与えることができるようになることでございます」。カルヴィーノの目にこの世の現実はすでに明るいものではなかった。しかし最初からそうだったのではない。彼は大学時代、共産党に入党して対ファシズム武装闘争に参加し、ほぼ同時に文壇デビューを果たしている。つまりよりよい社会への希望に満ちて出発したのである。「我々が生きている時代を描かねばならないという至上命令のようなもの」にしたがいながら、五〇年代は、「文学の構築作業を通じて社会の構築作業に携わることが可能と信じていた」のだ。彼は芸術のための芸術へと向かうような作家ではない。文学はひとつの道具であり何かの役に立たなくてはならないと考えていた。けれども戦後の希望が崩れ去るのを文学が押しとどめることはできなかった。そして一九五六年「ハンガリー動乱」時の共産党の対応が幻滅を決定的なものにする。いわば現実社会の構築作業に携わることは文学にはできないと観念したのである。地獄のように不変の現実を動かそうとするのではなく、現実のなかから「地獄でない」ものを救いだすことが六〇年代以降の彼の仕事になった。

六〇年代のイタリアでオピニオン・リーダーとなった作家にピエル・パオロ・パゾリーニがいる。パゾリーニとカルヴィーノは同世代であり、その出発点（四〇年代後半の共産党時代）をほぼ同じくしていた。パゾリーニは、饒舌で挑発的、おのれを演出するかのように表舞台に立ち、批判の嵐を平然と受け止め、ひとつしかない生の現実を最後まで決して手放そうとしなかった。カルヴィーノは寡黙であって作品の背後に姿を隠し（作者を登場人物にするのは作家本人を見せない手段である）、ひとつしかない現実の桎梏を逃れようとした。戦後イタリア文学の第一世代にあたる二人のこれ以上はないほどの対照性は、カルヴィーノの姿をより明確なものにしている。

イタリアでは七〇年代に新左翼の大きな運動があった（アントニオ・ネグリのアウトノミアなど）。そして八〇年代、運動が終焉し、いわゆるポストモダンの時代が到来すると、そこにカルヴィーノがいたのである。たしかに彼はすでに何年も前に「大きな物語」を捨てていた。時代の需要に合致していると見なされたわけだ。ジョン・アップダイクは、「ポストモダニズムというものがあるとすれば、カルヴィーノはそのもっとも魅力的な作家である」と述べていたが、ポストモダニズムという評判が否定的な評価につながることもあった。カルヴィーノ自身は、おのれをイタリア文学の伝統に連ねていたのだが。イタリア文学の伝統は韻文であり、簡潔で高密度な文体を維持する詩の水脈が、ガブリエーレ・ダンヌンツィオからトンマーゾ・ランドルフィの散文を通して自分の内に流れているのである、と。

けれども『アメリカ講義』の各タイトル、「軽さ」「速さ」「正確さ」「視覚性」「多様性」は、いかにもポストモダン的な価値を並べているように見える。そうなのだろうか。このような価値の実践そのものと言えそうな各講義はしかし、ひとつの価値からその反対の価値へと揺れ動き、決して一カ所に留まらない。おのれの経験を支えとしながら、数多くの古今の書物を分類し解釈していく(本書は一〇〇冊ほどの書物に触れていて読書案内にもなるだろう)。といっても怜悧な分析ではないのだ。詰まるところこれは文学への信仰告白と言えそうだ。カルヴィーノは、「文学だけがその固有の方法で与えることのできるもの」の存在を確信していた。しかしいま、言葉をおよそ画一的で没個性的な情報に変えてしまう世界が到来しつつある。次世代に残すべき文学の価値を伝える必要、少なくともその種をいくつか撒いておく必要があるのだ。一作ごとに語り口を変え、絶えず新たな挑戦に乗りだしたカルヴィーノは、最後になって「保存」へと動かざるをえなかったのである。

『アメリカ講義』

「軽さ」 ポストモダンのイメージとして「軽さ」は何よりも重要だろう。重苦しい世界、世界の重さから逃れなくてはならないのだから。だがカルヴィーノの言う「軽さ」は複雑である。陽気な明るさとは無縁であり、たとえば「憂鬱とは軽くなった悲しみ」なのである。その語り口を少し追ってみよう。カルヴィーノはまず世界の重さを石化と言い換え、石化のイメージから空飛ぶペルセウスを召喚する。風と雲の上にのる軽やかなペルセウスが、鏡が捉える間接的な（この上もなく軽い）映像をたよりに、見るものすべてを石化させるメドゥーサの首を打ち落とす。だがその重いメドゥーサの血から翼をもつ馬ペガソスが誕生し……という風に軽さと重さを呼応させながら、イメージを次々に連鎖させていく。まさに流れるような文章はまた軽さの証明なのである。ダンテの親友だったカヴァルカンティの詩のように。ちなみにダンテの『神曲』は重さの表現に分類されている。堅固に構築されたものは重いのである。軽やかなペルセウスに戻れば、彼が重荷のように携えるメドゥーサの首は強力無比な武器となる。戦いが終わるとそれは、「ざらざらした砂が頭を損なわぬよう、木の葉を敷いて地の面を和らげ、その上に水中に茂った枝を敷きのべ」たところにそっと置かれる。メドゥーサに触れた枝は美しい珊瑚に変わり……石化させる重さと流麗な軽さの錯綜はどこまでも続くようだ。だがオウィディウスの描く情景に、カルヴィーノが最高の「軽さ」を見てとるのは、ペルセウスのこの繊細な仕草なのだ。すると「軽さ」とは何よりも優しさなのである。重苦しい世界から脱出することは、「夢とか非合理的なものとかへの逃避」ではないとカルヴィーノは断言する。彼が探し求めている軽さのイメージは、「夢のように現在や未来の現実によって解体させられ」てはならないものなのである。

「速さ」と「正確さ」　シャルルマーニュの伝説にはじまり荘子のエピソードに終わる「速さ」の章

は、カルヴィーノ文学の源泉のひとつだった口承文学の魅力がテーマになっている。物語に登場するあらゆる〈もの〉は、民話の剣や盾や指輪のように特別な力を帯びた魔術的な存在、網の目の結節点になることを説明し、そして、そのような〈もの〉を媒介として出来事が瞬くうちに次々に起こる物語、「速さ」に焦点が移っていく。「スピードは魂をゆさぶる力」であるから、不要な細部にこだわって流れを止めてはいけない。けれども執拗に繰り返される部分もある。問題は語りのリズムなのだ。「叙述の時間は切り詰めることも停止させることも引き延ばすこともできる」。先を急ぐ早い文章とは逆のかたちもある。物語を入れ子状に組みこむ『千夜一夜物語』や、脱線ばかりの『トリストラム・シャンディ』は、時間を増殖させ、結論をいつまでも先送りにして、迫りくる死の石化から逃れようとする。つまり物語の急所は時間の操作なのである。それからカルヴィーノは、自分の座右の銘「ゆっくり急げ（Festina lente）」を通して、速さと遅さという二つの形象を組合せた紋章学へと話を進める。これら正反対のものや時間と空間の隔たりを繋ぐ回路が（ショートで発する火花の速さ）、高密度な物語を生み出すのだ。ところで一気に迸る時間の前には成熟の時間もあるだろう。語りのスピードを分析していくなかで、ゆっくりの効果や地層のあることも明らかにされる。

「正確さ」とは、第一に現実の事物の細部をおろそかにしないこと、「速さ」の過剰を制御するものだ。カルヴィーノにとって事物の姿形、フォルムとは、無秩序、エントロピーの渦にあらがう秩序そのものであり、それゆえ事物の細部を表現する「正確さ」は数学的・幾何学的なものに引き寄せられていく。正確さを欠いた混乱した言葉は、没個性的で均質的なものになる。これをカルヴィーノは言葉の病気であるとして、病気の原因を探ることはさておき（実際のところエントロピーが増大するのは仕方がない）、「大事なことは回復の可能性であり、文学だけが言葉の病気の蔓延を阻止できる」と言うのである。

ところでレオパルディにしたがえば、詩的なものは曖昧で非限定的・不明確なものである。だが「非限定的」な漠とした美とは何なのだろうか。そこに到達するには精緻な観察が必要なことをカルヴィーノは確認する。「正確さと非限定性」を結合させることが理想なのだ。このような論理的＝幾何学的＝形而上学的な文学は、「水晶」がその象徴となるだろう。水晶の完璧さ、しかもその誕生と成長には生物的な特徴すら見られる。カルヴィーノ自身は「水晶派」を自称するが、ここでもう一つの形象、「火焔」が「水晶」に対置させられる。「水晶と炎、眼差しをそこから逸らすことができない完全な美の二つの形式（中略）二つの絶対、二つの範疇」。一つの概念が提出されるとこれに対照的な概念も浮上する。二つの概念の絡み合いを分析するなかで、それぞれの概念もまた差異を生み出していく。「正確さを求める私の試みは二つの方向に分岐してゆく（中略）一方は、それによって計算を行い、定理を証明することができるような抽象的な図式に偶然の出来事を圧縮させるという方法。もう一方は、ものごとの感じとれる様相をできる限り精密に伝えられるように言葉に緊張を強いること」。マラルメとポンジュが対極に位置するわけだが、「この二つの道のあいだを、私はたえずゆれ動いている」のである。

「視覚性」と「多様性」　これまで見た三つの価値は対概念と不可分だったが、この二つは違う。「視覚性」のテーマは想像力である。「想像力の働き方には二つのタイプが区別できます。すなわち言葉から出発して視覚的なイメージに到達するものと、視覚的なイメージから出発して言語的表現に行き着くものです」。カルヴィーノが物語を書くとき、最初にイメージがあり、そのイメージに内在する可能性を展開させる。するとさらに他のイメージが生まれ、それらの内に孕まれた物語も芽吹きはじめる。だが文章に定着されると次第に言葉が主役になり、イメージは言葉の後を追うことになる。

想像力（イメージする力）を定義してカルヴィーノは、それは「潜在的なもの、仮定的なもの、かつて存在したこともなくまた恐らく今後も存在することはないだろうが、それでもその存在は可能であるかもしれないようなもの、そういったすべてのカタログなのです」と言う。詩人の精神は、無限に可能な組合せからある目的に一致するものを選択するのだ。けれども、降り注ぐ大量のイメージに晒された現代、記憶はイメージの掃溜めになってしまった。「イメージの文化」のなかで個人の想像力はどうなるのだろうか。カルヴィーノは、「不在のイメージを喚起する能力は、出来合いのイメージの氾濫にますます侵されてゆくばかりの人類にも、なお発展し続けるものなのでしょうか」と、イメージを生み出しイメージによって考える能力が失われつつあるのではないかと危惧する。

「多様性」のテーマは、物語のあらゆる可能性を探求することである。ガッダ『メルラーナ街の恐るべき混乱』（一九五七年。千種堅訳、早川書房、一九七〇年。『メルラーナ街の混沌たる殺人事件』千種堅訳、水声社、二〇一一年）を引用してカルヴィーノは言う。「カルロ・エミリオ・ガッダはその全生涯を通じて、世界を一つのからまり、もつれ目、あるいは糸玉として描こうと努めていました。すなわち、その解きほぐしにくい複雑さを、すなわち、収斂し競合しつつあらゆる出来事をひき起こすに至るさまざまな異質の要素の、その同時的な存在を、ほんのわずかな手加減もせずに描こうと努めていたのでした」。作品内部の網の目があらゆるものを結びつけていく。全体を覆いつくし膨れ上がる細部を描写するガッダの熱情は常軌を逸しているが、「百科全書的精神」は多くの作家に見られるのだ。さまざまなレベルで解釈される多元的なテクストがあり、ボルヘスは可能性の網の目を数頁の短編に収めることに成功している。なかでもカルヴィーノの理想に近いのが、ジョルジュ・ペレックの『人生使用法』(一九七八年。酒詰治男訳、水声社、一九九二年、新装版二〇一〇年)だろう。ある種の数学的な手続き、組合せにしたがって、語りうることの多様性を抽出し、百科全書的な知の集積と叙述文学の伝統を総合させた際限のないしかも完結した物語である。「このような人工的で機械的とも言える詩法から、その結果として、汲みつくすことのできないほどの自由と創意の豊かさが得られた」奇跡が称賛される。

いささかまとまりに欠ける「多様性」の章の最後にカルヴィーノは夢を語っている。物語の無限の可能性のなかで書き手の唯一性を懸念する問いに対して、われわれは関係の網の目のひとつでしかないと応じた後、次のような言葉で講義は閉じられる。「ほんとうに自我を離れて着想される作品というものがあり得るならば！　個人的な自我の狭い見通しから私たちを引き出してくれるような作品が！　それもただ、私たちのと同類の別の自我のなかへ入りこんでゆくだけのためでなく、言葉をもたないものに語り出させるために、雨樋の上にとまっている小鳥に、春の木立ちに、秋の木立ちに、石に、セメントに、プラスチックに！」。

イタロ・カルヴィーノ（Italo Calvino）

一九二三年、キューバのハバナ近郊サンティアゴ・デ・ラス・ベガスで生まれる。父親は農学者で母親は植物学者、ともにイタリア人である。一九二五年に一家は父親の故郷、リグーリア海岸のサンレモに戻り、イタロは高校を卒業するまでこの町で暮らした。一九四一年にトリノ大学農学部に入学するが、一九四三年、フィレンツェ大学農学部に移籍。一九四四年、イタリア共産党に入り、対ファシズムのレジスタンスに参加する。戦争が終結した一九四五年、トリノ大学文学部に編入学し、パルチザンの経験を共産党機関紙『ウニタ』などに発表しはじめる。これらの短編がパヴェーゼやヴィットリーニの目に留まる。数年後に短編集『最後に鴉がやってくる』（一九四九年）にまとめられるものである。一九四七年、ネオレアリズモの傑作『くもの巣の小径』を発表、トリノ大学文学部を卒業し（卒業論文はコンラッド論）、エイナウディ出版の編集に協力し、『ウニタ』紙の編集にも関わる。一九五〇年、戦後の希望が崩れていくなか、いわば恩師でありエイナウディ社の編集主任だったパヴェーゼが自殺する。一九五六年、ソヴィエト連邦のハンガリー武力干渉を機にカルヴィーノは共産党を脱退。彼がエイナウディ社に在籍した五〇年代は、グリム童話集に並ぶ『イタリア民話集』（一九五六年）を編纂し、『まっぷたつの子爵』（一九五二年）、『木登り男爵』（一九五七年）、『不在の騎士』（一九五九年）など寓話的・民話的な語り口を特徴とした。『投票立会人の一日』（一九六三年）、『マルコヴァルドさんの四季』（一九六三年）を最後に、幻想的だがリアルでもあった現実から離れ、そして短編ばかりが書かれるようになる（以後の長編はいわば短編の集積である）。『レ・コスミコミケ』（一九六五年）、『柔らかい月』（一九六七年）は宇宙論と科学的世界観の詩的なSF短編集である。一九六七―八〇年は家族とともにパリに住む。パリではジョルジュ・ペレックやレーモン・クノーらと交流し、Oulipo（潜在的文学工房）に参加した。七〇年代はいわゆるOulipo的な『見えない都市』（一九七二年）、『宿命の交わる城』（一九七三年）、『冬の夜ひとりの旅人が』（一九七九年）を発表し、数学的な一定の規則にしたがう順列組合せから、無数に開かれる可能な世界を描いた。一九八〇年、ローマへ戻り、四半世紀にわたる（一九五五―八〇年）評論活動から厳選した自選評論集『水に流して』を刊行。一九八一年、モーツァルトの未完オペラ『ツァイーデ』に『冬の夜……』的脚本を補完して上演する。その後作曲家ルチャーノ・ベリオとオペラを二本、『本当の物語』（一九八二年）そして『耳を傾ける王様』（一九八三年）を制作している。一九八三年に最後の短編集となる詩的エッセー『パロマー』を発表。一九八四年夏から作業中の『アメリカ講義』草稿を完成させる直前、一九八五年九月六日、避暑地にしていたトスカーナ海岸カスティリオーネ・デッラ・ペスカイア（浜辺のパロマー氏の舞台）に滞在中、脳溢血で倒れ、シエナの病院に運ばれるが九月一九日に死去。享年六二歳。以上に挙げたカルヴィーノの作品は、オペラ台本の三作を除き、すべて邦訳されている。

スラヴォイ・ジジェク『イデオロギーの崇高な対象』

中山徹

The Sublime Object of Ideology, London: Verso, 1989. 鈴木晶訳『イデオロギーの崇高な対象』河出書房新社、二〇〇〇年（河出文庫、二〇一五年）。

本書のねらいは次の三点に整理される。（一）難解な書き方で読者を煙に巻く「ポスト構造主義者」というラカン像に逆らってラカン派精神分析の基本概念を明快に解説する。（二）フロイトおよびラカンの視点からカントやヘーゲルの哲学を根本的に読み直す。（三）マルクス主義および精神分析の古典的概念（商品フェティシズム、症候、等々）の再解釈を通じて新たなイデオロギー理論を構築する。ジジェクのオリジナリティはこの三つの要素——ラカン派精神分析、ドイツ観念論、マルクス主義——の、ボロメオの結び目を思わせる組み合わせから生まれる。本書の「序文」でエルネスト・ラクラウが指摘するように、ラカンの影響はそれまでフランスやラテンアメリカ諸国ではおもに臨床上のものであり、英米ではおおむね文学理論、映画理論、フェミニズムの場にかぎられていた。それに対してジジェクは対象aや享楽といったラカン派精神分析の鍵概念を哲学的および政治的思考において活用したのである。この姿勢はジジェクとの共著（『オペラは二度死ぬ』）があるムラーデン・ドラーや、ジジェクがその著書を絶賛してやまないアレンカ・ジュパンチッチにも共有されており、この三人の哲学者を中心とするリュブリャナ・ラカン派のユニークな特徴となっている。

イデオロギー的空想

ジジェクのイデオロギー理論の意義は「アルチュセールのモデルがラカンの〔欲望の〕グラフの下部しか含んでいないというかたちで問題を明確化したこと」にあると浅田彰はいっている。つまりジジェクはグラフの上部をも含むモデルを構築したことになるわけだが、私の考えではこのポイントはカントの語彙を使って定式化できる。ジジェクのモデルは「超越論的図式」だけでなく「物自体」のレベルを含んでいる、と。

ジジェクが本書以外の場で触れている、一九八〇年代後半のイギリスにおける「失業中のシングルマザー」という例を使って説明しよう。アルチュセールはイデオロギーを「諸個人が自らの現実的な存在諸条件に対してもつ想像的な関係の「表象」」と定義した。たとえば福祉国家なるものは個人の存在を規定する「現実的」条件であるが、概念的に理解するしかないシステムである。個人はそれを感性的に経験できない。「失業中のシングルマザー」はこのジレンマを解決する。それは福祉国家の行き詰まりを表す象徴として機能するのだ。国家予算の危機？　シングルマザーの支援に多額の税金が使われているからだ。青少年の非行？　シングルマザーが子供にしかるべき教育を受けさせないからだ……。この象徴によって、知覚可能な対象（目の前の他者）は国家レベルの問題を具現したものに変わる。そして個人はみずからの「現実的な」条件と「想像的」に関係できるようになる。その意味でイデオロギーの機能は超越論的図式のそれとよく似ている。後者は感性と悟性を媒介する構想力の働き、要は知覚的経験と概念的理解とを媒介するものであるからだ。超越論的図式によってたとえば3という整数概念に⚂のような像が与えられるように、福祉国家という抽象概念にはシングルマザー・イデオロギーによって特定の像が与えられる。

ジジェクはこのイデオロギー的機能にさらに精神分析の二つの概念を適用した。（一）ラクラウとシャンタル・ムフの『ヘゲモニーと社会主義の戦略』（邦訳『ポスト・マルクス主義と政治』）によれば、元来「浮遊するシニフィアン」からなるイデオロギー領域はある「結節点」によって統一される。たとえば国家予算の危機、青少年の非行……といったばらばらの要素は「失業中のシングルマザー」というシニフィアンによって「キルティング」され、その意味を固定される。ジジェクはこの結節点をラカンのいう「クッションの綴じ目」としてとらえた。これによってラカンのグラフをイデオロギー論に応用する道が開かれるのである。（二）イデオロギーはラカンのいう「空想」として機能する。元来無秩序の状態にある感性的直観が感性と悟性を媒介する超越論的図式によってはじめて悟性のカテゴリー（たとえば因果律）に包摂され、経験の対象になるように、ある対象は空想の媒介によってはじめて欲望の対象になる。たとえば「失業中のシングルマザー」によって「小さな政府」が魅力的な欲望の対象になるように（彼女たちさえいなければ、真の効率的な社会が可能となるのに……）。かくしてこのシングルマザーという形象は欲望の対象‐原因、ラカンのいう対象aとして機能することになる。

だがこれはジジェクのイデオロギー論の第一段階（グラフの下部）にすぎない。カントは超越論的図式が機能する領域つまり「現象」の彼方に「物自体」を設定した。これと同様にジジェクは空想を突き抜けたところに享楽の領域を置いたのである。「崇高な対象」とはまさに物自体と享楽を結びつける概念にほかならない。物自体は表象不可能なものだが、現象の彼方に対する理性の関心はやむことがない。それゆえ超越論的図式にはその限界を超えた負荷がかかる。その結果、物自体の表象の不可能性はこの図式へと折り返され、そこに、いわばこの不可能性の表象として刻印される（東浩紀はこのポイントをもとにジジェクの「否定神学」的側面を強調した）。現象領域でこの刻印に対応するのが、瀑布や巨大なものといった、現象の彼方の現れであるかのような現象、つまり崇高なものである（力学的崇高と数学的崇高の差異はラカンの「性別化」の議論にとってきわめて重要だがここでは扱わない）。構想力はいわば自己破綻を通じてはじめて理性の要求に応えられる。崇高が不快による快というメカニズムをもつのはそのためである。

不快の快はまさにラカンのいう享楽の情動的特徴でもある。そして物自体が現象の彼方に位置づけられたように、享楽もまた空想を超えたレベルに位置づけられる。ラカンは昇華を「対象を〈もの〉の威厳にまで引き上げる」ことと定義したが、これは対象が享楽の具現としての対象 a、つまり「崇高な対象」になるということである。この理論的枠組みの意義は大きい。それこそがアルチュセール・モデルの乗り越えを可能にするからだ。イデオロギーはわれわれに要求する。アルチュセール流にいえば、われわれに「呼びかける」。「おい、福祉国家の一員であるお前、シングルマザーを憎め!」。だがジジェクいわく、この呼びかけはつねに失敗する。あなた(ラカンのいう大文字の〈他者〉)はそう要求するが、それはなぜなのか? あなたはそう要求することで何を欲しているのか? この空想の彼方に関する問いかけが開く、要求と欲望とのずれ、〈他者〉の言表と言表行為とのずれはけっして閉じられない。空想=イデオロギーにはこの意味で亀裂が走っている。この亀裂こそ享楽の噴出する場である。空想はこの亀裂を覆い隠すために構成される、逆にいえば、この亀裂なしには構成されない。空想はそれを不可能にする外傷的な享楽に逆説的に支えられているのだ。こうして主体は空想を通じて享楽とのつかず離れずの関係を手に入れる。ラカンが空想を$◊aと記すのはそのためである。

フェティシズム

対象aがイデオロギーの外部にあってイデオロギーを支える外傷的な核だとすれば、ジジェクはさらに(私流にいえば)フェティシズムがいわばイデオロギーを内側からささえる仕組みであることを明らかにした。ジジェクによる「商品フェティシズム」(マルクス)の再解釈の意義はここにある。

ジジェクが好んで使う例を引こう。ノーベル賞物理学者ニールス・ボーアの家を友人が訪ねて来る。軒下に馬の蹄鉄がぶら下がっているのを見た友人は驚いて尋ねる。「まさかきみは蹄鉄が魔除けになるという迷信を信じているのか」。ボーアは答える。「もちろん信じていない。でも、たとえ信じていなくても効き目があると聞いたものでね」。この態度、「よくわかっているが、それでもやはり……」という態度がフェティシズムの本質である。ジジェクはイデオロギーにおいても同じ作用を見出す。イデオロギー的空想は「知っている」ことのレベルではなく「やっている」ことのレベルで作用するからだ。「シングルマザーによって福祉国家が破綻するのでないことはわかっているが、それでもやはり……（私は彼女たちを排斥する）」。

ジジェクはここから「信念の客体性」という興味深い議論を展開した。私（ボーア）は魔除けを信じていない。だがフェティシズムにおいては主体の代わりにいわば客体（蹄鉄）のほうが信じているのである。同じことはチベットの地蔵車にもいえる。経文の書かれた巻物の入った車を回しさえすれば、私は祈らずとも車が代わりに祈ってくれる。つまり私は客観的に祈ったことになるのだ。同じ仕組みは葬儀のときに自分の代わりに泣いてくれる「泣き女」、テレビのいわゆる「笑いの缶詰」、さらにはラカンが『精神分析の倫理』で言及した、古代悲劇におけるコロスにも見出せる（劇を見る私が何も感じずともコロスが代わりに恐怖や共感をいだいてくれる）。こうした例において主体は他者に、泣く、笑う、恐れるといった受動的反応を委託している。われわれは他者を享楽するというより、私の代わりに享楽してくれる他者を欲しているかのようだ。哲学者ロベルト・プファーラーはこの議論から「相互受動性」という概念を練り上げ、文化、芸術、スポーツ、宗教においてそれが作動するさまを分析した。これは本書から生まれた特筆すべき文化理論のひとつである。

文化理論のエルヴィス

ジジェクはラカンやヘーゲルの難解な概念をありとあらゆる文化的生産物（オペラ、古典文学、ファインアートから逸話、ハリウッド映画、ジョークまで）を使ってざっくばらんに解説してみせる。彼が「文化理論のエルヴィス」と呼ばれる所以である。だがこのスタイルは彼に対する批判が集中するポイントでもある。というのもハイ／ローカルチャー、哲学／文学といった制度的区別に頓着せずに自在に例を引いていく彼の思考は革新的な解釈――「アルチュセールの批判者カフカ」、『高慢と偏見』は『精神現象学』の、『マンスフィールド・パーク』は『論理の学』の、『エマ』は『エンツュクロペディー』の、文学版である」等々――を生み出す一方で、ややもすれば、例となった作品を理論のたんなるイラストレーションに還元してしまうからだ。映画理論家トッド・マガワンによれば、映画固有の形式ではなくもっぱらその内容に焦点を当て小説も映画も一緒くたに論じてしまうジジェク流の映画受容は、映画理論家のあいだで評判がよくない。たしかにジジェク自身は現実界や享楽といった精神分析概念が映画理論そのものにとっていかに重要であるかを明確にしない。だがそれはほかならぬ映画を使ったジジェクのラカン解釈において暗黙裡に示されていないか。そしてそれはジジェク自身の著作ではなく、彼の影響下にあるラカン派映画理論家たちの仕事のなかで明示的に論じられていないか。たとえば、ジジェクから少なからず影響を受けると同時にそのめざましいラカン解釈によって逆にジジェクに多大な影響を与えたジョアン・コプチェクの映画批評はそのように受け取るにたる質をそなえているし、ラカン派精神分析を基盤にしたマガワンの映画批評はジジェクとコプチエクによる理論的革新から生まれた最良の成果のひとつである。

ジョークと／の哲学

ジジェクが本書において用いたことで一躍有名になったジョークがある。他国への移住をのぞむソ連のユダヤ人ラビノヴィッチが出国管理官から理由をきかれ、こう答える。「理由は二つあります。第一に体制が崩壊したら共産党の罪がユダヤ人になすりつけられて……」。「いや」と管理官がさえぎる。「それは杞憂だ。共産党体制は永遠に続く」。ラビノヴィッチがいう。「はい、それが第二の理由です」。ジジェクはこの小話に三つのヘーゲル的論理を読み取った。（一）正反合（正：第一の理由、反：管理官の反論、合：視点の変化による反論の差異化）、（二）「否定の否定」（第二の理由は第一の理由の否定の否定である）、（三）「精神は骨である」という無限判断（小話風にその論理を表現すればこうなる――「精神は骨である」「そんな馬鹿な」「そのとおり、その不和、否定性こそが主体性そのものなのだ」）である。ジジェクの手にかかると、ヘーゲル哲学はしかつめらしい大伽藍ではなく笑いの劇場に変わる。『無になりきらない無』*Less Than Nothing* では「絶対知」までがこの小話の改変を通じて説明される。「私は絶対知を得た」。「馬鹿な。有限な存在である人間は絶対知を得られない」。「そのとおり。絶対知とはまさにそうした限界を証明することだ」。ジジェクにおいて哲学はジョークとして語られねばならないかのように扱われる。だとすれば、逆もまたしかり、ジョークは哲学として語る必要があることにならないか。ジジェクの著作一般が暗黙に発するこの要求に真正面からこたえたのは、冒頭でふれたジュパンチッチである。ヘーゲル哲学とラカン派精神分析の観点からジョークと喜劇および両者の機能上の差異を分析した者で彼女の右に出る者はいない。

ジュパンチッチによれば「ヘーゲルのいう精神はまさに喜劇の問題である」(*The Odd One In: On Comedy*)。ジュパンチッチもまたジジェクのように効果的にジョークを使う。一例をあげよう。自分を穀物の粒だと思い込んでいる男がいた。治療の末、彼は自分が人間であることを理解し退院する。が、ほどなくして彼はあわてて戻って来て医師にいう。「ニワトリに会ったのです。食べられてしまうと思うと怖くて」。医師がいう。「きみは自分が穀物の粒ではなく人間であることをわかっているだろう」。男は答える。「もちろん私はわかっています。でもニワトリはわかっているでしょうか」。ジジェクはこの小話を「信念の客体性」の戯画として用いた。対してジュパンチッチはこれを「絶対知」の説明に転用する。「絶対知」とは患者=主体の知とニワトリ=客体の知が一致すること、つまり患者がニワトリに委託した「おれは穀物だ」という信念をニワトリ自身も捨てることである、と。ひとつの同じジョークは複数の異なる哲学的論理に適用される。また、ひとつの同じ哲学的概念は複数の異なるジョークによって説明される。ジョークをはじめ文学、映画、等々の利用と再利用が織りなすこうした差異と反復のネットワークは、彼の膨大な著作群を越えて、彼から影響を受けた人々のテクストへと広がっていく。このテクストの終わりなき運動を表すのにおそらく「文学」以上に適切な言葉はない。

スラヴォイ・ジジェク（Slavoj Žižek）

一九四九年、スロヴェニアの首都リュブリャナで生まれる。ロンドン大学バークベック人文学研究所インターナショナル・ディレクター、リュブリャナ大学哲学科上席研究員、等々の肩書をもつジジェクはその国際的な人気と影響力ゆえに「西洋一危険な哲学者」や「リュブリャナの巨人」といった称号を与えられてきた。こうした称号に対する彼の反応は諧謔家としての彼の特徴をよく表している。講演でよくこのように紹介される彼は司会者にこう返したことがある。「個人がこうした称号でよばれることを精神分析では象徴的去勢といいます。私を去勢してくれてありがとう！」。彼の著作にはこの種の機知がいたるところにちりばめられている。急進的左翼知識人ジジェクの姿は、たとえば金融危機の余波を受けてはじまった連続国際会議「コミュニズムのイデア」（二〇〇九年ロンドン、二〇一〇年ベルリン、二〇一一年ニューヨーク、二〇一三年ソウル）の論集の編者を務めたことや、ウォール街を占拠した群衆の前で赤いTシャツを着て彼／彼女らに賛同する演説をしたことによく現れている。コモンズからコミュニズムをとらえ直すジジェクの思考は斎藤幸平の『人新世の「資本論」』にも取り込まれている。

一九七〇年代にパリに留学したジジェクはラカンのセミネールの編者ジャック゠アラン・ミレールのもとで博士論文を書いた。その再編集版としてフランス語で出版された『もっとも崇高なヒステリー者――ラカンと読むヘーゲル』をさらに改変したものが『イデオロギーの崇高な対象』であった。以後ジジェクは膨大な著作を英語でものしていくことになるが、多方面にわたって発展していった彼の思考――『斜めから見る』におけるヒッチコック論、『快楽の転移』における宮廷恋愛論、『オペラは二度死ぬ』におけるワーグナー論、『脆弱なる絶対』におけるキリスト教論、『大義を忘れるな』における革命論、『性と頓挫する絶対』における弁証法的唯物論、等々――の萌芽はすべて『イデオロギーの崇高な対象』のなかにあったといってよい。

ジジェクの文学解釈の特徴のひとつに作品の改変可能性の探求がある。たとえば、不在としての物自体をめぐって組織されるモダニズムの原型というべき『ゴドーを待ちながら』をポストモダニズム的に書き直したらどうなるか。なんの変哲もない人物としてのゴドー自身を舞台に登場させねばならないだろう、というふうに。いとうせいこうの『ゴドーは待たれながら』はこの思考実験の実践であった。二〇一六年、ジジェクは『アンティゴネー』を論じるだけでは飽きたりず、その改変版を自分で書いた。エディプス神話の分析はエディプス神話の別ヴァージョンであるというレヴィ＝ストロースの教えにここまで忠実なひとはいない。

一九九〇年代

イヴ・コゾフスキー・セジウィック『クローゼットの認識論』

岸まどか

Epistemology of the Closet. Berkeley, Los Angeles: U of California P, 1990. 外岡尚美訳『クローゼットの認識論――セクシュアリティの二〇世紀』青土社、一九九九年。

「クローゼットからカミングアウトする」――内に秘めていたセクシュアリティを公にすることを意味するこのフレーズは、一九七〇年代のゲイ・リベレーション運動以来、セクシュアル・マイノリティの抑圧からの解放を象徴してきた。けれどイヴ・セジウィックが『クローゼットの認識論』で繰り返し示すように、クローゼットの中と外はけしてきっちりと区切られたものではない。本書の原風景のひとつ、一九八六年に米国で裁定されたバウワーズ対ハードウィックという訴訟は、それを物語る例でもある。アトランタに住むマイケル・ハードウィックの自宅寝室に警察が踏み込み、ジョージア州のソドミー法に違反したかどでハードウィックと同性パートナーを逮捕した。ソドミー法の違憲を訴えたハードウィックの訴えにたいして最高裁は、「ホモセクシュアル」にプライバシー保護の権利が適用されるべきだなどとは「冗談が過ぎる」という判断を下した。AIDSエピデミックのさなか、クローゼットの中の「私的な」はずのものは、公権力によって公衆衛生の名のもとにいともたやすく日のもとに引きずり出されるということが如実に示された事件だった。

けれどまたその一方で、ハードウィックの前年に裁定されたローランド対マッドリヴァー学区のように、ひとたび教師がカミングアウトすれば、セクシュアリティという「私的」な側面に生徒の注意を不要に喚起して「公益」を損なったとして、解雇されもする。このようにクローゼットとセクシュアリティをめぐる公的／私的、公表／秘匿の境界が、ホモフォビックな論理にしたがって猫の目のように変わるのはなぜだろう。それは二〇世紀の欧米社会でセクシュアリティこそが生の謎の鍵を握るもっとも重要な「秘密」とされ、ほかの誰かのセクシュアリティについての知識をコントロールすることが権力の源となってきたからだ、とセジウィックは言う。そしてセジウィックが「クローゼットの認識論」と呼ぶその知の様式の中心にあるのは、異性愛／同性愛という不安定な二項対立に恣意的に線を引こうとするホモフォビックな「知ったかぶり（knowingness）」であり、それこそが二〇世紀西欧文化全体を構造化してきたのだ、と。ＡＩＤＳエピデミックとともに激化するホモフォビアが多くのゲイ患者たちを文字通り黙殺するなかで書かれた本書の分析は、哀悼と怒りによって研ぎ澄まされ、異性愛／同性愛定義のもろさとそれを守ろうとする異性愛中心主義の暴力を、鋭い切れ味で晒す。そしてその仮借ない脱構築の手法によって本書は、クィア・スタディーズという新たな研究領域を開いていく原動力ともなった。

パラノイアな認識論

一九八五年に出版された前作『男同士の絆』(上原早苗・亀沢美由紀訳、名古屋大学出版会、二〇〇一年)でも、セジウィックは父権制下でのホモフォビアの中心的な役割を論じていた。結婚とは女性を取り交わすことによって男性集団の関係強化を行う制度だというレヴィ＝ストロースの議論、そして三角関係ではひとりの対象を競いあうふたりのライヴァルの強烈な情動にこそ焦点があるというルネ・ジラールの議論を、セジウィックはフェミニズムの視点から読み直し、こうして強化されるホモソーシャルで一見異性愛的な絆に、同性愛との連続性とそれにたいするホモフォビックな禁忌を読み込んだ。男同士の熱い絆と性器的接触を含んだり含まなかったりする同性愛欲望のあいだに、そもそもはっきりとした境界はない。『男同士の絆』は一七世紀初頭から一九世紀中盤までの二五〇年に渡る文学作品の分析から、なにが「性的」なものとして禁止されるかは歴史的、階級的、人種的文脈によって左右されることを示し、女性の交換によって誇示される異性愛関係とホモフォビックな暴力が、ホモソーシャルな父権制を守るための道具として機能してきた様を示した。

しかしその境界線の曖昧さは、ホモソーシャルな関係に参入する男性たちをある種のパラノイア状態に置く。男同士の強烈な連帯を要求しながらも、それが「行き過ぎる」ことを(なにが「行き過ぎ」かを明示しないままに)禁止するホモソーシャルのダブル・バインドは、もし自分がそうだったらどうしようという漠とした絶え間ない不安を植え付ける。だからこそ同性愛欲望は徹底的に芽を摘まれ、ほかの誰かに妄想的に投影される——「自分が相手を好きなんじゃない、相手が自分を好きなんだ」と。このパラノイア的な投射こそがクローゼットの認識論の中心にあるのだと、セジウィックは言う。それはホモソーシャルな集団に属する男性に、自分の異性愛以外の欲望にたいして無知であることを要請し、その欲望を隔離して投棄する場として「クローゼット」とその住人を作り出す。一九世紀後半、そうして産み出されたのが「ホモセクシュアル」という存在だ。

「ホモセクシュアル」とは誰か

「ホモセクシュアル」の「誕生」——だがそれはもちろん、それ以前に同性を愛する人や同性同士で性行為を行う人がいなかったということでも、同性愛が異性愛主義の社会によって作り出された現象だということでもない。それが意味するのは、性欲望の対象が同性であるか否かによって人間を分類する世界が「ホモセクシュアリティ」という用語とともに一九世紀後半に作り出されたということだ。セジウィックはこのカテゴリーを脱自然化するために拍子抜けするほど単純に聞こえる「公理」を説く——「人びとは互いに異なっている」。人間の性欲望や性行動は複雑なもので、惹かれる関係性、身体部位、感覚、年齢、頻度など、みんなひとそれぞれだ。にもかかわらず、その中で性対象のジェンダーが自分と同じかどうかだけが「セクシュアリティ」の唯一の指標になっているということは、実は驚くに値することなのだ、と。

セジウィックはここで、ミシェル・フーコーが『性の歴史』第一巻（一九七六年）で提示した議論を下敷きにしている。それまで「(逸脱)行為」(ソドミー)として捉えられていた同性間の性関係は、一九世紀末を境に「人物特性」(ホモセクシュアリティ)になった。この時セクシュアリティは精神分析や性科学によって個人のもっとも内奥にあるものとして作り出され、近代権力はそのセクシュアリティについて「知る」ことをその管理・支配の最大の装置にしてきた、とフーコーは論じた。二〇世紀の認識論がクローゼットの中のセクシュアリティという「秘密」を中心に構成されているというセジウィックの議論は、このフーコー的枠組みを踏襲している。

　ただしセジウィックはフーコーとはちがい、一九世紀末以降でも同性愛は少数者の「人物特性」として完全に確定されたわけではないし、そうした捉え方は「今日われわれが知るホモセクシュアリティ」というものを一枚岩化することにつながると論じている。同性間の性関係は誰もが行いうる「行為」であり、セクシュアリティは流動的で文化的なものだから誰もが同性を欲望しうるという見方もまた、二〇世紀を通じて存在してきたからだ。セジウィックは人物特性を焦点化する前者を「マイノリティ化の見解」、行為を焦点化する後者を「普遍化の見解」と呼ぶ。重要なのはどちらが正しいかを裁定することではなく、同性愛/異性愛という不安定な対概念が「誰にとっての」問題なのかを考えること、そしてこの一見対立する見解が共存してきたということだ。同性愛者は「一部の特殊な人」だが、潜在的には「誰もが」同性愛欲望を持ちうるという一見矛盾する見解が混ざり合い、異性愛/同性愛の定義を一貫性のない、日和見的なものにする。だからこそ「誰もが」パラノイア的な投射によって作り出されるクローゼットの認識論の影響下にあり、その中心に置かれた同性愛の秘密の秘匿と暴露のドラマが、二〇世紀の西洋文化を形づくってきた。

ガラスのクローゼットという「スペクタクル」

こうしてクローゼットの中の秘密がドラマを作り出すのは、多くの場合それがすでに薄々知られたもの、つまり「公然の秘密《オープン・シークレット》」だからでもある。もしかしたらもう知られているかもしれないという不安がクローゼットの「中」にいる人に常につきまとう一方、それを「外」で眺める側は相手が隠している秘密を自分だけはすでに知っているという、したり顔の優越感に酔う。セジウィックが「ガラスのクローゼット」と呼ぶこの構造は、クローゼットの外／内、公／私、発覚／秘匿の二項対立を揺るがしながら、同性愛をとりまく知識と権力の隠微な融合を体現する。その知＝力の奔流に飲まれずにいられるような、「クローゼット」に守られた状態もなければ（揺るぎないプライバシーなど存在しないのだから）、完全に「アウト」な状態もない（カミングアウトは一度の行為ではなく、新しい関係性に置かれるたびにしつづけねばならないものなのだから）。だとすれば実際にその秘密が公然のものであるか否かにかかわらず、すべてのクローゼットはガラスでできていると言っても過言ではない。

さらにこのガラスのクローゼットは、「知っている」ことだけでなく「知らないこと」をも権力の源にする。多くの場合、知らないことは無垢な状態ではなく、知らないでいることを選択する態度の結果だ。ことに公然の秘密のまわりでは、おどけまじりの無知や頑迷な鈍感さ（「え、なんでそんなことで傷つくの」）が日常的に動員される。米国でＡＩＤＳの拡大が認識され始めてからの数年間、公権力によって沈黙が貫かれ、さらなる膨大な死を招いたこともまた、セジウィックが「知らないことの認識論的特権」と呼ぶものの公共圏での発露だ。「聞くな、語るな、そんなことを知る必要はない」――公然の秘密をとりまく「故意の盲目」は、文学キャノンにも長らく適用されてきた。シェイクスピア、マーロウ、シェリー、サッカレー、メルヴィル、ホイットマン、ワイルド、ジェイムズ、プルースト……同性間の愛や欲望がこうした作家たちによって主題化されているときでさえ、批評家たちはそれを「空虚な秘密《エンプティ・シークレット》」にしてきた――かりに同性愛欲望が描かれていたとして、そんなつまらないことに注目することは、作品の深遠な哲学的企図を矮小化することになる、と。

　こうして制度化された選択的無知と沈黙とがクローゼットの「外」で暴露と同じくらいの破壊力を持つ一方、沈黙はクローゼットの「内」でも複雑な発話行為を作り出す。ことに一八九五年、オスカー・ワイルドのソドミー裁判を契機として「あえてその名を語らぬ愛(the love that dare not speak its name)」というフレーズが同性愛の隠語となって以来、「あえて語らないこと」という沈黙のさまざまなかたちは、逆説的に同性愛を表す媒体ともなった。こうして直接的な表象の禁止として構築されることによって、同性愛は表象不可能なものを修辞の迂回路によって絡めとろうとする文学表現自体との親和性を高めることになる。そのときガラスのクローゼットは外部から眺められる「見せ物」であるだけでなく、その内部にいる者が秘匿の身振りそのものを劇化する舞台としても機能する。

クィア・スタディーズの「誕生」

異性愛／同性愛として定義されるものの一貫性のなさと相補性を射抜きながら、セジウィックはこの二項対立によって染め抜かれた多様な対概念の数々を目眩のするような手さばきで脱構築してゆく。その照準は公的／私的、公表／秘匿、多数派／少数派、知識／無知、暴露／沈黙、といった概念にとどまらない。セジウィックのまばゆいばかりのテクスト分析は、自然／人工、健全さ／退廃性、差異／同一性、自国／外国、誠実さ／感傷性、そして芸術／キッチュなど、一見してセクシュアリティとは関係のない概念までもが異性愛／同性愛によって構造化されていることを照射する。

このような『クローゼットの認識論』の脱構築の手法は、クィア・スタディーズという新たなセクシュアリティ研究の礎石となった。クィア・スタディーズとその源流である一九七〇年代以来のゲイ・レズビアン・スタディーズとを理論的に分かつものがあるとすれば、そのひとつはゲイ・レズビアン・スタディーズの主眼が同性愛主体の存在を力強く証し立てることであったのにたいし、クィア・スタディーズは異性愛／同性愛というアイデンティティ・カテゴリー自体を問い直す研究としてはじまったことだと言えるだろう。パラノイア的な知をめぐるクローゼットの認識論は「ホモセクシュアル」として名指される主体だけではなく、それを作り出し、眺め、知った気になって安心する周囲も、ともに支配するものだ、と論じる本書は、異性愛／同性愛の境界を強化する認識装置としてのクローゼットを解体し、そこに詰め込まれていた性欲望や愛情のエネルギーを、奇妙で、異様で、捉えどころのない――つまり「クィアな」――ものとして解き放つ本だったと言える。
ただし、セクシュアリティという秘密を中心として構成された知の力学の象徴としてのクローゼットが二〇世紀西洋文化全体を構造化してきたというセジウィックの議論が、白人男性同士の関係を超えてどこまで普遍化できるかには疑問符がつく。たとえばマーロン・ロスの "Beyond the Closet as Raceless Paradigm"（二〇〇五年）、オミセケ・ティンズリーの *Thiefing Sugar*（二〇一〇年）、ハイラム・ペレスの *A Taste for Brown Bodies*（二〇一五年）などをはじめとするクィア・オブ・カラー・クリティークの著作は、クローゼットという形象自体がプライバシーを持ちえる白人中産階級の特権を象徴し、異性愛／同性愛定義がレイシズムや植民地主義と絡み合って概念化されてきたことを隠蔽していると指摘してきた。同様にテリー・キャッスルの *The Apparitional Lesbian*（一九九三年）やシャーロン・マーカスの *Between Women*（二〇〇七年）は、セジウィックが扱うテクスト群と同時代の白人女性の同性愛関係は、堂々と公共の場に存在している時でさえ、ありえないこととして認識の網目をすり抜けたり、あるいは逆にごく凡庸でとるに足らないものとして無視されたりしてきたことを照らし出す。そのとき女性同性愛をめぐる認識論はガラスのクローゼットに乱反射するパラノイア的投射や「深読み」によって構成されているわけではなく、マーカスが「単なる・当然の・正当な読み（just reading）」と呼ぶような、テクストの表面にありながらもとり逃されてきたものをすくい上げるような読解を必要とする。こうした研究が浮かび上がらせる、欲望や親密性のときに予想外でさまざまなかたちは、本書自体が結果的に作り上げてしまった強力なクローゼットのパラダイムに風穴をあけ、「知ったかぶり」を避け、ホモフォビアと闘争し、セクシュアリティそのもののクィアさを探求するという本書のプロジェクトを、さらに推進していく。

イヴ・コゾフスキー・セジウィック（Eve Kosofsky Sedgwick）

一九五〇年、米国オハイオ州デイトン市生まれ。幼い頃からずば抜けて聡明だったというセジウィックは、七歳で詩人になることを心に決めて以来ずっと詩を書きつづけ、詩集も出版している（*Fat Art, Thin Art*, 1991、死後出版の *Bathroom Songs: Eve Kosofsky Sedgwick as a Poet*, 2017）。従来の文学批評の垣根を超えた書きものへの思い入れは、一人称を重視した *Tendencies*（一九九三年）や、*A Dialogue on Love*（一九九九年）というセラピーの経験をもとにした「俳文」形式の回想録にも表れている。一八年に及んだ癌との闘病中にはテキスタイルや紙を用いたアート作品も多数作製し、二〇〇九年に早逝した後に出版された *The Weather in Proust*（二〇一一年）にはこうした作品の写真も多く収録されている。どの著作も残念ながらいまのところ未翻訳だが、いわゆる「批評《クリティーク》」の文法を崩す絶妙な語り口と叙情に彩られ、性や生そのもののクィアさを、のびやかかつ鮮明に捉えている。

こうした側面は『クローゼットの認識論』や『男同士の絆』、そして一九八〇年のデビュー作 *The Coherence of Gothic Conventions* などで展開される透徹した分析と精緻な理論化からすると、すこし意外かもしれない（もちろん抜群のユーモアセンスはこうした著作にも表れているのだが）。秘匿と暴露をめぐるパラノイア的認識を批判した本書が、ヘテロセクシストな社会によって「隠された」同性愛欲望や暴力を「暴く」という手法を、結果的にクィア・スタディーズの主戦略のひとつとして確立してしまったことには、セジウィック自身複雑な思いを抱いていた。生前最後の著作となった二〇〇三年出版の『タッチング・フィーリング』（岸まどか訳、小鳥遊書房、二〇二二年）に収録された「パラノイア的読解と修復的読解――または、とってもパラノイアなあなたのことだから、どうせこのエッセイも自分のことだと思ってるでしょ」という、いかにもセジウィックらしい遊び心に満ちた題の章では、テクストの裏側に隠された抑圧構造や権力との隠微な結託を暴くいわゆる兆候的読解を「パラノイア的読解」と呼び、その認識論的優位への固着が、暴露をものともせず白日のもと行われる暴力を前に政治的な袋小路に陥っていることを指摘した。隠された真実ではなく、痛みに満ちた世界を繕いながらどう生きるかを知る可能性を「修復的読解」という言葉に仮託し（けれどパラノイア的読解を棄却することなく）、旧来の認識モデルを脱臼するような知の形態を、セジウィックは模索した。自身が「ゆるめの技法」と呼ぶ、茶目っ気と諧謔、気鬱と慈しみに満ちた筆致によって情動という心身の二項対立を突き崩す「触・感」を活写した『タッチング・フィーリング』は、情動理論やポスト・クリティークと呼ばれるムーブメントにも深い影響を及ぼし、セジウィックの計り知れない遺産となった。

エドゥアール・グリッサン『〈関係〉の詩学』

中村隆之

Poétique de la Relation, Paris: Gallimard, 1990. 管啓次郎訳『〈関係〉の詩学』インスクリプト、二〇〇〇年。

ここに解説するのは、類い稀な詩的思想家エドゥアール・グリッサンの思索と方法が凝縮された著作だ。六〇歳を超え、円熟期を迎えた著者が本書の表題に選んだのは『〈関係〉の詩学』である。本書にはこの表題のもとに一九八〇年代の文章が収録されている。それらの文章は〈関係〉と命名されるグリッサンの詩学の内実を物語るだけでなく、それ自体が〈関係〉の詩学の実践となっている。

〈関係〉の詩学

グリッサン思想の最重要用語だと言ってよい〈関係〉は、彼の出自であるカリブ海マルティニック島に生まれた人々の集合的経験とその歴史から着想されている。マルティニックの人々の大半は、大西洋奴隷貿易により南北アメリカ大陸に連行され、奴隷化されたアフリカ人の子孫だ。この事実はブラック・ディアスポラの作家たちの執筆活動の一般条件をなしている。この条件は、多くの場合、自分たちの起源／経路を発見させるアフリカ回帰運動に作家を向かわせるが、グリッサンはこの運動と決然と距離をとるところから〈関係〉をめぐる独自の思索を出発させた。

本書冒頭におかれた「開かれた船」はグリッサンの〈関係〉の認識を端的に示す文章だ。〈関係〉とは自己が他者との関係性を基盤にして成り立っており、〈関係〉の認識においては自己のあり方は流動的にして可変的である。事実、奴隷化されたアフリカ人は、現代の難民のように、自分たちの存在基盤（言語、宗教、慣習、家族）を根こそぎ奪われたところから自己と共同体を未知の環境で新たに構築しなければならなかった。それゆえ、その構築は初めから混成的にならざるを得ない。カリブ海の民は、暴力的交渉を含み込んだヨーロッパ人をはじめとする他者との不可避的関係を通じてそのアイデンティティを形成してきた。グリッサンはカリブ海の民の起源／経路を、アフリカ大陸ではなく奴隷船から始まる移動の経験それ自体のうちに据えたのである。

カリブ海の民の歴史的経験から着想される〈関係〉の詩学とは、それゆえ西洋近代が生み出した発見と支配のプロジェクトを徹底的に相対化するものとして構想される。この場合の詩学とは、グリッサンにおいては詩の技法という狭義の規定を超えた、より高次で広大であるところの世界認識の制作を指している。〈関係〉の認識に基づく詩学とは、このため、ほとんど新たな思考法として提示されるのであり、その思考法に慣れるためには、私たちが規律的教育において身につけた思考法から距離をとらなければならない。規律的思考法からはおよそ論証的と見なされないその錯綜した文の編み目のうちにこそグリッサンの豊穣な思考が宿っているからだ。

イメージ思考

この思考法を「イメージ思考《パンセ＝イマージュ》」という語で捉えてみたい（この語は本論で提唱するものであり、グリッサンは使用していない）。イメージ思考は論理がイメージ（喩え）と結びつく点に特徴があり、事実、グリッサンは、先述の表現「開かれた船」がそうであるように、イメージ化した概念をよく用いる。たとえばアイデンティティを語るとき、グリッサンはこれを根のイメージで語る。単一根として捉えられるアイデンティティはその場に深く根を下ろし、地中の養分を吸い取り、他の生物の場を奪う。これに対し、ジル・ドゥルーズとフェリックス・ガタリから借用したリゾームの喩えで示されるアイデンティティがある。この場合、網状組織としてのリゾームの根は他の生物との共生のネットワークのように思い描かれる。リゾームは〈関係〉の喩えをなしており、本書では「関係としてのアイデンティティ」とも述べられる。

〈関係〉の詩学を習得するにあたって重要なのは、こうしたイメージ化を通じた思考法に慣れることである。ドゥルーズ＝ガタリは『千のプラトー』（一九八〇年。宇野邦一ほか訳、河出文庫、二〇一〇年）で概念をイメージに託して積極的に語り、近代的思考の基盤それ自体を掘り崩す思考機械を次々と発明していった。ドゥルーズ＝ガタリはその中で定住・農耕化以降、国家装置を生み出すようになった定住民の視点を相対化するものとして、遊牧民のノマドロジーを語っている。グリッサンはこのドゥルーズ＝ガタリの議論を念頭に置きつつ、本書の章「流浪、亡命」の中でノマディスム（遊牧主義）を矢と巡回のイメージを用いて区別する。中南米に侵略と定住を行ったスペイン人征服者の矢のそれと、先住民の狩猟と移動による巡回のそれ、というように。

ところで、こうした概念イメージがしばしば二元論的に提示されることには注意を要する。ドゥルーズ＝ガタリが樹木とリゾームのイメージを対立させつつ強調していたように、こうした対比・対立は、読者を新たな思考法に導くための仮設的性質が強い。人は自分たちに馴染みのある思考様式の中では理解できるが、様式それ自体が異なる場合には理解する術を知らない。たとえば不透明性はグリッサンの重要概念であり、これに対立するのは透明性だ。この対比関係は表面的には理解しやすいもののの、その理解は近代的思考法の延長において透明性の反意語として不透明性を規定しているだけかもしれない。不透明性とは、この場合、そうした理解を徹底的に拒絶する他者性の喩えであるからだ。グリッサンは二元論を仮設することでもって従来の思考法から新たな思考法への移行を促しているのだ。

一般化に抗する理論的展望

このようにグリッサンのイメージ思考は従来の思考法の相対化を実践する。思考において「理解する」行為は基本の一つだが、驚くべきことにグリッサンはこの行為を斥ける。なぜか。この行為の中には、揺るがぬ主体が見出される、と著者は考えるからだ。主体は「理解する」行為の動作主として、客体を捉え、測定し、把握する。この場合、「理解する」行為は、主人（主体）と奴隷（客体）の関係のように、他者に開かれることはない。これに対し、著者は「共与する《ドネ＝アヴェック》」という動詞を提案する。この造語は他者との水平的関係性のうちで相手に何かを与える、という歓待の行為を示している。

　この「理解する」行為を基盤とした一般化可能な体系的知識を私たちは普段「理論」と呼ぶ。だが〈関係〉の詩学はこの種の理論の一般化に抗い、むしろ個別的なもの、不透明なものを擁護する。グリッサンは本書でこう述べる。「〈関係〉の詩学とは永遠に推測するしかないものであり、けっしてイデオロギー的に固定されない。それはある一言語の仮定的優越に結びついた、居心地のよい自信には、反対する。潜在する開かれた詩学、意図的に多言語であり、すべての可能性と直接に結びついた詩学。基本的なもの、基層にあるものをめざし、それらを真であると見せようとする理論的思考は、こうした不確実な小径は回避する」。

〈関係〉の詩学とは、本質や核心をめざすのではなく、むしろ可能性にとどまるものを重視し、「不確実な小径」をたどる態度を基本とする、反一般化の理論的展望のことだ。したがって本書はどこから読んでもよく、それぞれの文章が開かれ、文章の編み目が網状の根を伸ばし、他なるものとの関係を取り結ぼうとする。このイメージを共有するとき、本書には理論的思考が近づこうとしない「不確実な小径」が文の各所で分岐していることに気づくことができる。

想像域の変容のために

「不確実な小径」は、そもそも道として同定できないために見過ごすかもしれず、仮に見つけたとしても、その道がどこに続いているのかも、何に遭遇するのかもわからない。このイメージのうちに働く運動を名詞で抽出するならば、不確実性、不透明性、予測不能といった語が導ける。これらの語は〈関係〉の詩学の不可欠な要素をなしており、グリッサンはこれらの語をさまざまなイメージに託して変奏する。バロックやカオスといった語はこのイメージ群の中の重要語である。

バロックは古典主義時代からみたとき、逸脱にして過剰だ。グリッサンは異質な要素の組み合わせであるバロックを正常と逸脱の関係ではもはや捉えられないと考える。なぜなら世界それ自体がバロック化しているからだ。世界のバロック化は、異質なもの同士の出会いと混淆のプロセスを指す「クレオール化」の語でも関係的に言い換えられる。クレオール化は、クレオール語と呼ばれるカリブ海の「土着」の言語と結びつくように、混淆を常態とするカリブ海の民の経験とやはり切り離せない。奴隷とされた人びとが経験してきたクレオール化とは、肯定的な移動の経験以上に、紛争、貧困、移民、難民といった暴力的な経験であり、それがカリブ海の島々のみならず、世界中で起きているとグリッサンは考える。このクレオール化の経験から導かれる〈関係〉を「一人一人の人間に対して、ここにいると同時によそにいること、根づいていると同時に開かれていること、山中に迷っていると同時に海面下で自由でいること、調和し同時に流浪していることを許す次元」とも著者は詩的に表現している。

クレオール化が生み出すものは予測不能である。この予測不能はカオスの性質である。グリッサンの考えるカオスとは、ひとつの秩序に還元しえない統御不能な力のことだ。自然科学のカオス理論は合理的予測では計算不能であるという認識を示す。この先端科学的認識を共有するグリッサンにとって、カオスとは、合理的に計算され構築されたシステムを狂わしてしまう、予測不能な運動である。

グリッサンが目指すのは想像域《イマジネール》、すなわち私たちの想像力を可能とする条件を変容させていくことである。たとえば現在、地球規模の環境破壊と貧富の際限なき格差を通じて人間中心主義と経済第一主義を基盤とする社会構造のあり方が本格的に問われている。ところが、グリッサンが本書を構成するテクストを書いていた一九八〇年代には、こうした西洋文明を中心とする近代主義の相対化の視点はいまだ十分に共有されることはなかった。

本書中の文章「決定的な隔たり」が示すように、〈関係〉の詩学は、土地を所有せず、領土化しないことを提唱する。土地と環境に対するエコロジー的な視座は、これが所有の正統性と結びつくかぎりで、排他的なものとなる。マルティニック島における人と自然の関係の考察から導出される著者の認識では、純粋な土地との単一的関係はもはや築けず、さまざまに複合化した状況におかれた土地との関係をリゾーム的に想像する、「〈関係〉のエコロジー的なヴィジョン」を抱くことが重要となる。想像域の変容に向けたこうした努力が本書で示される〈関係〉の詩学なのだ。

文学テクストの不透明性

最後に『〈関係〉の詩学』と文学理論との関係について触れて小文を閉じよう。まず本書から学びうるのは、あらゆる文学理論は普遍的ではなく、歴史的条件に規定された理論が無数に存在している、ということだ。この観点からすれば、あらゆる理論テクストも開かれた関係のうちにある。万能性と超越性を諦めたところから出発するのが〈関係〉の詩学が提唱する理論的展望であり、検討すべきはそれらの理論がさまざまな文学テクストと取り結ぶ関係のほうだ。

文学テクストは、本書の文章「透明性と不透明性」によれば、本来的に不透明である。なぜなら作家は自身の創作物の絶対的主人とはなり得ず、創作物は作者にとっても統御しえない不透明性としての「思考の他者」を生み出していく、そうした関係であることを余儀なくされるからだ。しかも、文学テクストは作者の生を超えて読み継がれる。このとき、文学テクストは読者にとってしばしば、読み解き難い、不透明なものとして立ち現れる。

特定の文学理論の観点からテクストを読むという実践は、作者にも読者にも到達不能な根源的な不透明性があることを受け入れたうえで、理論を通じてテクストの中に不透明に見える「不確実な小径」を見つけ出し、他のテクストとの関係をたどることだろう。前述のようにグリッサンは「理解する」行為を斥けてみせるが、それはこの行為が自己理解の延長でしかないことを私たちに気づかせるためだ。その点に注意深くあり、また「共与する」態度を何よりも尊重したうえで、私たちはテクストをやはり「理解する」必要がある。

本書において根源的な不透明性を具現するのがそれぞれ「黒い砂浜」と「燃える砂浜」と題された二つの文章に登場する、マルティニックの砂浜を「歩く人」である。この人物は言葉を発することがないため、これらの文章の語り手「私」はこの人物と身振りでしか交流することができない。「いかなる領土も費消せず、ただ風とはかなく消え去るものの聖性のうちにのみ、世界のうちの何も変えない純粋な拒絶のうちにのみ、根を下ろす」歩く人は、意味の世界に参与することのない「思考の他者」の喩えだと考えられる。この歩く人の形象については『現代思想』二〇二〇年九月臨時増刊号「コロナ時代を生きるための六〇冊」に寄せた本書をめぐる別稿「汀の足跡、思考の他者」で立ち入って論じている。

著者からも逃れゆくこの虚構的人物が書き込まれていることが、本書をよりいっそう不透明で、予測不能で、不確かなものにする。このように、本書には私たちの規律的理解の方法を揺るがす複雑にして境界の不分明な世界の認識がささやかにはっきりと示されているのである。

エドゥアール・グリッサン（Édouard Glissant）

フランスでの奴隷制廃止（一八四八年）から八〇年後にあたる一九二八年、本書の著者グリッサンは、同国の植民地マルティニック島で生まれた。マルティニックが植民地から県に「昇格」した一九四六年以降、宗主国フランスの首都パリで大学生活を送る一方、詩作をおこない、一九五三年に最初の詩集『島々の野』、一九五五年に〈関係〉のヴィジョンを先駆的に示した長編詩『インド』を出版する。詩人としての活動のほか、数多くの書評を書き、最初の長編小説『レザルド川』（一九五八年。恒川邦夫訳、現代企画室、二〇〇三年）でルノドー賞を獲得した。以後、「難解」な詩集を出版する一方、小説の創作にあたり著者がもっとも影響を受けたアメリカ合衆国南部の作家ウィリアム・フォークナーの小説世界のように、マルティニックをモデルとする一つの土地の歴史をめぐる連作小説を発表していった。奴隷と逃亡奴隷の錯綜する家系の数世代を描いた二作目『第四世紀』（一九六四年。管啓次郎訳、インスクリプト、二〇一九年）は『レザルド川』と共にグリッサン小説の代表作である。しかし自らを何よりも詩人だと規定する著者の築く小説世界は不透明性に満ちており、粘り強く注意深い読解が要求される。

グリッサンは創作のみならず本書のような試論《エセー》も出版してきた。なかでも『カリブ海序説』(一九八一年。星埜守之ほか訳、インスクリプト、二〇二四年)はマルティニック島に戻ったグリッサンがカリブ海の政治・文化・社会のあり方を真摯に考え抜いた軌跡にして本書のエッセンスをちりばめたリゾーム的大著である。

グリッサンによる文学テクストの読解を知るには、本書でも「個別なるものを一般化なき普遍に、構成する試み」として言及されるフォークナーを論じた『フォークナー、ミシシッピ』(一九九六年。中村隆之訳、インスクリプト、二〇一二年)が著者の文学手法を知る上でも、〈関係〉の詩学に基づく読解を知る上でも重要である。本書以降、グリッサンはアメリカ合衆国を主たる活動の拠点とし、一九九五年からニューヨーク市立大学の特別招聘教授を務めた。本書に連なる系列の著作には、『多様なるものの詩学序説』(一九九六年。小野正嗣訳、以文社、二〇〇七年)、『全‐世界論』(一九九七年。恒川邦夫訳、みすず書房、二〇〇〇年)、『ラマンタンの入江』(二〇〇四年。立花英裕ほか訳、水声社、二〇一九年)がある。このほか、入門書には中村隆之『エドゥアール・グリッサン――〈全‐世界〉のヴィジョン』(岩波書店、二〇一六年)がある。

ダナ・ハラウェイ『猿と女とサイボーグ』

飯田麻結

Simians, Cyborgs and Women: The Reinvention of Nature, New York: Routledge, 1991. 高橋さきの訳『猿と女とサイボーグ——自然の再発明』青土社、二〇一七年新装版。

科学という「物語」を再／記述する

本書は一九九一年に出版されて以来、その主要なテーマであるフェミニズムのみならず、サイバネティクスを含む同時代的な技術発展や、生態系や身体の境界をめぐる分野横断的で広範な論争の対象となってきた。今やフェミニズム科学論の古典として捉えられがちな本書ではあるが、刊行から三〇年以上経つ現在、その重要性を近年のハラウェイの研究と切り離して考えることは不可能なように思える。ハラウェイはオクテイヴィア・バトラーやジョアンナ・ラス、ブチ・エメチェタなどによる文学作品を度々引用してきたが、文学理論とハラウェイの議論との関係性を紐解くにあたっては二重三重の媒介性が必要とされる。つまりある文学作品を論じるための一つの独立したガイドラインとして本書を用いるのは難しいということをまず述べておきたい。というのも、二〇一六年に公開された実験的映画『ダナ・ハラウェイ——生き延びるための物語り』の題名にもある通り、自然と文化、人間と非人間、物質的なものと記号的なものが交差する場を論じる上でハラウェイは「物語」「ストーリーテリング」という語を多用するためである。言うまでもなく、この「物語」は記述されたテクストのみを意味するわけではない。

シルザ・ニコルズ・グッドイヴによるインタヴュー集『サイボーグ・ダイアローグズ』で、ハラウェイは次のように述べている。「世界を理解することとは、物語の内部で生きることに関わっています。物語の外部には存在する場所はありません。(中略) もっとうまく言えば、対象とは凍結された物語なのです。わたしたち自身の身体は、最も字義通りの意味においてメタファーです」。換言すれば、ハラウェイが指す物語とは我々が生きている現実そのものであり、それを読み解くための技術《テクノロジー》はつねに歴史的な偶発性を帯びているのである。二〇世紀の後期資本主義社会において何が「自然」と見なされるのか、またその上でジェンダー・人種・階級・セクシュアリティ・国家・家族という概念がどのように「自然」に埋め込まれているのかという問いを掲げた*Primate Visions: Gender, Race and Nature in the World* (London: Routledge, 1989) では、「神話であると同時に現実である」という自然の矛盾に満ちた側面に焦点が当てられる。そこで、科学を形成する根拠そのものが解釈の産物であり、人間以外の存在もそのような物語の生産に関与するとハラウェイは論じる。すなわち、

不自然で論争の的となるストーリーテリングという概念は、その物語の聞き手を霊長類研究の積極的な参加者であるその他の動物を探すように導きつつ、科学は社会的な構築物だという認識を

可能にする。（中略）物語は、つねに多数の語り手や聞き手を伴う複雑な生産物だが、彼らのすべてが目に見えたり聞き取れたりする存在ではない。ストーリーテリングとは真摯な概念であるものの、ユニークな読みや閉じた読みを主張するような権力なしでも十分やっていけるような概念なのである。

西欧の霊長類研究がキリスト教の伝統や植民地主義に基づいて「起源の物語」や「救済の歴史」を描くための道具《ツール》であったことを挙げた同書は、実験生物学の研究や解釈におけるメタファーの役割を分析した *Crystals, Fabrics and Fields: Metaphors of Organicism in 20th-Century Developmental Biology* (New Haven & London: Yale UP, 1976) の議論を発展させ、『猿と女とサイボーグ』の基盤となる視座を提供している。「科学史は事実を生産するための技術的・社会的な手段の歴史に関するナラティヴとして現れる。（中略）歴史的に固有な解釈と証言の実践という意味で、科学的実践は何よりもまずストーリーテリングの実践なのである」という主張は、事実《ファクト》とフィクションの境界が曖昧となるような、危険にもかかわらず魅力的な領域に踏み込むことをいとわないハラウェイの意志表明でもある。『伴侶種宣言』以降のハラウェイの仕事において、異種間の類縁関係（kinship）や応答可能性（response-ability）、惑星規模で生きることと死ぬことに関する肯定的なバイオポリティクスの希求などが、初期の実験生物学や霊長類研究とは比べ物にならないほどのスケールで論じられているように考えられるかもしれない。しかし、ハラウェイのテクストの根底にはつねに物質的なものと記号的なものの接合への情熱がある。例えば近著 *Staying with the Trouble: Making Kin in the Chthulucene*

(Durham: Duke UP, 2016) においても、SFという語が包含する遊び心に満ちた多様な意味――サイエンス・フィクション、科学の事実(science fact)、思弁的フェミニズム(speculative feminism)、ひも状の形象(string figures)――を中心に、複数の種を横断する不完全で部分的なストーリーテリングの可能性が描かれるのに加えて、物語(story)という語が時に動詞として用いられ(storying)、物語そのものが新たな物語を語るようなやり方で世界を形づくる試みについても言及されている。

女性や有色人種の人々、被植民者や先住民族による知の生産に目を向けてきたハラウェイは、生物学や科学史研究というフィールドの外側にも解釈可能なテクストの幅を広げている。一方で、『猿と女とサイボーグ』はハラウェイの著書の中でもとりわけ文学作品への言及が多いことに加えて、「サイボーグ」というSF的な想像力を喚起する形象を用いているためにユートピア的な解釈がなされたことも確かである。しかし、生体/機械、自己/他者、自然/文化という境界の破壊と再構築に携わるサイボーグは、家父長的な支配の言語で記述された現実を読み解く我々自身でもある。以下では、上記の視座を念頭に置きつつ本書の概要と影響について触れ、現在までのハラウェイの軌跡における本書の位置づけを考察することにしたい。

本書がもたらしたもの

本書は、一九七八年から八九年にかけてハラウェイが発表した論文集である。本書の特徴のひとつとしては、冷戦やエイズ危機、ポストモダニズムの隆盛など同時代的な事象を鮮やかに反映している点が挙げられるだろう。三部構成となっている本書の第一部「生産・再生産システムとしての自然」は、二〇世紀の霊長類研究の発展に言及しながら、自然科学の内部に支配原理という政治的イデオロギーが埋め込まれてきた過程に関する見取り図を描いている。西欧で展開した霊長類研究は、自らを映し出すための鏡、つまり人間のモデルとしての霊長類の観察を軸にしていた。そこで主体／客体、自然／文化の分岐は二分的カテゴリーとして固定化され、中でも性と再生産に基づく理論は家族の形態や性による労働の分業を普遍化し、自明のものとするために用いられてきたのである。その一方で、第二次大戦後の資本主義という歴史的な条件のもとE・O・ウィルソンらによって体系化された社会生物学は、生物個体やパーソナリティではなく集団や社会システムの管理へと研究対象をシフトさせた。その結果、遺伝子の組み合わせの最大化——遺伝的利益の最大化——を目指すためのコントロール形態に関する理論が要請されることになる。自然に対する資本主義的な分析が行き着くツールとは、情報の流れやコミュニケーションの形態を読み解くためのサイバネティック・システムである。これは、機械のロジックを用いて生物学につけ加えられた新たな解釈の枠組みだと言い換えることもできる。

「論争をはらんだ読み——語りの本質と語りとしての自然」と題された第二部における論点は、家父長制や資本主義によって歴史的に構築された科学、つまり権力をめぐる闘いの内部で生み出された知に対してフェミニズムの視点からどのように応答できるのかという問いである。語り《ナラティヴ》としての自然を暴くという試みは、科学知が誰によって構築されてきたかを考察すると同時に、いかなる語りにもそれぞれ異なる規則やロジックが存在することを示唆する。また第二部では、霊長類の性をめぐる論争に介入して新たな語りを生みだした女性科学者（第五章）と、女性学の授業で「第三世界の有色女性たち」によるフィクションを読む実践におけるアフィニティ、つまり「かろうじて可能な関係性」を通じた読解（第六章）が論じられているが、いずれも知の生成における解釈の作業が無垢ではありえないこと、そして「女性の経験」とされてきたものが決して一枚岩ではなく、歴史的に構造化されてきた複雑で還元不可能なアーティファクトであることを表している。「「我々」は、フィクションを読むという高度に政治的な実践に付随する包摂／排除、同一化／分離といった行為に関してアカウンタブルである。そして、誰に対してアカウンタブルなのかは、読むという行為の所産の一部である」という主張は、フィクションだけでなく科学知に対する読み書き能力《リテラシー》を多角的に論じた第三部と密接に関連している。

自然科学の歴史的な変遷と、読む／書くという実践に関する複雑なポリティクスは、第三部で取り上げられる「サイボーグ」「状況に置かれた知」「物質‐記号上のアクター」といった数々のキーワードを理解するための布石となっている。性《セックス》‐ジェンダー・システムに代表される二項対立的な理解に伴うジェンダーという概念の定式化が「女性」のカテゴリー化と表裏一体であり、文化／自然という二分法を強化した過程を分析し、同概念内部の差異や矛盾に着目する重要性を論じた論考（第七章）に続く第八章は、おそらくハラウェイの論文の中でももっとも論争を巻き起こした「サイボーグ宣言」である。一九八五年に『ソーシャリスト・レビュー』誌に掲載された同論考は、レーガン政権下で目まぐるしく変化する軍事テクノロジーや情報工学の発展に伴う諸問題を社会主義フェミニズムの視点から鋭く考察した。ここで、サイボーグは「機械と生体の複合体であり、社会のリアリティと同時にフィクションを生き抜く生き物」として定義されている。科学とテクノロジーの緊密な結びつきによって社会関係やその中に包含された意味関係を暗号化《コード》する「支配の情報工学」という認識上の見取り図を提示し、ハラウェイは身体や生殖／再生産という概念が新たな支配の言語によって書き換えられつつあることを指摘した。このような支配のマトリクスを打ち砕きうるサイボーグは、有色人種の女性や第三世界の女性といった周縁化され断片化されたアイデンティティを生きる存在と重ね合わせられながら、全体性や起源の一体性を解体するような「ことばを求める闘い」へと介入する存在として描かれる。冷戦下で「スター・ウォーズ」がリアルな脅威として語られたのと同じく、サイボーグの想像力は生きられた現実の内部で立ち現れるため、同宣言が「どの登場人物も『単に』人間であることはない」フィクションに発想を得るというのも、自らを他者として刻印するイデオロギーに抵抗し、境界そのものとして生き延びるための修辞的かつ政治的な生存戦略なのである。

「サイボーグ宣言」の姉妹編とも言える「状況に置かれた知」（第九章）は、科学の「客観性」が主に白人の中産階級の男性を基準とした無徴化された視覚《ヴィジョン》を前提に主体と知の対象を切り離してきたことに対し、歴史的・社会的に選び取られた位置の特殊性や固有性に基づく部分的な見方《ヴィジョン》の可能性を示唆する。このような部分性は自己について知る作業を要求するだけでなく、事物が知の対象とされるプロセスにも必然的に目を向けさせるのである。さらに、部分的な位置に基づくフェミニズムの客観性は、知の対象とされる身体が生産される手続きや境界をめぐる駆け引きに能動的に携わるためのアカウンタビリティを伴っている。本書の最終章では免疫系というネットワーク・システムにおいて未だかつてなく危機にさらされる自己／他者の境界や、免疫という言説における防衛と侵略という軍事的メタファーやイメージの氾濫が精査される。エイズ危機において植民地主義と境界汚染というナラティヴを喚起した記号的なものと技術的なもの、生物的なものが交錯する免疫システムの内在的な複数性は、ゼノジェネシスをめぐるオクティヴィア・バトラーのSF作品の引用によって締めくくられる。本章もまた、「約束事と差異に満ちた、逃げ場のない差異のフィールド」として、文化として構築された科学や身体と真摯に向き合うための想像力を要請するのである。

実験生物学・フェミニズム・霊長類研究・科学史といった分野横断的なバックグラウンドを持つハラウェイの議論は、しばしば読者に恣意的な取捨選択を強いるものとして捉えられる。その結果、ハラウェイのテクストに対して技術決定論や相対主義などあらゆる解釈が行われ、それらに基づく批判も生じてきた。しかしながら、いかなる文脈にも適用可能であるかのように見える変幻自在なテクストは、知の生産における特定の歴史性や状況依存性への鋭い洞察を決して手放すことはない。彼女の議論はむしろ、西欧の科学的実践を貫いてきた全体性や無色透明の知という「神話」の攪乱や内破を目指す絶え間ない実践として理解されるべきだろう。これまでのハラウェイの理論的変遷を辿る手がかりとして、*Manifestly Haraway* (2016) 所収のケアリー・ウルフとの対話 "Companions in Conversation" では、ハラウェイが自らの二つの宣言《マニフェスト》の差異と連続性について振り返っている。いわく、両者は共に再‐世界化 (reworlding) の一部であるような歴史的な交点に位置づけられており、「いずれもテクノロジーの物語と進化の物語 (中略) 親密性と快楽の物語を語っています。二つの宣言はこれらすべてのストーリーテリングの形式に関わっているけれども、バランスや前景／背景、ジャンルが異なります」。つまり、どちらも特定の歴史的な状況における知の生産装置や記号によって刻印された身体、およびそれらを語るためのボキャブラリーを提供するだけでなく、諸境界をまたぎながら不安定に取り結ばれる関係性の内部で「我々」とは何を指すのかという終わりのない問いを突きつけるのである。

人間活動が地質に与えた不可逆的な影響を意味する「人新世」概念に対する批判という文脈で、ハラウェイは再注目されているようだ。例えばハラウェイは人間（Anthropos）の名を冠した人新世は種としての人間を普遍化していると指摘し、成長と搾取を命題とする資本主義に基づく資本世（Capitalocene）または自身が提唱するクトゥルー新世（Chthulucene）、つまり地球上の存在が互いにもつれ合い、生成的かつ破壊的な力を生みだしている現在進行形の時間性への着目を促している。そこで、ハラウェイの議論の骨子のひとつである、世界をつくる（world-making）実践としてのストーリーテリングに関わるアクターは変化し、増殖し続けていると言ってもよいだろう。その上で決して無垢ではない、単純化することのできない複雑な世界と共に在ることに対する説明責任が一貫して問われているのだ。本書は異種混交的な言説を結びつけるひとつの結節点《ノード》であると同時に、そこからさらなる網の目を張り巡らすことを読者に誘うような思索の出発点になるのではないだろうか。

ダナ・ハラウェイ（Donna J. Haraway）

一九四四年にコロラド州デンバーに生まれる。コロラド大学では動物学を専攻し、イェール大学で生物学の博士号を取得した。ハワイ大学で科学史と生物学を、ジョンズ・ホプキンズ大学で科学史を教えたあと、カリフォルニア大学サンタクルーズ校の意識史課程において、米国で最初のフェミニズム理論のためのポストを得る。二〇二二年現在は同校の名誉教授であり、大学での教務からは退いている。

博士論文を下敷きにした*Crystals, Fabrics and Fields*において、ハラウェイは実験生物学の研究や解釈における メタファーの役割を分析した。具体的には、生物学の理論的枠組みが生気論や機械論といったモデルから有機体論的なアプローチへと移行していく上で、発生学の問いを考えるために「結晶・組織・場」という異なるメタファーが用いられた歴史的なプロセスについて同書は詳細な議論を行っている。ハラウェイ自身がトーマス・クーンのパラダイム論によって多大な影響を受けたと述べている通り、科学者共同体における意味や解釈の偶発的な変化への着目は以降のハラウェイの議論の基礎となっている。

次著*Primate Visions*はアメリカン・ブック・アワードを含む複数の賞を獲得し、霊長類学のみならずフェミニズム科学論と呼ばれる領域の発展に大きく貢献した。『猿と女とサイボーグ』の概要については本項で記した通りだが、*Modest_Witness@Second_Millenium_FemaleMan©_Meets_Oncomouse*™（1997）では、キリスト教の第二の千年紀を迎えるにあたってよりラディカルに変容した遺伝子工学と情報工学の邂逅、それらに基づくトランスナショナルな資本の蓄積や科学研究への批判的介入が論じられている。中でもゲノム研究に触発されたヴァンパイアという形象の読み替えは、遺伝的情報の特許化・商品化が加速する世界で、感染や血統の汚染というメタファーが形を変えながら継続していることを示唆した挑戦的な論考の一部をなしている。

『伴侶種宣言』、『犬と人が出会うとき――異種協働のポリティクス』、*Staying with the Trouble*といった近年の著書で、ハラウェイは自らと犬との関係性に言及しつつ、人間と非人間の複雑なつながりから生じる、種を超えた生存のための想像力について考察している。また、ハラウェイの功績として忘れてはならないのが、本項でも言及した映像作品『ダナ・ハラウェイ――生き延びるための物語り』における自らの思考の足跡をなぞるような遊び心に満ちたアプローチだが、同作品を締めくくる「カミーユの物語」や*Modest_Witness*でのリン・ランドルフとのコラボレーションに見られるように、文学や芸術といった分野との交流も興味深い。さらに、これまでのハラウェイの理論的な道筋を辿るのであれば*The Haraway Reader*（2004）と*Manifestly Haraway*という二冊の論文集、および『サイボーグ・ダイアローグズ』というインタヴュー集が出版されている。いずれもハラウェイが自らの著作を振り返るインタヴューを掲載しており、その思想の連続性を垣間見ることができる。

ジャン＝フランソワ・リオタール『インファンス読解』

Lectures d'enfance, Paris : Galilée, 1991. 小林康夫・竹森佳史・根本美作子・高木繁光・竹内孝宏訳『インファンス読解』未來社、一九九五年。

星野太

一九九〇年代はじめ、『ポスト・モダンの条件』（一九七九年。小林康夫訳、水声社、一九八六年）によってすでに広く知られる存在となっていた哲学者リオタールは、『インファンス読解』という謎めいたタイトルの書物を発表する。そこで「読解」の対象とされているのは、ジェイムズ・ジョイス、フランツ・カフカ、ハンナ・アーレント、ジャン＝ポール・サルトル、ポール・ヴァレリー、ジークムント・フロイトという、一見まったく背景を異にする六人である。彼らはみな詩、小説、哲学といった異なる分野の著者であり、一瞥するかぎり、これら六人のあいだに明示的な共通点を見いだすことは難しい。

なるほど、たしかにそこには積極的な統一テーマが存在するわけではない。しかしリオタールは、その言説が属するジャンルにかかわらず、終始あるひとつの問いをめぐって議論を進める。それを象徴的に示すのが、本書の表題にも登場する「インファンス（infans）」である。

インファンスとは何か

そもそも「インファンス」とは何なのか。このラテン語は、文字通りには「言葉を持たぬもの」という原義をもち、そこから転じて「幼児（期）」を意味する。今日における英語の「infancy」や仏語の「enfance」も、やはりここから生じたものである。つまり、この「インファンス」という言葉が第一に含意するのは、言葉を獲得する以前の「幼児（期）」のことである。

近代になると、この古い言葉は、フロイトの精神分析理論を通じてにわかに脚光を浴びることになる。たとえばフロイトによる「幼児性欲」の理論は、個人の自我が確立される以前の「幼児期」への着目と不可分のものであった。フロイトによれば、われわれの無意識を形成するのは幼児期の体験にほかならず、神経症者の臨床において重要なのは、まず何よりも幼児期に形成された無意識の形成過程を浮き彫りにすることなのである。

フロイトは言う——言葉を獲得する以前の幼児期は、しばしば当の人格から分離し、のちに無意識となって患者の意識にはたらきかけるのだ、と。ある患者が、幼児期の人格に現在とはまったくかけ離れた側面があったことを告白したとき、フロイトはその人に次のように語りかけている。

あなたは無意識的なものの主要な性質、すなわち幼児期［das Infantile］とのつながりに、今はからずも気づいたのだと思います。無意識的なものとは幼児的なものです。しかもそれは、幼児期には全体的な人格から分離し、それ以後の人格全体の成長に関与せず、そのために幼児的なまま抑圧されてしまったところの人格部分なのです。

フロイトはここで、「無意識的なものとは幼児的なものです」と断言している。少なくともこの神経症者の考察に限って述べるならば、われわれの無意識のはたらきは、ほかならぬ幼児期にその起源を持っていると、フロイトは考えている。いまだ言葉を持たぬ時期、すなわち幼児期は、すでに言葉を獲得した段階にあるわれわれの意識へとはたらきかけ、潜在的なしかたで作用する。言葉を獲得したわれわれに先行するこの「幼児期」こそが、神経症のいわば「起源」とみなされているのだ。

現代思想におけるインファンス

二〇世紀に入ると、いましがた見たようなフロイトの理論を下敷きとして、メラニー・クラインやジャック・ラカンといった精神分析家たちが、引き続きこの用語を用いるようになる。したがって同時代的な文脈において、「インファンス」とはまずもって精神分析の学説における「幼児期＝言葉なきもの」を指すための概念であったと言ってよい。リオタールはこうした背景を踏まえつつ、本書においてこれをひとつの操作概念へと転じる。

その概要は、おおよそ次のようなものである。なるほど、われわれは誰一人として例外なく、言葉を話すようになる以前に「幼児期」なるものを通過してきた。しかしその「幼児期」は、言葉を習得することによって、すっかり忘却されてしまうようなものなのだろうか。それは、ひょっとしたら抹消不可能な「残余」として、いまだわれわれのうちに留まっているのではないだろうか。さらにまた、われわれが日々言葉によるコミュニケーションを行なっているあいだにも、そこではつねに「幼児期＝言葉なきもの」が、その言葉のうちに棲みついているのではないだろうか。本書におけるリオタールの企ては、われわれが日常的に運用している言葉のなかに潜む、こうした「言葉なきもの」に目をむけることにある。

さまざまなエクリチュール

すでに見たように、『インファンス読解』で主題的に取り上げられる面々は、ともすると統一感を欠いているようにも感じられる。その理由の一端は、本書が別々の機会に公にされた論文や講演をもとにしているという事情に求められるだろう。だが、ここまでの前提をふまえて本書所収の六つの論文を眺めてみると、そこにはたしかに一貫した問題意識があることがわかる。各章の表題をなす「回帰」（ジョイス）、「命令」（カフカ）、「生き延びた者」（アーレント）、「言葉」（サルトル）、「無秩序」（ヴァレリー）、「声」（フロイト）というのは、それぞれの著者との関連において、かならずしも大きく取り上げられてきたテーマではない。リオタールは、いくぶん斜めからのアプローチによって取り出されるこれらのキーワードを手がかりに、テクストのなかに隠された「言葉なきもの」を浮き彫りにしようとしている——さしあたりはそのように言えるだろう。

あえて言えば、本書の批評的戦略は二重になっている。リオタールはまず、ジョイスやカフカといった作家のテクストから、さほど目立つわけではない六つのキーワードを取り出してくる。そのうえで著者は、これらを貫く共通のテーマとしての「言葉なきもの」——ないしそれに準じる「分節不可能なもの」「私有不可能なもの」——を、具体的なテクストの読みを通じて示していくのだ。

とはいえ、ジョイスやカフカを論じた章において明らかであるように、各章の内容そのものは、それぞれ一人の作家に密着した濃密な文芸批評とでもよべるものである。むろん、端々にリオタールその人の思想が反映されているがゆえの読みづらさもあるが、ジョイスの『ユリシーズ』に「回帰」という主題を、カフカの『流刑地にて』に「命令」という主題を読み込む両論文は、この時期のリオタールの思想が文学理論として結晶した、数少ないケースとして読むことができる。

証言不可能なものを証言する

次に、本書の中心をなす「インファンス」という概念に賭けられているものを、ごく簡潔に提示しておきたい。当然のことだが、あらゆるテクストには「書かれていること」と「書かれていないこと」がある。もちろん、ひとつのテクストがあらゆる現実を遺漏なく書きつくすことは原理的に不可能なので、そこでは必然的に多くのことが書かれないままにとどまる。そのなかには、明示的に書かれていないにもかかわらず、あるいは書かれていないからこそ、そのテクストに執拗に取り憑いてしまうような「何か」がある。それを直接的に明示することはできないにしても、間接的に暗示することはできるかもしれない――本書も含め、この時期のリオタールが一貫して取り組んでいたのは、つきつめればこうした問題であった。

リオタールがこの問題に関心を寄せた背景のひとつには、アウシュヴィッツのユダヤ人による「証言」をめぐる論争がある。ガス室における大量虐殺という「証言不可能なものの証言」というテーマは、すでに『文の抗争』（一九八三年。陸井四郎ほか訳、法政大学出版局、一九八九年）などにおいて論じられていた。「言葉を持たぬもの」としての「インファンス」をめぐる本書の議論も――それとは明言されていないものの――明らかにこうした議論の延長線上にあらわれてきたものである。

そのような事実は、本書と比較的近い時期（一九八八年）に発表された『ハイデガーと「ユダヤ人」』（本間邦雄訳、藤原書店、一九九二年）や『非人間的なもの』（篠原資明ほか訳、法政大学出版局、二〇〇二年）に目を通してみれば、さらに見やすくなるだろう。すでに失われてしまった「証言不可能なもの」を、いかに間接的なしかたで証言するか――それは、文学・哲学的なテクストを対象とする本書にも共通する問題意識である。なおかつ、それはひとりリオタールのみならず、やはりアウシュヴィッツにおける「証言」の問題に正面から取り組んだ、クロード・ランズマンの映画『ショア』（一九八五年）以来、ひろくヨーロッパの知識人たちが駆り立てられてきた問いでもあった。

残余としてのインファンス

本書の中盤では、アーレントやサルトルといった哲学者たちが議論の俎上に載せられる。ここでも、基本的には対象に密着した濃密な議論が続くのだが、重要なのはその端々に、リオタールの「インファンス」概念の手がかりとなるような記述が見られることだ。

たとえばサルトルは自伝『言葉』（一九六三年。澤田直訳、人文書院、二〇〇六年）のなかで、もう一人の自分、すなわち子どもの頃の自分（「プールーちゃん」）を登場させている。しかしリオタールの目から見れば、それは子どもとしての自分の口を首尾よく塞ぐためであって、そこでは不合理なものとしての幼年期がむしろ抑圧を被っている、というのだ。

また、アーレントはしばしば「出生」という出来事を特権視する。その場合の「出生」とは、たんなる生物学的な事実であるにとどまらず、あらゆる人間活動の始まりを開くものである。リオタールもまた、そうしたアーレントの思想に一定の共感を示しつつ、最終的にはおのれの立場との相違を——きわめて微妙なしかたで——表明する。いくぶん単純化して言うなら、アーレントは「出生」をあくまでひとつの「福音」として捉えるのに対して、リオタールのほうは、その「出生」という出来事がもつメランコリックな性格に着目する。それは、やはりリオタールが好んだ対立図式に依拠すれば、われわれの感性的経験における「美」と「崇高」の対立に相当するものである。

レクシスとフォネー

さらに「インファンス」をめぐる問題の核心がもっとも明瞭に示されるのが、本書の末尾を飾るフロイト論「フォネー」である。

ここでリオタールが取り上げる「フォネー」とは「音（声）」を意味するギリシア語である。しかしリオタールはそこに、一般的な「音（声）」という以上の特殊な含意を与える。われわれはふつう次のように考える——すなわち発話された「音素」は、それが一定のまとまりとして聞かれたとき、「単語」の、そして「文章」の構成要素となる。つまりこれら音素は、分節化されることによって言語になる。他方、ここでいうところの音《フォネー》は、そうした明晰な言《レクシス》として対象化されることのない、場合によっては無音ですらあるような持続のことである。お望みなら、それを「物語」や「文章」の秩序に回収されることのない「ノイズ」、さらにわかりやすいイメージとしては「鳴き声」や「呻き声」として想像してもよい。つまるところ、リオタールが言っているのは、物語や文章のかたちを取ることのないままに掻き消されてしまう「音」が、テクストの背後ではつねに鳴り響いているということである。

ここでリオタールは、フロイトが報告した症例「鼠男」を精読していくことで、そこに響く複雑な「フォネー」のありようを記述する。そうした音《フォネー》は分節された言《レクシス》に抵抗する手段をもたず、なおかつそこに完全に回収されてしまうこともない。次の一節は決定的である。

ここで、二つの誘惑をうまく回避しておかなくてはならない。フォネーを「まったき他者」という形而上学的実体に転換してしまおうとする誘惑、および、これが情熱に発する一種のレトリックであるとの理由を付することによって、つまり原理としては情動がそこで分節的な意味作用の性格をもつかのようにみなされるところの転義法として論じることで、フォネーを分節へと還元してしまおうという誘惑である。（中略）ともあれ、次のことを認めておくだけで十分であろう。フォネーはディスクールにおいてその言の内部に「物語／歴史を生じさせる」ということである。

リオタールは、まさにこの議論を展開するなかで、フロイトの「幼年期（das Infantile）」に話題をむけるのだ。「インファンス」とは、言語にとっての〈まったき他者〉でもなければ、ある分節化された意味に回収されてしまうような〈馴致可能な他者〉でもない。それは言語にたえず取り憑いており、言語のなかでつねに口ごもっている。そうした「インファンス」を間接的に証言することこそが、詩人、小説家、哲学者の別を問わず、書くこと《エクリチュール》に従事するものが取り組むべき仕事なのだ。

インファンスを「読む」ということ

ここまでの内容からも明らかであるように、本書は記述的な「理論」として書かれたものではなく、むしろ実践的な「読解」の試みである。したがって、これが何がしかの「文学理論」に資するものであるのかどうか、一読するだけではかなり見えにくいこともたしかである。同書の読解方法そのものは、おもに精神分析に依拠した主題論《テマティック》的批評に近いものであるが、さきほどの「証言」の問題に典型的であるように、本書が提唱する「インファンス」概念は同時に倫理的な性格を強く帯びている。その意味で、まったく異なる文脈ながら、リオタールの「インファンス」は、G・C・スピヴァクの『サバルタンは語ることができるか』（一九八八年。上村忠男訳、みすず書房、一九九八年）における

「サバルタン」とも類比可能なものである。

他方、「言語活動の限界」という問題関心から見れば、本書は先行するジョルジョ・アガンベンの『幼児期と歴史』(一九七八年。上村忠男訳、岩波書店、二〇〇七年)などとも問題意識を同じくする。また、ここまで紹介してきた『インファンス読解』をはじめ、リオタールの複数の著書において練り上げられた「インファンス」という概念は、クリストファー・フィンスク『幼児期の形象』(*Infant Figures*, Stanford University Press, 2000)をはじめとする批評理論において継承されている。そのことも、最後に言い添えておこう。

あらためて述べるなら、本書の意義は、フロイトやラカンの理論を通じて知られていた「幼児期=言葉なきもの」という概念に光を当て、より汎用性の高い概念へと練り上げたことにある。本書は次のような宣言から始まっていた。誰もが——とりわけ偉大な作家であればなおさら——テクストを通じて、テクストの中で、何か書けないものをつかまえるために書くのだ、と。リオタールが言う「インファンス」とは、このごくありふれた、しかしついに対象化を拒むような「何か」の別称である。

ジャン=フランソワ・リオタール(Jean-François Lyotard)

一九二四年、ヴェルサイユに生まれる。ソルボンヌ大学を卒業後、アルジェリアのコンスタンティーヌ高校などで哲学教師を務め、一九七〇年代から八〇年代にかけておもにパリ第八大学で教鞭をとった。博士論文『言説、形象』(合田正人監修、三浦直希訳、法政大学出版局、二〇一一年)をはじめとする数多くの著書があり、晩年はフランスのみならず、アメリカ合衆国や日本をはじめとする諸外国でも講義・講演活動を行なった。

リオタールという哲学者の名前は、一九七九年の『ポスト・モダンの条件』（小林康夫訳、水声社、一九八六年）によって世に広く知られることとなった。カナダ・ケベック州の大学協議会の依頼により書かれた同書は、「ポストモダン」という言葉を世間に広く知らしめた。このとき、リオタールはすでに五〇歳を超えていたが、同書によってリオタールは「ポストモダンの哲学者」として一躍名を馳せることになる。

リオタールは一九五四年に『現象学』（高橋允昭訳、白水社、一九六五年）でデビューしたが、その後しばらくアルジェリアで政治運動に従事している。実質的には一九七〇年代に始まるその仕事は、現象学やマルクス主義といった複数の思潮に根ざしながら、ほぼ一貫して「美学」を主要な関心事としていた。ここでいう「美学」とは、さしあたり美・芸術・感性などをめぐる哲学的思索のことだと考えてよい。そして、リオタールにとって美や芸術をめぐる思索は、普段われわれの目から逃れている「欲望の操作」や「イデオロギーの生産」を露わにするという政治的意図と不可分なものであった。その仕事は、たとえばセザンヌの絵画やケージの音楽を対象とする精神分析的な批評に始まり、さらにはマルセル・デュシャン、ジャック・モノリ、アルベール・エーム、サム・フランシスといった複数の作家のモノグラフとして結実している。

以上の美学＝政治的な仕事とならぶもうひとつの系列として、一九八三年の『文の抗争』（陸井四郎ほか訳、法政大学出版局、一九八九年）に代表される倫理＝言語的な著作群を挙げることができる。同書のタイトルに含まれる「抗争」という言葉は、原告と被告によって執り行なわれる「係争」とは区別される。端的に言えば、「抗争」とは当事者双方の議論に等しく適用されうる判断規則が存在しないために、そこで公平な決着をつけることができないような争いをいう。同書はこうした問題意識から発して、ハーバーマスの「討議倫理」を批判しながら、証言や異議申し立ての権利を奪われた「声なき者たち」の声をいかに救い出すことができるか、という倫理的な問題を展開している。

一般的には「ポストモダン」という言葉と強く結びつけられるリオタールだが、以上で見たように、それは彼の仕事のごく一部をカバーするものにすぎない。むしろリオタールは、生涯を通じて美学・政治・倫理にまたがる広範な思索を展開していたのである。

ピエール・ブルデュー『芸術の規則』

中村彩

Les Règles de l'art. Genèse et structure du champ littéraire, Paris : Seuil, 1992. 石井洋二郎訳『芸術の規則Ⅰ・Ⅱ』、藤原書店、一九九五―一九九六年。

一九九二年、フランスの社会学者ピエール・ブルデューが、文学に関するそれまでの研究成果をまとめて刊行したのが『芸術の規則』である。これにより文学と社会の関係を考えるための新たな枠組みを提示し、文学社会学という社会学の一分野のみならず、文学理論にも大きな足跡を残した。社会学的にも文学的にも哲学的にもスケールの大きい著作だが、ここではエッセンスだけでも紹介を試みたい。

社会的現実としての文学

文学作品とは天賦の才能を持った作家がインスピレーションを受けて孤独に創造し、ほかに何の目的も持たない無償のものとして読者に与えられるものである……。こうした作品制作のイメージは今なお広く流布しているかもしれない。しかしブルデューによればそうではなく、文学を含むあらゆる芸術作品は、固有のルールに則って「生産」されていて、社会的現実として説明することができる。

そのためにブルデューは彼の社会学の鍵概念の一つである〈場〉の理論を用いる。文学は社会全体の中で、自律的ではあるが完全に自律を維持しているわけではなく外部からも影響を受けるような固有の〈場〉、すなわち「文学場」の活動として考えられる。そして本書の原題に「文学場の生成と構造」という副題が付されていることからもわかるように、ここでブルデューが論じているのは、この文学の〈場〉がどのように歴史的に作られ、機能するようになったかということである。

文学場は様々な可能性を潜在的に持っている「可能態の空間」であり、そこにおいて各行為者は、自らの資本、利害、戦略、そして様々な力関係に応じてその都度、可能なことの中から様々な選択をし、多元的に自分の立場決定をおこなっていくとされる。たとえば詩人が伝統的な定型詩を書くのか自由詩を書くのかを選ぶとき、自覚的にせよ無意識的にせよ、その美的選択はその詩人が文学場において占めている（占めようとしている）位置と何らかの関係を持っている。したがって問うべきはどのように各行為者がその立場決定をおこない位置を生産するにいたったかである、とブルデューは主張する。

文学場の生成過程

本書でブルデューはまず、一九世紀半ば以降のフランスにおける文学場の自律化の歴史の記述・分析を試みる。

それによればフランス革命後、ブルジョワジーが台頭しその価値観が芸術や文学にも露骨に押しつけられるようになった。新聞や雑誌はブルジョワが好む作家ばかりを掲載し、国家は凡庸な作品にお墨付きを与える一方で都合の悪いものを検閲し、経済界はそれによる金儲けだけを考える、といった具合である。それとともに、そうしたブルジョワ的な無教養、実利主義や商業主義に抗し、外部の政治・経済権力に対する自律を明確にしたいと感じる作家や芸術家が現れた。文学においてその立役者となったのがフローベールやボードレールといった作家たちである（『ボヴァリー夫人』と『悪の花』がいずれも一八五七年に裁判で訴えられていることも思い起こされたい）。

フローベールやボードレールは、ブルジョワジーに密接に結びついた「ブルジョワ芸術」を嫌い、また文学が社会的・政治的役割を果たすことを求める共和主義者・民主主義者・社会主義者の作家たちによる「社会的芸術」とも一線を画し、それらを否定する形で、形式を探究する自律的な芸術、「芸術のための芸術」あるいは純粋芸術という新たな芸術を生み、文学場における新たな位置を作り出した。こうしてフランスでは一九世紀後半に徐々に文学場の自律化が進行していった。そしてここで生まれたのが「フルタイムで働くプロフェッショナルで、全面的かつ専心的に仕事に身をささげ、政治面での要請や道徳面での命令には無関心で、自分の芸術に固有の規範以外にはいかなる権限も認めない、現代の作家」、今なお私たちの想像力に深く根を下ろしている「作家」像なのである。

文学場の機能・構造

文学場では、文学活動に関する資本を独占するための様々な闘争が繰り広げられる。そこには支配者（たとえばアカデミー・フランセーズ会員であるような、大御所の作家）と被支配者（たとえば若い前衛作家）との闘いがある。前者はその時代にその〈場〉で正統だとされる手法で作品を書くだろうが、後者はそうした手法、ルールにあえて背いて書くことで〈場〉のルール自体を転覆させ、文学場における自分たちの位置を獲得することをめざすかもしれない。そうして文学場の各行為者の位置、力関係、そして〈場〉のゲームのルールは時間とともに変化していくこととなる。

文学場の構造を理解するのに重要なもうひとつの要素が、文学と経済的利益の問題である。これを説明するのにブルデューは、限定された市場を対象とする純粋生産（限られた一部の読者、主に他の作家たちを対象とする純粋芸術）と一般大衆の期待に応えようとする大量生産を区別する。文学場の自律化が進んだとしても、経済的権力に大きく左右される他律的な生産者は依然として存在し、文学場が完全に自律化することはないのだ。またブルデューは正統性認定の度合いおよび経済的利益の大小という二つの基準を用いて、文学場内に各行為者が占める位置を説明していく。たとえば一九世紀末のフランスであれば、正統性が認められず儲かりもしないのが当時ボヘミアンと呼ばれていた集団、カリスマとして正統性は認められているものの経済的利益が少ないのが高踏派や象徴派の詩人、正統性はないものの儲かるのがヴォードヴィルや大衆的な小説の作者たち、そして正統性がありかつ経済的利益も得ているのがブルジョワ演劇であるブールヴァール演劇の担い手である、などと説明できるのである。芸術上の評価が高いからといって必ずしも経済的利益が得られるわけではないというところが芸術活動の特徴であり、ここにおいて、芸術としての評価が高ければ高いほど経済的利益も大きくなるはず、というようなブルジョワ的な価値観は反転させられている。

こうした文学場のルールを支え成立させているのが、そのゲームへの集団的参加、つまりは文学という名の信仰である。ブルデューはこれをイルーシオと呼ぶ。ルールを守るにせよ破るにせよ、そこに参加するすべてのプレーヤーがルールを理解し、文学には固有の規則や機能があることを認めなければゲームは成立しない。そして文学においてイルーシオを成立させているのは、作家だけでなく出版社や批評家や読者など文学場を成す行為者すべてである。ゆえにブルデューは、その〈場〉を構成するすべてのプレーヤーを分析対象として考慮しなければならない、と主張する。

このように一見あたりまえのようにも思われるかもしれない文学場のルールや機能、すなわち「芸術の規則」を、ブルデューは明晰に社会の側から理論化していくのである。

フローベール『感情教育』

こうした理論を実際に作品分析に適用したのが本書の「プロローグ」として冒頭で展開されるフローベールの『感情教育』の分析である。分析対象となるのは、主人公フレデリック・モローが行き来することとなる二つの社会空間、すなわち芸術と政治の場所である美術商アルヌーの家（とそこにいるアルヌー夫人）と、政治と商売にしか関心のない金持ちのブルジョワであるダンブルーズ家（とそこにいるダンブルーズ夫人）の、対立構造である。ブルジョワとしても知識人・芸術家としても中途半端であるがゆえに最後まで二つの〈場〉に引き裂かれ未決定状態にあるフレデリックの分析を通して、彼の「さまざまな人生経験がその中で展開してゆく社会空間の構造は、同時にまた、この作品の著者自身が位置していた社会空間の構造でもある」ことをブルデューは示していく。しかしそれでもフローベール自身は、その未決定状態を文学として書くことによってフレデリック的な不決断や無能力から免れている、と結論づけるのである。

論敵は誰なのか

ブルデューが乗り越えようとしている論者のひとりは、本書でもたびたび引用されているサルトルである。サルトルがジュネやボードレールやフローベールを論じるにあたって用いた伝記的手法の主意主義、つまり作家は創造的企図をもって創造するのだという考え方を、ブルデューは徹底的に批判する。そうした手法は作家を「創造者」としてカリスマ的に表象することによって分析の射程を狭めてしまうが、必要なのは作家およびその創造的企図が形成された社会空間をとらえ、客観化することだ、と言うのである。

ブルデューはさらにテクストの構造主義的な内的読解（たとえばフーコー、ジュネット、ヤコブソンのそれ）をも乗り越えようとしている。例として、アンドレ・ジッドが文芸誌『新フランス評論』

創刊のために書き手を集める際、当時の文学場の権威や政治的・宗教的バランスを絶妙に調整して目次を作り、それにより雑誌のエートスを作ることに成功したことを挙げつつ、「このように形成された作品および作者の集合の統合原理を、（中略）テクストから、それもテクストだけから抽出しようとするあらゆる試みが、いかに人為的で、不毛で、さらには人を欺くものであるか」と批判している。

他方でブルデューはジェルジ・ルカーチやリュシアン・ゴルドマンのマルクス主義的な外的分析にも抗する。そうしたマルクス主義の分析においては、作家はある社会集団（たとえば労働者階級）を、あるいはその社会集団のために表現していて、その作品を理解することがすなわちその社会集団を理解することになるとされる。しかしこうした単純化された反映論では、作品をその生産の社会的条件へと還元してしまっている。「外的要因の効果は、これらの要因が引き起こしうる〈場〉の構造の変化を介して」、プリズムとしての〈場〉を考慮することによってのみ分析できる、とブルデューは主張するのである。

作品の科学

こうしてブルデューは、文学作品の分析に社会学を用いることによって文学的分析では見えないことを明らかにすることができるとして、「作品の科学」を打ち立てようとしている。これはどのように受容されたのだろうか。

作品の科学が文学にもたらす懸念のひとつは、それが文学の「魔法」を解いてしまうものなのではないか、というものである。もちろんブルデューは周到に、「私自身は（自分で実感したから言うのだが）、芸術作品の生産と需要の社会的条件を科学的に分析することは、文学経験をなにかに還元したり破壊したりするどころか、むしろ強化する作業であると考えている」と述べている。しかしそれでも文学が、社会的諸条件によって完全に決定づけられているとは言わないまでもかなりの部分が説明できる、とする考え方は、少なくとも文学場の内部にいる者にとって大切な作者の唯一性・独自性という概念を否定しかねない、挑戦的なものとして受け止められた。またフランスでは、テクストは閉じたものでありテクストに外部はないという考え方が当たり前だった時代にそうしたテクスト中心主義を批判したということもあり、ブルデューに対する文学理論の側からの反応は冷たかったとされる（同じフランス語圏でもベルギーやケベックの事情は異なる）。

より根本的な問題は、ブルデューが「文学的テクストが覆い隠すことによってしか明るみに出さない構造を［作品の科学は］完全に明るみに出す」と述べ、つまり文学は現実の効果を生み出すもののそれは見せかけにすぎない、それに対し社会学は現実を捉えることを可能にしてくれる、と述べている点かもしれない。これは認識論的な問題になるが、文学には文学なりの現実の捉え方や知があることを認めないことがブルデューの理論の前提となっているようにも思われ、この点は文学者からも社会学者からも批判されている。

継承者たち

とはいうものの、『芸術の規則』に書かれている内容がまだ論文として少しずつ発表されているにすぎなかった八〇年代にすでに、ブルデューの理論を文学に取り入れた研究はおこなわれていたし、今となっては〈場〉の理論は文学と社会を考えるための手法のひとつとして、フランスの文学研究でも広く浸透していると言えよう。以下、ブルデューを継承する研究をいくつか挙げてみたい。

アンナ・ボスケッティは『知識人の覇権——二〇世紀フランス文化界とサルトル』(一九八五年。石崎晴己訳、新評論、一九八七年)において、サルトルおよび一九四五年に彼が中心となって創刊した『レ・タン・モデルヌ』誌の、文学場・哲学場における位置について分析している。同年、ボスケッティの著作と同様にスイユ社のブルデューが担当する叢書から刊行されたのが、アラン・ヴィアラの『作家の誕生』(一九八五年。塩川徹也監訳、辻部大介・久保田剛史・小西英則・千川哲生・辻部亮子・永井克典訳、藤原書店、二〇〇五年)だ。一七世紀フランスにおいて、アカデミーの創設、著作権という概念やメディアの誕生により、制度としての文学、そして今日「作家」と呼ばれる職業がいかにして生まれ、文学場の自律化が始まったかを分析した研究である。また、第二次大戦中後のフランスの文学場における文学制度の研究から出発し、作家の政治的責任やアンガジュマンに関する社会学的分析で知られるジゼル・サピロ、『作家であること——創造とアイデンティティ』(二〇〇〇年)で現代作家を対象に実施した調査をもとに、作家としてのアイデンティティについて分析したナタリー・エニック、『世界文学空間――文学資本と文学革命』（一九九九年。岩切正一郎訳、藤原書店、二〇〇二年）で数世紀にわたる世界規模の文学場を分析し、競合する各国文学の流通や支配関係について比較研究を行ったパスカル・カザノヴァ、作家の「ポスチュール（姿勢）」――文学場において作家が特定の位置を占める際の特異なあり方として定義される――をめぐる一連の著作で知られるジェローム・メイゾは、皆ブルデューに教えを受けた研究者である。

このほかブルデューの近くに位置づけられる研究として挙げられるのは、たとえば文学制度論で知られるジャック・デュボアが、プルースト『失われた時を求めて』の登場人物アルベルチーヌについて社会学的に解明した『アルベルチーヌのために』（一九九七年）である。これもブルデューの叢書から刊行された。またブルデューを批判的に継承するベルナール・ライールは『文学の条件――作家の二重生活』（二〇〇六年）で、多くの作家が第二の職業をもつことを余儀なくされる中、その「二重生活」とはどのようなものなのかを社会学的に分析している。

右に挙げた研究は、社会学に軸足を置いている場合もあれば文学に置いている場合もあるが、いずれにせよ、文学と社会の関係という決して新しくはない問いをめぐる議論に、ブルデューが新たな一石を投じたことは間違いない。

ピエール・ブルデュー（Pierre Bourdieu）

一九三〇年、フランス南西部のピレネー＝アトランティック県のダンガンという小さな村で庶民階級の家庭に生まれる。その後リセ・ルイ＝ル＝グランを経て一九五一年にパリ高等師範学校入学、一九五四年に哲学教授資格を取得し、高校教師となる。翌年には兵役のためアルジェリアに出征するが、兵役終了後もアルジェ大学で助手になるなどしてアルジェリアに残り、その間カビリア地方の伝統社会などについてフィールドワークを行う。このとき哲学を放棄して民俗学、社会学へと関心を移したことが大きな転換点となった。その後レイモン・アロンが創設したヨーロッパ社会学センターの助手などを経て一九六四年、高等研究実習院（ＥＰＨＥ）（後の国立社会科学高等研究院〔ＥＨＥＳＳ〕）教授、さらに一九八一年にはコレージュ・ド・フランス教授となり、晩年まで世界で最もよく知られた社会学者のひとりとして国際的に活躍した。一九七五年には歴史家フェルナン・ブローデルと学術誌『社会科学研究学報』を創刊し、ミニュイ社やスイユ社といった出版社の社会学の叢書を長年担当するなど、学際的な共同研究の場の創設にも貢献した。

ブルデューは数多ある著作の中で、ハビトゥス、〈場〉（〈界〉とも訳される）、資本（経済資本、社会資本、文化資本、象徴資本）、象徴暴力といった概念を用いつつ、幅広い主題を扱っている。六〇年代には教育社会学に取り組み、この分野を革新した。ジャン＝クロード・パスロンとの共著『遺産相続者たち──学生と文化』（一九六四年。石井洋二郎訳、藤原書店、一九九七年）や『再生産──教育・社会・文化』（一九七〇年。宮島喬訳、藤原書店、一九九一年）では、学校でよい成績を収めるのに必要なのは実は家庭環境で得られる文化資本、すなわち学校で習わないことであり、その文化資本の相続により支配階級が再生産されていくことを暴いた。こうした研究は、いかに私たちの趣味嗜好が社会的に構築されているかということについて詳細に理論化した『ディスタンクシオン』（一九七九年。石井洋二郎訳、藤原書店、一九九〇年、二〇二〇年）へとつながっていく。また、学校制度により生産されるエリートがフランス革命以後の能力主義社会（メリトクラシー）のイデオロギーを支え、再生産していることを示した『国家貴族』（一九八九年。立花英裕訳、藤原書店、二〇一二年）、象徴暴力の概念を用いて男性支配の仕組みの解明を試みた『男性支配』（一九九八年。坂本さやか・坂本浩也訳、藤原書店、二〇一七年）のほか、宗教場、芸術場、大学場など様々な文化生産の〈場〉についても多くの業績がある。

一九八〇年代以降は政治的なアンガジュマンにも積極的だった。一九九五年一二月にフランスで年金制度改革に対する反対運動が起きた際には、大規模ストライキの支持を表明し、社会科学系研究者の国際組織レゾン・ダジールを創設した。また晩年の『市場独裁主義批判』（一九九八年。加藤晴久訳、藤原書店、二〇〇〇年）などでは新自由主義の分析・批判もおこなっている。

トニ・モリスン『暗闇に戯れて』

ハーン小路恭子

Playing In the Dark: Whiteness and the Literary Imagination, Cambridge, MA: Harvard UP, 1992. 都甲幸治訳『暗闇に戯れて――白さと文学的想像力』、岩波文庫、二〇二三年。

本書は、アメリカ現代黒人女性作家の代表的存在であるトニ・モリスンが一九九〇年にハーヴァード大学で三回にわたって行ったウィリアム・マッシー・シニア記念講演と、自身が担当してきたアメリカ文学の講義資料の内容をひとつにまとめたものである。モリスンはすでにそれまでに代表作『ビラヴド（*Beloved*）』（一九八七年）を含む五作の長編小説を出版し作家としての地位を築いていたが、本書の出版により彼女が持つ批評者としての視点の鋭さも広く知られるところとなった。本書は文学作品における黒人表象のみならず、黒人を他者化し対象化する白人主体の心理機制が創作過程でどのように働き、それがいかにアメリカ文学のキャノンの基盤を形成してきたかについても、重要な観点を提供している。

「アフリカニスト・プレゼンス」

本書は、序文および第一章「黒さは重要」、第二章「影をロマン化する」、第三章「不穏な看護師たちと鮫たちの親切」の全三章からなっている。第一章ではアメリカ的自己を形作る思想や言説の背後に存在する「黒さ」の表象をめぐる基本的な議論が、後述する鍵概念とともに提出されている。第二章ではロマンスなどアメリカ文学において独特の発展を見せたジャンルや形式が、いかに奴隷制や黒人の存在にまつわる社会不安と深いところで結びついているかが論じられている。第三章では、アメリカ文学の代表的作品、とりわけ一見人種が主題上の重要性を担っているようには思われないような文学作品においてですら、黒さが文学作品の主要な構成要素として機能しているさまが提示される。全体を貫くのは、無垢や自由、個人主義、民主主義といったアメリカンネスを構成する基本概念や、主として白人男性からなるキャノン作家たちの文学的想像力とテクスト内における意味生成のプロセスを支えているのは、それらを光のように際立たせる影としての「アフリカニスト・プレゼンス（アフリカニストの存在）」であるという主張だ。本書の至るところで用いられているこの「アフリカニスト」および「アフリカニズム」というモリスン独自の概念は、一九八八年のミシガン大学での講演（ならびにそれを論文化したもの）においてすでに「アフロ・アメリカン・プレゼンス」という語によって提示されていたものだが、その意味するところは単なる「アフリカ的」な特徴ではない。それはアフリカ系の人物の実存や自己認識とはおよそ無関係に、白人中心主義的な文化のなかで想像／創造される比喩的な「黒さ」を指しており、特にその「黒さ」がアメリカ独自の文脈においてどのように構築されているのかを、本書においてモリスンは理論化しようとする。

エドワード・サイードが『オリエンタリズム（*Orientalism*）』（一九七八年）で論じた西洋による非西洋の他者化のプロセスも念頭に置いているようにも思われるこの「アフリカニズム」概念を用いて、モリスンは、参照枠を持たずとも自律的に成立すると考えられてきたアメリカ的な「白さ」が、実のところ影のように寄り添う「黒さ」と表裏一体の関係にあると論じる。この議論を通してモリスンは、主としてふたつの批評的パラダイム・シフトを提示しているといえるだろう。まず本書は、アメリカの人種関係において歴史的に構築されてきた主体と客体の交わりを、奴隷と主人の弁証法的な関係性のもとに再考することを促す。「アフリカニスト」の存在を軸にアメリカ史を見直すことで明らかになるのは、自由というアメリカ建国の歴史から切り離すことのできない概念すら、隷属状態にある黒人の不自由を背景として成立しているということだ。モリスンが語るように、「アフリカニズムは、自分が奴隷ではなく自由だと、いとわしくはなく望ましいと、無力ではなくきちんと認められており力を持つと、歴史なき者ではなく歴史に基づいていると、呪われておらず無垢だと、進化のなかで偶然生じた事故ではなく運命の進歩的な到達だと、アメリカ人としての主体が知るための手段」なのだ。アメリカ的主体の自己認識は「アフリカニスト」の影に逆照射される形でかろうじて成立する。その逆説に、本書は繰り返し言及している。第二の重要性は、アメリカ文学における人種表象を論じる際に、差別的に表象される黒人の存在そのものから表象の主体である白人の人種意識へと、モリスンが焦点を移していることにある。ステレオタイプ的人種表象を文学キャノンのなかに見出し、批判的に考察することを超えて、モリスンは白人主体にとって、意識的にであれ無意識的にであれそのような表象を行うことが、いかなる意味や効果をもちうるのかを分析しようとした。その意味においては「アフリカニスト」を創造する行為は、白人主体が自己存在を顧み、定義する内省的プロセスの一部になっている。それは「途方もない自己省察であり、作家の意識に宿る恐怖や欲望についての力強い探求である。また憧れや怖れ、当惑や恥辱や寛大さをめぐる驚くべき啓示」なのだ。文学的語りにおいて表現されるこうした種々の感情は、人種とは何も関係がないようでいて、「白さ」と「黒さ」の鏡像関係に貫かれている。モリスンはこの鏡像関係がアメリカ文学の中心的テクストにどのように表れているかを考察していく。

アメリカ文学における「アフリカニズム」

本書はウィラ・キャザー、エドガー・アラン・ポー、マーク・トウェイン、アーネスト・ヘミングウェイといったアメリカ文学の代表的作家たち（いずれも白人である）の作品における「アフリカニズム」の表れをさまざまに読み解くことを通して、アメリカ文学のキャノンにおける白人中心主義を明らかにしつつ、キャノン形成の基底に存在する人種意識について分析している。モリスンがこのように「アフリカニズム」の表象を主題化しようとしたことの背景には、本書の出版当時の文学批評において依然として根強かったであろう、普遍的なアメリカンネスをめぐる作品群というものが一方にはあり、その周縁に人種をめぐる特殊な状況を描いた作品があるという通念、またその通念のために、キャノニカルな作品に表れた「黒さ」が批評的無関心のもとに見過ごされてきたということがあっただろう。本書はそのような普遍性を白人作家の視点として相対化しつつ、その視点に表れた強迫的なまでの「黒さ」への執着を描き出す。

本書の読解の独自性は、作中で明快に語られている事象ではなく、作品が抱える創作上の問題点や矛盾、葛藤、空白や、沈黙、言い淀みのなかに「アフリカニスト」の存在を見て取り、文学史において表立っては姿を現さない影のごとき「黒さ」をあえて問題化していることにある。それゆえ、扱われる作品のなかにはトウェインの『ハックルベリー・フィンの冒険（*Adventures of Huckleberry Finn*）』（一八八五年）のように作者が意識的に人種関係を主題に取り込んでいるものもあるが、モリスンが「アフリカニスト・プレゼンス」を読み取る作品には、特段人種の主題を中心的に扱っていたわけではない作家たちによるものも含まれている。第一章で取り上げられているキャザーの遺作『サファイラと奴隷娘（*Sapphira and the Slave Girl*）』（一九四〇年）もそのひとつだ。モリスンはしばしば失敗作とみなされがちなこの小説について、作品が何を「失敗」し、どのようにプロットが破綻しているかというまさにその点に重要性を見出し、分析を展開する。主人公の白人女性サファイラは自分の世話をする黒人召使ナンシーが夫と関係を持っていることを疑い、好色な甥に彼女をレイプさせるよう仕向けるという異常な計画を立て、ナンシーの母ティルはサファイラへの忠誠心ゆえにその計画を手助けしようとする。こうした現実的に思われないような登場人物たちの言動や論理的帰結の欠如のなかに、モリスンはサファイラが持つ「アフリカニズム」へのこだわりや、体の自由の利かない白人女性が黒人女性の身体を掌握し、みずからの代理的な存在と化すことへの欲望を見て取る。

さらにモリスンは、この陰謀から逃亡をはかったナンシーがエピローグにおいて（小説の語りの範疇を超え、作者キャザーの記憶のレベルにおいて）場当たり的に主人のもとに帰還するという不可解な結末のなかに、基本的にはリベラルな意図をもって人種関係を取り上げようとしつつ失敗し、問題そのものからの逃亡を図るという作者の葛藤を読み取っている。

第二章の『ハックルベリー・フィンの冒険』についての考察でも、モリスンは作品が抱える矛盾を糸口に論を展開していく。本作についてしばしば議論にのぼるのは、奴隷解放や自由をめぐる物語が結末部分で笑劇と化すことの不可解さだ。主人公ハックが黒人奴隷ジムの逃亡を助けることが物語の中心をなしているにもかかわらず、解放が作中で実現されることはない。結末での唐突なトム・ソーヤーの登場とともにジムの存在は矮小化され、作品そのものがほとんどスラップスティック的な終わり方をする。従来は作品の欠点とみなされてきたこの展開を、モリスンはむしろ必然だと考える。というのも、ジムを自由にしてしまえば、奴隷の存在を傍らに置くことで成り立つハックの道徳的成長もまた達成されず、作品が前提としているものが放棄されてしまうためだ。ハックが代表する自由や個人主義といった価値観、そしてあらかじめ不可能な解放を目的とする小説の筋運びそのものが実のところジムという「アフリカニスト」的他者の隷属状態に依存しており、だからこそプロットが破綻せざるを得ないのだということを、モリスンの読解は示している。

本書の第三章ではヘミングウェイ作品が中心的に論じられている。ヘミングウェイがそのキャリアを通じて主題化してきたのはむろん男性性の問題だが、モリスンはその主題が「アフリカニズム」の表象と不可分のものであることを明らかにする。『持つことと持たざること（*To Have and Have No*）』

（一九三七年）の読解では、ヒロイックな白人男性性を称揚するために、黒人キャラクターを沈黙させ、矮小化することにどれほど語りが注意を払っているかが示される。たとえば黒人男性ウェズリーはほとんどその名で呼ばれることはなく、主人公によっても小説の地の文においても繰り返しNワードで呼ばれる。その一方でこの作品、および短編「殺し屋（The Killers）」（一九二七年）では、黒人が（他の作品における女性キャラクターと同じように）白人男性の主人公に忠実かつ献身的に仕える看護人の役割に留め置かれながら、同時に理性を欠いた暴力的な破壊者としても描出される。沈黙しつつ忠誠心を発揮し、なおかつ予測不可能な暴力性も付与された「アフリカニスト」の存在は、ヘミングウェイ的主題の展開に文字通り奉仕しているのだ。死後出版の遺作『エデンの園（*The Garden of Eden*）』（一九八六年）の考察では、主人公夫妻の実験的な性の探求においては疑似的近親姦に加えて人種の概念も重要性を持つことが指摘される。「鮫」のようだと主人公にたとえられる非人間化された黒人の身体性は、本作においては日焼けしてみせることと同様に白人の性的欲望を映し出す鏡として機能する。疑似的に「アフリカニスト」の身体を獲得することは一種のフェティッシュになっており、白人主体のセクシュアリティの基底には他者の身体を所有することへの欲望が存在することが明らかにされる。作家が一貫して無関心であるはずの「アフリカニスト」の表象が主題を追求するための基本的修辞として機能するさまを、本書は描き出している。

「白さ」と文学的想像力

本書を中心としたモリスンによるアメリカ文学批評の仕事は、一九九〇年代における多文化主義の隆盛も相俟《あいま》って、白人中心主義的な文学キャノンの再考に多大な影響を与えた。モリスンが描き出したアメリカ文学における「暗闇との戯れ」の系譜は、人種に関係のある文学作品とそうでないものがあるという文学史上の固定観念を覆し、テクストの表面にあらわれた「白さ」の輝きや権力、欲望や不安が「黒さ」の闇に裏打ちされていること、そしていかにそれがアメリカ文学において歴史的に構造化されてきたのかを明るみに出したのだ。アメリカの大学教育の現場で文学史の基本文献として使用される『ノートン版アメリカ文学アンソロジー』の最新版である第九版（二〇一七年）には、文学批評上の重要な論争の具体例として『ハックルベリー・フィンの冒険』についてのいくつかの批評が掲載されており、そのなかにはオックスフォード版『ハック』にモリスンが寄せた序文（本書における同作の読解と内容的に響き合うところがある）も含まれている。本書の出版から二十数年を経て、何がアメリカ文学の正史を構成し、何がそこから漏れていくのかをめぐる思想的前提が大きく変化したことの証左だろう。キャノン制定をめぐる変化において本書が果たした役割は大きい。

重要なことに、アメリカ文学における「アフリカニスト」の遍在性と重要性をつまびらかにすることにおける本書の意図は、個々の作家の人種主義的態度をあげつらうことにはなかった。むしろモリスンは、「人種的対象から人種的主体へ、描写され想像されたものから描写や想像の主体へ、仕えるものから仕えられるものへと、批評の視点を向け直すこと」をめざしていた。アメリカ文学史の基盤にある白さと黒さの鏡像関係がどのように構造化されているのか、総体としてのアメリカ文学がいかに「アフリカニスト」の影のもとに歴史的に発展してきたのか。『暗闇に戯れて』におけるモリスンの議論は、あからさまな差別的言辞よりも不在としての存在において表徴される「黒さ」に焦点を当て、人種関係が文化的創造のプロセスに与えるインパクトへと読者の注意を差し向けた。本書における「アフリカニスト・プレゼンス」概念がアフリカ系文学研究にとって画期的であったのはもちろんだが、同時にモリスンの議論が、のちにホワイトネス・スタディーズと呼ばれるようになる批評上のジャンルの嚆矢となるものであったことも指摘されるべきだろう。一九九〇年代後半から二〇〇〇年代にかけて理論化が進んだこの分野においては、伝統的に普遍的で客観的なものとみなされてきた白人の視点が相対化され、白人もまた人種化された存在であることが前景化されたが、それはとりもなおさず本書が影のような「アフリカニスト」の存在の考察を通して逆照射したものにほかならない。モリスンによる「白さ」と文学的想像力の考察は、出版当初から現在に至るまで、人種意識が文化的表象に与える影響をめぐる種々の論考における基本的参照枠となっている。

トニ・モリスン（Toni Morrison）
一九三一年、オハイオ州ロレインに生まれる。ブラック・カレッジの名門ハワード大学を一九五三年に卒業するとコーネル大学大学院の英文科に進み、ウィリアム・フォークナーとヴァージニア・ウルフについての論文で修士号を取得。その後ニューヨークの出版社ランダムハウスの上級編集者に就任する。ランダムハウス時代にはアンジェラ・デイヴィスやトニ・ケイド・バンバーラ、ゲイル・ジョーンズをはじめとした黒人作家や社会活動家の作品を世に出した。一九七〇年に長編第一作となる『青い眼がほしい（*The Bluest Eye*）』を出版。カラリズム（肌色の濃淡による黒人共同体での差別や序列化）や性暴力によって内面を破壊された少女ピコーラの悲劇を鮮烈に描き出し高い評価を得る。その後一九八七年に、子殺しで裁判にかけられた実在の奴隷マーガレット・ガーナーの物語に触発された代表作『ビラヴド（*Beloved*）』を上梓した。奴隷制の暴力の歴史をたどりながらダイナミックに過去と現在を行き来しつつ展開する本作によって、文字通り代表的なアフリカ系女性作家としての地位を確立した。一九八九年からはプリンストン大学で教鞭を執り、この頃からは批評家としての活動も増えていく。一九九三年に黒人女性初となるノーベル文学賞を受賞。二〇〇〇年代に入っても四、五年に一作のペースで長編小説を発表し続ける一方、一九八六年発表の『ドリーミング・エメット（*Dreaming Emmet*）』以来関心を抱いていた演劇に再び取り組みはじめ、マーガレット・ガーナーの物語をふたたび主題化したオペラ（*Margaret Garner*）を二〇〇二年に発表したほか、二〇一一年にはシェイクスピアの悲劇『オセロー』をオセローの妻の視点から語り直した戯曲『デズデモーナ（*Desdemona*）』を発表した。二〇一九年に死去。

本書を除く著作の邦訳リストは以下の通りである。

『青い眼がほしい（*The Bluest Eye*）』大社淑子訳、早川書房、一九九四年
『スーラ（*Sula*）』大社淑子訳、早川書房、一九九五年
『ソロモンの歌（*Song of Solomon*）』金田眞澄訳、早川書房、一九九四年
『タール・ベイビー（*Tar Baby*）』藤本和子訳、早川書房、一九九五年
『ビラヴド（*Beloved*）』吉田廸子訳、早川書房、二〇〇九年
『ジャズ（*Jazz*）』大社淑子訳、早川書房、一九九四年
『パラダイス（*Paradise*）』大社淑子訳、早川書房、一九九九年
『ラヴ（*Love*）』大社淑子訳、早川書房、二〇〇五年

『マーシィ（*Marcy*）』大社淑子訳、早川書房、二〇一〇年
『ホーム（*Home*）』大社淑子訳、早川書房、二〇一四年
『神よ、あの子を守りたまえ（*God Help the Child*）』大社淑子訳、早川書房、二〇一六年
『「他者」の起源——ノーベル賞作家のハーバード連続講演録（*The Origin of Others*）』荒このみ訳、集英社新書、二〇一九年

ジュディス・バトラー『問題《マ》＝物質《ター》となる身体』

岸まどか

Bodies That Matter: On the Discursive Limits of "Sex", New York & London: Routledge, 1993. 佐藤嘉幸監訳、竹村和子・越智博美・河野貴代美・三浦玲一訳『問題《マ》＝物質《ター》となる身体——「セックス」の言説的境界について』以文社、二〇二一年。

ジェンダー（男らしさ・女らしさ）は文化的なもの、セックス（雄・雌）は自然なもの——バトラーはこのよくある区別に、本書の三年前に出版された前作『ジェンダー・トラブル』（一九九〇年。竹村和子訳、青土社、一九九九年）でも、すでに異を唱えていた。セックスとジェンダーの対比は、一見してジェンダーが恣意性で文脈依存的なものであることを強調するようでいて、その実セックスを所与のもの、政治的に中立な事実として普遍化することに一役買っている。こうして「自然化」されたセックスのシステムの裏には、男と女はつがい、種の再生産に励むべしという異性愛の規範がある。だから「セックスはつねにすでにジェンダー」、つまり社会的に構築されたものだ。『ジェンダー・トラブル』のこうした議論はしかし、一部の批評家によって、女性の身体とその生きた現実というフェミニズムの基盤を無視する机上の空論だと批判された。その批判はしばしばこんな問いかけのかたちをとった——「それじゃ身体の物質性はどうなるの、ジュディ」。

『問題＝物質となる身体』（一九九三年）でバトラーは、こうして自身の身体性を思い起こさせるかのようにして投げかけられた問い（あるいは「たしなめ」）に応え、むしろ身体の物質性という概念そのものが価値のヒエラルキー化を行う「物質化／具現化（materialization）」という作用の産物なのだと論じる。セックスは生の事実でも宿命でもなく、具現化される規範のひとつだ。男か女かのどちらかに性別化されたものとしてしか社会に存在することを許さない規範の要請に従って、身体は男として、女として、形作られる。そしてこうして社会規範を「ただしく」体現する身体こそが「価値ある身体（bodies that matter）」とされるかげには、「価値のない身体（bodies that do not matter）」として、認識すらされないままに切り捨てられる無数の存在がある。こう論じる本書による身体とセックスのラディカルな脱自然化は、フェミニズムを九〇年代に台頭したクィア・スタディーズに接続し、クィアな政治を推進する理論的基盤のひとつになった。

身体の「物質性」？

そもそも物質性（materiality）とはなんだろう。バトラーはまず、アリストテレスとプラトン、そしてリュス・イリガライによるプラトンの批判的読み替えをとおして、物質性という概念が内包するジェンダー力学を辿る。「物質（matter）」という言葉は、語源的に「母（mater）・子宮（matrix）」、つまり生殖行為による再生産と切り離せない。侵入され、種付けされるもの、「受容体」としての女性性と結びつけられた「物質《マター》」は、なにかほかの存在を生み出す素材《マテリアル》として、それ自体は存在の埒外に置かれる。このとき身体の「物質性《マテリアリティ》」をフェミニズムの中核に置くことは、物質と女性的なものを貶め排除する、異性愛的にジェンダー化された実体の形而上学を、不問のままに不動のものにしてしまうことになりかねない。

ここで鍵となるのは、matterやmaterializeという語のさらなる重層性だろう。Matterという語は「物質」を指す名詞であると同時に（「ブラック・ライヴズ・マター」のフレーズでも知られるように）「価値あるもの／重要な問題として存在する」状態を意味する動詞でもある。他方のmaterializeという動詞は、夢や計画や理想が「実現する」ことを意味する。バトラーはこのふたつの動詞に名詞としての「物質《マター》」を重ね合わせ、ある理念を価値あるものとして認識することでその概念を「物質性《マテリアリティ》」を持つものとして具現化《マテリアライズ》する作用を、「物質化《マテリアリゼーション》」と呼んでいる。染色体、ホルモン、解剖学的な差というような「物質的存在」を、バトラーは否定しているわけではない。重要なのは、その物質性がたんに存在するわけではなく、あくまで物質化の効果として立ち現れているということ、つまりそれを重要な区別として認識する規範的な枠組みがそれを存在させている、ということだ。

さらにこの「価値ある身体」の物質化は、バトラーが「構成的外部」と呼ぶものの切り捨てによって行われる。たとえば、男女二元論に基づいた性のシステムにあてはまらないからといってメスを入れられるインターセックスの身体。生産性がないから国家の保護に値しないと切り捨てられる異性愛規範に外れた身体。あるいはまた、その生命も大切だと声を限りに叫ばなければ不可視のものとされ、市民社会の保護の名によって文字どおり蹂躙される黒い身体。こうした身体の暴力的な棄却、そしてまたそういう存在として生きる可能性の「あらかじめの排除（foreclosure）」をとおして、社会規範は身体として具現化／物質化《マテリアライズ》される。セックスという男女二元論は、そうして具現化される抽象理念のひとつなのだ。

セックスの行為遂行性

とはいえこの抽象理念の物質化は一度きりで完了する出来事ではなく、日々の生活の中で意味づけを受けながら堆積物のように徐々に固まりつつ、けしてゴールにはたどりつけない過程なのだと、バトラーは言う。ある種の「理念」を目指して、繰り返し行われつづける、終わらない過程。バトラーはこれを前作『ジェンダー・トラブル』で、ジェンダーの行為遂行性（performativity）と呼んでいた。男らしさ、女らしさとは、人がそういうものとして「ある」ものでも、それを「もつ」ものでもなく、そう「する」もの、日常のなかで繰り返し模倣しつづける規範だ——『問題＝物質となる身体』は、こうしたジェンダーの行為遂行性についての議論をさらにセックスにも拡大しながら、行為遂行性の概念を練り上げていく。

行為遂行性概念を再考するにあたってバトラーは、この概念の命名者である言語哲学者J・L・オースティンが『言語と行為』で理論化した、ある種の発話が言葉でものごとを行う力に立ち戻る。たとえば「この船をエリザベス号と命名する」という発話は「この船の名前はエリザベス号です」という言明とは違い、たんに船の名前を確認・記述しているのではなく、その発言自体によって船に名を与えるという行為を行っている。オースティンはこうした発話の力を、行為遂行性と呼んだ。

バトラーは子どもが生まれたときの「男の子ですよ」「女の子ですよ」という発話もまた、遂行性を持つのだと説明する。一見して外性器の形状の差を描写しているように見えて、この発話は身体のほんの一部分を人間のアイデンティティのもっとも重要な要素のひとつとして意味づけ、セックスを割り当てる、という行為を行っているのだから。けれども性別の行為遂行的な物質化は、一度きりの発話で完了するものではない。「ぼく・わたし」「彼・彼女」といった性化された人称代名詞や、書類の「男・女」の性別欄、男女に分かれたトイレ——そうした日常のありふれた風景がわたしたちを、世界は男女なるもので構成されているのだし、どちらかでなければ存在すらできないのだと思うように訓練する。そしてひとは鏡のなかに男として、女として、けれどいつもどこか「不十分」に性化された存在としてみずからの身体を見出し、もっと十全な性別化にむけてセックスの規範に同一化するようにと、その不安によって駆り立てられる。

こうしてひとを強迫的な同一化に向かわせる二元論的なセックスがもっとも日常的に強化される場のひとつが、男女を一対のものとして作り出す異性愛のシステムだ。バトラーはジークムント・フロイト、ジャック・ラカン、そしてスラヴォイ・ジジェクらの精神分析理論を脱構築的に読み直し、精神分析によって普遍的な〈法〉として措定される性的な主体の形成は、その不安定なポジションを引き受けるために、同性愛という構成的外部の暴力的なまでの拒絶を必要とすると論じている。男女はファルス／ペニスの有無を軸にして排反的で相補的な関係として定義され、そうして二分化された性を身に帯びることこそがひととして承認されるために必要な根源的差異だとされる。そのとき同性を愛することは、こうした不安定な相補関係を崩壊させる悪夢、ひいてはひとならぬものの領域に踏み入ることとして恐れられ、その可能性を徹底的にあらかじめ排除し、そしてその亡霊を否定しつづけることが「正しい」性化プロセスの一部となる。

引用の「失敗」による再意味化

こうして構造的外部を棄却しながらジェンダーやセックスという規範に自らを照らし合わせる日々の行為そのものをとおして、主体として認知されるものが凝固するようにして作り上げられる。バトラーはこうした規範の参照行為をジャック・デリダを介して「引用（citation）」と呼び、行為遂行性を、規範的な言説の反復的な引用によって主体が形成される効果として、あらためて定義した。けれど規範にとって引用は諸刃の剣だ。その権威を保つためには、規範はつねに引用されなければならない。しかし引用は、元々の文脈から離れてまったく違った意味を帯びるという危険と隣り合わせでもある。『ジェンダー・トラブル』に引き続き本書でも用いられているドラァグ・パフォーマンスの例を見てみよう。異性装をするドラァグ・アーティストが出生時に割り当てられたものではないジェンダーを再領有して演じるとき、そのパフォーマンスは支配的なジェンダー規範を誇張もまじえて引用・模倣する。それは既存のジェンダー規範を強化することもあるが、同時にそうした引用の魅惑的な「失敗」を上演することで、規範をずらし、そもそも異性愛とジェンダー規範そのものそれ自体が模倣と反復的な引用によってしか成り立たない、オリジナルなきコピーだということを明るみに出すこともできる。

異性愛主義的で父権的な規範のこうした「誤引用」による意味のずらしを、バトラーは「再意味化（resignification）」と呼ぶ。それは異性愛規範によってファルス／ペニスの有無を中心に構造化され物質化される身体を名付け直し、身体を意味付け直すことでもある。さらにバトラーは本書の後半で、ジェンダーだけでなく、セックス、セクシュアリティ、親族関係、そして人種という規範が互いに絡み合いながら「価値ある身体」を行為遂行的に物質化する力学を浮き彫りにしている。映画『パリは燃えている』で描かれるドラァグ・アーティストたちによる「家《ハウス》」の形成、ウィラ・キャザー作品における男勝り《トムボーイ》な少女たちによる男性性ポジションの引き受け、ネラ・ラーセンが描く黒人が白人として生きる「パッシング」の力学――『問題＝物質となる身体』は文学テクストの肌理を丁寧になぞりながら、支配的規範の引用とその「失敗」が、規範の強化と再意味化の両方を行う様子を描き出してゆく。そしてテクストが境界を横断するようにして規範を「不適切に」再領有することでその規範を脱自然化し再意味化へと導く様子を活写する本書の手法は、クィア・スタディーズによる異性愛規範批判のひとつの代表的戦略となった。

クィア化という絶え間ない批評行為

「クィア化（queering）」とは、こうした再意味化の実践に与えられたもう一つの名だ。「批判的にクィア（Critically Queer）」と題された最終章を始めるにあたり、バトラーは「クィア」という語はこの本を要約するものではなく、あくまで最新の契機を捉えたものだ、と言う。バトラーがこう言った九〇年代初頭、それまで異性愛規範に沿わない者を蔑み辱めるために使われてきた「クィア」という形容詞・名詞が、そう名指されてきた人びとによって再領有され、自分自身を名付ける言葉として再意味化されていた。北米におけるAIDS危機のただ中だった。AIDSはゲイの病として概念化され、それを病む身体は救う価値のないものとして黙殺された。その喪失は嘆かれず、存在すらなかったことにされた。これまで見てきたように、それが身体の物質化の仕組みなのだ——規範を正しく具現化・物質化しない身体は、存在すら認識されない。アクティヴィスト・グループ、クィア・ネイションの「わたしたちはクィアだ、わたしたちはここにいる、いい加減慣れろ」というモットーが物語るように、「クィア」という名付けは、そうして不可視化されてきたクィアな身体を物質化しようとする遂行的発話のひとつだった。

けれど同時にバトラーにとって「クィア化」が指し示すのは、罵りの言葉とそのスティグマをプライドのバッジとして身につけ直すことだけではない。そうしたクィア主体の形成のために、どんな新たな構成的外部が作り出され、棄却されているかを考えること——たとえば（ジャスビル・プアがのちに「ホモ・ナショナリズム」という概念を用いて批評したように）堂々とカムアウトし資本主義世界で繁栄することをよきクィア主体の条件とするとき、そこにどんな人種的、民族的、階級的、あるいは宗教的他者が作り出されているかを考えること——そしてそれによって、クィアな政治を民主化しようとすること。つまりクィア化とは、異性愛規範を脱自然化するだけではなく、クィア主体そのものをも自己批判にさらし、絶え間ない再意味化に開いていく批評的態度でもある。

バトラーが本書を執筆してからの三〇年間に本書もまた正典化され、そしてだからこそクィア化の対象となってきた。『問題＝物質となる身体』の構成的外部とはなにかを考えること、それはたぶんバトラーが本書を開始した問い――「身体の物質性はどうなるのか」――にもう一度向き合うことを求めるのかもしれない。バトラーはこの問いにたいして、「物質性」そのものがいかに規範的言説の引用と構成的外部の棄却によって可能にされているかを問い直すことで応答しようとした。けれど、その理論的に洗練された問いのずらしそのものが抑圧する身体はなかっただろうか。たとえばエレン・サミュエルズをはじめとするディスアビリティ・スタディーズの論客たちは、バトラーの論じる身体が暗黙のうちに健常者の身体を想定し、そして障害を持つ身体や病と生きる身体をクィアな身体が受ける異性愛規範による棄却の暴力の比喩として用いることで、さらに不可視化していることを指摘した。バトラーの身体論が（いかに言説的に構築されたものであれ）ある種の「物質性」をより大きな重しとして社会によって背負わされている身体の生存をめぐる闘争を不可視化しているという批判は、本書にたいしておそらくもっとも直接的に痛烈な批判を行ったジェイ・プロッサーの *Second Skins*（一九九八年）にも共有されている。バトラーのジェンダー／セックス論は、一方で境界を横断しジェンダー規範を再意味化するクィアな主体の形象としてのトランスジェンダーを言祝ぎつつ、他方で外科手術やホルモン投与によって「物質的に」性別移行を行う身体をセックス二元論の強化を行うものとして片付ける――プロッサーのこうした批判はバトラーだけでなく、「物質性」をベースにしたアイデンティティを超越することに「クィアさ」を結びつけた、初期クィア・スタディーズのユートピア的なヴィジョンにも敷衍されうるものだっただろう。収奪された地のうえに構築されたユートピアを制度化することではなく、むしろいつか「クィアという語が改定され、追い払われ、そして時代遅れのものになる」ことを、三〇年前、本書は夢見ていた。それが果たされるためにはきっと、収奪と排除の経験を連携の基盤として、街頭に、公共の場に、それまで身体として理解されることを拒まれてきた身体が息をし歩く権利を保証しあうために、ともに現れ、ともに互いの身体の物質性を、その存在と価値を証しだてあいつづけることが必要なのだろう。

ジュディス・バトラー（Judith Butler）

一九五六年、米国オハイオ州クリーブランド生まれ。カリフォルニア州立大学バークレー校などで教壇に立つ。ヘーゲル哲学者としてデビューし、その後も大陸哲学の研究をベースにポスト構造主義フェミニズムやクィア・スタディーズの議論を牽引してきたバトラーの著作は、ときにその理論的重厚さと難解さで知られてきた。しかしバトラーは二〇〇〇年代以降、米国の「対テロ戦争」、イスラエル・パレスチナ関係、新自由主義に抵抗する街頭《ストリート》の政治など、よりアクチュアルな政治状況に寄り添いながら哀悼と生存の政治のあり方を模索してきた。とはいえそれは、ジェンダー・セックス・セクシュアリティを巡る徹底的な理論的懐疑から現実政治へという批評的視座の「転換」を意味するわけではない。いかに生のあやうさ《プレカリアスネス》がさまざまなマイノリティ集団に制度的に不均衡に配分され、規範の外側に存在する生の喪失を認識し嘆くことを不可能にしてきたかをグローバルな規模で問うバトラーの著作の根底には、『問題＝物質となる身体』で前景化された構造的外部の棄却の問題がある。自己と他者の生の根源的な結びつきを説き、アイデンティティが物質的事実性にもとづいて規定されているという言説に反駁しつづけながら、それでもなお物質的な諸身体が——傷つきやすく、相互に依存しあい、住居や食糧やケアを必要とする諸身体が——生存のために協同する政治を、バトラーは追い求め続ける。

デイヴィッド・エイブラム『感応の呪文』

松永京子

The Spell of the Sensuous: Perception and Language in a More-Than-Human World, New York: Vintage, 1996. 結城正美訳『感応の呪文——〈人間以上の世界〉における知覚と言語』論創社・水声社、二〇一七年。

気候変動のリスクが世界的に認知されるようになり、「エコクリティシズム」という言葉が広く知られるようになった一九九〇年代半ばに刊行された本書は、発表されると同時にアカデミアを超えた幅広い読者層を魅了した。副題に含まれる〈人間以上の世界《モア・ザン・ヒューマン・ワールド》〉というフレーズは、学術的にはエイブラムが初めて用いたとされており、その後、さまざまな学問分野でみられるようになる。

人間、人間以外の動物、木、石、風といったあらゆる「物」が、それぞれ独自の感受性や知性をもちながら相互に交流する世界を前提とする本書は、二一世紀最初の一〇年間に注目されるようになった物質的アプローチからのエコクリティシズムと重なりつつ、新しい物質主義《ニュー・マテリアリズム》、ニュー・アニミズム、マルチスピーシーズ人類学、環境人文学など、「人間」と「自然」の関係を脱領域的にとらえなおそうとする動きに連なるものである。

相互侵犯するふたつの「序論」

本書にはふたつの序が用意されている。個人的なナラティヴを織り込んだエッセイ風の「私的序論」と、理論的アプローチを素描する「学術的序論」。手品師《マジシャン》としてインドネシア諸島とネパールに滞在したエイブラムが、現地での体験や呪術師との交流を通じて得た気づきを思索する前者は、現在のエコクリティシズムにおいて〈ナラティヴ・スカラシップ〉と呼ばれるストーリーテリングの手法を読者に思い起こさせるかもしれない。従来の学術論文のスタイルを踏襲した後者は、現象学という思想的動きをエコロジカルな文脈へとつなぐ試みとなっている。

エイブラムは巻頭で、哲学的内容を好まない読者は「学術的序論」を「読み飛ばして構わない」と述べているが、ここは言葉通り受けとめないほうがいい。というのも、これらふたつの序の手法や内容は、読者が本書を読み進めるうちに互いの領域を侵犯し、絡まりあいながら、最終的にはエイブラムの提唱する〈人間以上の世界《モア・ザン・ヒューマン・ワールド》〉――「人間や人間によって作られたものをその一部としながら、人間界が必然的に人間以上の世界によって維持され、囲まれ、浸透されている領域としての〈自然〉」――を、読むという身体的行為によって知覚させるための実践的試みでもあるからだ。アプローチの仕方は異なりながらも、ふたつの序が投げかける問いは軌を一にする。「なぜ（近代西洋の）人間は、自分たちがその一部である人間以上の世界を鮮明に知覚することができなくなってしまったのか」。

このことをエイブラムが強く感じるのは、アジアから北米に戻ってきたときである。バリ島では、毎朝食べ物が供えられる「家の精霊たち」——家屋を襲う可能性をもつ蟻たちであることが判明する——から人間の形をとらない知性を学び、蜘蛛たちが生成する複雑なパターンを前に、エイブラムは自身の感受性が開かれたと感じる。手品の練習をするエイブラムに接近するヒマラヤのコンドルは、人間の視力よりもはるかに明晰で異質なまなざしのもとに自分の肉体があることを気づかせてくれた。だが、このような気づきの経験は、エイブラムがアメリカの文化に再び適応していく過程において失われていく。文字文化や自身の内なる声に意識が向けられるにつれ、人間以上の世界の微かな変化を感じることが難しくなってしまったのだ。

エイブラムはこの問題を（近代西洋の）人間の知覚上の問題とみなし、学術的見地から探究するために現象学の伝統に目を向ける。本書がとりわけ重視するのは、エトムント・フッサールとモーリス・メルロ＝ポンティである。エイブラムは、フッサールの「間主観性」に依拠しながら、あらゆる経験の中心には感覚する身体があって、それがたんに主観的に存在しているだけでなく、他の多数の感覚する身体によって経験されると説明する。だが、現象学をさらにエコロジカルに開いていくためにエイブラムがもっとも拠り所としたのは、メルロ＝ポンティであった。エイブラムによると、フッサールが「身体」をあくまでも「外観」とし、「超越的自我」の姿勢を崩さなかったのに対し、メルロ＝ポンティは経験する「自己」（＝主体）を「身体的有機体」とみなすことで、ラディカルにも「身体」と「自己」の二分法を一掃した。私たちが物に触れることができるのは、物によって触れられていると感じることであり、それは自分がそのように感じている感覚的な世界の一部であるからにほかならないというメルロ＝ポンティの思想は、エイブラムを「私たちの感覚する身体が、大地の大きな身体とひと続きである」というエコロジカルな思想へと導く足がかりとなっている。

本書においてエイブラムは、人間が人間以上の有機的世界から距離を置くようになった軌跡をたどりつつ、人間の気づきが有機的な世界に属しているという感覚を呼び起こすために、いくつかの軌道修正を試みている。以下、本書の四つのテーマ——言語、アルファベット、〈過去〉と〈未来〉、空気——を中心に、エイブラムの思想的挑戦とその後の動向や批判をみていきたい。

大地に「属する」言語

本書はまず、〈言語〉がどのように経験されているのかに注目する。科学の著しい発展とともに、言語は「コード化」し、身体的行為から切り離すことが可能なものとしてとらえられ、人間の「所有物」としてみなされるようになった。一方、メルロ＝ポンティの現象学的見地からすれば、言語はもともと「表現に富み身ぶり的」であり、私たちの肉体と人間以上の世界との絶えざる知覚的交流から生まれる感覚的かつ身体的現象であって、言語の指示的で形式的な次元は、この感応の次元から完全に切り離されることはない。

メルロ＝ポンティを引き継ぐエイブラムは、鳥の奏でる複雑な音、ミツバチの「尻振りダンス」、樹木の葉のざわめきなどを例に、あるいは人間と〈人間ならざるもの〉が言語を共有していた痕跡を先住民の口承文化にみながら、あらゆるものが特有の言語の力を有し、身体的かつ感覚的にかかわりあっているという立場を擁護する。そして、言語が人間以上の世界すべてに備わっているのだとすれば、人間の言語や語りが人間のみに属しているということはできないと主張した。人間の言語が人間以外のものの身ぶり、音、リズムから影響を受けているのであれば、それは人間の表現であるだけでなく、人間をそのなかに浸す世界の表現でもあるからだ。

このアニミズム的ともいえるエイブラムの思想は、アルネ・ネスが提唱したディープエコロジー（一九六〇年代後半から七〇年代にかけて、人間中心主義的環境運動を生態系中心主義へと転換させようとする運動）に共鳴しつつ、近年のさまざまな領域におけるエコロジカルな研究と多くを共有するものである。マルチスピーシーズ民族誌にかんしていえば、〈森の思考〉と人間の言語世界をむすぶエドゥアルド・コーン『森は考える——人間的なるものを超えた人類学』（二〇一三年。奥野克己・近藤宏監訳、近藤祉秋・二文字屋脩共訳、亜紀書房、二〇一六年）や、マツタケを軸にさまざまな「モノ」の社会的連関をトレースするアナ・チン『マツタケ——不確定な時代を生きる術』（二〇一五年。赤嶺淳訳、みすず書房、二〇一九年）などに、エイブラムの思想との親和性をみてとることができるだろう。

アルファベットの「呪文」

言語が大地に「属して」いるのであれば、なぜ人間は言語を自分たちの「所有物」として経験しているのか。言語が人間と人間以上の世界との絶えざる交流から生まれる身体的現象であるのならば、どうして人間は人間ならざるものたちの声や身ぶりを知覚できなくなってしまったのか。この要因のひとつとしてエイブラムが着目したのが、アルファベットだった。

本書によると、アラスカの先住民族コユコンの〈はるかな時代《ディスタント・タイム》〉の話やオーストラリアのアボリジニによって語られる〈ドリームタイム〉といった口承文化が証明しているように、言語は人間だけに「属して」いるのではなく、感応的な生活世界にも「属して」いる。また、大地の表面に残され、読み取られてきた動物の足跡と同様に、文字は人間界だけでなく、人間以上の世界との接触やコミュニケーションのなかで生まれたものでもある。だが、語られる物語のなかに埋め込まれてきた知は、書かれた文字として目に見える形で固定されることで、何度も戻って思索され、反省されうる対象となった。すなわち、アルファベットのテクノロジーは、「再帰的な新たな自己の感覚」や「反省という新たな力」を生み出すと同時に、それ自体で思考されるものとなることで、自らを「世界の活発な流れ」から切り離すことも可能にした、というのがエイブラムの主張である。

アルファベットの影響によって人間が人間以外のものたちの声や身ぶりを知覚できなくなったとしながらも、エイブラムは、人間以上の世界の濃密で相互交流的な知覚的関与が完全になくなったとみなしていたわけではない。それはページの上に書かれた文字に移されたのである。そして、私たちに「話しかけてくる」という「再帰的なアニミズムの様態」、あるいは新たな「魔術」の形として経験されるようになった。このことを明瞭に示す言葉としてエイブラムが用いているのは、本書のタイトルにも含まれる「スペル（spell）」という語である。「スペル」は、言葉を綴ることだけでなく、魔法をかけることも意味する。書かれた文字の影響下に置かれることは、エイブラムの言葉でいえば、まさに「私たち自身の感覚に魔法をかけること」であった。

アルファベットに関するエイブラムの見解には多くの関心が寄せられ、結果的にさまざまな議論を巻き起こすこととなった。ひとつは、アルファベットは本当に人間を人間以上の世界から隔離した要因なのかという疑問である。また、近年の「エコ現象学」の動きを牽引するテッド・トードヴァインは、本書がエコロジカルな現象学の形成に絶大な貢献をしたことを認めつつ、エイブラムの言説には矛盾があるとみなす。知覚と反省のつながりに言及しながらも、反省を可能にしたアルファベットのみが人間以上の世界からの孤立をもたらしたとするエイブラムの議論は、知覚と反省、身体と精神の二分法を維持したまま、ヒエラルキーを逆転させただけに終わってしまったのではないかという批判である。

知覚される〈未来〉と〈過去〉

本書で特筆すべきもうひとつの点は、一般的に抽象的あるいは精神的とみなされてきた「気づき」を、人間がその一部である実体的で目に見える（あるいは目に見えない）風景の内部に位置付けようと試みている点である。このことを具体的に示すためにエイブラムが着目したのが、〈未来〉と〈過去〉だった。

エイブラムはまず、口承伝統と現象学の観点から、アルファベットや近代哲学によって強化された時間と空間の境界をとりはらう。そして、マルティン・ハイデガーとメルロ＝ポンティの思想を契機に、肉体的かつ感覚的な世界の内部に未来（「その現前を保留しているこれからやって来るもの」）と過去（「その現前を拒むこれまであったもの」）を探索する。その結果、エイブラムが未来と過去の「同一現象」として探し当てたのが、彼方の広がりの可視性を保留する〈地平〉と、奥行きを隠しもちその下へのアクセスを拒絶する〈地面〉であった。まだ見えぬ遠くの風景へとつながる〈地平〉と未来の同一性、表面上のさまざまな存在を支えながらもその下には微生物や鉱物などが秘められている〈地面〉と過去の同一性の気づきは、時間と空間の知覚的な和解を目指す画期的な試みであったといえる。

空気への誘い

本書はそれだけにとどまらず、「生ける現在のまさに不可思議」としての空気へと、読者の知覚を誘う。目には見えないけれど、どこにでも存在する空気。エイブラムは先住民の口承文化や古代言語に言及しながら、風であり息であり発話である空気を、あらゆる呼吸する身体をつないで生きることを可能にする「神秘」の領域とみなす。そして、人間以上の世界を循環しながら包み込むまさにこの空気が、肉体の膜の内側と外側を行き来しながら、感覚、精神、知性を与えてくれているという、当然のこととして軽視されてきた事象へと読者の注意を促している。

人間以上の世界が空気の影響を受けているだけでなく、空気もまた、人間以上の世界から影響を受けている。このように指摘するエイブラムにとって、人間が空気を忘却し、その神聖さに対する敬意を失ってしまったことが空気の汚染や大気の変化へとつながったことは、当然の成り行きでもあった。

空気にかんするエイブラムの見解は、大気や地層を含めた地球のエコシステムに人間界が大きな影響をもたらすようになったといわれる時代、すなわち〈人新世〉を強く意識するエコクリティックスの関心とも呼応する。

ただしエイブラムは、紙やスクリーン上の情報によってグローバルな環境危機について学ぶことが可能になったとしながらも、これらの「技術的メディア」は「統計という抽象的なもの」にとどまっており、人間の知が人間以上の世界から孤立した状態を変えるほどの効果は発揮していないと懐疑的だ。大気の汚染や気候の変化が実際に私たちの身体に影響を与え、これらの変化を身体が知覚することによってようやく、人間は自分たちが人間以上の世界に属していることを想起することになるだろうとも述べている。

だが、エイブラムの以下の言葉にもあるように、本書は文字の排除を提案しているわけではない。「読み書きを放棄したり文字から目を背けたりすることはできない。むしろ私たちのすべきことは、書かれた言葉をその影響と共に受け入れ、根気強く、注意深く、言語を土地に書き戻すことにある」。現在、この作業は、エイブラムもそのひとりとして、小説家やアーティストたちが多様なメディアを複合的にとりいれながら実践している。人間の「知覚」をいかに感応的な大地に結びつけていくかというエイブラムの課題は、おそらく本書の出版当時には想像もできなかったような形で現代の作家やアーティストらによって引き継がれている。

エイブラムの言葉の〈マジック〉

学術的考察と個人的ナラティヴの絡まりからなるエイブラムの筆致は、現象学をエコロジカルな思考へと巧みに結びつけ、しばしばハッとするような気づきを体験させてくれる。一方で、エイブラムの言葉のマジックは、本書で言及される「テーブルの上に置かれた陶器のボウル」のように、ある側面を読者に提示することによって、他の側面を隠してしまう性質もあわせもつ。本書との接触によって必然的に退去してしまう側面が前提としてあるのならば、エイブラムの言葉のマジックによって目の前から消えてしまった「その他の存在」を想起することは、本書の企図を削ぐものではなく、むしろ本書をより意義深いものにしてくれるはずである。

アルファベットの「残念な副作用」と先住民の口承文化に重きを置く本書への批判として、「ノスタルジック」あるいは「植民地主義的」というものがある。確かに本書は、アカデミアが口承物語を文字化し出版する行為を「ある種の暴力」とみなしながらも、先住民文化を口承伝統として収斂し固定化してしまうことで、植民地主義や資本主義も含めた人間以上の世界の絡まりの一部をみえにくくしてしまったかもしれない。だが、裏を返せば、政治的かつ経済的な事象も含めた人間以上の世界の絡まりあいとして気候変動や人新世の様相をみせるような、ガヤトリ・C・スピヴァク、ディペシュ・チャクラバルティ、アミタヴ・ゴーシュらの理論的展開や作品へと開かれるとき、人間以上の感応の世界をより経験的なものとして想起させようとする本書の意義はより鮮やかに立ちあがるはずだ。

本書の出版から一二年後、ステイシー・アライモとスーザン・ヘックマンが編纂した『マテリアル・フェミニズムズ』（二〇〇八年）が発表された。八〇年代後半以降のダナ・ハラウェイやカレン・バラッドらの研究を発展させたマテリアル・フェミニズムは、同時期のさまざまな分野で展開した物質論的傾向と重なりながら、二〇一二年にセラネラ・イオヴィーノとセルピル・オッパーマンが提唱したマテリアル・エコクリティシズムへとつながっていく。エコロジカルな物質論的転回の萌芽期に登場したエイブラムの人間以上の世界は、アライモの〈トランス－コーポリアリティ〉の概念のように、気候変動や放射性物質汚染など多様な人間ならざるものがあらゆるものの身体を通り抜けつつ影響し合う、政治的かつ倫理的な領域へと開かれ続けている。

デイヴィッド・エイブラム（David Abram）

一九五七年、ニューヨーク市の郊外に生まれる。カルチュラル・エコロジスト、ジオフィロソファー、パフォーマンス・アーティスト。幼少期に手品師のパフォーマンスに魅せられたエイブラムは、一六歳頃から米国の手品師や本からマジックを学ぶようになり、ウェズリアン大学在籍中に、レストランやクラブでプロの手品師として働き始める。大学を一年間休学し、ヨーロッパでストリートマジシャンとして活動していた際には、ロンドンの精神分析医であるロナルド・D・レインに師事する機会を得て、手品《マジック》を心理療法として用いることに興味を持つようになる。また、これをきっかけに、東南アジアで民間療法と魔術の関係について研究しようと「旅する手品師」として現地入りした。インドネシア、ネパール、スリランカなどの先住民コミュニティで呪術師やシャーマンと交流をもつようになったエイブラムは、「伝統的な魔術と生命ある自然界との関係をめぐる深遠な思索」へと関心を向けるようになる。

スコット・ロンドンとのインタヴュー（二〇〇〇年）のなかで、「マジックはエンターテインメントの一形態として発生した手技だと思っていた。でも実際は、マジックは最も古い手技だということがわかった。手を使った手品自体は、シャーマンや呪術師が知覚や感覚の組織体を変容させるために用いたことを起源としている」と述べており、マジシャンは人間以外のものの影響を受けやすく、人間と人間以上の世界を媒介する存在であるとみなしている。

一九八四年に執筆したエッセイ "The Perceptual Implications of Gaia," 1985 を端緒として、ガイア理論の提唱者として知られるジェームズ・ラブロックや生物学者のリン・マーギュリスらと交流をもつようになった。他の代表的なエッセイに "Making Magic," 1982; "Waking Our Animal Senses," 1997; "Earth in Eclipse," 2003 などがある。二〇一〇年に出版された著書 *Becoming Animal: An Earthly Cosmology*, 2010 は、エマ・デイビーとピーター・メトラーとのコラボレーションによる映像作品 *Becoming Animal*, 2018 につながっている。

二〇〇五年、サンフランシスコで開催された国連の世界環境デーに招待されたエイブラムは、ミューア・ウッズ国定公園のアカシアのもとで基調講演をおこなった。また、エイブラムが創立し、クリエイティヴ・ディレクターをつとめる非営利団体「野生倫理同盟（The Alliance for Wild Ethics, AWE）」は、芸術と自然科学を用いてストーリーテリングを回復しようとするコンソーシアムであり、協力者として詩人ジョイ・ハージョや環境ジャーナリストのビル・マッキベンなどが名を連ねている。

二〇〇〇年代以降

ジョルジョ・アガンベン『開かれ』

L'aperto: L'uomo e l'animale, Torino: Bollati Boringhieri, 2002. 岡田温司・多賀健太郎訳『開かれ――人間と動物』平凡社ライブラリー、二〇一一年。

大橋洋一

最初におことわりせねばならないが私はジョルジュ・アガンベンを論ずる資格を最も欠いた素人であり、英語表現風にいうと私はアガンベンを論ずる最後の人間である（決して論ずることはないだろうという意味）。しかしあえて『開かれ』について紹介するのには理由がある。本書が、いまや英米圏の人文学分野を席巻しつつある動物論（アニマル・スタディーズ）の理論的支柱にして必読書でもあること。たとえば『ラウトリッジ版シェイクスピアと動物必携』（二〇二一年）では理論書として本書が掲げられている。哲学における動物の扱いについては本書の類書に、英語圏でも日本でも翻訳がなされているリュック・フェリーの『エコロジーの新秩序――樹木、動物、人間』（一九九二年。加藤宏幸訳、法政大学出版局、一九九四年）があるが、知名度の点では『開かれ』が優位にある。

「開かれ」

哲学者や思想家が動物問題を論ずるのはいまでは珍しくなくなった一方で動物問題はいまなお回避されがちである。たとえばアラスデア・マッキンタイアーの『依存的な理性的動物』（一九九九年）は徳と動物をめぐる議論だが、その優れた日本語訳の充実した訳者解説では、一〇ページの解説中、動物という語は二回しかあらわれない。

『開かれ』の日本語訳の訳者のひとり岡田温司氏は本書を「アガンベン初心者にお勧めの一冊」としている。とはいえイタリア現代思想の本がありがたがられる要因たる短さは、本書においては難解さの原因ともなっている。カフカの「掟の門」の番人の脅しではないが、この最初の一冊をやりすごしてもいいが、その先に待っているのはさらにもっと難解な著作である……。そうなると初心者は難解な本書で足踏み状態になる。そこで素人の私の一般的な用語での解説が本書へのささやかな序章／助走となるのではと考えた。と同時に本書にアガンベンの哲学のモチーフが詰まっていることは指摘どおりであるが、それらはアニマル・スタディーズでは顧みられないモチーフ——だがアニマル・スタディーズにぜひとも覚醒してもらいたいモチーフ——でもあるからだ。

そこでまず専門家《プロフェッショナル》との関係性から、本書のタイトル「開かれ」のありようを確認したい。専門家ではないアマチュアの私はもっぱらこの著書にだけ集中する。アガンベンの著作全体の知識とか、アガンベンに関係する哲学史・思想史・文化史の情報を私はもたない。私の記述は内向きで本の内容にだけ囚われている。これに対し専門家は、本書の内と外を同時に視野に収めることができ、アガンベンの思想から見た本書の全体像を構築できる。素人の私の叙述は閉じられ貧弱だが、専門家のそれは開かれ構築的である。

この発想は反転する可能性もある。ブレヒトやサイードのように素人を評価し専門家を批判する言説は多い。専門バカという語が暗示しているように、専門家の考察と言説は特定領域に囚われ一般性や有用性に乏しい。素人の言説は、広い視野をもち開かれている——ちょうど子供や動物が、大人や人間には見えないものを見ているように（リルケ『ドゥイノ哀歌』第八歌）。結局「開かれ」と「囚われ」は素人と専門家どちらのものか。

だがこの関係は再度反転する。アガンベンの専門家は自分がかかえる専門外への無知を専門家であるがゆえにかえって痛烈に自覚する。素人は自分の縄張り（一般的知見）の外を見ることはできない。となると専門家は専門領域に囚われていると自覚する（あるいは専門外の領域を意識する）がゆえに、専門家ではない素人よりも開かれている。専門家は専門家であるがゆえに、自身にとって未知の領域があることに耐える。専門家は未知と無知を自覚し、それに耐えている——それに「開かれている」がゆえに。

人類学機械

これが本書『開かれ』の中心をなす理屈の一部なのだが、本書はまた人間と動物とを区別する「人類学機械」の指摘によっても名高い。用語はアガンベン自身の発案になるものと認識されていることが多いが、アガンベンによれば早逝した、ドイツ学者・神話学者のフリオ・イェージ Furio Jesi（一九四一―八〇）の用語であり（第七章）、アガンベンは人間と動物との弁別装置という意味をこの用語にあたえている。

この人類学機械には新旧二つのものがある。私の理解では（異なる理解もあるのだが）、古代人の人類学機械は、人間でないものを取り込むこと（動物を人間化すること）で人間性を規定した。人猿、野生児、獣人が発見され、人間の姿をした動物として奴隷・野蛮人・異邦人も人間の一部に組み込まれた――ハイブリッドなるものの人間性への包摂。いっぽう近代人の人類学機械は、人間と動物の中間領域を動物側に帰属させ、これを外部に／として排除する。もはや異邦人を迎え入れることはない――そうした異邦人の一例としてユダヤ人があるとアガンベンは指摘する（第九章）。

組み込まれたり排除されたりする中間領域の構築が人類学機械で重要になる。存在論的に人間と動物とを弁別できるのは、人間と動物とがつながっているからでもある。にもかかわらず人間と動物は常に一線を画される。この分離と接合とのせめぎあいが、どっちつかずの領域たる中間領域で起る。この中間領域を人間と動物どちらの側に帰属させるかによって人類学機械の新旧が決定する。そして、この領域に割り振られた者たちは、人間の引き立て役にとどまらず、最悪の場合、動物と同じように殺されるかもしれないのだ。

何が人間で何が人間でないかの選別と確定の恣意性こそが人類学機械の要諦であるなら、人間と動物との間には確定的な境界はなく常に揺れ動く不確定領域しかないことになる。繰り返すがこの不確定な中間領域の創生こそが人類学機械による人類史に対する負の貢献であって、この点を明示したことが本書の功績ではある。とはいえ本書は差別的イデオロギーの解明だけにとどまってはいない。

人類学機械における中間領域は、近代科学においても発案され命名されていた——「むき出しの生」として。この「むき出しの生」は人間と動物とが共有するものだが、社会的・政治的・エコロジー的コンテクストから分離されたただ生きているだけの生物的ありようにほかならず、これによって近代科学は人間を動物化することに成功する。近代的人類学機械が人間と動物とを峻別し、動物を人間にとっての資源としてのみ生存する劣等種に貶めたとするなら、むき出しの生は、動物と人間のどちらにも属する第三のカテゴリーとして立ち上げられ、人間を動物と同様に収奪と搾取の対象としたのである——フーコーのいう「生政治」の領域が確立されたことになる。

もうひとつ留意すべきは人類学機械の機械たるゆえんである。人類学機械の用語を導入する前にアガンベンはこれを「人間発生機械」と呼んでいたのだが、それは「人間が見凝めると自分の姿がつねにすでに歪んで猿の容貌として見えるような一連の鏡からなる、ひとつの光学器械」（第七章）のことだった。これは人間に対し、自分が猿（動物）であることを自覚せよ、汝自身を知れと迫るいましめの器械であったようだ（ただ、そのような手の込んだからくりは人間の優位性を示唆するのだが）。そう、人類学機械の起源は人間を猿にみせる器械であった。この器械では人間と動物との分離よりも一体化が目指されていた。

ここで本書の読者に思い浮かぶのは本書冒頭で触れられるアンブロジアーナ図書館に残されている一三世紀聖書の写本の精密画である。ユダヤの律法を守った義人たちの最後の審判の日における豪華な饗宴を描く図において義人たちの頭部が動物の頭部になっているのだ。この「動物人」の図像といい、人間の顔を猿にみせる光学器械といい、本書で展開される物語は、人間と動物を峻別する人類学機械ではなく人間を動物化する動物人発生機械の物語にみえてくる。しかも不吉なことに、このメシア的宴における人間の動物化は、近代科学が生成した人間と動物とを一体化する「むき出しの生」も連想させる。人類史は、動物からの離脱を図りながら、同時に動物への生成あるいは回帰を夢想してはいまいか。言い方をかえると、人類史は、分断をもたらす人類学機械の停止を常に夢想してはいなかったのか。

動物への生成と回帰

「動物人」への言及ではじまる本書は、それにつづいて近代における人間の定義として否定性を取り上げる。人間はよりよき生と世界を希求し、自らを否定し乗り越え、環境を改善し歴史を作る。いっぽう動物は「水の中の水滴」(バタイユ『宗教の理論』)のごとく環境と一体化していて否定性とは無縁である。だが自己否定、環境否定、世界否定のはてによりよき世界を構築せんとする人間の終わりなき奮闘努力、この神への長い道は、挫折と敗北しかない人類史が歩んできたものだが、そこに安らぎはあるのか。

本書冒頭と最終章に登場するメシア的宴に挟まれているのは、人類学機械に関する議論であり、さらにハイデガーが『形而上学の根本諸概念』(川原栄峰+セヴェリン・ミュラー訳『ハイデガー全集第29／30巻』所収、創文社、一九九八年）で披露した人間と動物との区分の議論である。ハイデガーの図式では、①石は無世界的である（Weltlos/ Worldless）、②動物は世界貧乏的である（Weltram/ Poor in World〔日本語訳では「貧乏」を「ひんぼう」と読ませている。なお本書ではこの語は「世界の窮乏」と訳されている〕）、③人間は世界形成的（Weltbildend/ World Forming）である。石（鉱物や無機物）が世界を認識しないのはいうまでもないとして、動物は自分にとって有意な環境を認識できても、そこに囚われてしまい、それ以外の環境を客体視できず、ただおのれの本能に従って行動しているだけで、世界とのかかわりが中途半端である——だから世界貧乏《ひんぼう》。動物は開かれを経験していない。いっぽう人間は世界を抽象的に認識でき客体視できる。動物にくらべ人間のほうが、その認識が「開かれ」ている……。だが、これはあまりに単純な近代的進化論であり、いまひとつの人類学機械に他ならない。

そもそも石→動物→人間という進化の階梯を想定した時点で、逆進化が想定されてしまう。もし人間が進化の終着点でなければ、人間の先あるいは人間の高次のレベルが存在することになる。人間が動物を世界貧乏《ひんぼう》だと見下げていると、人間自体も高次の存在から世界貧乏《ひんぼう》と侮られるのではないか。そもそも否定性こそ人間の定義とすれば、いまある人間を乗り越える存在を人間が想定することは不可避である。動物（ダニ）は餌に遭遇するまで一八年間も待ち続ける（ユクスキュル『生物から見た世界』）——ダニ自身には理解できない本能ゆえに（第一一章）。だが人間もなぜ自己否定による進化の過程に身をまかせるのかわかっていない。それがわかるのは人間よりも高次の存在であろう。ダニも人間も自分では理解できない闇というか空白をそのなかに抱えている。世界貧乏《ひんぼう》なのは動物だけではない。人間もおのが世界に囚われていて開かれていない。ただダニと違うところは人間は自分が囚われていることを自覚できる。開かれてないことの自覚において開かれている。粗雑な言い方ではあるがこれがハイデガーの議論である。

そもそもハイデガーのこの図式は、「退屈」についての議論の一部である。極端なことを言えば環境と本能へ囚われている動物はただ時間をもてあまして退屈をしているのだが餌に遭遇すると本能による抑止解除がはたらきわき目もふらず餌を食べる。それ以外のときは、ただぼーっと生きている。だが人間もまた、否定性を基盤とした階梯のなかにあって高次の存在を待ちわびて退屈している。人間も動物も退屈している。ぼーっと生きている。ところがこうした放心が、放下《ほうげ》(執着を捨てること)へと通じ、そこに救済と至福の可能性が開けてくる。

無為とまどろみのなかに救われて

本書の最後から二番目の章(第一九章)では、ティツィアーノの絵画《ニュンフと牧童》がとりあげられる。性行為のあとの無為の脱力状態として読み解かれるこの絵画は、人間の否定性による向上進化の運動からの離脱可能性を示唆している。エロスの対極はタナトスではなく、運動しないこと、無為のまどろみであり、それは存在から外れることである。あるいは退屈で無為の時間をすごす動物になることである。もし否定性による向上努力の奮闘が人間に終わりなき苦しみ、「不可能なことを高望みして苦しむ」(第二〇章)ことを強いるなら、究極の救いは、その否定性地獄からの救いだろう。否定性を忘れ、闘争と奮闘から解放されることは、存在の外に見捨てられることである。だがアガンベンの指摘によれば「無視する」というラテン語のignoscereの語源は「許す」という意味だという（第二〇章）。無視され放置されることは許されること、救われることである。存在の外に置かれること、否定性の進化から放出されること、無為とまどろみのなかに捨てられることは、実は許されること救われることでもある。岩の上で日光浴しているハイデガーのトカゲ、実験室で一八年も生きたユクスキュルのダニ、まさに世界貧乏《ひんぼう》の動物こそ救済された人間のイメージではないか。人間は動物になりたいのだ。そして人間がそう願うとき致死的な人類学機械は停止しているだろう。世界は動物のものとなるだろう。波打ち際に描かれた「砂の顔」（第二〇章）、この人間の顔が抹消されるとき、そこには猿や牛の頭があらわれる。

ちなみにオリエンタリズム機械でも、西洋は非西洋を悪魔化し劣等視していながら、同時に非西洋の蠱惑的な闇の奥を提示していた。この無意識における他者への傾倒は、動物との関係性においても適用されうるかもしれない。とまれアガンベンの本書は、人間と動物との関係を考えるときに、動物を支配する／解放するという所有（having）の相ではなく、一体化するという同一化（being）の相（あるいはその欲望）で考えるという点で特筆に値する（これは本書を批判するアニマル・スタディーズの一部が認知していないところである）。人間は人間になるのではなく、動物になりたがっている。人間はストレスとプレッシャーから解放された安息日《サバト》（無為）（第二〇章）を希求している。それは人類学機械が停止すること、人間が本来の姿でありまた望ましい姿でもある動物へと変貌を遂げることでもあった――この指摘が本書を文学研究への貴重な贈り物にしている。

ジョルジョ・アガンベン（Giorgio Agamben）

イタリアの哲学者・思想家。個人や人間性を収奪支配する権力機構への抵抗を稀有の歴史的文化的情報を通して論究。一九七〇年代に言語学、哲学、詩学、中世文化の研究に着手、以後、ベンヤミン、フーコーの影響のもと広範囲の分野で執筆するが、その名を全世界的に広めたのは『ホモ・サケル』（一九九五年。高桑和巳訳、以文社、二〇〇三年）である。〈ホモ・サケル〉プロジェクトの著書で邦訳されているものをプロジェクト構成順に示すと、『例外状態』（二〇〇三年。上村忠男・中村勝己訳、未來社、二〇〇七年）『スタシス』（二〇一五年。高桑訳、青土社、二〇一六年）『王国と栄光』（二〇〇九年。高桑訳、青土社、二〇一〇年）『オプス・デイ』（二〇〇七年。杉山博昭訳、以文社、二〇一九年）『アウシュヴィッツの残り物』（一九九八年。上村・廣石正和訳、月曜社、二〇〇一年）『いと高き貧しさ』（二〇一三年。上村・太田綾子訳、みすず書房、二〇一四年）『身体の使用』（二〇一四年。上村訳、みすず書房、二〇一六年）。『ホモ・サケル』以降は、現代の政治と文化に関わる共同体論・宗教論・権力論を展開。著書のほとんどに日本語訳がある。『中味のない人間』（一九七〇年。岡田温司・岡部宗吉・多賀健太郎訳、人文書院、二〇〇二年）『スタンツェ』（一九七七年。岡田訳、ちくま学芸文庫、二〇〇八年）『幼児期と歴史』（一九七九年。上村訳、岩波書店、二〇〇七年）『散文のイデア』（一九八五年。高桑訳、月曜社、二〇〇二年）『言葉と死』（二〇〇八年。上村訳、筑摩書房、二〇〇九年）『到来する共同体』（一九九〇年。上村訳、月曜社、二〇一五年）『バートルビー』（一九九三年。高桑訳、月曜社、二〇〇五年）『人権の彼方に』（一九九六年。高桑訳、以文社、二〇〇〇年）『イタリア的カテゴリー』（一九九六年。橋本勝雄・多賀・前木由紀訳、みすず書房、二〇一〇年）『残りの時』（一九九八年。上村訳、岩波書店、二〇〇〇年）『思考の潜勢力』（二〇〇五年。高桑訳、月曜社、二〇〇九年）『瀆神』（二〇〇五年。上村・堤康徳訳、月曜社、二〇〇五年）『ニンファ その他のイメージ論』（二〇〇七年。高桑編訳、慶應義塾大学出版会、二〇一五年）『事物のしるし』（二〇〇八年。岡田・岡本源太訳、ちくま学芸文庫、二〇一九年）『裸性』（二〇〇九年。岡田・栗原俊秀訳、平凡社、二〇一二年）『哲学とはなにか』（二〇一六年。上村訳、みすず書房、二〇一七年）『実在とは何か』（二〇一六年。上村訳、講談社、二〇一八年）『書斎の自画像』（二〇一六年。岡田訳、月曜社、二〇一九年）『創造とアナーキー』（二〇一七年。岡田・中村魁訳、月曜社、二〇一七年）『カルマン』（二〇一九年。上村訳、みすず書房、二〇二二年）『私たちはどこにいるのか』（二〇一九年。高桑訳、青土社、二〇二一年）『王国と楽園』（二〇一九年。岡田・多賀訳、平凡社、二〇二一年）。なお上村忠男氏、岡田温司氏、高桑和巳氏は、それぞれ優れたアガンベン論を上梓されている。

デイヴィッド・ダムロッシュ『世界文学とは何か？』

秋草俊一郎

What is World Literature? Princeton: Princeton UP, 2003. 秋草俊一郎・奥彩子・桐山大介・小松真帆・平塚隼介・山辺弦訳『世界文学とは何か？』国書刊行会、二〇一一年。

本書は序章と終章を除いて、「流通」、「翻訳」、「生産」と名づけられた三つのパートに分けられ、さらにそのそれぞれに三つの章が収まっている。各章題とトピックは以下の通りである。

ゲーテがどのような時代背景で「世界文学」という言葉を生みだしたのかを追った序章「ゲーテ、新語を造る」。『ギルガメシュ叙事詩』の発見と近代世界における流通に焦点をあてた第一章「ギルガメシュの探究」。植民地期のメキシコにおいてスペイン人修道士たちが作成したナワトル語詩をとりあげた第二章「法王の吹き矢」。北米においていかに「世界文学」の名のもとに選集《アンソロジー》が編まれてきたのかを論じた第三章「旧世界から全世界へ」。エジプト新王国期の書記ナクト・ソベク作とされる恋愛詩の英訳を比較検討する第四章「死者の都《ネクロポリス》で恋して」。一三世紀のドイツで、一人の女性が神秘体験を記述した『神性の流れる光』の翻訳および流通を論じた第五章「マクデブルクのメヒティルト、その死後の生《アフターライフ》」。カフカの英訳の変遷に世界文学のイコンとしてのカフカ像の変化を読みとる第六章

「カフカ、故郷へ帰る」。米英をまたにかけて活躍したP・G・ウッドハウスがいかに英語の地域性を駆使したのかに光をあてた第七章「世界の中の英語」。ノーベル平和賞を受賞したグアテマラの活動家リゴベルタ・メンチュウの「自伝」の誕生と流通を追った第八章「活字になったリゴベルタ・メンチュウ」。セルビア人現代作家ミロラド・パヴィチによるポストモダン文学『ハザール事典』が、ユーゴスラヴィア内戦にともなって辿った数奇な運命を取りあげた第九章「毒の書物」。そして開かれた結論としての終章「ありあまるほどの世界と時間」。

この終章で、著者が掲げる世界文学の三つの「定義」は、特に有名なものであるので引用しておく。

一、世界文学とは、諸国民文学を楕円状に屈折させたものである。
二、世界文学とは、翻訳を通して豊かになる作品である。
三、世界文学とは、正典《カノン》のテクスト一式ではなく、一つの読みのモード、すなわち、自分がいまいる場所と時間を越えた世界に、一定の距離をとりつつ対峙するという方法である。

一見してわかるように、内容は特定のトピックを一貫してあつかったものではなく、各章で独立した議論がされている。そしてその扱われるトピックも、著者の元々の専門である古代オリエントから植民地時代のメソアメリカ、欧州の同時代文学まで幅広い。その広大な射程を、ダムロッシュは北米の比較文学科の教員らしい多言語能力で（全部ではないが）カバーしている。

「世界文学」回顧

「世界文学」とはもちろん、一八二七年にゲーテがエッカーマンにワイマールの邸宅で語ったとされる概念だが、少なくとも二〇世紀の西欧では、学術的な用語としては真剣に検討されてこなかったと言ってもいい。

この語が現在のような文脈で再注目されるのは、世紀の変わり目の頃であった。もっぱら西洋文学を中心に論じてきた比較文学が、ポストコロニアリズムの台頭により、見直しを叫ばれるようになった。言いかえれば、非西洋をどうディシプリンの中に組み入れていくのかというのが喫緊の課題となった（ガヤトリ・スピヴァク『ある学問の死――惑星思考の世界文学へ』二〇〇三年。上村忠男・鈴木聡訳、みすず書房、二〇〇四年）。そういった風潮の中で、いくつかの影響力のある研究が発表され、「世界文学」というコンセプトが脚光を浴びることになった。

比較文学者のフランコ・モレッティは『ニュー・レフト・レヴュー』に「世界文学への試論」（二〇〇〇年、のちに『遠読――〈世界文学システム〉への挑戦』〔二〇一三年。秋草俊一郎・今井亮一・落合一樹・高橋知之訳、みすず書房、二〇一六年〕に所収）を発表し、比較文学の射程を世界に拡張し、その手段として翻訳（英訳）や他人の論文のような二次資料にもとづいた「遠読」をもちいることを提案した（ここには西欧の正典批判と北米の精読批判が入り混じる）。本論でモレッティは実際に近代小説を例にとり、英仏を「中核」とし、非西洋を「周辺」とするシステムの存在を示唆した。

またフランスの文学社会学者パスカル・カザノヴァは、著書『世界文学空間』（原題『世界文芸共和国』、一九九九年。岩切正一郎訳、藤原書店、二〇〇二年）で、周辺で生産された作品が、文学の首都たるパリで翻訳や文学賞などのかたちで「聖別」され、「文学資本」としての信用をえて世界中に流通するというモデルを打ち出した。

モレッティやカザノヴァの世界文学研究はその内容・アプローチのラディカルさから批判を浴びたが、ひとつの機運を醸成したことはまちがいない。それはアカデミックな文脈で「世界文学」を議論しうる、という空気だった。

翻訳研究から世界文学へ

ダムロッシュのアプローチをモレッティやカザノヴァのものと比べてみればその差は歴然としている。モレッティやカザノヴァの研究が一種のグローバルな経済活動を念頭に置いたモデル（および読み方）を提案するものだったのに対し、ダムロッシュはそのような包括的な枠組みを提示するわけではない。スピヴァクの「惑星」やワイ・チー・ディモックの「ディープ・タイム」のような、異なる歴史や地域を結びつけるうえでの新奇な意匠を打ち出したわけでもなかった。

当然ながら本書ではポストコロニアリズムほか、さまざまな批評理論も踏まえられているが、それが前面に押しだされるというよりは、より個別的・具体的な作品の読解（精読）に基盤を置くもので、奇をてらったところが少なかった。加えてダムロッシュ自身の読解の手続きからは、多くの先行する世代の批評家がまとっていたイデオロギー臭もほとんど感じられず、その点「批評」や「理論」味は相当に薄いとも言える。

ひとつ本書の理論面での特徴をあげておくなら、英語圏では七〇年代以降に盛んになった翻訳研究（トランスレーションスタディーズ）の影響を受けている点である（実際、本書はプリンストン大学のシリーズ、translation / transnationの一冊として刊行されている）。とりわけ九〇年代に翻訳研究に人文学を接続し、カルチュラルスタディーズ化したローレンス・ヴェヌティが提唱した異化（異質化）翻訳、同化翻訳といったコンセプトの援用などがそうである（『翻訳のスキャンダル――差異の倫理にむけて』一九九八年。秋草俊一郎・柳田麻里訳、フィルムアート社、二〇二二年）。

たとえば第四章「死者の都で恋して」では古代エジプト詩の複数の英訳が検討され、翻訳とは「発信側《ソース》」文化と「受信側《ターゲット》」文化の交渉であるとされ、ここからも終章の「世界文学とは、諸国民文学を楕円状に屈折させたもの」という世界文学の定義の導出につながるが、これもイスラエルの翻訳研究者イタマー・イヴン＝ゾウハーの提唱した「多元システム論」の影響が強い。こうした文学研究と翻訳研究の融合は、現在の世界文学研究ではより見慣れたものになったと言える。

ダムロッシュの論述は、翻訳だけでなく、翻訳を生みだした総合的な社会・学術状況や受容史にまで踏みこんでいくことで、ときに私たち自身が作品を見つめる眼差し自体を問うメタ文学研究の様相を呈する（メタ文学研究的傾向はその後のダムロッシュの著作ではより顕著になっていく）。終章における「世界文学とは、翻訳を通して豊かになる作品」という定義も、翻訳や受容の歴史の積み重ねが新しい読み方を生む、という意味である。

リベラルアーツとしての文学教育

もうひとつ、本書の登場した背景として踏まえておきたいのは、北米の大学教育における世界文学コースの存在である。もともと英語圏で「世界文学」という言葉を初めて書籍の題名として用いたのは、イギリス出身のシカゴ大学の教育者、リチャード・モウルトンの『世界文学――及び一般文化におけるその位置』(一九一一年。本多顕彰訳、岩波書店、一九三四年)だった。本書でモウルトンは、キリスト教的なヒエラルキーのもとにおかれた「世界文学」を英訳で教授する効用を説いた。

また北米においては、一九二〇年代より俗に「グレートブックス」と呼ばれる名著講読講座やそれに類した授業が、リベラルアーツ教育の一環として導入されていた。その延長線上に各国文学の英訳による講読講座も、学生の語学能力の限界、戦後の復員兵による学生数の増大などの理由によって、大学教育に普及していった。

その中で五〇年代後半以降、スタンダードな教科書としての座を占めたのが、ノートン社の刊行するアンソロジーだった(初版『世界傑作選』、のちに『ノートン版世界傑作アンソロジー』から『ノートン版世界文学アンソロジー』に改題)。これはギリシャ・ローマに源を発する「西洋の正典《ウェスタン・キャノン》」を、アメリカ文学まで辿るという内容であり、学生に近代的な西洋人としての自覚を促すものであった。もちろんこのようなアンソロジーも、文化闘争の煽りを受け、九〇年代以降遅ればせながら収録作の見直しを迫られるようになったが、いかに非西洋の作品を取りこむのか、試行錯誤が続いていた。

こうした背景は『世界文学とは何か?』の第三章「旧世界から全世界へ」でも概観されるが、ダムロッシュの立場は「西洋の正典」の全面的な批判というよりは、「非西洋の正典」を適度に織りこみつつ、その組み合わせによる「読み」の化学反応に期待するというものであって(このような態度は穏健な改革派とでも言うべきだろう)、終章でも『源氏物語』を『クレールの奥方』と合わせて読むことの効用などが説かれる。「世界文学とは、正典のテクスト一式ではなく、一つの読みのモード」というのは、そういった意味でもある。もちろんこの姿勢の背景には、フランスで主流とされる影響比較を離れて、ジャンルなど作品の外形的な特徴に着目しておこなう北米由来の対比的なアプローチの比較文学の影響を見ることもできるだろう。

ダムロッシュは正典の組みかえという持論を単なるモデルに終わらせることなく、自身が中心となって『ロングマン版世界文学アンソロジー』(初版二〇〇四年、第二版二〇〇九年)を刊行している。これは当時、西洋の傑作を中心として編集されていた『ノートン版世界文学アンソロジー』への対案的に刊行されたものであり、世界中の様々な文学を組み合わせたセクション「共鳴」や「視点」がもうけられ、自身の方法論が実践されている。『世界文学とは何か?』では、この『ロングマン版世界文学アンソロジー』に収録された作品も多くとりあげられており、一種の副読本《コンパニオンピース》的な役割も果たしている。

いままで説明してきたような点からもわかるように、ダムロッシュは「世界文学」というコンセプトを、北米の大学教育でおこなわれていた西欧文学の英語による講読講座や、北米発祥のアプローチである精読と融合し、ディシプリンとして確立しようとしたと言える。言いかえれば日本の読者が本書を読むさいに注意しなくてはならないのは、世界を謳いながらも、本書もまた、特定の地域の文学研究や教育の型への応答として書かれているということである。

世界の果て

『世界文学とは何か?』は、モレッティ「世界文学への試論」やカザノヴァ『世界文学空間』ほどの論議を巻き起こしたわけではなかったが、批判がなかったわけではない。真っ先に考えつくものとして、ダムロッシュ自身の専門から遠い対象の論述の弱さがあげられる。終章「ありあまるほどの世界と時間」では予防線を張るかのように、先達である比較文学者エーリヒ・アウエルバッハの浩瀚な文体論『ミメーシス——ヨーロッパ文学における現実描写』(一九六四年。篠田一士・川村二郎訳、筑摩書房、一九六七年)がとりあげられ、それが各国文学の専門家の批判を浴びながらも、なお文学に対する開かれた姿勢をしめすものだとして称揚される。

しかし、自分が直接アクセスすることのできない言語や文化、そこで生まれた作品を論じる上で生じる問題は、重箱の隅をつつくような些細な事実レベルのものではなく、もっと本質的なものだろう。ダムロッシュは世界文学は「読み方のモード」であるとし、「西洋の正典」と「非西洋の正典」の組み合わせを提示するのだが、そこで提示される「非西洋の正典」の内実まではわからない。たとえば北米の『世界文学アンソロジー』にたびたび収録される日本人作家に樋口一葉がいるが、一葉が近代日本文学の中で占める正確な位置についてはうかがいしれない。一葉が英訳され、受容されている事態そのものが米国の特殊な学術や流通の事情に拠るものだが、ダムロッシュにはその外に出ることはできないのだ。入手可能な英訳で「非西洋の正典」を読み、論じること自体、ある種の通念や受容の型を再生産しているに過ぎない面は多分にあるのである。つまり「世界文学」と言うとき、その「世界」とは私たちに見えているかぎりの世界でしかないし、その「文学」とは私たちが知るかぎりのものでしかない。それは往々にして西洋で生じた近代的な制度の枠をはめられたものでしかない。

その後の世界文学

本書の各章は、かならずしも一意的な世界文学のコンセプトを示すために執筆されたものではないようなものも含まれるが、それでもそのキャッチーなタイトルのもとに一冊にまとめられると、統一感をもったものとして読まれ、流通し、後発の研究に影響をあたえた。また本書自体が日本語、トルコ語、中国語に翻訳され、まさに世界的な流通を果たした点も見逃せない。

本書の刊行後、二〇一〇年代以降、世界文学研究は北米でとみに活発になった。実際、世界文学を題名にかかげるモノグラフに限っても、相当数が刊行されている。たとえばアレクサンダー・ビークロフトは著書『世界文学のエコロジー——古代から現在まで』(二〇一五年)において、古代ギリシャ・中国から現代まで、世界文学が流通する文化圏を通史的に論じた。またレベッカ・ウォルコヴィッツは『生まれつき翻訳——世界文学時代の現代小説』(二〇一五年。佐藤元状・吉田恭子監訳、田尻秀樹・秦邦生訳、松籟社、二〇二一年)において、二一世紀の現在、翻訳を前提にした(あるいは埋めこまれた）小説が生産され、流通している様子を記述した。

もちろん中には（ダムロッシュの本個別へのというよりは）世界文学という概念を用いることへの批判もあった。エミリー・アプターの『世界文学に抗して――翻訳不可能性の政治学』（二〇一三年）は、世界文学が全面的に依拠する翻訳可能性に対する批判だった。こういった批判もふくめて、世界文学に関する議論が活発になったのはまちがいない。

著者のダムロッシュ自身、二〇〇九年にハーヴァード大学に移籍すると、ケンブリッジのディナ・パルマー・ハウスを拠点に世界文学研究を主導することになった。具体的には世界文学研究所を創設、研究者や院生が参加可能なサマースクールの世界の各都市で開講、学術誌『世界文学』の創刊・編集、世界各地をめぐっての講演などである。こうした活動を通じて、世界文学のディシプリン化に邁進している。

デイヴィッド・ダムロッシュ（David Damrosch）
一九五三年、米国メイン州で米国聖公会宣教師の子として生まれた。比較文学者。イェール大学で一九八〇年に博士号を取得。一九八〇年よりコロンビア大学で教鞭をとる。二〇〇九年よりハーヴァード大学教授。元アメリカ比較文学会会長。著作は『語りの契約――聖書文学の発展におけるジャンルの変容』（一九八六年）や『葬り去られた本――ギルガメシュ叙事詩の喪失と再発見』（二〇〇七年）のような古代オリエント文学をあつかったもの、『われら学者たち――大学文化を変える』（一九九五年）や『頭脳会議』（二〇〇三年）のように大学の役割や専門知のあり方を問うものなど幅広い。世界文学関連はほかにも『世界文学をどう読むか』（二〇一七年）、

『文学を比較する――グローバル時代における文学研究』（二〇二〇年）、『八〇冊の本で世界一周』（二〇二一年）などがある。また『ロングマン版世界文学アンソロジー』（初版二〇〇四年、第二版二〇〇九年）の編集主幹をつとめた。

日本語で読めるものとしては『ハーバード大学ダムロッシュ教授の世界文学講義――日本文学を世界に開く』（沼野充義監修、片山耕二郎・高橋知之・福間恵訳、東京大学出版会）ほか、いくつかの論文や講演が邦訳されている。

兄はやはりハーヴァード大学教授で、『トクヴィルが見たアメリカ――現代デモクラシーの誕生』（永井大輔・高山裕二訳、白水社）の邦訳もある歴史家レオ・ダムロッシュ。

ティモシー・モートン『自然なきエコロジー』

篠原雅武

Ecology without Nature: Rethinking Environmental Aesthetics, Cambridge, MA: Harvard UP, 2007. 篠原雅武訳『自然なきエコロジー——来るべき環境哲学に向けて』以文社、二〇一八年。

本書『自然なきエコロジー』は、二〇〇七年に刊行された。その主題は、環境美学の再考である。その発端にあるのは、地球温暖化をはじめとするエコロジカル・クライシスの状況において、人間の感じ方、考え方をどうやって再考するかという問いである。モートンの専門は、P・B・シェリーやワーズワース、ブレイクのようなロマン主義時代の詩の研究なのだが、これらを、私たちが住む世界（産業化され、自然が崩壊していく状況のなかにある世界）に接近していくためのものとして読み解き、その基本にある感覚から、環境を、さらに環境で生きている人間のことを捉えていこうとしている。その限りでは、環境問題への人文科学研究による介入の試みといえる。なお、同様の実践として、エコクリティシズムの試み（ジョナサン・ベイトなど）があるが、モートンは、エコクリティシズムに家父長的で保守的な観点があることを問題化し、それを「（文学）理論」（ジャック・デリダ、リュス・イリガライなど）の成果の読解を通じて脱構築しつつ、現代アートや音楽（オラファー・エリアソン、ビョーク、ローリー・アンダーソンなど）から得られる感覚にもとづきながら、新しい独自の言語を作り出そうとしている。

最初からやり直す思考――ダークな感覚と二元論思考の脱構築

人新世《じんしんせい》と言われる時代においては、私たちは、人間活動が環境に及ぼしてきた影響ゆえに起こりつつある不安定的状況にさらされているが、そこで人間の思考そのものをやり直さなくてはならないと言われるようになった。ジュリア・アデニー・トーマスも述べているように、それは一九世紀からつづく大学制度で定められた個別化された知の形態に従うかぎりは不可能で、それゆえに、それを本気でやるには、そのような知の形態から逸脱しゼロから思考を始め言葉を組み立て直すことが求められる（Julia Adeney Thomas, "Humanities and Social Sciences: Human Stories and the Anthropocene Earth System," 2022）。モートンの『自然なきエコロジー』は、まさにその先駆けといえる。モートンは、二〇一九年三月にDomus誌のウェブ版にアップロードされたインタヴュー記事（Nature is a racist concept）で、『自然なきエコロジー』に関して次のように述べている。

私たちは、すべてを再考したほうがいい。とりわけ、自然について、私たちの外側にあり、離脱した状態にあるものとして考えるのを乗り越えていく必要がある。自然と呼ばれるものがあるとしても、それはセメントの下や山の頂上や私のDNAのなかにあり、私たちが存在していることこには決して無いと考えるのを乗り越えていく必要がある（中略）簡単にいうと、それは何をも当たり前のことと見なさないことである。とりわけ、自然の概念についての誤った考え方が存在するが、それは生命体そのものにある特殊で曖昧な性質を否定する本質主義の形態である。この意味で、私の思考、つまりは私の批判的な作業は、過度なまでに還元論的な定式化を逃れる生命体に注意を向けていく方法を表すものである。

すなわち、まずは自然だが、自然は人間から切り離されたところにおいて安定的に存在するのではなく、セメントの下のように、すでに人間世界の内に組み込まれている。ただし、そうやって人間世界に組み入れられるということは、自然が自然性を失うというだけでなく、人間世界のロジックのもとで歪められていくというある種の暴力性をともなう事態でもあるのだが、モートンのいうゼロからの思考は、この暴力性への洞察、つまりは一種の否定性への意識に基づくといえるだろう。ゆえに、モートンが対象とするのは、核爆発や放射能汚染、温暖化、大量絶滅が現実に発生している世界であるが、それが独自なのは、世界を「死につつある」ものととらえるからである。つまり、傷つけてしまった地球を保護し救出するというスタンスからではなく、「死につつある世界と一緒にいたい」（『自然なきエコロジー』）という想いから書かれている。モートンの意図は、その序論に書かれているる。すなわち、それはまず、産業化以前に存在していた無垢な「自然」の観念に基づくことなく「環境」を考えるということである。この基本にある問題意識は、無垢な自然の観念なるもの（エコクリティシズムの前提にある）が、人間が生きているところとしての環境が現実に破壊され荒廃しつつあるという冷徹でダークな認識を曇らせてしまいかねないというものである。環境が破壊され死滅していく状況において本当に問題とすべきは、それを実際に駆り立てていく二元論的な思考である。すなわち、エコロジカルな破壊とは、二酸化炭素の排出にともなう温暖化や大気汚染を意味しているが、モートンの考えでは、ここには人間とそれ以外のものを対立させて後者を人間に従えていくという暴力的な関係性が成り立っている。ここに成り立つ関係構造をどうやって掘り崩すかが問われている。

「美的なものの領域」からの思考

モートンは、そのためにも詩や音楽や美術や映画をはじめとする芸術から考えるのが大切だと主張する。それも芸術が作り出されていく過程において仄めかされる「美的なものの領域」に生じる感覚から考えていくということである。ただし、モートンがいう美的なものは、快楽ではなくむしろその反対物、つまりは苦痛に関わる。現実のエコロジカルな荒廃状況に生じる苦痛、悲嘆、それを率直に認めることが大切である。実際、モートンはこう書いている。「もしも私たちが悲嘆をあまりにも早急に除去してしまうのであれば、私たちがまさに救おうとしている自然そのものをも放逐することになる」。「エコロジカルに言うならば、苦痛で耐え難く悲嘆を生じさせるものにこうしてとどまることが、私たちがまさに今必要としていることではないのか」。

この悲嘆、鬱な感覚から考える際の手がかりになりうるものとして、モートンはいくつかの作品

（リドリー・スコットの『ブレードランナー』、メアリー・シェリーの『フランケンシュタイン』）を解釈するが、とりわけ重要なのが、ジョン・クレア（英国の農民詩人（一七九三―一八六四年）で、農業労働者ならではの自然に密着した生活感あふれる抒情詩を多く残し「ロマン派詩人の典型」と呼ばれることもある）の詩「私は生きている」である。モートンはその末尾「誰にも迷惑をかけず、誰からもかけられず、横になりたいのだ／緑の草を褥に、大空を頭上に仰いで……」を、「語り手がいるところ」を問うという関心から解釈する。すなわち、「語り手は彼の頭上の大空とともに横になっているのか、それとも、天国で、「大空の上で」横になっているのか」と問うのだが、後者であるならば、それは単純に死んでいることを意味するだろう。とはいえ、頭上の大空とともに横になるという状況は、じつは誰からも相手にされず、無視され、踏み躙られ、存在しないことにされているという苦痛の果てに見出される境地で、その限りでは、天国で横になっている状況の手前にいるのかもしれないのだが、モートンは、まさにこの瀬戸際において発される「私は生きている」に、ダークエコロジーにふさわしい意識の原型を見出す。「クレアは私たちに、泥土から我が身を引き離すのではなくむしろそこにとどまることを欲している」。

ゆえにモートンは、死滅感、それに伴う悲嘆を除去し、沈静化させようとする議論には批判的である。その最大の批判対象が「わたしたちの考え方を人間中心主義的なものからエコ中心主義的なものへと変える必要がある」という主張を核とするディープエコロジーなのだが、モートンが批判するのは、その前提にある全体論的思考にもとづく自然観である。人間を包み込む穏やかなものとして自然を考えていると、自然はそれ自体で健康的であるかのように思えてくるが、モートンは、その前提にあるものとして、ホーリスト的な全体論を批判する。モートンの盟友であるグレアム・ハーマンは、モートンが批判する全体論に関して「すべてが他のすべてとの相互作用によって完全に決定される状態であり、そこではその関係性の外部における独立性や自律性などありえない」ものと明確化し、この批判的立場に賛同する。ただしモートンは、あらゆる要素が完全に無関係の状態で存在するとまでは考えておらず、その限りではハーマンと異なる。

アンビエンスとしての出会いの場

モートンは、人間と、それをとりまくさまざまなものは、環境において相互に出会い触発しあうと考える。そして環境を、「出会いの場」という意味での「もの」性のそなわるものと捉えていくが、モートンの考えでは、この性質は、アンビエンスという、目には見えないがそのものとして生じ存在していることの感じられる何ものかとして存在する。アンビエンスに関しては、本書中でも何度も論じられているのだが、これの発端は、ワーズワースとの関連で「アンビエント詩学」を論じた論考「なぜアンビエント詩学なのか?・」である。そこでは次のように書かれている。

アンビエンスとは、エコロジカルな破壊をうながす暴力的な領土の改変が立脚している主体と客体の分割を崩壊させる、二元論的でない意識の詩的な発生状態である。さらにいうと、主体と客体の二元論の崩壊は、たとえ経験において一時的なものであろうとも、人がその内で生きている世界への穏やかな感覚を、それがどれほどまでに微弱であろうとおのずともたらすことになる。いわばこの世界は、すべてを含むが中心もなければ周縁もない世界である。("Why Ambient Poetics? Outline for a Depthless Ecology," *The Wordsworth Circle*. 33.1, Winter, 2002)

アンビエンスは、環境破壊を引き起こす人間活動の基本にある、主体と客体の二元論的分裂状態そのものの崩壊とともに語られる。そのかぎりでは、アンビエンスは、ただ安楽で快適な状態を意味するのではなく、主体と客体の分裂および暴力的な支配に固有の緊張の漂う雰囲気から解放されたところに生じるもので、そのかぎりでは、暴力の状態で疲弊した傷の回復過程で味わわれる、甘美ではあっても儚く脆くも消えてしまいかねない美的な領域に固有のものを意味していると考えておくべきである。だからモートンのいう「世界への穏やかな感覚」は、その対極としての冷たさ、荒涼感、緊張、沈黙の空間そのものを壊したところに見出されてくる。冷え冷えとしていて荒涼とした空間を成り立たせているロジックである主体と客体の分離と暴力的な支配の関係構造が破綻し成り立たなくなる状況において穏やかな感覚が生じるのだが、モートンが言うには、この感覚としてのアンビエンスは、コミュニケーションの条件を意味している。それは「構造言語学者のロマン・ヤコブソンがコンタクトや知覚のディメンションと呼ぶものであり、コミュニケーションがそこで起こることになるメディウムや環境を指し示す」。重要なのは、コミュニケーションそのものではない。コミュニケーションが起こるところとしての場所であり、環境である。荒涼とした状況の破綻の後に立ち現れてくる解放されたところであるなら、そこに生じるコミュニケーションは、本当に今、ここで起きていて、だからかけがえのない、ここ以外のどこことも共有することができない（ゆえにマスメディアの空虚な言葉にもSNSのやりとりにも変換できない）ものとして発生する。

メディウムへの意識は、そこで鳴り響く音響性への関心と連動する。音響を聴こうとするとき、私たちは、その音が持続し振動するところとしての空間に気づくとモートンは言う。何か話されたこと、伝達された言葉には、ただ意味があるというだけでない。意味のあるものとして解釈されるというだけでなく、音として発されるかぎりにおいてそこには独特の質感が、つまりは音質が存在する。「したがって音質のある言明はきわめて中間的であり、それらを発する媒質を喚起する。そして中間的な言明には音質があり、言語の物体性と物質性を指し示す。これはきわめて環境的である」。言語の物質性、そして環境性を意識するとき、私たちは、何かを言うということ自体が何らかの環境の中で発生することを意識化するが、それが穏やかであるか、それとも暴力的であるかは、まさにこの何かが言われることの起こる環境の在り方次第である。つまるところ、モートンの『自然なきエコロジー』は、このアンビエンスとしての環境にある「絶対的に未知なもの」へと心を開いていくことを課題とする著書である。最後、「私たちはこの毒された地面を選択する。私たちは、この意味のない現実と等しくなるだろう。エコロジーは自然なきものになるだろう。だがそれは、私たちがいない、というのではない」と言われるが、それはつまり、世界の未知性はその死滅、荒廃として予感されるが、それでいて、そこで私たち人間そのものは消滅していない、ということである。これがどのような状況なのかという問いは、のちのモートンの著作で何度も繰り返されることになる。

アンビエンス、音響の物質性、環境性をめぐる思考は、さまざまなアーティストに影響を与えている。たとえば、ビョークは、モートンとの往復メールで、次のように書く。「彼がいうのは、破局はすでに起こっていて、だから私たちは私たちの麻痺した状態から脱して反応しなくてはならない」。そして続けて、「それがアニミズムと繋がっている」とも言う（"This huge sunlit abyss from the future right there next to you . . . : emails between Björk Guðmundsdóttir and Timothy Morton," 2016）。思考の麻痺状態から出ていく果てに新たなアニミズムを感知するという姿勢はビョークのアルバム『ユートピア』にインスピレーションを与えた。実際、その三曲目の「ゲート」で連呼される歌詞「ケア・フォー・ユー」「ケア・フォー・ミー」には、モートンのいう穏やかさを世界において開こうとする、静謐さがある。また、アーティストのオラファー・エリアソンは、モートンとの対談で、自分の作品は言語化されることのないアイディアから生じてくるというのだが、それに関して、立っていたり、止まっていたり、座っていたりするような何かとしてではなく、オープンな空間において生じてくるものと考えているという（「未来に歩いて入っていったら歓迎された――オラファー・エリアソンとティモシー・モートンの対話」『オラファー・エリアソン――ときに川は橋となる』フィルムアート社、二〇二〇年）。これなども、モートンのいう、アンビエントな感覚の共有が可能な空間への関心と共鳴しあうものといえる。

ティモシー・モートン（Timothy Morton）

一九六八年、ロンドン郊外で生まれる。両親ともに音楽家だったが、後に離婚。母一人子供三人の生活を送る。子供時代はディケンズの小説を愛読していた。その後、オックスフォード大学で英文学を学び、P・B・シェリーやワーズワース、ブレイクなどロマン主義時代の詩人の研究をする。ロマン主義文学と食に関する研究書（*The Poetics of Spice: Romantic Consumerism and the Exotic*, Cambridge UP, 2000）の出版後、コロラド大学ボルダー校に職を得て、カリフォルニア大学デイヴィス校に異動した後、『自然なきエコロジー』を刊行するが、それがきっかけになって、きわめて独特のエコロジー哲学を展開する著者として注目を集めるようになる。その後にはライス大学に着任するが、二〇一〇年代半ばより惑星的な規模で発生しているエコロジカルな危機にともない、「世界の終わり」としかいいようのないディストピア的な気分が高まっていく。それにより、哲学だけでなく音楽や映画、アートを語れる著者として世界的に注目されるようになった。グレアム・ハーマンが中心になって盛んになったオブジェクト・オリエンティッド存在論（ＯＯＯ）と接点を持ちながら、他方ではビョークやローリー・アンダーソンのようなミュージシャン、さらにはオラファー・エリアソンやトマス・サラセーノのようなアーティストとの交流のなか、独特の領域横断的な思想を展開している。他の主要著作として、*Being Ecological*, Penguin, 2018, *Humankind: Solidarity with Nonhuman People*, Verso, 2017, *Dark Ecology: For a Logic of Future Coexistence*, Columbia, 2016, *Nothing: Three Inquiries in Buddhism*, Chicago, 2015, *Hyperobjects: Philosophy and Ecology after the End of the World*, Minnesota, 2013, *Realist Magic: Objects, Ontology, Causality*, Open Humanities, 2013, *The Ecological Thought*, Harvard, 2010 がある。

ジャック・ランシエール『文学の政治』

森本淳生

Politique de la littérature, Paris : Galilée, 2007. 森本淳生訳『文学の政治』水声社、二〇二三年。

フランスの哲学者ジャック・ランシエールによる『文学の政治』は「近代文学」の理解を刷新するユニークな省察の書である。この本にはおもに二一世紀になってから発表された比較的新しい論考が「仮説」、「人物」、「交錯」の三部に分けて再録されているが、冒頭の「文学の政治」、「文学的誤解」および「エンマ・ボヴァリーの処刑」を読むと、ランシエールの文学論の輪郭が浮かび上がってくるだろう。それに続くのが、トルストイ、マラルメ、ブレヒト、ボルヘスを個別的に論じたテクスト。そして最後のセクションでは、文学が精神分析、歴史学、哲学といかに交錯するか、あるいは、一見逆説的に響くが、むしろこれらの学問分野《ディシプリン》の前提としていかに文学が作用しているかが考察される。本書を通じてランシエールは、近代文学を成立させる諸要素を理論的かつ歴史的に明らかにするにとどまらず、それが作家たちの具体的実践にどのように現れているのか、隣接する人文諸科学といかなる関係にあるのか、そして、そのようなものとして文学はいかに「政治」を行うのかについても深い洞察を与えている。

文学と政治

文学と政治の関係は、ソ連をはじめとする多くの社会主義国家が存在し左翼運動が盛んであった時代には、しばしば議論の俎上に載せられた。一方では文学は政治に従属するものとされ、革命の実現や共産主義国家建設に資するような作品が求められたが、そうした従属を問題視する立場からは、文学や芸術の自律性が強く叫ばれもした。こうしたなかで、たとえばサルトルが『文学とは何か』で示した議論は、文学を単純な政治プロパガンダにするものではないにせよ、マラルメが体現するような閉鎖的で自律的な作品を批判して、現実参加《アンガジュマン》するコミュニケーションの作品を求めるものだった。

これに対して、自身もマルクス主義に強くコミットしたランシエールが提示する議論はまったく相貌を異にしている。彼の言う「文学の政治」とは、作家たちが行う政治活動などを言うのではない。「文学は文学として政治を行う」のである。文学の一般的なイメージからすれば、これはかなり逆説的な言い方に見える。どういうことなのだろうか。

これを理解するには、プラトンやアリストテレスを参照しながら展開される彼の政治論を見ておかなければならない。ランシエールによるなら、「政治」とはたんに支配手段を独占した権力の問題ではない。既存の体制において、何が対象として可視化され、いかなることを語ることができ、誰がいかなる行為の主体になりうるのかを定めている境界線のあり方――これをランシエールは「感性的なもののパルタージュ（分割、分配、共有）」と呼ぶ――を攪乱し、ふたたび引き直すような試みが「政治」なのである。たとえば、いままで自分の仕事以外の時間を持たぬと見なされ自分でもそう考えていた労働者たちが、明日への活力を養うために休息すべき夜や休日の時間を割いて活動するとき、パルタージュのあり方が変わり「政治」が生じる。

対象・言語・行為に関する分割線を再定義する実践が政治だとするなら、文学もまた、まさに文学のレベルにおいて政治を行うことができる。「無疵な魂などどこにいよう」というランボーの有名な詩句は、日常的な散文表現のなかに新約聖書の文言を響かせつつ、「おお　季節よ　城よ」という詩句と響き合うことで謎めいたものになる。いかにささやかであれ、このように言語とそれが分節化する対象の分割線を引き直し、主体のあり方を変える営為は、ランシエールの言う「政治」にほかならない。

古典主義詩学と近代文学

もっとも、以上のような「文学の政治」の射程を十分に理解するためには、歴史的に問題をとらえなおす必要がある。常識的理解からすると西洋の「文学」は古代ギリシア以来、連綿と存在してきたように見えるが、我々が理解する意味での「文学」が成立したのは一八世紀末から一九世紀初頭にかけてのことで、littératureという語が「文学」という意味を持つようになったのもこの頃とされている。それ先立つ一七―一八世紀は「古典主義時代」と呼ばれ、アリストテレスを独自に解釈した詩学にもとづく「文芸（les belles lettres）」が行われていた。

このあたりの事情については『文学の政治』でも再三説明されているが、『沈黙の言葉』の概括が明快なので、ここではそれに基づいて古典主義詩学を次の四つの原理に要約しておこう。⑴模倣（ミメーシス）の原理。文学は特別な言語的特性によってではなく、いくつかの根本的な物語――たとえば古代ギリシア悲劇の諸作品や聖書――を模倣することにおいて成立する。⑵ジャンルの原理。ジャンルとそれが表現する対象の性質とは一致していなければならない（たとえば、描かれているのが偉人か普通の人かで悲劇と喜劇が区別される）。⑶適切さの原理。登場人物はそれにふさわしい行為と調子を持っていなくてはならない。⑷行為の原理。古典主義文学で最も重要なのは行為化された言葉、言語の具体的実践であり、話し方の技術であって、エクリチュール（書かれたもの、書く営み）ではない。

ランシエールによるなら、一九世紀以降に展開する近代文学はこの四つの原理をすべて転覆させた。近代文学はもはや起源となるテクストを模倣的に書き換えるものではなく、そこではあらゆる主題が等しく対象となりうるし（フローベールが言うようにもはや「美しい主題も醜悪な主題も存在しない」）、固定的な身分を反映するような人物の描き方も不可能となってあらゆる人物が等しく作品に登場しうることになるから、文学を文学として識別させるのは「模倣」でも「ジャンル」でも「適切さ」でもなく、文体などの言語的な特性である。また、古典主義時代には王侯貴族、司法官、説教家といった言葉で具体的な他者に働きかける人々がおり、文芸はそのような言語のあり方を特徴としていたが、近代文学はそうした宛先をもはや失ってしまった彷徨するエクリチュールである（実際、近代になって爆発的に増大した印刷物はどこにでも風のままにさまよい歩く)。そして、主題や人物を秩序づけていたヒエラルキーが解体され平準化されると同時に、文学の生産者と受容者も匿名化し誰でもよい任意の存在になる。要するに、近代文学は「民主化」されたのである。

文学的民主主義、痕跡、ミクロな出来事

こうした言語の民主主義的状態こそ近代の「文学」を本質的に特徴づけるものである。しかし、だとするなら、文学は成立とともに解体の危機に瀕していることにもなる、とランシエールは言う。なぜなら、ここで言う民主主義とは人物・表現・主題の固定的なヒエラルキーの消滅を意味しており、そのため文学を他の言語表現から区別するような特質自体もそれとともに消えてしまうからである。すべてが無差別になった平等の次元こそ文学を誕生させたものだったのだが、まさにこの無差別が文学を文学たらしめる差異を消してしまうかもしれないのである。

こうした視角からランシエールはまずバルザックの作品に目を向ける。『あら皮』の冒頭で主人公ラファエルが訪ねる骨董屋では、あらゆる時代、あらゆる国の遺物が混在してひしめきあい、高貴なものと下賤なもの、古いものと新しいもの、装飾品と実用品とが大いなる平等性の「詩」を作りあげていた。しかし、こうした情景が示しているのは文学的民主主義だけではない。バルザックはこれらの遺物をある時代や文明を伝える痕跡として、事物に刻みこまれた象形文字として、提示しようとするのである。実際、『あら皮』では、言葉の詩人バイロンの内面を表現する詩に対して、遺跡や化

石から古代の都市や古生物を復元する学者キュヴィエの「新しい本当の詩」が対置されていた。あらゆるものの平準化のなかで消滅しそうになっていた文学は、こうした痕跡の読解として、その真理を新たに設定しなおすことができたのだという。文学を不可能にしかねない徹底した平等性を帯びていた事物と言語は過去の真理を示す象形文字となり、こうした解釈学的な視線とともに文学を文学たらしめる差異を成立させるのである。

だが、これは窮余の一策とでもいうべきものであろう。古典主義詩学のヒエラルキーの解体とともにあらゆるものが無差別になるとき、人物や事物の統一性もまた究極的には解体されてしまうはずだからである。フローベールの作品が描きだすのは、そのような事態である。『ボヴァリー夫人』の有名な農業共進会の場面で、県参事官が述べる仰々しい演説は夏の午後のけだるさと動物の鳴き声へ、ロドルフがエンマを口説く誘惑の言葉はヴァニラの香水と乗合馬車のたてる土埃へ、つまり、意味を欠いた雑音や些細な動きのうちに消えていく。エンマは自分が主体として愛に身を投じていると信じているが、生じているのは、ドゥルーズ＝ガタリの言葉を使うなら、モル的な主体ではなく、分子状のミクロな出来事、純粋な強度的差異なのである。

しかし、そうだとするならば、文学を文学たらしめる差異はやはり消え去ってしまうのではないか。「エンマ・ボヴァリーの処刑」はこの疑問に対するひとつの回答である。古典主義詩学の解体とともに現れた非人称的な出来事の次元こそが文学の語るべき真理であるとするなら、そうした非人称的な生を誤解し、自分が欲望と行為の主体である――言いかえるなら、古典主義詩学的な行為の論理がいまなお有効である――と信じる登場人物を描くとともに、作品としては彼女から距離をとって分子状のミクロな出来事を強調することで、文学はみずからを文学として差異化することができる。自分を主体であると信じたエンマが結末で自殺を余儀なくされたことの文学上の必然性はここにあった、とランシエールは言うのである。

誤解のないようにつけ加えておけば、こうした解決策は近代文学をそもそも成り立たせていた、無差別と文学的差異との間のあの「矛盾」を決定的に解消し、文学を盤石の基礎のうえに据えなおすものなどではない。フローベールはいわば「健康な分裂病者」となってエンマを断罪できたが、ヴァージニア・ウルフの『波』で分裂病を引き受けるのは、最後に語りを独占するバーナードではなく、彼の筆によって死が告げられるロウダの方である。また、マラルメ論（「闖入者」）の末尾で言われるように、天空の星を詩のイデーと歌って文学を実現したかに見える『賽の一振り』も、星座のデッサンをページ上に描き出すことで、イデーのパロディに変わってしまう。つまり、すべてが平準化される無差別の次元にあって文学の差異を生み出す試みのかたちは千差万別であり、しかもそれが完全に成就されることはない。そのさまざまな試みの具体的なあり方を、ランシエールは上記の作家以外にも、プルースト、トルストイ、ブレヒト、ボルヘスなどに探っていくのである。

人文諸科学の前提となる文学

「交錯」のセクションでは、以上のような議論が精神分析、歴史学、哲学といった人文諸科学に適用され、ほかならぬ文学こそがこれらの学問分野《ディシプリン》の前提として作用してきたことが示される。

精神分析は一九世紀に隆盛した自然科学に対抗して、無意識の空想が持つ真理の存在を明らかにした。その軌跡は先ほど見た「文学革命」と密接に関係があった。古典主義詩学の消滅とともに意志と行為の主体が解体されると、意志と行為の因果的連鎖としての古典主義的な「フィクション」と、単なる継起と反復にすぎない現実の生との間のアリストテレス的な区別も無効となり「文学」が成立したが、現実と空想、日常と異常とが同一の平面で理解される精神分析の枠組みはまさにそのような流れを受けて可能になったという。ただし、「狼男」の症例を考察するとき、フロイトはそのようにして開かれた無意識の流れを原光景（一歳半のときに見たとされる両親の性交）という現実の出来事＝原因に紐づけようともしているから、部分的には文学のあの無差別の次元から離れている。とはいえ、後にこの原光景自体が犬の交尾と両親の愛情表現から空想的に生成した可能性も示唆しているから、彼の考えは揺れてもいた。ランシエールはこの矛盾したフロイトの姿のうちに、無差別と文学的差異の間に引き裂かれたあの小説家と同じ二重性を見るのである。

フランスを代表する中世史家ジョルジュ・デュビによるウィリアム・マーシャルの伝記を素材にして、歴史学に関して指摘されるのもこれと同じ二重性である。学問としての歴史学は、アリストテレスやプルタルコス（『対比列伝』）が示していた偉大な行為と無名の生を分離する古典主義詩学が無効となり、「文学革命」によって凡庸な生であっても無差別に言説の対象になりうるようになったときに成立した。この変化は歴史学の「語り」の論理に関わるものであり（したがって、この次元では事実とフィクションは分離されない）、正確な事実による実証とは別問題である。二重性が生じるのは、歴史学がこのように一方では対象の無差別の次元を前提としつつ、（フロイトが原光景を必要としたように）実証のためには事実による理由づけも必要とするからなのである。

最終章では、現代フランスの代表的哲学者アラン・バディウのマラルメ論を扱いながら、哲学と文学の関係が検討される。マラルメの詩篇に読み取られるべきは、一九六八年の「五月革命」以後の停滞した政治状況における革命家の不安と一瞬輝きを放つ主体の審級に呼応する何かなのか、あるいは、現実存在でも非在でもない決定不可能な出来事なのか、さらには、存在の解《ほど》けの中で光を放つイデアなのか――バディウのマラルメ読解はこのように変遷していくが、ランシエールによるなら、これらの読解に先立ってバディウはつねにマラルメの作品がしめすシナリオとともにあったのであり、その意味で、哲学的読解は文学の後からやってくる。ここで「文学」は（狭義のいわゆる）文学や哲学、その他の学問分野《ディシプリン》のパルタージュに先立つあの無差別のレベルを意味しているが、バディウの哲学はまさにそこからみずからの根本的なテーマである「出来事」の思想を得てきている、というのである。

このように『文学の政治』は、近代文学の理論的、歴史的な理解を刷新しただけではない。ラディカルな平等性の次元を開く「文学」こそが、私たちのあり方を規定する「感性的なもののパルタージュ」を問い直すラディカルな「政治」を可能にすること、また、文学が人文諸科学にとって密かに「前提」の機能を果たしてきたことを明らかにする点で、狭義の文学理論書をはるかに超える射程をもつ書物なのである。

ジャック・ランシエール（Jacques Rancière）

一九四〇年、アルジェで生まれる。現代フランスを代表する政治哲学者、美学者で、パリ第八大学で教えた。高等師範学校《エコール・ノルマル・シュペリウール》に進学後、若くしてアルチュセール編『資本論を読む』（一九六五年）に共著者として参加するが、ほどなくして共産党にとどまる師アルチュセールを強く批判して袂を分かつ。この決別の掛け金は『アルチュセールの教え』（一九七五年。市田良彦他訳、航思社、二〇一三年）に詳しい。

ランシエールを読み始めるにあたっては、中核的概念である「パルタージュ（分割、分配、共有）」について簡潔に語った『感性的なもののパルタージュ』（二〇〇〇年。梶田裕訳、法政大学出版局、二〇〇九年）や、半生をふりかえりながら自己の思想を平易に語ったロング・インタヴュー『平等の方法』（二〇一二年。市田良彦他訳、航思社、二〇一四年）をまず繙いてみるのがよいかもしれない。

政治哲学については、『不和あるいは了解なき了解』（一九九五年。松葉祥一他訳、インスクリプト、二〇〇四年）や『民主主義への憎悪』（二〇〇五年。松葉祥一訳、インスクリプト、二〇〇八年）などがあるが、党／知識人による指導＝教育ではなく「被支配者たちの能力」こそが革命の前提だと考えるこの平等の思想家は、おのれの職分とは離れたところで——休むべき夜や休日に——行われる労働者の活動や（『プロレタリアの夜』〔一九八一年、未邦訳〕）、常識的な教え／教えられる関係とは異質な教育のあり方（『無知な教師』〔一九八七年。梶田裕訳、法政大学出版局、二〇一一年〕）にも鋭い注意を向けている。

美学に関しては、「美学的無意識」（二〇〇一年。堀潤之訳、『みすず』二〇〇四年五月号）、『美学における居心地の悪さ』（二〇〇四年。松葉祥一他訳、インスクリプト、近刊）などがあり、その射程は芸術論、演劇論、イメージ論、映画論にまで広がっていく（『イメージの運命』〔二〇〇三年。堀潤之訳、平凡社、二〇一〇年〕、『解放された観客』〔二〇〇八年。梶田裕訳、法政大学出版局、二〇一三年〕、『アイステーシス——芸術の美学的体制の舞台』〔二〇一一年、未邦訳〕、『映画的寓話』〔二〇〇一年。中村真人他訳、インスクリプト、近刊〕）。『文学の政治』以外の文学論としては、『マラルメ——セイレーンの政治学』（一九九六年。坂巻康司・森本淳生訳、水声社、二〇一四年）や『言葉の肉』（一九九八年。芳川泰久他訳、せりか書房、二〇一三年）などがあるが、おそらく最もまとまったものは『沈黙の言葉——文学の矛盾についての試論』（一九九八年、末邦訳）であり、日本での翻訳刊行が強く期待されよう。

テリー・イーグルトン『文学という出来事』

大橋洋一

The Event of Literature, New Haven: Yale UP, 2012. 大橋洋一訳『文学という出来事』平凡社、二〇一八年。

本書『文学理論の名著50』が扱う文献のなかで、文学についての存在論的問い、つまり文学の定義を問う論考は、テリー・イーグルトン『文学という出来事』をおいてほかにない。『文学という出来事』は文学の定義を通して、狭義の「文学理論」――「文学論」「文学哲学」と呼ばれる分野――に対して創造的介入をおこなう。

「文学」という特異な言説様式の本質をめぐる議論（定義の試み）は連綿としてある。またそうした論考は、ヨーロッパ大陸系の思想・哲学よりも、英米の分析哲学と近しい関係にある。その特徴はというと、一言でいえる――つまらない、と。文学そのものを縦横無尽に語るのではなく、文学の定義について微に入り細を穿つ議論が魅力的なわけがない。そのうえそうした議論で実例として取り上げられるのはシャーロック・ホームズ物とかアガサ・クリスティーの小説ばかりで、英米圏に限っても、ヴァージニア・ウルフ、D・H・ロレンス、ジェイムズ・ジョイス、ウィリアム・フォークナーらが取り上げられることはまずない。

とはいえ「文学研究」「文学批評」「文学評論」「文学部」「文学研究科」など「文学」（なお「文芸」という表記もオルタナティヴとしてある）が存在することが前提となっている言説や制度が日常的に機能しているのに、「文学とは何か」については暗黙知こそあれ明確な解答のない事態に著者は危機意識を募らせる。そのため「文学の定義」について真正面から本格的に考察しようとしたその成果が、本書『文学という出来事』である。

文学とは何か

著者テリー・イーグルトンの世界的にベストセラーになった『文学理論――入門』（一九八三年）は、日本では私の翻訳で『文学とは何か――現代批評理論への招待』（岩波文庫、上下、二〇一四年）として流通している。文学理論についての本に「文学とは何か」というミスリーディングなタイトルが付されたことに憤慨する読者もいるようだが（サルトルあるいは加藤周一の著書のタイトルともかぶっている）、『文学理論』の序章において文学理論が対象とする「文学」とは何かが語られていること、そして文学理論一般が解明するのが文学とは何かという問題であることを鑑みれば、『文学とは何か』はあながちまちがったタイトルともいえない（とはいえ〈文学とは何か〉の訳題を決定したとき、まさかおよそ三〇年後に「文学とは何か」というタイトルがぴったりの本を同じ著者が書くとは！　いっそのこと「続・文学とは何か」のタイトルにしようかとも考えたくらいだ）。

この『文学とは何か』の序章で語られる「文学とは何か」とは、文学は確定的な境界をもたず、それゆえ中心も本質といえるものももたない、ヴィトゲンシュタインのいう「家族的類似性」（『哲学探究』）によって形成されるファジーな集合というものであった。

これはかなり刺激的な議論であったが、しかし『文学という出来事』においてイーグルトンは、ヴィトゲンシュタインの「家族的類似性」概念が世に出てから四年後に文学をこの概念で語る試みがなされたことを紹介しつつ、結局、「家族的類似性」を文学の定義の試みとしては融通無碍すぎる反定義の概念として早々に却下している。著者は、あくまでも文学の本質を規定し、その定義を提示しようとしている（なお本書の翻訳はわが国の書評紙でも取り上げられ、その時、小見出しに「家族的類似性を用いる」とあった——書評者が本書を読んでいないことは歴然としていた）。

文学の万物理論

イーグルトンが本書で提出しようと試みるのは、文学に関する万物理論（TOE：Theory of Everything）である。それは本書の第一章「実在論者と唯名論者」で語られるのが〈実在論vs唯名論〉の古くて新しい論争であることからもあきらかだ。古くはギリシア哲学に発し中世のスコラ哲学で再燃した論争とは、事象に本質なり固有の特性なりが存在すると想定する実在論と、そのような本質なり属性は後付けの捏造にすぎず、あるのは個別性のみであると主張する唯名論である。現代において圧倒的に支配的なのは、著者によれば、個別性重視の唯名論である（『文学理論の名著50』で扱われる著書のほとんども唯名論に属する)。〈実在論vs唯名論〉論争は〈普遍vs個別〉あるいは〈一般vs特殊〉の対立論争でもあるが、この対立する両者は、しかし、個別性なくして普遍性なく、普遍性なくして個別性もないという脱構築状態にあるため、文学の万物理論は、マクロの相対性理論とミクロの量子力学とを統合するTOE(万物理論)にならって、〈普遍性/一般性〉と〈個別性/特殊性〉の両者を損なうことなく説明できる理論となるだろう。

著者が文学の定義として提出するのは、次の五つの要素を、一つでも含むものが文学であるということである。その五つとは、1虚構性(fictional)、2道徳性(moralistic)、3言語性(linguistic——具体的にいうと、豊かな比喩言語を使用することrichly figurative use)、4非実用性(nonpragmatic)、5規範性(normative)である——一般的・常識的・直観的と著者も断っているが、読者としては荒唐無稽かつ鬼面人を驚かす議論ではないぶん安堵しても、およそ斬新とは程遠い議論に落胆を隠せないかもしれない。また五つの要素というときの「五」という数も恣意的であるかにみえる。ただ、著者は五にはこだわりがあるようだ——本書も五章構成であり、近著『批評革命家たち——私たちの読み方を変えた五人の批評家たち』(二〇二二年)ならびに五章構成の新著『ザ・リアル・シング』(二〇二四年)からわかるようにとにかく五が好きらしい。

とはいえ、このありきたりな五つの要素にそって議論がすすむと考えるのは早計で、五つの要素を批判的再考に付すことが著者の目的であるために議論は読む者の思考を刺激してやまない。一見して凡庸なテーマが、批判的再考のなかでにわかに刺激的な議論に変貌を遂げるというべきか。ここでは私が別のところでメニッポス的諷刺あるいは解剖形式と呼んだ論述形式が出現する。そしてその典型が『文学とは何か』であった。

『文学とは何か』

『文学とは何か』は文学理論の諸分野（新批評、受容理論、構造主義、脱構築、精神分析批評）について、その考え方を解説し同時にその限界も指摘するという露呈と埋葬という二重の挙措が顕著であった——それこそがメニッポス的諷刺形式の真骨頂であった。しかしそうなるといずれの批評理論にもコミットしない姿勢は、結局、伝統的美学や印象批評を絶対視するドグマと背中合わせになるのではと不安になる。このような批判を招かないために『文学とは何か』は、フェミニズム批評とマルクス主義批評を扱わなかった——このふたつの批評（社会的・政治的・歴史的批評ともいいかえられるが）は露呈されないがゆえに、埋葬と相対化の対象とならない、つまりそこで扱われている批評分野と同等ではなく、まさに次元が違うのである。語られないがゆえに超越的になるフェミニズム批評とマルクス主義批評の観点から、これまでの批評理論を概観して利用可能なものを採用する——これが『文学とは何か』の目的でありまた批評宣言であった。

この戦略は『文学という出来事』でも生きている。文学を定義する五つの要素は、そのどれもが文学の絶対的本質として強調されてきたし、これからも強調される可能性が高いのだが、著者の鋭利な分析眼は、どの要素についても、その限界を剔抉して倦むことがない。文学論あるいは文学哲学における議論の問題点なり限界を暴く著者の議論には圧倒される。もちろん各要素についての議論の前提とか方向性は丁寧に語られる。そして容赦ない批判にさらされる。議論はどこまでも明快で、またつねに爽快でもある。

「文学とは何か」を共通の章題としてもつ第二章と第三章のうち、第二章は文学言語の問題をとりあげる。固有の文学言語なり詩的言語は存在しないという前提のもと、文学言語が文学を文学たらしめるのではなく、特殊な言語使用が文学性を生み出すというダイナミズムを重視しつつ、さらに文学において言語によって伝えられる内容だけでなく文学言語の形式にもまた内容があることが強調される。第三章は道徳性、非実用性、規範性を取り上げる。文学における道徳性とは、説教臭さや教訓性のことではなく、因習的道徳ではとらえきれない人間の真実を追究することをいう。いいかえると文学の道徳性は道徳主義の敵であり、個別主義の擁護者なのである。非実用性は文学の役立たず性あるいは無償性だけでなく、文学の自己言及性や、特定のコンテクストに依存あるいは拘束されないがゆえに一般性が生まれることをいう。また実用的であっても文学である資格を失うことはない。規範性とは、文学の書法が、理由はなんであれ、価値のあるものとみなされていること、その実例としてのポストモダン文学論が紹介され考察される。そして続く第四章は、五要素のなかでももっとも重要なもの、すなわち虚構性を扱う。

「虚構の性質」と題された第四章は、虚構についての諸説を紹介しつつ（この紹介はきわめて有益）、言語行為論、ごっこ遊び論、言語ゲーム論などを通して虚構の性質を解明するものである。そもそも虚構は現実を認識する道具であるとともにオルタナティヴな現実の創造行為でもあり、道具と行為、認識と創造との一体化が人間の世界の関わり方とつながっていることが確認される。そこから、文学理論そのものを考察対象とした第五章「ストラテジー」へと議論は展開してゆく。

ストラテジーとしての文学

文学の定義あるいは広義の文学論において文学は事実（fact）・対象（object）・構造（structure）としてみられてきたのだが、しかし第五章で著者が着目するのは文学理論に共通した眼差しである――すなわち文学を行為（act）・ふるまい（performance）・出来事（event）としてみること。事実・対象・構造としての文学から、行為・ふるまい・出来事としての文学への移行。それはまた文学の戦略（ストラテジー）を浮き上がらせることになる。

文学を行為としてみる理論として、ケネス・バークのドラマティズム論が脚光を浴び、二〇世紀前半の歴史家R・G・コリングウッドの「〈文学〉＝〈問いに対する答え〉」論が（これを解釈学の見地から評価したガダマーの理論（『真理と方法』）経由で）再評価される。文学作品は時代や状況からの問いかけに対する答えであるというコリングウッドの提言は、文学は答えるものではなく問うものだというチェーホフの見解、あるいは文学は常に答えるのに失敗しているというバルトの知見ともども、貴重な思索の糧を提供してくれる。そして、この流れのなかで、フレドリック・ジェイムソンの『政治的無意識』（一九八一年。大橋洋一・木村茂雄・太田耕人訳、平凡社ライブラリー、二〇一〇年）における、おそらくいまや忘れられている〈サブテクスト論〉が再評価の対象となる。

ジェイムソンが指摘していたのは、文学が、みずからを正当化するために（正しい解答であると示すために)、コンテクスト(歴史や社会)を加工するということだった。その結果、サブテクストが生まれる。この自作自演によって文学は歴史に対する解答としてみずからを屹立させる。ただそうなると文学作品は、おのが正当性と真実性を読者に信じ込ませる詐欺行為、あるいはフェイクニュースなのかという疑念が湧く。もしそういえるのなら、真実と虚偽、現実と非現実とが前もって明確に峻別されていなければならない。だが、それはない。文学の現実認識あるいは解釈は、真実と虚偽とを同定する(時に同定不可能性を示す)ことで、真実と虚偽を創造する。解釈が創造に、創造が解釈となる。そこに詐欺的行為が介在する余地はない。あるのはすでに創造したものを認識・受容すること、受容とみえたものが創造であるという主客の不分離、事実と行為の不分離である。

ストラテジーは、もともと受容理論でいうレパートリーとストラテジーの二分法に由来する。材料(レパートリー)の組み合わせ術がストラテジーであり、ストラテジーを考察することは、提示された物語に隠された葛藤や対立、その目的を考察すること、あるいはそれがいかなる問いに対する解答なのかを考察することとなる。そうしたストラテジー分析の典型として、著者によれば、精神分析における被分析者の語りを対象とした分析がある。

もちろんストラテジーを問うことは、作者なり語り手なりの策略やふるまいを問うことで終わるのではなく、人間一般のふるまいを問うことにもなる。そしてこれを踏まえたうえで本書が提出するのは、文学のふるまいが、現実に対する人間のふるまいにほかならないことである(一応、現実と人間が別個のものとしておくが)。文学作品は、才能のある一握りの人間にしか創造できないとはいえ、文学作品を作者個人ではなく、そのふるまいの相でみる——ストラテジーとしてみる——のなら、文学作品は人間の脳のはたらきとよく似たはたらきをするとわかる（たとえ著者がそこまでは明言していないとはいえ）。文学は私たちが現実を認識し現実に対処する装置や制度ではなく（そういう面はあるとはいえ）、人間のふるまいと同じことをする、いまひとりの人間、人間の鏡像であり分身なのである。人間は文学を通じて現実を把握あるいは創造するのではない。人間も文学も現実を把握したふりをして現実を創造している。文学を理解することは人間を——人間のふるまいを——理解することにつながる。文学について思索することは人間について思索することになる。

これは文学が人間の真実を描くということではない（実際にはさまざまなかたちで人間の真実を描いているとしても）。文学が人間のメタファーに、もっと正確にいえば文学のふるまいと人間のふるまいとが同じであるということである。文学が人間の真実となっている。そしてそれが文学が何を語っているかではなく（つまり文学の認識論ではなく）、文学とはいかなる出来事であり、いかなるふるまいを示すのか考察する存在論としての本書の到達点なのである。

テリー・イーグルトン（Terry Eagleton）

一九四三年、英国ソルフォード市で、アイルランド系の家庭に生まれる。ケンブリッジ大学に進学後、レイモンド・ウィリアムズに師事。一九六〇年代から執筆活動を開始。一九六九年にオックスフォード大学の特別研究員。七〇年代にはフランスのアルチュセール的マルクス主義の英国における代表的論客として脚光を浴びる（『文芸批評とイデオロギー』〔一九七六年。岩波書店、一九八〇年〕、『マルクス主義と文芸批評』〔一九七六年。国書刊行会、一九八七年〕。八〇年代には文学理論の入門書『文学とは何か』〔一九八三年。岩波書店、一九八五年、岩波文庫、上下、二〇一四年）が専門家のみならず高校生から理系の読者にも読まれ、全世界的ベストセラーとなる〔なお『クラリッサの凌辱』（一九八二年。岩波書店、一九八七・九九年）と『シェイクスピア』（一九八六年。平凡社ライブラリー、二〇一三年）は文学理論の実践編でもある〕。またポスト構造主義やポストモダニズムを批判的に考察（『ワルター・ベンヤミン』〔一九八一年。勁草書房、一九八八年〕、『批評の機能』〔一九八四年。紀伊國屋書店、一九八八年〕）。一九九二年にオックスフォード大学教授に。九〇年代には美学理論とその歴史的考察を扱う大著『美のイデオロギー』（一九九〇年。紀伊國屋書店、一九九六年）、『表象のアイルランド』（一九九五年。紀伊國屋書店、一九九七年）を上梓。批評理論への考察（『イデオロギーとは何か』〔一九九一年。平凡社ライブラリー、一九九九年〕、『ポストモダニズムの幻想』〔一九九六年。大月書店、一九九八年〕）とカルチュラル・スタディーズに対する批判的考察、さらには一般向けの文化批評家としても活躍（『とびきり可笑しなアイルランド百科』〔一九九九年。筑摩書房、二〇〇二年〕、『アメリカ人はどうしてああなのか』〔二〇一三年。河出文庫、二〇一七年〕）。二〇〇一年にオックスフォード大学を去りマンチェスター大学教授（二〇〇八年まで）。その後、英米やアイルランドの大学で講義や講演を行なっている。二一世紀においては理論的考察や批評の在り方への提言（『アフター・セオリー』〔二〇〇三年。筑摩書房、二〇〇五年〕）は継続されるが、そこに宗教的転回が加わる（『テロリズム』〔二〇一一年。岩波書店、二〇一一年〕、『宗教とは何か』〔二〇〇九年。青土社、二〇一〇年〕、『文化と神の死』〔二〇一四年。青土社、二〇二一年〕）。また思想哲学から文学や文化にかかわる著作（たとえば『なぜマルクスは正しかったのか』〔二〇一一年。河出書房、二〇一一年〕）と啓蒙的な著作（たとえば『詩をどう読むか』〔二〇〇六年。岩波書店、二〇一一年〕）を交互に一年か二年おきに出版している。なお悲劇あるいは悲劇性への関心も強く、『甘美なる暴力——悲劇の思想』（二〇〇三年。大月書店、二〇〇四年）のほか『希望とは何か』（二〇一五年。岩波書店、二〇二二年）と近著 *Tragedy*（2020）がある。『批評とは何か』（二〇〇九年。青土社、二〇一二年）は長編インタヴューで自身の経歴についても多くを語っている。なお小説と戯曲ならびに映画台本を執筆（紙幅の都合で翻訳者のお名前は省略した。また翻訳書をすべて掲載することはできなかったことをお詫びする）。

フランコ・モレッティ『遠読』

橋本智弘

Distant Reading, London & New York: Verso, 2013. 秋草俊一郎・今井亮一・落合一樹・高橋知之訳『遠読――〈世界文学システム〉への挑戦』みすず書房、二〇一六年。

「世界文学」を語るために――方法論の転回

およそ文学研究者なら誰しも、作品の細部にいたる精緻な読解の重要さを心得ているはずだ。いくら理論を振り回したって、肝心の読みが厳密でなければ、うわっ面だけの空論にとどまる――理論に精通した現代の学者たちでも、おおかたこれくらいの共通了解は持っているだろう。だが、フランコ・モレッティの『遠読』は、「読み」に関してまったく違った見解を提示する。モレッティはこう考える――新批評から脱構築批評にいたるまで、方法の差異はあれども、われわれ文学研究者は原文をいかに細やかに読むかに専心してきた。しかしいまや、そのたがを外し、テクストと距離を取って読むための理論を案出しなくてはならない、と。

これは単なる突飛な思いつきではない。ドイツの文豪ゲーテは晩年、国民文学の偏狭さを乗り越えるためのビジョンとして、各国文学が互いに交歓しあう「世界文学」を着想した。二〇〇年近く前に提示され、「比較文学」というディシプリンが実現しそこねてきたこの遠大な理念に応えるには、あらゆる言語で書かれた膨大な数の作品を考慮に入れる必要がある。ところが、どれほどの博覧強記であっても、ひとりで読める量は全体からすればたかが知れている。それでは「世界文学」にふさわしい大局的な見地を得ることはできない。だからこそモレッティは、視点を根本から転換することを提案するのだ。精読（close reading）をどれほど積み重ねても解決にならない、文学作品と文学史を巨視的・俯瞰的に捉える「遠読（distant reading）」に乗り出そう、というわけだ。本書で展開されているのは、この「遠読」という新しい読み方に向けた思索と実験である。

本書の構成は次の通り。

「近代ヨーロッパ文学——その地理的素描」
「世界文学への試論」
「文学の屠場」
「プラネット・ハリウッド」
「さらなる詩論」
「進化、世界システム、世界文学《ヴェルトリテラトゥーア》」
「始まりの終わり——クリストファー・プレンダーガストへの応答」

「小説——理論と歴史」
「スタイル株式会社——七千タイトルの省察（一七四〇年から一八五〇年の英国小説）」
「ネットワーク理論、プロット分析」

各章は、一九九〇年代から二〇一〇年代までの実に二〇年にわたって書かれた論考をもとにしている。はじめから一貫した構想のもとに書いたというより、その都度生ずる批判に応答しつつ、試行錯誤をしながら書き進めたというのが実情だろう。各章を別々に読むことも可能だが、やはりゆるやかな連関は存在している。理論モデルを立てる章があり、その実証実験を行う章がある——例えば、「世界文学への試論」や「進化、世界システム、世界文学」で提示した理論的仮説が、「プラネット・ハリウッド」や「文学の屠場」で事例を取って検証される、という具合に。学術書ながら、モレッティの筆致は湧き起こる発想をそのままページ上に落としたような臨場感を帯びており、仮説や問いを次々に発しながら議論を構築していく。

では、モレッティの議論を具体的に確認していこう。膨大な作品群を一挙に扱うには、分析と綜合のためのまったく新しい方法が必要だ。本書がユニークなのは、この方法のモデルを人文学の内部ではなく社会科学や自然科学にもとめたことである。モレッティはふたつのモデルに着目する。ひとつは、エマニュエル・ウォーラーステインが提唱した世界システム論、もうひとつは、チャールズ・ダーウィンに端を発する進化論である。以下ではまず、このふたつを軸にモレッティの理論を説明した上で、モレッティへの応答を取り上げることで本書の文脈を補ってみたい。

世界システム論

ウォーラーステインの理論が教えるところでは、近代の世界システムは中核・半周辺・周辺の三つから成っている。それぞれの領域は互いに独立しているわけではなく、強い力を持った中核が勢力の弱い半周辺や周辺に干渉している。一言でいうと、世界システムとは「唯一」にして、かつ不均衡なもの」だ。「唯一」であるのは、近代以降、資本主義の力は地球の隅々にまで及び単一の世界を形成したからであり、「不均衡」であるのは、中核が強い影響力をもって周辺に干渉する一方で、周辺から中核への影響はほとんどないからである。この見方が、言語や文化の自律性を前提とする各国文学史と異なっているのは一目瞭然だ。

世界システム論を文学へと応用するにあたり媒介となったのが、柄谷行人『日本近代文学の起源』の英語版にフレドリック・ジェイムソンが寄せた序文である。ジェイムソンは、柄谷やマサオ・ミヨシによる日本近代文学に関する議論と、ミナクシー・ムケルジ『リアリズムと現実』におけるインド近代小説の発祥に関する議論を並置する。ふたつの地域は互いに直接的な影響関係はすくないものの、西洋という中核からの圧力にさらされているという点で共通している。小説という西洋産の文学形態がやってくると、それは現地にある素材を取り入れようとするが、外国からやってきた様式と地域の材料との融合はすんなりとはいかず、しばしば摩擦が生じる。すると、なんらかの形で両者間の「妥協」が起こらざるを得ない。東欧、ラテンアメリカ、アラブ、東南アジア、アフリカといった各地の文学についての研究を渉猟したモレッティは、この「妥協」が各地の近代文学に通有する特徴であることを確認し、ひとつの一般的な現象として定式化する。不均衡な文学システムがもたらす必然的な帰結としてこの「妥協」を意味づけるのだ。モレッティは、中心からの波及を想起させる「波《ウェイブ》」という比喩で文学の世界システムを捉えている。

モレッティの慧眼は、こういった社会的・政治的な諸条件はテクストの外部にとどまることなく、その形式にも影響していると考える点にある。地政学的な背景は、テクストの内部にまで侵入しているのだ。テクスト内部でこれが表出するのが、「外国の形式」と「地域の材料」に加わる第三の項、「地方の語りの声」においてである。両者の狭間で揺れ動く語りの声は、ときに過剰さを帯び饒舌で落ち着きないものとなる。この語りの声の分析は、それ自体、背景にある権力構造の分析にもなる。いわく、「異文化の存在は小説の語られ方それ自体に「干渉」している。唯一にして不均衡な文学システムは、ここでは単なる外部ネットワークではない。それは、テクストの外にとどまらない。その形式にも存分に埋め込まれているのである」。かくして、形式とは「ある社会的関係性の縮図」であるという洞察が導き出される。

進化論

世界システム論と対になってモデルを提供するのが、進化論である。進化論がモレッティの興味を引くのは、世界に現存する多様な種が生じた要因を、単一の起源から分岐し枝分かれする過程によって説明してくれるからだ。この枝分かれのモデルは、すでに比較言語学の研究に見られる――インド＝ヨーロッパ語族から数十もの言語へと枝分かれしていく、というように。文学史においても同様に、様々な形式を生んだ過程を、ときに淘汰を孕みつつ分岐し発展する過程として描き出すことができるのではないかとモレッティは考えた。世界システムで作動しているのが「波」であるのに対し、こちらでは「樹《ツリー》」という比喩が用いられる。

文学史における進化を考えるとき、「正典《カノン》」の問題が浮かび上がってくる。現在、正典とみなされ大多数の人々が手に取る文学作品の割合は、刊行された総数からすれば一％にも満たない。そもそも少数の正典のみを特権化することを疑問視し、「文学の全領域に新たな意味を見いだすことこそ、私の真の望みである」と野心を抱くモレッティは、正典化の裏にある文学進化のメカニズムを解明し、正典に入るものと入らないもののすべてに目を配った文学史を構想する。この文学史は、結果的に生き残った正典という数本の枝のかげに無数の枝が伸びていることをあらわにする。

ひとつの実践として、「文学の屠場」では探偵小説を題材に分析を試みている。モレッティは、コナン・ドイルや彼と同時代の作家たちの探偵小説を読み、探偵に謎解きの「手がかり」があるかどうかによって分類した上で、それが読者による作品の選別と淘汰にどのように関わったのかを明らかにする。分析結果は実際に系統樹の形で図示されており、特定の時代の探偵小説という限定こそあれ、文学進化の過程を一望できるようになっている。

分析にあたりモレッティは一般に顧みられることのないたくさんの小説を読んでいるが、狭い意味でのテクスト分析ではなく、特定の要素を単位にして作品群を通観する方式を採っている。このように、広範囲を視界に収めるべく各テクストと距離を取ろうとすればするほど、用いる分析単位は縮小していく。精読の近視眼から逃れ、「ひとつの技巧、ひとつの文彩、限定された語りの単位」などに焦点を絞って広く読むこと、これが「遠読」という方法の特徴である。

文学の定量的分析

二〇一〇年にモレッティは、スタンフォード大学にて「リテラリー・ラボ」という機関を設立し、コンピューターを駆使した定量的・統計的分析による文学研究を探求している。デジタル化された資料やデータベースが利用可能となったことで、大量のデータ分析を行う「デジタル人文学」が発展しているが、スタンフォード・リテラリー・ラボもまたデジタル人文学の一翼を担う存在といえるだろう。ラボのHPによると、文学研究にはめずらしく研究はいつも共同で行われるようだ。

『遠読』末尾の二章「スタイル株式会社――七千タイトルの省察（一七四〇年から一八五〇年の英国小説）」と「ネットワーク理論、プロット分析」は、このデータ分析の手法を推し進めたものだ。前者は、小説のタイトルの長さやそこで用いられる語の種類の変遷をグラフ化し、文学市場の拡大とタイトルの変化に相関関係を見出している。後者は、シェイクスピアの『ハムレット』やディケンズの小説と、中国の白話小説『紅楼夢』との対比を、各作品の人物関係をネットワーク形式で描くことで試みている。また、本書の姉妹編ともいえる『グラフ・地図・樹――文学史の抽象モデル』（二〇〇五年、未邦訳）でも、データ分析の力にものを言わせ文学史の視覚化を果敢に試みている。

『遠読』への応答

モレッティの提起は大胆かつ挑発的だ。鮮やかなデータ分析により文学史の新しい書き方を提示する様には、舌を巻く読者も多いだろう。新たな方法論を導きにして世界文学という未踏の広野に分け入っていくような、昂揚感も与えてくれる。

こうした新奇さの一方、本書がますます盛り上がりを見せる世界文学論の潮流のなかにあるのは間違いない。モレッティが本書のもとになる論文を書き進めていた時期、市場と相対的に自律した「文学空間」の生起をパリを中心にして描いたパスカル・カザノヴァ『世界文学空間——文学資本と文学革命』(一九九九年。岩切正一郎訳、藤原書店、二〇〇二年)や、「世界文学とは読みのモードである」とし古今東西の文学作品が翻訳によって別の時代と場所で受容されていく様を論じたデイヴィッド・ダムロッシュ『世界文学とは何か?』(二〇〇三年。秋草俊一郎・奥彩子・桐山大介・小松真帆・平塚隼介・山辺弦訳、国書刊行会、二〇一一年)といった大部の著書が刊行されていた。これらはいずれも、各国・各言語別の見方に限界を見出し、「世界文学」の旗印のもと新たな文学研究の枠組みを提示しようとしている。「世界文学」再興の流れのなかでも『遠読』は、とくに方法論上の先鋭化を図ったひとつの極として位置づけることができるだろう。

その大胆さゆえだろうか、モレッティの議論には、留保すべき点、慎重に考えるべき点は比較的容易に見つかる。例えば、経済学に由来する世界システム論を文学に適用することがどれほど妥当なのか、詩／演劇／小説といったジャンル間の差異を軽視しているのではないか、東洋と西洋の差異を際立たせようとするあまり西洋の研究のパラダイムを中国文学へ投影してしまっているのではないか（日本語訳の「訳者あとがき」で秋草俊一郎氏がこの点を指摘している）、などが挙げられる。ただし、モレッティの挑発に十全に応えるには、読者はただこれらの瑕疵をあげつらうのではなく、むしろ彼の提起を奇貨として、細分化されたディシプリンを脱し文学の読み方を刷新する契機と捉えるべきではないだろうか。ここでは、モレッティに対し異なる応答をした二者を紹介したい。

　モレッティの批判的継承者として挙げられるのが、Warwick Research Collective（WReC、英国ウォリック大学の研究者チーム）である。彼らは著書『複合不均等発展――世界-文学の新たな理論に向けて』（二〇一五年、未邦訳）において、唯物論的な世界文学論の理論構築を目指し、資本主義の発展のメカニズムに関するトロツキーの理論「複合不均等発展」を、近代文学の分析に応用しようと試みている。これはモレッティによる文学の世界システム論に近しい方法であり、実際彼らはカザノヴァ『世界文学空間』とともに『遠読』を引き合いに出している。だが、WReC の関心は、システムそれ自体というより、資本主義的発展が同質化と不均等化を同時にもたらす様と、それがもっとも劇的に生じる周辺地域において近代《モダニティ》がいかに生きられるかに向けられている。WReC は、しばしば対立的に語られるモダニズム／リアリズムの区分を捨象し、不均等発展が生み出す歪みに対して周辺の文学が内容と形式の双方においてどのように応答しているのかを、スーダン、ロシア、南アフリカ、そしてヨーロッパ内の周辺地域の近代文学に読みとっている。同書は全体が七人の研究者の共同により執筆されており、広い知見が必要とされる世界文学研究のありうべき姿を示唆するものでもある。

フェン・チャーの『世界とは何か？——世界文学としてのポストコロニアル文学』（二〇一六年、未邦訳）は、モレッティに対して根本的な批判を投げかけている。チャーは、国民国家の境界を越えた文学作品の流通を重視する現代の世界文学論の多くが「記述的」であると指摘し、彼らが前提とする「世界《ワールド》」とは、実は空間的拡張の場としての「地球《グローブ》」にすぎないと喝破する。なかでも定量的分析を旨とするモレッティは、ゲーテとその継承者たるエーリヒ・アウエルバッハが重んじた、歴史の進展とともに具現化していく理念としての「世界文学」を骨抜きにしてしまっている。これに対して同書では、「本来、世界とは時間的概念である」とし、ハイデガー／アーレント／デリダにおける哲学上の「世界」概念を精査した上で、資本主義のグローバル化に抗し新たな世界を開示する「規範性」を現代のポストコロニアル文学に読み込んでいる。

モレッティの功績は、「遠読」という斬新な読み方を打ち出したことだけではなく、その大胆な議論によってこうした創造的な応答を喚起したことにもあるのではないだろうか。グローバル化の時代に、「世界文学」の理念をどのように考え直し、その研究をいかなる方法で実践するのか、日本の研究者を含め議論が深まっていくのはまだまだこれからだろう。

フランコ・モレッティ（Franco Moretti）

イタリアのソンドリオ生まれの比較文学研究者。イタリアを代表する映画監督のナンニ・モレッティは実の弟にあたる。ローマ大学で近代文学を専攻し、一九七二年に博士号を取得。イタリアのサレルノ大学、ヴェローナ大学で教えたあと、一九九〇年にはアメリカに拠点を移し、コロンビア大学とスタンフォード大学で研究に従事した。その他にも、ヨーロッパやアメリカの多くの大学で客員教授として教えている。現在、スタンフォード大学の名誉教授。

社会科学や自然科学にモデルを取る独自の方法は、早くからすでに示されていた。二〇代後半から三〇代にかけて書かれた論文を集めた論文集『ドラキュラ・ホームズ・ジョイス——文学と社会』（一九八三年。植松みどり・河内恵子・北代美和子・橋本順一・林完枝・本橋哲也訳、新評論、一九九二年）では、ダーウィンの進化論によりヨーロッパ小説の変異を説明しようとする一章がある。『世の習い——ヨーロッパ文化における教養小説』（一九八七年、未邦訳）では、教養小説のジャンルを近代の「象徴的形式」として捉え、ドイツ、イギリス、フランスの教養小説を広く論じている。『近代の叙事詩——ゲーテからガルシア＝マルケスにいたる世界システム』（一九九五年、未邦訳）は、世界に広がるヨーロッパ支配をゲーテ、ジョイス、ガルシア＝マルケスから読み解いており、本書の文学の世界システム論を予示するものだ。『ヨーロッパ小説の地図帳　一八〇〇—一九〇〇』（一九九八年、未邦訳）では、多様な地図を描きながら文学作品の地図製作《カートグラフィー》を試みている。「ブルジョワ」を鍵にして近代小説を読み解き近代ヨーロッパ史を描いた『ブルジョワ——歴史と文学のあいだ』（二〇一三年。田中裕介訳、みすず書房、二〇一八年）は、訳者の田中裕介氏の解説によれば「モレッティ流の精読の実践」であり、「遠読」の方法論と精読の接合に対するひとつの解答となっている。

他に、本書の姉妹編といえる『グラフ、地図、樹——文学史の抽象モデル』（二〇〇五年、未邦訳）、みずからの方法論を開陳しつつ文学を縦横に論じた講義集『遠い国——アメリカ文化からの眺め』（二〇一九年、未邦訳）がある。

大橋洋一・三原芳秋編『文学理論の名著50』

八尾一祥

大橋洋一・三原芳秋編『文学理論の名著50』二〇二五年、平凡社。

かつて平凡社より一九九四年の『文化人類学の名著50』を皮切りに、『ナショナリズム論の名著50』(二〇〇二年)、『フェミニズムの名著50』(二〇〇二年)、『精神医学の名著50』(二〇〇三年)、『戦後思想の名著50』(二〇〇六年)が刊行され、いずれも高い評価を得ていたと思うのだが、二〇二五年に突如『文学理論の名著50』が刊行された。当初、季節外れに咲く、咲いても実を結ばぬ徒花《あだばな》との低い評価もみられたが、「文学」を足掛かりに人文系教養書の基本文献を紹介する本書は、本、そのなかでも海外の教養書が読まれなくなった時代に、あえて企画刊行されたがゆえに、逆に貴重で有益なものとして歓迎され、高い評価を得た。

編者は大橋洋一氏と三原芳秋氏のふたり。大橋洋一氏は、いまなお版を重ねているテリー・イーグルトンの『文学とは何か』の翻訳で名高いのだが、イーグルトンの『文学理論——入門』(『文学とは何か』の原題)は「理論の時代」と呼ばれた時期に文学理論の見取り図を鋭利な洞察とともに提供し、全世界的ベストセラーとなったもので、日本でも売れたのは当然のことで、そのあおりで翻訳者が有名になった。大橋氏は東京大学では文学批評理論とシェイクスピアを教えていたとのことだが、どちらの分野でも目立った業績はない。氏にはまことに失礼ながら、イーグルトンの翻訳で一躍有名になっただけの人という評価もある。

一方、三原芳秋氏は、すでに翻訳や専門分野の論文で評価が高い人だが、文学理論においてはなんといっても、斬新な切り口、明晰な解説、鋭い掘り下げで、充分すぎる啓蒙書でありながら啓蒙書を超えてもいる『〔クリティカル・ワード〕文学理論——読み方を学び文学と出会いなおす』（フィルムアート社、二〇二〇年）の編者（他は渡邊英理氏と鵜戸聡氏）であることで近年、強烈に印象づけられた人である。

なお大橋氏にも『現代批評理論のすべて』（新書館、二〇〇六年）という「ハンドブック」があり（表紙が植物の種子の写真らしいのだが、それがコロナ・ウィルスにそっくりなかたちをしていてごく一部では話題になった）、懇切丁寧な本づくりで、けっこう役に立ち、いまも版を重ねている（ちなみにコロナ・ブックとかコロナブックスを出版していた平凡社もコロナ禍の影響がなかったことを祈りたいが）。

ともあれ『文学理論の名著50』は、退役軍人ともいえる大橋氏と現役バリバリの司令官三原氏による編著としてバランスのとれた名著といえることはまちがいない。

文学理論とは何か

おそらく文学理論に初めて接する読者は本書を手に取ってここに文学理論はないと思うかもしれない。そうした読者は理論を科学分野におけるもの、あるいは単純に方程式に還元できるような論理構成と考えているのだろう。もちろん、そうした「文学理論」は存在しているが、顧みられることはあまりない。文学の本質を提示し文学の境界を確定するような理論は、およそ文学的ではないからだ。そもそも境界が定かでなく捉えどころのない文学を研究対象とする批評や研究は、多種多様な他分野との接触を通して析出される文学像によって、その文学性を究明してきたといってもよい。文学および文芸批評や文学理論は、社会／歴史／心理／思想／哲学との邂逅によって成長してきた。文学はそうした出会いから養分を得てきた。文学は、内向的にみえて、外の世界なくして存在しえないのも事実である。

このことは読者にしてみれば、文学理論を通して、人文系・社会系（時には科学系）諸分野の知見を得ることができるということにもなる。本書は、文学とは何かを考察する諸理論を通して、人文系諸分野の理論に触れることができる開かれた啓蒙書である。

五〇の名著

では、どのような名著が選ばれているかを検討したいが、ただ、文献五〇点というのは、微妙な数であるが、ちょうどよい数ともいえる。もし名著五〇とか名著一〇〇というのであれば、多様性を確保できるものの、排除された作品のほうが少数派に感じられるため、少数派からの批判が予想される。一方、名著ベストテンとなれば、順位の変動はあれ、選択されるものは固定されて新鮮味がなく、そこに多様性は望めない。五〇というのは定着した評価に基づく選択と冒険的な選択とを共存させられるちょうどよい数かもしれない。

本書に取り上げられた名著は編者二人が英米系の研究者であることから、当然、英米系が多くなっているとはいえ、それ以外の文学理論もけっこう多く、英米系とヨーロッパ大陸系の思考のスタイルや社会的・歴史的現実との対峙の仕方の違いなども垣間見えて興味はつきない。また英米系はヨーロッパ大陸その他の理論に影響を受け、それらを咀嚼して独自の理論を構築しているので、英米系からヨーロッパ系やその他へと遡及もでき、橋渡しの起点としての英米系の価値（ハイブリッドへと開かれた価値）は重要である。

ただそれでも取り上げられていない名著も多いが、本書が長期間にわたるプロジェクトであり、その成立の経緯などを編者の三原芳秋氏が編者あとがきで丁寧に説明されているのでそれを参照してほしいのだが、名著の選択には通常想定されるような編者の好みや偏見によるものではなく、ふさわしい執筆者が見つからなかったり、版権などの問題も絡んでいるかもしれず、編者の思うようにならないこともある。つまり偶然による場合がけっこう多いものだ。

本書では、邦訳がある文献に限っているので、文献の翻訳者に執筆を依頼していることが多い。翻訳者による解説は、たしかに優れていて読み応えがあるが、同時に翻訳者ではない研究者が紹介している文献もあり、すべてではないが翻訳者も翻訳者ではない研究者も、気鋭の新人が選ばれていることは特筆に値する。古典的名著が多いのだが、執筆者の面々をみると若く清新な印象がある。

なお全体のラインナップは、二〇世紀の定番的著作と並んで、二一世紀に書かれた著作も積極的にとりあげられている。事実、本書刊行の数年前に邦訳が刊行された著作もとりあげられている。ただクラシックを取り上げるだけでなく、新たな可能性を示唆する著作をもとりあげるのは、本書の特徴でもあろう。未来を感ずるのは私だけではあるまい。

読むための理論

本書の冒頭で編者の大橋洋一氏は、本書の文学理論はどれも読むための理論であるとことわっている。本書で紹介されている文献すべてを読んでも、小説家や詩人や劇作家にはなれないが、優れた批評家や評論家、つまり優れた読み手になることができるというわけだ。別にプロの批評家・評論家になれるということではない。それはあなたを優れた読者にするということ。すぐれた読者であればこそ、文学の無限の財産を享受できる。文学の宝庫を前にして、もはや退屈することも落胆することもない。

ただし、このような本書を読むと、愚かな読者にしかならないという立場もある。理論的言説に対する根強い不信感や反発がいまなお存在する――それも文学分野には。反理論勢力によれば、本書などは愚者の饗宴にすぎない。実は、こうしたことを理解しておかないと、「はじめに」における大橋洋一氏の「文学理論は死んだ」という言明が異様なものに思われるだろう。

かつて、二〇世紀後半の一時期、「理論の時代」と呼ばれた時代が、欧米において存在していた。それは理論的な情熱というよりも政治的な情熱がまさったものだったが、今は、そのような熱気はもうない。かといって大橋氏のように「文学理論」は死んだというのは言い過ぎだろう。新しい理論は生まれているし、それらを熱心に研究する人たちは日本にも多い。問題は、理論は文学理解を貧困にするという守旧派勢力と、理論によって新分野を開拓している多くの研究者たちとが、分断され交流がないことである。大橋氏の「はじめに」は、もはや敵対すらしていない、互いに無関心な勢力を架橋しようとしているようだ。とはいえ、残念ながらそれは無駄な努力だと私は思う。そもそも反理論派が本書を読むだろうか。

それよりも重要なのは、若い読者たちが、守旧派の反理論プロパガンダ――実際プロパガンダとしかいいようがない粗雑で愚劣な宣伝工作でしかないのだが――に惑わされることなく文学の読みを深めるときに本書が役立つことである。『文学理論の名著50』は、大橋氏の言い方を借りれば、別名『文学の読み方をかえた50人』である。その五〇人に導かれて、あなたの文学に対する読みが根底から変わることを本書の編者たちは、執筆者たちは願っているにちがいない。

と同時に「読むための理論」は、「読むに値する、読み応えのある理論」という意味にも言語表現上なりうる。実際、名著を語る文章はいずれも、対象とする文献のたんなる紹介に終わらずに、限られた字数のなかで鋭い分析や洞察を誇る高レヴェルの文章となっている。これは執筆者の能力の高さゆえのことだろう。どれもが読み応えのある文章となっていて、私は感動すら覚えた。本書の「読むための理論」は、あなたをすぐれた読者にするだけでなく、読む喜びをもあたえてくれる。この点はどんなに特筆してもしすぎることはない。

具体的に確認すると、大橋洋一氏のジェイムソンの『政治的無意識』を扱う章では、難解で複雑な理論を丁寧にわかりやすく説明しているのだが、ジェイムソンの「つねに歴史化せよ」というスローガンを重視しているわりに、その文章自体あまり歴史化されていない。理論の説明がほとんどで、著者や著作の歴史的背景説明はなく、マルクス主義理論の歴史の説明も通り一遍である。たぶん章末の著者紹介で歴史的経緯を説明しようとしたのだろうが、ジェイムソンの邦訳の数が多すぎて、それを列挙するだけで終わっている。この章は理論の説明が多く内向きで広がりのない記述となっている。

だが他の執筆者が編者のこの失敗ともいえる執筆スタイルを踏襲しなかったのは、読者にとっては幸運だった。他の章はどれも、理論の細かな説明だけでなく、著書や著者をとりまく歴史やその背景、また歴史的・文化的・社会的な記述が限られたスペースで行なわれ、すでに述べたように実に読みごたえがある。

ただし大橋氏の章は理論の説明が過多とはいえ、それでもしっかり説明している点で本書の主旨に適合しているともいえるのだが、逆に、背景説明が多すぎて肝心な名著の内容に触れていない記述、内容は興味深いのだが名著はどこにいったのかという記述がある。

　実は私は編者の一人大橋洋一氏とは個人的に面識がある。ある時、『文学理論の名著50』は素晴らしい本で、とりわけ若い人にも読んでほしいものだということを伝え、その際、ある一つの文献の紹介だけは、どうかと思うと問うてみた。大橋氏は最初はなはだしく動揺したのだが（というか氏はいつも動揺しているような話し方をするのだが）、最後には、「それってあなたの感想ですよね」と居直るような発言をしてきた。

　まあ、たしかに私の個人的感想なのでこれ以上追及することはやめて、氏には、名著の選択の素晴らしさを、心から褒めたたえ、とくに二一世紀に入ってからの文献が多く選ばれているのに感銘を受けたと伝えた。たとえばティモシー・モートン、デイヴィッド・エイブラム（著書は二〇世紀に刊行されたが邦訳は二一世紀）のことは知らなくて実に参考になった、と。そして執筆者の記述も優れていると大橋氏に伝えたが、モートンとエイブラムとは誰かと聞き返してきた。編者が選択した文献の中身を読んでいないというようなことはある。しかし著者の名前すら憶えていない（いやどうも知らなかった）というのには、心底あきれた。おそらくこれは三原氏による選択であろう。氏の慧眼に読者は感謝すべきである。

ドロステ効果のはてで

　本書を読み返して私ははじめて気づいた。名著五〇と銘打っておきながら、扱われているのは四九点である。それに気づかなかったのは、五〇番目の著書に『文学理論の名著50』を入れていたからである。なんということをしているのだ。

オランダのチョコレート・メーカー、ドロステ社が一九〇〇年頃に採用したドロステ・ココアの箱のイラストには、ココアの入ったカップとドロステ・ココアの箱をのせた盆をもつ看護師が描かれていた。そしてイラストの盆の上のドロステ・ココアの箱には、ココアのカップとドロステ・ココアの箱が乗った盆を持つ看護師が描かれていた。そしてさらにそのイラストの盆の上のドロステ・ココアの箱には……。と同じ図柄の無限後退が起こるようなイラストだった。このイラストが評判となり、いつしかドロステ効果（Droste effect）という用語が生まれた。

『文学の名著50』の五〇番目の名著に『文学理論の名著50』を入れることで、ドロステ効果が簡単に得られる。もちろん文学的には「紋中紋」形式だとか、メタフィクション的仕掛けともいえるのだが、なぜこんなことをしたのだろうか。

冗談とか悪ふざけということかもしれないが、私としては、冗談を理解しない堅物と批判されるのを覚悟のうえで語るなら、端的にいって、こういうのは不愉快である。おそらく、なにかの事情で名著四九にしかならなくて、急遽、このような代役を必要としたのだろう。

だがあえていおう。その工夫が不愉快なのである。実のところ平凡社の名著50シリーズには、名著49のものがある。これまでそれが大きなスキャンダルになっていないのは、読者が容認してくれたからだろう。今回の『文学理論の名著50』も、なんらかの事情で、扱う文献が五〇に達しなかったにちがいない。そのため苦し紛れに、このような措置をとったと信じたい。もし最初から四九の名著しか用意せず、このようなかたちでドロステ効果をねらっていたとしたら、悪ふざけがひどすぎる。そんなことをする暇があったら、一冊を選んでいたほうが読者にとってどれほど有益かわからない。

ちなみに先に大橋氏に会ったときに、ひとつの著作の紹介だけ内容に不満があると伝えたのは、この「五〇番目の名著」ではなかったのだが、この「五〇番目の名著」は、余計なことを書きすぎていて、具体的な執筆者についての言及がないのは配慮に欠けている。文章もそんなにうまくない。だから大橋氏に、もし次に会う機会があれば伝えておきたい――

悪ふざけはやめたほうがいい。ドロステ効果はあなたが面白がっているだけで、それが心にひびかない読者も多いと思うし、第一、優れた文章を寄稿してくれた執筆者に対して、共編者の三原氏に対して失礼ではないのか、と。『文学理論の名著50』は、すぐれた本である。「五〇番目の名著」は瑕疵であるというよりも事故である点を除いては、と。

――と、「五〇番目の名著」は締めくくられているのだが、確かな情報筋によれば、どうもこれは大橋氏自身が書いているらしいのだ。そもそも執筆者の八尾一祥についてだが、名前は「やおかずよし」と読むようだが、これを「はちおいちしょう」と読めば「おおはしようい ち」のアナグラムとなって、執筆者の正体は、氏みずからばらしているようなものだ。冗談や悪ふざけはよくないと殊勝なことを述べていながら、当人はなんら反省もしていないばかりか、それがさらなる冗談や悪ふざけになっているのはいかがなものか。そもそも、これを書いているのは誰なのだ。

編者あとがき

本書の背表紙を見て、なにか過去の亡霊にでも出くわしたように感じられた方もおられるかもしれない。前世紀の終わりから今世紀の頭にかけて平凡社が世に送り出していた「名著50」のシリーズには、『文化人類学の名著50』（綾部恒雄編、一九九四年）、『ナショナリズム論の名著50』（大澤真幸編、二〇〇二年）、『フェミニズムの名著50』（金井淑子・江原由美子編、二〇〇二年）、『精神医学の名著50』（福本修・斎藤環編、二〇〇三年）、『戦後思想の名著50』（岩崎稔・上野千鶴子・成田龍一編、二〇〇六年）があり、そのころ大学院生だった共編者（三原）自身も、「名著」のラインナップというよりは執筆陣の顔ぶれの豪華さに惹かれて、熱心に拾い読みしたものだった。二〇二〇年になって、「戦後思想」のスピンオフともいえる『〈戦後文学〉の現在形』（紅野謙介・内藤千珠子・成田龍一編）が、いわば「名著60」として書店に並んだときは、こんどは同世代の友人たちがすくなからず執筆していたこともあり、その充実した内容におおいに啓発されるところがあった。

そんななか「亡霊」であり続けたのが、本書である。本書の企画も、前世紀の終わり頃、すなわち四半世紀ほどまえに立てられたものである。上記シリーズの一冊として『文学理論の名著50』を大橋洋一先生の編集で編むこととなり、当時大橋先生のもとに集まっていた東京大学英文科の大学院生たちを中心に「若手」の執筆陣が編成された。かくいうわたしもその「若手」の一人で、二本の原稿（エリオットとエンプソン）を早々に書き上げてアメリカの大学院に留学したのが二〇〇一年のことである（このたび二〇年以上前の原稿を掲載するにあたり、若干のアップデートをのぞき書き直しの必要を認めることができなかったのは、ひとえに自分の学問がまったく停滞していることが原因であろうが、しかしある意味で、一〇年や二〇年で評価がかわらないのが「名著」であり「古典」であると思えば、多少の慰めにはなるだろうか）。こうして一旦船出した本企画であったが、当時原稿はほとんど集まらず、「若手」たちもそれぞれのキャリアへと巣立っていく中で、事実上の「企画倒れ」となってしまった。わたし自身、執筆者の一人としてそのことを残念に思いつつも、なにもできないままほぼ諦めていたというのが実情である。

ところが、大橋先生が二〇一九年三月に東京大学を定年退職なさったあたりから、先生の「退官記念論集」の意味もこめて本企画を復活させたいという話が出はじめ、当初から本企画にたずさわっていた平凡社編集部の竹内涼子さんの強力な後押しで「二〇年ぶりの再出発」が実現することとなった。その際に、編集作業のサポートのために三原が共編者として参加することも決められた。実際に動き出したのは翌年の中頃だっただろうか、まずは当初の執筆予定者たち（もはや「若手」ではなくなっていた）に連絡をとり、事情を説明したうえであらためて執筆の意向があるかどうか尋ねる作業から入ったわけだが、なかには「いまさら文学理論ねぇ、って気はしますけど」と言って断ってくる者もおり、前途多難な再出発となった。たしかに、めざとく時流に乗る（timely）ことに汲々としている面々からすれば、「二〇年後の名著50」などは「周回遅れ」以外のなにものでもなかったのだろう。

しかし、「周回遅れ」にも、それなりの意義があると思いたい。まず単純な事実として、この四半世紀のあいだに日本語の読者層にあらたに迎え入れられた「名著」を多く取り入れることができたということがある。このように書くと、そもそも「名著50」の選書に規範性はなかったのか、と言われてしまうだろう。（あくまで私見として述べさせてもらうと）その通り、この選書に厳格な規範性はないし、それで良いのだと思っている。当初から合意されていた大雑把な決まりは、「日本語訳のあるもの」「日本の文学理論は入れない」の二点だけだったと記憶している。前者は、本書にインスパイアされてすぐにでも原書に触れたいと思った読者にとって語学が障壁とならないようにという配慮から出た要請で、後者については別途「日本の文学理論」が企画されることを期待してのことだった（後者が今後実現するかどうかは定かでないが、『〈戦後文学〉の現在形』所収の佐藤泉氏によるコラム「評論」などを読むと、その可能性を十分に感じ取ることができる）。なかば必然的に、当初のリストは極端に英米に偏ったものだった。二〇年後の仕切り直しで、多少はその偏向を是正することができたと自負しているが、それでも「欧米偏重」は否めない。歴史的文脈を考慮し、「文学理論の欧米中心主義」にある種の必然性を見て自己言及的に理由付けをすることもできるかもしれないが、この点についてはあまんじて諸氏の批判を受け止めつつ、ただこの「名著50」がなんら厳格な規範性を主張するものではなく、ましてや排他的選択を意図するものではまったくないことは強調しておきたい。

つまるところ、この選書には属人的な側面が多分にあることを認めなければならない。ありていに言うと、「この人に、この本について書いてもらいたい」という動機が先に立つことが多く、場合によっては執筆者当人の希望で対象とする「名著」を変更することもあった（逆に、当初から「この本は必須」と決めていたものが、執筆担当者が原稿を最終的に落としてしまったためにリストからこぼれたケースもある）。「名著50」たるもの編者の強い意志と学識にもとづいた規範性を示すべきであるという見地からすれば、あまりにいい加減な話だと呆れられもしようが、しかし、考えようによっては、規範性の欠如とは一般性（のおしつけ）の放棄ということでもあり、かえってそれぞれの単独性／普遍性が浮き彫りになるという結果＝効果がはからずも生じた面もあるかもしれない。「●●年代の○○批評／理論を代表する作品」といった一般性によってではなく、（大橋先生による「はじめに」の言葉を借りれば）「そのどれもが、私たちの文学の読み方を根底から変えた」という単独性によって、それぞれの「名著」が読まれることが期待されるのである。つまり、本書が提示する「名著50」は「一＋一＋一＋……」であって、その和が「五〇」であることに根拠はないのだ。むしろ読者のみなさんが本書の企てに参加《アンガジェ》し、この「五〇」の先に「＋一＋一……」と各自で足し算していくことによって、「文学理論」はその潜勢力（あるいは、ベンヤミン的比喩を用いるなら、「砕かれた器」の潜在的な全体性）をあかるみにだすことになるであろうと信じたい。ふたたび「はじめに」の表現を借りれば、「文学の読み方を変えた五〇人」を五一人、五二人とふやしていって、ついには自分自身をその戦列にくわえていくといった読みこそが、「文学理論」の「存《なが》える生（Überleben）」をたしかなものとするだろう。

「周回遅れ」であることは、また、執筆陣のみならず読者層にも変動が生じることを意味する。「名著50」のシリーズが続々と刊行されていた時分に留学先で知り合った先生——シリーズの執筆者であるのみならず、ご自身の著書が「名著」に選ばれてもいる先生——との雑談のなかで、この企画が話題に上がったことがある。その際、「ああいう企画が出てくるのは、いまどきの学生が原書を読まなくなったということでしょう」と先生がおっしゃったのに、こちらは冷や汗をかいたことをよく覚えている。あれから二〇年、こと「文学理論」にかんしては、「原書を読まない」どころか「その存在すら知らない」というのが一般的になってきているのではないだろうか。本書の目次に出てくる登場人物たちの名前すら新鮮にうけとることができる読者像——「はじめに」が想像をうながす「これから初めて読む小説を前にした読者」の像——を、比喩としてではなく字義通りに語ることができるようになってきた。そういった読者にとって、「はじめに」で「戯画的に語られる」文学理論小史——「守旧派」対「理論派」の闘争《アゴーン》をめぐるアジプロ的な解説——は、むしろ劇画的な興奮をあたえるものとなるかもしれない。「闘争」に多少なりとも同時代的にかかわってきた世代からすれば、「やりすぎ《オーバーキル》」か「興ざめ《キルジョイ》」と感じられそうなこの歴史＝物語が、「周回遅れ」として時機を失した（untimely）からこそかえって、新たな読者たちにとって「初めて読む小説」の潜勢力を十全にもちうる可能性が開かれたとも言える。それは、興ざめ《キルジョイ》が揺り戻し《バックラッシュ》の時代を生き延びるための生の技法であり倫理であるというエートスを身に着けた世代への、遠巻きながらのメッセージとなることだろう。

こうして二一世紀もその四分の一が終わろうとしているいまとなって、鳥獣ならぬ亡霊戯画として、本書が日本語の読者に届けられる。それは、T・S・エリオット『四つの四重奏』の最終楽章「リトル・ギディング」の第二節で、空襲のさなか「果てしない夜の幾度も繰り返された終りに」ロンドンの街をさまよう詩人が、過去の巨匠たちの顔が混成し複合した亡霊に出くわして会話を交わすシーンを思い起こさせる。この神秘的でありながらどこか戯画的な邂逅において、亡霊は「自分の思想や理論（My thoughts and theory）」について語っている——

それから、彼は言った。「君が忘れてしまった
自分の思想や理論を繰り返して言う
気にはなれないのだ。これらのことはその目的に
役に立っただけだ。もうふれないでくれ。
（中略）
〔だが〕私が話そうと思わなかった言葉を
私が遠くの国に自分の肉体を置いてきてから後
二度と訪ねようと思わなかった市街に発見する。
（後略）」
（西脇順三郎訳）

亡霊は回帰する。そして、亡霊自身思いもよらなかった言葉を発見する。なぜなら、「来年の言葉は

他の声を待つ」のだから。本書が、多くの顔が交じりあって混成した亡霊（compound ghost）として、思わぬときに、思わぬところで、読者のみなさんに「他の声（another voice）」が到来するのを見届けることになるのだとするならば、それは僥倖と言うよりほかない。

＊

完成に四半世紀を要した本書は、文字通り数えきれないほどの謝辞——おおくの感謝と、さらにおおくの謝罪——によって閉じられなければならないところだろうが、それをうまく表現する能力もなければ、それに見合う権威ももちあわせていないわが身を嘆くばかりである。とはいえ、前世紀末の本書の船出から二〇年後の再出発まで、困難な舵取りを一手に引き受けてくださった平凡社編集部の竹内涼子さんには、まず最大限の感謝の意を表したい。その竹内さんが二〇二四年八月に平凡社を早期退職なさる前に本書を完成させられなかったことについては、共編者ともども慚愧に堪えない。そこでまたもや座礁かと諦めかかったところで、竹内涼子さんの役目を引き継いでくれた同編集部の村山修亮さんの若き情熱と馬力によって本書がどうにか刊行に漕ぎつけることができたことは、ほとんど奇跡のように感じられる。また、編集のこまごまとした作業においてニューヨーク州立大学に留学中の森田和磨さんにも加勢してもらい、これら若い世代の力によって本書が完成したことを、こころより嬉しく、頼もしく感じるとともに、あたたかい感謝の念に満たされる思いである。遅れに遅れた刊行を辛抱強く待っていただいた執筆者のみなさまには謝罪のことばも見あたらないという体たらくであるが、こうしてみなさまのすばらしい文章をひとりでも多くの読者に届けることによって、せめても罪滅ぼしとさせていただきたいと願っている。

そして最後に、共編者の一方がもう一方に謝辞をささげるという型やぶりをご海容願いたい。上述のように、本書の企画はそもそも前世紀の終わりに「中堅」であった大橋洋一先生がわたしたち「若手」に号令をかけて意気揚々と出帆したものであったが、四半世紀が過ぎ去り、「若手」は「中堅」になり、「中堅」は「晩年」を窺うようになった。その大橋先生が、「はじめに」において「この序の終わり、私にとっても読者にとっても言説の終わりは、開かれでもある。私にとっての終わりは、はじまりでもある」と喝破しておられるのを目の当たりにすると、まさに「大橋洋一の〈晩年のスタイル〉」を見る思いがする。こうやって、「現在に対する、時機を失した、スキャンダラスな、破局的ですらある人物として」（エドワード・W・サイード『晩年のスタイル』大橋洋一訳、岩波書店）、いつまでも後進たちを叱咤激励してくださる大橋洋一先生にたいして、この場を借りてあらためて深い敬愛と感謝の意をお届けするわがままをお許しいただければ幸いである。

In my beginning is my end.　わたしのはじまりに、わたしの終わり《エンド》がある。

思えば、大橋洋一先生がこの企画を持ち帰り、当時大学院生だった二〇代のわたしたちを集めて「船出」をしようと（実際、わたしたちは「編集会議」と称して大洗海岸で合宿までした）海賊船長さながらに檄を飛ばされた、あの場所・あの時間にわたしたち自身の〈はじまり〉があり、それはそのまま〈目的《エンド》〉であったのだと、いまではわかる。そして、その「終わり＝目的《エンド》」は、つねに開かれたまま《オープン・エンディド》である。

二〇二四年初秋

三原芳秋

わ行

や行

ら行

ま行

な行

は行

た行

さ行

か行

索引

人名・書名・作品名を掲げているが、編者の判断で掲載していないものもある。なお、作中人物・地名・国名・雑誌名は項目に入れていない。

師。専門はフランス文学・思想史。
近藤弘幸（こんどうひろゆき）
1969年生まれ。東京学芸大学教育学部教授。専門は英語圏の演劇。
篠原雅武（しのはらまさたけ）
1975年生まれ。京都大学大学院総合生存学館（思修館）特定准教授。専門は哲学、環境人文学。
柴田秀樹（しばたひでき）
1987年生まれ。京都大学国際高等教育院ほか非常勤講師。専門はフランス文学・思想。
秦邦生（しんくにお）
東京大学大学院総合文化研究科准教授。専門は英文学。
侘美真理（たくみまり）
東京藝術大学音楽学部教授。専門は19世紀英文学。
武田将明（たけだまさあき）
1974年生まれ。東京大学大学院総合文化研究科教授。専門は18世紀英文学。
立花史（たちばなふひと）
関東近県の複数の大学にて非常勤講師。専門は認知フィクション研究、フランス語圏文化。
中井亜佐子（なかいあさこ）
1966年生まれ。一橋大学大学院言語社会研究科教授。専門は英文学、ポストコロニアル研究。
中村彩（なかむらあや）
立教大学全学共通カリキュラム運営センター兼任講師。専門はフランス文学、フェミニズム。
中村隆之（なかむらたかゆき）
早稲田大学法学学術院教授。専門はフランス語圏文学、環大西洋文化研究。
中山徹（なかやまとおる）
1968年生まれ。一橋大学大学院言語社会研究科教授。専門は英文学。
橋本智弘（はしもとともひろ）
1986年生まれ。青山学院大学文学部英米文学科准教授。専門はポストコロニアル文学／理論。
柱本元彦（はしらもともとひこ） 1961年生まれ。翻訳家、大学非常勤講師。専門はイタリア文学。
畑江里美（はたえさとみ）
一橋大学、中央大学ほか非常勤講師。専門は英文学。
ハーン小路恭子（はーんしょうじきょうこ）
専修大学国際コミュニケーション学部教授。専門はアメリカ文学・文化。
藤田尚志（ふじたひさし）
1973年生まれ。九州産業大学国際文化学部教授。専門はフランス近現代思想・文学。
星野太（ほしのふとし）
1983年生まれ。東京大学大学院総合文化研究科准教授。専門は美学、表象文化論。
松永京子（まつながきょうこ）
広島大学大学院人間社会科学研究科准教授。専門は北米先住民文学、核・原爆文学、環境文学。
森田和磨（もりたかずま）
一橋大学大学院言語社会研究科博士後期課程在籍。専門は現代日米文化、批評理論。
森本淳生（もりもとあつお）
1970年生まれ。京都大学人文科学研究所教授。専門はフランス文学。
八木君人（やぎなおと）
1977年生まれ。早稲田大学文学学術院准教授。専門はロシア・フォルマリズム、ロシア・アヴァンギャルド。
山野弘樹（やまのひろき）
1994年生まれ。東京大学大学院総合文化研究科博士課程在籍。専門は現代フランス哲学。
吉岡範武（よしおかのりたけ）
鎌倉女子大学児童学部准教授。専門は英文学。
渡邊英理（わたなべえり）
大阪大学大学院人文学研究科教授。専門は日本語文学、思想文学論、批評・批評理論。

編者・著者について

大橋洋一（おおはしよういち）
1953年生まれ。東京大学名誉教授。専門は英国演劇・批評理論。

三原芳秋（みはらよしあき）
1974年生まれ。東京大学大学院総合文化研究科准教授。専門は英文学・文学理論。

＊

秋草俊一郎（あきくさしゅんいちろう）
1979年生まれ。日本大学大学院総合社会情報研究科准教授。専門は比較文学・翻訳研究。

芦田川祐子（あしたがわゆうこ）
文教大学文学部教授。専門は英語圏児童文学。

飯田麻結（いいだまゆ）
東京大学教養学部附属教養教育高度化機構Diversity & Inclusion部門特任講師。専門はフェミニズム理論、メディア論。

岩本剛（いわもとつよし）
1973年生まれ。中央大学経済学部准教授。専門はドイツ文学。

上尾真道（うえおまさみち）
1979年生まれ。広島市立大学国際学部准教授。専門は精神分析・思想史。

大貫隆史（おおぬきたかし）
1974年生まれ。東北大学文学部・文学研究科教授。専門は英文学・文化研究。

小倉康寛（おぐらやすひろ）
1982年生まれ。椙山女学園大学人間学・ジェンダー研究センター特任助教。専門はボードレール研究。

落合一樹（おちあいかずき）
1988年生まれ。日本学術振興会特別研究員PD（東京大学大学院総合文化研究科言語情報科学専攻）。専門は18世紀英文学。

片山亜紀（かたやまあき）
1969年生まれ。翻訳家。専門はイギリス小説・ジェンダー研究。

亀田真澄（かめだますみ）
1981年生まれ。中京大学国際学部講師。専門は現代文芸論、表象文化論、感情学。

川本玲子（かわもとれいこ）
1972年生まれ。一橋大学大学院言語社会研究科教授。専門は英文学。

岸まどか（きしまどか）
1982年生まれ。ルイジアナ州立大学研究員。専門はアメリカ文学およびジェンダー・セクシュアリティ研究。

栗脇永翔（くりわきひさと）
1988年生まれ。翻訳家、英語学習のパーソナルトレーナー。専門はフランス文学・思想。

黒木秀房（くろきひでふさ）
1984年生まれ。立教大学外国語教育研究センター教育講師。専門はフランス現代思想。

桑田光平（くわだこうへい）
1974年生まれ。東京大学大学院総合文化研究科教授。専門はフランス文学・表象文化論。

小林成彬（こばやしなりあき）
1989年生まれ。国学院大学ほか非常勤講

文学理論の名著50

2025年3月21日　初版第1刷発行

編者———大橋洋一・三原芳秋
発行者——下中順平
発行所——株式会社平凡社
〒101-0051
東京都千代田区神田神保町3-29
電話 03-3230-6573（営業）
ホームページ https://www.heibonsha.co.jp/
印刷———株式会社東京印書館
製本———大口製本印刷株式会社
DTP———有限会社ダイワコムズ
装丁———川添英昭

ISBN 978-4-582-70371-9